DUAS MULHERES

Obras da autora publicadas pela Editora Record

Ganância
Duas mulheres

MARTINA COLE

DUAS MULHERES

Tradução de
VALÉRIA RODRIGUES

EDITORA RECORD
RIO DE JANEIRO • SÃO PAULO
2008

CIP-Brasil. Catalogação-na-fonte
Sindicato Nacional dos Editores de Livros, RJ.

Cole, Martina
C655d Duas mulheres / Martina Cole; tradução Valéria Rodrigues.
– Rio de Janeiro: Record, 2008.

Tradução de: Two women
ISBN 978-85-01-07548-2

1. Romance inglês. I. Rodrigues, Valéria. II. Título.

CDD – 823
07-3823 CDU – 821.111-3

Título original inglês:
TWO WOMEN

Direitos exclusivos de publicação em língua portuguesa somente para o Brasil adquiridos pela
EDITORA RECORD LTDA.
Rua Argentina 171 – Rio de Janeiro, RJ – 20921-380 – Tel.: 2585-2000
que se reserva a propriedade literária desta tradução

Impresso no Brasil

ISBN 978-85-01-07548-2

PEDIDOS PELO REEMBOLSO POSTAL
Caixa Postal 23.052
Rio de Janeiro, RJ – 20922-970

EDITORA AFILIADA

Para Christopher, Freddie e Lewis.
Filho, filha e neto, guardiões do meu coração.

Também para Sally Wilden,
com seus belos conjuntos e sapatos elegantes!
Para mim você sempre será Sally Wally.
Companheira de infância e degustadora de vinho das madrugadas!
Amiga para a vida toda, parceira para sempre.

Prólogo

A parte de trás do camburão estava úmida. O calor do dia de verão parecia amplificado pelo revestimento metálico. Susan Dalston sentiu uma gota de suor correr entre os seios e levou as mãos ao rosto num gesto cansado.

— Pode me dar uma bebida gelada?

A guarda penitenciária balançou a cabeça.

— Já vou até aí. Você vai ter que esperar.

Susan observou a mulher sorver um grande gole da lata de Pepsi e estalar os lábios de maneira acintosa. Obrigando-se a fitar o chão, Susan lutou contra o impulso de estapear o rosto daquela vadia arrogante. Era isso o que a mulher desejava. Susan Dalston novamente acusada, sua apelação indo por água abaixo graças a uma atitude precipitada. Então, mirou a guarda penitenciária nos olhos e abriu um sorriso largo.

— Qual é a graça?

Ela sacudiu a cabeça de maneira triste.

— Estava pensando em você, coitada, enfiada aqui num dia como esse. É mesmo muito injusto, não é? E ainda tem pela frente todo o caminho de volta a Durhan. Uma longa jornada, hein?

A mulher concordou com um gesto.

— É verdade, mas à noite estarei deitada numa bela cama, assistindo televisão e brincando com o pau do meu macho. E você, o que vai fazer? Pelo menos tenho com o que me ocupar mais tarde.

O veículo freou bruscamente e parou. Susan sentiu os pulsos doerem. Sabia que a guarda, apesar de ter poderes para livrá-la das algemas, não o faria. Os comentários davam conta de que Danby era dura na queda. Susan não daria a ela oportunidade de dizer não. Na condição de condenada à prisão perpétua, de assassina, já aprendera há muito tempo o quanto era difícil lidar com pessoas como Danby.

Pareciam desfrutar poder supremo sobre as prisioneiras. De certo modo, Susan compreendia isso. Ouvira rumores de que o companheiro de Danby era caolho, que seus filhos viviam envolvidos em problemas na escola, que a família estava sempre prestes a ser despejada.

As fofocas circulavam igualmente entre agentes prisionais e detentas.

E compreendia a necessidade da mulher de menosprezar todos a sua volta. Afinal, fazia parte da natureza humana. Era assim que Danby lidava com a vida e seu trabalho de merda.

O camburão arrancou novamente e Susan suspirou aliviada. O trânsito de Londres era medonho, principalmente no início da tarde. Estava trancafiada ali desde cinco e trinta e cinco da manhã e só houvera uma parada para que pudesse se alimentar e ir ao banheiro. Danby carregava provisões suficientes para um piquenique e comia e bebia até se fartar, sabendo que Susan, algemada e com os movimentos limitados, nada podia fazer a respeito.

A portinhola gradeada entre o banco do motorista e a parte traseira do veículo se abriu, e uma voz masculina soou.

— Estamos quase lá, garotas. Mais dez minutos e poderemos esticar as pernas.

Ele deixou a fenda aberta e Susan pôde ouvir David Bowie cantando "Life on Mars". Tornou a cerrar os olhos e respirou fundo.

Danby a observava com uma expressão soturna no rosto.

— Dalston!

Era um sussurro urgente.

Susan abriu os olhos e mal teve tempo de desviar o rosto e evitar que fosse atingido pela última lata de Pepsi de Danby, jogada em sua direção. O líquido escuro escorreu sobre o uniforme de presidiária.

— Não vão deixar que você escape, madame. Não se eu puder evitar.

Era uma ameaça vazia. Ambas sabiam disso.

Susan manteve a cabeça baixa e mais uma vez cravou os olhos no chão. Viajaram em silêncio até que o veículo atravessou a entrada principal da prisão Holloway. Passaram-se quinze minutos até que a porta se abrisse. Danby arrancou Susan para fora do camburão. Diante de uma luminosidade ofuscante, em pleno dia, sentindo uma brisa fresca no rosto, Susan foi tomada por uma sensação de pequenez.

A fachada lúgubre da prisão era um indicador inexorável do que a vida ali dentro lhe reservava. Acessos trancados, tinir de portões, som de chaves nas fechaduras era tudo o que lhe aguardava dali para a frente.

Muito embora tivesse vivido assim nos últimos dois anos, fora a iniciativa de apelar da sentença que a fizera realmente perceber o mundo no qual estava confinada. Esse breve lampejo de liberdade a havia tornado mais consciente da vida detrás das grades.

Susan sabia que, se não colaborasse, jamais sairia dali. Da mesma forma, tinha certeza de que não poderia revelar o que havia lhe acontecido. Jamais contaria a verdade a ninguém. Era assustadora demais, e ainda assim absolutamente real, para ser revelada. Certos fatos devem ser mantidos em segredo.

Sorriu diante de tanta ironia.

Sua entrada no presídio foi devidamente registrada e a transferência para o interior do prédio se deu sem contratempos. Danby vociferou uma torrente de insultos, mas a guarda encarregada de Holloway não se deu o trabalho de responder. Já havia ouvido todos aqueles impropérios outras vezes.

Com calma, ela interrompeu Danby no meio de uma frase.

— Volte à entrada principal. De lá, a encaminharão para a cantina, onde estão as demais. Você não tem autorização para ir além.

Susan se permitiu um leve sorriso quando a porta rangeu com firmeza, fechando-se no rosto de Danby que, espiando através dos espaços largos entre as barras de ferro, deu uma piscadela.

— Ainda vai ouvir falar de mim, Dalston.

— Não se você ouvir a meu respeito antes, Sra. Danby.

A guarda tirou as algemas de Susan que, esfregando os pulsos, seguiu-a por um corredor empoeirado.

— Essas imbecis da área norte da cidade! É Durham que as faz assim. Pensam que são melhores que todas as outras guardas só porque trabalham numa cadeia mais rigorosa. Deviam experimentar isso aqui por algum tempo. Vinte e quatro horas trancadas sob custódia... até mesmo as ladras de lojas ficam meio irritadas, que dirá as criminosas de verdade.

A guarda destrancou mais uma porta.

— Já comeu?

Susan balançou a cabeça.

— Não como nada desde cedo. Mas tomei um gole de Pepsi.

Ela riu, mas a guarda não retribuiu o gesto. Não entendera a piada.

— Facilite as coisas para você, Dalston. Sabemos tudo sobre você e suas habilidades homicidas. Ouvi dizer que ele teve o que merecia, parece ter sido um castigo justo, mas não tente fazer o mesmo aqui dentro. Já temos muito trabalho sem precisar bancar sua babá, certo? Se quiser bater em alguém, faça-o no conforto e privacidade da sua cela, sem que ninguém veja. Estou sendo clara?

Susan fez que sim com um gesto de cabeça, a expressão séria.

— Lembre-se, há lésbicas assumidas por aqui, e nem todas são presidiárias. Cuide-se. Seja discreta em absolutamente tudo... é o único conselho que posso lhe dar. Sua fama chegou antes de você, pode bem imaginar. A maneira como matou seu companheiro depõe contra você. Preste atenção no meu conselho, querida. Mantenha a cabeça baixa e não se meta em confusão. Todas sairemos ganhando com isso.

Permaneceram em silêncio até estarem mais perto da área das celas. O barulho produzido por centenas de mulheres era ensurdecedor, tornando-se mais e mais alto à medida que se aproximavam.

Uma vez na área ocupada pelas detentas, Susan foi atacada por odores e sons. O mau cheiro profundo de repolho cozido demais, e que integrara o cardápio de almoço das presas, estava por toda parte, entremeado por cheiros mais pronunciados como o de suor, sabonete e desodorante baratos. Rádios portáteis retumbavam e as pessoas falavam ainda mais alto para se fazerem ouvir. Susan sabia que estavam observando a recém-chegada e se manteve ereta, pressionando a trouxa de pertences contra o peito. As mulheres eram a mistura que se esperaria encontrar numa prisão: prostitutas com cabelos e maquiagens escandalosos; ladras de cartões de crédito; criaturas cheias de vícios e nenhum pudor. Os mesmos rostos, só penitenciárias diferentes.

Tudo aquilo era muito deprimente.

Enquanto subia as escadas para o primeiro patamar, ouviu um riso alto e virou-se para ver um par de adoráveis olhos verdes que pareciam estar escancarados o mais que podiam. A dona desses olhos era miúda e tinha a aparência de uma boneca. Ela sorriu largamente para Susan, que quase devolveu o cumprimento.

A guarda empurrou a garota para longe.

— É uma assassina de criancinhas, Dalston. Cuidado com ela. Tem cara de anjo, mas é mais louca que um cão raivoso. Jogou o filho bebê da janela do apartamento direto para a calçada... uma queda de 16 andares. Depressão pós-parto. Vai se safar. Mas, até lá, temos que dividir o mesmo espaço com ela.

Susan seguiu a guarda até que chegassem a uma cela cuja porta estava aberta. A guarda entrou e Susan a acompanhou, um sentimento de apreensão invadindo-a. Nunca se sabe com quem irá se dividir a cela e, até que descubra, estude-a e saiba se pode relaxar; é uma tarefa complicada.

Deitada no beliche de cima, cabelos imaculados, maquiagem perfeita, estava Matilda Enderby. Olhos escuros, mechas de cabelos castanhos, ela sentou-se na cama e lançou um olhar de relance na direção de Susan. Depois, voltando-se para a guarda, disse gentilmente:

— Você vai colocar isso para ficar comigo?

A voz era profunda e rouca, com um sotaque de classe média.

Susan olhou nos olhos da mulher e esboçou um breve sorriso.

A guarda a ignorou, dizendo bruscamente:

— Ouça, Enderby, você aqui não tem escolha, meu bem. Abriu mão dos seus direitos na noite em que assassinou seu marido. Como vocês duas estão aqui pelo mesmo motivo, acho que devem ter mais em comum do que possam imaginar.

E deixou a cela, empurrando a porta atrás de si.

Susan colocou seu fardo de pertences na cama de baixo e o abriu. A primeira coisa que fez foi tirar as fotos e cartas dos filhos. Depois, rapidamente, desembrulhou os poucos objetos de que dispunha e os transferiu para a gaveta vazia de uma pequena cômoda.

Matilda Enderby observava cada um dos movimentos de Susan.

Quando finalmente terminou, Susan escorregou para a cama e, deitando-se, fitou os rostos das crianças. Especialmente o do bebê.

Matilda saiu da cela e voltou com duas xícaras grandes de chá. Abriu um pacote de balinhas digestivas e colocou algumas no beliche, ao lado de Susan.

— Você massacrou mesmo seu companheiro...

Susan a interrompeu acidamente.

— Cento e cinqüenta e duas vezes com um martelo? Sim, massacrei. Contei os golpes, ajudou a me concentrar.

Matilda concordou com um gesto de cabeça. Até mesmo a expressão de seu rosto agora parecia imóvel. O perpétuo movimento dos olhos, revelador em alguém que cuidadosamente observava o que estava ao redor, havia desaparecido. As duas mulheres ficaram em silêncio por um momento.

— E com você, qual foi o problema?

Matilda deu um meio sorriso.

— Não está me reconhecendo? Sou o foco de um bocado de atenção da mídia. Logo estarei fora daqui. Dei uma facada no coração daquele cretino. Ele merecia isso depois de tudo o que me fez passar.

A voz de Matilda era cheia de amargura quando perguntou:

— Por que o matou?

Susan deu de ombros.

— Sei lá.

— Saber, você sabe, com certeza. Mesmo que não vá contar a ninguém.

Susan não respondeu.

Então, deitou-se novamente e tentou esvaziar a mente. Nunca havia revelado a ninguém o que a levara ao crime e nem imaginava que um dia poderia deixar a verdade vir à tona. Havia muitas pessoas envolvidas, muitos segredos a serem mantidos.

E fora exatamente assim que ela vivera uma vida inteira: uma mentira em cima de outra, um segredo para encobrir outro segredo.

Mais tarde naquele mesmo dia, quando os ruídos da prisão se acalmaram e a porta da cela foi finalmente trancada, para só ser reaberta na manhã seguinte, Susan foi deixada ao sabor de seus pensamentos. Os mesmos pensamentos que tinha noite após noite. Era somente em pensamentos, no escuro da noite, que podia se permitir analisar o que fizera e, mais importante, por que o havia feito.

Sabia que para compreender seus atos tinha que remontar ao início de sua vida. Lá estava a chave de tudo o que lhe acontecera depois. Após passar os dois últimos anos ouvindo psiquiatras que tentavam descobrir a razão por trás do crime, Susan finalmente entendeu por que havia feito o que fizera a Barry.

LIVRO I
1960

"Não começa, nem termina
O que não é pago com lamentos;
Pois nascemos pela dor de outrem,
E perecemos na nossa própria."

— Francis Thompson
("Daisy", 1913), 1859-1907

"Oh! Quantos tormentos se encerram no pequeno círculo de uma aliança de casamento."

— Colley Cibber
(*The Double Gallant*, 1707), 1671-1757

Capítulo 1

A garota abriu os olhos. O sono os havia deixado grudados e ela o espantou com uma das mãos miúdas. Podia ouvir a respiração regular da irmã, pequenos roncos abafados que faziam-na lembrar uma boneca. A cama estava quente e acolhedora. Aninhou-se nas costas da irmã, os dois corpinhos encaixados como um par de colheres, e tornou a adormecer.

O barulho acordou a ambas.

Susan sabia que não havia descansado por muito tempo porque seus braços ainda não estavam entorpecidos, o que costumava acontecer quando dormia a noite toda enroscada na silhueta ossuda da irmã.

O grito do pai parecia crescer.

Debbie deu uma risadinha.

— Velho tolo! Tomara que vá logo para a cama.

Susan riu também.

A briga, que já durava dois dias, surgira porque a mãe das meninas havia conseguido emprego num pub local. O homem estava convencido de que ela só queria trabalhar lá por haver algo entre a futura funcionária e o dono do estabelecimento.

Ele sempre afirmara que a mulher tinha um amante e, quase sempre, estava com a razão.

Era isso o que fizera as duas garotas acharem graça. Mesmo aos 8 e 9 anos de idade, já conheciam bem a realidade e se divertiam com o fato de o pai ainda não ter cansado de fazer conjecturas sobre a vida da mulher. As duas interromperam o riso ao ouvirem o ruído de uma bofetada, seguido rapidamente dos saltos dos sapatos da mãe se chocando contra o chão de linóleo.

— Seu gordo miserável! Qualquer dia vou te sangrar com uma facada!

— Uma facada, é? Você está sempre metida nisso. Você só é boa em ser esfaqueada pelo pau daquele babaca, madame.

O bombardeio estava começando. Elas escutaram o baque quando a cabeça da mãe bateu contra a parede. As duas garotas estremeceram.

— Levante, Sue. Na última vez eu é que fui lá.

Ela sentou na cama e balançou a cabeça.

— De jeito nenhum. Ele me odeia, você sabe muito bem disso.

O barulho forte de algo sendo esmagado revelou às meninas que a luta havia se transferido para a salinha da frente.

— Lá se vai a luminária nova... e isso vai tirar a mamãe do sério.

Debbie estava certa. June McNamara gritava a plenos pulmões.

— Seu filho-da-puta! Seu escroto de merda. Por que sempre destrói tudo?

A batalha estava no auge e as duas meninas sabiam que a mãe estava enfrentando o homem em pé de igualdade. Podiam ouvir o pai dizendo:

— Pare com isso, sua vaca idiota, porra!

Ele ria e a gargalhada enfurecia ainda mais a mulher. E era exatamente o que ele queria.

As garotas sentaram-se na cama, olhos arregalados.

Sabiam que o próximo passo seria Joey McNamara dando início ao espancamento que deixaria os olhos da mulher pretos e que, possivelmente, ainda provocaria fratura de alguns ossos.

Debbie pulou da cama. Era alta para uma criança de 9 anos, e muito bonita. Numa vizinhança tão desassistida como aquela, era bonita demais para a vida que levava. Abriu a porta do quarto com cautela e saiu para o corredor.

June jazia no chão da entrada, o rosto uma massa de sangue. O marido estava curvado sobre ela, a respiração em lufadas profundas no mesmo ritmo com que arrancava chumaços de cabelo da mulher. Susan seguia a irmã, aflita. Ambas soltaram um suspiro de alívio quando a polícia bateu na porta da frente.

— Vamos, Joey. Abra, companheiro. Sabemos que você está aí.

Susan atravessou o saguão às carreiras e destrancou a porta. O sargento Simpson avançou acompanhado por dois outros homens de uniforme, empurrando a criança para longe da passagem. Ela os observou afastarem o pai de cima da mãe. Ainda assim, Joey tentou, em vão, chutá-la na cabeça.

— Acalme-se, cara. Você já foi preso por lesão corporal. Quer ganhar também uma queixa por agressão a policial?

— Ela é uma piranha... uma piranha velha! Trepando com o merda do dono do Victory. Um sujeito mais preto que o buraco do meu cu. Sua cretina!

Mais uma vez, ele tentou atacar a mulher.

— Ela está me fazendo de motivo de chacota, todo mundo sabe disso.

June vomitou uma mistura laranja e verde, o que levou um dos policiais mais jovens a também sentir náuseas e vomitar.

— Vamos lá, Joey, vai passar a noite na cadeia. Tudo estará resolvido amanhã de manhã. Dormir é o melhor remédio para esquecer os problemas, camarada.

Ele concordou com um meneio de cabeça, mas enquanto era conduzido rumo à saída, voltou a se firmar sobre os pés calçados de botas e fincou as solas numa das mãos da mulher.

June berrou. E se ergueu com desenvoltura do chão, retomando o ataque contra o marido.

As duas meninas observavam toda a cena de olhos escancarados.

O sargento Simpson olhou para Susan e deu de ombros.

— Mexa-se e vá à casa da vovó. Conte a ela o que aconteceu e a traga até aqui. Sua mãe precisa ir para o Old London Hospital. Ele a espancou até quase fazê-la perder os sentidos.

A garota balançou a cabeça, mostrando que entendera a mensagem, e voltou ao quarto. Calçou as botas de cano alto e vestiu um casaco velho. Por ter mais corpo que Debbie e não ser tão bonita, costumava ser incumbida de todas as tarefas desagradáveis. Todos sempre imaginavam que era mais velha que a irmã.

Quando saiu do quarto, a mãe já estava sentada no sofá, cuidando da mão machucada. Debbie tinha um dos braços em volta dos ombros de June, tentando consolá-la. Susan viu a mãe repelir o abraço de Debbie e suspirou.

Debbie sempre metia o bedelho onde não era chamada.

Escorregou pela porta, rumo à rua, sentindo o frio da noite de inverno, e pôs-se a caminhar ao longo da Commercial Road, em direção à casa da avó.

Eram quatro da manhã e Ivy McNamara não ficaria contente em ser arrancada da cama quente. Para ser sincera, Susan não a culparia por isso.

A menina já sentia os pés dormentes quando chegou ao endereço da avó e bateu de leve na porta da frente, com delicadeza. Aos pulinhos, trocando os pés para que apenas um deles tocasse o chão, esperou o guincho inevitável.

— Quem é que está aí uma hora dessas da noite?

Susan não gostava da vovó McNamara. Ninguém gostava. Ivy era uma mulher rancorosa, uma vaca boquirrota — e esses eram os comentários quando as pessoas desejavam ser gentis a respeito dela.

A porta da frente se abriu e a menina se viu diante da avó em todo o seu esplendor. Bóbis amarelos vivos circundavam a cabeça da velha como um capacete protetor; a boca desdentada tinha saliva nos cantos. Os olhos, rugas e sono de sobra; as mãos eram garras sujas. Higiene nunca estivera entre as suas virtudes.

E tinha somente 57 anos.

— Vamos entrando. Você está deixando todo o calor ir embora.

Susan seguiu a avó até o quarto. Lá, Ivy tirou do armário um velho casaco de pele e jogou sobre o corpo.

— Procure meus dentes. Não posso sair sem eles.

A menina olhou em volta do cômodo até que viu a dentadura em um copo junto à cama.

— Aqui estão, vó.

Ivy enfiou a prótese na boca e, imediatamente, anos e anos que encovavam aquele rosto simplesmente desapareceram.

— O que foi dessa vez?

— A polícia levou papai. Ele deu uma surra na mamãe.

Ivy riu alto e peidou.

— Ele descobriu sobre ela e o pretume do Victory, não foi?

Susan fez que sim com a cabeça.

— Vagabunda! Não sei por que ele se casou com aquilo. Ele não quis me ouvir, não é? Claro que não. Tinha que ser ela, a maior vadia das redondezas. Vai maldizer o dia que se engraçou com ela, eu avisei. E agora está arrependido.

Susan ligou o piloto automático. A avó tinha o hábito de reduzir June a frangalhos e não era a primeira vez que a menina ouvia aqueles impropérios. Enquanto Ivy xingava, a garota se deixava ficar junto à porta do quarto, observando-a.

Ivy calçou meias-calças, um par de meias e botas até os tornozelos com revestimento de pele. Um chapéu largo de tricô completava o traje. Pegou uma bolsa de mão enorme e abarrotada de couro negro, onde estavam guardados velhos cartões de racionamento e as certidões de nascimento dos filhos, além de tíquetes para compras em promoção. Com um gesto, a mulher informou à neta que estava pronta para sair à rua.

E sem uma bebida quente, sem um sobretudo decente ou um cachecol, Susan fez todo o caminho de volta para casa, enfrentando o frio devastador do inverno de uma Londres gélida.

Ao chegar, encontrou Debbie fazendo chá. O rosto da mãe estava destruído e as duas filhas evitavam fitá-la. Vovó McNamara imediatamente assumiu o comando, o que as fez sentir ainda pior. Apertou o rosto da nora entre as mãos e o movimentou de um lado para o outro.

— Você vai sobreviver. Embora qualquer dia desses ele vá dar cabo de você. E quem o poderia culpar por isso? Todo mundo comenta sobre você e aquele negro molengão do pub.

As duas garotinhas trocaram caretas. O Sr. Omomuru, como elas o chamavam, era bacana. Dava-lhes limonada e batatas fritas e as fazia rir com histórias sobre a África e sua família.

Com o rosto limpo, sem sangue, June já não tinha a aparência tão ruim, muito embora ainda estivesse bastante ferida. Levantando-se trôpega, caminhou até o espelho apoiado sobre o peitoril da janela e soltou um gemido.

— Aquele escroto miserável! Vejam só o que ele me fez.

Ivy riu de maneira estridente.

— Seu tição não vai querer vê-la por um bom tempo... não com a cara desse jeito. De qualquer modo, Joey vai acabar com você assim que voltar.

Ela parecia gostar da idéia. Estimulada pelo chá e pelo conhaque, June virou-se para encará-la e gritou:

— Vá para o inferno, sua velha murcha!

A mão de June estava tão inchada que triplicara de tamanho. Susan esvaziou a bacia e tornou a enchê-la com água gelada. June mergulhou novamente a mão no líquido e suspirou.

— Está melhor. Hora de se mandar, não é, Ivy? Ou vai ficar por aqui até que o filhinho querido seja solto, à espera do fim do drama?

Ivy permaneceu calada. Sabia quando havia ido longe demais. June era bem capaz de jogá-la porta afora. Então, preferiu se manter recolhida por algum tempo. Por nada no mundo perderia o retorno do filho: afinal, isso lhe garantiria assunto nas sessões de bingo.

— Está aí, June?

A voz de Maud Granger soava mais alta à medida que cruzava a entrada do apartamento minúsculo. Era de manhã. A mulher entrou na cozinha e, ao ver Ivy, a cumprimentou com um aceno de cabeça.

— Vi a polícia levá-lo... é uma desgraça do cacete o modo como aquele homem a trata. Olhe o estado do seu rosto.

June tornou a pousar a chaleira e se assustou ao fitar a mão, que latejava.

— Logo ele estará de volta. Normalmente o chutam para a rua na hora do almoço e aí tudo vai recomeçar. Ele está convencido de que tenho um amante. Como sempre.

— E, como sempre, é verdade — arrematou Ivy.

A nora virou-se para ela e inalou o ar de maneira profunda, se esforçando para manter a calma.

— Não estou tendo um caso. Você deve saber que ele me paga, Ivy, e sem dinheiro eu não sobreviveria, pois o seu querido filho bebe tudo o que entra nessa casa. Então agora você está por dentro, não está?

Em poucos segundos, June se viu desejando não ter sido tão direta, já que a boca de sua amiga Maud era como o túnel Blackwall e, por volta de duas da tarde, uma observação como aquela já teria percorrido toda a área.

Os olhos de Maud eram como pires. Ela tomou fôlego:

— Oh, Junie, você é uma figura.

Ivy a arremedou.

— Sim, uma figura e tanto, hein, Junie? Meu rapaz vai arrancar seus olhos, meu bem, quando eu contar a ele sobre tudo isso.

June sentou à mesa da cozinha e sentiu as lágrimas chegando. O rosto estava dizimado, intumescido e escuro. Levaria semanas até que recuperasse, ainda que de maneira remota, a aparência de sempre. A mão doía muito e as costas davam a impressão de estarem prestes a se partir. Todo o corpo era uma chaga. Mas já estava acostumada a essas sensações. O que realmente a incomodava era saber que o marido não permitiria que a situação continuasse como estava. Gostava do amante recente. Era adorável, gentil e terno, e tratava-a com respeito. E ainda era generoso.

Durante anos, June ganhara uns trocados como prostituta. Aliás, como a maioria de suas vizinhas. Era algo quase intrínseco à existência daquelas mulheres. As crianças precisavam de sapatos novos? Era só dar uma voltinha e problema resolvido.

Bastava não alardear o feito. Era fundamental manter a matraca fechada se Maud estava por perto. Ela era capaz de vislumbrar fofocas mesmo em um encontro para orações.

Susan e Debbie entraram na cozinha justamente quando a avó retomava a saraivada de insultos. Segundo ela, a nora era uma perfeita inútil. Susan perguntou à mãe se podia sair para brincar na rua, com a irmã.

Antes que June pudesse responder, a porta da frente quase se desprendeu das dobradiças sob o impacto de uma pancada vigorosa.

A mulher suspirou.

— Abra para mim, está bem?

Susan destrancou a porta e viu, diante de si, o maior homem negro em quem já tivera oportunidade de colocar os olhos.

Ele sorriu com brandura.

— Sua mãe está?

Susan fora tomada de perplexidade. Gostava daquele homem, era um sujeito legal. Mas sabia que em vovó McNamara a visita surtiria o efeito de um pano vermelho estendido nas fuças de um touro.

Debbie correu para a cozinha, anunciando:

— É o homem preto, mamãe. Ele está na porta.

June ergueu o olhar para o teto e sufocou o ímpeto de gritar contra as injustiças de toda aquela situação. Esforçou-se para abandonar o assento e disse com sarcasmo:

— Fique de boca fechada, Maudie, ou pode perder momentos saborosos.

Ao sair da cozinha, June sentiu o coração martelar. Jacob Omomuru era basicamente um homem muito bondoso, conforme ele já lhe havia provado muito bem. Era isso o que tornava a situação ainda mais difícil. Eram grandes as chances de que Joey a matasse por causa de Jacob. No fundo, June estava ciente de que, se tivesse um pingo de juízo, fugiria com o amante. Mas também sabia que não tomaria uma atitude assim. Não lidava bem com a vida real, não se dispunha a viver com Joey perseguindo-a mundo afora, pois isso significaria um desfecho para o longo impasse.

Jacob estava de pé na soleira da porta diante de todos os vizinhos, vestindo um elegante terno azul-marinho, camisa e gravatas combinadas. O cabelo esplendidamente crespo de que ela tanto gostava era cortado à escovinha; os olhos escuros, grandes e amendoados, eram de súplica. Jacob Omomuru a amava e, no íntimo, tal informação fazia de June uma mulher muito feliz. Mas a vida dela estava definida e nada poderia alterá-la.

Ele a mantinha entre os braços e se declarava. Ela, por sua vez, estremecera ao sentir que ele a puxava contra si. Podia inalar o aroma especial de sabonete de sândalo e cigarrilhas. E o repeliu ao perceber que a sogra se aproximava da porta, as faces brancas como uma máscara de cera, a boca arreganhada, enorme e feiosa.

— Deixe-a em paz, seu crioulo escroto! Meu filho vai cortar sua garganta quando souber o que aconteceu por aqui.

Jacob permaneceu no mesmo lugar, uma figura imensa e intimidadora entre as mulheres e as meninas. Maud estava quase se mijando tamanha era a excitação nervosa que a assaltava. Aquilo era melhor que televisão, como faria questão de revelar naquela mesma tarde a todas as pessoas que lhe viessem à mente para uma visita, com direito a uma xícara de chá e um pito. Maud nunca escutara a expressão "bico calado".

— Ora essa, June. Venha comigo já, querida. Deixe-me cuidar de você e das garotas.

June olhou para cima e encontrou o belo rosto do homem. Balançou a cabeça.

— É melhor que você vá embora, Jacob. Logo Joey voltará para casa e será um inferno se você ainda estiver aqui. — A voz dela era baixa, sem qualquer vestígio de emoção.

Uma vizinha passou diante da casa, uma jovem mãe de 23 anos de idade com quatro filhos e estrias suficientes para serem usadas como quadro de horários da estação ferroviária. Naquela família, havia mais bocas para alimentar do que uma vaca teria tetas para oferecer.

— Olá, Junie, trazendo trabalho para casa?

June a ignorou.

Jacob continuava a encará-la, sem desviar o olhar daquele rosto que tanto adorava. Conhecia a reputação de June McNamara, todos conheciam. June se valia do único bem de que dispunha, afinal nascera "sentada numa mina de ouro". Era assim que as outras mulheres do local referiam-se aos seus corpos. E, apesar de tudo, Jacob tinha se apaixonado pelos seios pesados e flácidos de June e pela umidade aconchegante que trazia entre as pernas.

Ele era movido a xereca e sabia muito bem disso.

Também sabia que eram quase nulas as chances de uma relação inter-racial dar certo na década de 1960. Especialmente numa vizinhança daquelas.

Mas June dera a ele algo que jamais esperara encontrar na frieza de Londres. Um sopro de felicidade. Enfrentava tantos problemas no Victory — fingia entender que os insultos da clientela não passavam de anedotas, e embolsava a féria —, mas sabia que, dia após dia, pisava em ovos. Era como se o seu tamanho e o fator medo fossem os responsáveis por ainda estar são e salvo em East London.

Jacob usava os encantos da raça negra para impressionar os freqüentadores do pub e sabia que levava ligeira vantagem sobre os brancos. As mulheres o admiravam. Em Londres, principalmente no East End, machos varonis eram muito procurados e valorizados. Como troféus de guerra. "Meu homem pode arrancar fora os miolos do seu." Era algo quase tribal. Jacob se permitiu um sorriso secreto diante de tal pensamento.

June o empurrava em direção à escada enquanto a sogra gritava o mais que podia, para não haver dúvidas de que atrairia curiosos.

Afastando-se de Jacob, June retrucou para Ivy, também aos berros.

— Cale a boca, velha murcha! Pode fechar a matraca por um momento?

Em seguida, novamente virando-se para Jacob, implorou:

— Vá embora. Você está tornando tudo mais difícil. Ele vai descontar em mim quando souber que você esteve aqui. Vá embora e me deixe sozinha.

A voz dela era rouca de tanta emoção e Jacob sentiu a sensação avassaladora que invade um homem ao perceber que perdeu não somente a batalha, mas a guerra. Ele baixou o olhar e mirou o rosto machucado de June.

— Você é uma tola, June. Estou lhe oferecendo uma saída. Estou lhe oferecendo a oportunidade de ter uma vida de verdade.

Ela riu, malévola.

— Já tenho uma vida, Jacob, e não tem porra nenhuma a ver com você e com gente da sua laia. — Ela sabia que o estava ferindo e sussurrou de maneira gentil. — Deixe pra lá, meu caro, deixe o barco correr.

Ele tentou colocar o braço em torno da cintura da mulher. Ela o rechaçou.

— Olhe para mim, Jacob. É isso o que sou. Não posso ser de outra maneira. Se meu marido voltar para casa e encontrar você aqui, um de vocês dois vai para a cadeia. E, sendo muito franca, eu não valho tanto. Então, vá.

Antes que ele pudesse responder, um balde de água atingiu os dois.

Ivy estava do jeito que gostava. Todos os vizinhos haviam saído à rua e logo seu filho estaria de volta. Assim, ela poderia realmente ficar à vontade e se divertir. Se June a escorraçasse, sabia que uma das vizinhas ficaria contente em lhe dar abrigo. Tinha assegurados uma xícara de chá e um assento nas primeiras filas para esperar o regresso do filho ao doce lar.

June virou-se para a sogra como uma gata furiosa.

— Sua puta desgraçada! O que você tem a ver com isso?

E empurrou-a de costas para dentro do pequeno apartamento. Podia ouvir o riso da vizinhança em meio aos gritos assustados e nervosos de Ivy. Certamente a vida seria mais fácil se a sogra se dignasse a cair morta. Susan e Debbie, de olhos arregalados, observam a mãe se ocupar da avó. June cobriu-a com algumas ruidosas bofetadas na boca e cabeça. Ivy agarrava-se ao cabelo da nora.

— Sua puta! Ele vai te cobrir de porrada pelas ruas das redondezas quando eu contar a ele o que está acontecendo. Um crioulo, não é? Um negão, hein? Por Deus, você é mais vil que as putas do cais do porto... você topa qualquer coisa. Até mesmo elas pensam duas vezes antes de se meterem com um negro.

June arrastou a sogra pelos cabelos e arremessou-a numa cadeira perto da televisão. E bramiu:

— Ele é um homem decente! Um homem muitíssimo decente. Bom demais para um tipinho como eu. Se eu tivesse metade de um cérebro, iria embora para sempre com ele. Iria. Mas sei que, graças a você e àquele cafetão com quem vivo, jamais teria um só dia de paz. Seu filho me tirou tudo de bom... tudo. Olhe à sua volta, olhe o que nós somos, e se parabenize, Ivy. Você fez um ótimo trabalho com seus filhos. Um ótimo trabalho. Não temos nada, temos ainda menos do que você sempre teve.

As duas mulheres estavam exaustas, resultado da luta e da gritaria. O ambiente ficou silencioso, as duas rivais fitando-se como se fossem víboras presas numa armadilha.

— Querem mais uma xícara de chá?

June virou-se para a amiga e vizinha e deu um latido.

— Vá se foder, Maudie. Já não viu o bastante por hoje? Volte para casa e cuide dos seus filhos. Você pode escutar o resto através das paredes, querida, como de hábito.

— Vou preparar o chá, mamãe. — A voz de Susan era baixa. June olhou com tristeza para o rosto da menina. — Quer que eu coloque uma gota de uísque, não é? Clareia as idéias.

Fechou a porta da frente assim que Maud saiu e pôs a chaleira no fogo. Cinco minutos depois, levou duas canecas grandes e fumegantes para a mãe e a avó.

As duas mulheres estavam esgotadas, embora nenhuma delas admitisse. Agora que Joey estava prestes a retornar, até mesmo Ivy optara pela quietude. Impossível antecipar com que estado de espírito o homem regressaria. Em instantes, ele passava do riso absoluto à fúria arrebatada.

O ambiente estava tão sereno que era possível ouvir o tique-taque do relógio na cozinha, sobre o fogão da marca Belling.

Capítulo 2

Uma hora depois, Joey enfiou a chave na fechadura da porta da frente. Ao ouvir o chacoalhar típico provocado pelo manuseio desajeitado do metal, Ivy olhou para a nora e sussurrou:

— Não o provoque, certo? Apenas concorde com ele. Não importa o que diga, simplesmente concorde.

June nem se deu ao trabalho de responder.

Joey cruzou a porta em silêncio, o rosto escuro e fino com a expressão fechada e impassível. Pegou Debbie e beijou-a nos lábios.

— Como vai a minha namorada?

Debbie aninhou-se ao pai e o beijou. Susan observava. Joey deu uma piscadela para a caçula e seguiu rumo à cozinha. Ao ver a mãe, suspirou.

— Olá, mãe. Veio para botar lenha na fogueira, não é?

Ivy manteve o corpo ereto, a boca firmemente cerrada. Joey voltou o olhar para June, analisando os ferimentos que a mulher tinha no rosto e nas mãos. Piscou algumas vezes como se não tivesse certeza de estar enxergando direito.

— O que aconteceu com você, June? Atropelou um ônibus, benzinho? Você está horrível.

Ninguém disse uma só palavra.

Aquela era uma atitude corriqueira para Joey. Adorava suspense. Gostava de fazer as mulheres de sua vida esperarem para ver o que ele iria fazer. Desferiria um chute em June ou a perdoaria e esqueceria, cobrindo-a de enfadonhas declarações de amor? Era um jogo que apreciava muito.

Os olhos de Ivy brilhavam de expectativa e entusiasmo. Era exatamente o que tanto aguardara. De súbito, era jovem novamente e Joey, seu pai.

Que homem! O filho herdara do pai mais do que apenas nome e sobrenome.

Susan colocou novamente a chaleira no fogo, dessa vez em total silêncio. Quando o pai estava naquele estado de espírito, um ruído alto poderia causar todo tipo de problema.

Ele arreganhou os dentes para a filha.

— Boa menina, prepare uma xícara para o velho. Acalme-o agora que sua mãe o sacaneou.

Mais uma vez, silêncio total.

Joey olhou para cada uma das mulheres presentes, sorvendo o medo, o nervosismo e a tensão. Sentou-se à mesa da cozinha. Acendeu um cigarro e deu uma tragada profunda.

— Acho que uma xícara de chá e um sanduíche de ovo me deixarão novo em folha.

As duas meninas deixaram escapar um suspiro de satisfação pelo som sereno da voz do homem. O desastre fora evitado. Papai deixaria a situação amainar e elas poderiam relaxar.

— Após meu café-da-manhã, vou dar uma saída e matar aquele crioulo. Quando vinha para cá, esbarrei com Jonnie Braithwaite e consegui uma arma. Vou arrancar os ovos dele à bala. Estarei em casa na hora do almoço.

Joey tirou do bolso da japona um revólver que pertencera às forças armadas. Era grande, reluzente e de aspecto ameaçador.

Susan e Debbie arregalaram os olhos. Ivy empalideceu e June escorregou na cadeira.

— Não seja tão estúpido, Joey. Vão te mandar para o xadrez em dois tempos. E aí, o que você vai fazer?

Joey, que até então não havia considerado as eventuais conseqüências, permaneceu quieto.

Seus pequenos olhos de suíno lampejaram.

— Só vou me preocupar com isso mais tarde. O tição está morto, cara.

Todas as mulheres que estavam na cozinha continuaram imóveis.

— Já agüentei muita coisa de você, June, mas trepar com crioulos é demais. Um negão com a bunda peluda, não é? O que há de errado com os outros? Já ficou de saco cheio de homens brancos, hein? Tomou gosto por um naco de carne bem passada?

Ele acariciava o cano da arma enquanto o sustentava apoiado ao queixo de June. O metal era frio, um frio gélido. June fechara os olhos.

A tensão na cozinha era palpável.

Joey era bem capaz de atirar na mulher e, instantes depois, se liquefazer em lágrimas de remorso. Vestiria a pele de homem enganado, marido chifrado por uma esposa leviana que tinha uma queda por homens de cor.

Como sempre, ele estava vivendo em seu mundo particular de fantasia.

Todas as mulheres no cômodo aguardavam, respiração suspensa, olhos fixos na arma.

Susan se aproximou do pai e pôs os braços em torno dele, delicadamente.

— Não atire na mamãe. Tenho uma peça no teatrinho da escola quarta-feira e sou o Anjo Gabriel.

Joey fitou o rosto da filha.

Será que era mesmo sua filha? Será que era pai de ao menos uma daquelas meninas?

Definitivamente, preferia não conjecturar acerca desse assunto.

Olhou para sua predileta, sua Deborah, a primogênita por quem sempre sentira ter uma afinidade especial. Na maioria das vezes porque nascera com o mesmo temperamento egoísta que ele, a mesma indolência. Todos os pais adoram se ver nos filhos e, quanto mais as crianças reproduzem os defeitos ancestrais, mais amadas são.

Assim é a natureza humana.

Deborah era o pai da cabeça aos pés. Bonita de uma maneira petulante, sempre fazia com que lhe coubesse a parte do leão de tudo o que estivesse ocorrendo. Estendia a mão e tomava tudo o que a vida tinha para oferecer, sem sequer uma vez dar algo em troca. Deborah, como Joey, enfrentaria uma existência muito solitária na fase adulta.

Já na infância, demonstrava mais preocupação com o que lhe aconteceria caso o pai atirasse contra a mãe do que com o fato de June estar em perigo mortal nas mãos de um homem incapaz de compreender que a vida humana era para desfrutar, dar e amar. E não para que todos fizessem exatamente o que ele queria.

Sendo um fraco, Joey fazia questão de intimidar, lutar e odiar, pois pensava que assim pareceria forte. Às vezes, odiava June e Susan porque sabia que elas conseguiam ver através dele. Vê-lo como realmente era: um falastrão metido a valente.

Eis por que todas estavam tão alarmadas.

Ele não mataria o amante da mulher. Se alguém estava prestes a ganhar um tiro, esse alguém era June, um alvo fácil. E os eventos do dia dariam a ele mais crédito junto aos vizinhos, pessoas que ele considerava importantes.

Nunca ocorrera a Joey que havia um mundo enorme para além do mercado da Roman Road e que as pessoas que viviam fora dessa área restrita não tinham o menor interesse em saber se ele estava vivo ou morto.

Ele queria ser um peixe grande em um lago pequeno.

As pessoas passariam a ter medo quando ele passasse em frente à casa delas. Ele tomaria muitas doses grátis no pub local. Putas velhas e vagabundas das redondezas o reverenciariam com a adoração que ele tanto ansiava. Mas June, a sua June, ainda olharia para ele com aqueles olhos vazios e riria às suas costas. Porque sabia o que ele realmente era: um covarde, um contador de vantagens, um mentiroso.

No fundo, Joey não era nada. E sabia disso. Pior: sua mulher tinha perfeita consciência de que ele era um zero à esquerda. June era seu calcanhar de Aquiles, pois no fundo ele a amava, realmente a amava, e sabia que outrora ela também o havia amado. Ela havia chegado a adorá-lo. Até que viera a conhecê-lo melhor.

Ele engatilhou a arma, o barulho provocando um choque no silêncio da cozinha.

June engoliu a saliva fazendo barulho, a voz por um fio ao dizer:

— Vá em frente, Joey! Acabe logo com essa merda, já estou de saco cheio de tudo isso.

Ele fitou-a no rosto devastado, viu os hematomas e arranhões que teriam levado uma mulher comum a passar uma semana no Old London, e sentiu vontade de chorar. Imaginou-se estourando a cara dela de uma vez por todas. Explodindo os miolos de June. Mas o momento passara.

June já pusera-se de pé e preparava o chá.

— Vou aprontar seu café-da-manhã e depois você pode tomar banho.

Ele olhou para a mulher, o revólver ainda voltado na direção dela, só que agora mais baixo, na altura do peito.

June sorriu de modo triste.

— Acabe logo com essa história, Joey. Mais cedo ou mais tarde você fará isso. Pode resolver isso agora mesmo; estou me lixando.

Com delicadeza, Susan tirou a arma das mãos de Joey enquanto Debbie se aconchegava nos braços da avó. O rosto de Ivy estava branco como cera. Não porque o filho estava à beira de assassinar a mulher, mas porque temia que ele pudesse falhar. A condição de mãe de Joey era o que lhe dava licença para ser a vaca vingativa que era. As pessoas lhe franqueavam acesso às suas casas e vidas porque tinham medo demais para dizer não.

Susan, ainda calada, levou a arma para o banheiro e a jogou no vaso sanitário. Certa vez vira um filme em que um revólver mergulhado na água deixara de funcionar.

Esperava que fosse verdade.

Ao cair na privada, o gatilho se desarmou. A arma estava totalmente silenciosa. Suspirou pesadamente.

Sequer estava carregada.

O pai a fizera passar por tudo aquilo a troco de nada.

Depois de fechar a tampa do vaso, retornou à cozinha. Debbie estava no colo de Joey, a quem a avó servia uma generosa dose de uísque. Para rebater a ressaca, segundo ela.

Após a liberação da tensão, a cozinha estava tomada de camaradagem bem-humorada. Susan vestiu o velho casaco e as botas de cano alto e escapou para a rua. Seria o Anjo Gabriel no teatrinho naquela semana e não tinha figurino adequado, nada. A professora providenciara asas e prometera que ela mesma confeccionaria uma fantasia angelical.

Mas para isso precisava de um lençol...

Enquanto descia os degraus rumo à rua, Susan viu as roupas lavadas pendendo dos varais, mesmo em se tratando de uma fria manhã invernal. Diante dela havia um belo lençol branco, brilhando de tão novo.

Susan sorriu para si mesma.

Ficou na rua, vagando pelas imediações, a tarde toda, estudando o pedaço de pano, cuidando para que ninguém o levasse dali, para que ninguém o recolhesse e guardasse. Tão logo escureceu, o arrancou da corda e o enfiou sob o agasalho. Uma última olhada para verificar se alguém a tinha flagrado e depois correu como o vento de volta para casa.

Já lá dentro, tudo estava róseo. No sofá, a mãe descansava no colo do pai. A avó tinha ido embora e Debbie estava de mau humor porque fora encarregada de preparar o chá e nomeada a responsável pelos sanduíches daquela tarde.

— O que é isso debaixo do seu casaco?

A voz da irmã soou alta. Ela tentou puxar o lençol de sob a roupa de Susan, que a repelia com o máximo de esforço possível.

— Largue isso, é meu.

Debbie correu para o saguão, a voz insolente no volume máximo.

— Mamãe, papai, Susan roubou a roupa lavada de alguém. Está debaixo do casaco dela. Eu vi e ela não quer me dar.

Joey olhou para as filhas.

— O que é que você tem aí, Sue?

A voz era de enfado.

— Peguei um lençol, papai, para fazer uma fantasia para a peça da escola. Já disse a você, sou o Anjo Gabriel.

— Pensei que anjos tinham que ser bonitos. O que aconteceu, há falta de crianças na escola?

Ela não respondeu.

— De quem é essa merda de lençol?

Ela deu de ombros.

— Sei lá. Mas ninguém me viu pegando ou nada parecido.

June suspirou.

— Deixe-a em paz, ela o roubou, está roubado. É dela. — E sorriu para a filha. — Vá para o seu quarto. Eu já vou até lá e faço um manto para você, como dos romanos. Vai ficar parecida com a roupa de um anjo, menina.

Susan abriu um sorriso largo.

— Obrigada, mamãe. — Deitada na cama, ela se perdeu em devaneios sobre ser um anjo, ainda que um anjo feio.

Mas, como Susan ponderou consigo mesma, não se podia ter tudo.

O que tinha por ora era suficiente.

Capítulo 3

Susan McNamara estava rindo, rindo à solta, e sua professora, Srta. Castleton, a observava, surpresa em como aquela menina melancólica e taciturna de 13 anos de idade havia se transformado.

Era Natal e toda a turma estava assistindo a desenhos animados. Tinham começado com Branca de Neve e agora encerravam a sessão com Tom e Jerry. Todas as crianças mostravam-se risonhas, mas apenas o rosto de Susan, por um momento aberto e revelando divertimento, retinha a atenção da professora. Parecia radiante ou, pelo menos, tão radiante quanto alguém como Susan poderia parecer.

Embora bem vestida, a menina trazia sempre um ar de desamparo, como se estivesse constantemente à espera de algo. Impossível saber o que esperava, mas era como se tivesse se arrumado, penteado o cabelo e se preparado para o acontecimento mais importante do dia: esperar.

Pelo quê?, perguntava-se repetidamente Karen Castleton.

Susan virava um rosto meio assustado, meio ávido e cheio de expectativa na direção da entrada sempre que a porta se abria.

A ansiedade se revelara mais intensa recentemente.

Nas últimas semanas, se comportara de maneira ainda mais reservada do que de hábito. E, de hábito, Susan McNamara já era quieta a ponto de cultivar um mutismo insistente. Embora hoje parecesse levemente animada.

A professora atribuía tal alteração à proximidade dos feriados de Natal e à quebra da rotina. Era uma criança solitária, ensimesmada, enfurnada na biblioteca, em meio a livros e discos. A bibliotecária, uma mulher bastante masculinizada chamada Gloria Dungerfield, considerava a garota uma erudita frustrada, a quem o gato havia comido a língua.

As demais pessoas pensavam que ela gostava da biblioteca porque era um lugar do qual os demais alunos só se aproximariam sob ameaças ou por castigo. Apenas mais um esconderijo para Susan, onde poderia aguardar o momento propício de escapulir de volta para casa.

Karen Castleton era uma mulher de meia-idade, bonita de um modo austero e de maneiras contidas, fruto de uma educação privilegiada. A escola secundária St. Jude's havia sido um choque para ela. Um grande choque. Até então, nunca imaginara que vitupérios e xingamentos poderiam fazer parte da linguagem cotidiana infantil. Nem que repreender uma criança poderia atrair uma mulher corpulenta de braço em riste trazendo ameaças que incluíam arrancar pulmões. Ou que soletrar uma única palavra poderia ser, para a maioria dos alunos, tão penoso quanto escalar uma montanha.

Em resumo, a Srta. Castleton também estava sendo educada e aproveitando a experiência. O que ela admitia para si mesma. Ver tudo aquilo com os seus próprios olhos havia sido uma dádiva. Um dia escreveria sobre toda aquela situação; já podia se imaginar na pele de uma novelista. Mas até que esse dia e a etapa regulamentar de 2,5 filhos, casa e cachorro felpudo chegassem, ela decidira observar e aprender sobre aquele estranho ambiente de East End, onde as garotas eram simplesmente destinadas a passar o tempo até chegarem à maternidade e ao casamento (o que viesse primeiro) e os garotos eram instruídos a almejar emprego em fábricas ou no comércio.

Tudo aquilo era muito deprimente.

Olhava para a sua turma de alunos com 13 anos e sabia, por instinto, que a maioria das garotas já tivera pelo menos algum tipo de experiência sexual. Elas se emplastravam de maquiagem, fumavam e — se dispunham de dinheiro para pagar por uma garrafa de sidra, o que era comum — bebiam.

Enquanto os estudantes guardavam seus poucos pertences em mochilas surradas, a professora observava Susan McNamara recolher cartões de Natal de sobre a carteira escolar. Ela mesma também não os havia distribuído, constatou, ao inspecionar a caixa de papelão sobre a mesa.

Sabia que a vida doméstica de Susan era considerada humilde mesmo para os padrões de East End. A mãe da menina vivia com um canalha notório, que provinha algum auxílio financeiro. As meninas eram criadas pelo pai e pela avó paterna já encarquilhada.

A professora percebeu que Susan esperava que a sala se esvaziasse, fingindo procurar algo na mochila enquanto desejava a todos um Feliz Natal.

Quando não havia mais alunos por perto, chamou a garota.

— Feliz Natal, Susan.

— Feliz Natal, Srta. Castleton.

A voz da menina era baixa e rouca.

— Muito animada com as comemorações e as reuniões festivas?

Susan McNamara olhou para ela como se visse uma aparição saída de uma nuvem de fumaça esverdeada.

— A senhorita está?

A pergunta fora devolvida da mesma forma como havia sido enunciada inicialmente e a professora teve dificuldades em encontrar uma resposta. Em seguida, sorrindo, disse com franqueza.

— Não, não estou.

A confissão pareceu alegrar a garota. Sentada na beira da mesa, Castleton disse:

— Tenho que viajar até St. Ives, para onde meus pais se mudaram há alguns anos. Eles fazem quadros e o local é uma espécie de paraíso dos pintores. Nenhum dos dois é muito bom, imagine só, mas a atividade lhes faz bem. Acho que é um lugar monótono e próprio para pessoas de idade. Mas o que se há de fazer?

Susan pensou a respeito por um segundo e então respondeu:

— Na véspera de Natal, vou passar algumas horas com mamãe e tio Jimmy. Depois volto para minha casa e tenho que começar a preparar tudo para o dia de Natal. Preparo todos os legumes e o resto. Vovó diz que está velha demais para paparicar os outros.

— E como vai ser o seu dia de Natal?

— Vou à missa da meia-noite e, ao voltar, preciso me certificar de que tudo está saindo conforme o esperado. A senhorita sabe, o peru no forno, cozinhando a noite toda, chirivias embebidas em conhaque para ganhar um sabor meio acre. Então levanto na manhã de Natal, abro meus presentes e leio, acho. Espero ganhar *O hobbit*. Mamãe me prometeu que conseguiria um exemplar. Adoro esse livro. Já peguei na biblioteca várias vezes. E a senhorita?

— Estou comprometida até o último fio de cabelo. Meus pais me aguardam ansiosamente. Sentem muito a minha falta. Vou lhe contar um segredinho: eles odeiam a idéia de que eu trabalhe aqui. Eles me vêem como uma das personagens de *Bunty*.* Você sabe, todos os lindos bastões de hóquei e cerveja de gengibre a rodo!

Susan não acompanhou o sorriso da professora, mas fez um meneio de cabeça, solene.

— Não pode culpá-los, não é? Esse lugar é um buraco miserável. Foi você quem escolheu vir para cá, não foi? Nenhum de nós teve escolha. Eu sonho em viver como as garotas de *Bunty*. Acho que seria perfeito para mim. Feliz Natal, senhorita. Desejo que faça boa viagem até a casa de seus pais.

Karen Castleton deu-se conta de que acabara de ser dispensada, e tal percepção a deixou irritada. Observou a garota pequenina de seios enormes sair da sala. O Sr. Reynaldo, que da soleira da porta estivera espreitando o diálogo, riu.

— Jamais vai conseguir chegar perto de um deles, querida. Eles nos vêem como inimigos. Há dez anos tento fazê-los absorver meus conhecimentos, mas é uma perda de tempo. Eles sabem mais a respeito da vida do que nós um dia saberemos. É inevitável que seja assim, pois toda a existên-

*História em quadrinhos para moças publicada na Grã-Bretanha entre 1958 e 2001. (*N. da T.*)

cia humana transita em torno dessas criaturas desde que nascem. Qualquer um que detenha autoridade é considerado inimigo, quer sejamos um policial ou um comerciante. É assim que foram educados. Ela a estava colocando no seu devido lugar. Você descreveu e zombou do tipo de família pela qual ela seria capaz de cortar os próprios braços. Aos olhos dela, você é uma égua mimada, como costumam dizer por essas bandas. Veja, até mesmo eu já uso o linguajar deles.

O cabelo escuro de Karen e os joviais olhos azuis haviam atraído o Sr. Reynaldo, assim como haviam atraído a maioria do corpo docente masculino, mas a natureza reservada da professora, aliada à total falta de veia cômica, finalmente os havia afastado. Ele estava se deleitando com a humilhação dela. E ela sabia disso.

Karen sentiu-se derrotada e mais deslocada que nunca. O homem saíra da sala sem sequer se despedir.

Abriu sua escrivaninha e viu um envelope. De dentro, tirou um cartão de Natal caro, cheio de purpurina e tordos. Era de Susan McNamara. A caligrafia redonda e elaborada dizia: *Os melhores votos para o Natal e para 1966, Susan McNamara e família.*

Olhando para o cartão, Karen sentiu um enorme nó na garganta. Ele estava certo, o Sr. Reynaldo. Ela havia ridicularizado algo pelo qual Susan McNamara teria sido capaz de dar os dentes caninos: uma família normal.

Tinha a sensação de que não retornaria no ano seguinte. St. Ives parecia um lugar adorável. Salvar o mundo trabalhando em uma área de periferia tinha perdido todo o encanto. Fechando a escrivaninha, colocou o cartão dentro da bolsa e saiu da sala. Nunca mais voltaria ali.

Cadela paternalista! A expressão continuava ecoando na cabeça de Susan. Sempre simpatizara com a Srta. Castleton, gostara do modo como era reservada, do modo como se vestia. Pensara nela como uma aliada, uma amiga.

Mas não. Era exatamente como os outros. Via Susan como uma garotinha carente com peitos grandes e nenhum cérebro.

Bem, para o diabo ela também.

Os xingamentos mudos estavam se tornando piores. Sabia que precisava parar com eles, mas ajudavam a esvaziar a cabeça, liberava a fúria de alguma forma.

Susan tinha consciência de quem era, mas a leitura lhe mostrara um outro mundo. E passara a desejar imensamente uma parte daquele outro mundo... Embora soubesse que era pura ilusão.

— Uma moeda por seus pensamentos.

Ela virou-se na direção do som, um áspero sotaque escocês, e viu Barry Dalston. O rapaz era novo na cidade. Chegara recentemente com a mãe e irmãos, todos vindos da Escócia. Uma gangue havia assassinado o pai de Barry. Esse tinha sido, pelo menos, o comentário na vizinhança durante semanas.

Todas as garotas gostavam de Barry por ser um cara durão com fama de excêntrico. Susan gostava dele porque sempre abria um sorriso para ela. Agora, finalmente lhe dirigindo a palavra, quase a fez desmaiar com o choque, embaraçada e grata.

— Estava pensando em como dar um jeito na escrota da Castleton.

Barry sorriu, impressionado.

— Eu não teria problemas em pegá-la de jeito, mas primeiro teria que amordaçá-la. Todo aquele palavrório seria nojento.

Susan riu diante da imagem que ele evocou. Ele e a Srta. Castleton? Pessoas como ela não faziam sexo, faziam amor. Susan não tinha certeza de qual era a diferença entre uma coisa e outra, sabia somente que havia uma diferença.

Sabia que não era aquilo que seu pai fizera com ela. Um agarrar ávido de seios, mordidas e sussurros: "Aqui está uma boa menina. Menina do papai sabe o que ele quer." Era algo que não combinava com as saias e blusas de professora, nem com os sapatos ordinários e batidos que ela, Susan, usava.

Afastou os pensamentos para longe da Srta. Castleton. Em silêncio, caminhou junto a Barry por algum tempo.

— Que tal umas batatas fritas? — perguntou ele.

Susan aceitou com um meneio de cabeça, encantada.

— Adoraria um pacote de batatas. Estou morta de fome.

Barry abriu um sorriso, um curto esgar bestial que realçava seus belos traços. Barry Dalston era bonito, todos sabiam disso. Ele levantou as sobrancelhas e disse gentilmente:

— Tem dinheiro?

Susan disse que sim, apenas sacudindo a cabeça. Ela sempre tinha dinheiro, graças à mãe.

Ele riu.

— Bem, guarde-o, essa é por minha conta. Acho que temos o bastante também para uma bela salsicha defumada. Que tal?

Susan voltou a balançar a cabeça; estava mesmo com a bola cheia. Enquanto seguiam adiante, conversavam sobre suas vidas. Na verdade, Barry era praticamente o único a falar, mas isso convinha perfeitamente a Susan. De vez em quando os olhos do rapaz se demoravam nos seios dela, que puxava o casaco para junto do corpo, como para se proteger. Isso o fazia achar graça.

— Você não vai conseguir escondê-los, meu amorzinho. Aliás, quantos anos você tem?

Susan o encarou.

— Quase 14. — Não era verdade. Completara 13 há apenas algumas semanas, mas sabia que era uma mentira que qualquer mulher contaria para manter o interesse de tipos como Barry Dalston.

— Tenho 18... 19 no ano-novo. Sempre acho que é melhor o homem ser mais velho que a mulher, não concorda?

Susan mais uma vez fez que sim com a cabeça. Sentia o coração bater ao som de uma típica festa escocesa. Ele parecia estar flertando com ela. Susan agradeceu a Deus, a Nossa Senhora e a todos os outros santos que lhe ocorreram por apresentarem-na àquele rapaz.

Barry, por sua vez, cravava os olhos naquele rosto sem atrativos, salvo pelos belos dentes. Ela parecia pura e madura; na verdade, não passava de uma criança. No fundo, ele sabia disso. Ainda assim, suas maneiras arrogantes e seus livros de leitura o intrigavam. Ouvira outros rapazes comentarem acerca dos conflitos da família McNamara e essa era a verdadeira razão de seu interesse pela garota. O tio Jimmy e aqueles grandes peitos eram os faróis que o atraíam para ela.

Ela poderia franquear-lhe acesso a bandidos de verdade e era isso o que ele procurava. Estar entre os gângsteres.

Sorriu para ela, que devolveu o gesto. Para ser franco, gostava de Susan de uma maneira curiosa. Afinal, ela o olhava com veneração, e quem resistiria a tanto apego?

June estava muito contente em ver a filha rindo na véspera de Natal. Embora Debbie sempre demonstrasse ser mais feliz que a irmã, Susan tinha um jeito próprio de cultivar um certo humor taciturno em que não faltava espaço para apreciar uma boa anedota.

Ao longo dos últimos anos, esse aspecto da personalidade da garota parecia ter desaparecido e June atribuíra isso ao fato de o contato entre mãe e filha ter rareado. Agora parecia que June estava desacreditada.

Na verdade, não dispunha de tempo até para cuidar da própria vida, como pensara inicialmente que seria possível. Jimmy, seu companheiro escocês, mudara muito ultimamente, tratando-a mal, criticando seu vestido, seu cabelo, tudo. June estava entrando nos 30 anos e tinha a clara impressão de que Jimmy farejava algo mais jovem, algo diferente.

Aguardava más notícias. Até que as recebesse, porém, permaneceria quieta.

Enquanto caminhava pelo mercado East Ham, seu passeio de praxe aos sábados com as meninas, June viu uma velha amiga, Bella Tambling. Bella era grande, forte e atrevida, mas tinha uma gargalhada a qual era impossível resistir. Usava uma manta larga e um chapéu de lã. Aparentava ter cerca de 50 anos, falava como operário e tinha um riso capaz de atravessar uma vegetação densa.

— Olá, June, minha velha camarada, há quanto tempo não a vejo!

June sorriu diante da saudação efusiva.

— Vamos tomar uma xícara de chá na lojinha. Meus pés estão me matando e minha boca parece o fundo da gaiola de um papagaio.

As duas meninas riam enquanto acompanhavam a mãe e Bella ao interior da loja esfumaçada. Susan odiava ver as enguias vivas num vaso sobre o balcão, muito embora as comesse. Sentada, deixou Debbie fazer o pedido e prestou atenção ao tagarelar da mãe e de Bella.

— Agora tenho sete filhos, mas perdi dois. Deus e seus desígnios do cacete. De certo modo, foi melhor assim... são um bando de bastardinhos. Dei dinheiro a cada um deles e os deixei na Crisp Street hoje de manhã. Tomara que sejam atropelados por um ônibus.

June riu, sabendo que a amiga amava os filhos de verdade, aquele era apenas o jeito East End de seguir a vida. Enquanto tirava o casaco comprido de couro, percebeu dois homens olhando-a de uma maneira minuciosa e sentiu-se lisonjeada.

June sabia que tinha de resolver a situação com Jimmy, e sem demora. Ele sequer estava se importando em passar as noites em casa.

Quando duas xícaras fumegantes de chá foram colocadas em frente a elas, Bella começou a falar e, por alguns segundos, June não se deu conta de que o assunto era Jimmy.

Limpando a boca com um guardanapo, June pediu a Bella, polidamente, que repetisse o que acabara de dizer.

Bella olhou com tristeza para a amiga.

— Você não sabe, sabe, colega? — Esfregou o nariz com um lenço já bastante usado, e recomeçou. — Ele está se engraçando com um tipinho metido a besta... todos estão comentando a respeito. Apesar de eu não entender por que alguém se ache com essa bola toda só por causa de um belo carro e meia dúzia de boas roupas. Ela administra o Dynamo Club. Porra, June, desculpe, querida. Presumi que você soubesse. É voz corrente por essas bandas. Eu e minha boca grande. Basta que eu abra a matraca para meter as mãos pelos pés. Juro que não queria jogar uma bomba como essa sobre você.

June sorriu.

— Tinha uma vaga idéia, Bell. Mas me conte o que você sabe... quero dizer, conte somente para mim. Não quero que toda a loja ouça.

— É Maureen Carter, aquela que vivia nos fundos, quando éramos crianças.

June arregalou os olhos.

— Mas ela é mais velha que eu. Tem certeza?

Bella escancarou os lábios, ruidosamente.

— Claro que tenho certeza. E, justiça seja feita, ela é bem conservada, Junie. Deve ter uns 40 anos, mas parece um homem em muita coisa. Ganha um bom dinheiro e faz o que quer. Esse é provavelmente o atrativo principal. Homens gostam dessas mulheres modernas, não gostam? Minha filha mais velha, Marie, outro dia estava dizendo que queria ter uma profissão. Dei um tapa na cara daquela vaquinha. E fui logo avisando: "Vá em frente, garota, vá viver a vida." E você sabe o que ela me disse, então, rápida como um raio? "Ora, não vou acabar como você, mamãe, mais filhos que sacolas e a pé, sem um carro para circular." "Já dirigi um carro", disse a ela. "Um que seu pai roubou quando éramos garotos. Bati com aquela merda e seu pai me proibiu de bancar novamente a motorista, a não ser da velha bicicleta."

A gargalhada estrondosa de Bella irrompeu de sua boca e até June riu, embora tremesse por dentro.

Aquela velhaca imunda e fedida! Maureen Carter...

Maureen, que por mérito próprio ganhara nome e respeito.

Maureen, que conhecia a todos e vivia pelas suas próprias regras.

Maureen, que todo sábado declarava a receita de apostas menor que a real, um favorzinho para Jimmy.

Maureen, que visitava e bebia café com June. E, June, que jamais desconfiara estar sendo duplamente traída, por Jimmy e pela amiga.

Fechando os olhos, June sentiu-se vencida por uma sensação opressora de devastação. Estava realmente numa encruzilhada.

Jimmy já tivera um caso antes e ela fingira ignorar, sabendo que era da natureza masculina ir atrás de qualquer coisa que respirasse e parecesse remotamente desejável. Mas também sabia que Maureen era uma concorrente séria.

Maureen era capaz de conversar com ele, discorrer sobre negócios e sobre a vida. Era isso o que afastava os homens de suas mulheres, e não sexo.

Sexo era relativo. Homens trepavam, se lavavam, compravam um buquê de flores para a esposa e davam umazinha em casa para compensar. Mas se o caso era com Maureen e ele estava passando as noites fora de casa, então se tratava de algo sério.

Jimmy sentia que estava progredindo e queria uma parceira que pudesse acompanhá-lo, alguém que ele pudesse respeitar. Alguém com quem competir. E Maureen se prestava a isso também; quando queria, sabia lutar como um homem. Afinal, pensava e falava como um.

Outro dia mesmo ela contara que havia comprado mais uma casa e, como uma tonta, June, namorada com quem Jimmy vivia sob o mesmo teto, havia lhe dado os parabéns.

Maureen deve ter rolado de rir.

June engoliu o último gole de chá e pôs-se de pé.

— Obrigada por me contar, Bell. Fico muito grata, colega.

Bella agarrou a mão de June.

— O que vai fazer, dar uma surra nela? Ouvi dizer que ele já se mudou com suas tralhas para a casa dela. Quem me contou foi a velha Cathy Davies. Ela faz a faxina de Maureen. Você pode imaginar que, a essa altura, a notícia já se espalhou. Sempre a última a saber, não é, garota? Estou tão feliz que meu homem seja feio de doer... ninguém iria mesmo querê-lo. O bafo dele daria nojo numa puta de dois xelins, o que dirá numa pessoa normal!

Mais uma vez Bella estava rindo e June, observando a boca escancarada, onde faltavam dentes e a língua era coberta de amarelo, invejou a amiga.

A vida de Bella se resumia aos filhos e ponto final. Por que June não poderia ser feliz do mesmo jeito? Por que sempre desejava mais?

Debbie e Susan tinham escutado tudo aquilo em silêncio. Quando deixaram o calor da loja, Susan colocou a mão na da mãe. June apertou-a com firmeza, contendo as lágrimas de frustração e raiva que brotavam em seus olhos.

Fazendo sinal para um táxi, beijou as meninas e disse a elas que seguissem sozinhas para casa. A entrega dos presentes natalinos ficaria para o dia seguinte. O táxi arrancou e, com o coração partido, viu-as se distanciarem. A situação tinha de ser ajeitada e, como era um tempo de boa vontade, tinha de ser ajeitada delicadamente.

June ainda estava parada na calçada quando Bella reapareceu, inspirando e expirando com força para retomar fôlego, ocupada em vestir o casaco e enfiar o chapéu.

— Se serve de consolo, amiga, tem sempre uma cama para você lá em casa, caso precise.

Era bondade demais e June irrompeu em lágrimas.

— Canalha desgraçado, Bella! Sacana miserável e imundo!

Bella, rindo como de praxe, chorou com ela.

Jimmy observava enquanto June colocava a refeição dele sobre a mesa. Ele suspirou.

— Não para mim, perua. Já fiz uma boquinha. Ouça, por que não sai hoje à noite, hein? Estou cheio de trabalho, muito ocupado...

June olhou para ele e sorriu.

— Mentiroso escroto. Vai estar ocupado, é verdade, mas não com o trabalho, embora cavalgar Maureen possa ser considerado trabalho braçal, suponho. Qual é o problema, então? Perdeu a língua?

Jimmy se deu ao desfrute de parecer envergonhado.

— Quem lhe contou?

June suspirou.

— Você não está negando, está?

— Nem mesmo eu sou capaz de negar a verdade.

— Por que não? Não seria a primeira vez.

— Ora essa, June, você sabe como as coisas funcionam. Nunca pensei que seria sério. Mas é... e eu a amo.

June sentou junto à mesa e sacudiu a cabeça.

— E eu, como fico? Você a ama, mas vive comigo. Ou, para ser mais precisa, eu vivo com você. Abandonei meu marido e minhas filhas...

Jimmy deu tapinhas na bochecha de June.

— Você teria deixado seu marido por qualquer um. E quanto àquelas pobres mocinhas... Cristo, você as teria abandonado na Sociedade Protetora dos Animais, caso as aceitassem. Portanto, não exagere.

— Eu amava minhas filhas.

Jimmy respirou fundo antes de continuar.

— Preste atenção em suas próprias palavras, June. Você as amava. E agora não as ama mais, é isso? No início, achava você maravilhosa. E era verdade. Mas agora não acho mais, querida. Meus gostos estão um pouco mais refinados nos últimos tempos. Cristo Poderoso, você mal limpa a casa, só sabe cozinhar essa gororoba e não tem assunto para conversar. Por favor, June, não torne tudo mais difícil ao me perguntar o que houve de errado, e fim de papo. Vamos dizer apenas que vamos nos separar e pronto. Aliás, pretendia contar tudo a você depois do Natal.

— Quanta nobreza! Mas preciso tirar uma dúvida. Por que Maureen Carter? O que ela tem que eu não tenho?

Jimmy esfregou o rosto com as mãos, irritado. Ela o estava pressionando e ele não gostava nada disso. Agastado, retaliou:

— Cérebro, Junie. E bom senso. Ela pensa por conta própria e não precisa que alguém tome conta dela dia e noite. Que tal isso como aperitivo? Ou você quer que eu vá além?

June sentiu como se tivesse levado um soco no estômago.

— Não, já entendi, obrigada.

Pegando o prato de bife e batatas que preparara para Jimmy, ela o esvaziou na lixeira.

— Então, quando devo ir embora? Ou seria melhor perguntar: para onde devo ir?

Jimmy estava profundamente triste, mas o sentimento que nutria por Maureen era como um câncer que lhe corroía as entranhas.

Queria estar com ela o tempo todo, queria vê-la, ver o que estava fazendo. Sabia que os homens gostavam de Maureen, que ela os atraía, especialmente os homens prósperos com negócios e carreiras profissionais. Mal conseguia acreditar que ela o havia escolhido. E agora que ela o escolhera, pretendia mantê-la somente para si.

Admirava, respeitava, amava Maureen.

Realmente a amava.

Pobre June! Não poderia competir com um sentimento tão intenso.

— Eu vou embora, meu bem. Pode ficar aqui até que arranjemos algo para você, combinado?

June concordou com um gesto de cabeça, incapaz de expressar o quanto estava perturbada.

— Eu te amo, Jimmy.

As palavras brotavam da boca de June a despeito de sua vontade.

— Sei disso, Junie. Acredite em mim, lamento muitíssimo, mocinha. Lamento muito mesmo.

— Eu poderia mudar, tentar ser diferente...

Jimmy balançou a cabeça para ela.

— Você é adorável do jeito que é, Junie, e alguém vai amá-la justamente por isso, você vai ver.

Ela abriu um sorriso cheio de melancolia.

— Quer dizer da maneira como você me amou? Que pensamento arrebatador!

Jimmy saiu da sala. Ela ouviu a porta da frente se abrir e correu atrás dele, chamando-o. Quando ele a encarou, June sorriu e disse:

— Feliz Natal, Jimmy.

Sem responder, ele deixou a casa. June desabou no capacho e chorou até sentir dor.

O trágico era que havia sido sincera. Ela o amava. Ainda o amava.

Debbie havia saído, a avó não estava em casa e o pai idem. Susan saboreava ter o espaço todo só para si.

Quando a mãe voltou e abriu a porta com uma chave do tempo em que ainda morava ali, o coração de Susan parou de bater por um segundo.

— Olá, mamãe. O que a traz aqui?

Já sabia a resposta, mas nunca a pronunciaria. Cabia à mãe assumir o controle da situação e contar a versão que julgasse conveniente.

— Pensei em dar um pulo aqui e ver minhas meninas para dar-lhes um abraço.

Susan abraçou a coxa de June.

Se tudo o que Bella dissera era verdade, havia chance de que a mãe a levasse para viverem juntas em algum lugar. A idéia girava na cabeça de Susan desde a primeira vez em que a vislumbrara. Ficar longe do pai era uma perspectiva tão maravilhosa a ponto de dar à garota a sensação de todos os seus Natais e aniversários estarem sendo celebrados simultaneamente.

Enquanto a mãe tomava um gole de uísque, Susan preparava os legumes. Conversavam sobre nada em especial. Uma hora mais tarde, Joey chegou.

Ver sua Junie sentada junto à mesa da cozinha o assustou. Olhou em volta impacientemente para verificar se ela havia trazido Jimmy, o que representaria problema.

Dando a Susan uma nota, June pediu à filha que lhe comprasse cigarros. Susan saiu com o coração apertado. Já sabia o que a mãe iria fazer e isso a angustiava. Deixava-a angustiada e destruía qualquer esperança de se livrar de Joey. June tentaria reatar com o marido e, se fosse bem-sucedida, todos os sonhos de Susan iriam por água abaixo.

Ao cruzar a porta da rua, ouviu a entonação peculiar de voz que a mãe utilizava quando estava à procura de algo. Não era exatamente um gemido, era mais uma espécie de balbucio abafado que a fazia parecer coquete, até mesmo infantil.

Fechando a porta da frente, Susan suspirou mais uma vez.

A vida nunca era como se queria. Susan McNamara estava farta de saber disso.

Joey olhava para a mulher e sorria. Era bacana a sua June. Devia ter cuidado dela; era única em muitos aspectos.

Nenhuma mulher o quisera nos últimos tempos; as bebedeiras, os maus bofes ou a falta de dinheiro pareciam desencorajar todas às quais ele se dirigia. Reconhecia que sua June devia ter tido algum sentimento por ele, ou não teria suportado tanto. Com a ajuda do álcool, soava uma hipótese tão lógica quanto romântica.

Desde o primeiro momento em que a vira, ela o havia afetado como nenhuma mulher o fizera antes. Ele sabia que ela era uma prostituta e isso o incomodava, mas também o excitava. De um modo estranho, metade dos atrativos de June consistiam no fato de ser prostituta.

A personalidade e o corpo de June eram abertamente sexuais e esse era o ponto principal de todos os problemas de seus homens. Fora o que atraíra Jimmy, até que ele a enxergara como ela realmente era. Bandidos não precisam mais das típicas mulheres de bandido. Estavam nos anos 1960 e gente como Johnny Binden* e sua laia podiam ter o tipo de mulher que quisessem. Jimmy Vincent idem.

June sabia que não era mais pule de dez e que precisava recuperar algum terreno. Se isso significava voltar para o marido, tanto melhor. Pelo menos estaria em ambiente conhecido, com pessoas que a aceitavam tal como era: June McNamara, fina flor da escória. Esposa espancada, mãe por acaso e ex-cacho de Jimmy.

Enquanto o ex-marido preparava para ambos chá e torradas, conversavam sobre as meninas. June se sentiu relaxar. Quando Joey se comportava daquele modo, ela o amava. Aquele era o homem por quem se apaixonara, aquele era o homem que outrora desejara mais do que qualquer outra coisa no mundo.

Agora ela sabia que, se ele a aceitasse de volta, haveria uma sutil troca de posições. Afinal, ela havia percorrido o verdadeiro mundo da torpeza e Joey estava ciente disso.

Ela o deixaria pensar que havia abandonado Jimmy. Que havia rompido com ele. Joey acreditaria, Joey ficaria feliz em acreditar.

Pôs-se a tagarelar com ele, a voz suave, os olhos úmidos. Quando Joey respondia com sorrisos tímidos e gestos breves, acendendo os cigarros dela, servindo mais chá, sentia-se mais segura.

Seria mais fácil do que imaginara. Mas sentiria falta do amado Jimmy, sentiria muita falta dele. Afinal, fora quem a apresentara um outro modo de vida e isso já era o bastante para lhe ser grata.

*

*Ator que, nas décadas de 1960 e 1970, atuou em filmes para a TV sobre o submundo do crime. (*N. da T.*)

Jimmy saía da casa de sua nova amante. Era um homem feliz, muito feliz. Estava contente por June ter aceitado a situação tão bem. Detestaria ter que feri-la, mas o que um homem pode fazer?

Ela pertencia ao passado, como um jornal lido da primeira à última página. Por que mantê-la?

Ele a despacharia com duas mil libras e a promessa de que não a perderia de vista. De vez em quando, quando quisesse algo fora do círculo doméstico, ele a visitaria.

Assim era June.

Jimmy percebia agora que era tão mercenária quanto ele. Não se extrai mulheres respeitáveis das Junes da vida. São para trepar, usar, dividir meia dúzia de risadas e depois as jogar de lado quando a próxima assomar no pub.

Mas ele a tinha amado, pelo menos por um certo tempo, até que conhecera um estilo de vida diferente, um modo de vida melhor. Percebeu que as mulheres serviam tanto para pensar quanto serviam para o sexo.

A reação de Jimmy, ao ser golpeado na parte de trás dos joelhos por um taco de beisebol, foi de perplexidade. Por alguns segundos pensou que havia tropeçado e se desequilibrado. Só quando atingiu o solo e sentiu a pressão da arma no crânio é que se deu conta de ter caído numa cilada.

E quem melhor para armar uma cilada do que sua nova mulher?

Dedicou sua última centelha de consciência a jurar que, se sobrevivesse, pegaria um bastão de beisebol e o quebraria na cabeça de Maureen até que a madeira fosse reduzida a pedaços.

Do quarto de casa, Maureen Carter observava o tumulto, rindo para si mesma. Jimmy realmente pensara que ela o queria? Ridículo.

O telefone tocou. Ela tirou o fone do gancho, as unhas pesadamente envernizadas cintilando à meia-luz.

— Sim, agorinha mesmo. Acabou.

Recolocou o aparelho no gancho. Depois, deliberadamente borrando o rímel dos olhos, caminhou como se sedada escadas abaixo e foi até a rua. Seus gritos e chiliques levaram todos os vizinhos à porta de suas casas. Numa área respeitável, o assassinato de um notório patife era algo inédito.

Maureen entrara em surto histérico; a polícia não a incomodou e logo seu filho já estava lhe preparando um drinque caprichado. No final das contas, não fora um mau dia.

A morte de Jimmy a fizera ganhar trinta mil libras.

Maureen sorvia a bebida e planejava férias agradáveis com o dinheiro que os irmãos Davidson lhe haviam prometido por dar fim em Jimmy. Parecia que 1966 seria seu ano de sorte.

Capítulo 4

June estava em choque, em completo e absoluto choque. Muito embora Jimmy a tivesse abandonado, ainda não podia acreditar que ele estava realmente morto.

Por dentro sentia-se feliz, e isso a assustava.

A polícia havia batido à porta logo depois de ela ter chegado ao endereço do ex-amante, cheia de uísque e satisfação com a camaradagem que experimentara na casa de Joey. Sentia-se segura para a eventualidade de necessitar de um álibi: se os tiras pressionassem, contaria que estivera no seu antigo lar, recatada, ao lado do marido. Deixara Joey com a sensação fugaz de que algo ainda poderia acontecer entre eles, enquanto fingia ainda estar sendo fiel a Jimmy.

Fizera lembrar a Joey que largar um bandido de longa data não era algo fácil e ele fora forçado a aceitar o argumento. Por fim, June insinuara que Jimmy a estava traindo e que talvez ela houvesse cometido um grande erro... E saíra logo após soltar uma frase de efeito sobre o quanto sentia falta das filhas.

June e Joey sabiam que a parte sobre as meninas era pura invenção, mas enquanto ainda estivessem em termos amigáveis, ele não a repreenderia por tamanho fingimento. No final das contas, June considerara que fora um dia proveitoso.

Agora Jimmy estava morto, assassinado na rua. E June podia manter a cabeça erguida, dizer a todos que ele havia dado o fora em Maureen e posar de viúva. Depois que a polícia saiu, June pôs-se a tratar dos importantes negócios aos quais teria que dedicar a noite.

Procurar pelo dinheiro de Jimmy.

Jimmy sempre guardara grandes quantias pela casa e June sabia onde estava a maior parte. Tinha dado um jeito de só identificar o corpo na manhã seguinte, alegando estar transtornada demais para fazê-lo ainda de noite. Esperava, no ato da identificação, poder recolher os pertences dele, inclusive a chave do cofre, que era o que ela realmente queria. Lá dentro estavam agendas de endereços, tudo. Preciosidades nas mãos da pessoa certa.

Com um sorriso no rosto, June se serviu de uma dose farta de uísque para acalmar os nervos destroçados, tomou um banho quente e demorado e pôs mãos à obra, vasculhando a casa inteira.

Na manhã de Natal já havia encontrado mais de duas mil libras em cédulas empacotadas e enfiadas em armários, gavetas e até caixa de força. Colocou tudo sobre a cama e examinou por um longo tempo.

Era uma pequena fortuna.

Espreguiçando-se como um gato de patas longas, June olhou-se no espelho. Ficaria melhor se passasse por uma metamorfose plástica, mas isso teria que esperar.

Foi até o cofre e experimentou espanto e euforia ao constatar que a chave encontrada na cômoda do quarto se encaixava perfeitamente.

O choque fez com que todo seu corpo estremecesse.

Lá havia mais dinheiro, algumas jóias, que ela sabia não poder empenhar como de praxe, caderninhos de endereço, livros-caixa e um revólver.

Instalada na cama, deitada sobre três mil libras, June começou a ler os livros. O sistema simples criado por Jimmy era tão fácil de entender que, se quisesse, até mesmo ela poderia ter gerenciado o negócio.

Jimmy emprestava dinheiro e depois cobrava com ameaças violentas e intimidações. Mantinha um livro com os endereços, números de telefone e detalhes sobre familiares de todos os seus devedores.

Deitada sobre as cédulas, pôs-se a sonhar sobre o que faria com elas. E Joey agora fazia parte da equação, mas não da maneira que ele gostaria. Aquilo era algo que June definiria com o passar do tempo.

O que ela realmente precisava agora era da reputação violenta de Joey. Afinal, nenhum homem, a não ser Jimmy, teria ousado tomá-la de Joey sob circunstâncias normais.

Era tudo uma questão de fachada.

Se Joey ainda tivesse sequer uma pontada de bom senso, ele próprio teria sido um Jimmy. Deus era testemunha de que Joey tinha lá seus atributos. Mas o maior defeito de Joey era a total falta de ambição e de raciocínio. Era um bandido de aluguel, simples assim. As pessoas o pagavam para fazer o serviço sujo.

Como ladrão armado, era um desastre. Na verdade, já tinha invadido uma loja de apostas local no sufocante calor do verão, com o intuito de roubar. Cobriu rosto e pescoço com um capuz que deixava apenas os olhos de fora, mas esqueceu de esconder as tatuagens. Logo todos souberam que era ele o invasor.

Na ocasião, vestia apenas calças e um colete de malha, exibindo as mãos com tatuagens nas quais lia-se "Junie e Joey" num grande coração vermelho, e "ACAB", forma abreviada de "All Coppers Are Bastards". "Todos os tiras são escrotos." No abdome trazia ainda um dragão enorme, que gostava de fazer dançar movimentando os músculos do estômago, como se fosse um número circense.

Todos o haviam identificado de imediato, principalmente o corretor de apostas, que entregara quinhentas libras para se livrar do ladrão desastrado.

Naquela mesma noite, Joey recebeu a visita dos Davidson, que eram pagos para proteger as instalações da corretora de apostas. Joey teve que enfiar a viola no saco, engolir em seco e pedir desculpas.

Mesmo Davey Davidson havia rido.

Nas semanas seguintes, toda vez que Joey ia à corretora de apostas para uma fezinha, todos se jogavam no chão como se estivessem sofrendo um assalto e riam a valer. Até o próprio Joey havia percebido o lado engraçado da situação. June considerava o episódio perfeito para definir o homem com quem se casara e tivera duas filhas.

Ele era tão útil quanto um bule de chocolate.

Ainda assim, reataria com o ex-marido, pois agora tinha o dinheiro de Jimmy e estava no comando. Ela e Joey poderiam se proteger mutuamente.

June escondeu o dinheiro e foi dormir.

Susan comungou na missa de meia-noite e rezou novamente para Nossa Senhora fazer seu pai adormecer antes dela chegar em casa. Se possível, suplicou a menina, poderia ele ficar paralítico e inconsciente também?

Não pedia que ele morresse porque isso poderia ser demais até mesmo para Nossa Senhora do Perpétuo Socorro.

Após a missa, ela saiu para ver o presépio. Era lindo. Enquanto o admirava, uma mão desceu sobre seus ombros e, virando-se, viu que padre Campbell lhe sorria.

— Você é uma grande criança, sabe? Nunca falta à missa, não é?

Sorrindo de maneira radiante, ela concordou um meneio de cabeça.

— A não ser que eu esteja muito doente. Adoro vir à igreja.

— E como está sua mãe? Deve ser uma noite terrível para ela, Deus a proteja, por causa do assassinato...

Susan olhou para o rosto do padre, chocada. Finalmente seu pai havia morrido? Seu coração se contraiu no peito. Podia ouvir a pulsação martelando nos ouvidos.

— Que assassinato?

Enquanto mantinha-se atenta à expressão do religioso e era informada de que seu tio Jimmy havia sido morto na rua, Susan suspirou.

A vida era enormemente injusta.

Pobre tio Jimmy. Sempre gostara dele, havia sido bom para ela e Debs. Dava a elas alguns minutos de atenção, sempre lhes perguntava sobre a escola, sobre a vida. Coisa que nunca teria ocorrido a June perguntar.

Agora que ele estava morto, era inevitável que a mãe voltasse a morar com o pai. Susan não queria que tal acontecesse.

Dobrando-se ao inexorável, como de hábito, sorriu tristemente.

— Ele era um bom homem, meu tio Jimmy. Melhor eu ir para casa e ver se mamãe precisa de mim.

— Faça isso, menina. Certamente você é uma dádiva para sua mãe, uma dádiva.

O padre observou-a sair correndo da igreja sobre perninhas grossas e curtas, e sorriu com tristeza. Era uma coisinha adorável, transparente e com um coração enorme que ardia por um pouco de afeição.

Agora que o homem havia morrido, que descanse em paz na companhia de Deus. Talvez aquela piranha da mãe possa ficar em casa e cuidar das filhas conforme os desígnios da natureza.

Davey Davidson estava nas nuvens. Sabia que finalmente seu maior rival estava fora de cena e isso o deixava encantado.

Só não era tão agradável saber que muita gente agora estaria ávida por beber seu sangue.

Cuidaria disso quando chegasse o momento.

Por ora, cobiçava as agendas e os livros contábeis do homem que matara. Para obtê-los, precisava ter acesso à casa e era aí que entrava Joey. Afinal, a mulher de Joey era quem deveria ter todas as informações necessárias. Fora o próprio Joey, ao montar todo o esquema, quem havia explicado isso a Davidson.

Joey era esperto, muito esperto. Ele queria a mulher de volta e tinha lançado as sementes para trabalhar com os Davidson naquela noite. Davey tentara adivinhar, em vão, se Joey contaria à esposa ser o responsável por Jimmy agora jazer numa laje mortuária.

Joey gostaria de ter perpetrado o crime com as próprias mãos, mas havia sido inteligente o bastante para deduzir que seria o suspeito número um. Então, havia arranjado para estar em casa com as filhas na hora do assassinato.

Exatamente no lugar onde estaria um homem decente na noite de véspera de Natal.

Também pagara a uma tagarela chamada Bella para entreter June no mercado East Ham, onde ele sabia que a mulher estaria no sábado com as duas filhas. Na verdade, tramara um crime e alcançara o resultado pretendido. Sua mulher desistiria do homem de seus sonhos e ele reaveria aquela pela qual a maioria dos homens teria se deixado enforcar, arrastar e esquartejar.

Davey balançou a cabeça tristemente pelo modo como as pessoas levavam suas vidas.

Manhã de Natal. Maureen Carter acordou muito cedo e saiu. Vestia um terno azul Oscar de la Renta com sapatos e bolsa combinando, o cabelo penteado magistralmente. Parecia calma e controlada ao bater na porta da casa de Jimmy.

Quando June abriu a porta, quase morreu de susto.

— São seis da manhã, puta merda!

Maureen avançou alguns passos e entrou na casa, sorrindo.

— Sei que horas são, mas preciso pegar alguns pertences de Jimmy.

June, irritada e ainda meio entorpecida de sono, usou de sarcasmo.

— E que pertences seriam esses?

De repente, suas idéias estavam claras como água. Sabia exatamente o que aquela mulher buscava e também tinha idéia do motivo que provocara a morte de Jimmy.

Maureen lançou um olhar lúgubre na direção de June. Mudando de atitude, disse em tom baixo:

— Tenho umas coisinhas por aqui. Você sabe, coisas que o Jimmy guardava para mim. Afinal, tínhamos negócios juntos.

June riu abertamente ao escutar tal frase e então retrucou, irônica:

— Vocês dormiam juntos, sei disso muito bem. Então me diga, o que está procurando? Entrego a madame o que madame quiser, contanto que esteja ao meu alcance.

As palavras de June traziam intenções implícitas e Maureen percebera. Olhou June de alto a baixo, considerando se em algum momento precisaria lutar contra ela. Maureen era capaz de lutar como um homem. Era um de seus atributos e sabia disso. Maureen também sabia que June sentia-se magoada e que havia chances reais de estar zangada o bastante para querer confrontá-la fisicamente.

Mais uma vez, mudou de estratégia. De pé no saguão de entrada, olhou a adversária nos olhos e disse com franqueza:

— Ora, June, ele era um canalha. Um canalha escocês e bonito que durante meses manteve a nós duas. — E prosseguiu: — Não sei quanto a você, mas a polícia logo, logo vai estar farejando por aqui e não quero me ver envolvida em nada. Vamos tomar uma xícara de chá e depois separamos as coisas dele.

June aceitou sem dizer uma só palavra. Fez o chá. Quando se sentaram junto à mesa da cozinha, Maureen acendeu um cigarro com um isqueiro de ouro. Tinha as unhas compridas e pintadas com um tom de rosa delicado como o que o que trazia nos lábios.

Parecia esplêndida.

Levando em conta o cabelo e as roupas de Maureen, June podia entender a atração que havia exercido sobre Jimmy, mas isso não fazia com que a dor diminuísse. Na verdade, a deprimia ainda mais, pois sabia que sempre teria sido a segunda em qualquer comparação com Maureen. Tal informação não tornava sua vida mais fácil.

Mas tinha um trunfo. E nem mesmo os miolos privilegiados de Maureen Carter podia imaginar do que se tratava. June acendeu um Number Six e deu uma tragada profunda.

— O que está procurando, afinal de contas?

Maureen acenou com uma das mãos bem cuidadas.

— Somente agendas de endereços, coisas assim. Na verdade, coisas que poderiam nos incriminar.

June meneou a cabeça solenemente, a expressão enigmática enquanto fumava.

— O livrinho preto também, hein? — Sorriu. — Sempre quis dizer isso a alguém. Parece como um daqueles filmes antigos, não é?

Maureen apagou o cigarro com impaciência.

— Com certeza. E onde ele o guardava?

— No rabo, ao que eu saiba. Aquele livro estava sempre com ele. Nunca o deixava longe das vistas. — O tom de voz de June era convincente e ela sabia disso.

Maureen respirou fundo.

— Não abuse da minha paciência. É um aviso. Pessoas barra pesada querem esse livro e pretendo consegui-lo para elas. Tem muito dinheiro envolvido nisso tudo e nem você nem ninguém vão se colocar no meu caminho. Estou sendo clara?

— Perfeitamente. Mas seja justa. O que eu poderia saber a respeito de algo assim? Ao contrário de você, sirvo apenas para trepar. Enquanto você, até onde sei, servia também para conversar. Aposto que era excitante após o sexo... um bom bate-papo sobre transações de negócios! Da próxima vez, me traga um gráfico do que Jimmy estava prestes a fazer. O mais perto que cheguei dos negócios dele foi atender ao telefone e passar para ele. Só isso. O livro deve estar entre os pertences dele no hospital, a menos que alguém tenha chegado antes de nós.

O rosto de Maureen ficou descorado.

— Jimmy me contou que o livro ficava guardado aqui no cofre, sempre. Não é uma boa prática nos negócios carregar tudo para lá e para cá...

June riu quando Maureen interrompeu a frase no meio.

— O que Jimmy dizia e o que ele fazia eram duas coisas diferentes, como *ambas* sabemos. Então, tudo o que posso dizer é para dar uma olhada por aí, caso queira. O cofre está trancado e só ele tinha a chave. Ao contrário de você, não fazia a mínima idéia do que ele se ocupava na maior parte do tempo.

Maureen estava lívida e não tentou esconder isso.

— Os Davidson vão atrás de você, Junie, percebe isso, não percebe? E, ao contrário de mim, literalmente não vão se deter diante de nada para descobrir o que você sabe. Não é uma ameaça, amiga, só a constatação de um fato.

June olhou nos olhos de Maureen.

— Então são eles que estão por trás disso, não é? Davey Davidson, amigo do coitado, cupincha e parceiro de Jimmy, ou assim ouvi dizer. Você armou para Jimmy, não foi? Você nunca o quis, só estragou a minha vida por causa de um capricho. Porque você, a todo-poderosa Maureen Carter, queria algo que ele não estava disposto a dar a ninguém. Queria o negócio dele. Pobre Jimmy. Pensou que tinha nascido de cu pra lua. E eu? Bem, eu era só a velha e boa June. Use e abuse dela, dê a ela duas mil pilas e depois esqueça que existiu. Bem, garota, parece que dessa vez você se fodeu. Deveria ter colocado as mãos no que tanto queria antes de tê-lo mandado matar.

O rosto de Maureen estava retesado, as maçãs do rosto rubras como faróis sobre a brancura da pele. June continuou:

— Ao que tudo indica, você deu cabo daquele escroto. — June desfrutou a perplexidade (ou derrota) da outra mulher. — Aposto que Davey Davidson vai ficar satisfeito com você, não vai? Crime realizado, tiras por toda parte e nenhuma pista sobre quais eram os contatos de Jimmy. Eu diria que foi um plano desastroso. Bem, aqui está o cofre. Você pode virar a casa do avesso, se quiser, mas posso adiantar que não vai achar nada.

— Você parece muito segura a respeito disso, Junie. Há algo que não está me contando?

June deu de ombros.

— O que existe para esconder? Tudo o que sei é que Jimmy parece ter enrolado todos vocês. Estou contente que ele tenha feito isso. Ele me dispensou, Maureen, mas ainda assim merecia coisa melhor que você.

Quinze minutos depois, Maureen já tinha vasculhado a casa. June a observara, bebendo chá e fumando durante todo o tempo. Havia se permitido um ou dois esgares enquanto via Maureen desesperando-se mais e mais à medida que o tempo escoava.

— Já achou alguma coisa?

Maureen passou uma das mãos suadas pelo cabelo, agora já desalinhado.

— Nada. Nada mesmo.

June sorriu.

— Bem que tentei preveni-la. Jimmy costumava repetir: "Você pode confiar em todos e ainda assim confiar em ninguém, June. É o único modo de se viver nesse mundo." Só hoje entendi realmente o que ele queria dizer.

— Se estiver mentindo para mim, June, vou descobrir e então você irá lamentar não estar sendo perseguida pelos Davidson, pois quando me irrito posso ser tão implacável quanto eles. Você deve prestar atenção ao que dizem a meu respeito e ficar esperta, garota. Vou arrancar seu coração fora, às gargalhadas.

June deu de ombros, indiferente.

— Não posso dizer a você que não sei de absolutamente nada, posso?

Maureen se encostou na outra ponta da mesa e suspirou.

— Ouça-me, June. Metade de mim acredita em você, mas quem avisa amigo é... vai se arrepender se estiver mentindo para mim. E não se trata de uma ameaça vazia. Há muito dinheiro em jogo e é melhor que ele seja encontrado logo, certo? Os Davidson querem a fatia deles e eu também quero a minha. Não vamos leiloar as coisas de Jimmy porque já pagamos um preço alto por isso. Lembre-se disso, guarde bem guardado na sua cabecinha. Se estiver escondendo alguma informação importante, vai haver mais que um apostador pé de chinelo atrás de você.

E emendou:

— Os Davidson e eu não somos os únicos envolvidos nisso. Há também a família Bannerman. Mickey Bannerman quer o que era de Jimmy, tanto quanto os Davidson querem. Pense nisso e, se e quando quiser conversar, me procure, combinado? Porque estou a par dos fatos e freqüento esses círculos todos os dias de minha vida. Os Davidson e os Bannerman me respeitam, me entendem e querem trabalhar comigo. Se você mandar alguma mensagem a Mickey Bannerman, mesmo que só de boca, pode se considerar uma mulher morta, June. Reflita um bocadinho e, se lhe ocorrer alguma coisa, bata na minha porta.

Maureen saiu da casa, fechando a porta sem fazer barulho e sentindo vontade de chorar.

Aquilo estava muito complicado, complicado demais.

Mesmo ela sentia-se atemorizada.

June olhou para o relógio. Eram pouco mais de nove da manhã de Natal. Mas isso não era problema para os Bannerman, nem para os Davidson. Para eles, consistia num dia de trabalho como qualquer outro. June foi ao banheiro, ficou de pé sobre o assento do vaso sanitário e puxou a tampa pesada da caixa de descarga. De dentro, tirou uma bolsa plástica encharcada, removeu os documentos e os enfiou na cinta.

Após ter terminado de se vestir, emplastrou o rosto de maquiagem. Depois, recolheu o resto dos presentes das crianças e iniciou a longa caminhada até sua velha casa. Por dentro, ela tremia. Os Bannerman eram a família mais aterrorizante de Londres e ela tinha algo que eles cobiçavam.

No interior da bolsa havia uma imensa quantidade de dinheiro e ela sabia que, se tivesse um pingo de juízo, iria até a estação ferroviária e desapareceria.

Mas também sabia que essa não era uma alternativa.

Aonde quer que fosse, eles a encontrariam.

O que tinha a fazer agora era pensar com clareza e decidir qual seria o próximo passo. Reduzir riscos era o que a preocupava por ora, não dinheiro.

Mickey Bannerman tinha praticamente espancado até a morte um homem que havia se queixado dos latidos de seu cachorro. Mickey vivia numa bela rua em North London, o homem que havia surrado era um banqueiro. Escapara da acusação de tentativa de homicídio porque a vítima havia se recusado a depor.

Mesmo um banqueiro abastado dera o dito como não dito, então aonde aquilo levaria June McNamara? Nadaria contra a maré. Essa foi a decisão de June, e ela sabia que era a mais acertada. Conversaria com Joey, veria o que ele sabia. Ele trabalhava para os Davidson, poderia ser capaz de ajudar.

Ao longo de todas as vias, as árvores de Natal apareciam junto às janelas, luzes coloridas e jubilosas na escuridão da fria manhã de inverno. As crianças abriam presentes e as mulheres preparavam o café-da-manhã e a ceia natalina.

June sentia-se doente de tanta preocupação, um mal-estar físico causado pela consciência de que havia assumido algo do qual não conseguiria se desvencilhar.

Não havia saída nem onde se esconder.

Susan estava tão feliz em ver a mãe que quase gritou. Após duas horas passadas com o pai, ela estava a ponto de ter um surto e sair berrando. Joey continuava na cama. O fedor de suor azedo misturado a álcool que invadia o quarto tinha provocado náuseas na menina.

Quando ele finalmente mergulhara num sono leve, ela tentara sair da cama. Porém, como uma tira de aço, um braço a tinha puxado de volta. Deitada ali à luz das primeiras horas da manhã, conjeturou o que teria acontecido a ele para que fizesse aquelas coisas à própria filha.

Concentrando-se em Barry Dalston, em tarefas escolares e finalmente apenas deixando a mente inteiramente vazia, conseguira atravessar a noite. Mantivera o pensamento voltado para imagens nas quais o pobre Jimmy era assassinado. A idéia a afetou, a fez querer chorar. Ele havia sido bom para ela, sempre lhe destinara um pouco do seu tempo.

Não queria que ela sentasse no seu colo ou o beijasse contra a vontade. Ele a havia tratado como um homem adulto deve tratar uma menina.

Quando finalmente escorregou para fora da cama às cinco e trinta da manhã, sentiu um desejo insuportável de correr até a banheira, se cobrir de água quente e cortar os pulsos. Depois Debbie tinha acordado e começado seus lamentos matinais de sempre, e Susan precisou de toda a sua força de vontade para não socar a cara da irmã. Com a chegada da avó, ela sentiu como se Deus lhe tivesse virado as costas.

A velha bruxa a fez trabalhar duro por horas a fio: cozinhando mais legumes, fazendo um doce e servindo xícaras de chá. Era uma espiral de trabalho interminável.

Debbie, como sempre, não recebia nenhuma incumbência, a não ser a de preservar a aparência bonita e fresca e a de tagarelar sobre sua vidinha. Quando June chegou, foi como se a infantaria ligeira tivesse batido à porta para salvar Susan. Ela beijou e abraçou a mãe durante o máximo de tempo possível até que June, rindo, disse:

— Tudo bem, Susan. Relaxe, amor. Já estou aqui, então pode parar com essa tolice.

Bem no fundo, June adorou esse comportamento da filha, adorou receber tanta atenção depois de uma noite de angústia.

— Lamento por Jimmy, mamãe, lamento muito. Ele era um bom homem.

Joey ouviu a frase ao sair do quarto.

— Foda-se esse Jimmy! Que a terra lhe pese uma tonelada. — Ele entrou na cozinha e gritou: — Feliz Natal para todos. — Beijou a mãe e as filhas. Depois tomou a mulher nos braços e deu um berro, exultante: — Voltou para casa, hein, garota?

A cozinha então ficou silenciosa, pois a velha e as duas meninas esperavam, com a respiração suspensa, que June respondesse.

— Claro que sim, já disse a você na noite passada.

Vovó Mac deu um grito de deboche.

— Está pegando as sobras daquele cafetão escocês? Como tem coragem? Não sei a quem você puxou, Joey. Qualquer outro homem arrancaria a soco os dentes da boca dessa vadia, depois de tudo o que ela fez ao longo de anos.

June baixou a cabeça. O cabelo estava despenteado, a maquiagem borrada. Parecia uma pintura manchada a ponto de se dissolver diante dos olhos de todos.

Virando-se para a sogra, ela bramiu:

— Chega! É isso mesmo. Fora! Quero você fora daqui... agora!

Então olhou para Joey, o rosto impassível, e ele percebeu que a mulher mudara. A velha June se fora. Ali estava uma outra June, muito mais forte.

— Quero *aquelazinha* fora da minha cozinha, a menos que ela consiga manter a língua dentro da carcaça desdentada.

Joey olhou para a mãe e reprimiu um sorriso. No íntimo, concordava que era hora de alguém colocar a velhota em seu lugar e tanto melhor que fosse June a fazer isso.

Joey sabia que o retorno da mulher, após tudo o que havia acontecido, iria causar furor na vizinhança e ele teria de enfrentar a situação. Ele a queria de volta e ponto; de algum modo, June estava em seu sangue. Não importa o que tivesse feito, ele ainda a queria.

Então olhou para o rosto arrasado de Susan e sentiu-se invadido de vergonha. Se June descobrisse a respeito, poderia haver derramamento de sangue.

No fundo, sabia que estava errado, mas a filha estava ali, disponível. Podia dominá-la.

Debbie teria gritado até colocar a casa abaixo. Era mimada demais, segura demais de si, enquanto Susan nascera para ser usada e usada seria até o fim da vida. Tinha tanta certeza disso quanto do fato de se chamar Joey.

Com um rosto e um temperamento assim, não havia muito mais a esperar dela. Não naquelas redondezas, pelo menos. Susan fazia o que a mandavam fazer. Nunca ocorrera a ela agir de outra maneira. Tentou sorrir para a filha. A menina congelou.

A velha ainda estava sentada na cadeira, o rosto lívido de fúria e incredulidade. O filho havia tomado partido da mulher e dar-se conta disso fizera Ivy ainda mais cônscia de quão precária era sua posição naquela família.

Levantou os peitos com ajuda dos cotovelos e rosnou para todos os presentes:

— Como podem me tratar desse jeito depois de tudo o que fiz por vocês?

June riu, complacente.

— Sente-se, megera, você pode ficar. Mas de boca fechada e de cabeça baixa, está me ouvindo? Uma palavra errada e vai sair por aquela porta como um raio, entendeu o que quero dizer? Se, e estou dizendo *se*, eu voltar, é preciso que haja muitas mudanças por aqui. E você, madame, está entre as primeiras mudanças. Nada de vagar pela casa espalhando mexericos com essa língua maliciosa. Chega de intromissões na minha vida e na vida das minhas filhas, certo?

Joey observava, divertido, a mudança de expressão no rosto da mãe. Se essa nova Junie iria fazer Ivy fechar a matraca, tinha seu apoio incondicional.

Susan e Debbie também observavam de perto, tão interessadas quanto o pai em saber se a avó iria engolir aquilo tudo, especialmente considerando que, pelo menos dessa vez, estava com a razão.

A mãe as havia abandonado e a avó cuidara delas o melhor que pudera. Ou pelo menos tão bem quanto uma pessoa, cuja maneira de encarar a vida fosse tão detestável e a língua tão afiada, pudesse cuidar de outra. Apesar de tudo, as roupas das netas foram lavadas e as refeições, servidas. Mesmo que tivesse cabido a Susan a parte mais pesada de todo o trabalho.

Os olhos de Debbie brilhavam de interesse para ver se a mãe sairia vencedora. Esperava que sim; a avó lhe dava nos nervos. Ao contrário de Susan, quando a avó a azucrinava, Debbie lhe respondia sem meias-palavras que a desprezava e que queria ser deixada em paz. Funcionava. Susan era diferente, fazia literalmente qualquer coisa para ter uma vida tranqüila.

A velha estava atônita. Não queria voltar para casa. Tudo o que queria estava ali. Companhia, comida e bebida e, principalmente, seu filho precioso. Seu Joey, a quem, a seu próprio modo, amava mais do que a si mesma.

Queria a nora fora do caminho para que pudesse retomar o controle da situação. No entanto, supunha, e com razão, que o filho a expulsaria pela porta da frente sem um momento de hesitação, se June lhe pedisse.

Então Ivy engoliu o orgulho e sentou-se novamente. Os olhos estavam abatidos, a boca em meia lua para baixo. Tinha a posição de um boxeador que acabasse de descobrir ter vencido uma luta pela qual não seria pago.

Refreando sua agressividade natural, cravou os olhos no chão e emudeceu.

Parecia que todo o ambiente havia se paralisado, tão profundo era o silêncio quando todos perceberam que tinha havido uma importante troca de poder. Dessa vez, a batuta estava com June. Ela era, finalmente, a vencedora.

Percebendo que precisava amenizar a situação e sentindo-se apenas um pouco penalizada pela sogra, June lançou a brincadeira, em alto e bom som:

— Conseguiu escutar tudo, Maud, ou o copo escorregou da parede com o choque?

Todos riram, até mesmo Ivy.

June colocou a chaleira no fogo, depois virou-se para as filhas, e disse jovialmente:

— É Natal e, não importa o que tenha acontecido, vamos nos divertir, certo?

As duas meninas responderam que sim, com meneios de cabeça.

Deu a elas as sacolas em que estavam os presentes.

— Vão para o cômodo da frente e dêem uma olhadinha no que eu trouxe para vocês. Vou começar a ajeitar tudo por aqui. Esse será o melhor Natal de todos os tempos.

As garotas novamente balançaram a cabeça, concordando. June percebeu sombras nos olhos de Susan e engoliu a própria culpa.

Havia algo radicalmente errado com a filha e June não sabia o que poderia ser. Mais tarde conversaria com ela, mas naquele momento tinha muitas outras coisas em mente.

Meia hora depois, já estava no quarto com o marido. Joey parecia abalado com as revelações de June.

— Que merda é essa que você fez, June? Sua vaca estúpida!

Ela dissimulou o pânico que crescia dentro do peito e disse, calmamente:

— Tenho o que eles querem. Podemos tirar proveito da situação, Joey. Ao menos uma vez podemos ficar por cima. Dá para perceber isso?

A voz de June era rouca de exasperação e contrariedade. Ele nunca conseguia analisar um fato de maneira mais ampla; esse era seu pior defeito. Joey parecia atordoado, atemorizado e aflito. Era isso o que tanto estava alarmando June. Ela percebera que talvez tivesse feito algo estúpido, mas não contou a ele sobre o dinheiro. Não era *tão* estúpida a esse ponto.

— Os Bannerman e Davey Davidson vão cortar sua garganta, Junie, quando descobrirem o que você fez. Jimmy morreu exatamente por causa disso que agora você está escondendo. E olha que ele era um osso duro! O que a faz pensar que vão tratá-la diferente? Eles vão imaginar que você pegou a grana e virão procurá-la. Isso significa que também vão estar atrás de mim. Afinal, sou seu marido, embora você esqueça disso quando lhe convém, não é?

June captou a lógica do raciocínio de Joey, mas ainda assim achava que aquela era uma oportunidade de ouro. Afinal, tinha direito a alguma indenização. Esse era o termo usado quando uma mulher tinha o marido ou companheiro assassinado. O carrasco sempre providenciava para que a mulher do morto pudesse se sustentar, fazia parte do código da bandidagem. Matava-se o arrimo de família, quem ganhava o pão, mas dava-se à viúva um prêmio. Era a única coisa decente a fazer.

— Tenho direito à indenização, Joey, você sabe disso.

Ele balançou a cabeça, consternado.

— Você não tem direito a nada. Vão lhe dar assistência somente se você fizer o jogo deles. Qual é a sua, June? Ficou maluca ou o quê? Estamos falando dos Bannerman, não dos malditos gêmeos Kray.* Os irmãos Bannerman são uns lunáticos delirantes. Eles não fazem justiça à moda antiga, como todo mundo; são uns sacanas violentos. Eles disseram a Maureen Carter que marcaram hora para ela com um cirurgião plástico. Por que motivo você acha que ela se envolveu num caso com Jimmy? Mandaram que fizesse isso, ora.

Joey continuou, num fôlego só:

— Estou por dentro de toda a história. Davey teve que me contar por causa de você. Foi a atitude mais decente possível. Bannerman cortaria fora as orelhas de Davey se soubesse que ele me revelou tudo. E agora, para onde você nos arrastou, hein? Como se não tivéssemos problemas suficientes, você ainda cria mais confusão.

— Mas pensei que os Bannerman e os Davidson fossem inimigos.

Joey deixou escapar um suspiro.

— E são, meu bem. Eles armaram para Jimmy e agora Davey vai pôr as mãos no que todos cobiçam. Maureen se alinhou com os Davidson por causa das ameaças dos Bannerman. Mas ela não vai deixar barato; é uma mulher perigosa. Você sabe quem é o pai do filho dela, não sabe?

June balançou a cabeça. Ao que constava, ninguém conhecia a identidade do pai do filho de Maureen, e não fora por falta de curiosidade.

— É um homem chamado Willie Dixon.

June escancarou a boca.

— Está brincando?

Joey fez que não com a cabeça.

— Ele deve estar livre em duas semanas. Cumpriu 16 anos na ilha. Agora vai sair e quer o que lhe é devido. Isso significa que os Bannerman

---

*Ronald e Reginald Kray, gêmeos idênticos e célebres líderes do crime organizado no norte e no leste de Londres durante os anos 1960. (*N. da T.*)

vão ter que enfrentar não só os Davidson, para os quais estão se lixando, mas também os Dixon, embora ainda nem desconfiem disso. Quando descobrirem, vão se retirar graciosamente da briga. Mas agora você tem o que todos, inclusive Dixon, quer. Talvez agora você possa entender o meu cagaço.

June abanou a cabeça, perplexa.

— Como ninguém sabia sobre Maureen Carter e Dixon?

Joey riu, cheio de desdém.

— Ao contrário de você, ela segue o ditado segundo o qual em boca fechada não entra mosca. Eis por que ela circula entre os figurões. Maureen tem boa fama, mantém a matraca cerrada e os olhos bem abertos. Não se comporta como você, cuja boca parece um par de castanholas e cujas pernas se arreganham à toa. Agora você entende o que Jimmy viu nela?

— Ele sabia sobre Dixon?

Joey meneou a cabeça.

— Não tenho a menor idéia e, francamente, não me interessa. Só me importa tentar nos tirar da merda em que você nos meteu, certo? É melhor eu me vestir e ir encontrar Davey para ver se consigo salvar a situação.

E enfiou um dedo na cara da mulher.

— Eu poderia matar você, June, o que me faria feliz da vida. É a pura verdade. Você não tem miolos para os negócios. Você não tem cérebro, ponto final. Daqui em diante, fique longe dos jogos de gente grande, entendido?

Ela respondeu que sim com um movimento de cabeça.

Uma batida forte na porta os fez experimentar uma imediata sensação de pavor.

— Começou, June. Não importa se é ou não Natal. Deixe que eu fale, combinado?

A porta do quarto se abriu com violência e dois homens entraram. June e Joey suspiraram aliviados ao constatarem que não se tratava de uma dupla de bandidos armada com bastões de beisebol.

Isso somente até que um dos homens pôs-se a falar.

— Sou o inspetor Harry Knap e estou prendendo você, Joey McNamara, como suspeito pelo assassinato de James Vincent. Você não está obrigado a se manifestar. Qualquer coisa que diga será tomada por escrito e poderá ser usada como prova contra você.

— Como assim?

A voz de Joey soou alta no quarto acanhado.

As duas meninas viram quando o pai foi levado de casa.

Capítulo 5

— Papai não matou Jimmy, matou? — A voz de Debbie era quase inaudível de tanto medo.

June sacudiu a cabeça com impaciência.

— Claro que não.

Ela observou as duas meninas se entreolharem. Sabia que elas acreditavam que o pai havia assassinado o namorado da mãe. Era assim que iria parecer a todo mundo.

Ivy permanecia calada desde que tinham levado Joey porta afora.

— Você é a culpada, June. Meu garoto vai mofar na cadeia, e por sua causa. O mais triste disso tudo é que você não vale tanto. Tudo o que fez foi passar a usar o nome do meu filho e jogá-lo na lama.

A amargura na voz da velha era como um pano vermelho estendido diante de um touro, e June voltou-se para ela.

— A que nome está se referindo? O nome de uma família que é vista como a escória da escória nas redondezas, ainda mais baixa que os Clancy, e olha que eles são notórios por praticarem incesto. Seu filho é um babaca ignorante e estúpido, mas antes eu o amava, apesar de tudo. Se tivessem nos deixado viver a nossa vida, teríamos nos saído bem. Mas, não, eu tinha que ter uma sogra vindo diretamente do inferno e que metesse o bedelho em tudo, com a matraca eternamente aberta. Agora, como eu já lhe disse antes: fique de boca fechada ou desapareça. Não estou com a menor boa vontade em relação a você, certo?

Todos ficaram espantados em ver duas grossas lágrimas caírem dos olhos de Ivy.

— O que vai ser de mim sem ele, June? Ele é minha vida.

June a abraçou, também temerosa agora que havia visto o medo de verdade na expressão da sogra.

— Eles não podem culpar Joey por nada, ele não fez nada.

— É melhor ir regar o peru, mamãe, ou vai ficar seco.

A voz de Susan era calma e June olhou para ela, agradecida. Pegando um pano de prato, ela puxou a ave imensa do forno e pôs-se a distribuir a gordura por cima dela, com colheradas. Todas observavam-na como se aquele fosse o gesto mais fascinante que já haviam visto.

— Vão brincar com seus presentes. Preciso pensar.

As duas meninas deixaram o cômodo e June olhou para a sogra, aflita.

— Ele nunca mataria Jimmy. Ele pode tê-lo ameaçado, mas não iria além. Joey jamais ousaria enfrentar Jimmy, nós duas sabemos disso. De qualquer forma, precisam provar que ele esteve no local do crime, não é?

Ivy riu de maneira lúgubre.

— A polícia não precisa provar nada. Você é que precisa provar que eles estão errados, e você sabe disso. Se eles querem meu garoto, eles o terão, June. Pense no que fizeram aos pobres Kray, depois me fale de justiça.

June não se deu ao trabalho de responder. Tinha todos os fatos, mas o que poderia fazer com eles? Certamente não poderia comentar a respeito com a sogra. Se o fizesse, em poucas horas a vizinhança já saberia de tudo.

Joey estava sentado numa cela do posto policial. Tinha o rosto lívido. Quando a porta se abriu, ficou de pé e sua fúria transformou-se em medo ao ver quem havia entrado.

O detetive-inspetor Harold Hitchin era pequeno, tinha apenas a estatura mínima exigida pelos padrões da polícia. O corpo era magro, mas vigoroso; o cabelo rareando, mas grosso. Os olhos, de um cinza ímpar, quase desprovido de cor. Ele parecia levemente distante, como se não estivesse ali por inteiro, a postura e o semblante desmentindo o cérebro analítico e sagaz e o caráter vingativo.

Ele sorriu com vagar, exibindo dentes enormes e desbotados. Seu apelido entre os colegas e bandidos era PF.

Patife feio.

Tinha adoração pela esposa, uma mulher muito atraente. Corriam rumores de que tinha sido uma das prostitutas da época em que ele trabalhava na Costumes e a única que ele costumava visitar.

Havia alcançado o posto de inspetor graças ao trabalho duro e a métodos ainda mais duros. Se PF estivesse no seu encalço, você deduraria qualquer um, mesmo a própria mãe, pois ele não o deixaria em paz até obter o que pretendia. Não que fosse avesso a receber alguns pagamentos por fora, de vez em quando, para não importunar mais determinadas pessoas. E freqüentemente se encontrava com Jimmy para beber. Ao ver o homem ali, de pé, Joey soube que estava condenado a uma coça daquelas, uma coça que entraria para a história. PF cuidaria disso pessoalmente.

— Olá, Joey, há quanto tempo! Como anda a faina, ultimamente?

Joey passou a língua pelos lábios, nervoso.

— Não fiz nada, Sr. Hitchin, isso tudo é um engano. Não sei nada sobre a morte de Jimmy. Juro.

— Pela vida de sua mãe, não é?

A voz de Hitchin era aguda, um pouco efeminada, mas ninguém se atreveria a rir por causa disso.

— Juro pela minha mãe, pelas minhas filhas, juro pelo que o senhor quiser.

Hitchin o encarou por mais de cinco minutos. Pareceu a Joey que o homem não piscara uma só vez durante todo esse tempo. Foi uma encarada aterrorizante, um olhar de pálpebras semicerradas que lembrava o de uma cobra prestes a dar o bote.

Depois, movimentando-se com rapidez, Hitchin disse de modo amigável:

— Minha esposa está muito zangada comigo. Tive de abandonar um jantar absolutamente maravilhoso para vir aqui ver você. Como é compreensível, estou bastante aborrecido. Gosto do Natal, você não? Boa vontade a todos os homens e xoxotas. Mas, veja só, minha boa vontade acabou de voar pela janela. Por sua causa não tenho nenhum sentimento em relação a quem quer que seja, exceto animosidade e exasperação. Entende o que quero dizer?

Joey fez que sim com a cabeça.

Ele observou com apreensão doentia o homem diante de si tirar do bolso um tubo metálico comprido, coberto de fita adesiva. Hitchin permaneceu quase imóvel, apenas batendo o cano contra a palma da mão.

— Decidi, Joey, após longa e cuidadosa deliberação, partir sua cabeça ao meio. Não é nada pessoal. Embora nunca tenha gostado de você, não sou um homem vingativo. Hoje, qualquer um poderia estar no seu lugar. Compreende isso, não compreende?

Joey sentiu as lágrimas assomarem aos olhos. Aquilo era tudo o que precisava, Hitchin incumbido de seu caso. O policial havia se incumbido da investigação para assumir o papel de anjo vingador. Ele arrancava confissões aos chutes e socos. Mas, vez por outra, se valia de armas de fogo, em geral por solicitação de alguém que encomendara o serviço.

Em East End, chama-se patrocínio.

Joey seria capaz de apostar dinheiro que os Davidson ou os Bannerman haviam patrocinado Hitchin com uns poucos milhares de libras para terem certeza de que o faria cair sem sentidos e inválido. Na verdade, tratava-se de dois avisos num só.

A polícia estava fazendo a parte que lhe cabia e, ao mesmo tempo, transmitindo a Joey a informação de que era um homem marcado.

As lágrimas corriam dos olhos de Joey. Estava realmente apavorado.

— Tem algo a dizer antes que eu comece? Porque depois que acabar com você, vou sentir uma fome de leão, louco para correr até em casa e jantar como uma pessoa normal.

Joey olhou para o rosto reptiliano de Hitchin e baixou a cabeça. Por mais porra-louca que fosse, sabia quando estava derrotado.

Por uma fração de segundo, tornou a fitar o policial nos olhos.

— Para quem é o serviço, para os Bannerman ou para os Davidson?

O outro riu. Um som baixo e profundamente compenetrado.

— É todo para você, Joey, todo para você.

*

Maureen Carter estava perdida em preocupações. Ao colocar o peru fatiado numa bandeja, foi jogada de volta à realidade pelo soar da campainha. Instintivamente, olhou para o relógio na parede da cozinha. Eram quase cinco e meia. Despiu o avental e ajeitou o cabelo durante o trajeto até a porta. Ficou ainda mais surpresa ao ver June diante de si.

— O que você quer de mim?

June sorriu com tristeza.

— Trata-se mais de como eu posso ajudar você.

June acompanhou Maureen à cozinha. No meio do caminho, lançou um sorriso de cumprimento ao filho da dona da casa, que assistia televisão.

— Belo rapaz. Parece com o pai?

Maureen fitou June por alguns segundos antes de dizer, de maneira dura:

— Pare com essa merda, June, e diga o que quer. Você e seu camarada já causaram muita dor de cabeça por hoje. Acredite, as pessoas que vocês atrapalharam não vão esquecer tudo isso tão facilmente.

June tomou fôlego e começou a falar.

— Prenderam meu Joey.

Maureen riu, complacente.

— Joey? Por que, pelo assassinato do *seu* Jimmy, imagino?

E correu uma unha bem cuidada pelo cabelo.

— Deus, mas você é uma cadela, June. Ainda mais amoral que eu. Meu Joey? Está de sacanagem, não está?

June sentiu-se ofendida.

— Não há motivo para riso, Maureen. Ele é o pai das minhas filhas...

Maureen a interrompeu.

— Vamos encarar os fatos, June, não há provas disso, é só a sua palavra. Agora diga o que quer e se mande. Se veio até aqui para uma cena comovente, é melhor ir embora. Não estou interessada em nada disso. Davie Davidson que, por acaso, soube tudo sobre a prisão do seu Joey antes mesmo da polícia, também não está interessado. Ficou claro para você?

June reprimiu a vontade de dar uma surra na mulher que a provocava. Ainda que fosse amoral, seu comportamento em nada podia ser comparado ao de Maureen. June se consolava com o fato de que não importa o que tivesse feito, não tinha tramado o assassinato de Jimmy, exatamente como a outra fizera. Ele havia confiado em Maureen e pagara caro por isso. Não importa quão ruim June fosse aos olhos do mundo, ela jamais se rebaixaria a tanto.

— Suponha que eu pudesse ajudá-la em sua busca pelos livros de Jimmy e tudo o mais...

Maureen cravou os olhos em June, os olhos cintilantes, mas entreabertos.

— Não estamos falando do Santo Graal, querida, só queremos o que é nosso.

June riu, um som profundo e chistoso.

— O que significa que querem o que pertence a Jimmy? Vamos deixar de conversa mole. Quer as coisas dele ou não? E, e se quer, qual é o preço?

— O preço você é quem faz e eu digo se todos concordamos ser justo. Sente-se. Vou preparar uma bebida para nós duas, assim poderemos conversar melhor. Mas vou lhe dar um aviso, não cobice demais o que pertence a mim, June. Posso ser uma adversária implacável.

June olhou dentro dos olhos de Maureen e não tentou argumentar. Em vez disso, optou por sorrir. Sentou junto à mesa da cozinha, os olhos atraídos pela bandeja de peru suculento e presunto bem cozido. Sabia, no fundo do coração, que iria arrumar dor de cabeça para uma vida inteira, mas era o que precisava fazer. A despeito de todas os defeitos de Joey, e eles eram uma legião, não podia deixá-lo levar a culpa por terceiros. Porque Joey não faria papel de dedo-duro. Joey cumpriria a pena que lhe fosse imposta, algo em torno de 15 anos, e o faria criando tantos problemas na cadeia quanto possível. Era da natureza dele. Na condição de viúva, receberia alguma assistência da parte dos Davidson, que logo depois esqueceriam a existência dos McNamara. June sabia disso muito bem, sabia o que provavelmente aconteceria.

Tinha que fazer um bom acordo ali, hoje, um acordo para a vida inteira. A vida inteira de Joey.

Ivy tinha uma fisionomia que, nos melhores dias, faria coalhar uma tigela de leite. Mas hoje suas duas netas sentiam pena da avó porque, dessa vez, tinha um bom motivo para ficar desolada.

Susan dobrara o papel de embrulho dos presentes de Natal e o guardara de maneira caprichada na cômoda do quarto. Era tão bonito que queria tê-lo perto de si apenas para poder olhá-lo de vez em quando. Amava coisas bonitas, amava possuir coisas bonitas.

Debbie preocupou-se com o pai por cerca de uma hora e depois ficou enfastiada. Nada estava acontecendo, então decidiu dar uma volta e visitar uma amiga.

Deixada com Ivy, Susan arrumou a casa, preparou uma bebida quente com leite e uísque Bushmill's, e depois foi para o quarto sonhar.

Enquanto ajeitava a bagunça deixada por Debbie, torcia e rezava para que o pai permanecesse preso por vinte anos. Chegou a imaginá-lo na forca, mas como sabia que os enforcamentos haviam sido banidos, não conseguiu levar tal idéia adiante e voltou a se concentrar na cena em que o via passar anos e anos na cadeia.

Isso a fez sentir-se muito melhor.

Nunca teria novamente as mãos daquele homem sobre si e, quando ele fosse libertado, já estaria adulta e em condições de repeli-lo.

Susan suspirou de felicidade.

Por favor, Deus, que a polícia o mantenha por lá. Por favor, Senhor, que aceitem as acusações contra ele. Uma batida na porta interrompeu seus devaneios e ela abriu a entrada esperando ver um vizinho. Mas estava de frente para Barry Dalston.

O coração da menina batia tão forte que ela tinha certeza de escutar as marteladas. Sentiu como se sua cabeça estivesse cheia de ar quente e seus braços e pernas virado chumbo, tamanha era a consciência de si própria.

Estava contente agora que vestira roupas novas e se maquiara. Sabia que parecia tão apresentável quanto jamais voltaria a parecer.

Barry, por sua vez, ostentava o estilo costumeiro, desalinhado, com o típico arreganho de dentes, meio de lado e perverso.

— Feliz Natal, meu bem. Que tal se eu entrasse? Ou você saísse, tanto faz?

Ela abriu bem a porta e ele entrou. Colocou um pequeno pacote nas mãos de Susan. Ela sorriu deleitada.

— Para mim?

Barry deu um sorriso largo.

— Não, é para sua irmã.

Vendo que o rosto da garota definhou, ele a abraçou.

— Claro que é para você, para quem mais seria?

Ela o levou até a sala, decente agora que ela a havia posto em ordem. A avó dormia na cadeira junto ao aquecedor a gás, um cigarro Capstan pendurado entre os lábios.

— Seria melhor que viesse até a cozinha, vovó tem o sono leve.

Sorrindo, ele a seguiu até a cozinha. Indo até o fogão, Susan colocou a chaleira no fogo. Podia sentir as mãos tremerem. Em seguida, virando-se para ele, encarou-o.

Para ela, Barry era lindo de todas as maneiras. Amava tudo nele.

O olhar de zombaria ela interpretava como sendo a característica de um homem do mundo. A boca cruel era objeto de intenso desejo de Susan. Queria beijá-lo até cair inconsciente. Os olhos duros ela via como brincalhões e sonhadores.

Susan via o que queria ver, e como a maioria das mulheres apaixonadas via o homem de seus sonhos.

Ele a puxou para junto de si e a beijou com força na boca. Ela correspondeu ao gesto, sabendo que precisava dos braços dele em torno do seu corpo para que pudesse se sentir segura. Barry Dalston a fazia sentir-se a salvo. A salvo do pai. A salvo de tudo.

Quando a língua dele explorou sua boca, Susan se afastou. O beijo assustava, ainda que também a excitasse.

— Tem alguma bebida de verdade?

Susan ainda estava meio atordoada.

— O quê? Cerveja, você diz?

Barry abriu um sorriso que deixava os dentes à mostra.

— Não, uísque. Sou escocês e bebemos uísque em ocasiões especiais, embora o ano-novo seja nossa verdadeira comemoração, não o Natal. Natal é para criancinhas.

Ela abriu o armário da cozinha e tirou o Bushmill's. Sabia que, se a flagrasse, a avó a esfolaria viva, mas não se importava mais com isso. Não se importava com mais nada, exceto com a visão que tinha diante dos olhos. Barry Dalston a visitara no dia de Natal e havia lhe trazido um presente. Além disso, seu pai havia sido preso por tentativa de homicídio e a mãe estava a caminho de casa. Sentia-se mais feliz do que já fora em toda a sua vida. O que mais poderia uma garota querer?

Depois de ela ter-lhe servido uma dose generosa de uísque, Barry pegou um copo do secador de louças e despejou mais uma porção. Adicionou limonada e deu para Susan experimentar. Depois, fazendo uma saudação em honra a ela, disse, brincalhão:

— Beba de um gole só e esse será o nosso brinde de Natal.

Susan engoliu a bebida numa só talagada e quase sufocou. Seus olhos lacrimejaram e o rímel cuidadosamente aplicado causava ardência neles. Barry ria e tentava puxá-la contra o peito para evitar que o ruído acordasse a velha na sala.

— Quieta, Susan, senão a velha vai vir em cima da gente.

Ela reprimiu o risinho e se curvou na direção dele. A bebida lhe subira direto à cabeça. Um ardor, uma quentura percorria seu corpo e ela sentiu como se tivesse crescido uns cinco centímetros e se tornado mais atraente em questão de poucos minutos.

Ergueu os olhos e o fitou.

Barry baixou o olhar para a garota, sua mente desconectada das atitudes. Estudou o rosto de Susan. Era feiosa, mas os olhos eram bonitos. Corada pelo álcool, parecia ter adquirido algo remotamente parecido com beleza. Podia ver o olhar de absoluta adoração nos olhos dela. Decidiu, então, que ela lhe agradava.

Ao contrário das garotas mais bonitas, que faziam joguinhos e o forçava a persegui-las, Susan era como uma boneca à espera que ele a tirasse da caixa e brincasse com ela. Seus peitos enormes o faziam desejar a brincadeira com mais intensidade do que ela imaginava. Eram parte crucial da atração que podia exercer sobre ele. Mas não chegava a ser uma atração maior do que a exercia seu pai, Joey, e sua respectiva reputação.

— Ouvi falar de seu pai, lamento muito. Qualquer homem teria feito o mesmo.

Susan sentiu o entusiasmo escorrer de seu corpo. Afastou-o para longe. Pegou o presente e o abriu. Seu estado de espírito tornou a mudar. Virou-se para ele, extasiada.

— Ah, são lindos. Uma graça.

Os brincos eram argolas douradas, o que os moradores de East End chamavam de brincos ciganos. A base do aro era mais pesada do que a parte de cima, e brilhava nas mãos de Susan, deixando-a sem fôlego. Barry devia estar sendo sincero. Caso contrário, não teria se dado o trabalho de lhe presentear daquela maneira.

Para óbvio deleite de Susan, ele tornou a arreganhar os dentes. Ele esperava, embora não fosse para tanto, que os brincos se convertessem num bom investimento. Ele os havia roubado em um assalto por arrombamento algumas noites antes. Ao desembrulhá-los, decidira que funcionariam para Susan. Usara o mesmo papel para tornar a embrulhá-los. Barry não tinha escrúpulos em se apropriar do que não era seu, mesmo se fosse de sob árvores de Natal. Sabia que os brincos valiam alguns trocados e se via como um indivíduo muito generoso por dá-los a Susan em vez de transformá-los em dinheiro.

Ele a beijou novamente com delicadeza na boca e Susan escorregou para seus braços. Ao ser empurrada contra o secador de louça, ela deixou que ele puxasse a sua blusa e agarrasse seus peitos. Ele os massageou com as mãos rudes, sentindo a maciez da pele dela e o peso que um dia os faria tombar até o estômago.

Juntando-os, olhou para eles. Barry estava mais duro do que já havia estado algum dia, e soube então que aquela garota iria desempenhar um papel importante na sua vida. Se não fosse por outra razão, seria pelo menos por aqueles peitos enormes entre suas mãos.

— São maravilhosos, Susan, fantásticos.

Ela não estava ouvindo, estava no piloto automático. Sabia que para mantê-lo assim precisava deixá-lo fazer aquilo que já estava fazendo com ela. Como seu pai, Barry estava apenas providenciando a satisfação de seus próprios desejos. Ele sequer tentava fazer com que fosse bom para ela. Nunca ocorreria a nenhum dos dois homens que ela poderia querer ser parte do ato sexual. Ela era para ser possuída, e se permitia ser possuída ali mesmo, na cozinha da mãe, enquanto a avó dormia no cômodo ao lado.

Quando Barry a penetrou, ela estava seca. Ele se forçou para dentro dela, fazendo-a gritar gentilmente contra o peito dele. Pensou que era o primeiro, não teve a menor dúvida a respeito, o que levou Susan a se sentir estranhamente deprimida. Saber que seu pai a forçara a fazer aquilo tantas vezes antes era como uma chaga viva permanente na memória.

Ela se concentrou nos brincos e no que significavam. Eram um sinal claro de que Barry se importava com ela. Havia comprado ouro para ela — no mundo de Susan, isso significava muito. Ouro era símbolo de compromisso, predecessor de uma aliança de casamento. Os brincos diziam a ela que as intenções de Barry eram sérias, que ele queria mais do que só amizade. Assim, na maneira de pensar de Susan, era bastante aceitável que lhe permitisse tomar seu corpo. Afinal, ela era mais ou menos dele agora.

O fato de que ainda era uma criança não passava pela cabeça de Susan e, certamente, nem pela de Barry. No que dizia respeito a Barry, com tetas como aquela ela estava apta a receber tudo o que ele tinha para lhe dar. Ele se pautava pela maturidade do corpo dela, não pela maturidade emocional que ela pudesse ou não demonstrar. Susan suspirou pesadamente ao senti-lo tombar sobre ela, o sêmen molhado contra a parte interna das coxas.

Pelo menos com Barry tinha algum poder sobre o que ele fazia, e isso já proporcionava uma sensação inebriante. Ele a beijou na testa e sorriu para ela — e com aquele gesto gentil amarrou-a a ele para o resto da vida.

Joey acordou no Old London. O rosto estava machucado, faltavam alguns dentes e as pernas davam a impressão de terem sido amputadas sem anestesia.

Mas estava feliz por sentir dor; provava, no mínimo, que continuava pertencendo ao mundo dos vivos.

Uma enfermeira de aparência fria olhava para baixo, examinando-o, e Joey quase gritou de pavor. Era ainda mais feia que Hitchin, foi obrigado a admitir. Mas o azul-escuro do uniforme da mulher o informou que estava num lugar seguro e isso o fez sentir-se melhor.

Seu maior temor quando vira a barra de metal descer sobre a testa foi nunca mais ver um outro Natal.

Fechando os olhos, Joey suspirou para si mesmo.

Sobrevivera e, por enquanto, estava longe da cadeia, mas em vez de arrebanhar June e trazê-la de volta ao pasto, via-se prostrado na cama com uma dor de cabeça feroz e a certeza de que ainda poderia ter à frente uma pena de 15 ou vinte anos!

Às vezes a vida era injusta, sem dúvida que era.

Abrindo os olhos novamente, viu Davey Davidson de pé junto à cama, a expressão cordial, carregando uma cesta de frutas.

Joey não sabia se ria ou chorava.

Em vez disso, fitou fixamente o patrão e esperou que Davey contasse o que havia decidido que iria lhe acontecer.

— Aposto que a cachola está berrando, não está, camarada?

A voz de Davey era baixa e amigável. Joey ergueu os olhos para ele e disse, desconsolado:

— Bem, Davey, já me senti melhor, sabe o que quero dizer?

Mickey Bannerman estava sorrindo.

Tinha oito filhos com a esposa Layal, uma garota de peitos grandes e lindos dentes, cabelo vermelho vívido e um nariz que facilmente caberia em quatro rostos em vez de um só. O pai dela era um notório criminoso de East End chamado Billy Tarmey. Mickey havia se casado com Layal de olho no patrimônio do velho. E, sem dificuldades, caíra nas graças do homem mais temido de Londres. Protegido sob a fama do sogro, tinha prosperado em North e South London, deixando o East End para os criminosos com menos categoria.

Agora, porém, ele queria a área.

Ao observar a esposa com os filhos, sentia-se feliz por ter se casado com ela. Layla era excelente mãe, as garotas estavam aprendendo dança e todos os garotos tocavam instrumentos musicais. Conversavam com bons modos e tinham maneiras exemplares à mesa.

Mickey também sustentava uma ex-stripper chamada Monet, a quem visitava com freqüência e ardor, até 15 vezes por semana. Layla sabia a respeito e aceitava. Mickey Bannerman era conhecido como o homem mais viril de Londres. Suas proezas eram lendárias e, na sua juventude, as garotas dos clubes para homens costumavam abandonar o local quando o viam cruzar a porta do estabelecimento. Ele as deixava exaustas e incapazes de trabalhar durante dias.

Um velho detento disse certa vez, ao ouvir que Bannerman estava em seu encalço: "Foda-se. Tomara que ele só queira me dar uma boa surra. Prefiro isso a ser violentado até a morte."

Ao ouvir isso, Mickey achou tão engraçado que deixou o homem escapar após aplicar somente o espancamento de praxe. Assim era a mentalidade de Michael Bannerman.

Hoje ele estava satisfeito, delirantemente satisfeito. Sentado no meio do salão com a filha caçula no joelho, sorria amigavelmente para todas as pessoas ali presentes. Em poucas horas teria em seu poder tudo o que precisava para torná-lo o Rei da Colina. Era o que almejava desde o casamento com a jovem de traços eqüinos e belos dentes, como sempre se referia a Layla antes de ela se tornar sua esposa.

Quando a campainha da porta tocou, ele levantou e foi cumprimentar Maureen Carter e June McNamara.

Gostava de June. Sempre gostara. Nas poucas ocasiões em que a vira com Jimmy, ela tinha sido tudo o que uma mulher deve ser. Calada, dócil e com os peitos à mostra. Uma típica mulher de bandido.

Ao contrário de Maureen, ele sentia que June seria uma adversária fácil.

Ele as instalou no escritório e preparou bebida para ambas, condescendeu em um breve papo e apresentou-as às crianças. Os Von Trapp não poderiam acusá-lo de falta de cortesia.

Em seguida, tocando as crianças para fora, tomou a bebida que havia preparado para si e sorriu de modo desagradável para June.

— Você está me causando dor de cabeça. Mas vou relevar o fato em nome da amizade que tinha com Jimmy.

Ninguém respondeu, embora as duas mulheres no íntimo imaginassem como ele podia alegar amizade com um homem a quem teria matado se Davidson não tivesse chegado primeiro.

June cravou os olhos no copo de Porto que trazia nas mãos e tentou conter o medo que sentia por dentro.

— Lamento, Sr. Bannerman, mas eu estava apavorada. Sabia que Jimmy iria dar no pé e tentei me salvar. Tenho duas filhas para criar e um marido que não passa de um dois-de-paus.

Mickey riu como June sabia que ele riria. Fazer Mickey rir já era meio caminho andado.

— Seu marido é um babaca, não é? Graças a você ele agora está no Old London com uma cabeça mais inchada que pau de adolescente virgem. Mas estou divagando. Você conseguiu a papelada importante e, se conseguiu, qual é o seu preço, querida? É Natal e estou de bom humor. Como você é sortuda, hein, garota? Em qualquer outra época do ano eu teria arrancado suas tetas fora, às gargalhadas. Mas gosto do Natal, é uma festa que sempre me deixa feliz, mais generoso. O ano-novo está a caminho, novos negócios a serem feitos, novas pessoas para destruir, mais cedo ou mais tarde. Uma temporada muito proveitosa, sempre penso assim.

Maureen viu a cor sumir do rosto de June e reprimiu a vontade de rir. Mickey conhecia sua platéia e representava muito bem.

Maureen tossiu, tirando o foco de June, e disse gentilmente:

— Disse a ela que pode ficar com o dinheiro como indenização pela morte de Jimmy, mas teria que nos entregar os livros. Já estão comigo, aqui, na bolsa, então acho que isso é só uma formalidade.

Mickey olhou para a única mulher de quem ele podia dizer que verdadeiramente respeitava e gostava. Maureen era um diamante em muitos aspectos. Olhe só o que ela havia feito por ele agora. Conseguira os livros sem que isso custasse a ele um só centavo.

June pensou que tinha se dado bem. E, na verdade, tinha.

— Disse a ela que havíamos cancelado Hitchin e que o marido agora está no hospital. Vamos nos considerar quites e esquecer o grave erro de julgamento de ambos.

Mickey não tinha a menor idéia do que Maureen estava dizendo.

June também não estava em melhor situação que ele.

— Afinal, o que você está querendo dizer? — perguntou June temerosa.

Maureen arreganhou os dentes.

— Trocando em miúdos, amor, você fica com o dinheiro de Jimmy e nós ficamos com o resto. Simples assim.

June abriu um largo sorriso.

— Obrigada. Vocês dois estão sendo mais do que generosos.

Mickey levantou-se, alegre. Ele tinha o que queria, poderia se dar ao luxo de ser magnânimo.

— Mais uma dose? Então vocês vão ter que me desculpar. Estou recebendo visita da família e não posso deixá-la esperando muito tempo para servir o chá. Minha Layla não vai servi-los até que eu chegue. Ela sabe que o lugar do homem é à cabeceira da mesa.

Maureen tornou a mostrar os dentes.

— Pessoalmente, acho que a cabeça de um homem deve estar não à cabeceira da mesa, mas sobre a mesa, mas suponho que entendo seu ponto de vista.

June observou Maureen e Mickey trocarem piadas à custa um do outro e desejou que se calassem e a deixassem ir embora. Porém, sabia que teria que permanecer sentada até que eles a autorizassem a sair. Era assim que as coisas funcionavam nesses círculos e ela não tentaria mudar.

Ivy estava impressionada com Barry Dalston. Durante algum tempo, ele a manteve afastada dos pensamentos sobre o filho envolvido em problemas. Ela estava grata por isso. Enquanto Susan preparava um bule de chá, Ivy tagarelava.

— Que rapaz adorável, e tão bonito! Como diabos você conseguiu fisgá-lo, eu não sei. Se Debbie tivesse chegado em casa com ele, eu não teria me espantado... mas você! Bem, tudo o que posso dizer é que seja lá o que ele viu em você é invisível, pois ninguém mais jamais verá, garota. Agarre-o com unhas e dentes.

Susan a ignorou.

Estava agradecida pelo fato de Barry já ter ido embora e assim poder devanear quanto ao presente generoso que havia ganhado dele. As outras coisas ela colocou no fundo da mente, como costumava fazer com tudo que fosse perturbador ou desagradável.

Ivy continuou brindando-a com sua opinião. Susan ouvia com meio ouvido até que escutou algo que fez uma névoa vermelha de fúria descer sobre ela.

— Exatamente como seu pai naquela idade. Mesma atitude, mesmo olhar, o mesmo desembaraço...

Susan fez a velha pular ao gritar para ela, do outro lado da cozinha:

— Barry não tem nada a ver com meu pai! Não se atreva a dizer coisas assim, sua bruxa velha. Por que não volta para casa? Por que está sempre por aqui, arruinando tudo? Ele não é como meu suposto pai. Na verdade, você mesma não perde oportunidade de dizer que Joey não é meu verdadeiro pai e, pode acreditar, isso me é conveniente até a medula.

Ivy ficou perplexa e sem palavras, mas não por muito tempo. Dando um salto da cadeira, ergueu uma das mãos e esbofeteou a neta na boca.

— Não fale comigo dessa maneira, sua bastardinha! Depois de tudo o que eu fiz por você, falar comigo desse jeito!

Quando a velha levantou novamente o braço, Susan o agarrou e empurrou a velha sem um pingo de gentileza para o outro lado do cômodo.

— Desapareça, sua piranha velha. Se voltar a dizer que meu Barry é como *ele*, eu te mato, ouviu o que eu disse? Ele não é nada parecido com papai. Ele é bom, na verdade é um amor. Ele *não* é como seu filho de maneira nenhuma, então pare de tentar dizer que ele é.

Ivy agora estava em tal estado de choque que sequer conseguia respirar. O coração batia erraticamente quando olhou para a jovem diante dela. Nunca antes Susan havia desafiado quem quer que fosse, sempre aceitara tudo o que lhe fosse dispensado.

De repente, Ivy teve medo da neta.

Susan, no entanto, ainda não havia acabado.

— Você vem aqui dia após dia e torna nossas vidas um inferno. Você causa problemas intermináveis com minha mãe e espera que todos nós concordemos rindo. Bem, para mim, chega. Você não passa de uma vaca vingativa, boca suja. Torço para que você e seu filho caiam mortos. Você não é nada para mim. Chamo você de avó porque tenho que chamar, mal posso esperar para ter idade bastante para mudar meu nome para Smith ou Jones... qualquer coisa que não seja McNamara!

June estava imóvel na porta da frente e não podia acreditar no que ouvia. Susan aos gritos. Susan, a calada, a boa menina, a filha que ela sabia ser o esteio da família. A que fazia a limpeza, a que cozinhava, a lacaia.

June reprimiu um sorriso. Se ela estava chocada, imagine como não estaria a sogra. Esperou por alguns segundos antes de fazer barulho como se tivesse acabado de atravessar a porta, depois entrou na cozinha com um grande sorriso estampado no rosto.

— Está tudo bem?

Ivy tinha a fisionomia branca de tanta cólera e terror.

— Ela me bateu! Espere até meu Joey saber disso. Levantou a mão para mim, June, me estapeou e me chutou.

Nunca ocorria à velha contar uma versão que correspondesse aos fatos. Susan, porém, estava irritada demais para se incomodar com isso.

— Estou lhe dizendo, mamãe, suportei tudo o que podia dela nos últimos anos, estou farta de ouvir a voz dela. Mande-a para casa. Por favor, mamãe, faça-a ir ou posso machucá-la de verdade.

Deu um passo em direção à avó e June se colocou entre as duas. Ela agora estava preocupada. A filha normalmente não era uma menina violenta e, em muitos aspectos, era esse exatamente o seu mal. Para viver numa família como aquela, melhor que fosse mais agressiva, como Debbie. Esta sim, se fizera ouvir desde o dia em que nasceu. Mas a natureza da pobre Susan era diferente. Não importa o que a tivesse descontrolado hoje, provavelmente era algo sério. E, mais provável ainda, era Susan quem tinha razão.

June resolveu de imediato tomar uma providência. Era uma oportunidade perfeita para se livrar da velha de uma vez por todas.

— Acho que é melhor você vestir o casaco, Ivy, e tomar o caminho de casa.

Ivy olhou para a nora como se nunca a tivesse visto antes.

Com uma máscara de serenidade sobre o rosto, June disse:

— Não há tempo para brigas, Ivy. Joey está no hospital com ferimentos horríveis na cabeça. Consegui tirá-lo do xadrez e manter toda a loucura dos últimos dias sob controle. Não estou com saco para você e suas ladainhas. Quanto a Susan, possivelmente está aflita com o que vem acontecendo. Aliás, se bem conheço você, tenho certeza de que a provocou. Essa casa é minha e, se quiser entrar aqui novamente, é melhor que faça como ela disse e suma.

— Meu filho nunca me negaria...

Susan gritou:

— Ora, seu filho não está aqui, está? E minha mãe está. Até que ele volte, vá se foder.

Até mesmo June ficou atônita agora.

— Susan, pelo amor de Deus, amor, acalme-se. O que diabo está acontecendo aqui?

Ela estava quase berrando de tanta frustração e ira.

— É o seguinte, mamãe. Ou ela vai, ou vou eu. Estou de saco cheio dela. Metade dos problemas do passado foi ela quem causou. Provocando-o quando ele estava bêbado, fazendo fofocas e transformando a vida de todo mundo num inferno. Eu a odeio quase tanto quanto odeio a ele. Então agora você já sabe, certo?

E saiu como um raio, deixando a cozinha para June e Ivy. Por instinto, Ivy sabia quando estava derrotada. Também sabia que a garota tinha razão. E era isso que a feria mais do que qualquer outra coisa, saber que uma jovem podia ver tão facilmente através dela.

— Depois de tudo o que eu fiz por aquela criança....

June sacudiu a cabeça com tristeza.

— Vá para casa, Ivy. Vou ter que gritar para que você caia fora de uma vez por todas e volte para sua casa? Susan está certa e você sabe disso. Você a desafiou desde o primeiro momento. Quer saber de uma coisa? Quando Joey regressar, é melhor você mudar de tom, madame, pois, assim como Susan, estou farta de você.

— Você nunca admitiu que Joey não vive sem mim. Não importa o que eu faça, ele sempre me chama de volta. Lembre-se disso, pois, se eu expulsá-la, ele não vai mexer uma palha para impedir. E se eu quiser que seja assim, assim será.

Ivy deixou a casa minutos mais tarde, uma velha derrotada. Susan permaneceu no quarto e June contou o dinheiro e planejou o que iria fazer com ele.

Tudo considerado, ela ponderou, não fora um mau dia.

Capítulo 6

Joey estava deleitado em ver June na cabeceira da cama. Ela vestia um lindo vestido vermelho e a maquiagem não era muito carregada; as unhas estavam pintadas de rosa-claro em vez de escarlate, e o perfume era discreto.

— Você está muito bem, June

Ela sorriu gentilmente.

— Bem, gostaria de dizer o mesmo a seu respeito, rapaz, mas não posso.

Joey arreganhou os dentes.

— Dei uma olhada na minha fuça hoje de manhã. Sei que nem posso discutir a respeito, ou posso?

June não respondeu.

— Obrigada por me tirar da merda. Sei que não era sua obrigação.

Ela sentou na cama e tomou as mãos dele entre as suas.

— Ouça, Joey, fiz isso porque me importo com você. Realmente me importo. Mas não posso viver da maneira como vivíamos antes. É muito penoso. Se vamos tentar de novo, então as coisas precisam mudar. Jimmy sabia como me tratar; ele me deu uma nova perspectiva de vida. Não interessa o que ele era, ele me deu mais que qualquer um já tinha dado antes. Você compreende o que estou dizendo?

Joey aquiesceu com um meneio de cabeça.

O cérebro dele estava trabalhando a pleno vapor. Davey Davidson lhe deixara a par de tudo. Sabia que Jimmy tinha dado o fora em June. Sabia também que ela tinha três mil libras escondidas.

— Compreendo, amor, e vou mudar, prometo. Mesmo que seja preciso afastar minha mãe, sei que ela foi uma provação durante anos...

June riu.

— Você jamais poderia adivinhar o que aconteceu. Susan partiu para cima dela.

Joey mostrou-se intrigado.

— O quê? Ela atacou mamãe?

June respondeu que sim apenas mexendo a cabeça.

Uma sombra do velho e vingativo Joey cruzou o rosto do homem por alguns segundos, mas logo ele sorriu.

— Quem diria, hein?

— Ela arranjou um cara e Ivy, sendo quem é, aproveitou a ocasião para insultá-la.

— O que você quer dizer com ela arranjou um cara? Sue é nova demais para andar com caras.

Joey deu um impulso e aprumou-se na cama, a ação fazendo-o estremecer. As pernas continuavam feridas e ele ainda estava sensível, pelo menos tão sensível quanto Joey McNamara poderia ser.

— Vou dar uma lição naquela vagabunda!

June estava estupefata.

— Calma, ele é um cara legal. Que bicho te mordeu, Joey?

Ele respirou fundo e suspirou.

— Ela é muito nova, June, e não tem malícia bastante para andar com qualquer um. Estou colocando um ponto final nessa história e pode transmitir esse recado a ela. Também pode avisar que logo vou estar em casa e que as coisas voltarão ao normal. Diga isso a ela, certo?

June estava surpresa com a reação de Joey. Debbie falava sobre rapazes desde os 10 anos de idade e ele limitava-se a rir, aconselhando que os mantivesse em banho-maria, que os fizesse suar e gastar dinheiro com ela.

Agora a pobre Susan conseguira uma companhia, um cara legal — June teria dado para ele se o tivesse conhecido há alguns anos — e Joey agia como um marido enganado. Havia algo fedendo ali.

— Você parece estar com ciúmes, Joey. O que está escondendo?

Ele sentiu uma ânsia ardente de socar a esposa, mas sabia que precisava esperar o momento propício. Ele a queria de volta e não poderia, por enquanto, arriscar colocar tudo por água abaixo. Ela tinha todas as cartas, no momento. Então, tornou a suspirar e vestiu a máscara de pai preocupado.

— Ouça, June, Debbie é uma garota esperta, certo? Conhece bem a vida. Enquanto que a coitadinha da Susan... bem, sejamos justos, ela tem o rosto parecido ao de uma traseira de ônibus e peitos que encorajariam um monge a abandonar o celibato.

E continuou:

— Você sabe do que estou falando. Esse sujeito provavelmente já virou a cabeça dela. Susan é vulnerável. Quando foi que você a ouviu se queixando de ser convidada a sair o tempo todo, como Debbie, hein? Sabe quando, vou lhe dizer? Nunca. E nos últimos anos eu tenho estado mais com ela do que você. Ela e eu nos aproximamos, é verdade, e você sabe como ela é ignorante no que diz respeito aos homens e seus hábitos. Se ela conhece um sujeito errado, muito antes de percebermos ela estará perdida, e o caldo entornado. — Tenho grandes esperanças para aquela menina, ela tem cérebro, June. Sabe ler, puta merda. Quantas pessoas que conhecemos sabem ler? Livros de verdade e tudo o mais, não apenas aquela titica de que gosta. Susan lê livros de verdade, já a vi fazendo isso.

June estava praticamente desmaiando de tão chocada.

— A pancada de Hitchin deve ter modificado alguma coisa na sua cabeça. Não posso acreditar no que você está dizendo. Esse camarada foi um achado e tanto para Susan e parece sincero o bastante. Ele a presenteou com brincos no Natal e a visita sempre.

Joey fechou os olhos e tentou se controlar.

— Escute aqui. Quero que Susan tenha alguma chance na vida, só isso. Quero que ela estude. Se eu tivesse dinheiro, a aconselharia a ir para a universidade ou para onde que as pessoas vão depois do ensino médio.

Beleza jamais vai ser fonte de fortuna para Susan, mas os miolos podem ser. Ela pode ser alguma coisa, alguma coisa afinal. Advogada... qualquer coisa.

— Vá para o inferno, Joey! Você está se sentindo bem? Estou à beira de pensar que você sofreu um transplante cerebral em vez de umas porradas na cabeça e fraturas nas duas pernas.

Joey balançou a cabeça com tristeza.

— Tive tempo para pensar, June, e sou um homem mudado. Seja franca, você não gostaria de ver uma delas elevar o nome McNamara, só para variar? Há um mundo novo agora e as mulheres podem fazer todos os tipos de coisas. É aceito que trabalhem até se casarem e terem cria. Algumas inclusive continuam a trabalhar depois disso, embora pessoalmente ache que já é um pouco demais. Mas você percebeu o xis da questão do que estou dizendo, não percebeu?

June olhava pasma, e respondeu:

— Sim e não. Susan tem miolos, reconheço. Mas somente em comparação com as pessoas que conhecemos. Fora do nosso mundo ela provavelmente é meio estúpida, e estou tentando dizer isso de maneira delicada.

E prosseguiu.

— Amo aquela menina, sempre amei. Mas não quero que ela se afeiçoe a algo que nunca será capaz de ter. Um casal de filhos em poucos anos e ela estará tão feliz quanto um pinto no lixo. Ela não é talhada para toda essa história de estudos, não de maneira profunda. E se insistisse em estudar mais, encontraria pessoas diferentes do que ela é e começaria a nos desprezar, pode apostar. Já vi isso acontecer na televisão. Filhos que têm acesso a coisas melhores e abandonam o resto da família, parceiro. Eles precisam agir assim para sobreviver.

— Você está enganada, June...

June sentia-se ofendida e realmente não sabia o motivo. O fato de, repentinamente, Joey parecer muito interessado em Susan a estava incomodando. Sentia-se indisposta por conta de toda aquela situação.

— Traga-a para me visitar hoje à noite — Joey disse a June.

Ela riu gentilmente.

— Você é um canalha, Joey. Num minuto é uma coisa e no minuto seguinte está completamente mudado.

— É isso que me torna tão interessante.

June olhou para o rosto dele, cheio de hematomas e arranhões, mas ainda assim podia identificar o que a atraíra nele, há muitos anos. Ela ponderava por que iria voltar para ele. Tinha algumas libras e podia fugir, se quisesse. Mas ele era a vida dela, sob muitos aspectos. Ele a aceitava do jeito que era, e quem mais faria isso? Jimmy tinha sido uma ótima diversão, porém já fazia parte do passado.

Com Joey, o que se via era o que se tinha; qualquer um seria tolo se achasse que iria conseguir algo além. Embora houvesse muitas mulheres da laia de June que não o chutariam para fora da cama. No mundo deles, a fama de durão amealhava respeito. Agora que era tido como o assassino de Jimmy, a notoriedade o faria ascender na escala social dos bandidos das redondezas.

Ela imaginou se ele estava ciente disso tudo. Ela sabia que Davey tinha ido visitá-lo.

— O que Davey tinha a dizer?

Joey riu.

— Supõem que estou por trás da morte de Jimmy. Isso vai dar uma incrementada na minha reputação! Vou receber pagamento extra por serviços especializados, pois agora imponho medo e esse é um fator adicional. Garanto, June, que Davey enfiou isso na cabeça. Eis o que a convivência com os Bannerman fez a ele. Está o tempo todo aprendendo e agora vou acompanhá-lo rumo ao sucesso. Maravilha, hein?

Ela concordou com um gesto de cabeça, imaginando se Joey era realmente tão obtuso quanto fazia parecer. Ou será mesmo que ele acreditava que ganhar fama por conta de atos alheios iria lhe trazer algum proveito?

— E quanto aos tiras, o que os tiras estão dizendo?

Joey deu de ombros.

— Dizem o que Davey e Bannerman querem que seja dito, é claro. Ainda é uma investigação em curso.

— E se houver uma represália da família de Jimmy ou coisa assim?

Joey novamente deu de ombros, embora parecesse menos seguro dessa vez. June então percebeu que a idéia sequer havia passado pela mente dele.

— Vou pensar no assunto quando chegar a hora, mas calculo que tudo já esteja resolvido. Davey não é estúpido e Bannerman é esperto, sem sombra de dúvida. Vou correr o risco, como sempre, garota. O resultado só pode ser proveitoso.

June riu.

— Proveitoso para quê? Para pagar a universidade de Susan? Dá para imaginar a cara dela quando eu contar o que você pretende?

June gargalhava e Joey sorria, observando-a. Não pretendia deixar Susan ir a lugar nenhum.

Susan estava uma pilha de nervos. Seu pai voltaria para casa, vindo do hospital, certamente esperava ser recebido com demonstrações efusivas de alegria.

A mãe havia limpado a casa do chão ao teto, e preparado a comida favorita do marido, um grande jantar de carne assada com pudim Yorkshire, que cresciam no forno como se estivessem vivos. Susan estava encarregada da sobremesa. Debbie, do bolo de boas-vindas. Ivy mais uma vez recebeu permissão para entrar na casa e se comportou de modo civilizado, o que propiciou a Susan um mínimo de alívio.

No entanto, ela sabia que, uma vez Joey em casa, tudo voltaria ao normal em questão de semanas. Desejava somente que a mãe pudesse enxergar tão longe assim.

Na verdade, June estava nervosa ultimamente. Agia como se ela e Joey nunca tivessem se separado. Sempre que Susan mencionava o nome de Jimmy, havia um bate-boca, a mãe lhe dizendo para não mexer em casa de marimbondo. Era como se ele nunca tivesse existido e isso incomodava Susan sobremaneira. June também dissera à filha que o pai não estava muito feliz com o fato dela ter um namorado sério. Ele a considerava jovem demais. Nas visitas que fizera ao pai, no hospital, Susan fora proibida de se encontrar com Barry.

Mas Susan o encontrava e continuaria a encontrar, não importa o que a mãe dissesse ou o pai fizesse.

A vizinha Maud entrou na casa com um ramo de flores e algumas uvas.

— Para o inválido, June. Espero que ele logo esteja melhor.

Ela reprimiu uma careta. Maud faria qualquer coisa para estar naquela casa naquele dia. Queria saber exatamente o que estava acontecendo entre June e Joey. Nas duas últimas semanas, a localidade fervia de rumores sobre Joey, que teria matado Jimmy e reclamado a esposa de volta. Ele havia sido preso e depois espancado na cadeia, todos sabiam disso. E presumiam que ele havia tomado a surra mas não abrira o bico. Portanto, era duas vezes homem aos olhos da comunidade. Jimmy tinha sido um sujeito bacana, mas havia privado uma família de esposa e mãe. Por ora, todos preferiam esquecer o passado de June e punham-se firmemente do lado de Joey.

Ele era quase um herói.

June estava adorando tudo aquilo. Debbie estava extasiada. Ivy caminhava nas nuvens. Susan desejava que todos caíssem mortos.

Maud sentiu como se todo os seus Natais tivessem chegado de uma só vez quando Joey entrou na casa com Davey Davidson, que fora buscá-lo no hospital. No entanto, June não demorou a cortar as asas da vizinha.

Davey estava de bom humor, e June vestida para arrasar, de blusa decotada, saia curta e botas de couro. Ela se abaixou na busca de um banquinho para Joey apoiar os pés. Ele graciosamente concordou em tomar uma xícara de chá.

Por dentro, Joey ria. Sabia como June era realmente e, com toda a franqueza, sentira falta dela. Estava contente em tê-la de volta; e satisfeito por ser visto como o maníaco que havia aniquilado um valentão de Glasgow para recuperar a mulher.

Já estava recebendo ofertas de trabalho feitas por grupos locais especializados na cobrança de dívidas, legais e ilegais. Seu próximo grande passo seria ir até West, a região dos clubes. Nesse passo, estaria juntando mil libras semanais. Estava determinado a garantir seu quinhão.

Sorriu para as duas meninas e Debbie se lançou nos braços do pai. Estava gostando de tudo aquilo tanto quanto Joey. Ele a conhecia bem e ficara satisfeito em vê-la contente. Ela sabia como jogar o jogo, a sua Debbie. Era a outra vadia miserável que precisava de uma lição. Joey estava disposto a fazê-la aprender.

Abrindo os braços, ele disse jovialmente:

— Ora, vamos, Sue. Nem um beijo para seu pai?

Susan adiantou-se obediente na direção do pai e o beijou na bochecha. June havia chegado com a bandeja de chá e observou a cena com interesse. Susan foi empurrada para dentro de um abraço de urso e puxada para o colo do pai. Davey riu quando ela reclamou em voz alta.

Em seguida, puxando-a para mais perto do colo, Joey agarrou-a pelos peitos. Segurando-os firme entre as palmas das mãos, ele gritou:

— Está vendo, Davey? Não há muitos desses por aí, dando sopa.

Até mesmo Davey ficou chocado, embora não tivesse dito nada. Sabia que a esposa o teria estripado se tivesse tentado aquilo com uma de suas filhas. Não que fosse capaz de algo assim, ele se tranqüilizou; não tinha aquele tipo de inclinação.

June estapeou Joey violentamente na lateral da cabeça e empurrou Susan para longe dele. A menina saiu correndo da sala, o rosto queimando de vergonha.

— Você é um devasso, Joey. Sabe como ela tem vergonha dos seios. De agora em diante, deixe-a em paz.

Havia um aviso naquelas palavras e todos estavam cientes disso, inclusive Joey. O cômodo pequeno ficou silencioso e Ivy decidiu que era hora de falar.

— Vaquinha esquisita aquela, não tem nada a ver com a Debbie. Deve ser por causa do sangue paterno.

Joey olhou para a mãe e falou asperamente:

— Feche essa maldita matraca, mamãe, temos convidados.

O rosto de Ivy era o retrato da indignação.

— Só estava dizendo, filho...

Joey se virou na cadeira e fitou a velha direto nos olhos.

— Ora, não diga nada. Nem eu nem ninguém estamos interessados na sua opinião, certo?

June serviu o chá e em seguida foi ao quarto da filha. Susan estava deitada na cama, enrolada como um caracol. June sentou-se ao lado dela e acariciou seus cabelos.

— Ele não tinha intenção, querida, você sabe como ele é. É apenas o modo dele ser carinhoso.

Susan olhou para o rosto da mãe.

— Eu o odeio, mamãe. Odeio ele e tudo o que representa.

As palavras da menina soaram baixas, mas o sentimento contido nelas era óbvio.

June sorriu, melancólica.

— Na sua idade, é natural odiar o mundo todo...

Susan a interrompeu.

— Eu não odeio o mundo, mamãe. Odeio apenas ele.

June não sabia por que, mas ela realmente não queria se estender numa conversa com a filha a respeito de Joey. De alguma forma, sabia que se o fizesse causaria problemas para todos os da casa.

— Não fale sobre ele dessa maneira, Susan. Ele é seu pai.

Ela bufou, desdenhosa.

— É? Não foi o que ouvi a vida inteira. Acho que seria melhor ter uma conversa com a mãe dele. Segundo ela, eu deveria me chamar Heinz... 57 variedades.* Sou uma vira-lata, segundo ela... e segundo ele também, quando está bêbado. Até você já contestou minha paternidade ao longo desses anos. Está tentando se lembrar com quem você dormiu que parecesse comigo, não está? Tentando dar um rosto a um nome, hein?

A bofetada na bochecha da filha foi como um tiro na quietude do quarto.

— Sua putinha! Você sempre tem que causar problemas, não é, Susan? Sempre tem que ter a última palavra. É nisso que dá leitura demais. Os livros viraram sua cabeça. Bem, me ouça com bastante atenção:

*Alusão à empresa de comida industrializada Heinz, cujo slogan mencionava 57 variedades de produtos. A expressão "Heinz 57" é uma maneira chula de se referir a cães e a pessoas mestiças. (*N. da T.*)

não estou com disposição para você e suas crises histéricas. Mais uma palavra e arranco sua cabeça fora, estou sendo clara?

— Clara como cristal. Acho que nós duas percebemos isso, não acha, mamãe? Se você não fala sobre as coisas, então elas nunca aconteceram, não é?

— O que está insinuando agora?

Susan balançou a cabeça com tristeza, a marca vermelha deixada pela mão de June ardendo nas faces.

— Pense nisso, mamãe, apenas pense nisso.

June baixou os olhos para a fisionomia da filha. Já estava arrependida de tê-la esbofeteado, mas era preferível à alternativa de que dispunha. Ela sequer podia pensar naquela possibilidade.

Joey olhou para o jantar sobre a mesa e suspirou, feliz; sorrindo para as duas meninas, recolheu uma batata assada inteira e despejou-a na boca. Estava quente demais e ele fez uma grande pantomima para esfriá-la. Todas riram, menos Susan, mas ninguém mencionou o fato.

Ivy estava à vontade. Seu garoto de ouro estava em casa e bem. Isso a agradava mais do que qualquer outra coisa. Joey era tudo o que ela tinha no mundo e a idéia de perdê-lo a apavorava.

Ela olhou para a boca aberta de June, que ria de algo que ele dissera, e de má vontade decidiu que a nora não era, na verdade, tão ruim assim. Se Joey tivesse se casado com um tipo diferente de mulher, Ivy tinha sensibilidade suficiente para saber que há muitos anos teria sido expulsa do lar dos McNamara. Ao contrário da maioria das mulheres de East End, June tinha uma atitude casual e descontraída com tudo que se relacionasse com a casa e as filhas, enquanto a maior parte das vizinhas de Ivy controlavam maridos e filhos com mão-de-ferro.

Ora, os homens podem ser ossos duros de roer e as mulheres podem parecer oprimidas, mas não raro a verdade era muito diferente. Aquelas mulheres usavam da posição que tinham como mães e esposas para manter seus homens na linha.

June nunca se incomodara com isso. Ela e Joey formavam uma parceria estranha e pouco ortodoxa. June agia como a maioria dos homens: dormia fora, gastava a rodo e passava o tempo entrando e saindo de pubs. Joey fazia o mesmo, mas em menor escala.

Ivy sorriu, feliz em saber que, encerrado o período de lua-de-mel, ela poderia novamente meter o bedelho em tudo e a vida voltaria ao normal.

Olhou para Susan e o sorriso esmaeceu.

Aquela vaca não sabia o que a esperava assim que Ivy colocasse as garras sobre ela. Levantar a mão para a avó e esperar que ficasse tudo por isso mesmo? Bem, Deus era bom, como sua própria mãe costumava dizer. Esperava a hora propícia para fazer as pessoas pagarem por seus pecados.

Ivy veria aquela vaquinha pagar, e pagar caro, pelo ataque de raiva.

— Em que está pensando, mamãe? Seu rosto parece um fim de semana chuvoso em Brighton.

Ivy olhou dentro dos olhos sagazes do filho e tornou a sorrir.

— Estava pensando no quanto é bom tê-lo em casa de novo, filho. Senti saudades de você. — Em seguida, duas grossas lágrimas escorreram sobre as maçãs do rosto de Ivy, que chorava a plenos pulmões.

Joey ergueu os olhos para o teto, incrédulo. Ivy estava verdadeiramente aflita e até mesmo Susan sentiu pena da avó. A velha fora visivelmente abalada pelo tormento do filho e isso tinha lançado uma névoa na atmosfera festiva. Susan instintivamente se debruçou sobre a mesa e agarrou a mão da avó.

— Vamos, cante para nós uma de suas canções.

Ela tinha o coração mole o bastante para tentar fazer Ivy se sentir melhor. Ivy, no entanto, tinha outras idéias.

— Não tente me paparicar, sua egüinha desgraçada! O que tive que suportar de você faria o sangue de seu pai fervilhar.

June fechou os olhos. Respirando fundo, ela gritou:

— Ora, cacete, pelo menos uma vez podemos comer sem que vocês comecem um bate-boca acalorado? Se você causar tumulto, Ivy, está no olho da rua. É exatamente isso o que quero dizer, nem mais nem menos. — E apontou para Susan com o garfo. — Quanto a você, mocinha, tire essa expressão de coitadinha da cara antes que eu a arranque a tapas, combinado?

June fitou Debbie, que rolou os olhos para o teto.

— Estou pagando meus pecados vivendo nessa família. Só o que existe aqui é briga e discussão, de manhã, de tarde e de noite. Nunca se cansam disso, mamãe?

June fez uma careta.

— Claro, Debbie, as coisas têm sido assim, concordo com você. Mas vou lhe dizer uma coisa: se tornar a acontecer, saio por aquela porta e não volto nunca mais. Juro de pés juntos. Lembre-se disso, Ivy. E você, Susan, já tolerei aborrecimento demais nas últimas semanas. Quero um bocadinho de paz pelo menos uma vez na vida, desfrutar de uma refeição em paz, sentar na minha própria casa em paz. Conversar com meu maldito marido em paz sem vocês duas se atirando uma na garganta da outra. Vocês entenderam o que estou dizendo, hein? Acham que conseguem?

Ivy baixou a cabeça. Sabia que estava em terreno claramente minado. Susan engoliu o nó na garganta e se concentrou na comida que tinha diante de si.

Ninguém disse nada durante cinco minutos; o ar no ambiente era pesado de tanto ressentimento. Ivy manteve o olhar fixo em Susan, como se quisesse dizer algo, mas não se atreveu. Susan tinha os olhos cravados no prato. Em qualquer lugar, menos no pai, na mãe ou na irmã. E sequer pensava em Ivy.

Joey as observava enquanto comia.

Sua mãe era um problema. Qualquer outro homem teria intervindo no tumulto, mas sabia que ele era tudo na vida de Ivy e, às vezes, sentia-se grato por isso. Afinal de contas, tratava-se de sua mãe.

— A que horas você precisa tomar os analgésicos, Joey?

Ele deu de ombros, feliz pelo silêncio ter sido quebrado.

— Não sei. De qualquer modo, consegui alguns fortes com Georgie Dixon, parceiro de Davey. Ele diz que são do caralho para acabar com a dor e ainda dão barato. Melhores que aquela bosta que me deram no hospital, que não mataria nem a ardência provocada por uma mordida de mosquito.

June abriu um sorriso.

— Quando acabar de comer, rapaz, tome duas dessas pílulas do Gregory. Depois vou ajudá-lo a se acomodar na cama, certo?

Debbie rolou os olhos para o teto mais uma vez. A ginástica sexual constante dos pais a fazia sentir-se enojada. Podia ouvi-los a qualquer hora do dia, e isso lhe dava náuseas. No entanto, adorava contar às amigas sobre aquilo, fazendo-as rir.

— Não deixe de tomar o remédio, filho. Um analgésico é uma coisa maravilhosa. A melhor invenção depois do álcool, se quer saber. Durante anos, o álcool foi o analgésico dos pobres coitados, você sabe. Uma garrafa de uísque e, com uma serra, cortavam fora sua perna direita. Em seguida, colocavam alcatrão no coto para deter a hemorragia. E quero dizer hemorragia de verdade. O sangue jorrava no ar...

Debbie quase berrou:

— Tudo bem, vovó, já conseguimos imaginar a cena.

Joey riu e deu um trago no vinho.

— Consegue acreditar, mamãe, que justamente quando estamos comendo boa carne é que esse assunto vem à baila? Ah, recorda o nome daquele camarada? O torturador dos Daley. Ele costumava arrancar os dedos dos pés das pessoas com tesouras de jardinagem.

E apontou para a mulher com a faca.

— Era fanático por rosas, tinha um lindo jardim. De qualquer modo, está no hospício de Broadmoor, onde toma conta do jardim local, ouvi dizer. Bem, ele me contou uma vez que havia cortado os dedos das pessoas para evitar que pudessem se equilibrar em pé, veja só. Se você perder o dedão do pé, vai cair sempre, dizem. Mas ele contou que se concentrava nos dedos dos pés principalmente porque tal pensamento era tão aterrador que, quando aparecia na soleira da porta, as pessoas lhe entregavam literalmente tudo o que tinham para o verem pelas costas. É psicológico. O pensamento de algo é muito pior do que isso realmente acontecer. É mais ou menos assim. De todo modo, ele era mesmo um bom sujeito.

Ivy arreganhou a boca. Adorava conversas como aquela, elas a excitavam.

— Contanto que você não o contrariasse.

Mesmo June ria agora. Debbie também.

— Obviamente. Cortou fora as orelhas de Alfie Archer com um caco de vidro porque Alfie havia dedurado Harry Petersen. Lembra-se dele, mamãe? Big Harry, o estivador dinamarquês?

— Isso mesmo. A mulher dele era boa gente. Lamentei por ela. Aquele Harry era um camarada muito bem-apessoado, cabelos brancos e olhos azuis glaciais. Era um tipo bem atraente. Acabou pegando pena de 18 anos por assalto à mão armada depois que Archie o delatou. Foi aí que Archie perdeu as orelhas. Na época, lá pelos anos 1940 e 1950, costumava ser um aviso para que ninguém mais abrisse o bico. Era uma espécie de mensagem para os outros que esbarrassem com o sem-orelha pelas ruas. Lembro-me do nome dele: Jacob Daniels. Era isso, não era, filho?

Ele fez um gesto positivo com a cabeça, sonhadoramente.

— Sim, Jacob Daniels. Cristo, mamãe, que memória a sua!

Ivy sentiu-se envaidecida com o elogio.

— Bem, esses foram os velhos e bons tempos, não foram? O mundo agora está diferente. Os bandidos não têm mais classe. Mesmo os Davidson e os Bannerman não pertencem realmente aos escalões superiores, não são como os chefões à moda antiga, que zelavam pela sua gente. Lembro-me que durante a guerra, providenciaram para que tivéssemos um bocado de ração, qualquer que fosse. Bacon, alguns ovos, não importa o quê. Conseqüentemente, as pessoas ficavam de boca fechada, os respeitava. Não é como hoje em dia, com todos esses jovens se metendo com drogas e sabe-se lá o que mais. Como aquele Barry. Ele está metido com drogas, ouvi dizer.

Ivy olhou detidamente para Susan, que respondeu entre ranger de dentes.

— Se está mesmo interessada em saber, Ivy, ele não mexe com drogas. Ele deixa isso para gente como Georgie Dixon, com quem papai conseguiu as dele.

Joey riu da rivalidade constante entre as duas mulheres. Ivy, porém, não se deixava pressionar.

— Isso é diferente. Foi por questões médicas, não foi, meu filho?

Joey fez que sim com a cabeça.

— Mas ela não sai mais com Barry, sai, querida? Seguiu o conselho do seu velho pai, não seguiu, Susan? E se minha mãe estiver certa, você pulou fora na hora certa. Os traficantes estão com os dias contados por aqui. Davey está de olho neles. Os Bannerman também.

Susan olhou para o rosto do pai.

— E por quê? Estão atrás de um percentual?

Joey encarou a filha. Com a voz baixa e zangada, ele falou asperamente:

— Está certo, meu bem, estão atrás de um percentual e é esse percentual que, no futuro, vai colocar comida na nossa mesa. Não se esqueça disso.

O desdém absoluto nos olhos de Susan o deixou ainda mais irritado. Joey podia sentir a fúria tomando seu corpo em espirais, até chegar à cabeça. Mas não perderia o controle hoje. Hoje ele se comportaria bem, ou quase.

— Não posso ficar aqui sentada ouvindo as baboseiras de vocês. Tenho um encontro excitante.

Todos os olhos se voltaram para Debbie, que estava tentando, a seu próprio modo, tornar as coisas mais fáceis para Susan.

— Com quem você vai sair, então?

A voz de Joey soou branda.

— Mickey Shand. O filho, aliás, não o pai.

Todos riram.

— Bom para você, garota. Eles são uma boa família. O pai já está em liberdade, não?

Debbie sacudiu a cabeça, positivamente e demonstrando satisfação.

— Está, saiu há dez dias. Fizeram uma baita festa para ele, inclusive com figurino especial. Foi uma diversão só.

June sorriu.

— Eu soube. Gostaria de ter ido à festa, mas com tudo isso o que está acontecendo... — Deixou a frase por terminar.

Joey pegou a mão da mulher e a apertou.

— Ora, tudo está bem agora, amor. Vamos ficar numa boa, garota. Vamos progredir. Logo, logo quero comprar uma casa.

O rosto de Ivy era o retrato do regozijo.

— Imagine só! Meu filho dono do seu próprio cafofo.

Susan deu um riso forçado e disse, de maneira rude:

— Como vai chamar a casa? Vai batizá-la com o nome de algum castelo famoso?

Joey olhou para ela por uma fração de segundo antes que seu punho desferisse e a pegasse no lado do rosto. June e Debbie saltaram das cadeiras e afastaram-na da mesa.

— Deixe para lá, Joey! Deixe para lá. Ela está destrambelhada e tem sido castigada como merece. Não permita que ela estrague o dia de todos nós.

June empurrou Susan para fora da sala e a arrastou até o quarto. Lá dentro, fechou a porta e a jogou com violência sobre a cama.

— Estou cheia de você, Susan. Não conseguiria acreditar no quanto estou cheia de você hoje.

Susan corou e sentiu o galo inchar por causa do golpe.

— Você pediu por isso, ficou provocando. Você sabe muito bem como ele é.

— Sim, eu sei, e você também. Então, por que voltou para casa, para ele? Logo será a sua vez. Um soco aqui, um chute ali. Você sabe disso tão bem quanto eu.

— Ele não queria perder a cabeça. Foi você que o provocou, deliberadamente. Vou lhe avisar, Susan: você o desafia demais e um dia ele ainda vai quebrar o seu pescoço.

Susan fechou os olhos, a mandíbula machucada latejando. As pulsações de dor penetravam no cérebro.

— Assim que eu completar 15 anos, saio de casa.

June riu.

— Acho que podemos presumir isso, Sue, mas até lá você realmente precisa aprender a manter a matraca fechada. Não quero vê-la por hoje, a menos que consiga manter a língua trancada dentro da boca.

Sem um mínimo de cuidado, puxou para mais perto o rosto da filha e a fitou nos olhos.

— Você vai sobreviver. Mas estou avisando, não o provoque e nem provoque a mim. Já tenho problemas suficientes e não preciso que você me traga mais batatas quentes.

Quando June saiu do quarto, Susan deixou as lágrimas rolarem. Odiava Joey McNamara; odiava-o visceralmente. E estava começando a desgostar da mãe. Sabia que já desaparecera qualquer sobra de respeito que ainda tivesse por June.

Hoje havia sido o começo do fim para mãe e filha. Estava para ter início uma longa batalha entre elas e que duraria quase o resto de suas vidas. O amor tosco que June distribuía se e quando lhe convinha minguaria ao longo dos anos seguintes, até que literalmente se odiassem.

Capítulo 7

Barry Dalston tinhas belos olhos e sabia disso. Olhava direto no rosto de uma mulher e sorria. A reação sempre o deixava impressionado, especialmente a das mulheres mais velhas.

Ele sabia que não era exatamente bonito no sentido convencional, mas tinha algo nele. Algo de que as mulheres gostavam. Ele imaginava, com razão, que era atitude e o espírito "estou me lixando".

Na noite anterior, passara num pub em Bethnal Green com seus camaradas e lá havia conhecido uma mulher chamada Sophie. Tinha 35 anos, um carro vistoso, um bom apartamento e peitos grandes. Era casada com um corretor de seguros de nome Alfie, que era um tédio. Segundo Sophie, se encher o saco das pessoas fosse esporte olímpico, Alfie seria medalhista de ouro.

Ela estava um pouco acima do peso, mas suas formas roliças faziam-na sentir-se sexy aos olhos de Barry e, se tinha o cabelo um tanto brilhoso demais para parecer real e os vestidos apertados demais para serem confortáveis, Cristo, era uma figuraça.

No carro, ela escalou as costas do banco para se acomodar na parte de trás, o desembaraço de alguém que fizesse isso todos os dias da vida, deixando à mostra calcinhas de renda preta e abundância de carne por sobre o elástico das meias.

Em cinco segundos, Barry estava tão rígido quanto um cassetete de policial e, enquanto ela o acariciava e ria afetada, ele quase gozou.

Era uma experiência nova para ele. Sophie pretendia se divertir. O fato de que as mulheres realmente desfrutassem de sexo era algo que até então nunca ocorrera a Barry.

Olhando nos olhos dele, ela exclamou, cheia de alegria:

— Bem, garoto, estou feliz em não ter colocado meus óculos. Eu teria gritado de medo.

Barry adorava isso, cada segundo disso. Dos seios que se derramavam para fora do vestido a ela montada a cavalo sobre ele, segurando-o pelos pulsos e o mantendo com os braços para trás do corpo, ocupada em atingir o clímax. Ele sentia como se tivesse morrido e acordado no paraíso da fornicação. Eram todos os seus sonhos juvenis tornando-se realidade diante de seus olhos.

Em seguida, ela fumou um cigarro e depois recomeçou, algo que assustara Barry tanto quanto o arrebatara. Jamais teria acreditado que uma mulher poderia desejar daquela maneira, desejar como um homem desejava. Quando a língua dela serpenteou pelo pênis ereto de Barry pela segunda vez, ele teve que escalar mentalmente todo o time de futebol de West Ham para não gritar.

Sophie amava os efeitos que tinha sobre Barry e disse isso a ele com todas as letras. Barry, sentado no banco de trás do carro, deslumbrado e exausto, mas disponível para qualquer coisa que ela quisesse fazer. Tinham combinado de se encontrarem duas vezes por semana; e ele ansiava por isso mais do que já ansiara por qualquer coisa na vida.

Ele assobiava enquanto subia a Mile End Road, a caminho de encontrar Susan. Não considerava que estivesse enganando Susan, pois ela — sua Susan como gostava de se referir à garota — era burra sob muitos aspectos e desconhecia a vida. Fantasiava um bocado por conta dos livros que lia, mas no que dizia respeito ao mundo real, não tinha noção de nada. E isso convinha a Barry, caía como uma luva. Quem queria um pássaro com crista mais alta do que si mesmo, o dono? — era o argumento do rapaz.

Se Susan viesse a descobrir sobre Sophie, a driblaria, pois sabia, no fundo do coração, que Susan precisava dele muito mais do que ele precisava dela. Já se haviam passado seis meses desde que Joey saíra do hospital e, com quase 15 anos de idade, ela poderia logo decidir de quem gostava. O pai que fosse se danar. Barry queria que ela não demorasse a ficar de bucho cheio. Assim, estaria definitivamente ligado a ela, e mesmo Joey McNamara teria de engoli-lo, pois qualquer coisa seria melhor do que a vergonha de um bastardinho a caminho.

Barry sorriu ao pensar nisso.

Joey era um homem importante agora, um rosto real com contatos importantes, e Barry queria uma fatia disso: um quinhão de glória, um quinhão de notoriedade. Como genro de Joey, não seria difícil.

Além do mais, gostava de Susan de uma maneira curiosa. Os olhos dela estavam constantemente pousados nele e era como ter um cachorro realmente devotado que pudesse conversar e dizer o quanto amava o dono, o quão maravilhoso achava que o dono era. E ela o deixava ter tudo o que quisesse, quando quisesse — e para um rapaz como Barry, com uma libido tão intensa, que subia e descia tanto quanto a lingerie de uma prostituta, aquilo era um bônus.

Então, no final das contas, ele estava feliz com a vida que tinha. Se pudesse ter mais acesso à família de Susan, a vida seria quase perfeita.

Já havia começado com a avó. Se a via no comércio ou no mercado, sempre fazia uma grande festa, e cadela velha e tola adorava tanta receptividade. Ela passara a autorizar Barry e Susan a usarem sua casa enquanto estava no bingo e, considerando que avó e neta costumavam se odiar, Barry creditava a novidade ao seu charme natural.

Na verdade, Susan e Ivy haviam se tornado bastante íntimas ao longo dos últimos meses, agora que tinham uma inimiga em comum: June.

Susan a desprezava e Barry achava a situação estranha, visto que, antes, a jovem tinha adoração pela mãe. Algumas vezes, o rapaz a advertira sobre as discussões à toa com a mãe. A aversão pelo pai já era um sentimento ruim o suficiente, ainda mais se ninguém da família, nem mesmo June, demonstrava o menor constrangimento com a situação. Nas poucas ocasiões em que estivera com June, Barry fizera questão de deixar claro considerar que, de quando em quando, a atitude de Susan para com os McNamara, sobretudo a mãe, deixava a desejar.

Barry estava absolutamente empenhado em se aproximar da família. Uma vez casado com Susan, poderia endireitá-la e colocá-la no seu devido lugar, de uma vez por todas. Escorregou para o Londoner à procura de uma bebida rápida e viu Joey McNamara sentado no bar. Sorrindo, caminhou até ele e o cumprimentou com um movimento de cabeça.

Joey o ignorou e continuou conversando com a mulher que estava a seu lado, uma mestiça de cabelos escuros com olhos que pareciam pedaços de carvão e completamente sem seios. Barry não teria perdido tempo com ela.

Pediu uma cerveja leve e amarga e sorriu para si mesmo ao entreouvir o diálogo que se desenrolava a seu lado. Era exatamente daquilo que se tratava, era daquilo que queria tomar parte.

— Estou lhe dizendo, Joey, o homem vive carregado. É um cliente assíduo e sempre tem umas cinco mil libras com ele. Tudo o que você tem de fazer é pegá-lo antes de ele me encontrar, certo? Não posso roubá-lo, ele me visita há muito tempo e é o tipo de sujeito que não se atemorizaria em chamar os tiras. Mas se o surpreender quando ele estiver chegando para me visitar, você tem o dinheiro e eu tenho um grande álibi. Veja, o cliente anterior a ele é um homem chamado Josh Gold, o sujeitinho judeu do mercado. Ele será minha testemunha, está vendo? O que você me diz?

Joey suspirou. Virando-se um pouco no banco, balançou a cabeça.

— Cinco mil pilas? Não fode, Babs, vá procurar outro para fazer essa merda. Não posso me aborrecer.

Ela deu de ombros.

— Tudo bem, Joey, foi só uma idéia.

Quando ela fez menção de se afastar, ele a puxou de volta, rudemente.

— Se você for mesmo roubá-lo, quero meus vinte e cinco por cento. Agora é essa a minha comissão.

Ela concordou com um meneio de cabeça, resignada com as regras: o simples fato de ter aberto a boca já havia lhe custado dinheiro.

— Evidente. Aviso a você caso aconteça, combinado?

Joey forçou um sorriso, exibindo dentes que nada tinham de brancos.

— Oh, Babs, ficarei sabendo se acontecer. Nada mais acontece por essas bandas sem meu consentimento, lembre-se disso.

Barry deixou o pub atrás da mulher. Quando ela tentou apressar o passo sobre saltos impossivelmente altos, ele a agarrou pelo braço. Ela o encarou e sorriu, exibindo grandes dentes alvos.

— Olá, o que posso fazer por você?

O sotaque caribenho era forte, muito embora ela fosse mais londrina que muitas mulheres por ali, pois nascera na Bow Road.

Barry estava aborrecido e, ao mesmo tempo, lisonjeado por ser confundido com um cliente.

— Não há nada que você possa fazer por mim, querida. Eu nunca seria amante de uma neguinha.

— Não sabe o que está perdendo, rapaz.

Ele deu um sorriso forçado.

— Tenho uma boa idéia. Ouça, Babs, escutei sua conversinha com Joey Mac lá dentro. Talvez eu possa ajudar.

Ela olhou para Barry de cima a baixo. Com a voz insolente, disse, ríspida:

— Preciso de um homem, não de um garoto.

— Sou homem o suficiente para o que você quer, madame.

Babs então riu. Admirava a ousadia a e autoconfiança dele.

— Meu cafetão é Jonah. Está pronto para enfrentar isso, garoto?

— Dou um jeito nesse sacana do Jonah, se for necessário. Agora quer conversar ou não? Posso garantir a você uma boa grana por dez minutos de trabalho. O que me diz?

— Olhe, você é escocês. Quero dizer, seu sotaque não vai lhe favorecer em nada, não sendo você um bandido de aluguel.

Barry riu.

— Você é negra, mas isso ainda não lhe causou nenhum mal, garota. Ouça-me. Vou dar uma porrada no cretino e roubá-lo, não vou bater papo com ele. Então, quer acertar comigo ou não?

Babs o examinou mais uma vez.

— Bebo no lado oeste da cidade, no Crown and Two Chairmen. Chegarei lá às oito da noite, se ainda estiver interessado. Pense nisso antes de se comprometer, e pense sobre Jonah também. Ele pode tolerar que eu acoberte um cliente, mas não um forasteiro.

Barry pôs os dentes à mostra novamente, e ela devolveu o gesto. Gostava dele.

— Foda-se o Jonah.

Babs gargalhou.

— Ora, eu e ele fizemos isso muitas vezes.

Quando ela se afastou rebolando em cima dos saltos altos, Barry foi tomado por uma explosão de felicidade. Seu primeiro homicídio de verdade e ele havia se saído bem. Sentia as bolas arderem à idéia do que iria fazer e então correu ao encontro de Susan. Poderia driblar a avó, dar umazinha com a namorada e ainda assim estar às oito no lado oeste de Londres.

No geral, a vida era boa.

— Só estou dizendo que vai correr sangue se o seu pai descobrir.

— Não me importo nem um pouco, mamãe. Não é da conta dele. Então, mamãe, bico fechado e ponto final.

June tomou fôlego enquanto combatia o impulso de esmagar a cabeça da filha com o cinzeiro pesado posto ao lado da bolsa de maquiagem. Pintar o rosto e discutir com Susan estava se tornando hábito.

— Você não vai sair assim, espero?

Susan baixou os olhos para a blusa que vestia. Rosa claro, fechada nas costas até em cima com pequenos botões de cor de pérola, uma saia preta de corte reto. O conjunto destacava seu já considerável busto. Sapatos de salto alto completavam o figurino. Com os olhos maquiados e um novo corte de cabelo, Susan pensou que parecia bonita.

— Está parecendo uma puta velha!

Susan riu.

— Você deve saber bem como é, mamãe. Afinal, praticamente inventou a moda.

— Saco!

Susan olhou para si mesma no espelho.

— Não, mamãe, peitos.

Ela espalmou os seios e os balançou.

June sentiu vontade de rir, mas se conteve. Essa nova Susan era completamente diferente. Briguenta e contestadora até o último fio de cabelo. Em semanas, aquela era a primeira vez que trocavam palavras com um toque, ainda que remoto, de civilidade.

— São grandes, garota, não são?

— Gosto deles, me tornam especial. E, mamãe, acredite em mim quando digo que Barry os adora.

June torceu o nariz.

— Estou certa que sim. Mas se seu pai a vir vestida assim, esse tal de Barry vai ter que procurar os bagos por todo East End.

— Mamãe, só me visto dessa maneira quando vou encontrá-lo e, com o casaco sobre a parte de cima, não aparece nada de mais. Mesmo quando estou no meu estilo desleixado de sempre, os peitos se destacam como faróis. Portanto, pare de se preocupar.

June olhou para o rosto da filha. Estava iluminado com uma luz que vinha de dentro dela. A mãe a invejava em alguns aspectos. Por ser jovem, estar apaixonada e ter uma vida inteira pela frente. Também sabia que deveria ajudá-la mais em relação a Joey, mas não podia. Joey tinha um apego especial em relação a Susan e, no fundo, June imaginava o que era. As mesmas duas coisas que atraíam Barry Dalston.

— Só estou dizendo para tomar cuidado. Existem mais coisas na vida do que um par de peitos e um sujeito.

Susan riu, um som malcriado.

— E você sabe tudo a respeito disso, não sabe? A meretriz de Londres me dando conselhos? Sai pra lá, mamãe. Qual é o problema? Está com ciúmes porque agora posso competir com você? É isso?

Foi então que June perdeu o controle e premiou a filha com uma bofetada que fez arder o rosto recém-maquiado da jovem.

Susan então ergueu o punho e o plantou firmemente entre os olhos da mãe. Foi um gesto rápido, consumado antes que a própria Susan percebesse.

June recuou com passos cambaleantes, tentando se agarrar à penteadeira. Mas caiu na cama como uma trouxa de roupa. Susan correu até ela, tentando ajudá-la a levantar-se e desculpando-se várias e várias vezes.

— Mamãe! Cristo Todo-Poderoso, mamãe, me perdoe. Mamãe, deixe-me olhar para você.

— Sua bastardinha! Como se atreveu a me socar, vadia?

A briga começou a sério, então. Mãe e filha engalfinharam-se como gatas selvagens. Susan começou em posição de defesa, mas logo já estava em vantagem.

A fúria a dominou. Ao agredir a mãe, toda a frustração reprimida dos últimos anos subiu à superfície. Tudo o que June havia feito de mal, se omitindo ou encorajando situações que feriam Susan, pareceu assomar à mente da garota.

Ter deixado as filhas com o pai para se amasiar com qualquer um; ter o hábito de fingir que sabia de tudo quando não sabia de nada; jamais fazer nada para ajudar Susan ou Debbie. Sempre ciente disso tudo e sempre desapontando a todos.

Susan ouvia os gritos de Debbie como se viessem de muito longe. Arrastando-a para longe da mãe, Debbie estava chocada e incrédula com o que havia ocorrido.

— Está louca, Susan? Olhe só o que você fez com ela.

Susan baixou os olhos para o rosto ensangüentado da mãe e não sentiu absolutamente nada. Tal constatação a chocava mais do que qualquer coisa que tivesse feito. Não sentia nada além de alívio.

Ajudou a mãe a se levantar e, em seguida, saiu do quarto.

No caminho para a porta da rua, retocou a maquiagem o melhor que pôde e ajeitou as roupas. Colocou o casaco, pegou a bolsa e deixou a casa.

Furtivamente, Barry observava Susan cruzar a rua a passos largos. O casaco estava aberto e ela atraiu cinco buzinadas em 25 segundos. O rosto de Barry ganhou uma expressão carrancuda. Olhava para o interior dos carros para ver se reconhecia algum dos homens que ousavam buzinar para sua garota.

Ele avançou alguns passos e quando abriu a boca para repreendê-la, hesitou. Susan não parecia a mesma de sempre. Quando ela acendeu um cigarro, Barry viu que tinha as mãos trêmulas.

— O que está errado, Susan?

Ela suspirou e respondeu sem rodeios:

— O que está certo, você quer dizer?

Ele deu o braço a ela e a conduziu a pé até a casa da avó. Ela bufava nervosamente a fumaça do cigarro. Ele permanecia calado, sabendo que, mais cedo ou mais tarde, ela lhe contaria as novidades.

Enquanto caminhavam em direção à porta, notaram o rosto de Ivy na janela da cozinha.

— Bastardinha! — Assim a velha saudou a neta.

Susan suspirou.

— Os tambores da selva devem estar frenéticos.

— O que...

A porta se escancarou e Susan foi puxada violentamente por sobre os degraus.

— Com que direito você bateu na sua mãe, Susan? Debbie está descontrolada e colocou a boca no trombone. Agrediu a infeliz da Junie, não foi?

Susan aquiesceu com a cabeça.

— Sim, foi isso mesmo. Ela pediu para ser agredida.

Ivy estava em dúvida entre querer ouvir todos os fatos e o ímpeto usual de se intrometer e causar ainda mais confusão. Porém, até mesmo ela sabia que o filho ficaria furioso com o ocorrido. Ele podia chutar June até que ela caísse inconsciente, mas ninguém mais poderia ter o mesmo privilégio. Além do mais, havia algo acontecendo entre ele e Susan, algo que ela não estava em condições de escarafunchar.

Barry fitou o rosto vermelho de Susan.

— Você bateu na sua mãe?

— Pode apostar que sim. Ela me bateu e reagi.

A expressão de Ivy era de perfeito júbilo.

— Não foi o que eu soube. Você foi insolente e ela a esbofeteou. Então você partiu para cima dela com quatro pedras na mão, segundo Debbie. Seu pai foi chamado no pub e isso vai deixá-lo de muito bom humor, mocinha. Agredir sua mãe é uma coisa. Interferir na vida social de Joey é algo inteiramente distinto. Agora vai ter que segurar a barra.

Susan mordeu os lábios.

Ivy tinha razão num aspecto: Joey a aniquilaria e se deleitaria em fazê-lo. Agora tinha um motivo legítimo para lhe dar uma boa surra. Todos os insultos que despejara sobre ele ao longo dos últimos meses seriam rememorados e usados como pretexto adicional para castigá-la.

— Não vou voltar para casa, não quero mais viver lá.

Ivy ergueu os olhos para o teto.

— Você tem 14 anos. Para onde diabos você vai, Susan? Vai alugar um apartamento, é? Como vai pagar o aluguel e todo o resto? Fique fria, garota. Você está de pés e mãos atados, pelo menos por enquanto. Agora entre por aquela porta que vou fazer um chá. Seu pai vai chegar num minuto e, então, que Deus lhe ajude.

Barry olhou para a velha.

— O que quer dizer com "Joey vai chegar"?

Ivy riu com desdém.

— Claro que vai chegar. Eu disse a Debbie que vocês viriam aqui, como de hábito.

Ela sorriu e Barry a enxergou exatamente como Susan a descrevia: uma bruxa velha, asquerosa e vingativa.

— Ele vai querer partir a cabeça de vocês, filho. Se eu estivesse na sua pele, desapareceria daqui. Deixe o abacaxi para ela. Vai ter o que merece.

Ivy ainda murmurou em tom audível:

— Estou perdendo meu bingo. Você é mesmo uma vaquinha, Susan, causando todo esse alvoroço.

Susan olhou para Barry, indiferente.

— Melhor que você vá, Bal, é melhor que ele não o veja.

Barry estava numa sinuca. Não queria ir embora como se fosse um garoto com medo do pai da namorada, mas também não tencionava se indispor com Joey. Afinal, Joey era a razão de ter se aproximado de Susan.

Na verdade, considerando todo o alvoroço criado por Susan, Barry teria tido satisfação em lhe dar um tabefe. A idéia foi interrompida pelo estrondo de pancadas na porta da frente. A voz de Joey soou alta quando ele gritou através da caixa de correio.

— Abra, mamãe! Estou aqui e quero aquela vagabunda já!

— Rápido, filho, entre no quarto. Joey vai acabar com você se o vir aqui.

— Que se foda! Não vou me esconder dele...

Susan, esquecendo-se do próprio medo, o empurrou com rudeza em direção à porta do quarto.

— Ele é louco o bastante para matar nós dois. Pelo menos uma vez, faça o que estou pedindo, Bal, por favor.

O temor na voz dela surtiu efeito e ele rumou para o quarto. Fechando a porta firmemente atrás de si, pôs-se à espera e apurou os ouvidos, o corpo inteiro tenso de pavor.

Ivy abriu a porta da entrada e logo o filho a impeliu com força para fora do caminho. Joey parecia furioso o bastante para matar sem pensar duas vezes. Seus olhos estavam turvos de vermelho e todos os seus poros transpiravam ameaça.

Ele encarou a filha por alguns instantes.

— Vou acabar com a sua raça, sua degenerada. Vou acabar com você.

Susan mirou direto nos olhos do pai e não se encolheu.

— Acabe então, pai. Não há mais nada que possa me fazer que me machuque tanto quanto o que você já fez.

As palavras eram densas e Ivy as compreendeu rapidamente.

— Do que está falando, garota? Dê-lhe uma coça, Joey. Não a deixe falar com você assim. Não é à toa que há muito ela já saiu dos trilhos...

Ele virou-se para a mãe e bramiu:

— Cale essa boca! Saia e nos deixe sozinhos. — Ele salivava de tanta cólera.

Ivy tirou o casaco do cabide e caiu fora. Ao fechar a porta da rua atrás de si, sentiu uma pena imensa de si mesma. Forçada pelo filho que idolatrava e adorava a sair da própria casa como se não fosse ninguém. Ficou parada do lado de fora, no frio, e esperou para ouvir o que iria acontecer entre quatro paredes.

Susan continuava de pé, encarando o pai no saguão estreito.

— Vou ter muito prazer em abrir sua cara a murros, mocinha.

Ela permaneceu onde estava, diante dele, contida, observando como se fosse testemunha, e não a vítima, de toda aquela cena.

— Evidente que vai gostar de fazer isso, papai. Você não passa de um metido a valente.

No quarto, Barry fechou os olhos ao ouvir tais palavras. Ela devia estar fora de si, foi tudo que conseguiu dizer para si mesmo. Homens adultos e de má reputação não ousariam dizer isso para Joey McNamara.

Ela tirou o casaco e continuou no mesmo lugar, na frente do pai, ostentando o figurino que escolhera para sair com Barry.

— Olhe só para você, vestida como a fina flor da escória! Andando pelas ruas como uma puta!

O primeiro tapa atingiu-a em cheio no rosto e jogou-a contra a parede. Barry ouviu o baque quando ela ganhou um soco. Mas ele limitou-se a passar uma das mãos suadas no rosto.

Joey a socou oito vezes até que ela caísse no chão. Depois, puxando-a pelo cabelo, arrastou-a para a sala. Quando Susan tentou se levantar e se livrar das garras dele, Joey agarrou-a pela blusa rosa, rasgando-a nas costas, os pequeninos botões perolados se esparramando pelo cômodo à medida que se soltavam do tecido.

Arrancando à força o que restava da blusa rosa, Joey segurou o pedaço de pano em frente a Susan, que tentava proteger o corpo dos olhos inquisitivos do homem. Os braços e o rosto da jovem já estavam cobertos de feridas, o olho fechado e o nariz sangrando.

— Era assim que estava desfilando por aí, não é? Vestida como uma rameira do porto em dia de folga. A minha filha. Já vi putas com mais classe que você. E acha que pode sair por aí falando o que lhe der na telha? Acha que é só abrir a bocarra e falar o que quiser? Pois bem, a partir de hoje, madame, você não dá um peido sem minha permissão, está me ouvindo? Vou ficar de olho em você de manhã, de tarde e de noite.

— Não sou sua filha.

Tão logo ela disse tais palavras, os punhos dele fizeram novamente chover socos.

Joey tinha a respiração entrecortada. O peito parecia prestes a explodir de fúria. Susan estava sob ele, pernas abertas, seios à mostra. Susan olhava para cima, para ele, que sabia no que ela estava pensando, o que estava esperando, e decidiu que não a desapontaria.

Desafivelando o cinto da calça, riu para ela.

— O que você quer agora, Susan? O de sempre?

— Quero que você se foda.

Todo o ódio e tudo o que sabia a respeito dele e era obrigada a manter em segredo estavam contidos nessas palavras, cuja intensidade chegou a Barry, mesmo através da parede do quarto. Susan havia esquecido que Barry estava no quarto da avó, esquecera de tudo, exceto do fato que odiava aquele homem diante de si com toda a força do seu coração.

Barry, porém, nunca esqueceria o que ouviria.

— Espero que você morra de câncer, gritando. Espero que nunca conheça um dia de paz, seu depravado...

Joey a chutou perversamente no estômago, fazendo-a calar-se. Desesperada para respirar, Susan entrou em pânico com a dor que atravessava seu abdome. Quando ele a penetrou, ela não conseguiu sequer tentar repeli-lo.

Os lábios de Joey pressionavam os dela. Ele a tocava no corpo todo. Ela podia senti-lo, sentir cada parte dele e, quando o vômito jorrou da boca de Susan e sujou os dois, ele estava longe demais para se dar conta do que estava acontecendo. Ele a cavalgou com brutalidade, empurrando-se para dentro dela. Ao notar que ela o arranhava no rosto, ele a esmurrou mais uma vez no peito, deixando-a novamente sem ar.

Por fim, desabou em cima dela e, rindo, sussurrou-lhe ao ouvido:

— Posso fazer o que quiser, Susan. Lembre-se: ao bater na sua mãe, você ganhou um inimigo eterno. Você me deu permissão para fazer o que quiser, e eu farei, mocinha, eu farei. Vou mantê-la trancada até que esteja farto de você. Não se esqueça, garota. Vou dominá-la, corpo, mente e espírito, e rir a valer enquanto estiver entretido com isso.

Ajoelhando-se sobre Susan, sentiu vontade de mijar. Adivinhando o pensamento de Joey, ela rolou o corpo e se afastou exatamente quando o jato de urina estava a ponto de atingi-la no rosto. Puxando-a pelo cabelo, ele encarou-a nos olhos.

— Vista-se, você vai para casa comigo.

De pé, ele arrumou as calças e acabou de se ajeitar mirando-se no espelho manchado, preso acima da lareira de ladrilhos. Dedicou-se, então, a observar Susan que, de quatro, tentava se levantar.

— Você é mesmo uma puta feia e gorda. Quem mais iria querer comer uma mulher assim? Olhe para o tamanho da sua bunda. Olhe para si mesma. Você é uma cadela e, como uma cadela, deve abanar o rabo para o dono. Essa é a última vez que você se virou contra mim, garota. De agora em diante, vai receber o que merece. E nem precisa se esforçar para adivinhar qual será o seu prêmio.

Tirando o cinto, ele tornou a espancá-la. A fivela atingiu a pele nua de Susan e a fez gritar, mas ele continuou, indiferente. Não havia ninguém para chamar a polícia e denunciá-lo, pelo menos não naquela casa.

No cômodo ao lado, Barry sentou-se na cama em estado de choque. Sabia exatamente o que acabara de ocorrer e ainda estava tentando digerir a informação. Joey McNamara era uma besta, o pior tipo de besta. Era culpado de incesto, o pior crime nas comunidades operárias, logo abaixo de estupro e pedofilia.

E ele, Barry Dalston, sabia disso. Desejou ter continuado na ignorância. No entanto, seu cérebro dizia que tal conhecimento poderia lhe ser útil.

Ouviu Susan se levantando, pôde identificar gemidos vindos dela enquanto tentava se vestir. Uma pequena parte de Barry sentia compaixão pela garota, mas uma outra estava zangada por ela ter ocultado a verdade.

Havia pensado que era o primeiro, o primeiro homem a tocar aquelas grandes tetas, mas não era. O pai já fazia gato-e-sapato dela muito antes dele aparecer. Quais eram os outros sujeitos que a tinham tocado?, perguntava-se. E como, diabos, poderia descobrir se ela nunca mais saísse de casa?

Lançou um olhar de relance para o pequeno despertador junto à cama. Eram sete horas e quarenta. Tinha que seguir para o lado oeste da cidade. Desejou que todos já tivessem ido embora da casa, pois assim evitaria embaraços, assim conseguiria tirar o corpo fora. Decidir o que fazer.

Como usar aquela informação em proveito próprio, pois tinha a impressão de que, um dia, de alguma maneira, lhe seria útil.

Muito útil, na verdade.

Susan agora estava chocada com o que fizera à mãe. Embora tivesse sido contemplada com uma surra pior que a dada em June, sabia que a mãe não iria digerir a humilhação sofrida. June havia olhado para ela com ódio, e ela devolvera o olhar com o mesmo ódio. A mãe deve tomar conta dos filhos, evitar que aconteçam coisas ruins com eles, mas a mãe de Susan era diferente. Tinha feito vista grossa para tudo e Susan nunca a perdoaria por isso.

Quando Susan entrou no quarto, Debbie estava à sua espera, um sorriso detestável no rosto.

— Você passou dos limites, Susan, ao fazer o que fez com mamãe. Tenho vontade de espancá-la por isso.

Susan olhou para a irmã e respondeu numa voz miúda.

— Não me atreveria a tanto se fosse você, Debbie. Talvez eu queira repetir a dose e, então, o que iria lhe acontecer? Posso me inspirar em Joey e manter a bola em jogo.

Debbie estava perplexa com a resposta. Onde Susan McNamara havia chegado? Sua irmã jamais fora era tão violenta. Muito ao contrário, era muito serena, se é que se podia chamar aquilo de serenidade. Mas, pelo visto, ela mudara. Mesmo violentamente espancada, ainda se mostrava agressiva.

Quando Susan se despiu, Debbie viu os cortes e vergões no corpo da irmã e surpreendeu-se penalizada. Então, foi até a cozinha e voltou trazendo um jarro de água morna e um anti-séptico. Pôs-se a ajudar Susan na limpeza dos ferimentos.

— Foi uma sova e tanto, Susan. Estou admirada que não tenha baixado hospital. As cicatrizes vão ficar para a vida toda.

Susan não respondeu.

Só sabia que Barry ouvira tudo o que acontecera e não tinha saído em seu socorro. Parte de Susan estava feliz por isso, mas outra parte lhe dizia que ele deveria ter interferido, deveria ter tentado ajudá-la.

A vergonha fervia dentro dela como um câncer negro, devorando suas entranhas.

Joey era dono da situação. Tinha a ela e tinha à mãe. Ambas. Tratava a filha com desprezo e sentia prazer em agir assim. Barry havia escutado a namorada ser violentada e não tinha feito absolutamente nada.

O pai realmente detinha tanto poder?

Parecia que sim, parecia que podia sair incólume de qualquer situação e que ninguém tentaria detê-lo. Mesmo Barry não iria ajudá-la agora.

Ainda assim, Susan acreditava que com Barry estaria segura. Novamente errada. Saber que ele estava a par de seu segredo era a pior coisa que já acontecera a Susan, mesmo considerando que muita coisa ruim já lhe havia acontecido. Ele agora não iria mais querê-la, ela percebeu. Estava usada, já fora maculada pelo pai e pelas ações do pai. Provavelmente Barry ficaria satisfeito por não ter que se dar ao trabalho de romper com ela.

Essa percepção fez as lágrimas caírem dos olhos de Susan, grandes lágrimas gordas que eram salgadas na língua e que corriam velozes. Os ombros começaram a tremer quando o choque tomou conta do corpo dela. Tudo estava errado, tudo estava acabado.

Com certeza Barry não chegaria mais perto, não depois de ter percebido que o pai dela, o próprio pai dela, a estava usando sexualmente.

Debbie, triste pela irmã e suas feridas expostas, tentou acariciá-la, mas os cortes e as chagas tornaram o gesto impossível. Então, Debbie colocou uma manta sobre o corpo nu de Susan e segurou-lhe a mão. Susan chorava como se o coração estivesse se despedaçando.

Foi nessa hora que June entrou no quarto. Debbie deixou o cômodo após um gesto de inclinação de cabeça feito pela mãe, que baixou os olhos para Susan e não sentiu nada. Nem pesar, nem vergonha, nada. Tudo o que viu foi uma criança que durante a vida toda a fizera se sentir como se tivesse agido de maneira errada.

Susan era uma criança nascida da dor, até mesmo sua concepção havia sido dolorosa, e agora era a causa de mais dor ainda.

Mantendo os olhos baixos na direção de Susan, June viu a mandíbula quadrada de Joey, o mesmo rosto redondo e os penetrantes olhos azuis. O corpo de estrutura óssea larga não tinha uma só pitada de beleza, um só pingo de graça. Sim, Susan era filha de Joey, não havia dúvidas. Como ele, também trazia dentro de si um traço de temperamento malvado. Havia provado isso com a surra que dera na própria mãe.

Mas June havia resolvido que a faria mudar. Ou deixar que Joey a mudasse. Ele tinha razão. Durante muito tempo Susan se comportara como bem quisera. Puxando a manta para trás, June olhou para as marcas no corpo da filha e sorriu. Esperava que a vaquinha estivesse sofrendo como ela própria sofria.

Nunca lhe ocorrera que a razão para a mudança da filha fosse o modo como sempre havia sido tratada, o fato de ter passado a vida numa casa onde não havia amor ou qualquer apoio. O estilo de vida de June havia se transferido para as filhas, tornando-as inaptas para o convívio com pessoas decentes. Ser abusada sexualmente pelo pai, ser usada como se fosse esposa, tinha tornado a garota confusa e agressiva, incapaz de enxergar as coisas sob um ponto de vista correto.

June, como de praxe, via somente a si mesma e as próprias agruras.

— Espero que perceba o que você fez hoje, Susan, pois isso vai ficar sobre a sua cabeça pelo resto da sua vida.

Ela não respondeu à mãe. Não havia absolutamente nada que desejasse dizer. Barry, o seu Barry, tinha ido embora e a culpa era toda daquela mulher ali na sua frente.

— Sua obrigação era ter cuidado de mim, mãe. Você sabe que sim.

As palavras saíram finalmente e June sentiu vontade de arrancar a cabeça da filha do resto do corpo porque, para sua vergonha, sabia que a afirmação era verdadeira.

Em vez disso, virou as costas e deixou o quarto.

Capítulo 8

Dessa vez, Babs estava vestida de maneira completamente diferente e Barry descobriu que gostara muito da mudança. Em vez da maquiagem pesada de sempre e das roupas escandalosas de prostituta, em casa parecia uma pessoa comum. Ele constatou isso com surpresa. Na verdade, tinha a aparência jovem e muito atraente.

Contava 17 anos e estava nas ruas havia quatro. Era uma puta empedernida e sabia disso. Ainda assim, gostava de ir à igreja de vez em quando e gastava todo seu dinheiro com a filhinha Bianca, cujos cuidados ficavam por conta da avó Ruth, mãe de Babs.

Serviu um uísque a Barry e ele tomou um trago.

— Tem certeza que sabe o que está fazendo, parceiro? Esse camarada é bacana, é um bom cliente, mas preciso urgente de algumas libras e parece que a única maneira viável de colocar a mão na grana é acabando com ele.

Barry arreganhou a boca, mostrando os dentes, e Babs começou a gostar do rapaz. Ele tinha um charme estranho ao qual não conseguia resistir, como se fosse uma espécie de Jonah de pele branca.

— A que horas ele costuma chegar?

Babs tomou a bebida. Barry a observou enquanto os lábios carnudos acariciavam o copo. Pintados de vermelho profundo eram, de repente, muito interessantes. Tudo em Babs era interessante. Dos pequenos seios pontudos até as nádegas empinadas, de fato e subitamente, ela parecia muitíssimo interessante.

— Às nove em ponto. É um tipinho muito esquisito, embora seja um homem agradável sob vários aspectos. Alguns dos clientes são uns babacas completos. Arrogantes, sabe como é. Pensam que são meus donos só porque estão pagando. Dão empurrões, me forçam a fazer coisas pelas quais não combinaram pagamento extra.

Ela colocou um dedo em riste enquanto falava. Tinha unhas vermelhas e longas e Barry estava hipnotizado por elas.

— Ontem veio um sujeito, uns 60 anos... era feio como o pecado, e fedido. Muitos deles fedem. Engraçado isso, não é? Aí ele chegou todo maneiroso e bonzinho e quis que eu calçasse aqueles sapatos. Eu os calcei e caminhei um pouco. Depois, quis que eu lhe pagasse um boquete na janela... na janela, veja só... enquanto ele mantinha a cabeça coberta por um capuz!

Ela arfou de tanto rir.

Barry olhou para o relógio. Já eram sete e dez.

— Ouça, Babs, volto às nove, combinado? Vou pegá-lo antes que ele chegue aqui, não se preocupe.

Ela concordou com um gesto de cabeça.

— Bem, naquele dia em que você não apareceu, pensei que tinha desistido. O que aconteceu desde então, Barry? De lá para cá, eu o tenho visto todos os dias.

Ele respirou fundo.

— Já disse, aconteceu uma coisa, meu bem.

Ela curvou-se para servir-se de mais uma dose de uísque e ele viu as marcas nos braços dela.

— Você precisa se afastar dessa merda. Um dia isso ainda vai matá-la.

Babs tornou a rir, um riso que vinha das vísceras.

— Barry, seu tolo, já estou morta, cara, do pescoço para baixo. — Ela baixou a parte de cima da roupa e deixou os seios à mostra. — Está vendo isso, garoto? Eles suportam em média sete homens por dia, seis dias por semana. Ao longo de quatro anos, são...

Levantou os olhos para o teto, tentando calcular a quantidade exata.

Barry respondeu por ela.

— São 168 homens num mês. Multiplique isso por 12 e depois por quatro.

Babs se recompôs, vestindo-se para cobrir os seios.

— Não importa. Acho que nós dois já temos uma idéia, não é?

Ele estava chocado com tal pensamento.

— Puta merda, Babs, é um bocado de sujeitos.

Ela riu, mais uma vez.

— Não recebo apenas homens, tenho duas clientes mulheres também. Nós, putas, chamamos de colar velcro. Acabamos por gostar disso também. Os homens não têm mistérios, então a tendência é nos aproximarmos de outras mulheres.

Barry estava ainda mais chocado.

— Você nunca sente vontade de gozar um pouco?

— Estou sempre gozando, Barry, esse é o grande problema.

Ambos riram e a atmosfera ficou mais leve.

— É melhor que você se vá, tenho um cliente marcado em dez minutos. Um homem bom com pau e bagos enrugados, mas tranqüilo. Tudo termina em alguns minutos. Quem dera eu tivesse clientes velhos todos os dias da semana. Eles não estão tentando provar nada a ninguém.

Barry terminou o uísque. Mal podia esperar para roubar o cliente. Ele os via a todos como pervertidos. Como podia um homem transar com uma estranha que transara com outros estranhos durante o dia todo?

A idéia o deixou deprimido. Então, saiu e se viu caminhando, caminhando e pensando sobre Babs e sobre pessoas como ela, na maneira como haviam se tornado o que eram.

Como sempre, ele se viu caminhando rumo à casa de Susan. Ficou parado do lado de fora e concentrou a vista nas janelas.

A raiva havia voltado. Raiva de si mesmo, raiva de Susan, que o havia enganado, e raiva de Joey McNamara, que abusava dela sem que nada ou ninguém o castigasse. Barry imaginava o que os camaradas da pesada pensariam se soubessem que Joey era uma besta-fera, e do pior tipo que havia. Comia a própria filha. E há quanto tempo aquilo já vinha acontecendo? Barry iria descobrir.

Mas Susan estava isolada de tudo e de todos. E parecia que seria para a vida toda. Ninguém a tinha visto. Nem na escola nem em lugar nenhum.

Ele notou Debbie subindo a rua saltitando. Aquela era um projeto de piranha, na maquiagem, no cigarro que fumava e nas roupas provocantes. Ele a observou dissimuladamente, escondido pelas construções do outro lado da rua.

Quando ela se aproximava da entrada de casa, chamou:

— Oh, Debbie, aqui.

Ela olhou através das sombras e sorriu radiante ao vê-lo.

— Olá, Barry, como vai? — perguntou, dando meia-volta.

Ela se mostrou lampeira como sempre. A boca carregada de batom trazia um beicinho ensaiado e os seios estavam arrumados para ficarem expostos. Barry sabia que ela gostava dele, sabia que ela passaria a perna na irmã por qualquer ninharia.

Ela o enojava. Preferia claramente um tipo como Babs. Pelo menos, não fingia ser diferente do que realmente era.

Mas sorriu para Debbie.

— Como está Susan?

O rosto de Debbie se abateu.

— Susan está numa merda tão grande que seriam necessários dez homens com pás para desenterrá-la.

Debbie riu das próprias palavras.

Barry continuou sério e sua expressão fez Debbie saber que deveria ser mais gentil.

— Ainda está trancada, ainda passa o dia inteiro na cama. Ninguém pode vê-la, a não ser papai. Ele leva as refeições e tudo que ela precisar. É espantoso. Pode imaginar o que isso significa para mim?

Barry sorriu brevemente. Debbie via somente os próprios problemas, os de mais ninguém.

— Ela sempre odiou papai, mas agora o relacionamento entre ela e mamãe também piorou. Mamãe age como se Susan não estivesse em casa. Vou lhe contar, é terrível. Não posso entrar no quarto para visitá-la, a menos que papai e mamãe tenham saído, o que é raro. Mas ela sempre pergunta se eu o vi. Agora, então, posso dizer que o vi e isso vai deixá-la muito animada, posso garantir. Tem algum recado para ela?

Barry não estava certo se queria ou não, mesmo diante da oportunidade.

— Diga que mandei um alô.

Um alô não precisava significar nada. Decidiria o que queria quando Susan voltasse à rua.

— Então o seu pai é o único a ter permissão para vê-la? E o médico?

Os olhos de Debbie se apertaram.

— Como assim?

— Bem, ele a esfolou, não? Ele a espancou pra valer.

Debbie percebeu que estava em terreno perigoso. Todos sabiam que tinha havido problemas, mas ninguém conhecia a extensão desses problemas. O pai fizera com que ninguém conhecesse.

— Ele deu uma sova em Susan, é verdade, mas ela pediu por isso.

Barry deu um sorriso forçado.

— Uma sova? Bem, assim sendo não foi algo tão sério. Ouvi dizer que ele a desancou.

— E onde ouviu isso?

— Do quarto de sua avó, na verdade. Ouvi tudo, Debbie. Tudo.

As palavras de Barry eram cheias de insinuações e Debbie percebera. Mas o que ele estava insinuando?

— Não deixe que papai descubra, Barry, ou você será o próximo a ser desancado, para usar a expressão que você mesmo usou.

Ao dar-se conta de que já havia falado demais, Debbie se afastou. Ele a observou sair rebolando pela rua. O caminhar confiante da garota havia sumido, ele notou, e ficou feliz por isso. Ela não passava de uma vadia.

Barry deu início ao longo percurso de volta à casa de Babs. Tinha trabalho a fazer e o incidente com Debbie não deveria interferir. Já tinha um plano mentalmente elaborado e, antes de pôr mãos à obra, queria se certificar de que tudo iria dar certo.

Os olhos de Susan estavam turvos de vermelho e tão pesados que davam a impressão de que havia adormecido. Três semanas já haviam se passado desde o embate na casa da avó e ainda era prisioneira em seu próprio quarto. O pai e a mãe pareciam dispostos a mantê-la ali pelo resto da vida, e isso a assustava mais do que qualquer outra coisa.

Joey e June haviam informado à escola que a filha sofrera um acidente. Assim, os trabalhos escolares eram mandados para a casa dos McNamara. Susan quase havia rido diante da ironia de o pai ter lhe dado os livros escolares e dito a ela que se virasse.

Ainda não tinha permissão para se vestir, nem mesmo para pentear o cabelo. Sabia que estava com a aparência medonha, ainda pior do que a de sempre. Também sabia que era algo psicológico. Joey queria subjugá-la. E ela fingia que ele estava conseguindo. Sabia que era o único modo de sair daquela situação.

No mundo de Susan, a autoridade era mantida à força, na base de xingamentos e agressões. Sempre funcionara assim e era assim que continuaria a funcionar. Sabia disso tão claramente como sabia o próprio nome e endereço. Eis por que seu pai caminhava livre pelas ruas em vez de estar preso e a mãe cultivava um estilo de vida duvidoso.

Eles eram a escória da terra aos olhos de todo mundo e ninguém esperava nada diferente deles. "O lumpesinato", chamavam os sociólogos. Susan estava ciente de tudo isso e também sabia que nada jamais mudaria tal situação. Era intrínseco a eles, um estilo de vida arraigado demais para ser alterado por não importa o quê. Qualquer governo que pensasse ser capaz de mudar esse estado de coisas deveria ler os clássicos. Sempre houve famílias como os McNamara e sempre haveria. Eles eram uma lei em si mesmos.

Debbie entrou sorrateira no quarto e Susan ficou satisfeita em vê-la. Muito embora não fossem exatamente próximas, passara a contar com as visitas da irmã para se manter mentalmente sã. Mesmo a conversa mole de Debbie era preferível ao silêncio absoluto.

— Acabei de ver o seu cara, Barry Dalston.

A frase foi dita em voz baixa e Susan sentiu o coração disparar.

— O que ele disse?

Debbie riu desdenhosa, com a expressão antipática.

— Disse que mandava um alô. Não é uma mensagem de alguém muito a fim de papo, é? Até os sujeitos que ficam do lado de fora do pub podiam fazer melhor que isso.

Mas era mais que suficiente para Susan em seu estado de isolamento, era como uma carta de dez páginas. Ele não a tinha abandonado, ele sabia do pior e ainda queria vê-la! Sentiu as batidas do coração acelerarem. Precisava sair dali, tinha que retornar a algum tipo de normalidade.

— Ele é um patife e, se continuar a ter alguma coisa com ele, vai se arrepender, Susan. Se papai souber, o sangue vai jorrar. Não estou lhe dizendo nenhuma novidade. Deixe-o para lá.

Susan olhou para o rosto pintado da irmã. Todo aquele *pancake* e rímel barato faziam-na parecer muitos anos mais velha que a irmã. E falava também como se tivesse mais idade.

Suspirou diante da futilidade das vidas de ambas.

— Como ele está?

Num gesto de desprezo, Debbie esticou o lábio inferior pintado de rosa.

— Ora, digamos que ele não pareceu morrendo de saudades suas, se é a isso que você se refere.

Susan sabia que Barry havia irritado Debbie e lamentava o fato. Ela poderia ter sido uma boa leva-e-traz de recados, mas agora a facilidade estava fora de questão, o que deixou Susan ainda mais deprimida.

— Divertiu-se?

Debbie balançou a cabeça.

— Não, nem um pouco. O pub estava vazio pra cacete e Dave apareceu com aquela vagabunda, Lynda, do conjunto habitacional. Não sei o que ele vê nela, sempre enfiada em saias apertadas e coberta de maquiagem.

Enquanto dizia isso, Debbie se examinava diante do espelho. Susan imaginou como a irmã não enxergava que era exatamente como Lynda.

Na verdade, Debbie estava em vantagem em relação à coitada da Lynda, uma menina bonita que tinha de conviver com o fato de vir de uma família ainda pior que os McNamara. Pelo menos Debbie e Susan tinham algum prestígio como filhas do valentão local. Não era muito para se gabar,

Susan sabia disso, mas no mundo deles assegurava um pequeno quinhão de respeito.

O pai de Lynda era um bêbado irlandês que espancava a mulher no meio da rua e engravidara as duas filhas mais velhas antes que tivessem completado 13 anos de idade. E toda a vizinhança conhecia a história dele. Uma pena que não soubessem a respeito de Joey, o que teria lhe posto um freio, pelo menos contendo algumas de suas atitudes mais indesejáveis. Era possível que mesmo os Bannerman e os Davidson se recusassem a tê-lo como empregado.

Pode-se fazer uma porção de coisas em East End: assassinar, roubar o que for, agir de maneira violenta. Mas abusar ou estuprar crianças, especialmente as da própria família, fazia com que o sujeito fosse abandonado à própria sorte. Era uma lei não escrita.

— Ele parecia bem, o Barry?

Debbie sentiu compaixão da irmã e sorriu.

— Sim, parecia ótimo. Mas ouça, Sue, ele diz que estava na casa de vovó quando tudo aconteceu e, se isso for verdade, haverá mais mortes. Quero dizer, se ele estava lá, por que Ivy não disse nada?

Susan rolou os olhos para o teto.

— O que você acha? Ela gosta dele. Acha que ele é legal. Se papai soubesse, imagine o que faria àquela vaca velha.

Elas riram à idéia de Ivy ser castigada pelo filho que ela anunciava adorar.

— De qualquer maneira, Sue, papai ficaria uma fera se soubesse.

— Foda-se, estou cansada de pensar nele.

As palavras soaram carregadas e Debbie ficou calada por um momento. As duas garotas fitaram-se nos olhos.

— Ele pode não ser seu pai, aliás. Pelo menos, pode se consolar com essa idéia.

Era a primeira vez que Debbie fazia tal insinuação e Susan sentiu-se grata por isso.

— Se ele não é meu pai, então quem é?

Debbie riu, amigável.

— Bem, não é nada engraçado, mana, mas com o currículo de mamãe, talvez jamais seja possível responder a essa pergunta.

Ambas voltaram a rir, garotas unidas, achando graça no mais sombrio dos segredos e nas mais obscuras das circunstâncias.

Sentando-se ereta na cama, Susan parecia mais atraente que antes. Estava muito mais magra e as pernas atarracadas haviam afinado.

— Você parece melhor que antes, Sue. Tente emagrecer e em pouco tempo estará com a aparência ótima.

Ela sacudiu a cabeça.

— Não dou a mínima para a aparência, não dou mais a mínima. Com um rosto e um corpo assim, que chances tenho? Barry gostava de mim do jeito que eu era, ou pelo menos foi o que ele me disse. Não com palavras, evidente, mas principalmente com atos. Você sabe.

Debbie fez que sim com a cabeça. Sabia ao que Susan se referia. Se Barry quisera dormir com ela só podia ser porque, de algum modo, gostava dela. Debbie ponderou que, a despeito de todos os livros lidos, Susan não sabia nada sobre rapazes. Na idade de Barry, eles dormiriam com qualquer uma. Era a lei da juventude e dos hormônios.

— Tenho que ir. Daqui a pouco mamãe vai acordar do cochilo causado pelo xerez do almoço e o velho vai chegar logo. Vou tentar dar um pulo aqui mais tarde, está bem?

O telefone começou a tocar e Debbie deixou o quarto às carreiras. Sabia que a ligação era para ela.

Agora que Joey era um gângster, a família tinha telefone em casa, usado por todos os vizinhos, que distribuíam o número entre os parentes para que ligassem em caso de necessidade, tais como nascimentos ou mortes.

Susan considerava aquilo ridículo.

Debbie adorava, sentia como se fosse a rainha da rua justamente por conta do telefone — com as sobrancelhas arqueadas e o rebolado provocante, distribuía o número a todos para transmitir, de modo eficiente, a imagem da sofisticada proprietária de uma linha telefônica.

Susan ouviu a porta da frente se abrir e suspirou. Joey chegara. Sua vida só tendia a se tornar ainda mais difícil.

Joey estava soltando fogo pelas ventas. Era perceptível no modo como caminhava, na maneira como fechara a porta e em seu rosto, ao ver a filha mais velha encarapitada no jogo novo de mesa de telefone e assento estofado de tecido sintético.

Ele havia bebido, isso era mais que evidente, e também perdera um bocado de dinheiro nos cavalos, o que só ficaria óbvio mais tarde naquele mesmo dia. Basta dizer que uma olhada de relance para o pai disse a Debbie que abreviasse o telefonema. A parte sensível do cérebro da garota estava dizendo a ela que agisse assim, mas a parte estúpida queria continuar a bater papo com Dave, que aparentemente dera o fora na Lynda dos conjuntos habitacionais e ligara para ela.

Ele estava tentando convencê-la a retornar ao pub. Ela estava disposta a refazer o caminho de volta, mas seus instintos femininos tinham-na aconselhado a primeiro fazê-lo implorar. Se o pai estava irritado com algo, o problema era dele, não dela.

— Desligue essa bosta. Estou esperando um telefonema importante.

Debbie colocou uma das mãos sobre o bocal do aparelho e sussurrou:

— Dois minutos, papai, só isso. — Levou mais uma vez o fone ao ouvido e continuou a conversar com Dave.

Joey a observou e, com a percepção toldada pelo álcool, registrou mentalmente o rosto carregado de maquiagem e as roupas justas da filha.

Poderia ser June sentada ali há vinte anos. Por alguma razão isso o aborreceu. Debbie o aborrecia pelo simples fato de parecer com a mãe. Todos o estavam aborrecendo naquela noite.

— Desligue essa bosta, ou vou arrancar isso da parede.

Enquanto falava, tomou o aparelho das mãos dela e o cravou com violência e barulho no gancho.

Debbie deu um salto da imitação de mobília Tudor e berrou:

— Que merda acha que está fazendo? Eu ainda não havia encerrado a conversa!

Ela não tinha medo do pai, ele sempre a desculpava por tudo. Ela pegou novamente o telefone e começou a discar um número. Tirando à força o aparelho das mãos da filha, Joey o lançou contra a parede. O objeto chocou-se no chão, em pedaços.

Os olhos de Debbie eram como pires ao mirarem o pai.

— Ora, mas que atitude brilhante! Não existe mais porra de telefone para você, para mim nem para ninguém.

Ela puxou o casaco que estava no cabide junto à porta da rua e pôs-se a vesti-lo.

— Aonde a madame vai?

A voz de Joey era perigosamente baixa, mas Debbie estava furiosa demais para se dar conta.

— Para a rua, não está vendo?

Joey avançou alguns passos na direção de Debbie.

— Você não vai a lugar nenhum, mocinha, está me ouvindo? E fale comigo com um mínimo de respeito. Sou seu pai e não um garotão qualquer da rua.

— Sai fora, papai, você está bêbado.

Tais palavras de rejeição foram como uma faca no cérebro de Joey. June havia acordado com o barulho e fora até o saguão.

— O que está acontecendo?

Joey olhou para ela, que tinha a aparência terrível; a maquiagem estava borrada, as roupas amarrotadas.

— O que está acontecendo, June? Vou dizer o que está acontecendo. Sua filha está falando comigo como se eu fosse um pedaço de cocô. Posso muito bem imaginar onde ela aprendeu a me tratar assim. Por acaso, não teria sido com você e com aquela outra gorda trancada no quarto?

Ele agarrou Debbie de maneira rude e a levou até a mãe. Em seguida, empurrou ambas para a entrada.

— Você — e apontou para Debbie — não vai a lugar nenhum. E você, madame — disse com o dedo em riste para a mulher —, também não vai sair daqui. Que apito eu toco nessa casa, hein? Sou eu quem põe dinheiro aqui dentro, quem coloca comida na mesa e pago a roupa de todas as mulheres da família, minha mãe inclusive. E vocês duas me tratam como se eu fosse o inútil, o parasita do pedaço. Muito bem, isso não vai mais acontecer.

Ele estava aos berros, o rosto vermelho de tanta exaltação e os punhos cerrados prontos para desferir golpes entre as duas.

Joey olhava para elas incrédulo, a fúria tão intensa que se sentia capaz de enfrentar toda a Força Policial Metropolitana e ganhar a batalha. Tivera um dia que deixaria qualquer um nervoso e a família que ele sustentava e pela qual zelava estava se rebelando.

Hoje ele havia perdido não só o próprio dinheiro. Também perdera, nas patas dos cavalos, o montante de uma dívida cuja cobrança lhe havia sido encomendada. Conseqüentemente, tinha agora 3 mil libras a menos e não havia jeito de postergar o problema, pois naquela mesma noite deveria entregar a grana a Davey Davidson.

O pior de tudo era que não se tratava de uma dívida que pudesse cobrar de novo, providência que já havia tomado numerosas vezes ao longo dos últimos anos. As pessoas pagavam duas vezes pelo mesmo débito se o cobrador ou o credor as assustassem o suficiente. Mas o caso agora era diferente. O devedor era conhecido de Davey e tido como um homem severo. Joey sabia que não conseguiria dobrá-lo; Davey não permitiria que isso acontecesse.

— Que bicho mordeu você, Joey?

June, nunca a voz da razão, abriu a boca antes de pensar duas vezes. Joey olhou para ela por um minuto inteiro antes de responder.

— Perdi 3 mil por causa de você. Satisfeita?

Ela ficou atordoada.

— Por causa de mim? Como pode ter perdido alguma coisa por minha causa?

Joey sacudiu a cabeça como se não pudesse crer no que ela havia dito.

— O nome do cavalo era Surpresa de June. Apostei nele porque ouvi dizer que era um bom negócio, mas, assim como minha querida esposa, ele não servia para nada e abandonou a corrida bem no portão de largada. Era um inútil... um inútil filho-da-puta, aliás. Já vi hamsters com mais disposição do que aquele bicho.

June o encarou. A voz dela saiu tão incrédula quanto havia sido a do marido, num grito:

— E então a culpa é minha? O cavalo perdeu e a culpa é minha! Você é um caso sem solução, Joey. Agora suma daqui e nos deixe em paz.

Debbie começou a abotoar o casaco.

— Vou sair, não quero ficar ouvindo essa bobagem.

Joey olhou para a mulher e para a filha através das pálpebras entreabertas.

— Faça-a tirar o casaco, June, ou juro que o arrancarei das costas dela junto com tudo o mais que essa vadiazinha estiver vestindo.

Ele sacudiu novamente a cabeça, como se tentasse tornar as idéias mais claras.

— Aliás, o que você tem na cabeça para deixar que andem por aí como se fossem putas? Olhe para ela. Tal mãe, tal filha. Um par de vagabundas.

Ele apontou para June.

— Vá buscar a outra no quarto. Assim posso olhar ao mesmo tempo para as três putas da minha casa.

— Não sou puta, papai, não se atreva a me chamar assim.

Debbie transtornara-se ao perceber que o pai não a deixaria sair e que Dave iria ao pub para esperá-la, em vão.

— Mesmo minha pobre mãe teria feito um trabalho melhor que o seu na criação dessas garotas, June. Eu devia estar com um parafuso frouxo quando a aceitei de volta depois do seu caso com aquele cafetão escocês.

— Você não me aceitou, rapaz, fui eu que simplesmente voltei...

Joey a interrompeu, levantando o punho para que ela se calasse.

— Eu aceitei que você voltasse, mulher de duas caras. Eu a recebi de volta depois que você já tinha dado para aquele rufião e para todos os outros como ele, sou capaz de apostar. Por que mudar os hábitos de uma vida inteira, não é? Não a velha e boa June, as pernas de margarina de Bethnal Green. A que se espalha facilmente. Para combinar, sua mãe devia ter lhe dado o nome de Marge.

Em circunstâncias normais, Debbie teria rido das palavras do pai, mas naquela noite a briga não era como a de costume, era mais séria. Mãe e filha imaginavam o quão mais séria e tomavam cuidado com Joey.

— Por favor, me deixe sair, papai, tenho que ver uma pessoa.

Joey arremedou a filha.

— Deixe-me sair, papai, tenho que ver uma pessoa. Quem é o babaca que você quer ver? Você é só uma criancinha. Tem que ficar aqui fazendo coisas que as crianças fazem, não perambulando por um pub de má fama. Esse é o serviço da sua mãe, querida, não o seu.

— Deixe-a ir. Ivy deve estar por lá e pode ficar de olho em Debbie, se necessário.

Joey olhou amargamente para a mulher e a filha.

— Está bem, tire proveito da minha pobre e velha mãe. Pelo menos posso contar com ela, mesmo que às vezes seja uma estúpida. Mas é leal a mim e aos meus. Não é como vocês, bastardas de uma figa.

Enquanto ele falava, Debbie tentava mais uma vez abotoar o casaco. O pai já a importunara o bastante por uma noite e ela estava de saída, gostasse ele ou não.

— E por falar na sua mãe, papai... Sabia que na noite em que você saiu atrás de Susan, o namorado dela, Barry, estava no quarto da vovó, escutando tudo o que acontecia? Foi ele mesmo quem me contou. Na verdade, me contou hoje mesmo. Então sua mãe não é tão leal quanto você pensou, não é mesmo?

Quando a mão de Joey a agarrou pela garganta, Debbie conheceu o medo real pela primeira vez na vida.

— O que você disse, sua ordinária? O que você acabou de dizer? Quem estava lá... está tentando me dizer que Barry Dalston se escondeu na casa de minha mãe naquela noite? É isso que está me dizendo?

Ele tremia de raiva.

— Puta que pariu, você está me dizendo que ele escutou tudo?

June tentava livrar a filha das garras de Joey e também estava apavorada. Apavorada porque, no fundo do coração, sabia o que estava atemorizando tanto Joey. Ele havia sido descoberto.

E ela não sabia o que fazer.

— Largue-a, Joey, largue-a, cacete. Você vai matá-la.

Quando Joey soltou a filha, ela caiu sobre a mãe e as duas desabaram no sofá. Debbie estava sufocada.

Joey, que já tinha tido problemas suficientes por uma noite, estava agora literalmente aterrorizado. Barry Dalston conhecia seu segredo, sabia quem ele era. Ficar exposto era o que ele mais temia nesse mundo. Teve vontade de matar o rapaz, sem misericórdia.

— Vou acabar com ele. Vou acabar com a raça daquele viado.

Debbie chorava de choque e medo. Sabia que havia jogado merda no ventilador e que nunca, jamais, a vida voltaria a ser como antes. Os vermes que a merda espalharia pelo ambiente iriam rastejar e intrometer-se em tudo a partir daquele momento, fazendo apodrecer tudo o que tocassem.

— Aquele filho-da-puta! Aquele idiota! Vou arrancar a cabeça dele dos ombros e enterrá-la num buraco com bosta!

June ficou de pé. Tomando as mãos de Joey entre as suas, conduziu-o até uma cadeira.

— Sente-se, Joey, sente-se. Pense um pouco. Quem vai prestar atenção no que ele disser?

Debbie ouvia a mãe acalmando o pai e resistiu à vontade de vomitar. June mais uma vez tentava apaziguar os ânimos, mas o que estava fazendo era errado. Até mesmo Debbie sabia disso.

— Quem é ele, afinal de contas? Um garoto... um garoto idiota com um certo interesse por Susan. Embora eu não entenda o que ele viu naquela vaca. Deixe estar, Joey. Afinal, o que foi que você fez, hã? Você fez o que qualquer outro pai teria feito. Você a puniu por ter batido na própria mãe, a mulher que deu a vida a ela. Isso é tudo. O que mais pode ser, hein?

A voz da razão estava abrindo caminho na mente de Joey, ainda encharcada de bebida. Ele começava a se acalmar. Ninguém o acusaria de nada. Ele só tinha que se certificar de que o rapaz ficara de boca fechada, nada mais. E, na verdade, Barry não tinha visto nada mesmo, felizmente.

— Quanto ao dinheiro, posso dar um jeito. Tenho o bastante para pagar a Davey, então pare de se preocupar.

Joey olhou para o rosto de June.

— Não, June. Você não tem dinheiro nenhum.

Os olhos dela se estreitaram.

— Como assim?

Ele esfregou o rosto suado com uma das mãos. O gesto equivalia a admitir estar derrotado por June.

— Eu tinha pegado o seu dinheiro. Sabia onde você o tinha guardado e resolvi usá-lo nas minhas apostas. Queria tentar recompor minhas perdas. Acredite em mim, June, aquele maldito cavalo era favas contadas...

June estava perplexa.

— Está zombando de mim, Joey? Diga que está brincando, por favor.

Enquanto falava, ela sabia que o dinheiro estava perdido. Para sempre.

— Sujeito estúpido, mil vezes estúpido! Pegou a nossa pequena fortuna, todo o nosso punhadinho de segurança e apostou no desgraçado de um cavalo? Agora vamos ter Davey Davidson batendo na nossa porta à procura do dinheiro de uma dívida que você gastou. Ele vai ficar uma fera. Três mil pilas são 3 mil pilas, Joey. Que merda você tinha na cabeça quando fez isso?

Mas ela sabia que ele não iria responder, não havia nada que ele pudesse dizer.

— Minhas jóias vão para o prego. Também vou procurar um agiota e ver o que mais posso conseguir. Ele pode nos emprestar o que faltar... ultimamente, nosso crédito é bom, pois você tem trabalhado numa ocupação regular. Independente de qualquer coisa, Davey deve receber a parte dele. Se ele pensar que você não é confiável, então estamos atolados na merda até o pescoço. Sem a boa vontade dele, você não é nada, Joey, e quanto mais cedo perceber isso, melhor para todos nós.

Ela apontou para Debbie.

— Você aí, vista esse maldito casaco e venha comigo, certo? Preciso de uma mão com isso, e não vou andar pelas ruas sozinha com 3 mil na bolsa.

Em seguida apontou para Joey.

— Vá tomar um banho frio e fique sóbrio antes que Davey apareça à procura da grana... Diga a ele qualquer coisa, mas mantenha-o aqui até que voltemos com o dinheiro, entendido? Está prestando atenção?

Joey fez que sim com a cabeça.

Saindo da sala desabalada, June foi até o quarto de Susan.

— Levante-se, coloque uma roupa e dê um fim na carraspana do seu pai. Prepare café para ele e lhe dê algo para comer, não importa o que ele diga. Force-o a comer, mesmo que sejam apenas torradas, entendido? Você ouviu o bastante para saber que estamos todos na merda, então meu conselho é para que arregace as mangas. Assim, talvez, apenas talvez, você possa sair de casa em um ou dois dias, em agradecimento pela ajuda prestada.

Susan concordou com um meneio de cabeça. Ouvira cada palavra e teria feito qualquer coisa para esquecer o que acabara de acontecer naquela casa há alguns minutos. Agora, mais do que nunca, precisava sair. Precisava avisar Barry. Precisava avisá-lo o quanto antes, e em detalhes. Seu pai certamente considerava preferível matar a ter seus segredos revelados. Barry tinha que ser bem advertido a respeito, e logo.

Susan começou a se vestir.

Marcus Stein era um bom homem. Baixo, mas troncudo, sorriso amável e olhos castanhos tristes herdados de seus ancestrais.

Nas noites de terça-feira, gostava de visitar sua garotinha — como se referia a Babs —, depois beber alguma coisa no pub com seus camaradas e antes de entregar a féria ao sobrinho Jacob. Jacob era o filho que ele não tivera, filho de sua irmã, tudo o que um rapaz deveria ser. Forte, bonito, diligente. Marcus lhe legaria seu negócio um dia, feliz em saber que estaria deixando tudo em boas mãos. A mulher de Marcus, Rita, estava sempre acamada e assim permanecera durante o maior tempo da vida de casada.

O mercado era promissor, mas para obter lucros polpudos precisava ir fundo na agiotagem. Ele emprestava dinheiro — no início, pequenas quantias. Agora recebia de 3 mil a 5 mil libras por semana. Tudo considerado, tinha uma boa vida.

Ao se aproximar da casa de Babs, Marcus apertou a gravata e alisou o cabelo grisalho e ralo. Para ele, era importante parecer apresentável mesmo aos olhos de uma garota a quem estava pagando.

Quando o bastão de ferro bateu contra o crânio, ele sentiu apenas a primeira ferroada de dor. Barry o chutou cinco vezes na cabeça; queria ter certeza de que não iria se levantar e pedir socorro, pelo menos até que estivesse longe. Fora tão fácil que Barry estava surpreso.

Marcus Stein não estava em condições de chamar quem quer que fosse. De imediato, seu coração havia deixado de bater; estava morto antes de atingir o chão.

Barry nem mesmo se incomodou em constatar a morte. Limitou-se a revistar os bolsos da vítima, se apossou de tudo o que ele carregava, inclusive o relógio e um anel de diamante, depois o empurrou para uma pilha de lixo que atravancava a calçada, à espera da coleta. Cobriu o corpo com caixas vazias e restos de comida. Em seguida, assobiando, atravessou a estrada em direção de casa, os passos cadenciados.

Enquanto planejava o que fazer com o produto do roubo, Marcus já estava tão longe de seus pensamentos quanto a tromba de um elefante. Decidiu ir para casa e pensar sobre o próximo passo de sua vida. Aquele que acabara de dar o levaria ao mundo dos Davidson. Esperava que, pouco depois, levasse também ao dos Bannerman.

A vida era mesmo boa se você não medisse esforços para se aprimorar constantemente. Estava pronto para o que desse e viesse e iria conseguir tudo o que desejava.

Ao longo do percurso, avistou June e Debbie. Ao cruzar por elas, as ignorou de propósito. Mais tarde ele as colocaria no devido lugar. Haveria tempo suficiente para isso. Aliás, tempo era algo que ele tinha de sobra. Sorriu à idéia e continuou caminhando na direção de casa.

Marcus Stein caíra mortinho, mas Barry Dalston estava tinindo de vivo, vivo e chutando forte. No caso de Barry, chutar era o verbo mais que apropriado.

Capítulo 9

June notou que o marido estava muito preocupado e isso a incomodava. Joey sempre arrumava problema e esperava se safar sem que realmente precisasse fazer absolutamente nada.

Como o dinheiro. Ele tinha pegado o dinheiro dela e usado, o dinheiro que ela nem percebera que ele sabia a respeito. Fora obrigada a colocar no prego suas jóias de ouro para tentar salvar a pretensa carreira do marido.

Davey, por pura sorte, só chegou à casa dos McNamara depois que ela já havia voltado com o dinheiro. Eram inacreditáveis os contratempos que June enfrentara. O agiota tinha insistido para que ela assinasse uma promissória garantindo o pagamento em 21 dias. Se o prazo não fosse respeitado, ele iria pedir a Davey Davidson que fizesse a cobrança. Era ridículo porque, em circunstâncias normais, Davey encarregaria Joey de fazer contato com o devedor, o que seria o cúmulo do constrangimento. Não que Joey fosse se sentir constrangido. Depois de duas doses, provavelmente consideraria hilário — e então decidiria matar qualquer um que ousasse bater à sua porta para lhe cobrar.

Não passaria pela cabeça de Joey que alguém como Davey poderia não achar tanta graça quanto ele. Que Davey poderia ver o caso como uma provocação e, portanto, resolver que seu empregado precisava de uma lição, uma lição violenta o bastante para ser adequada a alguém com a reputação de Joey.

Além do mais, ao contrário de todos, Davey Davidson sabia que Joey não havia assassinado Jimmy. O próprio Joey já estava acreditando ter cometido o crime, tal era sua mentalidade. Acreditava piamente ter atirado e matado Jimmy e, assim, contou a meio mundo, de modo rocambolesco, como planejara e executara tudo, sem afirmar, categórico, que havia sido o responsável pelo ato.

Ainda que soubesse que as pessoas acreditavam que fora ele o assassino.

Agora cabia a June, como sempre, dar um jeito na situação, consertar o estrago feito. Que diabos a haviam possuído para que voltasse para ele?

No íntimo, ela sabia a resposta. Era fácil e June a sabia de cor.

June tinha mais ânimo quando estava exasperada, ganhava força sob a pressão dos problemas e a excitação constante. Era algo entranhado nela desde a infância, algo que se transformara em hábito. A menos que estivesse despedaçada por dentro, June não se sentia realmente viva. Não se sentia real. Quanto pior estava sua vida, mais limpa dos pecados e erros se sentia, como se merecesse todas as contrariedades acumuladas ao longo de um dia comum. Havia vezes em que, deliberadamente, causava aborrecimento, provocando Joey, irritando-o para produzir nele a explosão de violência que necessitava para manter altos os níveis de adrenalina.

Na realidade, Joey era tudo o que June queria. Era tão vil, tão dissimulado, um criminoso tão violento que, não importa o que ela fizesse, ele aturaria por não ter certeza de que mais alguém aceitasse ficar a seu lado. Viviam no limbo e se arruinavam mutuamente. Esse era o segredo que partilhavam e os mantinha juntos.

Se pensasse muito acerca disso, June era tomada pelo pavor.

Barry olhou para Babs e sorriu. Ela sorriu de volta, feliz com as 2 mil libras que ele lhe entregara e satisfeita por ninguém ter perdido a vida durante o roubo. Ainda não sabia que Marcus estava morto, sabia somente que Barry Dalston tinha lhe trazido o dinheiro para pagar suas contas e que ainda sobraria algum para se divertir e um tanto também para dar à filha.

Enquanto contava as notas, novamente Barry se maravilhava com o desapego das meretrizes pelo dinheiro que ganhavam. Para elas, o dinheiro vinha fácil, havia um poço sem fundo de homens pagando para o uso de seus corpos.

Ele nunca entenderia isso nem em um milhão de anos.

— Ouça, Babs, se quiser, posso conseguir uma boa fonte de renda para nós dois.

Ela franziu o cenho.

— Fazendo o quê, exatamente?

Barry sorriu e piscou.

— De tudo um pouco, Babs, ferrando com eles. Aí é que está a beleza do lance. Você atrai os clientes e eu os roubo.

Babs pôs-se a sacudir a cabeça antes mesmo que ele terminasse de falar.

— Lamento, Barry, mas de jeito nenhum. Não vou me envolver com esse tipo de coisa. Aliás, Jonah me esfolaria viva se soubesse o que aconteceu ontem à noite. Obrigada, parceiro, mas não, obrigada.

Havia uma intenção oculta na voz dela que o deixou irritado.

— Como assim, não? Você podia juntar uma fortuna...

Ela o interrompeu.

— A noite passada foi uma só, não vai se repetir. Teria pedido a Jonah para fazer o serviço, mas sabia que ele ficaria com o dinheiro ou mentiria, dizendo que Marcus tinha menos do que costuma carregar.

A insinuação atingiu o alvo certo e Barry quase vestiu a carapuça.

— Pelo menos com você eu consegui uma parte da grana, Bal. Além do mais, não estou a fim de mais golpes. Faço o meu trabalho, ganho meu dinheiro e ponto. Não sou ambiciosa, ou então não seria prostituta. Nem mesmo quero trabalhar em clubes, como a maioria das garotas, não quero me aborrecer com figurinos e com a concorrência. Mas agradeço a oferta, obrigada.

Sorriu para amenizar a ferroada da recusa e Barry soube que precisaria se conformar. Ela estendeu a explicação.

— Não apenas isso. Jonah nos arrancaria o couro... o couro de nós dois. Não se deixe enganar pelo jeito simpático e pelas maneiras que ostenta. Ele é um canalha perverso, como todos os cafetões. Eles precisam ser assim.

Barry deu de ombros.

— É você quem sai perdendo, Babs. Muitas me dariam um braço por uma chance como essa.

— Tenho certeza que sim, Barry, e torço para que você se dê bem. Uma última coisa. Quanto você embolsou, afinal?

Ele deu um sorriso forçado.

— Deixe para lá. O suficiente para o que eu quero.

Ao sair, dez minutos mais tarde, sentiu-se estranhamente deprimido. Não só por Babs ter percebido que ele ficara com mais dinheiro do que deveria, mas também porque ela já esperava que ele agisse assim.

No final das contas, embolsara 4 mil libras, 4 mil adoráveis pilas para gastar. Já tinha dado à mãe um trocado: cem libras esterlinas haviam-na deixado infinitamente contente. Ela não perguntara onde ele obtivera o dinheiro, e nem perguntaria.

Agora era hora de colocar seu plano em prática e isso o estava enervando. Não tinha conseguido dormir na noite anterior. Não porque houvesse assaltado um homem de idade — aquilo era trabalho e nada mais —, mas porque as ações de hoje iriam tornar realidade o sonho que acalentava. Ou, de uma vez por todas, fariam com que todas as suas chances fossem por água abaixo, lhe garantindo somente uma inimizade para o resto da vida.

Mas, ponderava ele, ganharia um inimigo de uma maneira ou de outra. A única diferença é que, se tudo saísse do jeito que imaginava, poderia ficar de olho nele,

Seguiu para o Victory, um pequeno bar em Bethnal Green reservado apenas para sócios, onde sabia que Joey McNamara estaria até a hora do almoço. Ao bater na porta pesada de madeira, Barry suava. Podia sentir o suor escorrendo das axilas e fez um esforço consciente para se compor. Quando a parte de cima da porta se abriu, uma grade ainda separava Barry do homem no lado de dentro.

— O que quer?

A voz era rude.

Barry respirou fundo antes de responder. Estava contente pelo fato de, ao menos, não gaguejar.

— Preciso falar com Joey McNamara. Diga a ele que é importante.

— E quem deseja?

Barry suspirou.

— Não interessa, é particular. Apenas diga a ele que alguém o espera aqui fora, entendido?

A grade desapareceu quando a portinhola foi novamente fechada. Agora que tinha dado o primeiro passo, Barry se viu novamente atacado por dúvidas. Joey poderia decidir matá-lo. Afinal, estava longe de ser a pessoa de quem Joey mais gostava nesse mundo. Joey poderia, inclusive, roubá-lo. Nem pensar. De súbito, sentiu-se aliviado por não estar carregando dinheiro.

Deixaram-no esperando por cinco minutos, que a ele pareceram horas. O suor já colara ao corpo e Barry tinha certeza de que fedia.

O medo fazia seu coração disparar e as pernas enfraquecerem. Estava arrependido de tudo e imaginava se poderia sair de fininho e esquecer toda aquela história. Então a porta foi destrancada e ali, diante dele, surgiu Joey.

Ele desviara o olhar para as sombras e seu rosto transformara-se num esgar.

— O que você quer?

O porteiro riu.

— Quer que o enxote daqui, Joe?

Caminhando em direção a ele, Barry viu o que fazia as pessoas desconfiarem de Joey McNamara. Eram seus movimentos e sua atitude intimidatórios.

— Não, Colin, eu mesmo vou enxotar esse traste.

Barry levantou os braços como se fosse um gesto de autodefesa, muito embora nada ainda tivesse acontecido.

— Espere, Joey, tenho algo que vai interessá-lo. Tudo o que estou fazendo é para lhe prestar meus respeitos, só isso. Fiz umas transações e vim lhe trazer o que lhe é devido. Nem mais, nem menos.

Os olhos de Joey se reviraram e ele disse, incrédulo:

— Quem é você... procurador de alguém? Trazer o que me é devido... Têm certeza?

Virou-se para o porteiro e riu.

— Sacou essa, Colin? Estou sendo abordado por um dicionário.

O homenzarrão riu alto.

— Ora, então arranque fora o índice dele.

Barry ouvia, temeroso.

Joey começou a empurrá-lo com brutalidade em direção à rua. À rua e às pessoas. Pessoas que o veriam ser fragorosamente espancado. A menos que fosse cuidadoso e conseguisse se safar.

— Olhe, Joey, conforme eu disse, ganhei algum e vim lhe trazer seus vinte e cinco por cento, só isso. Foi o que me mandaram fazer. Disseram que todos faziam assim. Sei que não gosta de mim, mas estamos falando de negócios.

Joey não mexia um músculo.

— Quanto você descolou?

Dinheiro era sempre o xis da questão para Joey. E Barry havia se fiado nisso.

— Quatro mil. Fiz a limpa num camarada ontem à noite.

Não estava seguro se deveria contar a verdade, mas optou por revelar tudo para a eventualidade de Joey estar a par de mais informação do que parecia dispor.

Joey ficou impressionado.

— Quatro mil? Como conseguiu isso, rapazinho? Minha filha está lhe ensinando os truques do ramo do pai, hein? Além de todo o resto. Sei tudo sobre você se esconder na casa de minha mãe, jovem, sei de tudo. Debbie o dedurou. Suponho que, para me amansar, vão ser necessários todos os seus quatro mil.

Barry sabia que era hora do "ou vai, ou racha".

— Eu estava lá, admito, Joey...

O punho de Joey o acertou na mandíbula, mas ele já estava preparado para isso e permaneceu de pé, sem perder o equilíbrio.

— É um trapaceiro, não é, Colin?

E virando-se, bramiu para o porteiro:

— Volte já para dentro, esse é um assunto particular. Assunto de família.

Colin desapareceu.

— Então, o que você escutou? Um pai dando uma surra na filha, dando-lhe uma lição.

Barry assentiu com um balançar de cabeça.

— Claro. O que mais poderia ter escutado?

E franziu as sobrancelhas como se imaginando a que Joey se referira. Ambos sabiam estarem participando de uma pantomima, mas no momento isso não importava.

Barry sacou o maço de cigarros e ofereceu a Joey, que pegou um. Fumaram em silêncio. Tratava-se de um ato de reconciliação, ambos sabiam disso. Cada um, a seu modo, sabia estar firmando um pacto improvável que nenhum dos dois poderia prever aonde levaria.

— Então, onde está minha parte, rapaz?

— Trago quando você quiser.

Joey fez que sim com a cabeça.

— Que seja o quanto antes, parceiro. De onde vieram? Não que esteja preocupado com a vítima.

Foi a vez de Barry balançar a cabeça.

— Limpei um agiota do mercado, tarde da noite, ontem. Marcus não-sei-do-quê. Um judeu. Eu o peguei a caminho da casa de uma piranha. Mole, mole. Pus a mão em seis mil. Dois para a puta, três para mim e um para você. Pretendo fazer disso uma atividade regular. Agora já tenho os meus contatos.

Ele estava sendo zombeteiro. Ambos sabiam disso.

Joey deu uma tragada funda no cigarro.

— E quanto ao dinheiro para a puta? Ela me deve um quinhão.

Barry ficou atônito por um instante, até que viu Joey arreganhar os dentes.

— Ela que se foda. Mil pilas são mil pilas, como costumava dizer meu pai.

Joey estava nas nuvens. Havia recuperado mil dos três mil que devia ao agiota.

— Na verdade, tenho um servicinho para você, caso esteja interessado.

Barry sacudiu a cabeça com tanta veemência que, por pouco, ela não lhe caiu dos ombros.

— Já que gosta de exterminar agiotas, tenho o homem perfeito para você. Entre e beba alguma coisa enquanto conversamos a respeito.

Barry sentiu como se o próprio Deus tivesse finalmente percebido que ele existia e decidido conceder, num único dia, tudo aquilo com que sonhara. O rapaz inchou de orgulho quando Joey colocou um dos braços em volta dos seus ombros e o conduziu até o Victory, um lugar em que nunca imaginara poder entrar.

Tudo o que precisava agora era se reaproximar de Susan e, pronto, estava com a vida ganha.

Matar não o incomodava de jeito nenhum; seu próprio pai havia sido assassinado. No mundo em que vivia, morrer nas mãos de alguém era só um acidente de trabalho, um risco que se assumia, um perigo ao qual se expunha quando necessário.

Joey queria aniquilar um outro agiota, e por motivos inteiramente egoístas. Se o homem a quem ele devia três mil libras morresse, todos os débitos também iriam para debaixo da terra. Mais uma lei muito conveniente e não escrita que prevalecia naquelas paragens.

Tudo considerado, estava começando a pensar que sua Susan tinha mais bom gosto para homens do que inicialmente imaginara. Podia vir a gostar daquele rapaz, nem que fosse somente por se tratar de um cordeiro a caminho do matadouro. Incapaz de enxergar um palmo adiante do nariz e perdido em deslumbramento, Barry podia ser moldado, usado para os objetivos de Joey e depois abandonado à própria sorte.

Joey escolheria as vítimas e Barry executaria os atos de violência e os roubos. A Joey caberiam a grana e, entre a comunidade criminosa local, a fama de legislador máximo. Ao mesmo tempo, ainda ganharia com a venda de proteção a toda a vizinhança. Só os estúpidos deixariam de contratar seus préstimos.

E ele só os ofereceria após o primeiro ataque.

Davey Davidson iria adorá-lo e tudo por causa daquele jovem. A vida tinha um modo curioso de enriquecer alguns. Seu pai sempre dissera isso e agora Joey compreendia a que exatamente ele se referia.

June olhou para Susan e suspirou. A filha parecia melhor do que nunca. Os ferimentos haviam sumido e, após ter perdido peso, ela parecia muito atraente. Mas a proximidade que ambas haviam partilhado outrora havia se desfeito para sempre.

June tinha ciúmes da filha e, no fundo do coração, sabia que falhara em protegê-la como deveria fazer uma mãe de verdade. Mas como poderia tê-la protegido? Não houvera um só precedente ou episódio parecido em sua própria juventude e os instintos maternais de June há muito haviam definhado e morrido.

Não era como se Joey tivesse machucado Susan ou algo assim — Cristo, se Susan fora rápida o bastante em montar a cavalo sobre Barry, então qual era realmente a diferença? Aliás, Joey havia jurado inocência absoluta e June escolhera acreditar nele, a despeito de todo e qualquer fato. Ele apresentara uma versão, June a aceitara integralmente. Além do mais, por que ele desejaria Susan, uma vaca tão feiosa? Com suas credenciais e reputação, ele podia pegar a fina flor das mulheres da localidade.

Desde criancinha Susan havia causado problemas e agora que estava crescendo tinha de enfrentar as conseqüências de seus atos. Atacar a mãe era uma desgraça e ela precisava aprender uma lição.

— Já terminou com as batatas?

Susan fez que sim com a cabeça e começou a retirar as cascas da pia.

— Estão cortadas?

Novamente ela respondeu que sim com um gesto e pôs-se a limpar a pia e a esfregar o escorredor de louça. Os ombros arqueados da garota despertavam sensações dúbias em June: irritavam-na e lhe davam um ímpeto de pena pela filha. Servindo-se de mais uma dose de bebida, engoliu tudo de um só trago.

Ivy atravessou a porta da frente e June praguejou ao ouvir a voz alta da sogra.

— Aqui estou. Pensei em dar um pulinho aqui para ver minha família.

Quando a avó entrou na cozinha, Susan a cumprimentou apenas com um gesto, e June disse rispidamente:

— O que você quer?

Ivy a ignorou e colocou a chaleira no fogo para preparar uma bebida quente. Ao colocar o pé dentro da casa, vira a garrafa de uísque e achou que era uma boa idéia para combater a gripe.

Ivy passava a vida inteira gripada.

Ninguém falou nada. Assim que a água da chaleira ferveu, Ivy despejou um pouco numa caneca. Sentou junto à mesa da cozinha, uma das mãos passeando por sobre a garrafa até que June a autorizasse a se servir de uma dose generosa.

— Estive no mercado. Adivinhem? Marcus Stein foi encontrado morto na noite passada. Espancado até a morte por um bandido. Onde é que esse mundo vai parar? Era um bom homem, considerando que era judeu. Lembro que, durante a guerra, ele cuidou para que não faltassem alguns trocados às mulheres cujos maridos estivessem longe. Ele não tinha filhos, veja só, então gostava dos filhos dos outros. O garoto da irmã era o seu braço direito. E vai herdar uns bons milhares de libras. Calculo que Marcus devia estar com a burra cheia. Os agiotas estão sempre com a burra cheia.

June ouvia com tristeza. Havia recorrido a ele algumas vezes ao longo dos anos. Não o procurara na noite passada porque já lhe devia pagamento por empréstimos de anos passados. Apenas a reputação de Joey impedira Marcus de cobrar o débito. Ao contrário dos outros usurários, ele não estava sob proteção dos Davidson e, conseqüentemente, de vez em quando amargava prejuízo.

— Coitado. Era sempre tão simpático, Ivy. Nunca prometia quitar o débito em troca de serviços prestados, ao contrário de muitos. Lembra-se do velho Isaac? Aquele era um sacana imundo!

Ivy concordou com um meneio de cabeça, os olhos brilhando de uísque e malícia.

— Você sabe quem era uma de suas melhores clientes, não sabe? Mary Hanson. Cristo, ela costumava nos deixar em cólicas quando as crianças eram pequenas, pois nos contava tudo sobre o que ele queria que ela fizesse, assim e assado. O marido dela sabia, até mesmo a incentivava. Mary já havia servido a Isaac o equivalente a uma pequena fortuna. Quando ele morreu, chegamos a brincar dizendo que deixaria algo para ela, em testamento... e deixou. Deixou um bracelete que a mãe dela havia penhorado anos antes. Sujeitinho asqueroso!

June rugiu de tanto rir.

— Lembro bem dele.

Ivy parou de rir.

— Você nunca se trocou por dívidas, não é, June?

Ela bateu seu copo contra o da sogra, num brinde, e disse, em tom de gracejo:

— Ora, você nunca vai saber, Ivy, ou vai? Dê-me algo para pensar nas longas noites de inverno, sozinha na cama.

Susan revirou os olhos ao ouvir aquela conversa e olhou pela janela da cozinha, para os jardins da área. Ao olhar para fora, sentiu o maior pavor de toda sua vida.

— Mamãe! Mamãe, é melhor a senhora vir correndo.

June foi até a filha.

— O que foi, Susan? Você está se transformando numa alcoviteira de marca maior, como sua avó.

Ivy juntou-se a elas perto da janela.

— Ora, cacete! O que aqueles dois estão fazendo ali fora?

A velha estava surpresa em ver o filho e o namorado de Susan atravessando o gramado, lado a lado.

June riu.

— A propósito, Ivy. Joey já sabe que, na noite em que ele deu um corretivo em Susan, você havia deixado Barry escondido na sua casa. Se fosse você, eu hoje tomaria muito cuidado com o seu amado soldadinho. Ele pode estar pensando em enforcá-la na viga do telhado.

Ivy estava petrificada.

Os dois homens saíram da visão delas, mas era possível ouvir os passos degraus acima. Todas as três mulheres sentiram a respiração se interromper exatamente ao mesmo tempo. E ouviram. O barulho era ensurdecedor. Entreolharam-se, em choque. Os dois homens estavam cantando. Do alto de suas vozes, eles cantavam. "I'm Forever Blowing Bubbles" ecoava por toda a vizinhança, enquanto eles competiam entre si para ver quem entoava com mais potência.

Eles se aproximaram do patamar da escada rumo à porta da frente, e perceberam que Maud, na porta ao lado, gritava:

— Mais um pouco dessa canção, Joe.

Joey e Barry fizeram conforme o pedido e puseram-se sob a janela, bocarras abertas como dois idiotas, cantando a plenos pulmões, cheios de sentimento.

— Já posso dizer que vi de tudo nessa vida.

A voz de June era de pasmo.

Susan correu da cozinha para o quarto a fim de retocar a maquiagem e tentar parecer bonita. Ela não sabia o que havia acontecido e nem se interessava em saber. Barry estava vindo para a casa dela e sentia-se assombrada, excitada e contentíssima.

A porta da rua se abriu e os dois homens tropeçaram sala adentro.

— Junie, sirva uma bebida para mim e outra para o meu amigo. E também um rango. Nessa ordem, por favor.

June olhou para o marido como se nunca o tivesse visto antes. Ele sorriu. Tirando as mil libras do bolso, Joey as jogou sobre ela. O dinheiro se espalhou pelo cômodo.

— Tem milzinho aí e, de onde veio esse, vem muito mais. Maloque em sua cômoda, garota, mantenha a salvo de mãos predadoras.

— Então a cômoda é o último lugar que deve servir de esconderijo.

A voz de Ivy era jocosa, mas áspera.

Joey virou-se para ela.

— Cale-se. Você ainda está na minha lista negra. — Em seguida, a abraçou. — Conhece minha mãe, Barry? Suja, fedorenta, cheia de teia de aranha, mas é boa com as garotas.

Barry riu com entusiasmo, como todos os que estavam reunidos ali. Ivy adorou aquilo, inclusive os insultos. Sinal de que estava perdoada.

— Ovos, batatas fritas, tomates e uma boa bebida, June. Rápido. Para mim e para meu novo sócio. — Joey olhou ao redor de si. — Onde está a nossa Susan?

— Fazendo-se apresentável.

Ele arreganhou os dentes.

— Porra, não temos muito tempo, vamos sair novamente às sete.

Todos riram mais uma vez. Especialmente Ivy e June. Barry riu, mas sem muito empenho.

— Vá até o quarto, filho, e a arranque de lá. Depois que a gente se casa com elas, de manhã parecem mais assustadoras que um filme de terror. Eu devia ter adivinhado. Olhe só para June. Alguém certa vez me perguntou se eu iria alugá-la para espantar corvos no verão.

Dessa vez, foi Ivy quem gargalhou, mas June não achou a piada nem um pouco divertida. E o demonstrou, franzindo os lábios.

— Muito engraçado, Joey. Qual é o seu próximo número? Cair morto?

Ele fitou o teto, fingindo estar com medo.

— Ela fica zangada quando se lembra quem é que manda por essas bandas. Mas agora os ovos e as batatas vão queimar.

June exibiu um riso forçado.

— Vá se acomodar com seu parceiro enquanto arrumamos um engasga-gato para acompanhar a bebida, está bem?

— Só Cristo sabe o quanto estão precisando disso, June. Vou te dar uma mão — ofereceu Ivy.

Susan apareceu, vinda do quarto, e Barry sorriu para ela. Joey sentiu uma pontada de ciúme e engoliu. Teria seu quinhão e o desfrutaria. Bastava que fosse esperto, e ele era um sujeito esperto. Ninguém sabia ainda quão esperto ele era. A bebida estava fazendo com que perdesse o equilíbrio e precisou sentar-se. Arrastou-se e desabou no sofá.

Susan parecia melhor do que Barry imaginara que poderia parecer. Estava mais magra e isso realçava seus dois maiores atrativos. Barry estava muito feliz e não se importava com as zombarias de Joey, pois sabia que iria rir por último.

Susan estudou a mãe, que se entretinha em observar como Joey e Barry estavam se tornando próximos. Contra todos os prognósticos, a garota esperava que Barry não fizesse nem dissesse nada capaz de causar desavenças.

Ele ainda não compreendia as extravagâncias da vida familiar dos McNamara. Joey podia mudar de atitude numa fração de segundo e, então, sentir-se à vontade para colocar Barry porta afora, sem a menor cerimônia. Coisas assim haviam acontecido antes e Susan rezava, contra todas as chances de ser atendida, para que não se repetissem hoje.

— Ele não é um sujeitinho encantador?

A voz de Ivy era melancólica e June bufou.

— É exatamente como Joey, mas ela não enxerga isso. Piranha idiota.

June entrou na cozinha. Embora a contragosto, estava aborrecida com a filha. Susan havia fisgado um peixão, como diriam os moradores de East End, e June desejava ainda ser jovem o bastante para embarcar na vida mais uma vez. Na verdade, desejava ser mais jovem e ao mesmo tempo saber exatamente tudo o que aprendera com a idade. Os olhos brilhantes de Susan e a expressão feliz faziam June sentir-se velha e cansada.

— Gosto desse moço. Acho que é um bom rapaz, esse Barry. Bom demais para ela. Se ainda fosse Debbie, poderia entender.

— Meu bem, Debbie não tem duas coisas que tornam Susan interessante para todos os homens. E eu não preciso soletrar quais são, ou preciso?

Ivy sacudiu a cabeça, circunspecta.

— Nos joelhos depois do primeiro filho, em volta dos tornozelos depois do segundo. Pode anotar o que estou dizendo.

Isso alegrou June e ela riu.

— Ele que os aproveite ao máximo antes que seja preciso recolhê-los pela cama

Não ocorria a nenhuma das duas que Susan tinha 14 anos de idade e não devia sequer contemplar a possibilidade de ter vida sexual, filhos ou o que fosse.

É que ambas conheciam a realidade. Nas redondezas, era assim que todas as jovens viviam, uma circunstância que jamais mudaria. Pelo menos até onde a vista delas alcançava. Era o sexo que mantinha o mundo girando, que mantinha o interesse de todas e as entretinha. Grátis, gostoso e, às vezes, ainda conferia grande poder à mulher.

June sempre parecera mais velha e, por isso, sempre a trataram como adulta. O que havia visto e testemunhado durante toda a sua vida a fazia parecer uma anciã em comparação com a maioria das meninas da mesma faixa etária. Nem June nem Ivy viam nada de errado na maneira como se comportavam com Susan e Debbie ou à volta delas. No que lhes dizia respeito, as duas garotas já eram mulheres. Supunha-se que Susan aprenderia mais cedo porque era mais desenvolvida. Não passava pela cabeça de sua mãe nem de sua avó que o fato de ser muito desenvolvida numa idade tão tenra poderia ser uma ótima razão para protegê-la dos homens. Elas viam isso como um progresso natural. A menina cresce, ganha corpo e faz uso dele, precisamente o que ambas tinham feito. Não pensavam em termos de desenvolvimento emocional, isso estava além da compreensão das duas.

A garota falava como elas falavam, sabia o que elas sabiam, pois conversavam perto dela e a deixavam ver coisas que a maioria das pessoas esconderia dos filhos. Portanto, presumiam que Susan deveria compreender tudo, o que não correspondia à verdade, ela não compreendia. Ela deixara Barry fazer o que fizera porque era assim que pretendia prendê-lo. Fora assim que aprendera durante toda a vida.

Ela sequer esperava que ele fosse fiel, não era algo que fizesse parte de sua experiência.

Enquanto as mulheres preparavam a comida, tagarelavam sobre tempos passados e sobre reminiscências de suas respectivas juventudes. Susan era só mais uma vítima da negligência. De pessoas que viviam vidas negligentes.

*

No quarto de Susan, Barry tentava beijá-la e ela estava nervosa por causa do pai.

— Ora, Sue, não passei por tudo isso em troca de nada, garota.

Seu sotaque escocês parecia sexy aos ouvidos de Susan, como de resto tudo o que ele dizia.

— Papai está logo ali, do outro lado da porta. Ele ficaria louco se entrasse aqui.

Barry mostrou os dentes.

— Ele não vai entrar, benzinho. E você vai tirar a saia ou terei que sair à procura de alguém mais disponível?

As palavras foram ditas em tom de piada, mas estavam repletas de ameaça. Ele beliscou-lhe os seios, com força.

— Senti saudades deles, Susan. Os das outras garotas não são nada comparados aos seus.

Ela se derreteu com o elogio.

Ele beijou-a nos lábios, violento.

— Seu pai está comendo na minha mão. Portanto, pare de se preocupar, garota.

Susan retribuiu o beijo com todo o sentimento de uma jovem apaixonada pela primeira vez.

Barry sabia que a excitava muito, embora também soubesse que ela não tirava o menor proveito do sexo. Sabia que Susan nunca iria gostar de sexo. Não era da natureza dela. Ela esperava que ele assumisse o comando e se concentrava em satisfazê-lo.

— No futuro, você será minha, está entendendo direitinho? Ninguém mais vai poder chegar perto de você, certo?

Barry a fitou bem dentro dos olhos e ela deu-se conta que ele se referia a Joey. Susan fez que sim solenemente com um movimento de cabeça.

— Ninguém mais, Barry, prometo a você. Não gosto disso, honestamente.

Ela estava se desculpando da mesma forma que faria durante toda a vida ao lado dele. Explicando que o pai a possuíra, gostasse ela ou não, e que dali para a frente ela o enfrentaria e o levaria a lutar por ela.

Isso equivalia a dizer que sofreria um quase assassinato. Então decidiu, de pronto, que driblaria ambos e os manteria apaziguados de modo a poder ter o que realmente desejava.

Barry Dalston.

Para Susan, ele era como um raio de sol, um farol a guiá-la. Ele não saberia o que estava acontecendo porque simplesmente ela não lhe contaria. O pai nunca abandonaria velhos hábitos. Apenas porque não queria abandonar, ela sabia disso.

E faria qualquer coisa por Barry Dalston. Para ter Barry Dalston. Achava que ele valia. Mais do que valia. Ela o amava. Ela o amava de verdade, mesmo. E somente porque era gentil e apresentável, alguém que todos da idade deles respeitavam.

Ele era convencido, rude, um trapaceiro cativante. Era o tipo que todas as garotas das redondezas queriam conquistar, um homem feito que ainda não tinha atravessado a juventude. Um sujeito que faz a mulher se sentir protegida pelo simples fato de estar a seu lado. Um cara que confere às mulheres notoriedade e respeito.

Susan não o via como a versão mais jovem do pai, um criminoso mais novo com os mesmos traços de egoísmo e temperamento brutal. Um covarde que manipulava as pessoas e tentava controlá-las pelo medo e intimidação.

Ela via somente um rapaz bonito que, a seu próprio modo, se importava com ela. Para Susan McNamara, isso era mais que suficiente.

Quando ele a ergueu contra a parede, tentando penetrá-la, ela fechou os olhos e pôs-se a imaginar que estavam num belo apartamento com bela mobília e belos filhos.

Quando Barry pressionou o corpo contra o dela, invadindo-a, Susan estremeceu e apertou a parte de trás do pescoço dele, uma carícia que pareceu estimulá-lo, pois gozou quase imediatamente. E se afastou. Ela sentiu o calor do sêmen escorrer pelas pernas.

Ele ainda baixou os olhos para ela e sorriu. Beijou e mordeu seus lábios, fazendo-a novamente tremer. Susan soube que ele estava deixando uma marca para o pai, uma pequena lembrança atestando de quem ela realmente gostava. Isso a deprimiu por um momento. Barry, porém, ao ver a expressão desolada da garota, empurrou a cabeça dela contra o próprio peito e sussurrou:

— Amo você, Sue.

E colocou um dos dedos gentilmente sobre o queixo dela.

— Comporte-se, mocinha, ou vou ficar sabendo de tudo.

Quando ele se descolou dela a fim de ajeitar a roupa, ela o observou. Para Susan, Barry era como um deus. Sentia que era incontestavelmente divino. De seus ombros largos aos lindos olhos, era tudo o que uma jovem poderia desejar.

Especialmente uma jovem com o seu passado e vivendo num ambiente como aquele. Susan estava radiante quando saiu do quarto na companhia de Barry. Seu rosto parecia quase bonito e a pele brilhava de saúde e vitalidade. June notou a mudança. Ivy, idem. Joey também percebeu a novidade de imediato e decidiu que, até chegar a hora propícia, não os atrapalharia.

Aquele rapaz seria seu ponta-de-lança. Faria todo o trabalho sujo e ainda serviria de bode expiatório. Joey sabia que oportunidades como Barry Dalston apareciam uma ou duas vezes numa vida inteira. Se tudo corresse conforme o esperado, caberia ao jovem Barry pagar o pato. Então Joey iria adestrar outra pessoa.

Ele sorriu para os pombinhos e notou que Susan tinha os lábios inchados. O sorriso desapareceu. Mas havia tempo de sobra para pôr um ponto final naquela situação; por ora, tudo o que Joey queria era dinheiro.

Muito dinheiro.

E o jovem Barry parecia pensar ser o homem perfeito para fornecer todo esse dinheiro.

June sorriu para a filha pela primeira vez em semanas e Susan ficou grata. Mas só porque não queria que Barry aprendesse ainda mais a respeito dos conflitos da família. Muito embora, cedo ou tarde, ele vai ficar ciente de tudo, é claro. Se é que já não percebera.

Quando Ivy colocou mais um ovo frito no prato de Barry, ele levantou os olhos e sorriu. Então começou a contar a história sobre seu pai, já falecido, e todos riram nos momentos certos. Escutando-o falar, Susan tinha a impressão de que o coração iria estourar de orgulho.

Apesar de todo o sofrimento que ela havia experimentado nas últimas semanas, Barry mais do que valia a pena. Não tinha a menor dúvida a respeito disso.

Afinal, Susan McNamara estava apaixonada.

Capítulo 10

— Oh, mamãe, você está linda, realmente linda..

June inchou com o elogio da filha. Estava contente por ter dado ouvidos a Susan e não a Debbie. O conjunto azul-pálido bem cortado valorizava a silhueta e realçava a cor dos olhos. Era o tipo de figurino digno de uma dama, digno de uma dessas mulheres que enfeitam as páginas de revista. Como acessório, um chapéu pequeno, redondo e sem abas, do mesmo tom e com um meio véu que a fazia parecer misteriosa e interessante.

Pela primeira vez na vida, sentia-se como se fosse milionária.

Debbie suspirou.

— Bem, eu preferia o conjunto de calças compridas, mas esse está bom, mamãe. Para ser franca, você está parecendo fina demais.

June ignorou a farpa. Debbie estava se revelando uma bela eguinha sarcástica e isso já começava a lhe dar nos nervos.

— Você não vai vestir isso, Debs, espero.

A voz de Susan era alta.

Debbie mexeu-se em frente ao espelho e deu de ombros.

— O que há de errado com minha roupa?

Susan balançou a cabeça tristemente.

— O que há de certo com sua roupa? Parece uma piranha. Use o vestido que comprei para você. Quero que todas as minhas fotos mostrem como o dia de hoje foi glorioso. Por favor, Debs. Por mim.

— Não torra a paciência, Susan. Até parece que ninguém nunca se casou antes. Por nada nesse mundo vou sair por aí me arrastando num vestido de algodão cor de limão e com as mangas curtas. Vou virar motivo de chacota. Todas as minhas colegas vão rir da minha cara.

— Das duas, uma, Debbie. Ou troca de roupa ou fica em casa.

Ninguém se surpreendeu mais que Debbie com as palavras da mãe.

— Susan está certa, esse vestido é classudo e você vai usá-lo, mocinha. Também vai tirar essa maquiagem. É um casamento na igreja, não numa discoteca qualquer.

Debbie deu um suspiro profundo.

Ela se examinou no espelho. Usava um vestido jeans colado ao corpo e um par de sapatos de salto plataforma. As pernas curtas e gordas estavam expostas ao máximo e ela parecia ridícula.

A maquiagem era pesada como sempre, e malfeita, embora Debbie tivesse caprichado para seguir as tendências da estação. A moda era muito importante para Debbie, não importa se lhe caía bem ou não.

— Não vou repetir. Tire essa roupa e tome um banho, sua vadiazinha xexelenta.

Debbie agora estava enfurecida.

— Como é que eu podia bancar a limpinha se essa buchuda aí passou a manhã inteira enfiada no banheiro e depois foi você quem empatou a parada?

Susan e June riram.

— Pare com isso, Debs. Tomar banho nunca foi uma de suas atividades favoritas, não é? — A provocação viera de Susan. — E por que você não usa linguagem de gente para que todo mundo entenda?

Debbie saiu do cômodo batendo pé.

June suspirou.

— É uma vaca, está sempre discutindo. Não faço idéia de quem ela herdou isso.

Susan levantou as sobrancelhas, mas não respondeu. Queria que o dia de seu casamento não tivesse contratempos.

— Seu cabelo está ótimo, Susan. Aliás, você sempre teve o cabelo bonito, mesmo quando era criança.

A filha de 16 anos de June virou-se desajeitada na cadeira por causa da gravidez adiantada e sorriu.

— Estou feliz que tenha algo em meu favor, mamãe, pois meu rosto deixa muito a desejar.

Susan havia sido maquiada por uma esteticista e o cabelo penteado de maneira profissional. Estava preso no alto da cabeça, de onde saíam cachos. O véu fora fixado aos fios com a ajuda de grinalda de flores de papel. A jovem tinha a pele radiante por causa da gestação e parecia quase bonita.

June a fitou.

— Pena que Barry não tenha saído da prisão mais cedo. Você está enorme, garota. Não há como esconder esse barrigão.

Susan acariciou o ventre, satisfeita.

— Não quero mesmo esconder minha barriga, mamãe. Barry a ama. Ele a beija todos os dias.

Então Ivy entrou, de vestido verde-claro e casaco, chapéu de palha, luvas e sapatos pastel, demonstrando, em cada pequenino detalhe do traje, que era mãe do pai da noiva.

— O calor lá fora está infernal, garotas! Que belo dia para um casamento. Seu cabelo ficou adorável, Susan, lhe deu um ar realmente especial.

Susan sorriu para a avó.

— Você também está perfeita.

Sabia que Ivy estava ávida por elogios.

— Ponha a porra dos dentes, Ivy, sua cara parece uma piscina de plástico murcha.

— Vá tomar no cu, June. Só vou colocar na hora de sair. Essa dentadura nova está me matando e fazendo minhas gengivas sangrarem.

Os dentes postiços de Ivy eram o pomo da discórdia e todos evitavam o assunto, se pudessem.

— Cadê os homens? Alguém sabe onde estão?

June resfolegou.

— Saíram daqui ontem às nove, ninguém sabe onde se meteram. Tomara que já estejam prontos. E que Barry tenha condições de dizer a porra dos votos, pois foram ele e a mãe que quiseram casamento na igreja. Escoceses católicos na família... É de lascar. E o noivo é justo o maior ladrão da paróquia. Imagine só! É por isso que os Bannerman gostam dele, são todos uns fanáticos religiosos.

Susan suspirou.

— Foi a mãe de Barry quem realmente fez questão. Por mim, tanto fazia, mas parece razoável ter que casar na presença de Deus.

— Mas casar com ele e ser maltratada pela vida toda é uma decisão estúpida, garota, tome nota do que estou dizendo. Ele já é infiel, a trata como se fosse um nada e, ainda pior, não lhe dá muito dinheiro. Então, o que você vai conseguir com esse casamento, além de um novo sobrenome?

Ivy estava irritada e queria demonstrá-lo.

— Vai conseguir o mesmo que você conseguiu, June: um homem. Alguém para cuidar dela e dos filhos. Agora feche a tramela por dois minutos e pare de colocar defeito em tudo. Acho que você está com ciúme.

— Ciúme de quê? Dela? Não me faça rir. Posso muito bem imaginar como será a vida dela. Aliás, você também pode.

June se afastou com estrépito e Susan baixou a cabeça até o peito.

— Ela passou toda a manhã se comportando de maneira esquisita, Ivy, não dê atenção a ela.

A avó concordou com um meneio de cabeça.

— Lembrar-se do dia do próprio casamento e perceber que já não é jovem, é isso que a está consumindo.

— Talvez, mas não a hostilize hoje. Quero que tudo saia bem.

— Você arranjou um bom homem, espero que perceba isso, Sue. Aposto que ele é bom de cama, hein?

Susan riu, mesmo sem querer.

— Você é mesmo terrível.

Ivy riu.

— Em roupa de gala, pode ser que eu arranje alguém. Quem sabe, hã? — Ela sacudiu-se de tanto rir e Susan a acompanhou. — E como está a casa, querida?

Ivy ficara impressionada com o fato de Barry e Susan já terem sido contemplados pelo sistema habitacional público. Ele subornara o funcionário encarregado da alocação das famílias, que providenciara tudo para os noivos. A casa era uma graça e ficava a pouca distância dos McNamara. Para Ivy, seria diversão em dose dupla.

— Prontinha para morar, inclusive mobiliada. Está um brinco. Barry já contratou um sujeito para arrumar o jardim. E, adivinhe? Comprou um aspirador de pó e uma máquina de lavar.

A avó suspirou de felicidade.

— Você é uma garota de sorte, você sabe. Ele vai subir na vida, escreva o que estou dizendo.

— Eu o amo de verdade.

Ivy resmungou, concordando.

— Claro que sim. O que há nele para não se amar, hein? Ele é um feixe de virilidade. Quisera eu estar no seu lugar hoje à noite. Não sei o que é isso desde que meu velho morreu.

E soltou mais uma gargalhada.

June voltou ao quarto com uma garrafa de champanha e algumas taças.

— Vamos molhar a garganta, então. Barry trouxe ontem e disse que tomássemos um pilequinho para ficarmos mais bem-humoradas.

Todas se serviram de uma taça e Ivy ergueu a dela, para um brinde.

— A Susan e Barry.

Tiniram os cálices e beberam o vinho gelado e borbulhante. Susan terminou a sua dose e riu. Esse era realmente o dia mais feliz de sua vida. Em poucas horas seria a Sra. Dalston e mal podia conter a ansiedade.

Barry abriu os olhos e os apertou, para ver melhor. A boca estava seca e as pestanas pareciam coladas. Sentiu que fedia, uma mistura tão forte de suor e álcool a ponto de fazer os olhos marejarem, o que o ajudou a abri-los.

Estava na casa nova, sabia disso por causa do papel de parede. Mais precisamente no quarto, no quarto que dividiria com Susan.

Um movimento a seu lado o fez virar-se. À direita e à esquerda da cama havia uma mulher deitada e adormecida. Joey roncava aos pés do grupo.

As lembranças assaltaram Barry quando ele tentou lembrar o que havia acontecido na noite anterior. Via imagens fugazes de clubes de strip-tease, um covil de apostas e um bordel em Paddington. Sentiu a bile subir pelo esôfago e a engoliu de volta.

A cabeça doía e o rosto estava machucado. Então, lembrou-se da briga. Sentando-se ereto, sentiu a cara latejar e suspirou de contrariedade. Tinha, na melhor das hipóteses, um olho roxo e a boca inchada. A mãe iria esfolá-lo se não parecesse perfeito diante do padre.

Joey se mexeu e sentou-se lentamente, com os olhos vermelhos. O rosto, porém, estava incólume.

— E aí, tudo bem?

Era seu modo usual de cumprimentar as pessoas.

— O que você acha? Elas vão me matar. Minha mãe, Susan, June. Todas elas.

Joey fez um gesto de indiferença e esfregou uma das pernas das mulheres, para acordá-las.

— Vamos, levantem e caiam fora. Já usufruíram o que há de melhor, agora deixem um pouco para as outras.

— Onde diabos arranjamos esse par de dragões velhos? — disse Barry, impaciente.

Um olho verde se abriu e uma voz que poderia rachar concreto disse, estridente:

— Ontem à noite você não reclamou, meu camarada.

Ele a chutou para fora da cama até que ela caísse no chão.

— Eu estava paralítico ontem à noite, querida, eis por que não reclamei. Quem, sóbrio e em sã consciência, seria capaz de trepar com você?

A mulher ficou de pé e, com tanta dignidade quanto poderia reunir, disse rispidamente:

— Digo o mesmo, cara, digo o mesmo.

— Vamos logo, caia fora, e leve sua irmã gêmea com você. Acho que devem ser parentas, pois duas pessoas não poderiam ser tão feias assim só por acaso.

Joey riu diante da expressão ofendida da mulher e Barry fez o mesmo.

— Você ainda não nos pagou.

Barry saiu da cama, fazendo a mulher se sobressaltar.

— Está dizendo que espera receber por ontem à noite? — A voz do rapaz tinha subido cerca de cinco oitavas, de espanto.

A outra mulher estava despertando. Esticou os braços e bocejou, o hálito tão azedo quanto o corpo.

— Onde foi que nós catamos vocês duas, se não se importam que eu pergunte? — interveio Joey.

Elas começaram a se vestir e o ignoraram. Ele as observava, ainda assim. Aparentavam cerca de 30 anos, pernas grossas e pouco peito. A mais alta tinha cabelo e olhos bonitos.

— Vamos, garotas, onde foi que nós pegamos vocês?

A mais alta respondeu.

— Em Valbon, se quer saber, mas não somos travestis. Estávamos em nossa noite de folga e vocês nos propuseram trabalho extra. Portanto, têm que pagar.

— Que saco! Vistam-se e sumam!

Barry saiu do quarto, a cabeça prestes a explodir.

— Tire-as daqui, Joey, enquanto preparo uma xícara de chá. Minha mãe fez compras ontem. — Então, correndo de volta para o quarto, olhou de maneira penetrante para o reloginho sobre a mesa-de-cabeceira. — Caralho! Ela logo vai estar aqui com minhas primas, trazendo a comida para a recepção. Se vir essas duas, vai fazê-las em pedaços.

— Relaxe, garoto. Estamos quase prontas. É só nos pagar que sairemos caladas como duas ratinhas.

Era uma ameaça e Barry sabia disso. Pegando a mulher mais alta pelo cabelo, pôs-se a arrastá-la para fora do cômodo. No alto das escadas, ele berrou:

— Você quer descer os degraus ou prefere um chute? A escolha é sua, querida.

A prostituta loura saiu do quarto como uma bala. Segurando os sapatos, bolsas e casacos, empurrou a amiga, forçando-a a descer. Na porta da frente, ergueu os olhos para Barry e gritou:

— Estávamos de folga por causa da gonorréia. Assim sendo, feliz casamento, seu babaca.

Ele já estava no meio das escadas, perseguindo-as, quando percebeu que ainda não se vestira. Continuara inteiramente nu, como acordara. Pegando o pênis com as mãos, grunhiu:

— Parece todo vermelho, Joey.

Joey riu a valer.

— Não me surpreende. Você quase acabou com elas, filho. Não se preocupe, isso é conversa de puta velha. Agora faça o chá, cacete. Minha boca tem o gosto do fundo de uma gaiola de passarinho.

Joey começou a arrumar o quarto. Os lençóis estavam manchados de tudo, inclusive batom e esperma, mas ainda assim ele fez a cama. Depois de uns poucos minutos, sentiu uma vontade incontrolável de mijar e seguiu cambaleante até o banheiro. Enquanto urinava, foi atacado por uma sensação de ardência e praguejou

Era tudo do que precisava agora, uma salva de palmas para ela. Na última vez em que ele tivera gonorréia, June ficara uma fera. Ao terminar, colocou a cabeça sob a torneira de água fria para animar-se. Quando acabava de se vestir, ouviu a mãe de Barry, Kate, chegando com a comida.

— Você está bem, filho?

A voz dela era carregada do típico sotaque de East End. Kate havia se casado com um escocês, mas, depois que ele morrera assassinado, retornara às suas raízes. Cultuava o filho como Ivy idolatrava Joey. E Barry correspondia ao afeto da mãe.

Kate era leal, decente e mantinha ouvidos e boca fechados. No entendimento de Barry, era tudo o que uma mulher devia ser. Ele tinha convicção de que, antes e depois da morte do pai, Kate jamais conhecera outro homem.

Ela ia à missa diariamente rezar pelo filho e pelo falecido, e considerava o suficiente. Não via nada de errado no comportamento de Barry e tomava o partido dele contra qualquer um que não o considerasse tão maravilhoso. No frigir dos ovos, era honesta segundo os cânones locais ainda válidos para os mais antigos.

Sua casa era imaculada, a comida exemplar e a acolhida de boas-vindas, assegurada. Joey desejava poder se casar com ela, adoraria ter uma esposa assim. Ainda por cima. Kate era uma mulher atraente. Para sua idade, claro. Mas ele não a enxotaria da cama se tivesse oportunidade; só Deus sabe quantas vezes ele já havia tentado. Kate sempre agira como se não notasse as investidas do futuro sogro do filho.

Ele deu de ombros, enquanto ajeitava o cabelo antes de descer para encontrá-la. Talvez fosse mesmo uma mulher séria. Nem todas eram como June, prontas para o que desse e viesse.

Ao pensar na esposa, suspirou. Ela estava fornicando com um maldito indiano que ganhava a vida como camelô e cujo patrimônio era uma sentença penal já cumprida, um turbante e um conjunto de reluzentes dentes brancos que haviam lhe custado uma fortuna.

Joey sorriu. O indiano que aproveitasse bem a dentadura, pois muito em breve ele a arrancaria a socos daquela boca bastarda. No entanto, antes precisava descobrir se o sujeito tinha algo digno de ser roubado. Se fosse o caso, criaria uma oportunidade para se apossar dos valores e, ao mesmo tempo, ensinar ao cretino asiático uma lição que tão cedo ele não esqueceria.

June, a vagabunda, fazia a sua parte para a integração racial.

Kate sorriu para Joey quando ele entrou na cozinha.

— Estou preparando ovos e bacon, quer?

Joey abriu o sorriso, contente, e esfregou as mãos.

— Por favor. Precisamos de alguma coisa que nos faça voltar ao normal.

Joey notou que Barry parecia convenientemente envergonhado diante da mãe. A constatação o alegrou. Afinal, há pouco tempo o rapaz havia granjeado alguma reputação e, embora Joey ainda fosse o pilar principal das armações da dupla, era possível que Barry viesse a considerar a possibilidade de trabalhar sozinho. Sob esse aspecto, aos olhos de Joey, o casamento de Barry e Susan era uma dádiva.

Quando Joey estava bêbado ou drogado demais para terminar um serviço, automaticamente Barry assumia o comando. Ele já tinha sido preso, pagado o pato e ainda assim mantivera a cabeça baixa e a boca fechada. Passara três meses atrás das grades e a experiência lhe fizera bem. Não demonstrara intenção de desistir dos negócios, e esse era um sinal encorajador.

Dali para a frente, faria qualquer coisa para não voltar ao xilindró. Em se tratando de Barry, tal disposição representava uma grande ameaça ao mundo.

A igreja estava lotada, o cheiro de verniz esmagador ao calor de julho. Susan já estava suando como um porco, o cabelo grudado na testa em anéis úmidos.

— Tomara que ele chegue logo. Sou eu quem deve se atrasar, não ele.

— Ele é um patife, como seu pai. Aquele merda se atrasou para o nosso casamento — disse June, de modo rabugento.

A voz de Susan era alta.

— Quer parar de gritar palavrões dentro da igreja?

A mãe rolou os olhos para o teto.

— Como se viéssemos sempre aqui! Uma grande perda de tempo e energia. Se já existiu um Deus, amor, esqueceu de nós há muito tempo.

Susan ignorou tais palavras e se concentrou em olhar para fora pela janelinha lateral às portas da igreja. Tentava verificar se Barry e Joey haviam chegado.

— Vou esganar aquele descarado se, por acaso, ele foi preso justamente hoje. Eu juro.

A voz de June era dura e Susan sentiu uma pontada na barriga. A criança já estava bem pesada. Quando o bebê chutou novamente, um movimento curto e intenso, Susan quase se dobrou.

— Está tudo bem, querida?

Ela fez que sim com a cabeça e respirou fundo, esfregando o ventre inchado enquanto ganhava fôlego.

— Sim, tudo bem. Acho que o bebê está tão cansado quanto nós, é só isso.

Ivy acendeu um cigarro e deu uma tragada funda.

— Tome, meu bem, dê um trago. Vai deixá-la mais calma.

Susan pegou o cigarro, agradecida, e aspirou com força.

— Onde estão eles?

— Podem estar em qualquer lugar. No cu de Judas ou na esquina, não há como saber. — A voz de Ivy era de resignação.

Susan estava começando a entrar em pânico. Barry estava quase meia hora atrasado.

O medo de ser abandonada no altar atravessou o cérebro da noiva e a fez sentir um solavanco no estômago e náuseas. Atinara que, por causa do bucho cheio, Barry era bem capaz de, propositalmente, esquecer de dar as caras.

June olhou para a face lívida e tensa da filha. Por um momento, teve pena dela.

— É melhor se acostumar, meu anjo. Ele é como seu pai, mesmo que você ainda não tenha percebido. A vida toda ele se comportou como quis, querida, e você não pode fazer porra nenhuma. De certo modo, torço para que ele não apareça. Estaria lhe prestando um favor. Apesar de não concordar comigo, o tempo vai provar que teria sido melhor se ele não viesse.

Susan sentiu as lágrimas arderem nos olhos e tentou detê-las antes que começasse a lamentar-se e chorar em voz alta. Se Barry a envergonhasse diante de todos, acabaria com a raça dele.

Onde estava ele?

— Isso, faça sinal para aquela viatura da polícia!

Fascinadas, as duas mulheres observavam a luta que se desenrolava bem diante de seus olhos. Uma delas correu até o meio-fio e levantou as sacolas de compras para atrair a atenção do motorista do veículo.

— O que está acontecendo, senhoras?

Os dois jovens policiais podiam ver a luta por si mesmos, mas a refrega parecia um pouco brutal demais e eles decidiram que era mais sensato providenciar reforço.

Betty Tomlinson franziu os lábios.

— Pelo que posso deduzir, aquele carro azul foi cortado pelo preto e agora os quatro ocupantes estão batendo boca. Mas a julgar pelo figurino dos dois homens que estão levando a melhor, diria que, em algum lugar, existe uma noiva arrancando os cabelos. Olhe para as fitas no carro. Que desgraça! Brigar na rua no dia do próprio casamento. Isso não aconteceu comigo quando me casei, posso lhe garantir.

Os policiais não estavam ouvindo. Já tinham avistado Joey e Barry espancando dois homens de meia-idade. Cinco minutos mais tarde, outras duas viaturas policiais se aproximaram e os jovens tiras decidiram que finalmente chegara a hora certa de saírem do carro.

— Prenda-os. Estão brigando desde que chegamos.

Um policial de mais idade suspirou.

— Vamos parar com isso de uma vez. Aquele é Joey McNamara... a filha está casando hoje. Fomos avisados sobre a festa há duas semanas. Metade do submundo do crime vai estar na igreja.

Os seis policiais arrastaram Joey e Barry para longe dos dois homens que supostamente lhes tinham dado uma fechada. Na verdade, Joey os havia fechado e tivera a impressão de que eles o estavam sacaneando. Portanto, mereciam uma lição.

Os homens foram espancados, mas não a ponto de perderem os sentidos. Um deles, corpulento, já meio calvo e uma enorme barriga de cerveja, já havia se sentado na calçada quando o policial mais velho perguntou se desejava prestar queixa na delegacia. Ele disse que não, assim como o homem que o acompanhava no carro, um comerciante de Covent Garden.

Eles não eram estúpidos. Sabiam que o simples fato de terem lhe perguntado significava o desinteresse da polícia em tomar qualquer atitude. Era a lei das ruas e eles eram capazes de reconhecê-la.

Cinco minutos depois, Barry e Joey estavam na viatura policial a caminho da igreja. O carro ziguezagueava pelo tráfego, fazendo com que ambos se divertissem em cada segundo da viagem. O prestígio de chegar à igreja num carro da polícia era o que faltava para se sentirem inteiramente inebriados.

Já se vestindo, haviam entornado uma garrafa de uísque para entrar no espírito da cerimônia. E com o ânimo predisposto a provocações. Dois imbecis exibidos a bordo de um belo Daimler novinho em folha haviam acrescentado uma pitada extra de excitação a um dia já movimentado.

Quando gritaram para que o tira ao volante parasse em frente a St. Vincent's, puderam constatar as expressões de espanto e preocupação no rosto de todos. Estavam ainda mais orgulhosos e cheios de si com a reação dos convidados.

O padre, no entanto, não se deixou impressionar.

Padre Stewart Munro era lendário por casar a fraternidade criminosa sem fazer perguntas embaraçosas. Mas ele não admitia qualquer problema que fosse. Do alto de seus mais de 2 metros de altura, corpulento, o religioso era um homem ao qual muitos prestavam atenção. Manifestava-se de maneira sensata, mas também tinha punhos capazes de nocautear qualquer um. E quem levantaria a mão para revidar o ataque de um padre?

Padre Munro tinha um outro casamento em cinco minutos e estava aborrecido. Seriamente aborrecido. Só concordara em casar aqueles dois por causa de Kate Dalston, uma boa mulher, católica devota, e era assim que o pagavam por isso. Ele estava inclinado a cancelar a cerimônia.

Mas ao olhar em volta de si, para os Davidson e os Bannerman, criminosos que tinham influência em toda Londres, e para o semblante da noiva grávida, padre Munro abrandou.

Mas seria um serviço rápido, teria que ser assim.

Barry pôs-se a esperar pela noiva, salpicado de um sangue que não era seu, o paletó rasgado e as calças enlameadas. Estava nas nuvens pelos episódios fanfarrões que vivera em poucas horas e achava que todos os presentes partilhavam da mesma sensação. Podia ouvir cochichos e risos na igreja e sabia ter feito daquele dia uma ocasião que ninguém iria esquecer.

Menos ainda Susan Dalston.

Barry adorava a idéia de Susan passar a ser chamada pelo novo sobrenome. Era como se ele a houvesse roubado de Joey e agora a possuísse.

Depois daquele dia, Joey não teria mais voz nenhuma na vida da filha, e isso deixava Barry empolgado.

Sorrindo para a noiva, que se mantinha de pé, incômoda, a seu lado, ele proferiu os votos nupciais em voz firme e alta, fazendo todos rirem mais uma vez.

Ouvindo-o, Susan perdoou tudo o que ele fizera. Ele estava ali, estavam casados e ela agora era sua esposa. O que mais uma garota poderia querer?

Ela respirava o cheiro de verniz, das flores e de Midnight in Paris, perfume usado pela maioria das mulheres na igreja. Sentia a emoção que toda noiva sente, sabendo que está embarcando na aventura de uma vida inteira.

Muito embora a chegada nada convencional de Barry a tivesse desconcertado, estava determinada a desfrutar do dia. Queria lembrar-se da data como uma ocasião feliz. Queria poder rir com o comportamento do noivo, ainda que, no fundo, soubesse que deveria condená-lo, odiá-lo pela forma como a tinha humilhado diante de todos.

Quando Barry colocou a aliança no dedo de Susan, ela viu o sangue seco nas mãos dele e um pequeno arrepio atravessou seu corpo. O bebê havia se mexido mais uma vez e ela sentiu-se levemente enjoada.

Todo o lugar pareceu recuar diante de seus olhos e tudo o que sobrara era o crucifixo sobre o altar. Cristo olhava para baixo, para ela, e Susan sabia que precisava Dele, precisava de Deus, e precisaria Dele por toda a vida a partir desse dia.

O suor empapara o vestido e se colara à pele. Sentiu a cabeça leve e teve a impressão de que seus miolos estavam a ponto de explodir.

Amava Barry, e muito. Por tudo o que ele era, por tudo o que fizera, ela o amava. Aquele amor, ela decidiu, teria que ser suficiente para os dois.

Barry sentiu o tremor nas mãos de Susan e a abraçou apertado, um abraço rude que novamente provocou risos em toda a igreja e levou Padre Munro a fungar de exasperação.

Pelo menos ele se importa com ela, foi seu único pensamento. Mesmo se era um tipo de amor tosco, era alguma coisa.

Pois se havia alguém que precisava das preces dele era essa pobre criança ali diante do altar, com seus olhos tristes e o ventre cheio de esperança. De repente, o padre se sentiu abatido.

O bebê seria bem recebido pelo pai por algumas semanas, ao fim das quais perderia todo o interesse. Stewart Munro sabia disso como sabia seu catecismo, como sabia as parábolas. Vivia em East End há muitos anos e havia visto Barry Dalstons irem e virem. Havia-os batizado, havia-os casado e os havia sepultado.

Barry, de sua parte, se considerava maravilhoso. Estava certo de que ninguém esqueceria aquele dia. Olhava para *sua* Susan — como agora ele pensava nela — e imaginava-a nua, mais tarde, a barriga imensa pendurada enquanto a tomava por trás. Já estava ficando duro só de imaginar a cena e tentou controlar os pensamentos.

Ela era uma boa garota, Susan. Mantinha a casa arrumadinha e cozinhava bem. Barry sabia que poderia estar mais mal servido. E Kate gostava dela, o que era o principal.

Ele sentiu as entranhas se rebelando contra o álcool e, no instante seguinte, a vertigem causada pela pressa e pela aflição em engolir o vômito que lhe subira pela garganta. Percebeu então que estava seriamente embriagado e segurou a respiração para conter o enjôo e se manter de pé. Desejou que o padre acelerasse a cerimônia e fechasse logo a matraca, pois já estava entediado com tudo aquilo. Queria uma bebida, comer alguma coisa, estar com a esposa.

Sua esposa.

Sua Susan Dalston.

Tão logo os serviços acabaram, Barry virou-se para fazer uma reverência na direção dos convidados, numa demonstração de bazófia e zombaria. Infelizmente, ao ensaiar o gesto, atingiu a nova noiva, em cheio.

Susan acabou de bunda na base dos degraus do altar. Barry ria tanto que sequer pôde ajudá-la a se levantar.

Susan Dalston suportou a indignidade de casar-se na igreja com um noivo bêbado, tão bêbado que derrubou a própria esposa em estado avançado de gravidez e depois riu. Barry pensou, sinceramente, que a cena fora hilária.

Algumas das pessoas na igreja riram também, mas de nervoso por terem constatado a expressão no olhar de Joey McNamara. Davey Davidson, famoso pelo senso de humor, achou difícil rir.

Olhando para sua querida esposa, ele sussurrou:

— Ralé, querida, ralé. Vamos dar um pulinho na recepção e voltar para casa cedo. Já vi o bastante.

— O que está fazendo, seu merdinha? Foi a minha filha que você derrubou.

A voz de Joey era alta. Instantaneamente, June e Ivy se aproximaram para impedir a briga que, tinham certeza, poderia irromper a qualquer momento.

— Deixe para lá, Joey. Foi um acidente e Susan não está se queixando. Deixe para lá.

Joey deu um empurrão na esposa.

— Por favor, Joey, não aqui na frente de todo mundo.

— Deixar para lá? Aquele pilantra derrubou minha filha e devo deixar para lá? Vou arrancar a cabeça daquele bosta.

June suspirou pesadamente.

— Chega, Ivy, eles que se virem. Cansei.

Joey virou-se para a esposa.

— Cansou? Você cansou? Está de sacanagem, June? Se alguém está cansado, esse alguém sou eu, parceira.

Com violência, ele empurrou Kate e Barry Dalston para fora do seu caminho e puxou Susan para erguê-la do chão.

— É isso, você vem para casa comigo agora.

Ela deu um puxão no braço para se desvencilhar das mãos do pai. E sua voz saiu entre lágrimas, não deixando dúvida quanto à vergonha que experimentava:

— Está tudo bem, papai, foi um acidente. Por favor, não estrague tudo, não torne tudo ainda pior do que já está.

Joey agarrou-a pelo braço sem um pingo de delicadeza.

— Você vai para casa comigo e sua mãe. Eu devia estar maluco quando concordei com toda essa cagada. Ele é um sujeito asqueroso e, quanto mais cedo você perceber isso, melhor.

Barry ouviu tudo num silêncio cheio de desconfiança. Padre Munro ouviu em fúria e descrença.

Foi aí que Barry, furioso, empurrou Joey para longe de Susan. Joey não se fez de rogado e armou o punho. Antes que o golpe chegasse à mandíbula de Barry, um soco todo-poderoso de padre Munro já havia jogado o pai da noiva por cima dos degraus do altar.

— Querem sair da minha vista? Que Deus os perdoe, porque eu certamente não vou perdoá-los.

Kate colocou o braço em torno de Susan, que chorava, enquanto Barry corria para esvaziar o estômago, sujando todo o cascalho do pátio externo. Suas ânsias de vômito podiam ser ouvidas por toda a igreja, como se amplificadas. Os convidados do casamento seguinte observavam tudo, horrorizados.

Lá dentro, as pessoas começaram a recolher os presentes, entreolhando-se e ponderando o que o protocolo previa para um desastre daquela magnitude em um dia de enlace matrimonial. A recepção ainda aconteceria?

Susan, a maquiagem borrada e o rosto vermelho, soluçava como um bebê nos braços da sogra. Kate tentava consolá-la enquanto June balançava a cabeça em desalento e Joey jazia inconsciente no chão da igreja.

— Vou matar aquele canalha, juro. Tratante desgraçado!

Ivy ajoelhou-se ao lado do filho e sacudiu a cabeça dele. Até mesmo ela admitia que, dessa vez, ele extrapolara. A esperança e a felicidade que haviam anunciado o casamento foram substituídas por um desespero mudo, único expediente para se tentar tirar algo de bom de um dia tão desastroso.

Duas das amigas mais velhas de Ivy apareceram e a pegaram pelo braço.

— Vamos, meu bem, vamos levá-la para casa.

Ela concordou com um gesto, ao menos uma vez calada.

Joey abriu os olhos e a primeira imagem com que se deparou foi o rosto de Bannerman. Baixando um embrulho de papel alegre e colorido ao lado de Susan, ele disse, tristemente:

— Temos que ir, mas a deixamos com os nossos melhores votos. — Sorriu e acrescentou, jocoso: — Calculo que você vá precisar.

Em seguida, a beijou com delicadeza na bochecha e saiu, a esposa empertigada de indignação com a balbúrdia que testemunhara.

Joey se viu então como todos o viam. Um bandido desbocado que nem mesmo poupava uma sacrossanta igreja de sua linguagem obscena e de sua violência.

Foi um lampejo de compreensão tão intenso e assombroso que ele começou a chorar. Ele soluçava, mas nem sequer Ivy lhe deu atenção. Ninguém, ao que parecia, queria fazê-lo sentir-se melhor, queria desculpar o que ele havia feito.

Colocando-se de pé, embora ainda trôpego, quase caindo, ele implorou à filha com olhos e palavras.

— Sue, desculpe, amor, foi a bebida...

Susan balançou a cabeça e saiu andando, afastando-se dele. O buquê de noiva estava destruído. Debbie o pegou e tentou consertá-lo.

Joey chorava a plenos pulmões, todas as inibições desaparecidas. Ele odiava quando as pessoas o evitavam, quando sabia que tinha ido longe demais e arruinado tudo. Odiava ainda mais quando as pessoas o faziam dar-se conta disso.

Ele precisava se sentir valorizado, precisava sentir que estava acima de todo mundo.

— SUSAN!

Sua voz era uma súplica.

Mas Susan e Debbie continuaram caminhando na direção da saída da igreja e os convidados seguiam-nas como ovelhas. Ninguém falou com Joey ou lhe ofereceu uma palavra de conforto.

Kate Dalston esperou até que todos tivessem saído, depois o fitou com o olhar cheio de ódio, e sussurrou:

— Degenerado, maldito, imundo! Se meu marido estivesse vivo, o levaria para fora e acabaria com a sua raça por tudo o que você fez aqui. Embebedar meu Barry e envolvê-lo numa briga horas antes dele se casar. E ainda insultá-lo, a ele e a sua própria filha, sangue do seu sangue, diante dos olhos de Deus.

Ela o examinou de alto a baixo. Sacudiu a cabeça e tornou a sussurrar:

— Você me dá nojo.

Finalmente, ele viu June, de pé no fundo da igreja. Mesmo a distância, os olhos dela o condenavam e ele sabia que não importava o que fizesse ou dissesse, ela o culparia por esse dia até o fim da vida.

Esfregando as mãos nos olhos, ele notou que as lágrimas ainda corriam. June voltou as costas para ele e saiu da igreja. Joey McNamara nunca se sentira tão sozinho em toda a sua vida.

Capítulo 11

Barry estava bêbado, porém contrito. Todos podiam ver isso muito bem. Kate Dalston tinha providenciado para que todos os convidados já estivessem servidos de bebida e comida e se empenhara ao máximo para fazer do dia um sucesso. A cerimônia não foi mencionada por ninguém, o que era conveniente para todos os envolvidos.

June e Ivy estavam no quarto da casa nova, mudando os lençóis e arrumando tudo. Ivy, pela primeira vez, teve que desacreditar o filho.

— Imagine, June, estava um pior do que o outro.

Ela fez que sim com a cabeça.

— Tanto, tanto tempo e esforço. Pobre Susan, ela realmente tentou fazer o melhor.

Ivy sublinhou a frase com um gesto de indiferença.

— Bem, pelo menos ela agora entende no que está metida. Nunca pensei que diria isso, June, mas sob vários aspectos aquele Barry é tão ruim quanto Joey. — Ela estremeceu. — Toda vez que penso naquela cena na igreja, me sinto mal.

June sacudiu a cabeça, consternada.

— E como você acha que Susan se sente? Ela é um pé no saco, às vezes, mas mesmo eu sou obrigada a admitir que a palhaçada de hoje foi totalmente despropositada. Viu a cara do Bannerman, logo ele que é tão religioso?

Ivy cheirou os lençóis, desconfiada, e suspirou.

— Houve uma sessão de sacanagem nessa cama, dupla de fornicadores xexelentos. Olhe a cor daquele batom, isso não vai sair nunca. Lençóis de listras cor-de-rosa mancham à toa.

June rolou os olhos para o teto. Ouvira a voz de Susan vindo do jardim e foi até a janela para ver o que estava acontecendo. Joey tinha entrado pelo portão dos fundos. Então, June ergueu as venezianas tão silenciosamente quanto possível a fim de escutar a conversa que se passava do lado de fora.

Joey tentava colocar um dos braços em torno de Susan, que o empurrava, gentilmente, procurando fazer com que ele se afastasse.

— Por favor, papai, não acha que já tivemos problemas suficientes por hoje?

Joey, era evidente, havia bebido ainda mais para reunir coragem e enfrentar o resto das comemorações. June olhava para baixo e via, no marido e na filha, dois estranhos. Observava-os na condição de espectadora imparcial. Podia sentir o cheiro do calor do dia, o odor familiar concentrado no exaustor de fumaça, o aroma de comida no fogo e de fuligem, característicos do verão em East End. Viu o marido colocar umas das mãos sobre a barriga da filha e tentar afagá-la.

— Ora, Susan, você sabe que não tive a intenção. Eu estava bêbado, apenas bêbado.

Susan o empurrou novamente, dessa vez com mais força, como se o fato de ele tocar sua barriga tivesse acionado um interruptor dentro dela.

— Tire essas mãos sujas de mim! Agora, não sou mais nada sua. Sou uma Dalston, não uma McNamara, ok? Você não tem o direito de me tocar novamente.

June deu-se conta de que Ivy estava de pé a seu lado, calada. Nenhuma das duas disse uma só palavra.

— Estava tentando defendê-la, meu bem. Ele a derrubou diante de todos.

Susan, mais uma vez, fez um movimento para se afastar dele, embora nos estreitos limites do jardim cercado de muros isso fosse difícil.

— Você estragou meu casamento. Implicou com ele para provocar uma briga. Você destruiu. Sei muito bem qual é o seu jogo. Está se roendo de ciúmes. Você é tão inútil que não tem competência sequer para ser bandido de aluguel, por isso precisa de Barry. Mas, daqui em diante, papai, vai ser diferente. Estou de saco cheio. Barry é meu marido e sou mulher dele. Você não pode mais me tocar, nunca mais, porque se o fizer vou contar a ele. Naquele dia, na casa da vovó, ele ficou sabendo de tudo o que você fazia comigo. Ele agora sabe quem realmente você é. Um pedófilo, uma besta, dê o nome que quiser.

June e Ivy observavam em silêncio atordoante. Foi então que Joey recomeçou a chorar.

— Por favor, Susan, só fiz isso porque amo você. Você é minha filha predileta, sempre foi.

Havia um tom de súplica na voz dele que desarmou June, que a fez perceber quem era ele.

— O que está acontecendo? O que é isso, afinal?

A voz de Ivy era um queixume.

June olhou para a sogra e deu de ombros.

— O que você acha que é, Ivy? Seu garoto de ouro tem comido a própria filha. Tem sido assim há anos, aliás.

Ivy estava sacudindo a cabeça, em negativa.

— Não, de maneira nenhuma. Ele não é assim. Ele pode ter uns poucos hábitos estranhos, mas não esse. Susan provavelmente o entendeu mal, você sabe como ela é. Toda aquela leitura faz dela uma esquisitona melodramática.

June a interrompeu.

— Quer saber, Ivy? Em muitas coisas, Joey é parecido com você. É egoísta, teimoso e completamente obsceno. Ele abusou de Susan pela primeira vez quando ela tinha 12 anos e, desde então, não parou mais. Sabia disso há séculos.

Ivy olhou para a nora, muda de assombro.

— Você *sabia*? Você sabia e não fez nada?

Até mesmo ela considerava difícil de crer.

June sorriu debilmente.

— Não acha que todos nós já tínhamos problemas suficientes sem nos metermos nessa história? Imagine Davey Davidson ou os Bannerman descobrindo tudo, hein? Teríamos sido expulsos de East End, sabe disso tão bem quanto eu.

Ivy foi impedida de responder por um grito vindo de baixo, do jardim. A mãe de Barry procurava manter o filho a distância de Joey. Ao mesmo tempo, Susan tentava empurrar o pai pelo pequeno portão afora, rumo à passagem que dava para a rua.

— Vá, papai. Vá agora, por favor.

A voz dela era suplicante. Estava exausta por tudo o que suportara durante a jornada, incluindo o calor e a família. Tudo o que Susan queria era deitar e tentar esquecer que tudo aquilo realmente ocorrera. Joey deixou o jardim e ela suspirou aliviada.

— O que ele queria?

A voz de Barry era dura.

— O que acha que ele queria, Bal? Queria entrar nisso que estão chamando de festa de casamento.

Foi nesse momento que Kate Dalston os deixou a sós. Pensou que seria melhor para o casal se acalmar. Ivy e June observavam do quarto, ambas caladas enquanto entreouviam a conversa no jardim.

Barry empurrou Susan contra o portão e tentou abraçá-la. Ela sentiu o cheiro de vômito, uísque e vinho tinto na respiração dele e virou a cabeça de lado, com nojo. Ele pressentiu o que ela estava pensando e a empurrou com mais força contra o portão de madeira.

Susan sentiu uma unha cravada nas suas costas e tentou se contorcer para se desembaraçar.

— Deixe-me ir, Barry, estou cansada de ser obrigada a fazer o que todos querem.

Ele arreganhou os dentes.

— Oh, está cansada de fazer o que mandam, está? Bem, deixe-me explicar uma coisa. Hoje, ao me casar com você, lhe dei algo que se chama respeitabilidade, minha cara. Eu a tirei das mãos daquela dupla de pé-rapados que a criou e a transformei em minha esposa. Então, por favor, tenha o obséquio de lembrar-se disso sempre. Se eu lhe disser para pular, Susan Dalston, pule, e pule tão alto quanto puder, meu bem, pois espero o melhor de você. Fui claro?

Ele estava segurando o rosto dela entre as mãos, apertando a mandíbula até que ela estremecesse de dor.

— Não consigo ouvir o que diz, Susan. Isso foi um sim?

Ela assentiu dolorosamente enquanto ele afrouxava o aperto.

— Você não vai se comportar como sua mãe. Pensa que vou tolerar todas as merdas que seu pai tolerou, não é? Pois preste atenção. Você é minha e de ninguém mais. Entenda isso de uma vez por todas, Susan. E é claro que vale para o canalha do seu pai também. Eu o mato se souber que anda rondando você.

Susan concordou novamente com gestos, agora apavorada.

— Depois mato você. Se esse bebê nascer ainda que remotamente parecido com aquele ordinário, acabo com você. Ouviu o que estou dizendo, mulher?

Susan passou a língua pelos lábios rachados e doloridos.

— Por favor, Barry, hoje não. O dia já está arruinado o bastante do jeito que está...

Ele não a estava ouvindo. Ele a estava arrastando para o corredor que conduzia à rua e a jogando contra a parede. Puxando o seu vestido de noiva, mordendo-lhe o pescoço com bicadas curtas e brutais que a machucavam e a angustiavam.

— Pare com isso, Barry. Não aqui fora. Não na frente de todos.

Mas ele já estava arrancando a roupa de baixo de Susan. Ela sentiu o tecido barato rasgar nas mãos do marido e fechou os olhos para evitar a claridade intensa do sol de verão.

— Você é minha esposa, Susan. Posso fazer isso quando quiser, amor. É por essa razão que as pessoas se casam, está vendo? Você tem a obrigação de deixar que eu te coma. Eu como outras, e mesmo assim você não pode reclamar. Essa é a diferença entre homens e mulheres, veja só.

Ele a estava erguendo do chão com a força de seus encontrões; era martirizantemente doloroso. Barry imprimira ritmo aos movimentos e se jogava contra ela como se sua própria vida dependesse daquilo.

Susan olhou para cima e viu o pai observando do jardim ao lado, parcialmente escondido por trás de um cerca quebrada coberta de ervas daninhas e lixo acumulado. Ela viu seu rosto desfigurado. Os olhos estavam escuros de emoção e o cabelo colado à cabeça pelo suor.

Uma vespa zumbia em volta. Ela podia ouvir o zumbido alto dentro de sua cabeça, embora parecesse desarmônico com o que estava lhe acontecendo. O ruído distante do trânsito e o tremor ocasional do solo quando um caminhão pesado passava eram eventos normais, ainda que nada fosse normal naquele tempo e lugar. Ela percebeu que Barry era Joey, muito embora sua mente fugisse dessa noção.

Barry a amava, estava certa disso.

Aos 16 anos, em gravidez avançada e após ter atravessado uma infância que a maioria das pessoas não teria acreditado existir, precisava crer que ele a amava. Ela *queria* que ele a amasse.

Queria que alguém a amasse.

Todos os seus sonhos de menina, então, dissolveram-se. Ao relaxar um pouco, só desejando que o suplício da investida de Barry tivesse fim, sentiu que ele ejaculava. Todo o corpo dele se tensionou e depois vergou, ainda que se mantivesse desesperadamente seguro às nádegas dela. Em seguida, passada a luxúria, percebeu quão pesada ela era e a baixou ao solo. Enterrou a cabeça no peito de Susan, abraçando-a junto a si, e murmurou o que pareceram serem palavras de carinho.

— Foi a melhor, Sue, a melhor de todas. Agora você é minha, só minha e de mais ninguém.

Ela afagou a cabeça de Barry e fez que sim com a cabeça, querendo que tudo estivesse terminado. Terminado e acabado. Queria esquecer que acontecera. Queria ir para longe do olhar do pai.

Se Barry notasse que Joey estava os observando, ficaria exasperado, viraria uma fera...

No entanto, Barry simplesmente se afastou, olhou demoradamente para Joey e, levantando o zíper das calças, gritou:

— Teve uma boa vista, Joey? Veja o que sua linda filha arrumou, hein? Um homem de verdade.

Susan fechou os olhos, angustiada.

— Oh, por favor, Deus, faça esse maldito dia acabar!

Joey saiu do jardim vizinho aos tropeços e pôs-se a cruzar a passagem por trás das casas humildes. Tinha o ar derrotado e Susan sentiu um instante de compaixão por ele.

Um instante depois, Barry já caminhava atrás de Joey, tentando animá-lo. Susan sentiu a respiração deixar seu corpo ao ouvir as palavras do marido.

— Vamos, Joey, vamos beber uma dose pelo dia de hoje, parceiro. Cada um de nós já conhece o lugar que deve ocupar.

Joey olhou para a filha que, imperceptivelmente, balançou a cabeça num gesto de resignação. Não havia nada mais que pudesse fazer. Barry Dalston tinha dado as ordens e a ela cabia agir conforme ele determinara.

A vida de Susan não tinha mudado em nada. A única diferença estava no nome da pessoa que agora a controlava. O que ela fazia, o que ela pensava, o que ela dizia.

Enquanto os homens voltavam juntos ao jardim e selavam as pazes sob o testemunho de todos, ela os observava, o coração despedaçando-se no peito diante da injustiça de uma vida que apenas substituíra Joey por Barry.

Susan tornou-se adulta naqueles 15 minutos, mas já era tarde demais. Barry Dalston agora a possuía em carne e espírito, coração e mente.

A festa de casamento era um sucesso. Onze e meia da noite e, sob a temperatura quente de verão, a comemoração parecia ainda mais alegre. As estrelas cintilavam nos céus e uma brisa fresca assobiava entre os convidados quando eles passavam da cozinha para o jardim ou para o corredor que servia aos fundos da casa. Havia música e os convidados dançavam do lado de dentro e ao ar livre.

Susan sentia-se absolutamente destroçada. O ventre dava a impressão de estar pendurado a ponto de alcançar os joelhos e a cabeça latejava por conta de tanto barulho e tensão. Viu Debbie dançando e flertando com todos os homens. Viu a mãe e Ivy conversando entre si, viu amigos e parentes bêbados e desinibidos, dançando, beijando-se e desaparecendo com parceiros diferentes daqueles que os haviam acompanhado na chegada.

Debbie dançava próxima a Susan.

— Tudo bem, Sue? A festa está um estouro, hein?

— Você está debochando, Debbie? Que pesadelo desgraçado!

A irmã deu de ombros.

— Reconheço que a confusão na igreja foi indigesta, mas no final das contas acho que tudo acabou bem. Foi só implicância de papai com Barry. Mamãe já o repreendeu por isso e ele está devidamente envergonhado, como você pode constatar. Na verdade, ela o reduziu a extrato de pó de merda. Ouvi quando ela fez isso.

— Tanto tempo e dinheiro, Debbie, gastos com os preparativos para hoje e eles estragaram tudo. Virei motivo de chacota. Flagrei tia Violeta contando a Grace que isso tudo só aconteceu porque eu quis me exibir, fazendo todos se vestirem em grande gala e esbanjando num casamento cheio de pompa. As palavras exatas dela, evidentemente, foram: "Tudo saiu errado porque Deus não gosta de gente que deseja parecer mais importante do que é. Quem ela pensa ser? A rainha?"

Debbie riu.

— Dá para ouvi-la dizendo isso. Aliás, ela me perguntou há pouco se eu seria a próxima. Mandei que se fodesse. Não vou me amarrar a ninguém, mana, há homens de mais e tempo de menos. Mamãe nunca me ensinou muita coisa, mas pelo menos isso eu aprendi com ela. Não tenho a mínima intenção de me prender ao primeiro sujeito que aparecer. Primeiro quero aproveitar muito. Antes de me comprometer, quero descobrir a vida e ver o que tem a me oferecer.

As palavras da irmã deprimiram Susan ainda mais.

— É isso que você acha que fiz? Peguei o primeiro que apareceu?

Debbie olhou para a irmã e Susan percebeu que ela estava sendo franca.

— E não foi isso o que aconteceu? Cristo, Sue, você o queria tanto que às vezes dava dó de ver. Nos últimos dois anos você tem se comportado como uma velha casada. Nunca sai, nunca se diverte, apenas espera que seu amo e senhor diga o que tem ou não autorização para fazer. Cite um único lugar ao qual você tenha ido sem ele? Vamos lá. Um clube, um pub, mesmo um cinema? Você não pode, não é?

Susan balançou a cabeça tristemente.

— Bem, aqui estamos nós. Você atingiu seu objetivo, Sue, você o fisgou. Então por que não está feliz, hein? Tudo bem, admito que a cerimônia propriamente foi um desastre total, mas você se casou, e foi para isso que foi à igreja. Você conseguiu Barry. O que mais você esperava? Felicidade instantânea ou o quê?

Susan olhou dentro dos olhos da irmã. Viu que ali havia uma certa melancolia sincera, mas também percebeu um pequeno lampejo de prazer que Debbie estava extraindo daquele dia. De certo modo, Susan podia compreender a ambivalência dos sentimentos de Debbie. O casamento havia sido comentado e planejado durante meses. Tinha feito sombra a tudo e a todos.

Ao voltar para o interior da casa a fim de se servir de uma bebida no bar improvisado na sala, Susan viu sua prima, Frances, sentar-se na escada ao lado de Barry. O rapaz tentava agarrar-lhe os peitos. Frances só o repeliu porque notou a aproximação de Susan e Debbie.

O pior era Susan saber que, à prima, aborrecia mais ter sido flagrada por Debbie do que por ela. Afinal, Debbie era a fofoqueira, a agressiva, muito diferente da velha e boa Susan, capaz de fazer vista grossa para tudo ou fingir ter entendido mal simplesmente porque assim a vida se tornava mais fácil.

Engolindo, sôfrega, um copo grande de gim-tônica, Susan sentiu o álcool invadi-la e chegar ao cérebro. Desfrutou a sensação de abandono despreocupado que a embriaguez proporcionava.

Estava casada, não estava?

Como Debbie apontara, era tudo o que sempre quisera. Susan Dalston finalmente conseguira o que queria.

Como era mesmo o velho ditado? "Tenha cuidado com o que deseja, pois você pode conseguir."

As palavras rodopiavam em sua cabeça e ela se esforçava para apagá-las. Era uma mulher casada, Sra. Susan Dalston. Tinha a vida inteira pela frente.

Podia fazer com que seu casamento desse certo, tentar mudar Barry, fazê-lo um homem de família. O bebê resolveria tudo, estava convencida disso. Ele estava entusiasmadíssimo com a idéia de ser pai, convencido de que seria um menino, um herdeiro para seguir seus passos.

Deus que o livre!

Se fosse um garoto, Susan o criaria com respeito por si mesmo e pelas pessoas em volta, especialmente as mulheres. Pôs-se a conjeturar sobre as surpresas que a aguardavam vida afora e decidiu tomar outra dose bem servida. Logo estava dançando e cantando como se aquela fosse uma festa de casamento de verdade. O que, de fato, era.

E se Barry dançava com Frances em vez de dançar com a esposa, Susan sabia que era preferível relevar, ao menos dessa vez. Não queria mais problemas. Já houvera transtornos demais para um único dia.

— Puta merda, Susan, é como estar na cama com um elefante. Chega para lá, sua vaca gorda!

Barry ria enquanto tentava afastá-la para o outro lado da cama, para o pedaço de colchão que, doravante, passaria a ser ocupado por ela. Susan rolou sobre o próprio corpo para tentar facilitar o serviço do marido, que riu novamente.

Depois, baixando os olhos para ela à luz da lua, o rosto dele abrandou.

— Desculpe por hoje, querida, realmente me desculpe. Foram meus nervos. Bebi uísque para me acalmar, veja só. Quisera eu ter ouvido minha mãe e deixado para beber na festa.

E arrancava o vestido dela enquanto falava.

— Levanta a bunda da cama, Susan, se não vai ser impossível.

Ela permitiu que ele a deixasse nua. Ele se ajoelhou diante dela e lhe acariciou a barriga com delicadeza.

— Meu molequinho está aqui dentro, nadando para fazer o cérebro crescer, pronto para encarar o mundo. Benza Deus! Quero dar a ele tudo o que um garoto deve ter.

— Pode ser uma menina, Bal, existem dois sexos no mundo.

Ele riu.

— Não, de jeito nenhum vai ser uma rachadinha. É um menino, tenho certeza.

Susan sorriu. Adorava quando Barry agia daquela maneira. Era o homem que ela queria, não o outro Barry, aquele do qual se envergonhava e até mesmo temia.

— Vou levá-lo a Upton Park e mostrá-lo o melhor do futebol. Vou passear e brincar com ele, transformá-lo num homem. Ensiná-lo a brigar, a se defender, a se garantir. Ensiná-lo a não trazer desaforo para casa, a obrigar quem o ofender a engolir as próprias palavras. Vou fazer tudo isso, Susan, por amor ao meu filho e por saber como o mundo realmente é.

— Espero que ele seja bondoso, Bal, e letrado. Quero que estude, que seja alguém. Não como nós. Você sabe, se virando como pode para sobreviver. Quero que ele ou ela tenha escolha na vida. Que seja decente, melhor que nós e do lugar de onde viemos.

Barry ficou calado por alguns momentos, pensando no que ela dissera. A atitude do marido agradou a Susan. Para ela, seria perfeito se pai e mãe tivessem as mesmas ambições para o filho.

Finalmente, ele falou.

— Ouça, *Sra. Dalston*, se pensa que vai transformar meu filho num veadinho, é melhor pensar novamente. Não vou castigá-la por isso agora porque sei que fiz merda na igreja e estou em dívida com você. Mas arranco sua maldita cabeça dos ombros se um dia eu vir meu filho com um livro ou alguma coisa remotamente parecida com um livro. Entendeu? Bondoso uma ova! Se depender de você, ele vai acabar num time de netball.*

Então ele a colocou apoiada sobre a própria barriga e a forçou a ficar de quatro, sem se importar com o fato de ela tentar permanecer deitada de costas. Depois de a virar rudemente, cravou os dedos nos ombros dela e sussurrou:

— Não force a barra essa noite, certo? Não estou muito bem-disposto.

Ela já estava no piloto automático quando sentiu que ele a penetrava. Em dez minutos, tudo tinha terminado. As pernas dela doíam, os ombros estavam feridos por conta da brutalidade dele. Susan sentia que a barriga parecia ainda mais esticada e desconfortável.

---

*Esporte semelhante ao basquete, mas jogado preferencialmente por mulheres. (*N. da T.*)

Dois minutos depois de ter se desgrudado dela, Barry ferrou no sono, um dos braços por sobre o corpo da mulher, que teve a impressão de estar pregada à cama por uma tira de aço.

Deitada ali, pálida, abatida e exausta, Susan chorou novamente, só que dessa vez era pelo filho que estava por nascer e por uma vida que percebera ter jogado fora. Passara a enxergar a casa através de olhos livres das vendas do amor e o lugar lhe pareceu o que realmente era, uma pocilga, ainda que um patamar acima da moradia da mãe.

A vida que a aguardava assomou diante de Susan e o medo fez o bebê se mexer, como se ele também estivesse se rebelando contra o destino que o havia mandado àquelas duas pessoas habitando um quarto apertado e sem conforto.

Acariciando a barriga com ternura, Susan tentou se acalmar e à criança. Estava encurralada, presa numa armadilha. Pior ainda, por escolha própria. Susan Dalston, como se chamava agora, tinha condenado a si mesma à prisão perpétua.

— Joey, o que está acontecendo entre você e Susan?

Ele estava bêbado, mas não tão bêbado que não percebesse que estava entrando em terreno escorregadio e movediço.

Decidiu que enfrentaria o problema com a tática de sempre.

— Do que está falando? De mim e de Susan? O que há comigo e com Susan?

June atravessou o quarto e apontou um dedo no rosto dele.

— Você me ouviu. Está transando com ela? Antes que você negue, saiba que eu e sua mãe ouvimos tudo da janela, hoje. Lembre-se disso antes de dar uma resposta qualquer.

Joey sentiu o horror invadir o peito. Estava tentando recordar o que havia feito e dito, mas a bebida dominava suas idéias e ele não conseguia atinar muito bem.

— O que você ouviu, então? Um pai conversando com a filha no dia do casamento dela. Grande coisa.

— Nós, ou seja, sua mãe e eu, ouvimos você pedir desculpas a Susan e tentar se aproveitar dela novamente. Foi isso o que ouvimos. Você sabe que eu sei, Joey. Para que toda essa encenação? O que espero de você é sua palavra de que vai deixá-la em paz daqui por diante. Nem mais nem menos.

Joey continuou mudo e June começou a zombar dele.

— "Eu amo você, Susan. Você é minha filha predileta, você sabe disso."

Ele sentou-se na cama e pôs a cabeça entre as mãos.

— Esfregando a barriga dela... Qual é o problema, Joey? Você pensa que é seu, não é? Suponho que possa ser. Então seria seu filho e seu neto. É para o livro de recordes, hein?

Joey ergueu os olhos para fitar os dela, os olhos de sua esposa.

— Você está com ciúme, não está, June? Porque eu não amo você assim, não é? Mas o que precisamos esclarecer de uma vez por todas é se Susan é minha ou não. Susan McNamara é minha filha? Quero dizer, pode facilmente ser filha de outro homem, não pode, June?

June sacudiu a cabeça e deu um sorriso forçado, exibindo dentes amarelos.

— Você sempre desconfiou, não é? Desde o primeiro dia?

Ela pegou a bebida que estava na penteadeira e tomou um trago.

— Ela é sua, sem dúvida, Joey. Não se preocupe com isso. É com Debbie que você devia estar se preocupando, não com Susan.

Joey então deu de ombros, um gesto irritante que a fez querer matá-lo.

— Talvez eu deva começar a transar com Debbie, então.

— Debbie tem juízo demais para se deixar levar por você, meu caro. Susan cedeu facilmente ou você a forçou? Tendo em vista o que ela disse hoje, acho que você a forçou, Joey. Acho que você sentiu prazer em obrigá-la, foi uma maneira de se vingar de mim por tê-lo abandonado e ido viver com Jimmy.

— Caia fora, June, você é um pé no saco. Para sua informação, foi ela que veio até mim. Ela só mudou de atitude e deixou de me procurar depois que Barry Dalston apareceu. Foi ela quem começou isso tudo, na verdade. Ela sentia tanto a sua falta que se voltou para mim, nós nos voltamos um para o outro...

June começou a se despir.

— Se fosse outra pessoa, eu poderia acreditar. Eu sei o que é ser triste, mal-amada e malquista. Sei o que isso pode fazer a uma pessoa. Lembro-me de alguém dizer, certa vez, que esse tipo de aproximação costuma acontecer depois da morte da mãe. O marido e a filha da falecida se voltam um para o outro em busca de consolo e a situação sai de controle. Mas você não é nobre o bastante para agir assim por tais razões, Joey. Você sentiria mais prazer em abusar dela justamente por ser sua filha. Você finge pensar que ela não é sua filha porque isso o torna menos desprezível. Ora, ela é sua. Toda sua. Ela é totalmente sua.

"Só que a partir de hoje, é claro, ela é mulher de Barry Dalston. Eles devem estar dando umazinha agora, como você bem sabe. Aliás, hoje mesmo você os viu fazendo isso. Eu e sua mãe observamos você os espionar, por assim dizer. Você deixou Ivy em frangalhos. Só espero que possa reparar o mal que causou a ela. Logo a ela, que seria capaz de defendê-lo mesmo que você estivesse prestes a assassiná-la. Apesar de tudo, ela não o defenderá depois do que assistiu da janela. Ela se achava num estado lamentável, apavorada com a possibilidade de as pessoas virem a descobrir a verdade. Seríamos todos tachados de molestadores de crianças.

Joey fitou a mulher. Ela estava quase nua, apenas de sutiã e calcinha, e acendia um cigarro.

— Faça-me um favor, June.

A voz dele era pequena, apaziguadora.

— O que, Joey? Manter tudo em segredo, hein? Varrer para baixo do tapete, não é?

Ele riu de maneira detestável.

— Não, me chame por volta de onze da manhã. Alguém nessa casa precisa trabalhar, certo?

E pulou na cama, virando-se de lado.

— Conte a quem você quiser, June. Quero que se lixe. É a sua palavra contra a minha. Encaremos os fatos. Não vai ter muita gente com coragem para me acusar, não é?

June sentou-se no lado que ocupava na cama e olhou para baixo, para ele.

— Só os Davidson e os Bannerman.

Joey riu novamente.

— Você não contaria a eles, June, porque sabe que também sofreria as conseqüências, querida. Então, vai deitar ou não? Se pretende ficar de pé, apague a luz e saia daqui. Estou cansado.

June apagou a luz e saiu do quarto. Pegou um casaco de malha de lã e foi sentar na sala. Estava escuro, mas não se deu ao trabalho de acender a luz. Sua mente estava rodando porque sabia que, na verdade, a culpa era toda sua.

Tinha desconfiado por um tempo e não tinha feito nada. Havia-o desmascarado, mas fora incapaz de tomar uma providência.

A omissão tornava a vida mais fácil. Ao contrário da verdade. Além do mais, sentia ciúme de Susan, embora não soubesse por quê. A filha não era bonita de nenhum modo discernível, não era nada de bonita, nada. O que realmente irritava June era a vontade de Susan de ser muito melhor que a mãe. Toda vez que se abraçava a um livro e se perdia num outro mundo, de algum modo fazia com que a vida de June parecesse sem importância.

Apesar de saber que a filha estava coberta de razão, doía. Ou talvez fosse exatamente isso o que causava dor. O fato de Susan estar com a razão.

Nem uma só vez June demonstrara se importar com o fato de Joey agir com Susan da maneira como um pai jamais deveria agir com as filhas. No íntimo, June admitia ter se importado, sim. Mas por motivos errados, sempre por motivos errados.

Tinha ciúme de Susan por temer que atingisse Joey em algo que nem mesmo ela, na condição de esposa, conseguira: o coração.

Tinha muito medo que ele amasse Susan de verdade. Que zelasse por ela mais do que zelava pela própria mulher, mãe de seus filhos. A criança que Joey estava levando para a cama era a mesma que ela, June, havia dado à luz, fecundada por ele.

Por que não se incomodava com o comportamento dele em relação à filha de ambos? O que faltava dentro dela a ponto de fazê-la ignorar o problema, a ponto de se sentir contente por Susan ter saído de casa, por não estar mais sob o teto da família?

Todas as outras mulheres não tinham tido importância, sabia disso, sempre soubera. Até se dar conta da atração exercida por Susan, estivera segura de ser a única pessoa por quem Joey McNamara realmente se interessava ou de quem precisava.

Agora já não tinha tanta certeza.

Susan não era uma estranha, como ele mesmo costumava se referir às amantes. Susan era sua filha, sua criança. Sua carne e seu sangue. Era exatamente isso que o seduzia?

June enroscou-se no sofá e acendeu mais um cigarro, a brasa vermelha a única claridade no cômodo além do fulgor da iluminação de rua, que chegava já esmaecida ao interior da casa.

Agora estava gélido, o frio traiçoeiro que o verão traz no início de um dia de bom tempo. Ouviu o coro da aurora, os passarinhos chilreando ao longe. O barulho das aves logo seria sufocado pelo trânsito.

Era domingo, dia de descanso. As pessoas dormiriam até mais tarde para curar a ressaca, iriam ao pub ou preparariam refeições enormes que ninguém realmente desejava comer.

Ouviu o estalar, o estalar dos sapatos de sua outra filha, Debbie, que caminhava ao longo da sacada, em direção à porta da frente. Percebeu a chave na fechadura e os passos trôpegos atravessando a soleira. Levantando-se, ajudou Debbie, que estava embriagada e praticamente incapaz, a ir até o quarto. Despiu-a. A garota adormeceu.

June baixou os olhos para o perfil da filha que dormia. Era bonita de um modo estranho e barato, mas tinha o corpo atarracado e pesado como o do pai. Parecia bonita somente porque as pessoas sempre a analisavam lado a lado com Susan, sempre as comparando.

Ainda com o olhar fixo na filha, June notou que o marido havia entrado no quarto. Olhando para ele, sussurrou:

— Fantasiando com Debbie agora, não é? Ou existe mais alguma coisa que eu não saiba?

Joey a empurrou para fora do cômodo. Fechou a porta com brutalidade e berrou:

— Meta essa bunda na cama, mulher, e cale essa boca maldita.

June fez o que ele mandou.

Não porque quisesse fazer, mas porque estava com frio e cansada. Quando ele a procurou, ela ficou espantada pelo modo como reagiu a ele. Era como se tivessem se separado há anos e se reencontrado só agora, naquele exato momento. Como se tivessem sentido falta um do outro, como se houvesse desejo e necessidade mútuos. Fizeram amor até que o sol estivesse alto no céu, seus corpos escorregadios de suor. Ainda assim, nenhum dos dois pronunciou uma palavra sequer, uma única vez que fosse.

Em seguira, adormeceram abraçados, algo que não faziam há muito e muito tempo. June estava em paz consigo mesma e não sabia o motivo. Só sabia que estava contente. De algum modo, era como se Susan tivesse perdido e ela tivesse ganhado.

Embora o que, exatamente, June não soubesse.

Capítulo 12

Susan sentia-se esgotada e irritada, o dia tinha sido longo. Casada há apenas um mês e aos oito meses de gravidez, estava começando a perceber a extensão do trabalho envolvido em manter a casa arrumada, preparar as refeições do marido e carregar um peso extra que forçava-a a se arrastar do momento em que acordava até a hora de ir para a cama.

Mas, considerando tudo, estava gostando daquela vida.

O casamento de Barry e Susan passara a fazer parte do folclore de East End. As pessoas comentaram a respeito durante dias, todas rindo, fazendo piadas e comentários. Susan não tinha dado ouvidos ao disse-me-disse e ganhara a afeição de vizinhos e amigos. Sua casa era impecável, a faxina feita regularmente e os degraus da entrada e as janelas brilhavam como faróis à passagem das mulheres das redondezas.

Ao contrário da vizinha da porta ao lado, Doreen Cashman, que vivia como um porco, deixava os filhos correrem pela rua e passava os dias fumando e mexericando, a Sra. Dalston era aceita e admirada pelas mulheres mais velhas.

Susan, porém, tinha simpatia pela nova vizinha.

Doreen era uma desmazelada de cabelo louro descolorido e comprido, um cigarro permanentemente pendendo dos lábios e uma boca que mais parecia um túnel cheio da fumaça da hora do rush.

Mas era engraçada, hilária até, e Susan a considerava uma boa pessoa.

Barry, no entanto, não conseguia tolerá-la, e deixava isso bem claro.

Doreen não se importava a mínima. Ela retribuía na mesma moeda o sentimento e o tratamento que Barry lhe devotava, o que só a tornava ainda mais desagradável aos olhos dele. Era o tipo de mulher ao qual ele se referia como "caça-níquel", pois saia à noite, vez por outra, para se prostituir e fazia questão de contar ao mundo o que havia feito. Quando estavam de bom humor, até mesmo as mulheres de mais idade riam com as presepadas de Doreen. Susan a via como alguém original, com personalidade, a vida escorrendo pelos poros.

Em apenas um mês de convívio, Susan já tinha confiança em Doreen. Sua perspicácia, o modo meio louco como encarava, analisava e vivia a vida às vezes levavam Susan a invejá-la.

No todo, porém, era bastante feliz no casamento. Depois do desastre do dia da cerimônia, haviam se estabelecido na casa nova e feito do lugar um pequeno paraíso para o casal. Kate Dalston estava totalmente comovida com a maneira como Susan se desincumbia das tarefas domésticas, inclusive culinárias. O desempenho da nora era comparável ao da sogra, cujos padrões, aliás, eram altíssimos. Conseqüentemente, Kate a visitava todos os dias; estavam se tornando bem próximas. Susan adorava desfrutar a presença de uma figura materna de verdade. E se, um dia ou outro, Barry não voltava para casa, ela não o repreendia. Quando ele finalmente chegava, limitava-se a lhe servir a refeição e a perguntar como andavam as coisas. Agia como se tudo estivesse correndo na mais absoluta normalidade.

Barry, percebendo que Susan era um diamante, dava-lhe paz e afeto. Contanto que Doreen não estivesse na casa, tudo corria bem.

Doreen, de sua parte, fazia questão de desaparecer tão logo ouvia o ruído da chave de Barry na porta de entrada.

Era de manhã. O sol já saíra, a temperatura estava subindo e a administração pública havia instalado na rua um hidrante para amenizar os dissabores provocados pela falta d'água, comum no verão de East End. Susan agradecia muito aos dois filhos mais velhos de Doreen sempre que eles a poupavam de encher baldes e depois carregá-los por todo o trajeto até a casa. Estava preparando para eles uma xícara de chá quando sua prima Frances chegou sem aviso e, apenas com a expressão no rosto, fez saber às duas mulheres que algo ruim havia acontecido.

— Onde está Barry? — Frances perguntou, tensa.

Susan deu de ombros. O suor escorria pelo seu pescoço e pelas costas, fazendo-a sentir coceira e desconforto.

— Como posso saber, Fran? Ele pode estar em qualquer lugar.

Frances estava vestida de modo elegante, e Susan lhe serviu um pouco de chá enquanto admirava seu vestido e sapatos.

— Você parece fresca como um pêssego, não parece, Doreen? Você sempre fez boa figura, garota. Aproveite essa vantagem ao máximo.

Frances tinha o ar envergonhado. Sem dizer uma só palavra, caminhou para fora da casa e foi até o jardim diminuto. Estava tão esquisita, segundo a definição de Doreen, que Susan logo concluiu ter a ver com Barry Dalston.

— Para que você quer vê-lo, Fran? Ele normalmente só vem para casa em torno das seis, caso queira retornar depois.

Frances ainda estava fingindo interesse pelo jardim.

— Ele ainda bebe no Londoner?

Susan fez um gesto de indiferença.

— Não sei, ultimamente ele tem circulado por aí com meu pai. Quer deixar recado?

Doreen notou a ansiedade contida na voz de Susan e, debruçando-se sobre o muro junto à porta dos fundos, chamou:

— Afinal, para que você quer vê-lo?

O tom de voz de Doreen levou Frances de volta à cozinha. Susan acabara de se sentar numa cadeira e afastara a gola do vestido para ventilar a pele e tentar se refrescar. A barriga estava enorme. Olhando para a prima, Frances sentiu os primeiros ímpetos de arrependimento pelo que havia feito e pelo que tinha a revelar.

— Você tem ido ao hospital recentemente? O que eles lhe disseram?

Susan riu.

— Não muito. Agora tenho que esperar... as últimas semanas são sempre as mais difíceis ou, pelo menos, é o que todos falam. Devo ter o bebê justamente no auge desse maldito verão. Que sorte a minha.

E suspirou, acariciando o ventre, feliz.

Frances sorriu tristemente.

— Deve ser difícil, prima. Ainda assim, ao menos não está sendo incomodada por Barry, está? Quero dizer, ele não a procura para o sexo. Você desistiu aos seis meses, não?

Doreen e Susan gargalharam.

— Você está brincando, não está? Ele continua atrás de mim, firme e forte. E posso dizer que não tenho do que reclamar.

Frances parecia consternada, o que fez as outras duas mulheres rirem ainda mais.

— Ouça, Fran, por alguma razão desconhecida, a gravidez deixa a mulher mais fogosa e Barry diz que é bom para o bebê também. Ele leu no jornal.

— Aposto que sim! Eu nem sabia que ele era alfabetizado, para ser bem honesta.

Doreen e Susan riram novamente, supondo que se tratava de um gracejo.

Frances pegou as mãos de Susan entre as suas e respirou fundo.

— Ouça, Susan, preciso conversar com você, prima. É por causa do bebê... — E virou-se para Doreen. — Você se incomoda de nos deixar a sós, por favor?

Susan desvencilhou-se do aperto das mãos da prima e sacudiu a cabeça.

— Não interessa o que você tem a dizer, diga diante de Doreen. Provavelmente eu iria contar a ela depois, não importa o que seja.

Susan tentava adiar ao máximo a revelação de Frances, pois intuía que lhe causaria problemas.

— Preste atenção, Susan. — Frances se ajoelhou diante dela e agarrou mais uma vez suas mãos, um gesto que, sem razão precisa, realmente irritou Susan.

— Não sei como lhe contar isso, mas tenho que...

— Você dormiu com Barry no dia do meu casamento? Já sei disso.

A voz de Susan era baixa, cheia de maus prenúncios. Doreen suspirou, contrariada. Sabia o quanto a amiga estava sofrendo por causa do calor e que um aborrecimento sério atrapalharia a realização de um parto tranqüilo. Vendo a dor nos olhos de Susan, sentiu vontade de socar a cara de Frances.

A garota baixou os olhos e pôs-se de pé, meio desequilibrada.

— Essa não é a pior parte, Susan.

Susan ficou desconcertada por um momento. De repente, soube o que a prima iria dizer e, levantando-se da cadeira com esforço, sentiu as mãos fazerem contato com os cabelos de Frances. No minuto seguinte, Susan já a estava arrastando pela cozinha e tentando jogá-la pela porta dos fundos.

— Cadela! Também está grávida, não está?

Ela sentiu o bebê se mexer quando reuniu todas as suas energias e empurrou a hóspede indesejada para fora de casa. Sua casa, a casa que dividia com Barry, Barry Dalston, o mentiroso, impostor, o canalha de duas caras.

Doreen estava tentando apartá-la de Frances. Fazia uso de toda sua força considerável para desatracá-las.

— Vou matar você, Frances, juro.

Frances agora estava chorando. Ficou parada, de pé, no quintal, chorando como uma criança, lágrimas grossas correndo pelas maçãs do rosto e borrando a maquiagem. Apesar de tudo, permaneceu imóvel, incapaz de ir embora até que tivesse divulgado todas as notícias das quais era a portadora.

— Não estou grávida, antes estivesse. Qualquer coisa seria melhor que isso, Sue, qualquer coisa.

Susan ouviu o tom de súplica na voz da prima e relaxou, deixou o corpo se acalmar e preparou-se para ouvir algo ainda pior do que imaginara.

— Bem, o que é, então? Ele vai me abandonar, é isso? E não teve coragem de me contar pessoalmente?

Seu mundo estava quebrado em dois. Sentia como se alguém tivesse se apossado de um cutelo de carne e o atravessado no peito, atingindo o coração. A dor não podia ser mais lancinante do que o ódio que brotara dentro de si, do que a sensação de inadequação, de mais uma vez não ser nada.

Doreen a amparou como uma mãe ampararia um filho, num abraço amoroso e protetor. Sendo mais versada nas coisas da rua, mais mundana, já tinha adivinhado o pior.

Frances fitou os olhos da prima. Sacudindo a cabeça, sussurrou:

— Ele me passou uma doença, Susan. Ele me contaminou com gonorréia.

De início, ela pensou que não tinha ouvido bem as palavras de Frances, que de algum modo houvesse entendido mal uma afirmativa tão simples.

— Você o quê? Ele passou o quê?

Susan percebeu que estava aos berros. Que, se não fosse cuidadosa, os vizinhos poderiam escutar. Sabia que todos gostavam dela, consideravam-na uma jovem respeitável a despeito do que pensassem de seu marido. Sim, ela uma boa moça, uma garota asseada, uma pessoa decente.

E sua prima Frances estava ali, diante dela, em seu pequeno jardim, o jardim que havia varrido cuidadosamente há menos de duas horas, dizendo que estava infectada, que tinha uma doença venérea. Que estava contaminada, suja, tomada por alguma moléstia medonha.

— Vaca traiçoeira. Como pôde fazer isso comigo, Fran? Como pôde fazer isso com você mesma?

Frances soluçava.

— Sinto muito, Susan. Juro por Deus que se pudesse fazer o tempo voltar... estava bêbada e você sabe como ele é. Ele é capaz de convencer qualquer mulher. Por favor, tente entender...

Doreen riu então, um som estrondoso que parecia amplificado pela cozinha miúda.

— Inacreditável! Você vem até aqui e conta a uma mulher a ponto de parir que contraiu gonorréia do marido dela, pai da criança... e ainda espera solidariedade? Jesus, garota, o que você tem na cabeça? Pirou?

Frances continuava a chorar.

Pegando a bolsa da visitante e arremessando-a no jardim, Doreen fechou a porta na cara dela. Aos gritos e numa linguagem que não deixaria dúvidas a ninguém sobre as conseqüências em caso de transgressão, ordenou que desaparecesse.

Então segurou Susan pelos braços e olhou bem no rosto dela.

— Preste atenção, Susan. Vou levá-la ao hospital, certo? Ninguém vai saber de nada, prometo. Sou capaz de manter um segredo, querida, sabe disso. Agora me ouça: tudo é confidencial na clínica para doenças venéreas, ninguém nunca vai descobrir, entendeu? Mas você precisa ouvir o que eles dizem. É por causa do bebê.

Susan concordava com um meneio de cabeça, como uma criança, agradecida por Doreen ter assumido o comando.

— Ele vai nascer cego? Sei que isso pode cegar as pessoas...

Doreen puxou Susan para perto dela, mais uma vez. Sussurrando com delicadeza, tentou novamente acalmá-la.

— Ouça, tudo aconteceu há apenas um mês. Não houve muito tempo para que o bebê fosse afetado. Além do mais, aquela putinha pode ter contraído a doença em qualquer outro lugar e pode ser que Barry não esteja contaminado. Isso significa que você pode não estar infectada. Portanto, só vamos começar a nos preocupar quando conhecermos a realidade, está bem?

Susan concordou com uma sacudidela de cabeça, grata por ter alguém com quem contar.

— Sim, tem razão. Provavelmente ela só está tentando criar problema.

A esperança na voz de Susan fez Doreen sentir vontade de chorar.

— Ela sempre gostou dele. Todas as garotas gostam, sabe? Lamento por ele, às vezes deve ser difícil...

Doreen fez que sim com a cabeça, sabiamente mantendo só para si a opinião que tinha sobre o assunto.

— Então, amiga, vamos até o Whitechapel Hospital para ver o que eles têm a dizer, hã?

Susan estava em choque e Doreen imaginava o quanto. Ajudou-a a vestir um casaco de malha de lã e trancou a casa para ela. Depois, avisando aos próprios filhos que, se não se comportassem, os mataria a sangue-frio durante o sono, conduziu Susan até o ponto de ônibus.

Durante todo o tempo, o cérebro de Doreen não parara de trabalhar, tentando atinar o que acontecia quando uma mulher contraía doença venérea durante a gestação adiantada. Mas era algo que ninguém sabia, a menos que tivesse passado por situação semelhante, a não ser por experiência própria.

Barry e Joey eram novamente grandes amigos, trabalhando juntos para cobrar dívidas e coagir quem precisasse de um “toque”, termo usado para ameaças explícitas. Às vezes, devedor e credor eram amigos e o primeiro, valendo-se disso, pedia ao segundo que esperasse um pouco mais e blablablá. Desapontado, vendo seu dinheiro escoar pelo ralo, o credor então recorria a tipos como Joey e Barry para ter certeza de que o devedor entendera o procedimento correto para pagamento de empréstimos feitos na base de boa-fé.

De quebra, Joey também protegia a integridade física do dono do dinheiro, graças a uma percentagem sobre o valor da dívida em questão. Era essa comissão que garantia os préstimos de Joey na defesa do credor caso o devedor se aborrecesse por ter sido lembrado de seus compromissos e decidisse tomar satisfação. No final das contas, um negócio muito lucrativo e interessante, como Barry também estava descobrindo.

Era uma tarde luminosa de agosto. Estavam cobrando débito contraído a uma mulher de Barking. Ela havia emprestado duas mil libras ao homem com quem estava casada na época. O valor ela havia recebido de herança. Ao ceder a quantia para ajudá-lo a abrir uma cafeteria na Barking Road, ainda acreditava formarem um casal feliz e estava certa que o empreendimento lhes proporcionaria fortuna.

Dois anos mais tarde, ele estava vivendo com outra. Quanto a ela, perdera o marido e as duas mil libras. Precisava do dinheiro porque o sujeito se negava, inclusive, a colaborar no sustento dos seis filhos. Foi Ivy quem a apresentou a Joey e Barry. A dupla garantiu à nova cliente que o ex-marido passaria a se comportar de maneira exemplar, pois tudo fariam para colocá-lo a par de toda a situação e para conscientizá-lo sobre os percalços enfrentados por ela e pela prole.

O marido, um homem grande de origem grega, era bem conhecido em Barking por seu tamanho e temperamento. Era do tipo que Joey adorava humilhar. Além do mais, estavam prestando um serviço a uma família desamparada — seis crianças sem ter o que comer nem o que vestir!

A hipocrisia de Joey e Barry não tinha limites.

Como todos os dias, Stefano Skarpelis preparava os desjejuns ingleses típicos e não sentiu nenhum medo quando os dois infratores notórios entraram em seu café. Eram duas da tarde de um lindo dia. O lugar estava quente e por isso a porta ficara escancarada. Dois pesados ventiladores elétricos trabalhavam a plena força. Havia vários fregueses espalhados pelo ambiente, como Joey já imaginara. Os dois homens deram uma volta pelo salão e escolheram onde sentar.

Stefano foi até a mesa deles. Sabia que não iriam querer esperar a vez, como os demais clientes, e pretendeu demonstrar o respeito que mereciam.

— Em que posso servi-los, cavalheiros?

A voz dele era jovial. Estava satisfeito em tê-los ali. Todos estavam observando. Como, aliás, Joey, Barry e o próprio comerciante sabiam que aconteceria.

— Lugar agradável, Skarpelis. Gosto da decoração.

O elogio quase o fez explodir de satisfação. Pintados nas paredes, os murais com cenas da vida de vilarejos gregos eram sua alegria e orgulho.

— Obrigado, Sr. McNamara, é um prazer recebê-lo em meu café. O tempo hoje está como o de minha terra natal... quente e animador.

Ele riu e Joey e Barry riram com ele.

— Onde conseguiu o dinheiro para abrir esse negócio?

A voz de Barry carregava somente uma tênue nota de intimidação. O homenzarrão não sabia ao certo o que responder.

— Contraí um empréstimo, evidentemente, como todo mundo.

— Deve ter custado uns dois mil, pelo menos, hã?

Stefano concordou com um meneio de cabeça, de súbito sem saber onde aquela conversa iria dar e ciente de haver, nas palavras dos interlocutores, uma intenção oculta sobre a qual preferia nem pensar.

— Como está sua adorável esposa? Grande amiga de mamãe. — Joey se intrometera. — E os filhos de vocês? Imagina só, seis guris de uma só mulher. Inimaginável! Minha mãe calcula que você jamais errou o alvo, meu camarada.

O papo chegava aos ouvidos de todos os clientes, bem como da atual mulher de Stefano, uma loura de 30 anos, cuja maquiagem só não era mais pesada que os peitos. Ela estava imóvel atrás do balcão, observando a cena, cautelosa.

Joey começou a falar numa voz monocórdia, como se estivesse contando histórias para um punhado de criancinhas.

— É muito estranho, Stefano, que na semana passada minha mãe tenha precisado dar alguns trocados à sua mulher de modo a ajudá-la a pagar o aluguel e a comprar um pouco de comida para aquele bando de filhas e filhos de vocês. "Engraçado", eu disse à mamãe, "ele não acabou de abrir uma cafeteria em Barking? Ouvi dizer que estava dando dinheiro." Mas ela me informou que você simplesmente tinha dado no pé, deixando sua mulher, seus filhos e sua própria mãe num tremendo sufoco. "Então", minha mãe me disse, "vá vê-lo e descubra o que anda fazendo, pois a pobre Angela está falida." Tudo isso porque você lhe roubou as duas mil pilas que ela herdara do avô.

Barry sacudiu a cabeça solenemente.

— Que patife, hein? Não posso crer no que acabei de ouvir, ou posso?

Ele olhou na direção dos cinco operários numa mesa próxima, à espera de confirmação.

— Não acham que esse homem é um patife, abandonando os filhos na miséria e deixando a ex-mulher à míngua enquanto colhe os frutos das duas mil libras que pertenciam a ela?

Os homens balançaram a cabeça, cheios de disposição. Sabiam exatamente o que era esperado deles. Estavam certos de que o grego iria levar uma surra, então queriam cerrar fileiras com o lado vencedor. Reconheciam que o dono do café servia um sanduíche de lingüiça fantástico, mas esse era o limite da lealdade que lhe deviam.

— Que coisa terrível! Impossível de acreditar. Fiquei chocado, chocado e estarrecido com a história triste contada pela minha mãe. "Mexa essa bunda", ela disse, "e dê um corretivo naquele gringo canalha."

Joey estendeu os braços, convidando todos a aplaudirem.

— Então, Stefano, aqui estou eu, e quero a grana da sua ex-esposa, mais minhas despesas e sua palavra de que vai passar a pagar pensão regularmente.

Stefano olhou nos olhos de Joey e viu o quanto ele estava gostando de fazer aquilo.

— Compreendo o que está dizendo, Sr. McNamara, mas asseguro que...

Barry o interrompeu.

— Cale essa boca e traga o que comer. Depois que estivermos bem alimentados, vamos para o seu apartamento no andar de cima desse lindo café e explicaremos tudo a você, tintim por tintim. A menos, é claro, que queira discutir aqui e agora. O que, aliás, nos é extremamente conveniente.

Stefano Skarpelis sabia o que estava acontecendo e admitia ter sido derrotado. Em poucas horas, já estariam circulando pelas redondezas notícias sobre a visita da dupla a sua cafeteria. Estava preocupado com a possibilidade de tudo aquilo afetar seu comércio.

Os moradores de East End eram estranhos. Esconderiam um assassino, mas o enforcariam se tivesse abandonado mulher e filhos e os deixado no desamparo. Sim, eram pessoas esquisitas, e ele sabia quando estava encurralado.

— Vou preparar para os dois um desjejum inglês completo. Depois resolveremos o resto.

Ele se afastou com tanta dignidade quanto pôde reunir, o rosto pálido ostentando um sorriso que não correspondia à expressão trazida no olhar.

— Veja, Barry, às vezes não é preciso levantar a mão. Uma advertência em público surte mais efeito que um revólver ou um porrete.

Barry riu.

Seus olhos faiscaram, pois, num dos cantos da cafeteria, sentaram-se duas mulheres que faziam bem o seu tipo. Ambas sorriam afetadas na direção dele. Uma era baixa, pernas e peitos gordos, mas a outra era melhor: ruiva, lábios carnudos e pernas bem proporcionadas, que cruzava e descruzava com uma freqüência alarmante.

— Você não está piscando para aquelas duas cachorras ali, está? Puta merda, no Natal vou lhe dar uma coleira de presente. Assim, vai poder levá-las para passear.

Até mesmo Barry riu. Uma coisa boa a respeito de Joey era que quase nunca perdia o senso de humor. Cinco minutos se passaram e a comida ainda não estava na mesa. Recostando-se na cadeira, Joey gritou para o outro lado do café, dirigindo-se a um operário e seu acompanhante, instalados junto à porta.

— Meu chapa, quanto quer por uma mordida no seu sanduíche? Estou morto de fome. Hitler levou menos tempo para invadir a Polônia do que esse grego cretino para preparar um desjejum!

Todos irromperam em risos. Stefano Skarpelis fechou os olhos e perguntou a Deus que pecados havia cometido para merecer aquilo.

Susan fora consultar um médico. Findo o exame, ele a estava ajudando a se levantar da mesa alta. Ela se sentia tão desconfortável que não conseguia se erguer sozinha. O médico era jovem, grandes olhos castanhos e nariz largo. Fora salvo da feiúra pelo cabelo negro encaracolado e pelo brilho alegre dos olhos.

— Sabia que estava em trabalho de parto, Sra. Dalston?

Susan sacudiu a cabeça, assombrada.

— Não. Senti um pouco de dor nas costas nos últimos dois dias, mas todo mundo disse que era só o peso da barriga. Caramba, é melhor voltar para casa agora mesmo.

Tentou descer da cama e ele fez sinal com uma das mãos, indicando que ela se mantivesse sentada.

— Não vai a lugar nenhum, Sra. Dalston, a não ser para a ala da maternidade. Aparentemente, seu estado de saúde é satisfatório, apesar da suspeita de ter contraído gonorréia. Porém, precisamos ficar de olho em você e no bebê, só para ter certeza de que tudo está bem. Disse que se infectou há cerca de um mês, não é?

Ela fez que sim com a cabeça, humilhada.

— Posso ter sido contaminada mais cedo, mas ele certamente passou para minha prima no dia do meu casamento. Imagine, Frances é uma cadela tão grande que são muitas as chances dela ter passado a doença para ele, e não o contrário.

Com tristeza e resignação, Daniel Cole olhou para a mulher à sua frente. Desde que começara a trabalhar em Whitechapel, conhecera muitas mulheres como ela e sempre o surpreendera como eram resistentes. Como suportavam tudo o que a vida lhes reservava e conseguiam sobreviver.

— A criança vai nascer cega ou deformada, doutor? Essa é minha maior preocupação.

O Dr. Cole sorriu.

— Tenho certeza de que tudo vai ficar bem. A preocupação provavelmente a fez entrar em trabalho de parto... um susto ou um choque podem fazer isso. Então vamos nos concentrar em trazer seu filho ao mundo, que tal? Depois podemos nos preocupar com o resto, se for necessário. Combinado?

Susan concordou com um movimento de cabeça, sem entender com muita clareza as palavras do médico.

— Mas ainda falta um mês. É por causa da doença? Tem alguma coisa errada com o bebê? Ele está querendo nascer mais cedo por causa da doença?

O Dr. Cole exalou um suspiro fundo e forçou-se a sorrir.

— Conforme eu disse, vamos esperar para ver. Sra. Dalston, ninguém sabe nada no momento, exceto que está em trabalho de parto e que a criança vai nascer nas próximas 24 horas. É inútil se preocupar e arriscar tornar as coisas piores. Vou chamar uma enfermeira para levá-la à maternidade e podemos dar início aos procedimentos.

Susan concordou com um gesto.

A voz do médico era baixa e tranqüilizadora, exatamente do que ela precisava naquele momento. Alguém para cuidar dela, reduzir a pressão, reduzir a tensão.

Doreen a acompanhou até a maternidade, com a enfermeira. Susan segurava a mão da amiga como se fosse uma corda salva-vidas. Sentia que se a soltasse cairia em algum grande abismo e que seria o fim de sua existência, da vida do filho que estava por nascer e de sua sanidade.

O nome da ruiva era Sonia. Tinha um apartamento perto de Heathway, em Dagenham, e um garotinho chamado Luke. Segundo dissera, vivia com a mãe porque achava difícil tomar conta do filho. Luke tinha 5 anos. Nascera quando Sonia estava com 14. Não que isso incomodasse Barry Dalston. Não queria uma virgem, queria se divertir.

O nome da amiga de Sonia era Abigail, mas gostava de ser chamada de Abby. Após revirar o apartamento de Stefano e lhe dar uma boa surra, os dois homens levaram as garotas ao Bull, para um drinque e um dedo de prosa.

— Para ser justo, ele faz um desjejum formidável — observou Joey.

As duas jovens riram.

— Muito embora vá ficar um bom tempo sem poder prepará-los, a julgar pelos sons vindos do apartamento. Todo mundo ouviu o que estava acontecendo lá em cima, foi ótimo.

Sonia, soube-se, gostava de homens ordinários. Como a maioria da sua laia, jamais concluiria que estava em apuros exatamente por conta do tipo de homem pelo qual se sentia atraída. Um filho e três abortos não haviam lhe ensinado nada. Sonia era um acidente à espera de acontecer.

No início, não sabia ao certo se queria o jovem Barry, pois ele tinha rido da piada grosseira do amigo sobre a coleira. No entanto, não costumava guardar ressentimentos e decidira acompanhá-los ao Bull, mantendo-se aberta aos desdobramentos do programa.

O modo como uma das mãos de Barry escorregava pela coxa de Sonia era sinal claro de desdobramentos promissores.

— Mais um rum com Coca-Cola, meninas?

A voz de Joey era alta nos confins do jardim do pub.

As duas garotas aceitaram.

— Cacete, Bal, do jeito que essas duas consomem, vamos ter que assaltar os Correios caso elas também queiram comer.

Ele abriu um sorriso forçado para Abby.

— Você poderia muito bem pular duas refeições, querida. Não vejo ninguém tão voraz desde que flagrei minha mulher na cama com o limpador de janelas.

Abigail riu prazerosamente, feliz por estar recebendo atenção.

Joey entrou na parte coberta do pub e foi até o bar.

— Dois cuba-libres e dois quartilhos de cerveja, chefe.

O homem do bar riu.

— A que horas chega a Cinderela? Estou vendo que vocês já se atracaram com as filhas da madrasta. Cuidado, a gordinha vive com um crioulo do mercado e ele pode estar por perto. — Ele assoou o nariz. — É apenas um aviso de nada. Sem ofensa. Não quero que destruam meu pub.

Joey ficou agradecido pelo lembrete.

— Quer dizer que elas saem correndo atrás do primeiro negro que virem?

O homem concordou.

— Em uma palavra, sim. Contanto que eles tenham algum para gastar, é claro. Elas são cachorras, parceiro, e se é isso que vocês querem para uma tarde, boa sorte. Mas fiquem de olho bem aberto. Elas não valem uma briga.

— Porra, tem toda a razão! Tome uma dose por minha conta e nos sirva dois conhaques dos grandes para acompanhar a cerveja. Depois de um choque como esse, preciso de uma bebida mais forte. Acho que me enganei redondamente. Vou pensar melhor a respeito dessa situação.

O homem riu com Joey.

— Malditas filhas da madrasta! Quem as desejaria? Lembro-me que minha velha mãe costumava dizer: "Veja bem aonde vai se meter, rapaz. Jamais esqueça que as maiores cachorras do mundo são filha, mãe ou irmã de alguém."

Joey riu com da máxima. Nunca analisara as cadelas por esse prisma e gostou da maneira como o homem do bar havia formulado a idéia. Iria decorar aquela homilia tosca e passar a usá-la.

No jardim, Sonia permitia que Barry tomasse liberdades — expressão utilizada pelas mulheres mais liberais de East End para se referirem a serem bolinadas em público.

Ele sentia o cheiro do corpo dela, tão forte era o calor. Ela recendia a suor, perfume, desodorante e, acima de tudo, sexo.

Ele sabia que poderia possuí-la ali mesmo, bastava que puxasse o banco de madeira para mais perto. O pensamento o deixou ainda mais excitado.

Joey retornou com a bandeja de bebidas.

— Fiquei bronzeado, garotas, com todo esse sol? Estou ao menos parecido com um amendoim torrado?

Barry as flagrou olhando para Joey, sérias.

— Qual é o problema? Não me diga que duas jovens como vocês têm preconceito contra nossos irmãos do Caribe? Quero dizer, o que seria dos ônibus e trens sem eles, hein?

Abigail acendeu um cigarro e deu uma tragada profunda.

— Ou do serviço de saúde, imagine só.

Barry deu-se conta que ela estava defendendo os negros, e evitou rir.

Joey estava entusiasmando-se com o tema.

— Gosta de um bom pedaço de carne tostadinha, Abigail? Ora, ora, o homem do bar me contou que você vive com um crioulo do mercado. É verdade o que dizem sobre os negros... bem-dotados como cavalos e capazes de dar no couro a noite toda?

Abigail fez que sim.

— Sim, é verdade. E têm pele mais macia e maneiras mais gentis do que os camaradas brancos. Especialmente os camaradas brancos e velhos. Engraçado isso, não?

Ela recolheu o maço de cigarros e a bolsa e ficou de pé, pronta para ir embora. Joey a agarrou pelo braço e ela se sobressaltou.

— Você não vai a lugar nenhum, madame. Já gastei com você uma boa parte do meu salário e espero ser bem recompensado. Se o seu tição aparecer, vai receber o que merece, certo?

Sonia estava irritada, mas não tanto a ponto de desconsiderar que ela e a amiga haviam se metido em apuros. Grandes apuros. Os dois homens pareciam ameaçadores. Haviam sido colocadas contra a parede e isso as assustava.

Sabiam como a vida funcionava. Com homens como Joey e Barry, é melhor jogar o jogo ou o preço pode ser alto demais.

Joey forçou Abigail a sentar novamente. Sorrindo, simpático, ele prosseguiu:

— Então, garotas, após mais algumas doses, vamos para a casa de quem?

Sonia sorriu, meio soturna.

— Acho que para a minha, não?

Joey riu novamente, exibindo todos os dentes e uma boa parcela de gengivas também. A língua coberta de nicotina dançava no buraco enorme da boca.

Sonia, bêbada e zangada, olhou para Abigail e disse, num trinado:

— Não gostei muito do seu, garota.

Ela olhou para a amiga e respondeu sarcasticamente:

— Mesmo? Bem, tenho a sensação que você também vai ter que encará-lo, Sonia. Esses dois parecem ser sócios.

Barry deu mais uma risada. Estava se divertindo. Tudo ficava mais fácil quando ambas já estavam nocauteadas, no chão, com as traquéias esmagadas pelos pés direitos de seus acompanhantes. Metaforicamente, é claro. A dominação era um atrativo a mais no jogo, acrescentavam mais excitação e empolgação.

— Certamente que somos. O que é dele é meu, o que é meu é dele.

Tão logo disse isso, sua expressão mudou e as três outras pessoas em volta da mesa sabiam que haviam escutado algo profundo.

Mas somente Joey compreendeu o verdadeiro significado da frase que acabara de enunciar.

Erguendo o copo, ele sorriu para o genro.

— E sob vários aspectos. Saúde!

Susan empurrava com toda a força de que dispunha. O cabelo grudara à cabeça e ela sentia que o corpo estivesse a ponto de se partir ao meio.

— Vamos, meu bem, mais um empurrão caprichado e você pode descansar.

Ela concordou com um gesto de cabeça. Respirando fundo, fez força novamente, com ainda mais energia. No entanto, sentiu como se nada tivesse acontecido.

A enfermeira sorriu e ouviu mais uma vez as batidas do coração do bebê.

— Estamos indo muito bem, mas acho que você vai precisar de ajuda. Relaxe. Vou falar com o médico.

Susan deitou agradecida, apoiando a cabeça nos travesseiros e tentando se abanar com um velho exemplar de *Woman's Realm*. Nunca sonhara que seria assim, a dor interminável e a sensação de ter as costas dilaceradas. Sempre imaginara o bebê já bem vestido, no carrinho, todos em volta admirando-o. Mesmo as histórias de Ivy sobre os partos terríveis que havia testemunhado ao longo dos anos pareciam estar a milhas da vida real.

Agora, porém, ela acreditava nas histórias da avó.

Susan recomeçara a rezar, não para que a dor parasse, mas para que a criança tivesse saúde. Para que não viesse ao mundo cega, surda ou deformada. Era aterradora a idéia do ser que poderia estar abrigado em seu ventre.

Uma parte de Susan queria muito que o bebê nascesse, mas outra parte queria que permanecesse onde estava, a salvo do mundo, a salvo de Barry e de sua doença venérea.

A doença que o marido lhe havia passado e, através dela, também ao filho inocente.

Engoliu as lágrimas e se abanou com mais vigor. Então experimentou uma dor dilacerante que a rasgou por dentro como uma espada quente, fazendo-a sentir que o corpo iria se dividir em dois.

O grito agudo da mulher atraiu duas enfermeiras e o médico.

— Cristo, está coroando!

Quando Susan deu à luz no Whitechapel Hospital às 23h35 do dia 22 de agosto de 1968, Barry estava enfiado na cama com Sonia e Abigail. Joey adormecera no sofá da sala depois de muita bebida e de se fartar de peixe e batatas fritas.

As discussões ocorridas mais cedo haviam sido esquecidas. As duas garotas mostraram-se boa companhia para rir e prestativas em outras atividades. Especialmente Abigail, que parecia realmente estar gostando da brincadeira. E uma atitude assim fazia toda a diferença. A maioria das mulheres que Barry e Joey abordavam os seguiam até a cama pelo simples fato de terem sido convidadas. Nunca sequer lhes ocorria que, de vez em quando, tinham a opção de recusar.

Na concepção dessas mulheres, um homem que pagasse comes e bebes devia ser recompensado com prestação de serviços sexuais, quisessem ou não dormir com ele.

Joey e Barry estavam ditosamente alheios ao que se passava com Susan enquanto se dedicavam a folguedos, bebiam e comiam até não mais poder. Nem uma só vez lhes passou pela cabeça deixar que alguém soubesse onde estavam ou o que faziam.

Enquanto a esposa berrava e gemia, Barry Dalston fazia o mesmo.

Enquanto a esposa jazia banhada em suor, Barry Dalston idem.

A única diferença era que enquanto ela pensava nele, imaginando onde estaria, o que estaria fazendo e com quem diabos estaria fazendo, ela era a idéia mais longínqua da mente de Barry.

A criança finalmente nasceu. Susan deitou, aliviada. Tudo o que queria agora era vê-la, tocá-la, segurá-la e ter certeza de que estava bem. Pela primeira vez naquele dia, Barry era a coisa mais distante dos pensamentos dela. O bebê tomara a precedência.

O que, por si só, já era um alívio.

Não pensar nele era algo maravilhoso, mas Susan não percebeu isso de imediato. A percepção só viria muito mais tarde, quando relembrasse aquele dia e compreendesse com clareza a verdade a respeito de Barry e de si mesma.

A dor, a raiva e a humilhação que sofrera permaneceriam com ela por muitos anos, escondidas em seu subconsciente, à espera de irromper.

Por ora, no entanto, seu único pensamento era o recém-nascido.

Capítulo 13

Ivy baixou os olhos para o bebê e sentiu as lágrimas arderem. Ele era lindo, a imagem de Joey ao nascer. As mesmas pestanas inacreditavelmente longas, boca em forma de botão de rosa e olhos azuis profundos. O corpinho robusto se encaixava com perfeição nos braços dela, como se tivesse vindo ao mundo para se aninhar ali.

Lágrimas nos olhos, ela olhava compadecida para Susan. Naquele momento, odiava os homens, todos os homens, mas particularmente seu filho e o marido da neta.

Ivy então colocou o bebê gentilmente de volta na cestinha que servia de berço e, pela primeira vez desde a infância de Susan, lhe estendeu os braços e a acariciou, puxando-a contra o peito, numa tentativa de amainar o horror e a dor da situação.

Susan soluçava, o corpo arfando como se invadido por uma onda avassaladora que a fazia gritar, liberando toda a aflição que tinha dentro de si.

— Patife! Patife desgraçado!

Não conseguia se expressar de maneira adequada; soluços entrecortados tornavam suas palavras incompreensíveis, apenas o tom conferia algum sentido real aos balbucios.

Ivy afagou as costas da neta e murmurou frases de conforto, procurando consolar a garota que sempre tivera prazer em atormentar. Sentia-se sufocada pela culpa ao olhar para o bisneto, pois percebera o que havia feito, o que havia permitido que fosse feito.

— Haverá outros, querida. São coisas da vida.

As palavras eram pouco convincentes mesmo aos ouvidos de Ivy. Como alguém conseguiria minimizar os efeitos de um desastre daquela magnitude? Impossível. Era por isso que as pessoas se atinham a todos os lugares-comuns, velhos provérbios e tolices que pudessem manter suas línguas ocupadas.

Susan, porém, não seria amansada. Ela culpava o pai por tudo. Não Barry, o marido, apesar de toda sua responsabilidade na tragédia. Susan preferia encará-lo como vítima dos excessos de Joey. Sabia que Barry queria ser como Joey. Ter o respeito que o pai dela recebera na área em que viviam e além dela. Que seu objetivo na vida era ser um autêntico fora-da-lei, um homem a quem as pessoas recorressem quando precisassem resolver alguma coisa de maneira violenta.

Barry copiava Joey em tudo, do jeito de andar ao estilo de vida, aquele estilo de vida que incluía se atracar com qualquer mulher que "desse mole". Quem teria pensado que uma daquelas transas de uma noite só poderia causar a morte de seu filho?

Susan olhou para sua própria mãe, sentada silenciosa na cabeceira do leito, a cabeça entre as mãos. As três mulheres pareciam à vontade entre si, pela primeira vez. June levantou os olhos para o rosto exausto da filha.

— Ele era lindo, Susan, um garotinho lindo. Ele teria sido um homem de verdade.

Em algum lugar nas profundezas de Susan, as palavras de June fizerem vibrar uma corda. A jovem esfregou o rosto com uma das mãos, o ranho e as lágrimas misturando-se.

— É bom então que tenha morrido, não é? Não quero trazer mais homens ao mundo. Não quero que ninguém mais passe o que passei nas mãos disso que chamam de macho.

O desabafo de Susan saiu cru, tão óbvia e profundamente sentido que nenhuma das mulheres tentou interrompê-la. Ambas sabiam que a garota estava em estado de choque, estava fora de si. Precisaria de tempo para cicatrizar, física e mentalmente.

Doreen se aproximou com quatro xícaras de chá.

— Querem levar o bebê, Susan...

A fala de Doreen foi cortada pelo grito da jovem, tão alto quanto o de um comerciante do mercado.

— Só depois que o pai o tiver visto, só quando Barry tiver visto o que fez! Então podem levá-lo, lavá-lo e vesti-lo bem bonitinho para que todos possamos nos sentir desgraçadamente mais confortáveis. Mas só depois.

Doreen não argumentou. Limitou-se a carregar a criança na cestinha para um canto do quarto e a colocar uma xícara de chá quente e adoçado entre as mãos de Susan.

— Beba tudo, amiga, vai fazer com que se sinta melhor.

Susan riu então, um som travesso e profundo tão alheio ao seu temperamento que assustou a todas as mulheres ali presentes.

— Tome o chá, Susan. Depois vamos enterrar o bebê no jardim dos fundos e dormir um pouco.

Ela recomeçou a rir, só que dessa vez não conseguia parar.

O chá derramou por toda parte — em Susan, na roupa de cama, no chão. Ivy deixou o cômodo e, dois minutos mais tarde, um trio de enfermeiras segurava a jovem contra a cama e lhe aplicava uma injeção calmante.

Susan sentiu os olhos pesarem, o corpo amolecer, mas ainda assim tentou resistir aos efeitos do sedativo. Mas o sedativo a venceu. Quando finalmente ela relaxou e mergulhou num mundo de pesadelos com bebês e caixões, as outras três mulheres deram um suspiro de alívio.

— Isso vai deixá-la serena. O sono é um grande remédio.

As palavras de Ivy soaram falsas mesmo aos seus próprios ouvidos.

Nada iria aplacar o sofrimento de Susan Dalston.

Barry estava exasperado, Joey enfurecido.

Fazia frio dentro da casa, não havia comida à vista e não tinha leite. Uma noite de bebedeira e drogas os deixara com um gosto de ranço na boca e um cheiro ainda mais rançoso na roupa de baixo.

A nenhum dos dois ocorrera tomar banho.

Comida e uma xícara de chá eram prioridades. Haviam sumido durante dois dias e não imaginavam onde poderia estar a jovem gestante.

Joey olhou para um lado e outro da porta de entrada, sempre imaculada, e disse, admirado:

— Sou obrigado a reconhecer que ela mantém isso aqui sempre em ordem, a velha e boa Susan. Devo isso a ela.

Barry levantou um punho cerrado.

— Pois o que devo a ela é uma boa surra. E vou pagar assim que a encontrar. Veja como são as coisas, Joey. Casada há um mês e já dando as suas escapadinhas, aqui e ali, sem dar a mínima para mim. Volto para casa e não acho merda nenhuma. Nem leite para acompanhar um copo de Rosie Lee.

A porta dos fundos se abriu.

— Ei-la de regresso, toda lépida e fagueira, aposto. Esperem até eu pôr minhas mãos nela!

Barry saiu desabalado da sala, seguido de perto por um Joey sorrindo com os dentes à mostra. Ansiava por ver Susan ganhar um corretivo, por ver o casamento perfeito baixar ao nível do casamento de todo mundo. Especialmente o seu.

Barry ficou surpreso ao se deparar com sua mãe.

— Olá, filho.

As palavras eram breves, porém carregadas de significado. Nenhum dos homens sabia o que dizer a Kate, cujos olhos pareciam um pouco vermelhos. Barry notara também que ela evitava encará-lo. Concentrava o foco acima do ombro do filho, como se não suportasse a idéia de tê-lo à sua frente.

— Olá, mamãe. Um pouco cedo para você, não?

Ele manteve a voz propositalmente casual. No entanto, seus gestos denunciavam à mãe que ele já adivinhara a novidade, que já sabia do acontecido antes mesmo de a mensageira ter oportunidade de abrir a boca.

— Susan deu à luz na noite passada... um menino.

O rosto de Barry se iluminou como um farol.

— Um menino? Que bárbaro! Susan caprichou então!

Joey e ele estavam em èxtase. Correndo para a sala novamente, Joey voltou com meia garrafa de uísque que carregava no casaco para ocasiões como aquela.

— Foda-se o chá! Peguem os copos, vamos comemorar! Um menino, finalmente. Pensei que as mulheres dessa família só fossem capazes de fabricar rachadinhas.

Joey, assim como Barry, imaginou que o ar sombrio de Kate era por conta de terem sumido durante dias justamente quando Susan estava prestes a parir.

— Ele morreu, Barry. O bebezinho morreu, filho.

Barry e Joey olharam sem evasivas para Kate e só então identificaram no rosto da mulher os estragos causados pelo choro e pela falta de sono.

— Como assim, morreu? O que foi que ela fez? Sofreu um aborto ou o quê?

Barry parecia arrasado. Gostara da experiência de esperar o nascimento do filho, de aguardar para conferir o fruto concebido. O pensamento de uma outra vida existindo graças à sua havia lhe dado uma sensação de poder.

— Susan não fez nada. A criança foi vitima de gonorréia, doença venérea que você passou para sua mulher, Barry. Você também contaminou a prima de Susan, no dia do casamento. Ninguém tem certeza ainda se o bebê morreu por causa do susto e do medo que Susan sentiu ao descobrir a doença. Mas o fato é que ele está morto. Um menino lindo e forte está morto e você é o culpado. Por Cristo, eu seria capaz de usar meus próprios punhos para arrancar seus miolos e espalhá-los pelo chão dessa cozinha... um chão que, há apenas dois dias, eu vi sua pobre esposa lavar, de gatinhas, apoiada sobre as mãos e os joelhos, com a barriga intumescida pendurada na frente do corpo.

Kate começou a chorar, lágrimas sinceras de vergonha e perda.

— Você é um animal imundo e repugnante. A partir de hoje, não quero mais saber de você. Você não me diz mais respeito. E se aquela garota tem algum juízo, também vai sair da sua vida.

E deixou a casa pela porta dos fundos, uma figura pequenina e curvada que parecia ter envelhecido da noite para o dia.

Joey e Barry entreolharam-se, pasmos.

— Mamãe! Volte, mamãe, me escute!

Barry havia descido novamente ao jardim e puxava o braço de Kate.

— Não me toque! Nunca mais torne a me tocar. Susan não vai deixar que sepultem a criança até que você a veja. Seja homem ao menos uma vez, homem de verdade, leve a sério suas responsabilidades e vá até aquele hospital. Tente reparar o mal que causou àquela jovem e ao pobre recém-nascido. Dê-lhe um pouco de paz, se possível.

Kate se afastou e o deixou prostrado no pequeno jardim que Susan varria tão meticulosamente todos os dias. Ela o deixou chorando.

Joey ficara na cozinha, de onde tinha observado a cena, o rosto pálido e a consciência o alfinetando. Levou um copo de uísque para Barry, que continuava imóvel e perplexo no meio do jardim.

— Tome isso, meu camarada, ajuda a superar o choque. Depois é melhor ir ao hospital... acabe logo com tudo isso.

Susan olhava para o minúsculo caixão. Era branco com uma linda cruz dourada na tampa e o nome da criança numa placa de latão. Havia custado a Barry uma pequena fortuna. De certa forma, fora assim que ele tentara amenizar o remorso.

A jovem se concentrou novamente nas palavras gravadas sobre o metal e sentiu vontade de gritar.

JASON BARRY DALSTON.

De início, ela não queria que o nome de Barry fosse acrescentado ao do filho, mas a agonia dele, tão real que era quase doloroso testemunhar, a comovera. Se havia um homem de luto, esse homem era Barry Dalston. Isso entristecia Susan, mas também a alegrava. Queria-o ferido como ela, queria que sofresse tanto quanto estava sofrendo. Queria que Barry sentisse o vazio que ela experimentava nos braços e no corpo inteiro. Todo o tempo em que vivera com a criança nas estranhas, sentindo-a chutar, se mexer e nadar.

Ela sentia falta do volume no ventre. Sentia falta da esperança trazida pela gravidez, da impressão de carregar um segredo realmente excitante que somente as mulheres vivenciavam. Tudo aquilo a fizera se sentir, pela primeira vez na vida, uma pessoa inteira.

E ali estava ela sepultando Jason, entregando-o a Deus e à Virgem Maria. Esperava que alguém cuidasse bem dele no Paraíso, que assumisse o papel que lhe caberia na Terra.

Olhou ao redor do cemitério. Sua mãe, Ivy e Kate estavam a seu lado. Debbie pusera-se à parte de todos, o belo rosto infantil lavado pelas lágrimas. Mas Susan sabia que tudo não passava de encenação da irmã. Era egoísta demais para se solidarizar com o sofrimento alheio. No entanto, ouvindo-a chorar, não faltaria quem pensasse ser *ela*, e não Susan, a mãe do bebê morto. No enterro do sobrinho, tudo servia de pretexto para que Debbie fizesse seu teatrinho, montasse um grande drama emocionante que a tornava o centro das atenções entre amigos e seus familiares. Fazia com que as pessoas prestassem atenção ao que tinha para contar, em vez de desejarem que sumisse e as deixasse em paz.

Susan conhecia muito bem a irmã, sabia como ela costumava se comportar. Assim como estava aprendendo com a vida, o que também era um problema.

Olhando para o marido que parecia estar mudado, Susan sentiu os primeiros frêmitos de simpatia por ele. A sensação a incomodou, a incomodou e muito. Estava verdadeiramente arrasado pela tragédia, mas Susan sabia — embora Barry não pudesse saber, pois era obtuso demais para tanto — que ele estava tomado mais pela culpa que pela dor da perda. Barry era como Joey, e Debbie, e June, e Ivy. Todos eles só sentiam as coisas pelo modo como os afetavam pessoalmente, não compreendendo as implicações mais amplas dos fatos e circunstâncias. Lamentavam por Susan apenas porque se tratava da mãe, porque tinha sido ela a dar à luz um bebê. Porém, a solidariedade de cada um deles era consigo mesmo.

A maior tristeza de Barry era ter estado longe, fornicando, enquanto "seu" garoto morria. Referia-se constantemente ao menino como se lhe pertencesse. Gostava de alardear o quanto era bonito, como teria se tornado um "homem de verdade". Teria despedaçado corações se porventura chegasse à fase adulta. Até mesmo o pênis do natimorto mereceu comentários de Barry. Era bem-dotado, ao que parece, e não teria tido motivos para se preocupar com o quesito virilidade.

Susan sabia que aquela era a única maneira que ele conhecia de prantear. A única maneira de enfrentar a situação.

Mas isso não a fazia odiá-lo menos.

Ela continuava sem falar com ele. Mesmo antes do funeral, ambos ocupados em comprar o ataúde, limitara-se a um meneio de cabeça para informar que concordava com o modelo sugerido por ele, um caixãozinho caro com uma cruz de ouro de verdade.

Susan sentiu alguém pegar sua mão e soube que era Doreen. O que teria sido dela sem a amiga? Era a única pessoa com quem podia conversar e, mesmo assim, apenas quando estavam a sós. Então as palavras jorravam das entranhas em torrentes que não faziam sentido para ninguém, a não ser ela própria e, como gostava de pensar, Doreen.

A amiga parecia sentir tudo o que passava pelo coração e pela mente de Susan. Parecia entender a enormidade do que havia acontecido de um modo que June e a pobre de espírito da Ivy não seriam capazes. O menino havia morrido há apenas três dias quando a avó aconselhou Susan a "se recompor", pois "essas coisas acontecem". Portanto, era hora de "seguir com a vida".

O mais curioso era que as palavras de Ivy não tinham despertado ressentimento em Susan. Na verdade, haviam aumentado o afeto que sentia pela avó. Pelo menos Ivy e a sogra, Kate, reconheciam que algo incontestavelmente consternador havia se passado. Ambas tinham negado aos respectivos filhos qualquer comiseração ou consolo. Ambas haviam tomado o partido de Susan, se é que esse era o modo correto de definir a situação. Divagou a respeito por um certo tempo, tentando se abstrair do serviço funerário e mergulhando nos próprios pensamentos.

A despeito de toda a tristeza, teve vontade de rir ao flagrar os últimos faniquitos de Debbie, cujas pernas gorduchas faziam-na parecer uma dançarina de pernas serradas saída diretamente do Pan's People.* Susan sentiu a sombra de um sorriso nos lábios e os mordeu com força, lembrando-se que estava no funeral do próprio filho.

---

*Grupo de dança que, nos anos 1970, se apresentava com freqüência em programas musicais da TV britânica. (*N. da T.*)

Então, dedicou-se a analisar o pai que, ao menos, se vestira de maneira sóbria: terno apertado, cabelo recém-cortado e rosto barbeado com esmero. Joey notou que Susan o examinava e sorriu com pesar. Ela percebeu que talvez ainda estivesse exibindo um meio sorriso e colocou as mãos contra a boca.

O que havia de errado com ela?

Como podia ver humor numa situação tão terrível?

Qual era a maldita piada, afinal?

Jason estava a salvo de tudo aquilo. Pensava nisso mais e mais à medida que os dias passavam. A salvo de Barry e Joey e da influência deles. Susan sabia que, se tivesse sobrevivido, o menino acabaria contaminado pelo pai e pelo avô.

Barry já falara a respeito de fazer do filho um lutador de boxe, de transformá-lo num osso duro de roer, empedernido. Mas Jason, seu amado rebento, tivera juízo bastante para safar-se. Agora Susan entendia muito bem: ele dera uma olhada em todos que o aguardavam e fora embora.

Essa idéia a apaziguou, mesmo em meio a tanta dor.

Na igreja, durante o serviço funerário, sentira-se suja, ciente de estar infectada por uma doença perniciosa, por um mal que atinge somente pessoas imundas. Ali, de pé, sob o olhar de Nosso Senhor, experimentara novamente o veneno lhe correndo pelas veias. Da mesma forma que antes, ao atravessar todo seu sistema circulatório, havia se transferido para o corpinho do bebê.

Cortesia de Barry Dalston, grande canalha e pai do natimorto.

Sentiu novamente vontade de rir.

Quatro das pessoas presentes ao enterro da criança estavam sob tratamento em clínicas de doenças sexualmente transmissíveis. Desejava que Frances também tivesse vindo, assim seriam cinco os infectados.

O quinteto contaminado.

Quis rir alto ao pensar nisso.

O caixão parecia tão pequeno e abandonado que Susan sentiu ímpeto de gritar para o padre e anunciar que Jason não iria descer sozinho para a escuridão, pois precisava da mãe para não se sentir assustado. Precisava de alguém que cuidasse bem dele, o amasse e se incumbisse de atendê-lo sempre que chorasse.

Por que não morrera junto com o filho? Sem dúvida, Deus poderia ter levado os dois, ter dado a ela algo para aguardar com ansiedade, a chance de desfrutar da eternidade ao lado de Jason e de ninguém mais.

Apenas amando-o, zelando por ele, mantendo-o em segurança.

Joey recomendara a todos atenção ao túmulo, pelo menos por um certo tempo, a fim de preservar a cruz de ouro verdadeiro que, como ele mesmo havia alardeado aos quatro ventos, enfeitava o ataúde do neto.

— Algum cretino pode desenterrar o caixão e raspar o metal. É assim que eles agem por aqui.

Ao ouvir tamanha pérola, nem mesmo Ivy se conteve e o mandou calar-se. No entanto, Susan sabia que a intenção de Joey fora confortá-la. Joey tentava demonstrar afeto pelo bebê repetindo que haviam gastado dinheiro com o enterro. Haviam lhe dado o que Ivy chamara de "uma boa expedição". Mas para onde? Para onde, caramba, o haviam mandado, completamente sozinho, sem a mãe?

Que espécie de Deus fazia coisas assim?

O rosto de Susan serenou.

Ora, tratava-se do mesmo Deus que lhe dera Barry Dalston, não? E como rezara para conquistá-lo, tola que era.

Agora estava tudo acabado, sabia pela expressão de alívio no rosto de todos. Barry pôs-se ao lado da mulher e colocou uma das mãos em volta do ombro dela. Barry chorava. Susan podia ver que todos os vizinhos o observavam, inclusive Maud, a vizinha de porta, e todos os pimpolhos, amontoados como ratos em volta de um cadáver.

— Caia fora, Barry.

As palavras de Susan foram ditas com suavidade, mas intensas o bastante para tornarem-se claramente audíveis. Foi então que ela deixou que mais lágrimas irrompessem. E tudo por causa do cheiro de Barry. O cheiro que ela tanto amara: Old Spice e cigarros misturados com Brylcreem, peixe e batatas fritas.

Em outros tempos, essa proximidade tinha sido tudo para ela, a fizera sentir-se segura, amar e desejar Barry. Agora, ela chorava pelo filho morto e pela juventude perdida e que nunca recordaria com contentamento. Tendo passado a infância e parte da adolescência ao lado de pais como June e Joey, a vida com Barry havia sido a única coisa boa que experimentara. Durante muito tempo, ele fora um farol, algo que ela desejara muito ter para si. E, finalmente, concluíra ter estado submersa na mais absoluta ilusão.

Acabou por permitir que ele a abraçasse. O sepultamento do filho não era hora nem lugar para histeria, embora fosse grande a tentação de envergonhá-lo. Refreou-se porque os vizinhos estavam atentos. Não queria lhes revelar detalhes de sua vida íntima.

Embora decepcionada e ferida a fundo na alma, Susan Dalston insistia em preservar velhos hábitos.

Susan acordou no meio da noite. Vindo da rua, o facho lançado pela iluminação pública banhava o quarto num brilho tépido e brando, mas tudo o que ela percebia era uma fornalha dentro dos seios. O leite ainda vazava e a fazia sentir-se febril e enferma.

Barry estava ajoelhado junto à cama. Susan notou que fora ele quem a despertara, quem a tirara de sonhos abençoados capazes de fazer a dor desaparecer temporariamente. Pílulas para dormir, eis uma invenção maravilhosa.

— Espero que não esteja com segundas intenções.

A voz de Susan era monocórdia, mas soou alta na quietude da casa.

— Amo você, Susan Dalston, amo você mais que tudo.

A voz de Barry era encharcada de melancolia. Susan pareceu não se importar, nem respondeu.

— Desculpe, Susan, realmente lamento muito. Sei que a culpa foi toda minha, me deixei levar pelo desgraçado do Joey. Ele me chamou para sair, me deu um porre. Acordei na manhã seguinte com ele e duas vadias nessa cama...

Barry estava mesmo chorando.

Susan sentiu-se estranhamente alheia a ele.

— Elas estavam aqui, na minha cama? É isso que você está dizendo?

Ela viu que ele concordava com um movimento de cabeça. Sabia que estava tentando ajeitar as coisas, tentando ser honesto.

— Eram umas rameiras, putas velhas, não significaram nada. Não são como você e eu, querida, nós temos uma vida de verdade. Amo você. E não ligo a mínima para tipos como elas.

Susan notou o humor que havia em sua própria voz ao responder:

— Fico feliz em saber. Agora vou voltar a dormir.

Barry pressionou a cabeça contra o ventre dela, o ventre grande e redondo com estrias vermelhas e pele flácida.

— Por favor, Sue, não me abandone. Pare de me rejeitar... Também estou magoado.

Ela continuou imóvel, olhos abertos na escuridão, reprimindo a vontade de esmagar a cabeça do marido com os joelhos até extrair toda a vida que ainda houvesse dentro dele.

Como outrora havia adorado senti-lo ali, na intimidade; como havia gostado de sentir a língua dele dentro dela. Por pouco, não se deixou levar, por pouco conseguiu evitar que bons sentimentos a dominassem. Porém, estava feliz por não ter sucumbido. Teria sido uma traição à criança morta.

Barry quase tinha feito com que gostasse de sexo; uma vez ou duas quase atingira o ponto exato. Mas ela mesma havia se empenhado para resistir ao prazer, não queria conhecer uma sensação que fazia as pessoas enlouquecerem, que as levava a se entregar a estranhos apenas para atender a um impulso primitivo.

Transe com elas e as esqueça. Essa era uma das expressões favoritas de Barry. Ora, tinha transado com uma que havia lhe presenteado com muito mais do que o esperado. Susan Dalston já estava farta de sexo e de todas as suas conseqüências.

— Deixe-me dormir, Bal, por favor.

Ele então a agarrou com mãos que eram garras movidas a desespero.

— Susan... por favor, Susan. Amo você, querida. Amo você de verdade. Podemos fazer tudo dar certo. Eu vou mudar. Prometo. Vou fazer você se orgulhar de mim novamente. Prometo que não vou tocar em outra mulher enquanto viver. Sobre o túmulo de Jason, eu juro.

Ela havia se sentado na cama, o rosto implacável e imóvel.

— Não jure sobre o túmulo daquela criança, Barry Dalston. Está tentando fazer uma promessa que nunca vai poder cumprir. Você é como meu pai... só sabe foder. Foder com os outros de todas as maneiras, sexual e emocional. Vocês dois me foderam, ao pé da letra e no sentido figurado. Deixe aquele garotinho fora disso. Não o macule mais do que já fez. Você o matou. Encare os fatos e me deixe dormir sossegada. Eu só quero dormir.

Tornou a deitar-se e ele novamente se recostou nela, a cabeça mais uma vez na maciez do abdome dela. Barry precisava do cheiro de asseio da mulher para voltar a sentir-se inteiro.

Dera-se conta de que Susan era realmente um diamante. Mantinha-se limpa, bem como mantinha a casa imaculada. Era dedicada, complacente. Era uma boa pessoa e conseguia ficar ao largo dos mexericos. Barry sabia que poderia ter arrumado coisa muito inferior. Talvez uma Frances ou uma Debbie que, uma vez casadas com alguém como ele, estariam — a exemplo de June — faladas por todos os cantos já no primeiro aniversário do casal. Porque precisavam ser desejadas, precisavam sentir-se sexualmente cobiçadas. Porque não tinham miolos para diferenciar amor de sexo.

Viam-se como nada mais que objetos sexuais e isso as fazia infelizes, pois quando a realidade se impunha, precisavam procurar em outros lugares, cada vez mais longe de casa, o burburinho pelo qual ansiavam. Homens estranhos, que as usariam por algum tempo e diriam qualquer asneira que elas quisessem ouvir.

Eram muito diferentes de Susan, de sua Susan, cujo rosto era feio e o corpo volumoso, mas que lhe dava muito mais, pois dava sem pensar em retribuição. Ele não tinha que lhe pagar bebidas ou lhe murmurar um caminhão de tolices. Ela simplesmente estava ali, ao seu lado. Ali, à espera dele, e só dele.

Pela primeira vez na vida, Barry atinou o significado da palavra lealdade.

Barry Dalston, homem duro, bandido cheio de vícios e pai enlutado, agarrou-se à jovem esposa como se fosse a única coisa capaz de evitar que se afogasse.

*

Dez dias depois, Susan estava vestindo-se para assistir a outro funeral. Dessa vez era a prima Frances quem seria sepultada. Ninguém fora do círculo familiar sabia por que ela havia se suicidado.

Frances fora até Essex e se enforcara numa árvore de Belhus Park, Aveley. Era um lugar a que todos haviam ido quando crianças para visitar um velho parente, já falecido e esquecido.

Susan estava preocupada demais com o enterro e com a confusão de suas emoções para notar uma notícia publicada naquele mesmo dia no *Daily Mirror*. Uma prostituta freqüentadora da boate de Valbon, Soho, havia sido espancada até a morte dois dias antes, o corpo abandonado no lixo da Gerrard Street.

Mas Barry lera a informação, várias e várias vezes. Sempre defendera a idéia de que era possível pagar e receber dívidas sem a utilização de dinheiro.

Ora, Frances tinha dado cabo da própria vida por causa do bebê e de toda a dor que havia causado. Quanto à outra mulher, precisara da ajuda de Barry para passar dessa para melhor. Barry considerava que o esforço valera a pena.

Ele a fizera pagar pela morte do filho. Pegara a culpada e a castigara. Isso o fez sentir-se muito melhor. Alguém tinha que pagar e, como de praxe, não seria ele.

Após o enterro, ele segurou uma das mãos de Susan. Ela o mirou fixamente por um instante.

— Você parece quase feliz, Barry.

Ele sacudiu a cabeça e seu rosto retomou a expressão de pesar.

— Estou feliz porque tenho você de volta, querida, é só isso.

Ao puxá-la para perto de si, num abraço, ele sorriu. O mais triste era que realmente acreditava no que dissera. Tal era a mentalidade do marido de Susan Dalston.

Na saída do cemitério, Susan, ainda sofrendo de desgosto e angústia, sentiu um lampejo de esperança no futuro. No futuro do casal.

Pelo menos, pensou ela, ele se importa comigo. Já é um começo, de algum modo.

O sol estava novamente alto, era um dia dourado. Em todo lugar uma nova vida parecia florescer. As crianças brincavam, flores desabrochavam e as pessoas apressavam-se para cuidar de seus afazeres.

Pelo menos, pensou Susan com os seus botões enquanto o marido, gentil, a ajudava a entrar no carro, as coisas não podem piorar. Ao dar partida no motor, Barry se debruçou sobre ela e a beijou nos lábios. Pela primeira vez em anos, Susan abriu um sorriso verdadeiramente sincero para retribuir um gesto que a agradara.

Ele estava perdoado.

Do canto dos olhos, Barry identificou Doreen à espera, na calçada. Afastando o carro do meio-fio, ele colocou uma das mãos atrás da cabeça de Susan e ergueu dois dedos, num chifrinho.

— Quer que eu ligue o rádio, garota, para nos animar um pouco?

Susan respondeu que sim com apenas um gesto, ausente, a mente repleta de imagens de Frances e do sepultamento. Não viu Doreen, que fazia caretas como uma doida e acenava com gestos obscenos.

Mas Barry registrou a cena e a guardou na memória para uso futuro.

LIVRO II
1969

"A verdade é cruel, mas pode ser amada,
E liberta aqueles que a amaram."

— George Santanyana, 1863-1952

"Não há paz para os ímpios, diz o meu Deus."

— Isaía, 57:21

"O lar é a prisão da moça e o hospício da mulher."

— George Bernard Shaw
(*Homem e super-homem*, 1903) 1856-1950

Capítulo 14

— Dá para calar esse maldito bebê? — A voz de Barry era mais alta do que a da menininha. Susan caminhava pelo quarto ao lado, afagando as costas da criança e tentando acalmá-la.

Os dentes de Wendy tinham acabado de despontar e ela não estava nada feliz com a novidade. Aliás, parecia ter nascido num mundo no qual não se sentia à vontade e desde sempre tinha deixado isso bem claro.

Wendy chorava desde o nascimento.

O médico dissera que era cólica. Susan achava que era cólica. Barry estava convencido de que a criança havia lhes sido entregue pelo Diabo em pessoa e não se mostrava nem um pouco satisfeito com a paternidade. Para piorar a situação, se Wendy se aquietava, bastava que visse o rosto de Barry junto ao berço para reiniciar a Terceira Guerra Mundial.

Wendy Kathryn Dalston não gostava do pai. Susan não a considerava má juíza.

A cada dia que passava, Barry se irritava ainda mais com os surtos de berros noturnos da filha. Ele fazia questão de que todos soubessem de sua exasperação. Não raro, Susan se distraía em comparar quem se manifestava mais alto, se Wendy ou o marido. De qualquer modo, as vozes dos dois era tudo o que ouvia.

Se Barry a desprezava, Wendy era o prazer do coração de Susan. A mãe se derretia apenas em se concentrar naqueles grandes olhos azuis. Tinha certeza de que aquela criança estava destinada a se tornar uma grande beldade e a ser adorada de maneira ilimitada. Em suma, Wendy era o mundo de Susan. Barry, sabedor disso, sentira um ciúme opressor desde o momento em que a menina nasceu. E, mesmo ciente de que precisava superar tal sentimento, não conseguia evitá-lo.

Wendy tomava todo o tempo de Susan, toda sua paciência e amor.

Levantando-se da cama, ele foi até o quarto na porta ao lado e praticamente arrancou a criança dos braços de Susan.

— Ponha essa coisinha mimada de volta no berço. Deixe-a chorar. Cacete, Sue, vamos ter ao menos uma noite de sossego!

O grito do pai deixou Wendy ainda mais zangada. Ao sentir a tensão no ambiente e o medo que exalava do corpo da mãe, pôs-se a berrar com vontade redobrada.

Susan segurou a criança ainda mais perto de si, apertando-a entre os seios.

— Está na hora da mamada, Bal. Não implique com a menina. Ela tem quatro meses, não sabe que horas são.

Susan agarrara-se à filha de modo desesperado e Barry, mais uma vez, tentava tirar Wendy do colo da mãe.

— Estou avisando, Barry, vai machucá-la se continuar a puxar assim. Se isso acontecer, não respondo por mim, rapaz.

As palavras saíram antes de Susan refletir sobre o que estava dizendo. Foram instintivas, apenas um jeito maternal de defender a cria. Barry olhou para ela por longos momentos. Susan sentiu as garras geladas do medo envolverem seu coração.

— Bal, me ouça... Barry, por favor...

O soco que a atingiu foi tão inesperado que ela caiu cambaleante contra o berço, quase soltando o bebê e deixando-o cair no chão.

Susan sentiu a sobrancelha abrir, o sangue jorrar e lágrimas ardidas brotarem. Barry observava a cena como se tudo se passasse em câmera lenta. Sabia, tão logo seu punho tocara na esposa, que a havia atingido com muita força, com tanta força quanto poderia ter usado para bater num homem. Na exata fração de segundo em que levantou o braço, tivera consciência de que estava fazendo algo errado.

Wendy permaneceu calada, mortalmente calada, e tanto Susan quanto Barry olharam para a bebê. O sangue da mãe havia salpicado o rosto da menina. Ambos pensaram que a pequenina havia se ferido.

— Canalha desgraçado, Bal, o que você fez?

Era o silêncio absoluto que apavorava Susan, a mudez incomum da criança. Então Wendy sorriu, um grande sorriso beatífico, e Susan sentiu afrouxarem as garras que tinha em torno do coração.

Barry baixou o olhar para a filha. Não havia dúvida de que era sua carne. Parecia-se tanto com ele que chegava a dar nos nervos. Ele viu o sorriso da garotinha, percebeu o sangue e o muco que lhe escorria do nariz e experimentou o alívio que somente uma pessoa culpada pode sentir. Por um momento, imaginara que a havia ferido e, para Barry, esse seria o pior ato que poderia cometer. Não tanto por ser condenável, mas porque, no mundo em que vivia, qualquer um que ferisse um bebê era banido, insultado, tratado com desdém público. Aceitava-se que as crianças fossem moídas de pancada quando já estivessem em idade escolar e, portanto, consideradas gente, mas um bebê... ora, um bebê constituía motivo de júbilo para todos. Exceto, por muito tempo, para seus próprios pais.

Barry estava cansado de ver todos elogiando Susan e seu dom para a maternidade. Até mesmo Davey Davidson havia comentado que preciosidade era a Sra. Dalston. E a Sra. Davidson — segundo relato do marido a Barry — não perdia oportunidade de mencionar a adorável filhinha do casal Dalston e a casa impoluta da família. Susan, ao que parecia, nascera e crescera para ser mãe, embora ninguém entendesse como, a julgar por June e seu currículo. Tudo indicava tratar-se de uma aptidão inata.

Até mesmo a sogra adorava Susan e a tinha na mais alta conta. Naquele momento, ao olhar para a mulher, de cara limpa e com a barriga protuberante dentro da velha camisola, ele não sentiu nada diferente de repulsa. Os seios ainda estavam cheios de leite, ela estava sempre vazando, independente de hora ou lugar, e a criança estava sempre pendurada ali, de manhã, de tarde e de noite. "Mamada pronta entrega." Era assim que a mãe costumava se referir às necessidades de Wendy; já ele chamava de estragar desde cedo a maldita criança, mas não conseguia que Susan lhe desse ouvidos.

O que Wendy Dalston queria, Wendy Dalston tinha. Não importa se era carinho, comida, atenção ou mesmo um cigarro; se a criança queria, conseguia.

Barry conjeturava que Susan estava arranjando sarna para se coçar. No entanto, como ainda trazia fresco na memória o susto provocado pela mudez momentânea da filha, ele a tomou do colo da mãe e a embalou.

Wendy dessa vez foi dócil, como se o choque e o barulho a tivessem esvaziado. Fitando o pai, ela sorriu de novo, um grande sorriso de bebê, gengivas à mostra, num desafio lançado a quem quer que ousasse pensar em não amá-la.

Barry balançou-a para cima e para baixo por alguns minutos, maravilhando-se com a sensação provocada pelo corpinho miúdo aninhado em seus braços. Então ele a amou. Quando ela o quis, quando estava próxima a ele, ele a adorou.

Susan os observava, sentindo o sangue coagular acima do olho e dizendo a si mesma que o entrevero não tinha importância. Bebês estressam a maioria das relações. E uma relação já no limite tendia a se desgastar ainda mais.

Susan finalmente saiu do quarto, pois agora estava certa de que Barry podia lidar com o bebê, e rumou para o banheiro, onde lavou o rosto. Havia sangue por toda parte, mas estava cansada demais para se incomodar. O ferimento parecia pior do que de fato era, um corte no supercílio. Imaginou brevemente se deveria ir a Londres, para levar dois pontos, mas sentia-se inteiramente sem forças.

Em vez de procurar um pronto-socorro, colocou um emplastro sobre o machucado e fez ela mesma a limpeza do local. Seria o bastante até a manhã seguinte, quando teria que explicar à mãe de Barry o que acontecera.

O que teria sido dela sem Kate? Susan não saberia responder. A mulher tornara-se sua aliada mais leal. Desde a morte de Jason, a sogra fora como uma mãe para Susan. Kate reconhecia inclusive os erros e defeitos do filho e não se deixava persuadir por seus argumentos. Durante mais um ano, sequer lhe dirigira a palavra. Só voltou a se relacionar com ele quando Wendy nasceu. Mesmo assim, só erguera a bandeira branca a pedido de Susan. Ali, no banheiro, Susan acabara de deduzir que a marca deixada há minutos em seu rosto por Barry só faria piorar novamente a relação entre mãe e filho.

Kate, conforme a experiência já comprovara, tinha uma boca ainda mais danosa que a de June, e sob vários pontos de vista. Embora não praguejasse nem vociferasse, se expressava com convicção capaz de conferir a cada palavra o peso absoluto do desgosto que a motivara. Barry era o destinatário desse opróbrio com tanta freqüência que, às vezes, Susan desejava manter a sogra a distância. Certamente, assim a vida tornar-se-ia mais fácil.

Depois de guardar o estojo de primeiros-socorros, voltou ao quarto. Barry adormecera na cama com Wendy aninhada no peito. O bebê também ferrara no sono. Sorrindo com suavidade diante daquela imagem perfeita de pai e filha, Susan acomodou-se numa cadeira de vime pintada de branco. Podia cochilar até que Wendy despertasse e precisasse pegá-la e amamentá-la.

Estava cansada, muito cansada.

Doreen entrou na cozinha carregando uma torta grande de maçã. Eram oito e meia da manhã e já estava inteiramente maquiada, com o cabelo penteado com estilo. No entanto, não se dera ao trabalho de tirar o roupão que usava dentro de casa e do qual só se separava se fosse sair.

— Como vai o meu anjinho?

A voz dela, até então jocosa, mudou de tom quando Susan afastou-se da pia e a encarou.

— O que ele fez dessa vez? — sibilou a amiga. — Eu o ouvi reclamar e fazer estardalhaço, Sue. Não percebi ruído de nada mais sério, amiga, ou teria me metido. Teria telefonado para a polícia se soubesse que ele encostou um só dedo em você ou na criança.

Susan suspirou.

— Ele se descontrolou, não conseguiu evitar. Wendy não parava quieta e nós dois estávamos cansados. Eu o desacatei...

Os olhos de Doreen se arregalaram.

— O que você disse?

Ela corou.

— Deixe para lá, foi o bastante para ganhar isso.

E apontou o olho inchado e o emplastro.

— Não tem mais importância. Ele amanheceu morto de arrependimento. E você mal poderia imaginar, Dor, mas ele dormiu a noite toda com Wendy sobre o peito. Você devia ter visto os dois. Hoje de manhã, ao acordar e a ver ali, pertinho, sorriu para ela pela primeira vez. Ela estava tão confortável que sequer despertou para a mamada da madrugada.

Doreen sorriu, taciturna.

— Finalmente ele percebeu que tem responsabilidade sobre a menina? Que ela é uma pessoa de verdade, não uma boneca?

Ambas ouviram os passos de Barry descendo as escadas.

— Ele estava ocupado dando de mamar a ela. — Susan levou um dedo aos lábios e sorriu.

Barry entrou na cozinha com Wendy no colo. Olhou para Doreen como teria olhado para uma barata que acabara de encontrar na salada e exclamou:

— Ela tomou quase 150 mililitros, benza Deus. Isso porque eu a alimentei e ela não teve que forçar a pobre boquinha em suas tetas grandes e gordas. Daqui para frente, extraia o leite do peito e dê na mamadeira.

Era uma ordem.

Susan fez que sim com a cabeça, desatenta.

— Ela suga o suficiente do peito, embora não se saiba ao certo a quantidade, pois a pele não tem tracinhos e risquinhos de medição.

Ela mostrava-se propositalmente risonha, tentando descontrair o ambiente ao máximo.

— Você tem tantas estrias que se houvesse traços para medição seria impossível distingui-los. Faça como estou mandando. A partir de hoje, eu dou de comer a essa coisa que insiste em estragar minhas noites de sono. Eu me encarrego de mantê-la pianinho. Você a mima demais.

Ele colocou a criança cuidadosamente no moisés, ali mesmo, na cozinha. Wendy mexeu os pezinhos de prazer e sorriu de novo. Barry retribuiu o agrado da filha e tornou a desfrutar da sensação de poder que ela lhe dava. Fazer com que ela o amasse parecia a tarefa mais excitante do mundo, melhor que um caso de amor.

Ela iria preferi-lo à mãe, tinha certeza. E saiu da casa sem dizer mais nada. Doreen sentiu a tensão abrandar tão logo ele fechou o portão dos fundos.

— É um cretino, Sue. Seria ótimo se você o enxergasse como todo mundo o enxerga.

Susan riu e serviu chá para ambas.

— Eu enxergo, Doreen. A diferença é que sei como lidar com ele.

As palavras davam a impressão de terem saído da boca de alguém muito mais confiante que Susan Dalston. O fundamental era que Barry passaria o dia fora e, quem sabe, com sorte, também a noite. Tinha Wendy toda para si, exatamente como desejava.

Barry estava entretendo a todos no pub com relatos acerca da "mamada noturna". Sentia-se todo poderoso, cercado por homens que o ouviam pontificar sobre a melhor maneira de criar um filho. Susan achava ser a única na casa capaz de fazer a criança feliz. Ora, tinha provado que ela estava enganada, redondamente enganada. Barry estava à vontade ao aconselhar a todos que tivessem bebês, fórmula ideal para comprovarem a vida fácil desfrutada pelas esposas.

A maioria dos homens riu e concordou com ele; um casal sorriu sem convicção e um estivador chamado Freddie McPherson não achou a conversa nada divertida.

— Você está enganado, Barry, as mulheres trabalham duro. Minha Jeanette pariu nove e isso a matou. Tinha 41 anos quando morreu de infarto. Você está falando merda, rapaz. Só porque deu de mamar à criança uma vez, acha que é o Dr. Spock. Tenho nove para cuidar até que minha primogênita Lee-Anne tenha idade bastante para assumi-los. Não calunie as mulheres, parceiro, elas fazem um bom trabalho.

Barry foi tomado de irritação, mas viu-se forçado a engolir a crítica. Afinal, todos sabiam que Freddie era um prodígio, o inigualável rei dos petizes.

Sentindo-se tolo, procurou fazer uma brincadeira.

— Deve ser árduo com nove. Porém, como dizem por aí, Freddie, você nunca negou fogo. Provavelmente faturou a mulher até a morte!

Todos riram, inclusive Freddie, que conhecia as dificuldades imensas de criar muitos filhos com quase dinheiro nenhum.

— Eu a procurava todas as noites. Para dizer a verdade, sinto falta. Estranhas não proporcionam o conforto que uma mulher de verdade pode oferecer, uma que conheça todos os seus segredos e o ame apesar de tudo. Da dentadura malcheirosa ao sovaco suarento. — A voz do estivador era cheia de saudades da esposa e do bem-estar que ela lhe assegurava. Foi nesse momento que Joey entrou no pub. Tão logo o viu, Barry soube que estavam em apuros.

Balançando a cabeça na direção de todos, num cumprimento, o recém-chegado pediu uma dose dupla de uísque e empurrou Barry para um canto silencioso onde, em prol da mais absoluta privacidade, obrigou dois homens a abandonarem seus assentos.

— Qual é o problema, Joey?

Ele sacudiu a cabeça, furioso.

— É aquele escroto do Derby. Está doido para levar uma porrada e eu sou o homem certo para isso.

Barry correu uma das mãos pelo cabelo, num gesto repleto de agitação.

— O que ele fez agora?

Joey tomou um trago de uísque e suspirou.

— Ele não quer pagar, caralho. Disse que nem eu, nem Davey ou Bannerman o assustavam. Parece que está trabalhando para uma pequena firma em Bermondsey. Você jamais adivinharia quem é o dono...

Barry sentiu como se tivesse gelo no buraco do estômago.

— Os irmãos Winter?

— Os próprios. É empregado deles, trabalha como cobrador de dívidas e, agora, de uma hora para outra, pensa que é o tal. — Joey falava entre dentes, as palavras quase saltando da boca, tamanha era sua ira.

Estavam numa sinuca de bico.

Os irmãos Winter eram notórios e haviam se aliado de maneira precária aos Bannerman. O fato era sabido por todos e ninguém desejava uma outra guerra. Desde que os Kray haviam partido para uma temporada de trinta anos na cadeia, sob os auspícios de Sua Majestade, as firmas de toda

Londres tinham estabelecido áreas de atuação e defendiam-nas como podiam. Embora postas de lado, as armas de fogo poderiam voltar à ativa por conta de um evento de tamanha magnitude.

— Vou ter de conversar com Bannerman, ver o que ele diz.

Barry concordou com um meneio de cabeça, distraído. Depois, inclinando-se à frente sem se levantar da cadeira, riu com os dentes à mostra.

— Por que não lhe damos uma lição das boas e esperamos para ver o bicho que dá? Aposto que os irmãos Winter não dariam um ai se soubessem que ele estava devendo. Afinal, provavelmente fariam o mesmo ou, ao menos, esperam que ele faça.

Joey sacudiu a cabeça.

— É briga de cachorro grande, Bal. E nossa intenção não é começar uma guerra. Pelo menos não sem o consentimento de Bannerman.

Ele parecia desconfortável e isso aborreceu Barry. Não era comum ver Joey preocupado daquele jeito.

— Vamos lá, beba algumas doses e esqueça, hein? Pense nisso amanhã.

Joey pegou o copo vazio, o semblante colérico e derrotado.

— Odeio aquele maricas por me colocar nessa posição. Se você o tivesse visto, Bal, um gorila enorme parado ao lado dele, um outro no carro... fez com que eu me sentisse um idiota. Mas meu dia vai chegar, um dia acerto as contas com ele, pode apostar.

Barry sabia que precisava dizer algo para acalmar Joey.

— Lá estava eu parado, em pé, e ele rindo de mim. Não havia nada que eu pudesse fazer. Vou lhe contar, Bal, foi uma sorte não estar armado, pois teria acertado um tiro bem na cabeça do miserável.

Barry podia compreender o que o sogro dizia. Ser ludibriado na profissão que haviam escolhido era tão absurdo quanto pedir à rainha que pagasse um boquete básico.

Era especialmente ofensivo vindo de Georgie Derby, um homem agressivo que cultivava, com a mesma intensidade, língua ferina e hábitos vingativos. Em circunstâncias normais, já seria difícil cobrar uma dívida de alguém como ele. Considerando que agora trabalhava para uma organização cuja finalidade era apertar maus pagadores, era ainda mais complicado fazer com que um babaca assim honrasse seus compromissos pecuniários.

Colocando-se de pé, Joey empunhou o copo vazio e respirou fundo.

— Vamos tomar mais uma. Só Deus sabe como vai me fazer bem.

Enquanto caminhavam na direção do bar, Barry tentava se lembrar de algo que pudesse animar Joey.

— Aliás, Bal, como está o bebê? Ainda colocando a casa abaixo de tanto berrar?

Todos riram e Freddie gritou:

— Não está sabendo? Ele tem mãos milagrosas.

O pub irrompeu em gargalhadas. Barry sentiu-se contente pelo momento de descontração criado por Freddie e, por isso, mais uma vez, não foi tomado pelo impulso de lhe dar uma sova. Apesar da gozação do estivador, relevou. Então pôs-se a contar a Joey tudo sobre Wendy, como parara de gritar assim que ele a pegara nos braços. E como havia dito a Susan para não mimar a criança nem oferecer colo a toda hora.

— No fim do dia, Joey, as crianças são como as mulheres. Precisam saber quem manda, independente da idade que têm. É isso que as faz se sentirem seguras. Afinal, não se pode deixar a esposa agir como bem quiser, não é?

Joey riu meio entediado e virou-se para seus cupinchas de bar, antes de responder:

— Diga isso a June. A última pessoa que conseguiu lhe dar uma ordem e ser acatada foi o especialista em gonorréia do Old London.

Todos riram da anedota e Barry, notando que tinha dado um passo em falso, riu, acanhado.

— Bem, June é um caso à parte, não é?

Joey concordou com a cabeça, sério.

— Não deixa de ser, sob determinado ponto de vista.

— Vamos pedir um rango e beber algo que valha a pena. A tarde mal começou. Temos o dia todo pela frente.

Joey assentiu com a cabeça. Porém, continuava mergulhado em preocupações e todos haviam percebido. Às três horas, estava beligerante e, às quatro e meia, tomado por uma fúria assassina. Georgie Derby o havia encolerizado mais que ele próprio percebera. Barry, por sua vez, conhecia bem o comparsa e o provocou até não mais poder. De acordo com o raciocínio do jovem Dalston, se aniquilassem Derby ganhariam fama no mundo do crime tão logo a notícia se espalhasse.

Fama capaz de desencorajar qualquer um, independente de quem fosse ou para quem trabalhasse, a desafiá-los. Para os insistentes e insanos, restaria a destruição.

O supercílio de Susan continuava aberto e ela sabia que deveria ter ido ao pronto-socorro para sutura. Examinando-se no espelho, sentiu-se deprimida. Nua, tinha aspecto horrendo. O rosto, que nunca fora o seu forte, beirava o grotesco, com o olho inchado e a sobrancelha quase cômica. O hematoma que tomava conta da parte superior da face fazia com que parecesse ainda mais feia.

— Barry Dalston, seu tratante. — Ela desabafou no ambiente vazio. O quarto era agradável. Susan consumira muito tempo para ajeitá-lo, imaginando-se enlaçada nos braços do marido, o casal amando-se na cama ou brincando com os filhos nas manhãs de domingo.

— Você leu livros demais, mas não sabe pensar.

Passara a conversar consigo mesma, em voz alta. Amenizava a infelicidade que tinha dentro de si. Wendy estava deitada na cama, balbuciando alegremente.

— Também está falando sozinha, garota?

Olhou a criança bem de perto e recebeu como resposta um balbucio de satisfação. Susan adorava o bebê, a adorava da maneira mais absoluta possível.

Como sempre, quando se aproximava de Wendy sentia o leite escorrer. Barry e sua mamadeira... sorriu ao pensar nisso.

Erguendo a filha, colocou-a com delicadeza junto ao peito, sentindo a maciez dos lábios da menina que a procuravam, que buscavam alimento. Em seguida, sentiu as gengivas prensarem os mamilos sensíveis. Susan a segurava com zelo, deixando que mamasse no ritmo que desejasse, acariciando-a na cabecinha felpuda, beijando-lhe os dedinhos das mãos e os pezinhos.

Feliz com o tratamento recebido, Wendy se aconchegou na doçura do ninar da mãe, tranqüilizada pelos cheiros e gostos familiares, o amor envolvente e todos os afagos que acompanhavam as mamadas.

Susan cantou para ela com delicadeza, trauteando em voz baixa e gentilmente, enquanto a observava sorver o leite e, pouco a pouco, relaxar contra o corpo no qual fora gerado.

Em meio aos beijos com que brindava a filha e ainda em dúvida se trocava as fraldas da menina ou a deixava dormir, ouviu Barry chegar. Ele fechou a porta da cozinha com estrépito, subiu as escadas batendo os pés e já estava na soleira antes mesmo que Susan tivesse tempo de se mexer.

Fitou mãe e filha por alguns segundos. Os olhos eram como buracos talhados no rosto, tamanha era sua fúria.

— Esperei por você, Bal, mas tive que alimentá-la, ela estava com fome.

Ele a encarou mais uma vez, sem dizer uma só palavra.

Susan levantou-se, colocou o bebê no moisés junto à cama e virou-se para o marido.

— Você faz de propósito, não é? Dou as ordens, mas não adianta porra nenhuma!

Sua voz era cheia de cólera, mas conformada, como se soubesse exatamente o que encontraria ao chegar em casa.

— Saí do trabalho só para dar mamadeira a minha filha. Como sempre, você atrapalhou tudo, não é? Não podia esperar um segundo...

— Francamente, Barry, são duas da manhã. Você está na rua desde oito e meia de ontem. O que eu deveria fazer... deixar a menina morrer de fome?

As palavras saíram da boca de Susan em tom de desculpa.

Ele a examinou de cima a baixo.

— Olhe para você, Sue, parece uma vacona, é só tetas e estrias. Você acha que eu quero voltar para casa e encontrar isso, uma bruxa gorda e fedida? Acha que fico louco para chegar logo? Ora, claro que não. Só de pensar em você tenho vontade de vomitar.

Susan fechou os olhos, angustiada. Wendy começara a chorar, já a meio caminho de atingir seu ápice sonoro. Automaticamente, Susan se debruçou sobre a cestinha no chão.

— Deixe o bebê em paz. Ela já é mimada o bastante.

Susan voltou a ficar de pé e lançou a Barry um olhar cheio de súplica.

— Não crie caso, Bal, por favor. Não essa noite.

Ele tornou a examiná-la, o olhar se concentrando no abdome e nos seios. Os seios que tinha adorado tanto. Mais uma vez, Susan sentiu o leite gotejar por conta da proximidade da menina. Sentiu o líquido tornar a escorrer, sentiu o calor e a sensação de desconforto de saber que Barry criaria ainda mais confusão por causa daquilo.

— Cristo, Sue, como você é feia, uma cadela feia, não há quem duvide.

Susan baixou os olhos para o bebê que berrava e Barry a esbofeteou, um tapa com a palma da mão aberta e ainda mais barulhento que o choro vindo da cesta. Então, jogou-a de bruços, forçando seu rosto contra a cama e, enfiando-lhe um travesseiro sob a barriga, se ajoelhou por trás.

— Se olhar para a sua cara, perco o tesão. — Tirou o pênis para fora, já intumescido e rígido. Ao empurrar o membro para dentro dela, ouviu-a resmungar.

— Vamos lá, leitoa cheia de banha. Grunhe, pode grunhir, ordinária.

Ele a cavalgava de maneira brutal. Susan sentia os dedos dele agarrados às suas nádegas. Parecia que os golpes eram provocados por faca. Virando o rosto de lado, viu o reflexo no espelho da penteadeira, Barry ainda vestido de calças e camisa, a cara uma bola vermelha de concentração enquanto bombeava. Os peitos de Susan pendiam junto ao travesseiro, ainda pesados de tanto leite. Continuavam vazando.

Barry falava alto, as palavras dissonantes agora que estava à beira do clímax. Ela percebeu a mudança de ritmo e suspirou de alívio. Os gritos de Wendy eram tão altos que poderiam ensurdecer qualquer um. Susan teve vontade de matar o marido para acudir a criança e consolá-la em paz.

Com a voz profunda de excitação e ódio, Barry gritou um tom acima do barulho provocado pelo bebê, firme na cavalgada.

— Você é uma puta feia e gorda e devia se considerar com sorte por eu ter me casado com você, garota. Quem mais faria isso, hein? Quem mais lhe daria filhos?

Ele a segurava pelos cabelos, puxando sua cabeça para trás e machucando-a ainda mais.

— Você é igual a minha mãe. Acha que caga cheiroso, mas fede, entendeu, você fede, sua maldita...

Ele estava gozando; Susan sentiu o corpo dele estremecer, sentiu-o reduzir a força com que puxava seus cabelos e agradeceu a Deus que tudo tivesse terminado.

Então rolou na cama, afastando-se dele, o corpo doído e cansado. Wendy ainda estava chorando. Automaticamente, levantou-se para pegar a filha, supondo que Barry, tendo conseguido o que queria, a deixaria sossegada.

Ledo engano.

De início, as pancadas foram pesadas, mas nada que Susan não pudesse suportar. Sentada na lateral da cama, mãos sobre o rosto, tentava se desviar dos ataques mais duros. Os punhos de Barry mantiveram-se cerrados até que os nós dos dedos estivessem brancos e os dentes rangendo, o semblante bonito retesado numa máscara medonha de repugnância. A fisionomia dele, mais que a brutalidade, era o que assustava Susan.

Barry cruzara um limite a partir do qual nada mais tinha importância. Seria capaz de ferir qualquer pessoa, inclusive a filha.

Susan conseguiu correr para o quarto ao lado e se agachou ao lado do bercinho de Wendy, protegendo-se o quanto pôde com os próprios braços. Ele a seguiu. E a chutou, socou e maltratou até se sentir exausto e fazer dela uma massa amarrotada e sangrenta. Finalmente, a ira o abandonou e ele deu-se conta dos gritos de Wendy. Com eles, ouviu também um estrondo e pensou, por um milésimo de segundo, que o som era causado por Susan, que ela estava batendo os pés no chão.

No entanto, Barry logo percebeu que o ruído vinha dos fundos. Não se incomodou. Se fosse a polícia, as batidas seriam na porta da frente.

Só nesse momento é que baixou os olhos para examinar sua jovem esposa. Estava em estado lastimável, admitiu. Decidiu voltar ao quarto do casal e, da janela, xingou em voz baixa, quase um resmungo. Era Doreen, de camisola, empunhando uma frigideira das grandes.

— Sei que você está aí, seu miserável. Deixe a garota em paz e venha aqui fora. Vai se ver comigo, seu covarde cretino!

Os gritos de Wendy ecoavam na cabeça do pai. Ao passar pela cesta do bebê, sentiu vontade de chutar, chutar o cesto para o outro lado do cômodo e escada abaixo. Só assim faria com que se calasse de uma vez por todas.

Limitou-se, porém, a empurrar o cesto com força, usando apenas um dos pés, fazendo-o deslizar pouco mais de meio metro. Wendy não se intimidou. Chorou com mais energia e volume.

Doreen agora estava aos berros, a voz em volume máximo.

— Quero que você me entregue essa criança, canalha. Estou ouvindo o choro daqui de fora. Cadê Susan? O que você fez com ela? Liguei para os tiras, camarada, eles vão chegar já, já.

Barry voltou ao quartinho em que deixara Susan. Ela continuava no chão, e não se mexia. Barry ainda não tinha reparado nesse detalhe. De repente, o medo o assaltou. Imaginou, por um instante, que a tinha matado.

Desceu as escadas aos saltos e abriu a porta de trás da casa. Empurrou Doreen, para abrir caminho, e saiu desabalado pela noite. A voz da vizinha o acompanhou enquanto disparava pela rua que atravessava os fundos dos imóveis contíguos. O medo emprestara asas a seus pés.

Notou que havia luzes acesas em todas as casas e maldisse Doreen por ter acordado os moradores da área. A Barry não ocorria que talvez tivesse sido ele quem perturbara o sono da vizinhança. Ele e seus gritos, o choro do bebê. Tudo culpa de Susan.

Doreen correu para dentro da casa e pegou Wendy no colo. Examinou a criança toda, com delicadeza, enquanto tentava acalmá-la. O quarto dos Dalston era parede-meia com o de Doreen que, portanto, pudera ouvir a confusão tão claramente quanto se estivesse no cômodo. Sabia o que tinha acontecido e temia pela amiga. Uma vez tendo conferido a menina e a serenado, foi ver Susan.

Ao encontrá-la no chão, o rosto irreconhecível e o sangue salpicado por toda parte, sobre o berço do bebê e pelas paredes, experimentou um ódio instantâneo e tão intenso que ficou contente por Barry já ter saído. Não sabia como teria reagido caso se deparasse com ele naquele exato momento.

Susan estava consciente, mas obviamente traumatizada. Tentava tatear a parede, em busca de apoio para se levantar. Tinha o corpo coberto de sangue. Em alguns pontos, o vermelho assumira cor de ferrugem, por causa da coagulação. Havia cortes que ainda sangravam.

— Oh, Susan, Susan querida. O que ele fez dessa vez?

A voz de Doreen era de choque.

Depois de colocar o bebê no chão, junto à porta, fez força para erguer Susan, pô-la de pé, ajudá-la a subir na cama, deitá-la sobre uma superfície macia. Doreen teve a impressão de que a manobra demorou horas para ser concluída. Susan não conseguia coordenar os movimentos, se locomovia como se calçasse botas de astronauta, feitas de chumbo e pesadas como um carro.

Doreen recolheu Wendy, agora caladinha. Depositou o moisés com a criança ao lado da cama e, mais uma vez, lançou um olhar cheio de medo na direção da amiga. O corpo de Susan era um grande hematoma, da cabeça aos pés. Doreen sabia que precisava de um médico, precisava de atendimento hospitalar. Deveria ter ligado para a polícia. Os tiras teriam sido de grande ajuda, talvez tivessem evitado que o espancamento fosse tão brutal.

Mas a velha lei de East End a detivera. Não se chamava a polícia para nada. Simplesmente era algo que não se fazia. As pessoas se viravam sozinhas. Só não tinha a menor idéia de como Susan iria se virar.

Foi até o telefone, tirou o aparelho do gancho, ligou para Kate e, em seguida, para June, embora não soubesse por que se dava o trabalho de procurar a mãe de Susan. Talvez imaginasse que, ao ver a filha, June poderia sentir compaixão o bastante para encomendar a Joey um castigo merecido para o genro. Na verdade, Doreen não levava muita fé nisso.

Então telefonou para um médico mal-humorado que conhecera no exercício da prostituição. Ele chegou uma hora depois.

Barry roubara um carro, um vistoso Zephyr azul-claro equipado com rádio e toca-fitas. Durante algum tempo, dirigiu ao som de Elvis em "Are You Lonesome Tonight?", cheio de autopiedade.

Então teve uma idéia. Parou junto a uma cabine telefônica e ligou para Joey. Alguém atendeu imediatamente.

— O que você fez com a minha Susan?

A voz de Joey era enfática e intimidadora.

— June acabou de embarcar num táxi para dar um pulo no seu cafofo. Foi Doreen, aquela ordinária, quem passou a informação.

— Ela ainda vai ganhar uma coça. Ouça, tive uma idéia maravilhosa para resolver o problema com o babaca do Georgie Derby. Está a fim? Quer zerar a fatura com ele ou não quer?

Havia uma ameaça por trás dessas palavras. Ele falava como se Joey não estivesse disposto a se vingar de Derby. No entanto, sabendo o quanto o sogro já havia bebido, estava certo de que morderia a isca.

— Do que está falando? Claro que quero zerar...

Barry o interrompeu.

— Então se apronte. Passo aí agora mesmo. Vai gostar do meu plano, parceiro, vai gostar pra cacete.

Dito isso, colocou o fone no gancho e seguiu para a casa de Joey. Quando a noite tivesse terminado, ninguém nunca mais se atreveria a chamá-los de idiotas. Aquela seria a noite em que construiria sua reputação. Finalmente, Barry faria fama. Estava a horas de se transformar numa lenda.

Com a ajuda de Joey, é claro. Naquela noite, selaria com o sogro uma aliança nada sagrada que os manteria unidos dali para a frente.

Barry estava seguro disso.

Bom marido e bom pai, Georgie Derby amava sinceramente a esposa e os filhos. Casara-se tarde e considerava a prole duas vezes ainda mais preciosa do que a jovem que a parira.

Georgie estava adormecido na cama, a esposa aconchegada a ele. As três crianças — Maxine, 7 anos, Georgie, 5, e Caroline, 2 — dormiam a sono solto.

Sonhava com um grande cão preto que tentava pegá-lo e à sua família. No pesadelo, o cão era feroz e tinha presas tão grandes que poderiam esmagar a cabeça dos três petizes. Então, de súbito, o animal começou a cuspir fogo. Georgie sentiu o cheiro de queimado. Ao se ver atingido pelas labaredas, chegou a ouvir um estrondo, o cachorro exalando mais e mais chamas pelas ventas.

Só despertou, porém, quando os gritos da mulher tornaram-se insuportáveis. O motivo ele logo percebeu. A casa — sua casa — estava pegando fogo. Era um pesadelo que virara realidade.

Num pulo, ergueu-se da cama, empurrou a esposa, obrigando-a a ficar de pé, e tentou fazê-la atravessar a porta do quarto. Ela estava petrificada, incapaz de se mover, clamando que fosse salvar as crianças, salvar seus bebês. George saiu correndo do cômodo, uma das mãos espalmada contra o rosto. O patamar da escada já havia sido tomado pela fumaça preta mas, adivinhando o caminho, conseguiu chegar até os filhos, que berravam, e os carregou até o dormitório do casal.

Natalie, a esposa, abrira a janela. Os vizinhos estavam todos do lado de fora. Aos gritos, procuravam tranqüilizar os Derby, informando que já haviam telefonado para os bombeiros. Tudo o que podiam fazer era esperar. A filha mais nova, que sofria de asma, tossia; o tórax da menina se contraía na luta para conseguir um pouco de ar.

Quando Georgie olhou para fora da janela, ansioso por avistar a brigada de incêndio e a ambulância, viu Joey e Barry. De pé ao lado de um carro azul, acenavam para ele, divertidos.

No mesmo instante, compreendeu o que se passara e sentiu o medo apertá-lo, como se tivesse uma cinta de aço em volta do peito. Eles teriam matado seus três filhos. Teriam ceifado vidas inocentes por causa de dinheiro. Implacável como era, e Georgie era um homem empedernido, nunca, em um milhão de anos, teria feito algo parecido.

Percebeu que, duro como era, não era duro o bastante para revidar o ataque, pois significaria colocar a família em situação ainda mais perigosa.

Sem sombra de dúvida, Joey McNamara era uma força a ser considerada. Georgie sabia disso, mas supusera que a sociedade com os Winter o poria a salvo das garras de Joey. No entanto, parecia haver gente à procura de guerra. Georgie só não podia garantir se, num embate assim, haveria vencedores.

Ao ver a filha caçula desabar nos braços da mãe, ele ainda correu para apoiá-la, mesmo sabendo de imediato que Caroline estava morta. Soubera por puro instinto, algo que simplesmente deduziu sem que lhe tivessem contado.

Caroline era uma criança frágil, tinha sido assim desde que nascera. E ali estava ela, morta, assassinada por dois homens sem nenhuma noção de quanto amor ele sentia pela filha, quanto apreço tinha pela família e pelo convívio familiar.

Seria capaz de matá-los naquele exato momento, sabia disso. Exterminá-los. Era o que havia a fazer. Tinham destruído sua caçula e ele não os deixaria impunes.

A casa fora consumida pelo fogo. Natalie jamais voltaria a ser a mesma de antes. Ele próprio perdera o entusiasmo para o resto da vida. Tudo isso em apenas uma hora, sob a batuta de dois homens que pensavam poder fazer justiça com as próprias mãos.

Esperaria, e observaria, e os faria pagar, tinha certeza disso. Tão certo quanto o nome que ostentava e que mandaria gravar na lápide da filha.

Natalie pranteava histericamente a criança. Por ora, precisava represar o ódio e dedicar-se a consolar a mulher. Porém, tinha boa memória e algo ainda melhor a seu favor: o tempo.

Susan acordou no Whitechapel Hospital, com Doreen a seu lado. Nos braços da amiga, estava Wendy, toda sorrisos. Susan não conseguia fazer o menor movimento. O corpo estava moído de dor e a mente rodopiava à idéia de que fora Barry o agressor.

Barry Dalston, seu marido, o homem que amara de todo coração.

— Tudo bem, meu anjo?

A voz de Doreen era suave, preocupada.

Susan se esforçou para abrir um sorriso.

— Posso presumir que estou viva? — Era uma piada. De mau gosto, mas ainda assim uma piada.

— Como está minha garotinha favorita? — Tentou pegar o bebê entre as mãos, mas era esforço excessivo para alguém tão debilitado como ela.

"Estou completamente fodida. Barry esteve aqui?"

Doreen não respondeu, mas as flores por todo o quarto não deixavam dúvida.

— O imbecil sabe que detesto crisântemos. Há quanto tempo estou aqui?

Doreen sorriu gentilmente.

— Quatro dias, Sue. Não se preocupe, tenho experiência com meninas. Disse à sua mãe que, antes de desmaiar, você insistiu para que eu cuidasse de Wendy. Imaginei que não gostaria de mandá-la para a casa dos avós. E Kate tem ajudado muito.

— Quatro dias! Fiquei todo esse tempo no hospital?

— Barry contou a Joey e June que você caiu da escada. Acho que eles engoliram, mas não posso jurar. Ninguém comentou nada, na verdade.

Susan balançou a cabeça, de leve. Um homem prevenido vale por dois.

— Decido depois o que fazer. Não consigo me lembrar de tudo, mas me lembro do bastante. —A voz de Susan era triste. —É bem possível que ele apareça mais tarde, todo derretido.

Foi a vez de Doreen balançar a cabeça.

— Ele foi preso ontem por homicídio e incêndio criminoso. Prenderam seu pai também.

Susan arregalou os olhos. A surpresa causada pela revelação de Doreen a fez esquecer da dor.

— E quem eles mataram?

— A caçula de um sujeito chamado Derby. A menina morreu no incêndio, asfixiada.

— Quantos anos ela tinha?

Doreen não conseguiu evitar que a voz saísse trêmula.

— Tinha só 2 aninhos, Sue, um bebezinho quase.

Susan tornou a mexer a cabeça, agora num gesto melancólico, solitário. Nenhuma das duas mulheres voltou a falar. Não havia nada que pudessem dizer. Estavam ambas mergulhadas nos próprios pensamentos, com nojo pelo episódio e uma profunda misericórdia pela família enlutada. Até que Wendy começou a chorar e Susan olhou para a filha como se fosse a primeira vez. Sentou-se na cama, aos trancos, tomou o bebê no colo e o pressionou tanto contra os seios que o berreiro tornou-se ainda mais estridente.

Em meio à dor, Susan percebeu estar travando uma guerra que não tinha condições de ganhar. Contudo, deveria levar a cabo algumas batalhas em defesa da filha. Barry, ela finalmente concluíra, era um homem disposto a qualquer coisa, pronto a tudo que lhe permitisse atingir seus objetivos. Isso incluía sacrificar crianças inocentes.

Quarenta e oito horas depois, ele saiu da cadeia, já livre das acusações. Dias depois, Georgie Derby foi encontrado morto, a garganta cortada. Pelo que se podia deduzir, mais uma vez os crimes de Joey — e agora também de Barry — ficariam impunes.

Quanto a Susan, foi tratada como rainha pelo marido tomado de arrependimento. Mesmo assim, sentiu vontade de se matar ao descobrir que tinha engravidado novamente. Barry subira às nuvens, interpretando a notícia como um sinal de que deveriam continuar juntos, ser uma família. Susan considerava estar cravando mais um prego no caixão em que havia se confinado.

Pois tinha convicção de que Barry era capaz de qualquer coisa. E qualquer coisa, quando se tratava de Barry, significava exatamente isso — qualquer coisa.

Capítulo 15

Susan estava sensível, muito sensível. Parecia que o corpo inteiro, todas suas terminações nervosas, gritavam. Enquanto afagava a cabeça do pequeno Barry, desejava, pela milionésima vez, que Barry, o pai, morresse.

Sempre que o via rondar a casa pequena, o rosto vermelho de fúria, o corpo retesado como uma mola por causa da raiva reprimida e a boca cuspindo obscenidades, ela o imaginava deitado num caixão. A cena havia se tornado seu salva-vidas. Às vezes, quando passava o aspirador de pó, cozinhava ou cuidava dos três filhos e tinha um ótimo dia, longe dele, se permitia sonhar de olhos abertos.

Nas fantasias de Susan, a polícia batia na porta e, em vez de perguntar onde ele estava e levá-lo para interrogatório, ficava na soleira da porta, chapéus nas mãos, a expressão solene ao informar que seu marido, o pai de suas três crianças, estava morto. Vez por outra, a morte ocorria em circunstâncias terríveis. Dependia de quanto ódio a movia na ocasião. Coração atravessado por uma flecha disparada por uma arma medieval. Um tiro na cabeça. Certa feita, chegou a fantasiar que Barry fora queimado vivo, e a imagem a apavorara. Na maioria dos devaneios, porém, imaginava simplesmente os policiais lhe informando que Barry fenecera num acidente de carro. Nenhum outro veículo envolvido, uma prosaica colisão contra uma árvore.

Se estivesse de muito bom humor, divagava que ele havia feito seguro de vida e que deixava à família uma bela quantia em dinheiro. A quimera então tomava proporções de produção cinematográfica, pois Susan já se via miraculosamente magra e linda, os filhos vestidos de acordo com os ditames das publicações de moda. Viajaria pelo mundo e seria cortejada por David Bowie e Mick Jagger...

Nesse momento, porém, o sonho se desfez no ar, pois ela se deu conta de que Barry estava lhe dirigindo a palavra. Aliás, despejando as palavras sobre ela seria mais exato.

— Ouça, Bal, não é culpa nossa se você está aborrecido. Não jogue a culpa nas crianças. Vou preparar uma boa xícara de chá e rolinhos de bacon, que tal? Dê a você mesmo a chance de se acalmar um pouco, pense um pouco melhor. Se a situação apertar, pode colocar as minhas jóias no prego, combinado?

Ele olhou para ela com desprezo.

— Feche a matraca, Sue. Não comece a me provocar. Estou avisando.

Ela fechou os olhos, agoniada. Não estava à procura de confusão. Wendy completaria 9 anos no dia seguinte e queria uma festa. Se Barry a agredisse na véspera, certamente deixaria marcas e, na comemoração da primogênita, ficaria exposta à piedade das outras mães.

Sabia qual era o problema do marido. Encontrava-se, mais uma vez, sem um tostão, e ainda devia muito dinheiro. Desde a morte de Davey Davidson, a dupla Barry e Joey vivia no limbo. Bannerman estava se aposentando e prestes a se mudar para fora do país. Tinha dispensado seus dois principais cobradores de dívidas, os quais prontamente haviam estourado todo o dinheiro da indenização, contando que, dos quatro cantos do mundo, choveriam ofertas de emprego. O que, é claro, não aconteceu. Ao longo dos anos, haviam se indisposto com todos que pudessem ter interesse no tipo de serviço que prestavam. Mesmo o trabalho de leão-de-chácara estava fora de questão, pois a má fama de ambos os precedia e ninguém iria querer se meter em apuros. A despeito disso, Barry chegou a receber convite para ser porteiro numa boate. Aceitar significaria, segundo ele, um sinal explícito de decadência.

Susan sabia também que desde a morte da filha de Derby, que coincidira com a sua própria temporada no hospital, oito anos antes, Barry e Joey haviam sido isolados pela comunidade. Eram tolerados, mas não tinham mais prestígio. Sabia o quanto isso desgostava o marido. Sabia também que ele a culpava pelo ostracismo.

Por estranho que fosse, achava que as pessoas tinham passado a odiá-lo por ter espancado Susan e não por conta dos rumores a respeito da criança morta no incêndio. Certa vez, altas horas da noite, ele e Joey foram atacados por homens armados com tacos de beisebol. Genro e sogro ficaram seriamente feridos e nunca souberam quem encomendara a coça, embora Susan imaginasse que pudesse ter sido Bannerman, para justiçar a dupla e aplacar a ira dos irmãos Winter. A hipótese ela guardava só para si.

Susan sabia muito mais do que o marido supunha. June a mantinha informada de tudo. Susan se empenhava para estar sempre atualizada. Queria saber o que esperar e, se possível, para quando. Tinha que se defender e aos filhos, da melhor maneira possível.

Enquanto preparava o chá e os rolos de bacon, torcia para que ele serenasse. Ele já tinha perturbado as crianças e provocado Doreen, dizendo à vizinha que estava banida daquela casa. Doreen saíra sem discutir, mas apenas a passagem da mulher pela casa já o irritara. Detestava-a porque enxergava através dele.

Doreen era perita em homens. Tinha que ser — só Deus sabia quantos já tivera. A idéia fez Susan sorrir. O caso atual da amiga era um jovem garçom grego do outro lado da cidade. Doreen revelava a Susan os mínimos detalhes do romance com o rapaz, levando-a a espasmos de tanto gargalhar. Até June havia se interessado pela companhia de Doreen ao notar quão cômica era ela. Doreen podia fazer piada de qualquer coisa e de qualquer um. Especialmente dos homens.

Havia voltado à prostituição, pois precisava de dinheiro agora que os filhos estavam maiores. E havia dívidas a saldar. Por vezes, Susan sentia-se tentada a viver como a vizinha: um troco da previdência social, noites no Smoke e fazer o que quisesse quando quisesse. Soava muito atraente.

— Vai levar a noite toda para resolver isso?

Barry estava atrás dela. Ao fundo, ouvia a música tema de Blue Peter* e torcia para que as crianças assistissem caladas.

*Programa infantil na TV britânica. Estreou em 1958. (*N. da T.*)

Wendy entrou correndo na cozinha, atraída pelo cheiro de comida.

— Estou com fome, mamãe.

A menina se deteve, paralisada, ao ver a expressão do pai. Susan tentou amenizar a situação.

— Tudo bem, querida. Faço alguma coisa num minuto. Vá ver televisão.

Barry bloqueou a saída da garota.

— Não comeu na escola?

Wendy, cabelos castanhos e grandes olhos azuis, sacudiu a cabeça.

— Não gostei da comida, estava horrível. — Ela jogou o rosto para o lado a fim de demonstrar o quão horrível.

— E qual era o prato? — A voz de Barry era amigável, coloquial, mas a criança não se deixou enganar.

— Peixe e batatas fritas, hoje é sexta-feira. Mas era tudo gordurento, cheio de óleo; não consegui comer. Vovó Kate diz que minha turma é servida muito tarde, quando tudo já está cozido demais.

Ela trouxe a avó à baila porque era a única pessoa a quem o pai ouvia ou com quem se comportava de maneira remotamente cortês.

— Então, está dizendo que lhe serviram uma refeição, uma refeição em perfeitas condições, e rejeitou?

Wendy fez que sim com a cabeça, enfática.

— Era horrível.

Então Alana, 7 anos de idade, irrompeu na cozinha também. Tinha cabelos negros e era linda. Dos três filhos, a mais parecida com o pai.

— Uma merda, papai. Eu também não comi a minha. — Ela ergueu o olhar para o rosto de Barry e sorriu. O pai retribuiu o gesto.

— Isso é mau, hein, princesa? Ora, mamãe vai preparar algo logo, logo, certo?

Ela fez que sim com a cabeça e, agarrando a mão de Wendy, puxou-a para fora da cozinha. Alana se aproveitava do apego que o pai lhe tinha e tentava tornar a vida mais fácil para a irmã. Na opinião de Barry, a primogênita era incapaz de fazer qualquer coisa certa. Susan especulava se a implicância se devia à semelhança entre mãe e filha. A menina se parecia muito com Susan, ainda que numa versão bem mais apresentável.

— O Natal está chegando, Bal, mal posso esperar.

Ela se odiava quando recorria à jovialidade forçada na voz, o modo como procurava fingir que tudo estava bem quando tudo estava mal, muito mal.

— Grande bosta! Se eu não conseguir dar um jeito na situação logo, é melhor levantar esse rabo daí e arrumar um emprego. Vai ajudar a queimar as banhas.

Susan fitou o homem a quem estava amarrada. Ele jamais a deixaria ir, sabia disso. Ela o provinha — o conforto dele, a casa dele. Tivera filhos dele e usava aliança dada por ele. Fazia-a lembrar-se disso, constantemente. Minha casa, meu carro, minha esposa. Ela sequer vinha primeiro na equação.

Barry era dono de Susan tanto quanto era dono de um relógio ou de um blusão. Era apenas mais um pertence.

Quando ela se ocupava de servir a mesa, ele a agarrou pela parte de frente do vestido, a arrastou e obrigou a se debruçar sobre a pia.

— O que é isso?

Susan olhou para dentro da pia e suspirou. Havia esvaziado o bule de chá e esquecera de escoar as folhas.

— São folhas de chá, Bal.

A voz dela estava mais alta. Já suportara o bastante por um dia. Ele aproximou o rosto do dela. Susan podia sentir o hálito dele contra a pele, ver a malícia nos olhos dele. Fechou os olhos, aflita. Ele adoraria se ela batesse boca, se desse o pretexto que procurava para iniciar mais uma sessão de espancamento.

— Já ia limpar tudo. Ainda nem passei alvejante na pia.

Percebeu o tom de súplica na própria voz, o que sempre fazia com que se odiasse. Às vezes, desejava ter coragem para ir embora, se livrar daquilo para sempre. Foi então que Barry lançou o punho cerrado contra o queixo dela, fazendo com que a cabeça da mulher recuasse a ponto de retesar cada fibra do corpo.

Exatamente nesse momento, Kate surgiu, inesperadamente, pela porta dos fundos. Barry ganhou ares de remorso, lívido ao ver a mãe.

— O grande homem está em casa, não é, Susan? Dá para ver que você está recebendo a saudação de praxe!

Barry baixou os braços e saiu da cozinha. Segundos depois, a porta da frente bateu com estrépito e a casa toda e seus ocupantes pareceram exalar um longo suspiro de alívio.

Kate meneou a cabeça.

— E foi isso que eu pari, hein? Nunca teria acreditado numa coisa dessas. O pai não valia nada, mas seria incapaz de me machucar. Deus dê descanso a sua alma.

— Às vezes gostaria que Ele desse descanso a Barry.

As palavras de Susan saíram tão espontâneas que as duas mulheres riram juntas.

— Aí está você, Wendy. Venha comer o rolo de bacon, amor. — Olhou para a sogra. — É uma vergonha desperdiçar comida. — O bebê pôs-se a chorar e Susan suspirou. — Aqui vamos nós novamente. Barry Junior chora como se tivesse que assumir o lugar do pai na gritaria.

Susan tornou a rir. Kate observou a nora, grande e desajeitada, sair para confortar o bebê. Kate estava a par do quanto a situação de Susan era desesperançosa. E, mais triste ainda, por causa de Barry. Se filhos fossem distribuídos pela graça divina, rogaria a Deus para ser agraciada com o papel de mãe de Susan. Sentir-se-ia honrada se sua prece fosse atendida.

A moça era um primor. A casa brilhava. As crianças eram bem cuidadas e limpas, tinham boas maneiras e um vocabulário impressionante. Inclusive Alana, embora praguejasse como um tropeiro.

Como Susan conseguia se sair tão bem, mesmo sob as garras do temperamento perverso e do humor imprevisível de Barry, Kate sequer desconfiava. Mas a jovem obviamente lutava contra o marido, a seu próprio modo, às escuras. Os machucados nunca eram mencionados; os filhos, resguardados. Mesmo quando ele realmente a feria, conseguia se desincumbir das tarefas cotidianas que significam tanto para crianças em tenra idade.

Ela mantinha a rotina de refeições e banhos antes de dormir. Lia para eles quando podia, ouvia relatos de seus pequenos infortúnios e os amava com cada fibra de seu ser. Muito embora fossem filhos de Barry. Barry que a havia queimado com cigarro quando estava grávida de Luke. O pequeno Luke morrera aos dois dias de vida, um fiapo de gente nascido aos sete meses de gestação graças a uma fratura na pelves da mãe, obra do pai e marido.

O episódio atingira em cheio os sentimentos maternais de Kate, ciente de ter trazido ao mundo um homem tão ruim e depravado. Era terrível odiar o próprio filho, mas não conseguia tolerar a presença dele. A despeito disso, passava muito tempo na casa dos jovens Dalston, tentando evitar que mais mal fosse infligido à coitada que se casara com Barry.

Wendy se aproximou do colo da avó. Kate a aninhou entre os seios fartos.

— Tudo bem, meu docinho? — Wendy sorriu, feliz.

Alana riu também. Ela abriu a geladeira, sacou um pedaço de presunto e começou a preparar um sanduíche. Olhou para a avó e sorriu, enquanto passava manteiga no pão com seus gestos costumeiramente desastrados, rompendo o miolo toda vez que a manteiga dura demorava a se espalhar.

— O que é xoxota gorda, vovó?

O lindo rosto transparecia interesse. Nos olhos da menina, havia curiosidade e um leve temor, pois ouvira a expressão ser usada contra a mãe com intenção claramente ofensiva. Kate já imaginava onde a neta de 7 anos havia escutado tal expressão e, ao responder, lutou contra a vontade de chorar.

— São palavras sujas empregadas por pessoas ignorantes como o seu pai. Nunca mais quero ouvir isso, combinado?

Alana anuiu com um meneio de cabeça, arrependida de ter perguntado.

Wendy, olhos arregalados de inocência, disse em alto e bom som:

— Ele fala assim, Alana, porque é um babaca.

Kate fechou os olhos, tomada de angústia.

— Essa é outra expressão que não se deve usar, menina.

Wendy virou-se no colo da avó e fitou-a, sem rodeios.

— Mas é assim que Doreen o chama. Ela disse que era o nome certo para pessoas como ele.

Kate sentiu vontade de rir. Dava para imaginar Doreen dizendo isso. Mas, em vez de rir, mordeu os lábios e limitou-se a suspirar.

— É uma piada... uma piada que papai não deve ouvir, entendido?

As duas irmãs riram, felizes em fazer parte de uma conspiração adulta que não entendiam. Reunindo as crianças junto a si, Kate as acariciou intensamente. Amava-as de maneira absoluta, assim como amava a mãe delas. Desejava poder manejar uma varinha mágica e fazer Barry desaparecer, mas sabia que era impossível. Tudo o que estava a seu alcance era tentar limitar os danos que ele causava à família.

Naquele exato momento, Barry estava no Hiltone Club, na Old Compton Street. Uma mulher jovem com cabelo tingido de preto e seios balouçantes olhava para ele, cheia de expectativa.

— Posso ajudá-lo? — As palavras foram ditas numa paródia de linguajar elegante.

— Onde está Ivan, o dono? Diga a ele que Barry Dalston está aqui.

A garota pegou o telefone e discou para uma extensão. Barry aproveitou a oportunidade para estudar o ambiente. Era, ele sentenciou, uma cloaca. Tapetes desbotados e cortinas baratas. Conhecia o lugar sem sequer precisar examiná-lo bem. Era como todos os outros. A iluminação fraca e em tons róseos escondia uma infinidade de pecados, sem contar a feiúra de algumas das garotas. Justamente quando conjeturava sobre a falta de atributos físicos de determinadas prostitutas, duas delas, muito magras, saíram do bar principal e o avaliaram de modo rápido, porém preciso. Ele percebeu que o veredicto de ambas não foi dos melhores e amaldiçoou a própria mãe por ter aparecido em casa numa hora tão inoportuna. Não tivera tempo para mudar de roupa, para se arrumar. Mesmo aquelas duas éguas feias o haviam desprezado e passado direto rumo ao banheiro.

Dessa vez, a garota na recepção abriu um sorriso simpático.

— Ivan vai descer em um segundo, sente-se. Quer beber alguma coisa?

Barry estava apaziguado. Respeito, ao menos.

— Uma dose grande de uísque, e digo grande mesmo.

Ela concordou com um gesto de cabeça e foi até o bar, voltando momentos depois com uma dose generosa de Chivas Regal. Barry traçou tudo em dois goles, mas a oferta de mais uma rodada não se concretizou. Estava de pé, embaraçado, com o copo na mão, quando Ivan apareceu.

Ivan Rechinovich era um homem solitário, o que não o tornava menos ameaçador. Era um forasteiro, segundo os padrões de East End, que tachava de estranho qualquer um nascido fora de suas fronteiras. No caso de Ivan, essa terra distante ficava logo ali, na mesma cidade, em Bermondsey. Filho de judeus russos expulsos da terra natal, já completara 70 anos de idade. Tinha o rosto contorcido, nariz vermelho e bulboso e olhos de pálpebras pesadas que lhe conferiam uma aparência circense.

Mas Ivan não era tolo. Era um homem violento e perigoso, conforme podia comprovar qualquer um que não o tratasse como merecia. Ao contrário de seus pares, gostava de tomar parte ativa em todas as peripécias de seu negócio, fosse administrar as garotas ou roubar um carro-forte. Sua única vaidade era manter tingido o exuberante cabelo negro, uma cor espessa que parecia inadequada como moldura do rosto cheio de rugas.

Ele entrara em contato com Barry Dalston porque seu clube estava sob ameaça de uma nova firma do norte de Londres, formada por uma dupla de rapazes que carregavam pistolas nos bolsos e fuzis Kalashnikov na mala do carro. Ivan não tinha nada de estúpido. Sabia que não conseguiria manter os jovens a distância por muito tempo. Muitos dos seus pares já haviam se aposentado, mas achava que ainda não tinha chegado a sua hora de pendurar as chuteiras.

Havia rumores de que ele estaria blefando. Porém, como tudo o mais relativo a Ivan, a situação estava envolta em grande mistério. Quando estivesse pronto para sair de campo, ele deixaria que todos soubessem. E só. Seria a única informação a se tornar pública. Se tinha algo em mente, apenas as pessoas necessárias à implementação do projeto eram comunicadas. E Ivan tinha grande interesse em conhecer um homem com a fama de Barry Dalston.

— Aproxime-se, meu filho. — Ivan o cumprimentou com entusiasmo. — Dê uma olhada no estabelecimento, diga-me o que acha.

Ele estava bancando o anfitrião cordial, mas Barry não se deixou enrolar. Sabia que tudo era parte do jogo. Ivan dava a impressão de um velho decrépito. Na verdade, era astuto como uma raposa e duas vezes mais perigoso. Anos antes, arrancara com as próprias mãos o nariz de alguém que o havia chamado de judeuzinho. Conseqüentemente, quando pedia respeito, era atendido.

— As garotas estão ansiosas para vê-lo. Acham que, se gostar delas, vai recomendá-las aos clientes. Aceite um conselho, filho. Fique com sua esposa. Essas daqui são piranhas profissionais e dão pouco valor aos homens. Não se envolva. Trepe com elas, se quiser, sai de graça, mas tome cuidado. Não vou tolerar ciuminho entre minhas meninas, entendeu? Elas fazem fofoca, mentem e trapaceiam... não conseguem agir diferente, é da natureza delas. Cheguei à conclusão de que putas não aprendem a ser putas, já nascem feitas.

Barry assentiu com a cabeça, impressionado pela sagacidade do velho e feliz de receber luz verde para uma maratona sexual com as funcionárias da casa. Olhou em volta, analisando as mulheres.

— Garotas, esse é o Sr. Dalston, que vai cuidar dos ganhos de vocês. Sejam boazinhas com ele, hein?

Todas as mulheres menearam a cabeça respeitosamente. Barry ficou satisfeito.

Enquanto cruzavam a pista de dança, Ivan sussurrou:

— Uso sempre o termo "garotas", compreende? Nunca as chamo de mulheres. Mulheres de verdade não teriam estômago para uma atividade assim. Sempre considerei as putas deprimentes, não concorda? Odeiam a função e acabam por odiar os homens, os culpam por algo que fazem voluntariamente em troca de ganho monetário. Muitas vão virar lésbicas, embora, evidentemente, não se possa dizer isso a elas. Como todas as mulheres do mundo, acham que sabem tudo.

Barry riu com Ivan. Gostara do velho.

Ivan o levou até onde as strippers se trocavam e onde havia salas privadas para jogatina.

— Quando houver jogo de cartas, quero que fique por perto e mantenha a ordem. Reviste os clientes à procura de facas, armas de fogo, esse tipo de coisa. Certa ocasião, um sujeito trouxe um pequeno frasco de ácido sulfúrico com a intenção de despejar em outro para o qual, dias antes, perdera dinheiro. Quem aposta aqui são pessoas sérias que fazem questão de jogar em segurança. É sua tarefa garantir que seja assim. As mulheres jamais recebem permissão para entrar nessa área, especialmente quando uma partida está em curso. Elas tentam roubar a clientela, fazem com que os homens se distraiam.

Barry tornou a assentir com um meneio. A cada nova informação, gostava mais das tarefas a serem desempenhadas.

— A propósito, Sr. Dalston, quero que trabalhe equipado, sempre. Vai precisar de um borrifador de amônia e de um porrete. Quero que carregue também uma arma de fogo. É possível que só vá usá-la uma vez por ano, mas é bom tê-la à mão. É sua missão dar uma surra nos fregueses que se recusarem a pagar. Espero que se saia bem. Para casos de emergência, há uma espingarda de canos serrados sob o balcão da recepção. Não se preocupe com os tiras. Sou devidamente avisado sobre as batidas policiais. No que diz respeito a eles, estamos completamente limpos. Outra de suas atribuições é chamar táxis para as garotas irem ao encontro dos clientes, no hotel ou seja lá onde for. Nunca, jamais, deixe uma garota esperando na calçada. Essa é uma regra de ouro. Elas podem ser presas por prostituição em espaço público e, definitivamente, não é o que gostaríamos que acontecesse. Junto ao telefone, existe uma lista de estabelecimentos comerciais das redondezas. Faça contato somente com um desses hotéis, independente do que as garotas disserem. São nossos conhecidos e oferecem desconto.

Ivan sorriu ao ver a expressão confusa de Barry.

— Se discutirem com um cliente, dê-lhes um tapa... mas não no rosto. Não vamos estragar seu maior patrimônio. Atinja-as nos rins ou no abdome, que são os pontos que consideram mais delicados. Permito que comprem ungüentos que eu mesmo vendo a preço reduzido. Estão guardados num armário no meu escritório. Esses são os itens principais. Acha que consegue dar conta?

Barry fez que sim com a cabeça.

— E a grana, Ivan?

Ele mostrou os dentes, num sorriso forçado.

— Cenzinho por noite e todas as gorjetas que receber dos clientes. Sabe como rechear uma carteira, não sabe?

Barry sacudiu a cabeça.

— É fácil, filho. É só olhar dentro da carteira deles quando estiverem pagando a taxa de entrada. Você pode também convencê-los a se associar ao clube e aproveitar para dar uma espiada. Então, num pedaço de papel, registra todos os dados dos cartões de crédito e quanto dinheiro têm em espécie. Com o tempo, vai aprender a calcular a quantia. Aí você os encaminha ao bar e entrega as anotações a Roselle. Assim ela vai saber com quem está lidando e servi-los de acordo. Vai se espantar com a quantidade de parvos que aparecem com cem libras e esperam que dê para comprar a terra. Prefiro os estrangeiros, gastam bem e não criam caso. São os britânicos que causam problema. Eles e os árabes. Podem se comportar como autênticos cretinos. Alguns são muito atrevidos. Tenho certeza de que pensam que estou administrando uma casa de caridade. Ah, e antes que me esqueça, olho vivo nos mais esquisitos. No ano passado, tive duas garotas estripadas pelo mesmo sujeito. É por isso que Tom Hanley ainda está com a mandíbula costurada. Não fez o trabalho que lhe cabia, ainda que eu o tratasse muito bem. Tive que tomar uma providência. Protejo minhas garotas, tanto quanto é possível protegê-las, a mim e a elas. Mais uma bebida?

Barry fez que sim com a cabeça, surpreso pelo fato de um trabalho daquele parecer tão complicado. Gostara do velho, porém, e estava agradecido pela oportunidade.

— Não vai se arrepender de me dar o emprego, Ivan.

O velho olhou para o rosto de Barry e disse, sem rodeios:

— Se me arrepender, filho, você será o primeiro a saber.

As crianças estavam na cama. Susan assistia à televisão, sentada no sofá, o bebê deitado a seu lado. Desfrutava de algumas horas de paz e silêncio.

Esperava que Barry não voltasse para casa tão cedo e estragasse tudo. Ainda tinha que fazer gelatina e algumas coisinhas para a festa de aniversário de Wendy, no dia seguinte. Conseguira dinheiro com Kate, pois Barry, como sempre, alegara estar na miséria.

Susan beijou os dedinhos do filho e ele balbuciou de prazer. Era lindo. Segurando-o junto aos seios, afagou o corpinho robusto enquanto acompanhava Starsky and Hutch, sorrindo com as aventuras da dupla e de Huggy Bear.

Vinte minutos mais tarde, ela já havia adormecido, o cansaço a envolvendo como um manto. Susan ressonava suavemente, o rosto quase bonito em repouso. Barry observava mãe e filho. Viu o menino se mexer, tentando encontrar posição mais confortável, e o ouviu resmungar. Viu Susan instintivamente apertá-lo mais forte e se movimentar a fim de acomodá-lo melhor.

Barry sorriu e desejou não tê-la espancado horas antes.

Na mesa da cozinha havia um sanduíche de presunto e outro de queijo, embrulhados em plástico. Ao se deparar com mais essa demonstração de cuidado doméstico destinada especialmente a ele, sentiu-se culpado. Susan era uma boa mulher, sem dúvida. Um pessoa generosa.

Ocupado em abrir os sanduíches e a garrafa de uísque que comprara, ouviu-a deslocando-se pela sala. Depois de colocar o bebê no berço, no quarto das crianças, ela voltou ao andar de baixo e foi até a cozinha.

— Sabia que tinha escutado você chegar. Quer que eu faça ovos com bacon?

— Não, está tudo bem. Vá para a cama, mulher. Subo em um minuto.

Estava sendo amável com ela, que estranhou a novidade e sentiu vontade de chorar diante de tamanha mudança. Às vezes ele ainda podia ser bom e gentil, como outrora.

— Amanhã é aniversário da Wendy e ainda tenho muito trabalho pela frente. Começar a preparar as gelatinas e todo o resto. Ferrei no sono vendo Starsky and Hutch.

Colocou a chaleira no fogo e pôs-se a tirar as tigelinhas do guarda-louça.

— Cuide disso amanhã de manhã.

Susan balançou a cabeça.

— Não vou ter tempo. Preciso fazer todos os sanduíches e bolos amanhã. Sua mãe vem me dar uma mão. Doreen também.

Barry concordou com um meneio de cabeça, resignado.

— Consegui um emprego.

Susan virou-se na direção dele, radiante.

— Mesmo? De quê?

Ele deu de ombros, indiferente.

— Você está diante do novo porteiro do Hiltone Club. Cem paus por noite. — E jogou cinqüenta libras na mesa. Ela olhou para o dinheiro, exultante. — Ivan me deu um adiantamento, velho idiota. Praticamente tive que lhe arrancar o dinheiro com um pé-de-cabra.

Seu semblante fez-se sombrio ao recordar a advertência de Ivan. "Não tente me fazer de besta, Barry. Sei tudo sobre você. E tenho ótimos ouvidos, lembre-se disso."

Ele havia engolido a ameaça, precisara engolir. Devia dinheiro a Deus e o mundo, principalmente aos corretores de apostas. Mais cedo ou mais tarde, teria que usar de algum artifício para voltar a ter a barra limpa.

— Ora, pelo menos é um começo. Que tipo de clube é esse?

Barry deu uma mordida barulhenta no sanduíche.

— É um clube de garotas de programa. Mas o dinheiro é bom e o horário também. E responsabilidade de montão, um caminhão de responsabilidade.

Disse isso com uma grande dose de presunção.

— Quero saber é se isso pode dar cadeia.

Barry contra-atacou em voz alta:

— Por que faz isso, Sue, hein? Por que tem de zombar de tudo? Estou tentando ganhar uma grana e você só me sacaneia.

Ele cuspia pedaços de sanduíche enquanto falava, a fúria crescendo. Susan sentiu um aperto no coração.

— Tudo bem, Bal, não precisa se descontrolar. Eu me preocupo com você, só isso.

Ele ficou de pé e golpeou-a com força no peito.

— Então esqueça de se preocupar comigo, combinado? Preocupe-se com você e em perder essa banha do seu rabo. Está parecendo uma maldita leitoa, como sempre.

Pegou o prato e o arremessou contra a parede. A louça se espatifou. Susan permaneceu onde estava, pálida e muda, à espera que tudo acabasse, esperando que já tivesse acabado.

— Você colocou até minha própria mãe contra mim. Colocou, sim. Tudo o que eu faço você ferra de alguma forma. Sua judas do caralho.

De tanta fúria, soltava frases desconexas. Susan o observava, impotente, enquanto ele arengava e jogava tudo o que encontrava no chão. Viu as gelatinas que havia começado a fazer aterrissarem no linóleo e suspirou em silêncio.

Logo ele estava de novo espancando-a, dedos ossudos e duros aguilhoando o peito macio de Susan. Atingindo seus seios intumescidos de leite tão violentamente quanto possível, obrigando-a a se encolher, transformando-a em nada. Ela tentou desaparecer dentro de si mesma, ir para seu lugar especial, mas Barry não se fez de rogado. Naquela noite, por alguma razão especial, queria que ela reagisse.

Ela resistia ao máximo.

Ele a empurrou com a palma da mão, levando-a a escorregar e cair sobre o chão encharcado. Susan ainda tentou se proteger, mas bateu o rosto com força contra o piso.

Ele baixou o olhar para ela e, antes de desferir um chute, balançou a cabeça, como se estivesse com nojo.

— Por favor, Bal, por favor! Não nessa noite. Amanhã é aniversário de Wendy. Por favor, deixe para lá.

Ele a arremedou.

— Por favor, Bal, deixe-me em paz. Você me provoca e depois quer que eu deixe para lá, não é?

Ele tinha a fisionomia realmente incrédula.

Susan se pôs de joelhos. Podia ouvir as crianças se levantando e rezou para que tivessem juízo e permanecessem no andar de cima até que tudo acabasse. Foi então que ele a socou na lateral da cabeça, derrubando-a mais uma vez e jogando-a para o outro extremo da cozinha.

Wendy e Alana entraram no cômodo.

— Largue a mamãe, seu valentão horroroso!

A voz de Alana era estridente de medo.

Wendy estava imóvel como uma estátua na soleira da porta. A sobrancelha de Susan sangrava e ela já sentia um galo despontar nas têmporas. O anel de ouro pesado com que presenteara Barry em um Natal qualquer havia lhe cortado o supercílio.

— Voltem para cima, queridas, mamãe está bem. Voltem para cama que em um minuto vou cobri-las.

Mas Wendy se adiantou e foi ajudar a mãe a se levantar. O punho de Barry acertou a criança em cheio no meio do curto trajeto entre a porta e Susan. O golpe foi forte e fez Wendy gritar de dor e susto.

No segundo seguinte, Susan já estava de pé. Ela usara o peso do corpo para empurrar Barry para fora do caminho da menina. Então, enquanto Susan se aproximava de Wendy, ele agarrou-a pelo braço para detê-la. A garotinha ainda estava no chão, a camisola empapada de gelatina derretida e o rostinho vermelho da pancada.

Wendy ainda estava gritando.

No instante seguinte, Susan se deu conta de que as duas filhas a puxavam para longe de Barry. E só então percebeu que o marido estava ajoelhado à sua frente, a garganta ameaçada por uma faca que ela própria empunhava. Susan armara-se do instrumento que usava todos os dias para cortar o pão das crianças.

— Mamãe... pare, pare!

A voz de Alana era um berro agudo, o terror contido em cada palavra.

Com um sacudir de corpo, se livrou das mãos das garotas.

— Subam. Já!

A voz alta da mãe não comportava discussão. As meninas saíram correndo da cozinha. Susan fitou Barry nos olhos.

— Nunca mais encoste a mão nos meus filhos ou eu fatio você em pedacinhos, está me ouvindo, rapaz?

Pela primeira vez na vida, Barry Dalston sentiu medo da esposa.

— Livre-se de mim, Susan, estou falando sério. Se me deixar escapar, vou quebrar esse seu pescoço miserável.

Ela riu, um som breve e amargo que teria jurado não trazer dentro de si.

— Toque em meus filhos mais uma vez e será melhor que quebre meu pescoço, camarada. Se eu puser minhas mãos em você, considere-se morto. E não estou de brincadeira. Mato você.

Barry sabia que ela não estava blefando e engoliu em seco. Viu a verdade nos olhos dela, ouviu a verdade contida na voz da mulher.

Ao retirar lentamente a faca da garganta dele, Susan sentiu-se tremer por inteiro e precisou inspirar com força para recobrar o fôlego.

Tudo parecia ter mudado. Mesmo os dentes lhe proporcionavam uma sensação estranha, como se estivessem fora do lugar. Tinha um gosto acre na boca e achava que fosse sangue. Imaginou, então, a impressão que a cena havia causado às filhas.

Deixou o braço cair ao lado do corpo, ainda segurando a faca.

— Saia, Barry. Saia agora.

Ele esperou até que Susan relaxasse para, em seguida, arremeter contra ela e tomar-lhe a arma da mão.

Feito isso, Barry riu.

— Estava mesmo decidida, não é, Sue? A galinha cuidando dos pintinhos, hein?

Parecia orgulhoso dela, quase afável. Ela, no entanto, não se deixou enganar. Pegou uma toalhinha do serviço de chá e levou ao olho. Estava imune ao sofrimento. Já experimentara aquela situação tantas vezes que já a comparava à dor que um pedaço de papel pode produzir ao cortar a pele. Ela o encarou.

— Não estou brincando, Barry. Ninguém toca em meus filhos, nem mesmo você. Agora saia e passe a noite noutro lugar, vá procurar uma de suas mulheres, mas deixe essa casa.

Ela saiu da cozinha e subiu a escada para tentar acalmar as crianças. Wendy havia lhe preparado um banho e estava tentando consolar o pequeno Barry, que acordara por causa do barulho.

— Você está bem, mamãe? — O rosto de Wendy estava inchado e Susan sabia que ali cresceria um hematoma.

— Como você está, meu anjo? Deixe mamãe olhar seu rosto, doçura, deixe-me beijá-lo para ajudar a sarar mais rápido. Papai não está bem, querida. Ele não sabe o que está fazendo.

Barry estava de pé na base da escada e ouviu Susan conversando com a menina.

— Vamos colocar um pouco de arnica nisso para mandar o machucado embora, hein? Depois, vou preparar leite quente e biscoitos para todos nós.

Alana ainda estava chorando, pequeninos soluços de cortar o coração.

Em dez minutos, Susan colocou as duas meninas no banho, dizendo que ambas teriam a segunda-feira de folga na escola.

— Agora brinquem um pouco enquanto arrumo a cozinha e faço um lanche bem gostoso, combinado?

Elas assentiram com a cabeça, obedientes.

— Ainda vou ter minha festa, mamãe?

Susan sorriu.

— Claro que vai, meu doce, não deixe que a cena de hoje estrague sua festa.

Ela desceu os degraus devagar, o corpo inteiro clamando por dormir e descansar. Havia recolhido o pequeno Barry do quarto de casal e o embalara até que voltasse a dormir. Acomodou-o no sofá, escorado em duas almofadas para evitar que rolasse e caísse, e foi para a cozinha.

Barry estava espalhando todas as toalhas limpas pelo chão para tentar limpar a sujeira. Susan fechou os olhos, angustiada. Mais coisa para lavar. Como se já não tivesse bastante trabalho.

Ele a fitou. Ela estava vestida numa velha camisola e tinha a aparência lamentável. O rosto era uma massa de machucados e sangue pisado. O sangue secara no cabelo e tingira algumas mechas de ferrugem.

— Você sabe que não tive a intenção, Sue.

Era o gesto mais próximo de um pedido de desculpas já esboçado por Barry.

— Não quero ouvir, está bem? Ainda tenho que providenciar a festa de Wendy, independente do que acontece ou deixa de acontecer. Disse a ela que haveria festa e assim será, não importa o que você faça.

Susan começou a chorar, longos soluços irregulares que pareciam se chocar contra as paredes da cozinha.

— Veja o que você fez comigo, Barry. Vai estragar o dia de todos os convidados. Parece que sofri um maldito acidente de carro. O rosto da pequena Wendy já está inchando. Por que faz assim, Bal? Por que diabos você faz isso?

Ele se aproximou e a abraçou por um momento, acariciando suas costas e ombros, beijando-a no cabelo e no rosto.

— Pegue os cinqüenta paus e torre tudo na delicatessen do judeu na rua de baixo. Compre o que ela precisar e também algo especial para os outros. Um pouco de champanhe ou coisa do tipo.

Susan não respondeu, ainda estava chorando.

— Eu me descontrolei, mulher, e descontei todos os meus problemas em você. Uma coisa eu aprendi hoje, Susan... não se deve confiar nas mulheres quando os filhos estão envolvidos.

Tentava fazê-la rir, mas ela não estava achando a mínima graça.

— Você não pode bater nas crianças, Bal. O governo vai levá-las embora e eu acabo enlouquecendo.

Segurou o rosto dela entre as mãos e afagou as maçãs do rosto com os polegares.

— Você é uma mãe extraordinária, Sue, e vale ouro. Às vezes, me comporto como um cretino. Hoje à noite, porém, você me pegou, garota. Achei que já era um homem morto.

Ele levantou a cabeça e riu.

— Olhe para o corte sob o meu queixo, garota, ainda está sangrando.

— Toda essa história me assustou, Bal. Estava mesmo disposta a esfaquear você. Tive medo de mim mesma.

Ele riu novamente, tudo esquecido até a próxima vez. E Susan sabia que haveria uma próxima vez.

— Não exagere. Homens e mulheres casados brigam. É para isso que se casam. Para trepar e brigar, garota. Vale para nós dois também, acho.

Ela esfregou os olhos com os dedos.

— Prometi às meninas leite quente e biscoitos. Eu as deixei na banheira.

Ele assentiu com um meneio de cabeça.

— Não se incomode, eu limpo tudo. Vá tomar banho com elas, fique um pouco dentro d'água. Eu preparo uma boa refeição para todo mundo, que tal?

Concordou com um movimento de cabeça, resignada diante daquele homem que voltara a proceder como o velho Barry que ela poderia ter amado. Que amara outrora. Inútil discutir com ele.

Vinte minutos depois, ela estava num banho quente e ouviu Barry fazer as crianças rir com seus gracejos tolos. Rezou para que o emprego novo desse certo, para que o marido gostasse da ocupação.

Mas conhecendo-o como o conhecia, sabia o que iria acontecer.

O que sempre acontecia.

Ainda assim, ponderou, era trabalho noturno, o que o manteria longe e permitiria a ela desfrutar, finalmente, um pouco de sossego.

Deitou novamente na banheira e deixou a água quente agir. Ele lhe trouxe uma xícara de chá e um cigarro. Para Susan, luxo dos luxos.

Ocorreu a ela que talvez devesse ameaçar matá-lo com mais freqüência.

A festa de Wendy foi um sucesso até que Barry e Joey tivessem uma discussão. Todos saíram correndo e a polícia foi chamada à casa por um vizinho. Os dois homens acabaram no xadrez por lesão corporal.

Susan estava em êxtase. Finalmente teria uma boa noite de sono. A primeira em meses.

Doreen ficou até tarde e elas beberam a garrafa de champanhe que Barry havia trazido para casa. Susan, agora já embriagada, contou à amiga sobre a ameaça que fizera a Barry com a faca. Ambas riram a valer. Afinal, dera tudo certo no aniversário de Wendy.

Susan sentia-se fortalecida, como se, afinal, tivesse assumido o comando. Havia reagido e funcionara. Ele a tinha ouvido, respeitado.

Uma semana depois do aniversário da filha, Susan foi hospitalizada. Num ataque de fúria, bêbado, Barry a agrediu.

Ao que parecia, não era um homem tão magnânimo.

Capítulo 16

Roselle Digby era miúda. Não só baixa. Pequenina. As mãos como a de uma criança, tocos de dedos terminando em unhas pintadas de cores fortes, parecendo garras. Os pés diminutos, o nariz empinado, os seios de pouco volume e pontudos. Os olhos arregalados conferiam-lhe um certo ar de vulnerabilidade, muito embora estivesse longe de ser vulnerável. O que havia de maior em Roselle era o coração. Tinha um grande coração e era benquista por todos.

Era uma leitora voraz, o que a tornava interessante aos olhos de Barry, pois parecia sempre muito bem informada. Barry decidira esquecer que, até conhecê-lo, Susan também gostava de ler. E abandonara o hábito justamente porque ele insistia em criticá-la, dizendo que não tinha capacidade para digerir as idéias contidas nos livros.

Na condição de chefe das garotas do Hiltone Club, Roselle era respeitada em seu mundinho próprio pois, como suas subalternas costumavam afirmar, não tinha que pôr o rabo na janela. A expressão caía como uma luva em Roselle.

Ela começara a se prostituir aos 14 anos, em Chapeltown, Leeds, mas conseguira subir na vida, tornara-se alguém que não precisava mais pegar no pesado para se sustentar.

Ela havia embarcado num caso com Barry Dalston e estava adorando cada segundo do namoro. Ele a fazia flutuar: comprava-lhe flores, levava-a para jantares românticos e a tratava como uma mulher normal seria tratada.

Ela era cheia de opinião, inteligente e vivida, atributos que Barry costumava abominar em suas mulheres, mas Roselle tinha algo que nenhuma das outras tinha. Era uma das poucas prostitutas que investiam o próprio dinheiro com sabedoria.

Solitária por natureza, embora simpática com todos, tinha feito as libras trabalharem a seu favor, comprando uma casa pequena mas bem localizada, e decorando-a com móveis e acessórios caros. Barry ficara chocado, senão espantado, quando vira como ela morava. Ela se dava ao luxo de cobrir a mesa com toalha apenas para comer um sanduíche. Tinha um filho na escola particular e dirigia um carro top de linha.

Roselle ganhava dinheiro e cuidava dele com zelo. Pela primeira vez na vida, Barry estava francamente admirado. Até então, se tivesse algum no bolso, consumiria em bebida ou em drogas modernas. As garotas do clube o haviam apresentado às delícias da anfetamina e da maconha. Ele também gostava de roupas, aparelhos elétricos e engenhocas recém-lançadas no mercado.

Só ao conhecer Roselle é que começara a aprender como a vida podia ser desfrutada se o indivíduo tivesse juízo e fosse previdente. A bem da verdade, Roselle fumava maconha, mas se mantinha longe de tudo o mais. Naquele ambiente, era um comportamento pouco comum.

Ao observá-la andando pelo clube, conversando com os clientes e providenciando para que tudo corresse sem problemas, Barry sentiu que a amava.

Ele esfregou o nariz com uma das mãos, os nós dos dedos em evidência. Estava com a cabeça nas nuvens. Não passava em casa há uma semana e sabia que Sue estaria fora de si. Não de preocupação, pois tinha certeza de que ele podia se cuidar, mas porque estaria sem um tostão furado. Eis o verdadeiro xis da questão.

Wendy e Alana queriam participar de uma excursão da escola a Lourdes e caberia e ele ter dinheiro para tal. A pressão o deixou irritado e, por conta da bebida e da anfetamina, o fez entrar em surto paranóico. Sentia que Susan e as crianças esperavam demais dele. Nunca lhe ocorrera que a quantia consumida com Roselle e com as drogas poderia ter pagado a viagem duas vezes. Achava que, como havia trabalhado para ganhar aquele dinheiro, era seu, de direito.

De uma só talagada, tomou a saideira no bar do clube e caminhou até o salão de entrada. Era noite de quarta-feira, pouco movimentada para os trabalhadores do Soho. Barry estava junto ao balcão da recepção quando uma garota negra e alta se aproximou.

LaToyah Fielding, uma prostituta de 20 anos vinda de Brixton, estava de recepcionista porque a titular da função se ausentara após um aborto malsucedido.

— Uma mulher telefonou para você. Disse que era sua esposa, Susan. Perguntou se você estava e se eu podia pedir a você que ligasse para ela.

Ela estava sorrindo. A situação doméstica de Barry sempre fora segredo nos seis meses em que trabalhava no clube. Principalmente por causa de Roselle, com quem havia iniciado um caso quase imediatamente à chegada.

Ela passara a ser tudo para Barry, que vivia para as noites que atravessavam juntos e achava cada vez mais difícil deixá-la e voltar para casa. Ele nunca soubera, de fato, o que ela fazia quando não estava com ele. Às vezes, Roselle saía com as outras garotas do clube, tinha o que chamava de noite sem lei. Não lhe passava pela idéia que Barry questionasse se ela tinha ou não direito a esse tipo de programa. Afinal, não formavam exatamente um casal. Era dona do próprio nariz, como gostava de ressaltar com freqüência. E estavam em plena década de 1970.

Se Susan tivesse tentado convencê-lo de uma bobagem assim, a teria esmurrado até que cuspisse os bofes, mas com Roselle ele sabia que não escaparia impune. Conhecia a realidade tanto quanto ele, confiava muito em si mesma para deixar que lhe cortassem as asas. Barry desconfiava que ela dormia com outros homens, era algo que simplesmente sabia sem que lhe tivessem dito. Também sabia que, na concepção de Roselle, o assunto não era da conta dele.

Ao olhar para o rosto bonito da garota negra, fez um meneio de cabeça, assentindo, zangado com Susan por se intrometer em sua outra vida. Ousar telefonar para o clube e envergonhá-lo daquele modo. Resolvera que iria lhe arrancar os miolos quando chegasse em casa, pois agora teria que ir até lá, quisesse ou não.

Os dentinhos do pequeno Barry estavam despontando e a criança entrara em franco sofrimento. Nada que Susan fizesse parecia acalmá-lo. As maçãs do rosto do menino ardiam, vermelhas, o ouvido inflamara e ele mergulhara num mau humor de dimensões olímpicas. Afora isso, havia as constantes demandas de dinheiro das meninas por conta da viagem à França e o fato de que contraíra empréstimo de todo mundo e agora não tinha nada na bolsa, nem mesmo o suficiente para comprar aspirina infantil. Susan estava no limite das suas forças.

June também estava falida em decorrência da absoluta recusa de Joey em conseguir um emprego e, portanto, sem a menor condição de ajudar. Susan evitava pedir dinheiro a Kate, o que só tornaria ainda mais tensas as relações entre a sogra e o marido. Doreen precisava guardar o que tinha para consumo próprio, embora Susan soubesse que lhe emprestaria algum, se pedisse. Mas não queria recorrer novamente à vizinha, queria saber onde Barry estava e o que andava fazendo.

Aos quatro meses de gravidez, estava farta daquela situação, farta até a raiz do cabelo. As crianças sobreviviam a base de sanduíches de geléia e ovos com torrada. O aluguel estava atrasado, assim como as contas de luz e gás. A qualquer momento, a companhia de eletricidade mandaria interromper o fornecimento de energia e, para completar o quadro, a família ficaria no escuro.

As duas meninas chegaram com Doreen. Susan sorriu para o trio, exausta.

— Você está com uma aparência horrível, amiga. Sente-se. Vou preparar uma xícara de chá, que tal? — A voz de Doreen era amável e Susan riu com amargura.

— Nem sinal dele, ainda, Dor. Suponho que arrumou uma mulher, não acha?

Doreen, freqüentadora dos clubes, sabia que ele tinha um caso e, inclusive, quem era a eleita.

— Provavelmente. Você o conhece, Sue, É assim que ele é, sabe disso. Deve ser algo sem nenhuma importância.

Queria poupar Susan de mais aflições. Esperava também, se fosse verdade o que havia escutado, que Barry pudesse abandonar a esposa para morar com Roselle. Assim, sua amiga e vizinha finalmente teria a chance de viver um pouco a vida.

— Vão cortar a luz, a comida está quase acabando, o aluguel e as outras contas, vencidos. Vou ter que achar aquele sacana. Sei que vai ficar furioso, mas preciso falar com ele, tentar tirar alguma coisa do miserável. Ele está ganhando dinheiro, não está?

Doreen não respondeu, sabia que Susan não aguardava uma resposta, estava apenas querendo desabafar, livrando-se de parte do peso que lhe apertava o peito.

— Dei bife e batatas para as meninas lá em casa, tá?

Susan sorriu agradecida.

— Parece mentira! Ele circulando nas altas rodas como se fosse um astro do rock e os filhos não têm o que comer. Desgraçado egoísta.

Doreen riu.

— Não são todos assim? Nunca conheci um homem que pensasse com a cabeça de cima. A maioria só usa a de baixo.

Antes que Susan pudesse responder, as luzes se apagaram.

— Era só o que me faltava, justo agora que o bebê está louco com o nascimento dos dentinhos. Ainda bem que meu fogão é a gás.

As duas garotas entraram correndo na cozinha.

— Acabou a luz, mamãe, e a televisão apagou.

Susan riu alto.

— Jamais teria notado se vocês duas não tivessem dito.

Wendy e Alana deram risadinhas de alegria.

— Se não tinha percebido, mamãe, tem sorte em poder contar conosco.

— Vão até a cozinha lá de casa e tragam minha bolsa, amores. Tenho uns trocados. Vamos ver se conseguimos fazer a televisão funcionar de novo — disse Doreen.

Elas saíram às carreiras pela porta dos fundos e Susan teve que conter as lágrimas.

— Você é tão boa para mim, Dor. O que eu faria sem você?

Doreen abraçou-a e tentou amenizar a situação.

— É para isso que servem os amigos.

Como se a frase tivesse funcionado como uma deixa, o pequeno Barry começou a chorar, um grande berreiro que obrigou Susan a deixar a cozinha às pressas. Quando já tinha erguido o bebê da cama e o embalava, as luzes voltaram. Ela desceu as escadas e analisou as circunstâncias. Precisava encontrar Barry e dar um jeito naquilo tudo. Imaginou brevemente se ele poderia tê-la abandonado, mas concluiu que não era tão sortuda a esse ponto. Se ao menos ele a deixasse, poderia se inscrever na seguridade social e sairia da penúria; com o benefício, passaria a ter um orçamento. E gastaria conforme as parcelas recebidas a cada semana. No momento, desconhecia a quantas andava, apesar de o salário de Barry ser acima do razoável. Só Deus sabia que destino ele dava ao dinheiro, pois vivia chorando miséria.

O ouro de Susan estava no prego, bem como quaisquer outras quinquilharias com que pudesse levantar algumas libras. Dessa vez, achava que não seria possível sequer resgatar os pertences das mãos dos agiotas.

Colocou o bebê Barry no cercadinho, disse às garotas que ficassem de olho nele e voltou à cozinha. Doreen havia preparado chá e fumava um cigarro, sentada à mesa.

Susan sentiu que não tinha mais a quem recorrer. Para onde quer que se virasse, havia alguém com a mão estendida lhe cobrando dívidas. Estava à beira do desespero. Mesmo as poucas libras que economizara, não existiam mais. Estava na última lona, literalmente. Seus sapatos também já haviam entregado a alma a Deus. E, por causa do inchaço nos pés, via-se forçada a usar chinelos praticamente da hora em que acordava à hora de se recolher.

Agora existia uma outra criança a caminho e Barry estava na lista de desaparecidos. Susan não sabia o que fazer. Não havia nada na casa para as crianças comerem na manhã do dia seguinte. Então Wendy entrou na cozinha.

— Ainda tenho três libras que ganhei no meu aniversário. Mamãe, pode ficar com elas, se quiser.

Susan olhou para a filha, grata.

— Está tudo bem, querida, mamãe vai dar um jeito.

A criança estendeu as cédulas sem dizer uma só palavra. Diante da recusa da mãe, pousou-as sobre a mesa, junto à xícara de chá, saiu para a sala e sentou-se ao lado do cercadinho do irmão caçula. Estava fazendo-o rir, fingindo desaparecer atrás das mãos e depois se mostrando, aos gritinhos de "buuuuu". Ele exibia as gengivas com alegria e, ao mesmo tempo, mantinha uma das mãos presa à orelha.

Susan olhou para o dinheiro. Saltando da cadeira, disse a Doreen:

— Pode tomar conta deles por algumas horas?

— Aonde você vai?

Susan sorriu.

— Conto depois.

Passou um pente no cabelo e agarrou um casaco velho. Em seguida, deixou a casa com as três libras guardadas em segurança, no bolso.

Roselle estava vestida para arrasar num vestido de lantejoulas revelador que havia comprado naquela mesma tarde na Regent Street. Sentia-se bem e parecia ainda melhor. Barry deveria levá-la a um restaurante chinês na Greek Street, que fornecia jantar para trabalhadores noturnos e servia, às três da madrugada, uma formidável combinação de ceia e café-da-manhã. O local também dispunha de uma pequena sala de apostas e Roselle ansiava por uma boa rodada.

No entanto, Barry viera lhe dizer que precisava passar em casa e resolver algumas pendências. Ele vivia se queixando da esposa. Dizendo que só continuavam juntos por causa das crianças, que era uma perdulária sempre disposta a torrar todo o dinheiro que ele ganhava. Era uma ladainha sem fim. E precisava ver a família justamente no dia em que Roselle queria se divertir.

— Está bem, Bal. Saio com as garotas. Elas estão mesmo indo para o Stage. Vou acompanhá-las.

O Stage era uma casa em Brixton, próxima a Railton Road, ou Front Line, como era chamado o local. Na verdade, tratava-se de um estabelecimento que fora transformado em clube, aberto 24 horas. Uma pessoa empreendedora vedou as janelas, construiu um simulacro de bar, montou sistema de som e passou a cobrar ingresso. Perfeito. Lá dentro, quem desejasse podia fumar maconha, tomar anfetaminas, viajar durante toda a noite e todo o dia.

Roselle sabia o quanto Barry detestava que freqüentasse aquele lugar. Fora exatamente por isso que dissera a ele aonde iria. Psicologia feminina elementar.

Uma stripper subiu ao palco e começou a girar ao som de uma canção do grupo de rock Slade. O barulho era ensurdecedor e Roselle se afastou de Barry e seguiu para o bar. Ele observou a stripper, uma morena espantosamente feia com um nariz adunco, acne e o maior par de tetas já visto na ilha.

Quando ele decidiu se juntar a Roselle no bar do Hiltone, ela já havia partido para a noitada com as amigas. Barry Dalston sorriu para si mesmo, rumou para o saguão de entrada e viu-se a bordo do pior pesadelo possível para um homem como ele.

Susan estava ali, de pé, enorme de gorda no velho casaco de manta, o cabelo parecendo ter sido inspirado em algum livro sobre ninhos de pássaros, o corpo fora de forma e a gravidez em curso revelados a todo o mundo.

Como se não bastasse, Roselle ainda estava ao lado dela e parecia uma fotografia de revista. Roselle prestava atenção às palavras de Susan que, ao avistar o marido, abriu um sorriso largo e acenou, breve e amigável.

— Aqui estou eu, amor. E obrigada por me ajudar.

Susan estava sorrindo para Roselle e Roselle retribuía o sorriso — um sorriso que tinha um quê de tristeza e uma pitada de descrença. Ambas olharam para Barry, e ele desejou que o chão realmente se abrisse e o engolisse.

Susan aparentava exatamente o que era e Barry não gostara de ter sua vida doméstica exposta. Ele a avaliava, comparando-a a Roselle: cabelo malcuidado, precisando de um bom corte; corpo pesado e livre de qualquer coisa remotamente parecida com uma cinta: rosto destituído da maquiagem mais básica; e barriga enorme, evidência incontestável de que estava prenhe, de novo. Ele viu as unhas roídas, com nódoas de cigarro, maltratadas pelos trabalhos domésticos, as cutículas esfoladas e avermelhadas. Viu os seios grandes e caídos que, ultimamente, quase chegavam ao baixo-ventre e que exigiam sutiãs com arame suficiente para blindar um tanque. Viu os dentes dela, amarelados e opacos. Viu as pernas — nada de meias, a depilação atrasada em um mês e varizes já evidentes.

Também viu como a esposa automaticamente submetia-se à opinião de Roselle, presumindo tratar-se de alguém importante na vida profissional de Barry. Nunca passaria pela cabeça de Susan sentir despeito ou ciúme de outra mulher. Susan era boa demais para isso.

Ele também notou que Roselle esperava uma grandessíssima vaca hipócrita cuja bocarra lembrasse um túnel esfumaçado. Era assim que ele sempre a descrevera, afinal.

Adiantando-se na direção das duas mulheres, Barry sentiu como se estivesse se movimentando no olho de um redemoinho furioso.

Roselle sorriu para ele, sarcástica.

— Barry, sua esposa deu um pulinho aqui para vê-lo.

Ela virou-se para Susan e sorriu mais uma vez, dessa vez com sinceridade.

— Estou encantada em finalmente conhecê-la, Sra. Dalston. Fique para beber alguma coisa. Estarei no bar para apresentá-la a todos.

Susan sorriu para a mulher glamourosa e assentiu com um meneio de cabeça.

— Obrigada. Muito obrigada. Lamento muito vir perturbá-lo no trabalho...

Roselle a interrompeu.

— Não seja tola. Vejo-a novamente logo, logo.

E se afastou, rebolando as nádegas pequenas e duras, com exagero. Barry olhou para a esposa, sua esposa desmazelada e arruinada, e sentiu o ódio ferver dentro de si.

— O que você veio fazer aqui?

Susan reagiu como se tivesse levado um soco.

— Tive de vir, Bal, estou no limite das minhas forças. Estou sem um grão de feijão, você não aparece em casa. Até a luz foi cortada.

Barry virou-se e viu a recepcionista observando-os, a expressão de interesse no rosto. Parecia que todas as garotas do clube haviam sido simultaneamente acometidas de vontade de ir ao banheiro, e desfilavam próximo a eles em meio a nuvens de perfume, olhares alertas. Estudavam Susan item por item e consideravam-na aquém do esperado. Todos no clube pensavam que Barry tinha uma esposa igual às dos demais porteiros. Bonitas com seus carros, suas casas e suas férias. No entanto, o que as garotas do Hiltone tinham diante dos olhos era a imagem de si mesmas, caso não tomassem os devidos cuidados.

Uma máquina de parir, tradução da mais absoluta derrota.

Todas ali conheciam a vida de Susan, pois tinham enveredado pela prostituição precisamente para não acabar da mesma forma que ela.

Agarrando-a pelo braço, ele a forçou a sair para a rua.

— Vá para casa, Susan. Não ouse vir aqui e me ridicularizar. Olhe para você. Seu estado é deplorável.

Ela olhou para ele e bufou pelo nariz, com repugnância.

— É só isso que incomoda você? Que eu seja pouco atraente em comparação a um punhado de putas velhas?

Ele não respondeu.

— Preste atenção. Sei que não sou uma Joan Collins* e, mesmo que quisesse ser, como conseguiria essa façanha? Tenho três crianças para cuidar e mais uma a caminho, dívidas equivalentes ao bastante para sustentar uma pequena república de bananas e, ainda por cima, um marido que se importa mais com os colegas de trabalho do que com os próprios filhos. Estou sem comida, sem luz e sem ajuda. Lamento se estou uma baranga, Bal, mas o que você me dá não dura para nada além de uns pedaços de carne barata e roupas de liquidação.

---

*Atriz nascida em Londres (1933), em evidência a partir da década de 1950. (*N. da T.*)

Susan estava aos prantos, ainda que zangada consigo mesma por deixar que ele a transtornasse daquele jeito.

Barry tirou do bolso uma nota de dez libras e entregou a ela. Caso se livrasse dela logo, ainda poderia ir ao encontro de Roselle. Após o aparecimento inoportuno de Susan, precisava estar com a amante o quanto antes para poder contar sua versão da história.

Susan fitou o dinheiro, incrédula.

— Isso é tudo? Dezinho?

Continuou calado. Precisava do resto da noite para dedicar a Roselle. Susan já fora derrotada. Olhos cravados nele, balançou a cabeça, perplexa.

— Você é um miserável egoísta, Barry. Não tem nem dinheiro para comprar remédio para o bebê e não se dá o trabalho de passar em casa para verificar se estamos todos bem. Estou vivendo à míngua, enquanto você... Olhe para você. Roupas novas, cabelo recém-cortado e com mechas. — E apoiou um dedo contra o peito de Barry. — Noite após noite, suas filhas têm esperado que eu lhes dê as malditas vintes libras de que precisam para ir à França. E o que você faz? Desaparece. E quanto a essa criança que ainda vai nascer, Barry? O que vamos fazer com ela, hein? Mais uma boca infeliz para você alimentar. Logo você, que não garante nem o sustento dos três que já tem.

Ainda assim, ele permaneceu mudo, apenas encarando-a. Desejando que ela fosse embora. Susan estava tão atônita, tão desconcertada com a atitude do marido que o levou a sentir vontade de gritar. Barry não tinha dúvidas de que Susan compreendia perfeitamente o vexame a que o estava expondo. Um saco de batatas travestido de esposa que dava as caras no trabalho dele à cata de grana. Estava fazendo com que ele parecesse um homem mau. E de propósito, de caso pensado. Era uma tentativa de chantagem.

Então Roselle apareceu e disse a Barry que sua presença se fazia necessária numa das mesas, onde um cliente criava problemas.

Ele voltou ao clube, não sem antes empurrar Roselle porta adentro. Depois, virando-se para Susan, berrou:

— Vá para casa, sua vaca estúpida. Vejo você de manhã.

Ela ficou por ali, na calçada. Começara a chover e o frio era intenso. Susan enfiou as dez libras no bolso e pôs-se a andar. O caminho estava escuro, mas movimentado. As pessoas abriam passagem aos trancos, ignorando-a.

Susan deu meia-volta, olhou através das portas duplas e envidraçadas do clube e viu Barry conversar, concentrado, com Roselle. Ele parecia muito elegante, terno novo, cabelo impecável. Susan percebeu que também tinha ido à manicure. Quando lhe entregara as dez libras, estendera mãos mais macias do que as dela.

Ao ver o marido com a cabeça inclinada em direção à mulher pequena de vestido vermelho cintilante, o modo como falava com ela, a expressão franca no rosto bonito, Susan deu-se conta da finalidade de tanta pompa e circunstância.

Não se tratava de mais uma pulada de cerca.

Barry estava apaixonado.

Enquanto estivera sentada em casa, arrancando os cabelos de tanta preocupação, ele gastava todo o dinheiro com aquela mulherzinha que usava lindas roupas. Abrindo a porta do clube, Susan arriscou alguns passos para dentro. O calor a atingiu como um cobertor. Suas bochechas rachadas e ásperas arderam. Barry e Roselle viraram-se rumo à corrente de ar frio e viram-na ali, imóvel, novamente.

Barry olhou para ela como se não fosse absolutamente nada, como se não fosse digna de ser notada. Então, aproximou-se, tornou a agarrá-la com brutalidade pelo braço e a empurrou de volta à rua. E começou a arrastá-la pela calçada. Os passantes observavam a cena, surpresos.

Susan fazia força na tentativa de se soltar.

— Seu escroto! Não é à toa que não temos tido nem sinal de você. Pensávamos que você estava atrás de um rabo-de-saia, como sempre, mas eis que, de repente, dá para notar que você subiu de cotação no mercado.

Ele a encarou mais uma vez e ela logo percebeu que já fora longe demais. Barry tinha pavio curto mesmo em seus melhores dias. E, naquela noite, estava à beira de uma explosão. Ele deu um empurrão contra o peito de Susan, as mãos de novo grosseiras contra o corpo débil da mulher.

— Caia fora, Sue. Estou avisando, garota, não me faça perder a cabeça.

Ele tornou a premiá-la com um tranco e, dessa vez, ela perdeu o equilíbrio e caiu no meio da rua. Um táxi negro cantou pneu até conseguir parar de todo e evitar o atropelamento. Um pedestre a ajudou a se levantar. Ela estava chorando. O motorista do táxi se ergueu do assento e gritou, debruçado na janela aberta:

— Vê se pára de beber, mulher! — Em seguida, arrancou com o veículo em meio a uma torrente de obscenidades que fluíam de sua boca.

Susan ergueu-se, o ar de desamparo total em plena agitação de automóveis e transeuntes. O esforço para fazer com que Barry liberasse algum dinheiro havia malogrado de maneira horrível. Tudo o que ela queria era umas poucas libras para atravessar dias difíceis. Em vez disso, fora humilhada e espancada por fazer o que tinha todo o direito de fazer. Sabia que o havia aborrecido, mas será que ele nunca pensava nela? Ela e os filhos não eram levados em consideração?

Observou-o dar de ombros e sentiu um momento de ódio atordoante por ele. Tão intenso que podia praticamente experimentar o paladar de tamanha aversão. O sentimento crescia nas entranhas de Susan como uma grande nuvem negra. Exalava dos poros e tomava o ar a seu redor.

— Tudo o que eu queria era dinheiro para a excursão escolar das meninas, Bal, não os olhos da sua cara. Para chegar até aqui, paguei o metrô com o dinheiro que peguei com a pobre Wendy. Se não o tivesse encontrado, teria que voltar para casa a pé, ou ficaria sem um centavo para comprar comida. Ainda assim, você me trata como uma leprosa, como se eu tivesse feito alguma coisa errada.

— Vá para casa, Susan, antes que você se machuque. Não estou de bom humor.

Ele a empurrou com força mais uma vez, no peito, e ela quase se desequilibrou. Do canto do olho, Susan flagrou as pessoas dos prédios em volta observarem-na.

Sorriso no rosto, uma moça bonita com uma longa peruca de cor escura e saltos altos os examinava da porta de entrada do *peep show*. Obviamente pensava que Susan tentara entrar no Hiltone e que o leão-de-chácara a estava expulsando. Seria uma história engraçada, apenas um episódio prosaico.

— Você é um patife, Barry. Não saio daqui enquanto você não me der mais dinheiro.

O golpe seguinte acertou-a na mandíbula e Susan sentiu as pernas faltarem. Como um boxeador, recuou cambaleante, tentando se manter sobre os dois pés, a cabeça latejando, a dor aguda provocada pelo estalido do maxilar, que tornara a se encaixar na articulação.

Com a mão no queixo, gritou para ele:

— É assim que você responde a qualquer coisa, não é, Barry? Com uma porrada. Ora, vá se foder. Não dou mais a mínima para nada disso.

E chorava, muco e lágrimas se misturando no rosto.

— Parei de me preocupar. Meus filhos precisam de dinheiro e, se for preciso, entro numa merda de lugar como esse, trabalho a noite inteira e levo a grana para casa. Você não é o único que pode trabalhar no Soho, meu camarada.

Roselle ouvia a mulher através das lâminas de vidro da recepção. Vislumbrava uma nova faceta de Barry Dalston, da qual não estava gostando nem um pouco. Então, abriu a porta e caminhou até Susan. Pegou-a pelo braço e, com gentileza, conduziu-a até o interior do clube, depois escadas acima, até os escritórios.

As garotas haviam deixado suas mesas e o bar para observarem o barraco doméstico que se desenrolava em praça pública. Uma delas, uma loura grande num vestido preto justo e brilhoso, passou a Susan um maço de papel higiênico para que enxugasse o rosto.

— Você está bem, doçura?

Susan fez que sim com a cabeça. Naquele instante, eram todas mulheres, unidas e zelando por uma dentre tantas que, claramente, enfrentava dificuldades medonhas.

— Vamos, suba ao escritório. Vou chamar um táxi para levá-la em casa.

Roselle olhou para Barry como se ele fosse algo asqueroso que encontrara na sola dos sapatos.

— Ivan vai esfolá-lo por isso, rapaz.

Ela tornou a pegar Susan delicadamente pelo braço e a ajudou a subir as escadas frágeis. Seu corpo parecia volumoso demais para o espaço tão estreito e as pernas ainda estavam vacilantes. Sentia-se derrotada, humilhada e vazia.

No escritório, Roselle lhe preparou uma xícara de café, à qual acrescentou uma boa dose de conhaque.

— Toda semana vou lhe mandar uma porcentagem do salário de Barry, combinado? Vou acertar isso com Ivan... ele vai concordar de pronto assim que eu lhe explicar a situação. Fazemos isso com vários dos sujeitos que trabalham aqui, querida.

Era mentira e Susan sabia disso, mas estava agradecida por ela lhe oferecer ajuda tão preciosa.

— Barry vai me matar por tudo o que aconteceu. Não pretendia vir até aqui hoje à noite. Nunca quis vir num lugar desses, nem mesmo por curiosidade. Sei que ele adora isso aqui, adora a idéia de trabalhar num lugar assim, mas é algo que, a mim, nunca atraiu.

Roselle sorriu para ela.

— É um gosto adquirido, devo admitir. Para ser franca, às vezes gostaria de jamais ter adquirido um gosto desses. Mas é um modo de ganhar a vida e vivo muito bem. Porém, de vez em quando devaneio como deva ser a rotina de uma mulher casada que durma com o mesmo homem, sempre.

Susan sacudiu a cabeça.

— Com certeza é melhor.

Roselle lhe estendeu um cigarro e Susan aceitou, grata. Decidiu que gostava daquela mulher e imaginou que diabos uma moça escolada como ela estava fazendo com um merda como aquele com que Susan havia se casado.

Roselle abriu uma gaveta e tirou cem libras. Contou as notas e separou-as de um maço, enquanto Susan a observava com inveja.

— Tome isso a título de adiantamento. Vou contar a ele sobre o que ficou resolvido, não se aflija.

Susan pegou o dinheiro e o enfiou no bolso, junto com as outras dez libras.

— Ele vai quebrar meu pescoço por eu ter vindo, mas eu tinha que vir. Estou praticamente na miséria.

E esfregou uma das mãos na barriga.

— Esse pobre bebê hoje também recebeu sua cota de castigo.

Roselle sentiu uma súbita vontade de chorar. Via em Susan Dalston sua própria mãe. Viu o rosto machucado no café-da-manhã, a luta constante para manter os filhos alimentados e vestidos à própria custa. Nunca comprava nada para si. Envelhecida antes do tempo, aos 50 anos recebera a morte de braços abertos, feliz em partir. Em ser liberta do trabalho diário de simplesmente existir.

Barry tratava a esposa daquela maneira porque podia, porque ela permitia, porque era fraca demais para lutar contra ele e assumir as rédeas da própria vida. Roselle sabia tudo sobre os Barrys daquele mundo e do que eram capazes. Então, ocorreu-lhe que estava praticamente dormindo com o próprio pai. Ele fora como Barry: um fanfarrão violento que se comprazia em oprimir os mais fracos, mesmo se os mais fracos fossem sua esposa e filhos.

— Sente-se bem o bastante para voltar para casa? — perguntou com ternura.

O rosto de Susan era uma máscara lívida de dor. Roselle foi até o armário, pegou um casaco de peles e sorriu para a mulher que tinha diante de si.

— Façamos melhor. Eu mesma lhe dou uma carona. Assim não terei dúvidas de que chegou em casa sã e salva. Caso contrário, vou passar a noite toda preocupada.

Susan balançou a cabeça veementemente.

— Ah, não, Barry enlouqueceria...

Roselle a interrompeu.

— Foda-se o Barry, meu bem. Ele trabalha para mim e para Ivan. E vai fazer o que mandarmos.

O semblante de Susan era de puro terror.

— Tem um banheiro logo ali. Vá lavar o rosto e se arrumar, preciso dar um telefonema antes de levá-la em casa. E não quero discussão, certo?

Susan fez conforme Roselle dissera. Sempre fazia o lhe diziam para fazer, principalmente se o tom de voz era de autoridade.

Experimentava uma dor comprida e miúda que lhe dava a impressão de o ventre estar pronto para escapar pela vagina. Tinha a sensação de que algo pesado lhe pressionava a pelve, quase como se fossem as dores do parto, e esperava que não estivesse à beira de sofrer mais um aborto.

Relaxou no assento frio do vaso sanitário por alguns momentos, a testa encharcada de suor, enjôos na boca do estômago. Parecia que havia uma espiral de náuseas subindo através de seu corpo. O medo se apossara de Susan.

As cenas daquela noite certamente haviam enfurecido Barry. E Susan desejava ter permanecido em casa e deixado tudo se ajeitar a esmo.

Lavou as mãos na pia e jogou água fria no rosto. Viu-se no espelho pequenino acima da pia. Os olhos estavam sublinhados por círculos escuros e o maxilar já exibia um hematoma. Ela fedia. O casaco cheirava a tecido velho molhado de chuva. As mãos eram rudes. As unhas, roídas; os dedos, curtos e grossos como tocos, pareceram-lhe obscenos enquanto os esfregava com a toalha rosa que pendia de um cabide junto à pia.

Barry não queria mais voltar para casa e motivos não lhe faltavam. Preferia passar o tempo com a mulher do escritório. Susan torcia para que Barry ficasse com a mulher do escritório, embora imaginasse Roselle esperta demais para se juntar a ele de maneira definitiva.

Mas Susan precisava do dinheiro dele, tinha que cuidar do bem-estar da prole. De volta ao escritório, sorriu, trêmula. Roselle parecia formidável vestida no casaco de peles, a maquiagem perfeita e o cabelo penteado de modo irretocável. Susan invejou tanta autoconfiança e altivez.

— Aqui vamos nós. Está na hora.

Ao pé da escada, Barry parecia ter enlouquecido. Susan o flagrou mirando-a, um olhar do qual vazava um sentimento que só podia ser ódio.

— Aonde você vai?

Roselle fez um gesto de indiferença.

— Vou levar sua mulher grávida para casa.

Barry balançou a cabeça.

— Não, não vai, não.

As palavras tinham uma finalidade velada que Susan reconheceu.

— Eu tomo um táxi, querida. Obrigada pela oferta.

— Pode deixar que eu a levo para casa, Susan.

Ele tinha as chaves do carro na mão.

Roselle sacudiu a cabeça, em dúvida.

— Já combinei com Ivan.

Barry olhou com frieza para Roselle.

— Então pode perfeitamente descombinar, não pode?

Ele agarrou o braço de Susan e a arrastou para fora do clube. Roselle os seguiu. Ele a ignorou e fez Susan entrar no seu carro, um belo Mercedes preto que a esposa jamais vira antes. Empurrando-a sem a menor cerimônia, deu partida sem dizer uma só palavra a Roselle, que viu o carro desaparecer ao dobrar a esquina.

Barry e Susan viajaram em silêncio até chegarem a East End. Então ele parou o veículo junto a Roman Road, no estacionamento de um condomínio de prédios altos.

Virou-se para ela e fitou-a nos olhos.

— Você é uma ordinária, Susan, sabe disso, não sabe? Essa noite você assinou sua própria sentença de morte. Querer me expor ao ridículo daquele jeito! Não consigo acreditar que tenha feito isso. Não dá para acreditar que tenha sido tão estúpida a ponto de achar que sairia ilesa.

A voz dele tinha o alheamento frio que ela aprendera a identificar; era o aviso de que uma surra caprichada estava a caminho.

— Não queria ter ido lá, Bal. Tive que ir, não havia alternativa.

Podia ouvir o tom de súplica na própria voz, o medo, e se odiou por isso. Mas tinha um bebê para proteger. Lembrou-se que, no passado, Barry já a havia espancado e ela sofrera um aborto.

— Preciso cuidar das crianças, Bal. Ao contrário de você, não tenho escolha sobre o que fazer e o que não fazer. Não posso sair por aí, esquecida delas por dias a fio, pois precisam que eu cozinhe para elas, que mantenha tudo limpo, que as leve à escola. Todos os dias.

Desejava calar a boca, parar de discutir, mas as palavras jorravam de sua boca como uma cascata.

— Tenho que ouvir suas historinhas e queixumes, providenciar para que estejam asseadas, limpas, cuidadas. Tenho que conversar com elas, fazer com que tudo acabe bem quando, por acaso, atravessam um dia de merda.

Susan parecia embalada.

— O pequeno Barry está doente, cheio de dor de ouvido por causa dos dentes. E não tenho sequer alguns tostões para comprar analgésico, pois você não se incomodou de passar em casa para me deixar alguns trocados. Pedi dinheiro emprestado a meio mundo, inclusive a sua mãe, enquanto esperava que você se dignasse a aparecer e garantir o sustento da família. Então não se dirija a mim como se o estivesse ridicularizando. Comprei fiado em duas lojas e eles não me darão mais crédito até que tenha pagado tudo o que devo. Sua reputação não nos tem valido de nada, ultimamente. Você é carta fora do baralho, você e meu pai. Bannerman se incumbiu disso.

De um só fôlego, Susan prosseguiu:

— O mercado da prostituição anda bastante concorrido. Sendo assim, o que eu deveria fazer? Esperar por Papai Noel? Tudo bem, pode desempenhar o seu papel, me dê um chute bem na cabeça. Estou me lixando para isso tudo.

Ela o fitou no rosto bonito e sentiu novamente o quanto ele tinha influências sobre ela. Viu o que nele atraía também as Roselles da vida. Era belo e perigoso. Por que ela nunca percebera isso quando ainda era adolescente? Poderia ter evitado tanta dor.

Barry fitou-a por cinco minutos inteiros, saboreando o nervosismo dela. Podia sentir o cheiro da tensão exalando do corpo dela, em ondas. Mas não era Susan quem ele via, não era a mãe de seus filhos, a mulher decente, verdadeira e, a seu próprio modo, respeitável.

Ele a via sob a ótica que, supunha, seria também a de Roselle. Ele a enxergava em comparação à amante.

Um bagaço, derrotada e fedorenta.

Nunca, em toda sua vida, sentira tanta vergonha quanto naquela noite.

E tudo por culpa de Susan. Ela havia revelado a todos o que ele realmente era. Jamais a perdoaria por isso. Desferiu, então, um soco no rosto da mulher, um cruzado que ecoou, alto e chocante, nos confins do seu belo carro novo.

Carro que havia comprado para impressionar Roselle e as outras garotas do clube. Queria impressionar um punhado de piranhas à custa da própria família.

— Você acha que me destruiu no trabalho, não é?

E socou-a novamente, dessa vez com ainda mais força. Ele se deleitou em observar como ela tentava cobrir o rosto e o corpo enquanto os golpes choviam. Durante toda a sessão de espancamento, Barry usava seu melhor tom monocórdio. Finalmente, abriu a porta do carro e jogou-a para fora, na calçada. O corpo fustigado aterrissou como um saco de batatas no chão molhado.

Saltando do banco do motorista, ele contornou o carro, foi até ela e passou a chutá-la. De início, eram pequenos chutes, gradualmente culminando num golpe com força suficiente para deslocá-la cerca de 30 centímetros no calçamento.

O farol de um carro iluminou os dois, como se estivessem no centro de um palco. Uma dupla de policiais desceu da viatura e correu na direção do casal.

— Aqui está, guarda, levem-na. Levem essa puta feiosa. Podem ficar com ela. Eu já não a quero mais.

Os tiras permaneciam imóveis junto ao corpo inerte da mulher. Barry apostava que, como de praxe, a polícia não se envolveria em escaramuças domésticas. Susan contaria o que precisassem ouvir e ele estaria na mais absoluta segurança.

De um pulo, instalou-se ao volante do Mercedes, manobrou como um maníaco para sair do estacionamento e dirigiu de volta para West End e Roselle. A mulher que precisaria aplacar se quisesse manter a seu lado.

Os dois tiras olharam para baixo, para a pilha amarrotada no solo, e suspiraram.

— Aquele não era Barry Dalston?

O mais velho balançou a cabeça para responder que sim.

— Sem dúvida que era. Vamos levá-la ao hospital. Lá eles cuidam dela. Não estou a fim de me meter em ocorrências domésticas, hoje à noite.

Susan perdeu o bebê no banco de trás da viatura policial, o que aborreceu imensamente o guarda Hutchinson.

— Todo aquele sangue e coágulos... essas mulheres nunca aprendem? É inacreditável a quantidade de vezes que já fui chamado à casa deles. Mas ela vai aceitá-lo de volta, ela sempre aceita.

A ele, não ocorria que Susan simplesmente não tinha escolha.

Capítulo 17

Susan ria, a voz alta e embriagada. A fumaça vinda dos fregueses do pub era densa. Havia muito barulho lá dentro, barulho realmente excessivo para que os freqüentadores conseguissem se fazer ouvir. Ainda assim, não impedia que as conversas bêbadas prosseguissem por todo o lugar.

June berrou quando um stripper subiu ao pequeno palco improvisado. Era lindo, cabelos louros curtos e músculos saltados.

— Só um aperitivo, filho!

A voz dela, como sempre, era mais alta que a de qualquer um.

— Já vi coisas maiores rastejando para fora de maçãs.

Ivy estava inteiramente à vontade. Ultimamente, adorava locais assim. Após anos considerando-se boa demais para pubs arruaceiros das redondezas, lançara-se a noitadas com um fervor que chocara a todos, inclusive ao filho, Joey, que não podia crer no quanto ela mudara.

Susan transformara-se na menina dos olhos de Ivy que, na neta, enxergava a si mesma, mais jovem. Principalmente na batalha pela sobrevivência. Até Joey às vezes sentia pena da filha, manca desde o último entrevero com Barry. Ele havia esmigalhado seu tornozelo, mas só depois da perda do bebê é que notaram mais esse problema, o que acabou por chocar Joey. Graças ao encorajamento de June e de Ivy, ele pegara o genro de jeito e o cobrira de porrada, sem dó nem piedade. Barry recebera a coça sem dizer uma só palavra, como era esperado que fizesse. Sabia que tinha ido longe demais.

No íntimo, porém, admitia ter espancado Barry pelo fato de estar bem de vida. Afinal, tinha arranjado uma boa fonte de renda. Em diversas ocasiões, Joey lhe pedira que intercedesse a seu favor junto a Ivan, apesar de ter certeza que Barry não se daria tanto trabalho. De uns tempos para cá, considerava-se superior a Joey, exasperando o sogro. Exasperando-o até onde um homem pode se exasperar.

Entre eles, havia agora uma animosidade velada como jamais existira antes. E fora isso que o levara a tomar o partido da filha. Era a única maneira de se vingar do genro. Joey estava gostando da brincadeira.

Para Susan, os filhos constituíam a origem do maior dos deleites. A despeito de quais pudessem ser as falhas de Susan, era uma mãe brilhante e todos elogiavam seus esforços para criar os filhos nas circunstâncias adversas sob as quais vivia. Naquela noite, no entanto, estava à vontade, alcoolizada e se divertindo a valer. Joey riu quando ela tropeçou ao tentar se levantar da cadeira.

O stripper masculino rodopiava diante da platéia, balançando o corpo na cara das mulheres, desafiando uma delas a tirar sua sunga com os dentes.

— Venha até aqui, vou tirar minha dentadura para você, filho.

Ivy fez todos estalarem de rir, mais uma vez.

— Cale-se, mamãe, pare de assustar o rapaz!

A música terminou e o pequeno palco tornou a escurecer. Susan finalmente conseguira se desprender do assento e caminhar trôpega em direção ao banheiro das mulheres. Doreen a seguiu.

— O pequeno Barry é uma figura, não é? Sabe o que ele me disse hoje, Sue? Perguntou por que havia nuvens no mundo. Respondi que assim o céu ficava bonito para que pudéssemos admirá-lo. Adivinhe o que ele disse então: "Por que Deus não fez o céu ficar bonito o tempo todo, como minha mamãe?"

Susan irrompeu em risos.

— Ele só tem 3 aninhos, benza Deus, ainda não me enxerga direito.

Doreen sentou no vaso, a porta escancarada, inteiramente à vista do bar lotado caso alguma outra mulher entrasse no recinto. Mas ela não se incomodava com isso, nenhuma delas se importava. Só serviria para tornar tudo um pouco mais excitante, para provocar mais risos.

— É um bom menino. Como estão as coisas com Sua Senhoria?

Susan suspirou.

— Como sempre. Vai continuar o mesmo enquanto tiver um buraco no meio da bunda.

Doreen deu de ombros. Na verdade, não esperava uma resposta diferente.

Susan passou batom rosa com uma das mãos trêmulas, rindo para si mesma enquanto tentava acertar o contorno dos lábios.

— Estou muito doida, Dor. Há anos que não encho a cara.

Doreen se enxugou e vestiu a calcinha e as meias-calças, sem muito equilíbrio.

— Bem, de vez em quando não vai lhe fazer mal soltar a franga.

Susan adiantou-se vacilante até a privada, baixou as calças, apoiando-se contra a parede em busca de apoio. Sentiu a primeira onda de náusea e respirou fundo. Estava mais estonteada do que imaginara.

— Estou bêbada como um gambá.

Lavou as mãos e, com Doreen, tomou o caminho de volta à mesa. Foi então que avistou Barry e seu coração disparou. Colocou um sorriso forçado no rosto.

— Olá, Bal, há quanto tempo.

Susan sabia que era um desperdício usar de sarcasmo com ele, mas o simples pronunciar da frase lhe conferiu um pequeno prazer. Barry tinha nas mãos uma dose generosa de uísque e Susan se flagrou inquieta diante da possibilidade dele resolver se instalar no pub. Temores imediatamente dissipados, porém.

— Onde está meu passaporte, Sue? Não consigo achá-lo.

Ela sorriu.

— Você esteve em casa?

Ele respondeu que sim apenas com um meneio de cabeça.

— Fui ver as crianças, rir um pouco com elas e lhes dar algumas libras, esse tipo de coisa.

Estava praticamente se desculpando por ser ausente com a família. Novidade.

— Para que você precisa do passaporte?

Ele mostrou os dentes, meio acanhado.

— Vou à Espanha cobrar uma dívida para Ivan.

— Que bom para você, Bal, poder variar um pouco de Birmingham ou Liverpool, hã? Um pouco de emoção, boa companhia. Parece ótimo. Roselle vai também, suponho.

Ele fez que sim com a cabeça.

Desde a noite em que aparecera na porta do Hiltone Club, a vida de Susan mudara, e muito. Roselle agora era sua amiga. Providenciava para que Barry honrasse seus compromissos familiares e Susan permitia que o relacionamento entre Roselle e Barry prosperasse. Não que pudesse ter feito muita coisa contra, caso desejasse. Se ele decidira que iria ter um caso, teria. Mas pelo menos Roselle fazia com que ela e os filhos recebessem regularmente uma quantia. Podia-se dizer que Susan passara a viver em relativa tranqüilidade. A situação lhe era mais que conveniente.

Encontrava-se com Roselle uma vez por mês, e almoçavam juntas. Após a refeição, a amante de Barry sempre tinha um presente para Susan: uma ida ao cabeleireiro, um vestido ou uma bolsa. Coisas pequenas que divertiam a Sra. Dalston, faziam-na sentir-se melhor consigo mesma. Roselle dava a Susan um tantinho de auto-respeito.

Não demorou para que as duas mulheres se identificassem de maneira extraordinária, percebendo, uma na outra, características que, até então, só haviam visto em si mesmas. O interesse por cinema e literatura, por exemplo. Susan parecia melhor do que jamais parecera em anos e isso a tornava cada vez mais satisfeita consigo mesma. Somada à gradual defecção de Barry para o apartamento de Roselle, tudo ia bem na vida da sofredora dona-de-casa de outrora. Naquela época, ele passava em casa apenas uma vez por semana, para visitar os filhos e exibir-se para a vizinhança.

— Seu passaporte está na caixa de força, junto à entrada. Escondi no meio das outras cartas, por segurança.

Ele aquiesceu com um gesto de cabeça, feliz agora que sabia onde o documento estava guardado. Pondo-se de pé, baixou os olhos para ela.

— Você parece bem. Vou pegar uma bebida para você, antes de ir.

Ela balançou a fronte, surpresa com tanta civilidade, com o modo como conseguiam conversar um com o outro. Ele a tratava com cortesia.

— Imagine, Bal, acho que já bebi o bastante.

Ele sorriu meio forçado e caminhou até o bar, sobressaindo-se do grupo por causa das roupas e da boa aparência. Susan o estudou; era realmente um belo homem. Viu as outras mulheres admirando-o, viu o modo como ele as estudava enquanto andava, atribuindo-lhes notas de um a dez.

A idéia a fez sorrir. Imaginou o que aconteceria se Roselle o visse piscar para as mulheres mais jovens e sorrir para as mais velhas, deixando com que todas pensassem ter uma chance. Conjeturou se ele traía Roselle, mas logo afastou o pensamento.

Se agia assim, era um tolo. Mulheres como ela não nascem em árvores e ninguém mais que Barry deveria estar ciente disso. Enquanto o observava, uma voz familiar saudou-a em voz alta.

— Olá, Susan querida, como vai?

Era Peter White, um rapaz da escola.

— Olá, Peter, como está? Você está em forma.

Ele sorriu para ela, exibindo dentes brancos num rosto bronzeado. Ingressara na marinha mercante. Saíra de casa aos 15 anos de idade e contornara a costa em navios de pequeno porte, até transferir-se para as grandes embarcações e tripular cargueiros e graneleiros da Blues Star Lines.

Peter tinha alegres olhos azuis e cabelos ruivos. Era volumoso, um homem grande com o início de uma barriga de cerveja, mas bonito de um modo um tanto quanto rude.

— Acabo de chegar da América do Sul. Pensei em dar uma passada por aqui para ver como estavam as coisas e as pessoas. Sua mãe parece muito bem, não é? Tive uma quedinha por ela, na época da escola.

Susan riu com estrépito.

— Você nunca teve muito bom gosto no tocante às mulheres. Já casou?

Ele respondeu negativamente, apenas com um gesto de cabeça.

— Uma garota em cada porto, então, aposto.

— Se é que pode chamá-las de garotas. As putas gringas são asquerosas, não são? — A voz de Barry era alta e as pessoas interromperam suas conversas para ouvi-lo.

Peter respirou fundo e disse gentilmente:

— Até mais ver, Sue, cuide-se.

Ela fez que sim apenas movimentando a cabeça, triste com a interferência de Barry.

— Ele só estava sendo educado, Bal. Deus do Céu. Eu o conheci antes mesmo de saber que você existia..

Barry dobrou os lábios, desdenhoso.

— É um punheteiro do cacete. Não quero nem ouvir dizer que você tenha se encontrado com ele, certo?

O velho Barry estava de volta, o Barry possessivo, aquele que se comportava como dono de Susan. Que podia mandar na vida dela, determinar com quem podia ou não falar. Susan sentiu a depressão descer sobre ela como um peso de chumbo.

— Ele é um vizinho, Bal, nada mais. Pare de colocar todo mundo na berlinda e se comporte. Aliás, por que o ciúme? Ele não olharia para mim duas vezes, meu chapa.

Ela terminou com uma piada para tentar amainar a situação, mas a fisionomia cismada e sombria de Barry não se alterou.

— É melhor você ir. Provavelmente Roselle está à sua espera.

Ele sorriu de maneira desagradável.

— Tentando se livrar de mim para poder continuar o papo com o Popeye?

Susan acendeu um cigarro e deu uma longa tragada. Uma stripper feminina surgiu, uma garota grande de coxas ameaçadoras e barriga balouçante. Os homens a massacraram. Insultaram-na e tentaram boliná-la. Barry considerou a cena nojenta. Tornara-se melhor que toda aquela gente. O pensamento o animou e, ao ver Peter White conversando com outra mulher, levantou-se para ir embora.

— Quanto tempo vai durar sua viagem?

Ele encarou Susan. Ultimamente, exibia uma aparência bastante razoável. Nada espetacular, mas ao menos não assustaria mais ninguém.

— Como está seu tornozelo?

A pergunta pegou-a de surpresa. Ele nunca mencionava sua manqueira.

— Está sob controle. A umidade fez com que piorasse. Os médicos acham que desenvolvi artrite, pois foi uma fratura e tanto. Afora isso, não é nada que eu não possa suportar. Por quê?

Ele olhou intencionalmente para Peter White e ela ergueu os olhos para o teto.

— Não precisa me ameaçar, Barry. Não quero homem nenhum, muito obrigada. Cristo sabe que não tive muita sorte com aquele que escolhi, ou tive?

A mão dele fez um movimento rápido e ela esquivou-se. Na verdade, pretendia acariciar o queixo da mulher, não agredi-la.

— Jamais pergunte novamente quando eu volto, certo? Digo a você tudo o que precisa saber. Já é o suficiente.

Sem mais uma palavra, saiu do pub. Ninguém se despediu dele. Nem mesmo Joey.

Doreen se aproximou e sentou ao lado de Susan.

— Não acredito que ele seja tão abusado, Sue.

Susan deu um meio sorriso.

— Pois eu sim. Ele é um egoísta. Não me quer, mas tem medo que alguém queira. Ora, ele não precisa se preocupar. Não quero homem nenhum, muito obrigada. Dá muito trabalho.

Porém, no íntimo, uma pequena parte de Susan estava contente pela reação de Barry. Um contentamento que também a irritava. Afinal de contas, não o queria mais, ou queria?

Não respondeu à pergunta que ela mesma se fizera, temia responder de maneira errada. Mas tudo aquilo fez curar a bebedeira.

Na casa de June e Joey, a festa rolava solta. A música tocava em alto e bom som e a bebida fluía como água. Era uma típica noite de sábado. Debbie estava lá com o marido, Jamesie Phillips, um rapaz de Canning Town que adorava contar vantagens, versão mais branda de Barry.

Debbie estava grávida e acabara de ser aceita de volta no rebanho. Havia caído em desgraça com a família ao se mudar para uma casa nova, com terraço, em Rainham, Essex. Por um tempo, parecera pensar, como sua mãe muito perspicazmente dissera, "que não cagava fedido como todo mundo".

No entanto, logo se viu absolutamente isolada. Jamesie trabalhava o dia todo e passava a noite fora, bebendo. Já cumprira seu papel, engravidando-a, o que não surpreendeu a ninguém, a não ser a própria Debbie. Desde que casara, perdera dois bebês, parecia achar difícil mantê-los nas entranhas.

Susan imaginava se aquilo não era resultado dos abortos praticados pela primogênita ao longo de anos. Debbie havia feito da interrupção de gravidez método de controle da natalidade. Ao que tudo indicava, chegara a hora de pagar o preço. Mas Susan lamentava pela irmã, sabendo quanta alegria os filhos traziam, não importa quão difícil a existência se tornava também por causa deles. Ela morreria sem a sua prole, estava tão certa disso quanto do próprio nome.

Sua vida poderia parecer esquisita para quem a analisasse de fora mas, aos olhos de Susan, era um pote de ouro. Finalmente tinha o que queria: algum dinheiro, as crianças que tanto amava e nenhum Barry para atrapalhar. Sabia que, nos últimos tempos, Roselle fazia tudo para ele, inclusive lavava-lhe a roupa. Depois de tantos anos sob o tacão do marido, ser substituída na função de bajuladora de Barry era mais que oportuno para Susan.

Atravessou a cozinha e se serviu de nova dose de gim com tônica. Não havia gelo e contentou-se em beber a moda caubói, tomada por desvarios na cálida embriaguez que a envolvia. Ria entusiasticamente, pensando no ciúme de Barry. Sem sombra de dúvida, não passava de um garoto grande.

De repente, sentiu-se muito só e desejou estar aninhada na cama com o pequeno Barry. O menino dormia com ela, privilégio do caçula da família, ainda que houvesse manhã nas quais acordava e descobria que as duas meninas haviam se esgueirado entre as cobertas durante a noite.

Susan então teve vontade de chorar, nostálgica do tempo em que os filhos eram bebês de colo.

Seus pensamentos voltaram-se, em seguida, para os filhos que perdera. Jason, o lindo pequeno Luke e o bebê que sentira escorregar para fora do corpo numa viatura policial.

Barry Dalston era um demônio, um demônio truculento. Tinha lhe roubado aquelas crianças da mesma maneira negligente com que as havia gerado. Sem pensar duas vezes. Serviu-se de mais uma dose. Dessa vez bebeu de um só gole e estremeceu.

Um braço enlaçou seus ombros e ela voltou-se, ligeira.

Era seu pai.

— Qual é o problema, garota? O que está fazendo aqui fora sozinha?

Ele viu as lágrimas nos olhos dela.

— Aquele infeliz a perturbou novamente? — A voz de Joey era áspera. — Eu o vi hoje à noite, no pub, fazendo o seu ouvido de penico.

Ela esboçou um gesto de indiferença.

— Só bebi um pouco, pai. Estava pensando nas crianças. Em quando eram bebês. Estou um pouco saudosa, nada mais.

E riu para disfarçar a tristeza que trazia na voz.

— Venha cá e faça um agrado no seu velho pai.

Horas depois, Susan culparia o álcool. Se não tivesse bebido, estaria mais alerta. Teria percebido o significado oculto na voz dele. Mas era jovem, estava sozinha e triste. Quando Joey a abraçou, ela experimentou a mesma sensação que sabia ser vivenciada por seus próprios filhos diante do toque materno ou paterno. Pelo menos uma vez na vida, precisava sentir que alguém estava cuidando dela, que alguém se importava com ela.

Quando a mão de Joey subiu para o seio de Susan, houve um primeiro momento em que ela sequer percebeu o que ele pretendia. Pensou apenas que a mão do pai estava a caminho do rosto da filha.

No instante seguinte, quando ele a agarrou, ela subiu um dos joelhos e o atingiu na virilha com um golpe forte o bastante para embrulhar o estômago da vítima. Susan concentrou no gesto toda a energia de que dispunha.

Joey encolheu-se, as mãos fechadas sobre os testículos, que latejavam. Ele gemia. June entrou na cozinha exatamente no momento em que o marido tombava no chão, sob o olhar da filha. Ao se deparar com a cena, pôs-se a gritar impropérios para ambos.

— O que está deixando que ele faça com você, sua puta imunda? Não consegue manter o próprio marido em casa e resolveu catar o próprio pai, hein?

Os convidados reunidos na sala podiam ouvir com clareza cada palavra de June. Não havia, entre os presentes, quem não torcesse para que o casal de anfitriões chegasse às vias de fato.

A platéia não saiu desapontada.

Tão logo pôde se mexer, ele deu impulso para cima, rente à pia, levantou-se e virou-se para a esposa.

— Do que está falando, sua vadia idiota? Ela é minha filha...

June vociferava e recusava-se a retroceder. Estava apenas começando a se divertir e a apreciar o drama que ela mesma havia criado.

— Sei muito bem o que aconteceu, meu chapa. Não vai conseguir que eu me cale. E parece que não é a primeira vez, certo?

Joey partiu para cima dela, punhos e pés em riste. Em meio aos brados da mulher, segurou-a pelos cabelos e puxou-a até a sacada, onde começou a espancá-la com toda violência, cada fibra do corpo empenhada na tarefa.

Debbie gritava. Ivy, idem. Susan esperava que alguém chamasse a polícia e uma ambulância. Recolheu seu casaco e sua bolsa e deixou a casa. Passou ao lado do pai e da mãe, contornando-os, e seguiu o caminho de casa.

Era sempre a mesma coisa. Não importava o que acontecesse, o quão feliz havia sido o dia, eles estragavam a ocasião. Sempre arrumavam um modo de estragar momentos ditosos.

Sentiu o choro engasgado na garganta, não conseguia engolir as lágrimas. Tinha os olhos vermelhos e quentes; sentia como se estivessem cheios de areia. Estava arrasada por perceber que nada de bom poderia jamais vir dos laços que mantinha com a família. As pessoas que deveriam ser as mais importantes de sua vida, só perdendo posição para seus quatro filhos, eram mentirosos, ladrões, predadores sexuais. Todos giravam em torno do próprio umbigo, de suas necessidades e desejos. Barry incluído. Estava de partida para a Espanha, com Roselle, sem sequer ter deixado um endereço para o caso de uma das crianças se acidentar ou cair doente. Se Susan tomasse a iniciativa e lhe pedisse um contato em território espanhol, ele encararia como um disparate, uma tentativa de vigiá-lo.

Mas Roselle informaria do paradeiro de ambos, fosse por telefone ou pelo envio de um cartão-postal. Sempre fazia isso.

Tudo correra às mil maravilhas naquela noite. Por que seu pai tinha que se comportar daquela maneira com ela? Para ele, tudo se resumia a sexo. Só sabia pensar e falar sobre sexo. Era tudo o que queria, sexo. Estava quase chegando em casa. Respirou fundo, procurando se recompor para que o baby-sitter não notasse nada do que havia acontecido.

Ao atravessar a parte de trás do pequeno quintal, suspirou pesadamente.

Uma mão saiu do escuro e a agarrou. Tentou gritar, em vão. Então sentiu o cheiro característico de loção pós-barba Paco Rabanne e percebeu que era Barry.

— O que está fazendo, Bal? Quase me fez enfartar.

Ele riu, os dentes à mostra.

— Só estava esperando para ver com quem você vinha para casa. Pensei que Popeye poderia tê-la acompanhado, entoado algumas canções de bordo e jogado a velha âncora.

Susan sentiu-se tão aviltada que voou para cima dele.

— O que há com você, Bal? Está vivendo com outra mulher. Aliás, você sempre viveu como quis, chegou a me passar uma maldita doença venérea, e ainda tem a cara-de-pau de me espionar para a eventualidade de eu ter um admirador? Ora, pode ficar sossegado. Não quero sexo com você nem com ninguém. Pode anotar isso? Odeio sexo. Abomino sexo. Só me causa dor de cabeça. Até hoje, desde que me entendo por gente, não conheci ninguém que tenha feito amor de verdade com alguém ou que tenha amado outra pessoa de verdade. Agora, pegue seus maus modos e seu carro bacana e vá para a casa, para sua mulher. Porque você não faz mais parte da minha vida, Bal. Você foi atrás de coisa melhor e, francamente, não o culpo por isso.

Ela tentou se afastar dele, mas ele a manteve segura pelo braço.

— Com quem você acha que está falando? Ficou respondona, de repente?

Ela puxou o braço para se desvencilhar e gritou, exasperada.

— Chega, Barry. Chega de tudo isso. Sabe o que aconteceu comigo essa noite?

Ele a mirou na face retesada. Na escuridão, parecia quase bonita.

— Meu pai tentou me pegar. Na cozinha da minha mãe.

Enquanto essas palavras lhe pulavam da boca, a parte de seu cérebro que não estava alcoolizada clamava para que ficasse de boca fechada, não deixasse Barry saber do incidente.

— Meu próprio pai. Que raio de vida é essa, hein? Vinte e sete anos e meu pai ainda pensa que tem o direito de me violentar.

Caíra novamente no choro, um choro profundo que a fazia estremecer e balbuciar frases desconexas. Parou de explicar como se sentia, dando oportunidade ao marido errante de ver com os próprios olhos como, bem no fundo do coração e sem subterfúgios, ela se sentia. O quanto os considerava sujos, odiosos e repugnantes, adjetivos que abarcavam também June e Barry.

Ele a pegou pelo braço e a conduziu para o interior da casa. Pagou cinco libras ao filho mais velho de Doreen, que fizera o papel de baby-sitter, proporcionando-lhe enorme satisfação. Em seguida, preparou uma xícara de chá para Susan.

Quando Susan sentou no sofá novo, cortesia de Roselle e de seus pagamentos regulares, e olhou para os cômodos da casa mantidos impecavelmente limpos para que pudesse desfrutar melhor da companhia dos filhos, percebeu a futilidade da própria vida. Todos a tratavam como se fosse um objeto, algo que possuíam e, portanto, sobre o qual tinham direito de usar e abusar. Sem darem a mínima se feriam os sentimentos dela ou se estavam indo contra o que desejava.

Ela tomou um gole do chá quente e doce e fez uma careta.

— Estou de dieta, acredite se quiser. Há mais de um ano que não consumo açúcar.

Sorveu o chá assim mesmo, grata pelo calor da bebida.

— Então, o que aconteceu com Joey?

Ela sacudiu a cabeça.

— O de sempre, Barry.

Ele mostrava-se seriamente zangado. Ela estava agradecida também por isso. O zelo dele era muito importante para ela. Receber atenção é fundamental.

— O quê? Tentou agarrá-la?

Ela assentiu com um meneio de cabeça.

— Foi a bebida. É só o que ele vai alegar, aliás. Deixei ele e a minha mãe brigando como dois estivadores. Espero que a polícia já os tenha levado por agressão mútua.

— Vou matar o Joey. Fique longe deles, certo? Roselle e eu cuidamos para que não lhe falte nada, não há razão para se misturar a eles.

Susan suspirou.

— Falar é fácil. Daqui a alguns dias, minha mãe vai dar as caras como se nada tivesse acontecido, colocando a culpa na bebida, como sempre. Todo mundo vai fingir que está tudo bem, até que a história se repita. Eu não o deixo se aproximar de minhas filhas. Ele sabe disso, e já demonstrou que a proibição o aborrece. Eu seria capaz de pegar uma faca e cortar a garganta daquele desgraçado à simples desconfiança de que possa ter tocado em qualquer uma delas. Juro.

— Não duvido, Susan. Você é uma boa mãe. Uma boa esposa. Na verdade, nunca lhe dei o devido valor, não até conhecer Roselle. Ela a considera um ser iluminado.

Barry arreganhou os dentes e Susan sorriu, contente por ele a estar elogiando. Contente também por saber que o apreço que sentia por Roselle era recíproco.

— Cuide muito bem dela, Bal. Roselle é um diamante.

Ele riu com estardalhaço.

— Não posso acreditar que estamos tendo essa conversa, você pode?

Susan o acompanhou nas risadas.

— Por que não? Tudo o que aconteceu essa noite foi esquisito. Os elogios que você me fez foi o supra-sumo da esquisitice. Pensei que eu não passava de uma piranha gorda e indolente que devia tirar o rabo do lugar e emagrecer.

Barry emudeceu por completo.

— Vou dar uma palavrinha com Joey — disse, finalmente. — Resolver isso para você. Providenciar para que a deixe em paz.

Susan acenou com uma das mãos, rejeitando a oferta.

— Perda de tempo. Ele só vai dar um tempo antes de começar tudo de novo. Deixe para lá, não vale a pena tanto alvoroço. Além do mais, hoje à noite minha mãe o desmascarou. Parecia que tinha um sino do *Lutine* na boca.* E você sabe bem como eles gostam de agir. Mantenha tudo em segredo, mantenha tudo em família. Uma norma que pode dar margem a várias interpretações.

Barry deu uma olhada rápida no relógio de pulso.

Susan notou e suspirou.

— É melhor você se mexer. A que horas sai o seu vôo?

Barry tinha a expressão acabrunhada.

— Nove da manhã. Sim, é melhor que eu vá. Roselle deve estar achando que sumi.

Susan assentiu com um movimento de cabeça, inexplicavelmente triste com as palavras dele.

— Claro. Eu o acompanho até a porta.

Ele a beijou gentilmente no rosto

— Até breve. Cuide-se.

Ela sorriu, trêmula.

— Você também. Divirta-se. Lembranças minhas a Roselle.

Ela o observou tomar o caminho da rua e suspirou. Se ao menos tivesse despertado o que havia de melhor nele, como fizera Roselle. Poderiam ter sido felizes, então. Fechando a porta, sentiu o silêncio da casa ribombando nos ouvidos. Trancou a casa toda, subiu as escadas, quase se arrastando, e

*Sino instalado na sede da seguradora Lloyds, em Londres. Foi retirado dos destroços do navio *HMS Lutine* que, em 1799, naufragou na costa holandesa com um tesouro avaliado em milhões de libras. A carga nunca foi recuperada. Embora hoje em dia seja tocado para anunciar boas e más notícias, originalmente só soava em caso de desventuras. (*N. da T.*)

rumou para o banheiro, a fim de trocar de roupa. Ao entrar no quarto que antes era do casal, viu que havia três rostinhos sobre os travesseiros. Todos absortos em sonhos, mortos para o mundo.

Susan sorriu. Enfiando-se no meio deles, colocou o pequeno Barry na curva de um dos braços e, com o outro, acomodou as duas meninas junto a si.

Sentiu um instante de felicidade, quase explodindo de amor pelos filhos. Não importa o que acontecesse a ela, tinha as três crianças e, por tê-las, sempre haveria do que agradecer. No entanto, a solidão que trazia dentro de si, o anseio por um outro adulto para amar e velar, lhe fez companhia até que finalmente adormecesse.

Quando Susan desceu para o café-da-manhã, Kate já estava na porta dos fundos. Fazendo-a entrar, sorriu para a sogra.

— Madrugou, hein?

A fisionomia de Kate era grave.

— Você não ouviu? Ninguém lhe contou?

Susan sacudiu a cabeça, dolorida por conta da bebedeira da noite anterior e dos eventos que se seguiram a ela.

— O que aconteceu agora?

Sua voz era de resignação.

— Seu pai jogou sua mãe escada abaixo. Ela está na UTI.

Susan piscou. Todo seu corpo parecia tremer.

— Ele o quê?

— Ele a jogou escada abaixo, nos degraus de concreto, e ela aterrissou de mau jeito. O estado dela é lastimável, filha.

Susan passou as mãos pelo rosto.

— Onde está meu pai? Ele foi preso?

Kate balançou a cabeça.

— Todos disseram que ela caiu porque estava bêbada e a polícia não contestou. Ele está no hospital, ao lado de June.

— É melhor que eu vá até lá. Pode olhar as crianças?

Kate fez que sim com um gesto de cabeça.

— Com prazer. Traga-os aqui. Vou preparar o café.

Ela abriu uma sacola de supermercado, tirou bacon, ovos e pão.

— Você sabe que não precisa mais fazer isso, Kate. Barry cuida para que a despensa esteja sempre abastecida.

A voz da sogra era cheia de amabilidade.

— Não vou comer nada comprado com o dinheiro dele, sabe disso, criança. Agora se apronte e vá ver sua pobre mãe. Que Deus a perdoe, mas suponho que ela colheu o que plantou.

O pequeno Barry entrou trôpego na cozinha e, ao ver a avó, deixou escapar um grito de satisfação.

Kate o pegou no colo e o embalou, sentindo o cheiro de suor do bebê acumulado em uma noite inteira de bom sono e o aroma característico da papinha consumida na janta da véspera.

Susan se levantou para se lavar e vestir, disposta a partir o quanto antes para o hospital.

Debbie estava bancando a filha preocupada. Susan não se deixou enganar, porém. Sabia que a irmã estava adorando o drama.

Ao cruzar a entrada da enfermaria do Whitechapel Hospital, percebeu com clareza em que pé estavam as coisas.

— Não sei como pode desfilar por aqui depois de tudo o que causou, Susan. — Debbie parecia tomada de uma revolta valorosa, regada às lágrimas histriônicas de hábito.

— Faça-me um favor, Debbie. Não encha o saco e conte o que aconteceu.

Ela pousou as mãos protetoramente no ventre de grávida e disse, de modo dramático:

— Ele a jogou da escada... a arremessou com toda força. Foi horrível, Susan. Nunca os vi chegarem a esse ponto.

Uma enfermeira se aproximou e Debbie concentrou-se na história oficial.

— Ela simplesmente saiu voando. Suponho que o salto do sapato ficou preso em algum ponto e ela, que já tinha bebido, não conseguiu manter o equilíbrio. — Sorriu para a enfermeira, uma garota irlandesa com quadris que evocavam um navio a vapor e alegres olhos azuis. — Essa é minha irmã, Susan.

A enfermeira retribuiu o sorriso.

— O médico já vem. Sua mãe parece melhor. As funções vitais estão estáveis e não apresenta nenhum ferimento físico. Ossos quebrados, coisas do tipo. Ainda assim, ao acordar, vai se sentir dolorida, pois foi uma queda e tanto.

Susan concordou com um meneio de cabeça, sem saber o que dizer.

— Aceitam uma boa xícara de chá?

Ambas responderam que sim com uma torção de pescoço, e sorriram mais uma vez. A irlandesa deixou o quarto. Debbie rolou os olhos para o teto.

— Estou me sentindo como um daqueles cachorros de mola que servem de enfeite nos vidros traseiros dos carros. Sempre concordando com um movimento de cabeça, o tempo todo sorrindo. Gostaria que todos desaparecessem e nos deixassem em paz. Não gosto de ser interrompida quando estou no meio de uma conversa.

— Ela teve boa intenção, Debs. Onde está papai?

Debbie deu de ombros.

— Saiu com Barry logo depois que a polícia foi embora e que a ambulância removeu mamãe. Imaginei que viriam para cá. Mas, conhecendo o velho, suponho que esteja desvairado. Jamesie está furioso. Acha que eu deveria ir para casa e deixar todo mundo se virar sozinho. Mas acabou dizendo que estava se lixando e permitiu que eu continuasse ajudando minha família.

Susan sentiu-se novamente triste. Com um filho a caminho, não precisava de mais um problema. Notou que uma mão gelada agarrara suas entranhas.

— Barry disse que estavam vindo para cá?

Tentou manter a voz clara.

— Não sei. Ele chamou papai da rua e o velho, que estava na sacada, desceu, entrou no carro e, desde então, não os vi mais. — Debbie começou a chorar. — Passei a noite toda aqui, sozinha.

Susan sentiu o medo tomar conta do seu corpo.

Barry tinha se comportado de maneira incomum na noite anterior. Fora cordial e atencioso. Susan sentira falta dele assim que o viu afastar-se. Considerando o que a fizera passar ao longo de anos, era de estranhar que lastimasse a partida dele. Apesar de tudo, pela primeira vez em anos, tivera a impressão de que Barry se importava com ela, de que realmente ele se importava. Do fundo do coração. Se apenas como mãe dos filhos dele, Susan não saberia dizer. Calculava que sim. Mas qualquer que fosse a razão, tinha lhe feito bem. A fizera sentir-se melhor consigo mesma. Como se, de algum modo, a houvesse transformado numa pessoa concreta, em alguém real. Uma prova de que realmente existia.

Jamais deveria ter contado a ele sobre o pai e o que havia feito. Agora, teria não só a mãe lhe pesando na consciência, mas também o pai, pois Barry, contrariado e fazendo-se de justiceiro, podia facilmente ter matado Joey ou o largado moribundo em algum lugar.

Violência, violência, sempre violência. Nunca se livraria disso? Seus filhos teriam que viver em meio a tanta brutalidade, exatamente como aconteceu com ela?

Debbie observou a mudança de expressão no semblante da irmã e suspirou.

— Barry soube o que aconteceu?

Susan fez que sim com um meneio de cabeça.

— Foi você quem contou, suponho?

A frase viera sublinhada com a agressividade de praxe e Susan perdeu a calma. Esquecendo-se da mãe deitada por trás das cortinas que protegiam a cama de olhares curiosos, bramiu:

— Por que eu não deveria ter contado a ele, hein? Ao contrário de você, não acho que meu próprio pai desejar fazer sexo comigo seja algo remotamente normal. Sei que meu modo de pensar a deixa chocada, Debs, mas sou assim, certo? Sou mesmo esquisita.

E continuou:

— A meu ver, só se devem ter relações sexuais com pessoas não aparentadas, se é que entende o que quero dizer.

Debbie baixou a cabeça, quase encostando o queixo no peito.

— Vai dar uma olhada em mamãe?

Susan sacudiu a cabeça.

— Ainda não. Ainda não consegui digerir isso tudo.

Debbie reagiu com desdém.

— Claro que não conseguiu. Não a Sra. Sabichosa. A Sra. Análise Perfeita.

Susan não respondeu, sabia que Debbie queria feri-la. Só desejava que a irmã percebesse, de uma vez por todas, que a infelicidade de ambas derivava da criação que haviam recebido. Nunca, a nenhuma das duas, as haviam ensinado a amar. O amor era algo sempre traduzido em sexo, em ato sexual, em insinuação sexual.

Lembrou-se do pai agarrando seus peitos e os de Debbie também, dizendo como estavam crescendo, que não eram mais suas garotinhas. Ninguém considerara que fosse condenável ele se dirigir às filhas como se elas lhes pertencessem. Um pai de verdade nunca discutiria os atributos físicos das filhas.

Debbie, a exemplo de Susan, estava envolvida com um homem parecido com Joey, e sob vários aspectos. Um homem que a usava e a possuía como e quando queria. Estapeava-lhe quando decidia que precisava de um tapa, referia-se a ela e a tratava como algo que tivesse encontrado na sola de um sapato velho.

Não era preciso ser um Einstein para constatar que eram mulheres subjugadas vivendo vidas sem rumo. Lidavam com tal condição a seu próprio modo, tentando passar ao mundo a impressão de estarem no controle. Misturavam-se à gente que não estranhava a maneira como se comportavam, misturavam-se a pessoas iguais a elas. Outras criaturas arruinadas que riam de tudo o que a sorte lhes atirava, encontrando humor nas piores circunstâncias possíveis. E quando uma crise acabava, irremediavelmente se deparavam com outra.

— Debbie, acho que devemos perguntar ao hospital se receberam alguém ferido na noite passada. Barry não estava contente com o desenrolar dos acontecimentos, posso lhe garantir. Apesar de ser o que é, ele não tolera a insistência de papai em dormir comigo. Isso o deixa louco. E, quando Barry Dalston enlouquece, é impossível prever as conseqüências.

Os olhos de Debbie se escancararam. A enormidade do que Susan dissera estava se descortinando à sua frente.

— Você não acha que... Barry não... Ou ele...?

Susan balançou a cabeça.

— Francamente, não sei, mana. Não sei o que pensar.

Debbie pulou da cadeira, aos gritos.

— Por que você tinha que contar a ele, Susan? Deveria saber aonde isso tudo levaria.

A enfermeira se aproximou com a bandeja de chá e sorriu para ambas. O sotaque de Dublin soou forte quando a moça informou, com alegria:

— O pai de vocês está aqui, conversando com o médico. Logo virá encontrá-las.

— Ele está bem?

A enfermeira meneou a cabeça.

— Naturalmente está muito preocupado com a mãe de vocês. Disse a ele que vocês estavam aqui também e isso o deixou satisfeito.

Ela puxou as cortinas da cama e Susan finalmente viu June. Aparência horrenda, pele lívida, respiração difícil e superficial. Joey surgiu. Arrumado, barbeado e com roupas limpas. Quase respeitável.

A enfermeira resolveu deixar a família a sós. Porém, antes olhou para as duas mulheres e disse, com gentileza:

— Sei que é uma hora tensa, mas se puderem evitar discussões... há outros pacientes, todos muito doentes. E sua mãe pode ouvi-las, sabem disso.

Joey olhou para a esposa e suspirou.

— Ela parece agitada, não parece?

— Onde você esteve? O que estava fazendo com Barry?

A voz de Susan agora era baixa; toda a belicosidade posta de lado.

— Ele precisava cobrar uma dívida antes de viajar, e queria ajuda. E me pagou um trocado por isso.

Susan concordou com um movimento de cabeça. Não pôde deixar de ver o olhar de deleite no rosto de Debbie.

Susan bebeu o chá e ficou calada. Quinze minutos depois, deixou o hospital. O zelo demonstrado pelo marido e pela filha da paciente estava fazendo seu estômago revirar.

No íntimo, embora contente por Barry não ter feito nada de mal ao pai, também se sentia estranhamente desapontada.

— Está se tornando tão ruim quanto aquela corja.

Ela proferiu tais palavras em voz alta e as pessoas na fila do ônibus a olharam com espanto. Mas Susan estava cansada e indisposta demais para dar atenção à reação dos outros.

Capítulo 18

Roselle olhou ao redor do clube. Satisfeita com o fato de tudo estar correndo sem problemas, decidiu subir ao segundo andar e conversar com Ivan. Uma conversa que há tempos já deveria ter ocorrido.

Ao atravessar o caminho até o salão principal, encontrou Barry aos risos com uma garota recém-chegada à casa, uma magricela vinda do norte do país, de olhos amendoados e pele morena. Sem sombra de dúvida, havia sangue negro em alguma ramificação de sua árvore genealógica. Roselle parou e pôs-se a observá-los. Viu Barry colocar um dos braços em volta do ombro da jovem e atraí-la para mais perto.

Era o gesto de um homem que privava da mais absoluta intimidade com a mulher que tinha em frente a si. Roselle sentiu a ira que apenas uma fêmea traída pode realmente experimentar. Principalmente porque a garota se mantivera afastada do trabalho por uma semana, alegando uma forte gripe da qual só agora conseguira se recuperar.

Roselle podia bem imaginar que tipo de convalescença tinha sido aquela. Barry e a magrela davam a impressão de estarem muito próximos.

Chamava-se Marianne. Muito raramente as funcionárias do clube ostentavam sobrenomes. E mesmo os prenomes pelos quais atendiam quase sempre eram fictícios. Uma delas se autoproclamava Luz das Estrelas; outra, por motivos que falavam por si, intitulava-se Miss Laços do Amor. Marianne parecia estar chamando a atenção de todos os homens e Roselle conjeturava o motivo. De fato, era bonita, de um modo meio juvenil, mas nada de extraordinário. Roselle supunha que a novata oferecia novidades e, em geral, essa era uma boa razão para o sucesso de uma garota.

Práticas sadomasoquistas costumavam causar problemas ao clube. Sexo oral e o coito propriamente dito formavam o cardápio trivial. Se uma garota acrescentava itens ao cardápio, o dinheiro vinha mais rápido, porém a vida se encarregava de fazer com que as libras desaparecessem com a mesma rapidez. Olhando para Marianne, Roselle matutou se ela permitia que a tratassem com violência. Tinha muito tempo livre e talvez estivesse atendendo a clientes do clube fora do horário de serviço, por conta própria.

Como alguém tolerava ser espancada ou abusada por dinheiro era um mistério para Roselle. Ao longo dos anos, e por um bom preço, havia distribuído poucas e boas porradas. Na verdade, ainda tinha dois clientes. Porém, ser objeto do ódio de outrem lhe parecia uma atividade sem nenhuma serventia.

Uma prostituta deveria ser aquela que explorava, não o inverso. Se usasse o cérebro, é claro. Barry viu que Roselle estava de tocaia e se afastou de Marianne. A garota passou pela chefe e sorriu, afetada.

Roselle conhecia muito bem o tipo, já vira muitas como ela vir e ir, anos a fio. Não duraria muito. Em breve, ela própria transmitiria a má noticia a Marianne, diria que não se encaixava no perfil de garota pretendido pelo clube. Que deveria desistir da carreira de puta.

Catriona, uma africana de ossos largos, estava na recepção. Ela sorriu maliciosa para Roselle e meneou a cabeça na direção da porta. Ivan estava de saída e Roselle não escondia o enfado, pois queria conversar com ele. Quando ele vestia o casaco, ouviu-se uma comoção do interior do clube, um grito e, logo depois, um baque surdo. Roselle deu meia-volta e retornou ao salão, seguida de perto por Ivan.

De joelhos, Marianne tentava livrar o cabelo das garras compridas e vermelhas de uma jovem negra chamada Lucille. Entre as garotas, era tida como uma grande encrenqueira, célebre por nocautear um leão-de-chácara de Dean Street com um soco digno de um peso-pesado. O rosto bonito era marcado, um ziguezague de cicatrizes conquistadas em brigas. Tinha uma namorada de nome Lizzy, muitíssimo obediente, capaz de lhe entregar todo o dinheiro que tivesse na carteira. De quebra, ainda enrolava os baseados que Lucille fumava.

Imóvel, Lizzy observava a luta, os olhos faiscantes. As outras garotas também assistiam, mas com cautela.

Roselle viu Barry avançar com ímpeto para se meter entre as duas oponentes. Levantando Lucille pelo cabelo, ele a arrastou e a empurrou para longe de Marianne. Chumaços do cabelo da magricela haviam sido arrancados durante a contenda. E ele berrava a plenos pulmões.

— Tudo bem, tudo bem, acalmem-se, madames.

A voz de Barry era jovial, apesar do esforço que ainda despendia para manter segura a mulher grande e negra.

— Você fodeu comigo, ordinária. Vou levá-la para fora daqui e vou acabar com a sua raça. Está ouvindo o que estou dizendo?

Lucille gritava ameaças e, ao mesmo tempo, chutava Marianne, que ainda estava no chão. Os saltos altos de Lucille não erravam o alvo e a vítima, ferida e sangrando, jazia ali, os braços ao redor da cabeça para se proteger de novos golpes.

— Que diabos está acontecendo aqui?

Roselle olhou para a dúzia de mulheres de pé em torno do bar.

— O que ela fez?

Enquanto falava, entreviu dois clientes pedindo a conta e suspirou.

— É melhor que as acompanhantes daquela dupla de extraterrenos levantem a bunda e vão correndo até lá. Ou ainda hoje terão que bater na porta de outro clube. Quanto ao resto de vocês, recomponham-se e voltem aos seus lugares, pois ainda podem chegar mais clientes. É para isso que estão todas aqui, ou não?

A voz de Roselle não comportava discussão. Até mesmo Lucille percebeu que havia extrapolado. Gostava de Roselle, que não tinha favoritas e proporcionava a todas igual oportunidade de atender à clientela. À medida que as garotas fluíam de volta para seus assentos e tentavam acalmar fregueses irados, Lucille se desvencilhava das mãos de Barry.

— Ela está traficando aqui dentro. Drogas pesadas... vocês sabem, heroína, Joana D'Arc, dêem o nome que quiserem. Ele traz e ela vende.

Ora, Barry, meu rapaz, não tente negar. Foi a putinha em pessoa quem me contou. Qualquer transação nessa área é coisa minha, e mesmo assim só ofereço anfetaminas e barbitúricos. Estimulantes. E um pouco de erva de vez em quando, para serenar. — E fitou Roselle com os olhos arregalados de tanto ultraje. — Está todo mundo bolado... heroína e anfetamina misturadas. Coisa perigosa. Vai me dizer que concorda com isso, Roselle?

Barry estava mudo. Foi o quanto bastou para Roselle conhecer de que lado estava a verdade.

Com um dos pés, empurrou Marianne, que continuava no mesmo lugar, coberta de sangue.

— Pegue sua tralha e suma. Você também, Barry. Os dois estão fora.

Ele pensou ter ouvido mal.

Roselle já sabia que ele fazia um bico com o comércio de maconha. Então, por que o estardalhaço?

Lucille riu, um som grave, profundo e masculino, ao ver a expressão no rosto de Barry. Marianne estava reunindo força para se pôr de pé. Parecia muito jovem e muito machucada.

— Se ouvir falar de vocês em algum dos clubes do Soho, serei obrigada a revelar por que os mandei embora. — Roselle avisou, de maneira doce. — Portanto, se eu fosse vocês, queridos, procuraria uma outra cidade para me estabelecer e assumiria uma nova identidade.

Sua voz era cheia de afetação. Sabia que podia incluir o nome de uma garota na lista negra das casas do ramo. Nenhum clube queria heroína circulando em suas instalações. Era droga para prostitutas de rua; as que atuavam a portas fechadas deveriam colocar-se um degrau acima. As que experimentavam heroína costumavam acabar nas calçadas. Era veneno. Destruía as mulheres e também os clubes. Um contato com a maldita podia transformar qualquer um em usuário, ladrão e trapaceiro. Aquelas garotas não eram anjos, mas não podiam ser comparadas à escória, cujo vício fazia com que desconhecesse limites. A necessidade da droga sempre prevalecia. Na fissura, valia tudo para conseguir nem que fossem somente dez libras. A vida dos dependentes era um círculo interminável de sexo e corrida ao traficante mais próximo. Roselle já vira isso acontecer muitas vezes.

Ao dispensar Barry e Marianne, que pensaram poder lhe passar a perna, a chefe do clube tinha o bom senso a seu favor, mas era movida também por um certo júbilo propiciado pela vingança. Ora, até onde sabia, ainda não nascera homem ou mulher capaz de fazer Roselle Digby de idiota.

Seguiu para o escritório. Acabara de se servir de uma boa dose de conhaque quando Barry irrompeu porta adentro. Ela já o esperava. De costas, se permitiu um meio sorriso, antes de se virar para encará-lo.

— O que posso fazer por você?

Era uma expressão jocosa que usavam entre eles, uma frase muito comum entre as garotas na abordagem dos clientes. Em situação normal, os dois ririam, mas Barry estava seriamente aborrecido e Roselle notou que se esforçava em encontrar explicação para o erro que cometera. Para justificar a si mesmo e a suas ações.

Sentiu pena dele. Barry sequer tivera tempo de produzir uma desculpa antes de se precipitar no escritório. Roselle sabia que ele a amava profundamente e que era o tipo de pessoa para quem afeição conferia certificado de propriedade. Também sabia que precisava reafirmar, com freqüência, seu poder sobre as mulheres. Seu poder de possuí-las sexualmente e de usá-las. Era parte dele, uma parte intrínseca dele.

Roselle sentou diante da mesa e sorveu a bebida, fazendo pose de observadora imparcial. Tinha certeza de que nenhuma outra atitude o incomodaria tanto.

— Ela não significava nada para mim...

Roselle o interrompeu.

— Acredito, Barry. Se significasse, seria ainda pior, não? Só que você ainda não conseguiu entender que não vou tolerar suas puladas de cerca. Pouco importa com quem. Aceito que tenha uma esposa e que, vez por outra, vá para cama com ela. Afora isso, é a mim que você deveria pertencer. Não durmo mais com Ivan, mesmo sendo a mãe do filho dele.

Ela observou a cor sumir do rosto de Barry.

— Do que você está falando?

Roselle riu, desfrutando do poder que tinha sobre aquele bandido inconseqüente, violento e tão bonito. Ela umedeceu os lábios com a língua rósea.

— Ivan é o pai do meu filho. Há tempos que somos muito ligados. Por que outra razão você acha que tenho a posição de chefe nesse clube? Presumi que era esperto o bastante para concluir por conta própria.

Ele estava estupefato.

— Quer dizer, você e Ivan...

Ela fez que sim com a cabeça, sorrindo jovialmente.

— Eu era uma prostituta, lembre-se, Barry. Era meu trabalho. Ivan me ofereceu uma alternativa e eu a agarrei com as duas mãos. E sob vários aspectos.

E tornou a rir, dessa vez de modo obsceno.

— Ele está fora de combate, que Deus o guarde, mas ainda temos um filho e interesses comerciais em comum. Veja você, ao contrário de Susan, gosto de estar no controle de minha vida e de meu trabalho. Mesmo quando me prostituía, sempre fiz questão de estar no comando. Mantinha um tantinho de mim muito bem guardado, e foi o que me deu forças. Concentrei-me num fim e não medi os meios. Dormir com Ivan, um homem bom e rico, com certeza era melhor do que transar com estranhos, todos os dias. Não é difícil captar a lógica desse raciocínio, certo?

Barry a fitava com uma mistura de repulsa e respeito rancoroso. Compreendia o argumento de Roselle, mas não significava que havia gostado do que ouvira.

— Fui fiel a você, Barry. Esperava o mesmo da sua parte.

Para deixar claro que a conversa estava encerrada, ela pegou alguns papéis a passou a analisá-los como se nunca tivesse visto nada tão interessante em toda a vida. Barry continuou ali, diante dela, uma expressão de desalento no rosto e sem a mínima idéia de como recuperar o prestígio e voltar a cair nas graças de Roselle.

Ela ergueu os olhos, o semblante confuso.

— Ainda está aí?

Ele encarou o rosto sorridente dela e sentiu os primeiros impulsos de fúria. Virando-se de costas, marchou para fora do cômodo.

A mulher ainda falou em voz alta, gentilmente.

— Pode ficar até o fim da semana, pois preciso encontrar um substituto e discutir o assunto com Ivan.

A porção machista de Barry sentia vontade de soltar uma resposta desaforada. A porção apaixonada por Roselle, e pelo que ela lhe proporcionava, contava ter alguns dias mais para se reabilitar. O prazo para a contratação de um substituto poderia ser a oportunidade de ouro para voltar a cair nas graças dela. Não podia ir para casa ver Sue, simplesmente não podia. Ela pressentiria o acontecido tão logo ele cruzasse a porta.

Ao fechar a porta cuidadosamente atrás de si, Roselle se permitiu uma breve e tola risadinha. Ela o faria suar para reconquistá-la, e a idéia lhe agradava. Claro que considerava ter direito a saber tudo o que Barry fazia longe de suas vistas, mas se envolver com uma das garotas do clube era uma afronta. Não poderia deixar passar. Se fechasse os olhos, estaria lhe concedendo licença para reincidir, uma bandeira vermelha informando que aceitaria qualquer atitude vinda dele.

E como já lhe havia advertido, *não* se chamava Susan Dalston.

Horas depois, abatido, Barry retornou para casa, para a esposa. Ao ouvir a chave na porta da frente, Susan sabia que era ele. Passados dois minutos, ele já estava de pé, na soleira da porta do quarto, fitando a mulher e os três filhos, todos juntos na cama de casal.

Em breve, nasceria mais um bebê e Susan já tinha a barriga pesada. O corpo volumoso estava ainda mais túrgido que de hábito. O rosto e mãos haviam inchado.

— Tudo bem, Bal?

Ele sacudiu a cabeça, com pena de si mesmo. O pequeno Barry abriu um dos olhos, viu o pai e se aninhou junto à mãe, sem demonstrar interesse pelo visitante.

— Ele está com medo de que eu queira deitar também.

Susan riu.

— Fique tranqüilo, filho, não tem espaço para mais um. Estou surpresa que todos nós tenhamos conseguido nos acomodar.

Até mesmo Barry riu.

— Ponha a chaleira no fogo, Bal, já vou descer.

Ele retornou ao andar de baixo. Susan moveu todas as crianças com delicadeza e deslizou para fora da cama. Enfiando os pés intumescidos num velho par de chinelos, pegou um penhoar manchado e, sem fazer barulho, saiu, furtiva, do quarto. Da porta, olhou para os filhos mais uma vez, a fim de verificar se estavam todos bem cobertos, e só então rumou para o térreo.

Bocejou ao entrar na cozinha, o cabelo um ninho de pássaro de tão emaranhado e o ventre praticamente abaixo da linha dos joelhos.

— Caramba, mulher, você está péssima. — A voz de Barry era afável.

Ela acariciou a barriga, feliz.

— Vou ficar assim até o bebê nascer. Ele está me matando, Bal. Acabando comigo. Passo o dia inteiro exausta.

Barry assentiu com a cabeça, solidário. Enquanto ele servia o chá, Susan acendeu um cigarro e deu uma tragada profunda. Ele a influenciava, fazia com que sentisse uma vontade incontrolável de fumar.

— O que o traz em casa a essa hora da noite? Não estava esperando por você.

Ela pegara uma escova de cabelo sobre a mesa e a estava passando pelo cabelo, o cigarro pendurado precariamente no canto da boca. Tinha os olhos apertados para se proteger da fumaça, as maçãs do rosto vermelhas e ásperas por causa do tempo de fim de inverno.

Barry pensou em Roselle no roupão de seda de bordado vermelho, comprado em Portugal. Suas maneiras femininas e graciosas. Muito diferente de Susan, que estava mais para Yootha Joyce* que para Ursula Andress,** sua eterna fantasia erótica.

Susan tomou um gole do chá, agradecida e sem se importar em não fazer ruído.

---

*Atriz inglesa (1927-1980) que, nos anos 1960 e 1970, participou de inúmeras produções de cinema e televisão. Consagrou-se em 1973, na série *Man About The House*, na qual foi protagonista na pele de Mildred Roper, uma caçadora de homens. (*N. da T.*)

**Nascida na Suíça (1936), foi o maior símbolo sexual da década de 1960, quando brilhou em *O satânico Dr. No*. Ainda detém o título de mais famosa *bondgirl* de todos os tempos. A cena em que sai do mar, de biquíni, é considerada antológica. (*N. da T.*)

— Estava mesmo precisando disso. E então, Bal, me responda. O que o traz em casa?

Ele começou a enrolar um baseado sobre a mesa.

— Brigou com Roselle? — A voz de Susan saíra estridente, mas ele continuou mudo. O silêncio informou a Susan tudo o que precisava saber.

— Oh, Bal, você é estúpido ou o quê? Nunca, nunca mais vai achar uma garota igual a ela.

Barry estava concentrado, apertando o bagulho para que ficasse bem firme. Terminou o serviço, acendeu o cigarro e deu uma baforada profunda.

— Eu me fodi, Sue. Você me conhece bem.

Susan suspirou pesadamente, irritada com ele. Deveria recebê-lo de volta. E isso ela não queria..

— Quer que eu converse com ela, que veja o que posso fazer?

Ele olhou para a mulher com uma expressão estranha, de repugnância.

— Está dizendo que não me quer de volta, é isso? Pensei que iria gostar.

Susan se descontrolou e retrucou com virulência.

— Bem, então pensou errado.

Barry sacudiu a cabeça, assombrado.

— Incrível. Minha mulher não me quer de volta. Pago todas as contas, mantenho todos alimentados e vestidos, providencio para que tudo corra bem... e você tem coragem de me dizer que sou um estorvo.

Susan sacudiu a cabeça, aflita com a mudança de humor do marido. Daquele jeito, ele era perigoso.

— Nunca disse nada disso. Sabe que nunca disse nada assim. Você estava feliz com Roselle, é só isso. Vocês dois formavam uma bela dupla. Gostava de ver os dois felizes. Por mais inacreditável que seja, ela fez de você uma pessoa melhor. E podia dar a você muito mais do que eu conseguiria dar, mesmo em um milhão de anos.

— E você sabe o que ela me dava, espertalhona, além de um bom papo, um belo rosto para admirar e o melhor sexo que já tive?

Susan acomodou o ventre, dando um puxão para cima, de modo a ficar mais confortável e ganhar tempo para pensar.

— Ela lhe dava paz de espírito e incentivo para trabalhar. Eu e as crianças nunca lhe demos isso. Você sempre nos viu como um fardo pendurado no seu pescoço. Com Roselle, você estava satisfeito, feliz e, se você mesmo estragou tudo, a culpa não é minha. Não venha descontar em mim. Gosto muito de Roselle.

Barry começou a rir.

— Você é uma figura, sem dúvida que é, mas não vai me enganar, Susan Dalston. Você vive a vida de Riley.* Umas poucas libras no bolso e a prole por perto é tudo o que você quer, não é? Eu lhe garanti tudo isso: filhos, dinheiro, uma bela casa. E o que ganhei em troca?

Susan olhou para o rosto do marido, o coração pesado. Ofertara a Barry o seu melhor, tudo o que havia dentro de si para oferecer, embora ele não tivesse dado o devido valor. Entregara-se inteira, seu amor-próprio, os melhores anos de sua vida. Tinha parido os filhos dele e os tinha criado com decência, a despeito de todas as vicissitudes. Tinha mantido uma casa cujas portas sempre se abriam quando ele se dignava a visitar a família.

Agora estava gasta, com mais um bebê no ventre, ao qual já amava muito, ainda que tivesse lhe sido imposto, como todos os demais. Havia economizado e até sido sovina, fizera o possível para que os filhos tivessem tudo o que precisavam e um pouco mais. E Barry tinha o descaramento de sentar ali, diante dela, e compará-la a Roselle, que levava a vida com que freqüentemente Susan sonhava. Fantasiava. Ele a espancava por capricho, privava-a de qualquer alegria, ridicularizava tudo o que ela fazia, ria de seus esforços para se aprimorar e aos filhos, e ainda esperava ser recebido de braços abertos?

Ainda assim, ela sabia que não tinha escolha.

Se ele quisesse voltar para casa, voltaria e ponto final.

A vida era uma merda. A vida de Susan era uma merda.

Roselle estava maravilhosa e Susan a fez saber disso. Roselle sentiu-se lisonjeada com o elogio sincero.

---

*Referência a *The Life of Riley*, comédia norte-americana muito popular, transmitida pelo rádio nos anos 1940 e adaptada para a televisão na década seguinte. A expressão "viver a vida de Riley" — nome do personagem principal — sugere uma existência de prosperidade e alegrias à custa do dinheiro e do trabalho de terceiros. (*N. da T.*)

— Você está com a aparência fantástica, garota, parece capa de revista.

Roselle sorriu.

— Fiz um tratamento facial. E recorri aos serviços daquele gay do Soho, que é maquiador. Vou levá-la comigo da próxima vez, ele adora um desafio.

As duas mulheres riram.

— Se for me maquiar, ele terá um desafio e tanto pela frente.

Roselle riu afetuosamente. Espontaneidade. Esse era o segredo de Susan, embora ela não se desse conta.

— Como está nosso rapaz? — A voz da amiga era neutra e Susan pensou por um instante antes de responder.

— Honestamente?

Roselle fez que sim com a cabeça.

— Ele vai me matar se souber que contei a você, mas que se dane. Posso dizer com toda a franqueza que nunca o vi em tal estado em toda minha vida. Nem mesmo quando esteve preso por agressão e tentativa de homicídio. Parece um menininho que perdeu seu melhor brinquedo. Na verdade, passa metade do tempo sonhando acordado. E a outra metade apoquentando a mim e as crianças.

Roselle parecia compadecida.

— Lamento, Sue, eu devia ter percebido que a bomba iria estourar no colo de vocês.

Susan suspirou.

— Ele a ama, Roselle. Você fazia bem a ele. Fazia dele uma pessoa melhor.

Ela deu de ombros levemente, o rosto uma linda máscara.

— Barry deveria ter pensado nisso quando começou a fornicar com aquela vagabundinha.

Susan afagou Roselle com uma das mãos, dando-lhe pequenos tapinhas, e balançou a cabeça, solidária.

— Ela não tem a mínima importância, querida. Já vi muitas como ela. Para Barry, são apenas um passatempo, não significam nada. Servem para inflar o ego, só isso. Ele tem o cérebro de um inseto, então é preciso relevar. Mas ele está profundamente arrependido.

O garçom se aproximou e anotou o pedido. Ambas as mulheres sorriram para o belo jovem. Susan observou como ele caprichou ao servir Roselle. Susan divagou sobre o poder de um rosto bonito.

Ele sequer notara que ela existia.

Ela olhou em volta do restaurante. Era um restaurante italiano agradável na Dean Street e se sentia em casa, tantas tinham sido as vezes em que já estivera ali. Lembrava-se da primeira. Do nervosismo que experimentara ao imaginar se suas roupas eram boas o bastante, se a maquiagem estava apropriada. Se Roselle lamentaria tê-la convidado para almoçar. Mas as duas acabaram se divertindo um bocado e Susan pusera-se à vontade. Aquele tipo de situação fazia parte de um mundo real, onde as pessoas saíam para almoçar, conversar e se distrair.

Desde que Margaret Thatcher tornara-se primeira-ministra, mesmo as Susan Dalston da vida perceberam que, com esforço, as mulheres podiam fazer o que quisessem. Contanto, é claro, que não tivessem um Barry pendurado no pescoço para impedi-las.

Barry odiava a primeira-ministra, odiava tudo a respeito dela, e acreditava que Denis Thatcher devia aplicar-lhe um "murro de direita" para "colocar a égua nos eixos". Susan gostava de Thatcher e a admirava. Principalmente porque Barry a detestava e a criticava de modo virulento.

Margareth Thatcher dera esperança a Susan, esperança de que, um dia, suas filhas fossem respeitadas no trabalho e na vida privada. Os professores diziam que Wendy poderia chegar à universidade. Ela absorvia conhecimento como uma esponja e tinha inteligência bem acima da média. Também tinha bom coração e era amorosa, tomando conta do caçula e ajudando a mãe quando podia.

Susan se mexeu inquieta na cadeira. O bebê era imenso e constantemente pressionava sua bexiga.

Roselle acabou de fazer os pedidos e se voltou novamente para Susan.

— Para você, pedi uma bela posta de linguado cozido na manteiga e no limão, vegetais e uma salada grande de massa. Vamos tomar um bom vinho tinto, leve e animado, para dar ao bebê um pouco de ferro. Uma taça não fará mal, pelo menos tendo em vista o tanto que você fuma.

Riram juntas.

— Devia abandonar o cigarro, mas desde que Barry voltou para casa meus nervos estão à flor da pele. Gostava de viver só com os meninos. Nada de pés fedidos, nem agressões ou acessos de fúria. Era bom. Muito bom.

Ambas tornaram a rir. Então Roselle assumiu ares de seriedade.

— Ele me magoou muito, Sue. Ser trocada por uma vadiazinha. Ainda por cima, no meu local de trabalho. As garotas têm que me respeitar e, se acharem que aceitei a atitude de Barry, vão querer deitar e rolar.

Susan fez que sim com a cabeça, em solidariedade.

— Entendo o que quer dizer, mas é da natureza dele. Provavelmente, só agiu daquela maneira para provocá-la, ver como você reagiria. Ele é assim.

As entradas chegaram e Susan sorriu.

— Sabia que era isso o que tinha pedido para mim.

Em frente a ela, havia uma tigela grande de espaguete à bolonhesa encharcado de molho.

— Raspe o prato. O bebê precisa se alimentar.

Susan não esperou que Roselle repetisse a ordem e pôs-se a comer.

— Como estão as crianças?

— Como sempre. Wendy e Barry ainda andam às turras. Ela está com 12 anos e acha que sabe tudo. Imagine você, comparada com Barry é claro que ela é a sabichona. E vive implicando com ele. Tento convencê-lo de que a irmã está numa idade em que todos têm opinião. Ele responde que Wendy não tem direito a opinião nenhuma até que ele lhe diga que opiniões deva ter. — Susan colocava mais comida na boca e dava risadinhas entre uma garfada e outra. — Ele é uma figura, não é? E expressou exatamente o que pensa.

Roselle deu, coquete, uma mordidinha num *crostino*.

— Não a incomoda ter mais um bebê a caminho?

Susan fez um gesto de tanto faz.

— Não mesmo. É só nisso que sou boa, suponho. Ter filhos, cuidar deles, amá-los. Sou mesmo uma chata. Aliás, do que mais poderia me ocupar? Mais uma criança não vai fazer lá muita diferença. Só gostaria que

Barry os visse como eu os vejo, mas ele pensa que são de minha exclusiva responsabilidade. Quando se comportam bem, são *dele*. Se fazem algo errado, são apenas *meus*.

— Meu rapazinho, Joseph... Bem, não o vejo com muita freqüência. Ele já está na escola, como você sabe, e passa muito tempo com uma outra família. Eu o amo, mas meu estilo de vida não comporta educar uma criança de maneira apropriada.

Susan assentiu com a cabeça, compreensiva, mas no fundo essa era a única coisa que nunca compreendera a respeito de Roselle. O fato de que mal via o próprio filho. Apenas de vez em quando, na escola ou numa visita esporádica aos Granger, a família com quem ele vivia.

Mas Susan não insistia no assunto. Sabia que a amiga tinha suas próprias razões e, em se tratando de Roselle, seriam boas razões.

Ivan os deixaria bem de vida, o que daria a Roselle condições de proporcionar ao garoto tudo o que seu esmero materno determinasse. Já estava planejando mandá-lo para o exterior quando completasse 11 anos. Estudaria na Suíça. Esse era o sonho dela, um filho que se tornasse importante. Mesmo que jamais pudesse contar a boa nova a ninguém do seu mundinho, saber em segredo já seria o suficiente para ela.

— Trouxe presentes para as meninas e para o pequeno Barry. Estão no carro. Não consigo resistir aos seus filhos.

Susan riu.

— Você os estraga.

— Eu sei, mas eles merecem. E como está tudo?

Susan brincou com a toalha da mesa, um gesto nervoso, e disse com suavidade:

— Gostaria que você o tirasse desse tormento. Ele está num estado deplorável. Mais de uma semana já se passou e ele está cada vez mais desanimado.

Roselle riu alto, atraindo a atenção dos outros clientes do restaurante.

— Ótimo. Vai lhe fazer bem. Devo entrar em contato na sexta-feira para dizer que precisaremos dele por mais algumas semanas até que achemos quem o substitua.

Susan então relaxou.

— Muito obrigada, Roselle! Cheguei a pensar que você nunca o perdoaria.

Roselle riu novamente.

— Não sei por que eu me importo com ele. Suponho que seja porque tenho poder sobre ele. Faz sentido. Quando a vejo e ouço o que ele tem lhe feito, sinto ódio dele. Mas Barry não é assim quando está comigo.

— Ele não ousaria, garota, esse é o xis da questão. Ele a ama e respeita, eis porque a trata tão bem. Não fosse por esse pequeno lapso, é claro, e acho que podemos seguramente dizer que ele não vai tentar repetir a dose!

Susan sentiu como se todos os seus aniversários e Natais tivessem chegado de uma só vez. O pequeno Barry voltaria a dormir na cama com ela, as garotas teriam paz e silêncio e ela poderia descansar durante a noite em frente à televisão, assistindo aos seus programas favoritos, assistindo à "bosta de programação", como dizia Barry. Viveria sossegada e serena.

Que dádiva!

Acariciou a barriga e fez uma careta.

— Acho que comi o espaguete a bolonhesa rápido demais. — Arrotou alto e colocou uma das mãos sobre a boca, rindo.

— Desculpe pelo vexame.

Então seu rosto empalideceu, exangue, como se sentisse o calor das águas rebentando e escorrendo pela cadeira e pelo chão.

— Merda, Roselle, minha bolsa estourou.

A amiga começou a rir, pensando que era uma brincadeira, depois pulou da cadeira, em meio a um grito agudo.

— Vamos, mulher, vamos para o hospital.

Dez minutos depois, Susan estava sentada no banco de couro do Aston Martin de Roselle, unhas fincadas no painel de nogueira.

— Viu a cara daquelas pessoas? Sou capaz de apostar que algumas delas lamentaram ter pedido fígado.

Roselle e Susan começaram novamente a rir.

— Consegue agüentar até chegarmos a East End?

Com um meneio de cabeça, Susan respondeu positivamente.

— Calculo que sim mas, pelo amor de Deus, acelere. Esse diabinho está querendo sair, posso senti-lo abrir passagem para nascer.

Barry e Roselle olhavam, paralisados, para a recém-nascida. Era linda. Mesmo Barry estava surpreso com a beleza da criança. Um primor. Já parecia ter algumas semanas de vida. Não tinha a pele avermelhada nem rugas. Uma jóia pequenina com a tez cor de pêssego.

— Nunca saberei como aquela égua feia consegue parir crianças tão bonitas.

A voz de Barry era jovial. Tinha sua Roselle ao lado e isso o alegrava de maneira infinita.

Susan abriu um dos olhos, grogue.

— Ouvi o que você disse, sacana insolente.

Roselle segurou firme a mão da amiga.

— Ela é um bebê deslumbrante, Sue, realmente deslumbrante. Dá vontade de ter um também.

Barry franziu o cenho ao escutar o desabafo, mas deixou passar. Embora, às vezes, desejasse poder mantê-la trancada no clube para que ninguém mais pudesse tê-la.

Susan aprumou-se para sentar na cama e interferiu, séria:

— Não deixe que Barry escute isso. Ele é um seguidor fiel daquela história de "fodido e mal pago", ou seja, cheia de crianças e sem um tostão.

— Bem, se alguém tem conhecimento de causa, esse alguém é você.

Barry observou a esposa e a amante rirem juntas e sentiu-se insignificante. Saber que tinham se tornado amigas desde o primeiro momento dava-lhe a impressão de estar sendo manipulado, muito embora o resultado fosse exatamente o que ele desejaria.

Ter sua Roselle de volta e tudo correndo novamente nos trilhos.

Podia conferir a verdadeira amizade entre elas e se maravilhar com as idiossincrasias femininas. Em circunstâncias ordinárias, elas supostamente se odiariam do fundo de suas almas. Ele imaginou que talvez tivesse preferido que fosse assim.

— Quero que ela tenha o seu nome — disse Susan. — Foi você quem esteve a meu lado o tempo todo, Roselle.

Barry cravou os olhos na esposa como se ela tivesse acabado de lhe contar que era amante de Henry Kissinger.

— Não seja tão estúpida, Susan...

Ela o interrompeu.

— Vou chamá-la de Rose, uma abreviação de Roselle. Tudo bem?

Roselle sorriu, deleitada.

— Vou entender seu gesto como uma grande homenagem, Susan, de verdade.

E baixou os olhos, condoída, para a criança perfeita.

— Preciso ir. Não posso abandonar aquele lugar à própria sorte. Ivan deve ter enlouquecido, tentando imaginar onde me meti. Está ficando velho, coitado, e o clube é um fardo muito pesado para ele. Não que algum dia ele vá admitir isso.

Barry sentiu-se constrangido.

— Vou acompanhá-la até o carro.

Roselle concordou com um meneio de cabeça. Beijou Susan e a pequenina Rose e as deixou, prometendo retornar no dia seguinte.

Do lado de fora do quarto, eles pararam e se olharam. Barry disse, a voz grave:

— Desculpe, Roselle, sinto muito a sua falta.

Ela fez que sim com a cabeça, cortês.

— Susan conversou comigo e pediu que eu lhe desse uma outra chance. Não é estranho?

Ele sacudiu a cabeça.

— Na verdade, não, Roselle. Ela sabe a verdade e é sensível o bastante para não remar contra a maré.

Roselle olhou no rosto bonito de Barry. O cabelo dele tinha mechas, conforme a moda, e ele parecia um jogador de futebol. Ou pop star. Seus olhos azuis eram irresistíveis e sua estrutura óssea, fantástica. Tais atributos haviam sido legados a cada um de seus filhos.

— Você é um tonto, e sabe disso, Barry. Susan é uma pessoa decente. Melhor do que eu. Melhor do que você jamais será. Existem homens capazes de qualquer coisa por uma esposa igual a ela. Ela é a melhor pessoa que já conheci. Pela primeira vez, tenho uma amiga mulher em que posso confiar, com a qual posso estar e conversar sem que pairem preocupações sobre o modo como me sustento. Não tenho que fingir para fazer minha vida parecer mais respeitável, mais correta. Com Susan, posso discutir sobre Joseph. E mesmo que ela prefira morrer a se separar de um filho, me brinda com sua compreensão e entende por que sonho tanto com o futuro do meu menino.

Sentiu as lágrimas arderem nos olhos e Barry puxou-a para perto de si e a abraçou.

— Seja bom com ela, Bal, por favor. Não a trate como você a costuma tratar. Compre-lhe flores ou algo assim, faça-a sentir-se especial, uma vez que seja.

Ele concordou com um movimento de cabeça.

— Está certo. E quanto a você, vou vê-la hoje à noite?

Ela se afastou dele e fez que sim com a cabeça.

— Não pretende voltar ao trabalho, então?

Ele abriu um sorriso meio forçado, aquele esgar que derretia o coração de Roselle, derretia e lhe trazia à lembrança o poder que tinha a beleza. Ele era bonito e perigoso. Nisso consistiam suas armas. Ficou na ponta dos pés e o beijou na boca, para ultraje das duas enfermeiras e de uma parteira que haviam ajudado no nascimento de Rose.

— Até mais tarde.

Barry sorriu.

— Estarei lá, rente como pão quente. Experimente me manter longe.

E voltou ao quarto da esposa, um sorriso largo no rosto.

— Está tudo bem, garota? Você trabalhou muito bem hoje. Tudo terminado em uma hora e meia. Suponho que está ficando boa demais nisso. Logo vai dar aulas sobre o assunto.

Susan viu o quanto Barry estava feliz e descontraiu. Uma enfermeira se adiantou com mais chá e torradas para a paciente. O olhar que a mulher lançou a Barry revelou a Susan o que ela ainda ignorava.

Reprimiu um sorriso. Observando-o acalentar a filhinha recém-nascida, pôs-se à espera da visita da mãe, do pai, da sogra e de Doreen.

Ansiava por encontrar Kate e Doreen. Passaria bem sem a mãe e o pai, mas sabia que deveria recebê-los, deixá-los dar uma olhadinha na neta antes de voltarem rápido para casa e encherem a cara em honra à mais nova integrante da família.

Susan, como de praxe, agiu como esperavam que agisse.

Era boa nisso.

Capítulo 19

Roselle observou Barry bem de perto. Ao longo do ano, desde que a caçula nascera, tornara-se mais próximo do bebê do que já fora de qualquer um dos demais filhos. Era sua menina de ouro, a sua menina dos olhos. Mesmo Alana, antes no posto de favorita, teve que ceder lugar à recém-chegada.

Quando ele trocava a roupa da filha e lhe beijava a barriguinha, Roselle sentia uma agonia momentânea, quase uma pontada de ciúme, e se desvencilhava da sensação tão rapidamente quanto a sensação se aproximara dela. Na verdade, deveria alegrar-se por Barry exercer a paternidade, dizia para si mesma, prova de que era mesmo humano, afinal.

Mas seu amor por Rose era quase uma obsessão.

Ela *era* ele, um Barry renascido. Dos olhos extraordinários às maçãs do rosto lavradas com cinzel. Tinha o cabelo negro e espesso como o do pai, de quem herdara também a beleza de formas. A todo lugar em que ele ia com a criança, as pessoas não poupavam elogios. Admiravam seus encantos e sua beleza. Ela era, de fato, fascinante.

Barry a pegava na casa de Susan com tanta freqüência quanto possível, fosse para passar a tarde ou a manhã a seu lado. Roselle já constatara que ele praticava, com maestria, o ofício de pai, de modo que Sue não podia impedir o acesso a Rose nem negar as solicitações do ex-marido.

— Quem é a garotinha do papai, hein?

Rose jogava um beijo para ele, que ria com estardalhaço.

— Está vendo isso? Ela mandou um beijo para o papai, coisa rica! Ela sabe quem é o chefão aqui, não sabe, querida, hein?

Rose agarrou os pezinhos de bebê e peidou alto, rindo o tempo todo.

— Bem, uma afirmação dessas nem mesmo você pode retrucar, Barry. Acho que ela expressou exatamente o que pensa de você, meu bem.

A voz de Roselle era tensa e ela tentou disfarçar o tom com um sorriso. Mas ter um bebê por perto, mesmo um tão adorável quanto Rose, tornava a vida muito diferente e mais complicada.

Desde o início, papai Barry não era parte da equação. Roselle sentia-se horrível por se deixar tomar por pensamentos pouco nobres. Tentava argumentar consigo mesma, justificando-se, que Susan também não gostava da obsessão de Barry pela filha. Rose era o único assunto de Barry e isso estava ficando cansativo.

— Você não acha que deveria levá-la de volta, Bal? Vamos abrir em duas horas.

Ele assentiu com um gesto de cabeça, a atenção ainda concentrada na filha.

— Susan deve estar tentando adivinhar onde vocês dois se enfiaram.

— Ela que adivinhe. Rose é tão minha quanto é dela.

— Da mesma forma que os outros três, Bal. São seus tanto quanto são de Sue.

Ele não respondeu, guardou a resposta só para si, mas Roselle podia ver que estava aborrecido. Ao ver-se refletido naquela pequenina imagem, que funcionava como um espelho de si mesmo, Barry finalmente entendera o que era amor paterno. Na maior parte do tempo, seus outros três filhos não passavam de cruzes a serem carregadas. Eram boas crianças e ele, de má vontade, permitia que Susan fosse uma boa mãe. Mas Rose, sua pequenina Rosie, era muito superior.

Pertencia inteiramente a ele.

Reagia a ele de um modo que os outros nunca tinham reagido.

Não ocorria a Barry que ele jamais dera aos outros três a chance de ser algo mais do que motivo de chateação. Ele se via como o pai do ano. Um homem mal compreendido por todos.

Especialmente pelas mulheres de sua vida.

Pensar sobre as mulheres de sua vida o fez apressar-se com a troca de fraldas e das roupinhas da filha.

Pretendia visitar uma garota ávida que morava nas cercanias da casa de Susan. Dispunha de tempo apenas para um café rápido e uma trepadinha antes do trabalho. Ao se despedir de Roselle com um beijo e a promessa de retornar por volta das sete, sentiu uma gota de medo descer pela espinha. Se ela descobrisse, podia se considerar um homem morto. Ela não descobriria, pois ele já aprendera a lição. Sabia como manter tudo em segredo.

Depois de deixar Rose com Susan, seguiu para o apartamento que Maggie Brittan obtivera graças ao programa de habitação popular.

Maggie tinha 25 anos e um filho chamado Duane. Era o que Susan chamava de rebotalho. Sua casa era suja, o filho corria solto pelas ruas e ela bebia e fumava o dia todo, até se fartar. Cedia a qualquer um que lhe chamasse a atenção, usava roupa de menos e maquiagem de mais. Ao fim e ao cabo, exatamente o que Barry precisava. Nada de papo, a não ser meia dúzia de exclamações grosseiras, uma trepada que durasse tanto quando ele queria e nada de choro quando partisse, uma hora depois.

Ao estacionar o Aston Martin de Roselle em frente ao bloco de apartamentos, sentia-se um homem feliz. Ao entrar no imóvel, viu Maggie adormecida no sofá. Percebeu que estivera chorando. Tinha o cabelo amarrado num rabo-de-cavalo e, sem *pancake*, sua pele revelava-se manchada e vermelha. O nariz estava rubro por causa das lágrimas a boca trazia o costumeiro beicinho de amuo.

Barry sentiu cheiro de sujeira e imaginou, com razão, que a lixeira estava transbordando. Havia um débil odor de leite azedo na pele de Maggie. Ele sorriu, amável, ao baixar os olhos para a mulher.

Era realmente uma cadela.

Maggie abriu os olhos e fungou.

— Ah, é você, Barry.

Sentando-se, tentou se ajeitar.

Ele olhou malicioso para ela.

— Só tenho uma hora.

Ela arreganhou os dentes.

— Tempo de sobra para o que você quer, hein?

Ele abriu o fecho das calças e exibiu o membro já ereto. Então, empurrou a cabeça da mulher para baixo e forçou-lhe o pênis na boca. Barry abriu um sorriso ao observar o quanto ela se deliciava com a tarefa. Maggie não valia nada, mas se prestava perfeitamente a esse tipo de diversão.

Ele olhou ao redor do cômodo desmazelado, viu sujeira por todo canto e sentiu o cheiro do corpo dela, uma mistura de cigarro, perfume barato, fritura e cereais. Deleitava-se com a língua de Maggie correndo sobre a cabeça do seu pau, o ventre tomado de afã enquanto movia os quadris para que boca e sexo se encaixassem ainda mais prazerosamente.

Barry rebolava, preso a Maggie, fazendo pressão para que o pau lhe chegasse ao fundo da garganta, ouvindo-a engasgar e rindo dela. Usufruindo o poder que tinha sobre aquela mulher. Ela suportaria qualquer abuso, contanto que viesse de alguém cujo rosto ou nome fosse remotamente conhecido. Alguém com um naco de fama no mundo do crime.

No universo limitado de Maggie, era só assim que poderia sentir-se gente, sentir que não era tão insignificante. Contaria a todas as suas colegas que servira ao impetuoso Barry Dalston, o maioral do pedaço. Que eram amantes. Como se ele fosse permitir que o vissem em público com aquilo!

Maggie concluiu o trabalho conforme o esperado. Ele, em seguida, fechou o zíper da calça. Ela foi preparar um café.

— Esse lugar é uma cloaca. Quer que eu arranje um contêiner para você colocar toda a sujeira depois de faxinar a casa?

Maggie riu, estúpida demais para captar a ofensa. Ela cuspiu na pia, por sobre as tigelas e xícaras acumuladas desde o café-da-manhã.

— Fiquei com a garganta ardida.

Ele riu.

— Precisava disso, Bal, precisava ver você. Tive um dia terrível hoje. Sabia que eu estava me encontrando com aquele tal de Peter Groves?

Ele fez que sim com um movimento de cabeça. Peter era um sujeito muito parecido com o próprio Barry, embora não fizessem parte da mesma turma, obviamente.

— O quê? Ele anda causando problema? — Barry assumiu pose de macho, atento ao modo como Maggie tinha os olhos cravados nele, feliz com a reação que arrancara dela.

Ela assentiu com a cabeça.

— Problema é a palavra certa. Ele acha que eu o contaminei com uma coisa chamada herpes.

Barry sentiu como se uma mão gélida estivesse segurando seus testículos, espremendo-os pouco a pouco.

— *O que* você disse? — Barry supôs ter ouvido mal.

Maggie o fitou e suspirou, agastada porque ele não tinha prestado atenção.

— Eu disse que Peter me culpa de ter lhe passado uma doença chamada herpes. Ele falou que é uma coisa dos Estados Unidos. Então, como diabos eu poderia tê-lo contaminado? Sacana imbecil. Onde é que eu poderia ter conhecido um americano?

Ela levantou os braços num gesto exasperado.

A cabeça de Barry parecia tomada de ar quente. Ele olhou em volta do esquálido apartamentinho e sentiu a náusea lhe subir pelo abdome.

— E aí, não vai falar nada?

A mão dele estava sobre o pênis, sentindo-o através do tecido das calças como se pudesse ter desaparecido sem que o dono percebesse.

Herpes, o assunto do momento entre as garotas do clube, a nova peste. Puta merda! Ultimamente, até as veteranas usavam preservativo. As prostitutas eram sempre as primeiras a se contaminarem, eram elas que espalhavam as doenças. Trocavam idéias sobre a tal enfermidade e tentavam evitá-la. Ora, as sensatas agiam assim. Barry sentiu o suor porejar na testa.

No momento em que o burburinho, ou somente um ou outro detalhe, chegasse aos ouvidos de Roselle, ela o transformaria num nada.

— Por que ele acha que foi você quem a infectou?

Maggie riu com dentes que, de súbito, Barry percebeu serem amarelos. Ele a estava vendo exatamente como ela era. Um refugo imundo. Por que não tinha se dado conta antes? Teve vontade de dar porrada em si mesmo.

— Peter acha que passou a doença para a esposa. Aliás, foi por causa dela que ele descobriu o problema. Tiveram que rebocá-lo até o Old London, onde lhe deram a má notícia. E como ele sabe que fui eu? Ele diz que só pode ter sido, fui a única com quem ele trepou. Até parece! Ele comeria a própria irmã, se tivesse oportunidade.

Maggie roía as unhas, o rosto atormentado ao chegar ao clímax da narrativa.

— Ele me deu um tapa, Bal. E garanti a ele que você não aceitaria isso. Sabe o que ele respondeu? "Corra para contar tudo a ele. Aproveite e diga para vir me procurar."

Maggie esperava que Barry se encrespasse e lhe prometesse "dar um corretivo naquele cretino". Assim, teria uma história para espalhar aos quatro ventos. No entanto, ele reagiu de maneira muito diversa, encarando-a e levando-a a sentir o medo percorrer seu corpo.

— Não vai me responder?

Ele fez que sim com um meneio de cabeça, os olhos agora frios e fixos nela.

— Se eu descobrir que você tem herpes, Maggie, vou usar minhas próprias mãos para dar cabo de você. Entende o que estou dizendo?

Ela coçou uma casca de ferida que trazia num dos braços. Ele olhou para as tatuagens da mulher, para a pele cinzenta, e foi invadido por uma onda de enjôo. Não conseguia atinar o que o possuíra a ponto de fazê-lo desejar aquilo. Rememorou a noite de seu casamento e como havia infectado a esposa, quase prestes a parir. Sentiu a náusea tornar a assaltá-lo.

Roselle não seria tão crédula quanto Susan. Nem tão clemente.

— Ora, se você também pegou a doença, de quem é a culpa? Minha não é, Barry. Estava só me distraindo, nada mais. Cabia a você se cuidar, meu chapa.

Ele pensou na prostituta que havia chutado até a morte e imaginou se seria capaz de repetir a dose. O problema é que todos sabiam que ele freqüentava as redondezas. Acabaria denunciado pelo Aston Martin que havia estacionado, com tanto prazer, logo ali. Tinha desejado que as pessoas comentassem a seu respeito, comentassem que estava fornicando com uma vadia. Fazia parte da sua imagem de durão. Só que a situação mudara.

A pancada fez Maggie atravessar a cozinha e aterrissar no saguão de entrada. Barry queria lhe aplicar uma surra no capricho. Queria que a mulher tivesse absoluta certeza de estar pagando pelo mal que causara. Quando ele terminou o serviço, havia sangue por todas as paredes do apartamento, o que já era motivo para uma ponta de alegria.

O rosto de Maggie estava inchado e cheio de hematomas. Era quase impossível reconhecê-la. Barry sabia que tinha fraturado o braço dela. Mas não se importava.

Ela havia pedido a sova, cada um dos golpes.

Barry não demorou a ir embora. Os vizinhos estavam na sacada, ouvidos atentos à confusão no cafofo ao lado. As mulheres mais velhas meneavam a cabeça umas para as outras, judiciosas, mas ninguém telefonou para os tiras. Observaram Barry descer as escadas e entrar no carro. Então, quando se consideraram seguros, foram até o apartamento de Maggie e tentaram ajudar a garota, que entrara em histeria.

Barry foi direto a Susan e contou a ela todo o dramalhão.

— E o que é isso, herpes? — A voz de Susan era de perplexidade. Não estava certa do que dizer.

— É como uma doença venérea. Bem, é uma doença venérea. Mas ao contrário da gonorréia, nunca some. Você fica com ela para toda a vida, como se fosse uma maldita marca de nascença. São feridas nas suas partes íntimas. Doem e soltam água e fazem a pessoa se sentir mal.

— Pode matar, Bal?

— Mata o desgraçado que pegou essa merda. — A voz dele era um berro, um rugido de desespero.

— E de quem você pegou isso, então? Certamente não foi de Roselle. Jamais acreditaria numa coisa dessas...

— Claro que não foi ela quem me infectou, sua vaca estúpida. Foi uma vadia qualquer que peguei por aí.

— Tem certeza que está contaminado? Quero dizer, fez um exame?

— A mesma pessoa passou a doença para Peter Groves. E ele passou para a esposa.

O rosto de Susan era a imagem da comoção.

— Então o desgraçado infectou a pobre Brenda?

Ele fez que sim com a cabeça.

— Verme podre. Tomara que morra.

Barry ergueu os olhos para o teto.

— Tomara que o pau dele caia. Mas, no momento, estou mais preocupado com o meu, Sue.

— Coitada da Brenda. Ela teve bebê há pouco tempo, não? Teve um menininho poucos meses depois que Rose nasceu. Eu a vi no médico. Que miserável!

— Nós dois concordamos que ele é um miserável. Agora podemos parar de falar a respeito dele e da maldita Brenda? Sue, estou em pânico. Roselle vai me lançar no espaço sideral se descobrir o que aconteceu.

Susan o fitou. Não sabia ao certo o que pretendia dizer.

— Você precisa fazer um exame, Bal. Confirmar.

Ele fez que sim com um meneio de cabeça, o rosto contorcido. Todo seu corpo parecia estar tremendo, as mãos constantemente em movimento. Era como um tigre enjaulado, capaz de fazer Susan se compadecer. Barry jamais pensara nas conseqüências de seus atos. Passara a vida inteira fazendo o que queria sem se preocupar, até que algo medonho o atropelasse.

Então, quando acontecimentos terríveis lhe caíam sobre a cabeça, a culpa era de terceiros.

— De quem você contraiu isso?

Ele não pôde olhá-la no rosto.

— Vamos lá, Bal. Quem é a responsável?

— Maggie Brittan. — A voz dele saiu tão tímida que Susan pensou ter ouvido coisas.

— Não a Maggie tatuada! — A voz de Susan era de total incredulidade.

Todos conheciam Maggie, que fizera fama e deitara na cama. Saía com qualquer um, e isso significava qualquer um mesmo. Após algumas doses de bebida, ela recrutava homens aos punhados. E ria muito disso.

Os Brittan eram ainda mais reles na cadeia alimentar que os McNamara. A comparação fala por si.

— Oh, Barry, o que você andou fazendo? Ela já teve de tudo, a começar por chato. Que bicho mordeu você e o fez dormir com ela?

Ele meneou a cabeça, atordoado. Não sabia responder.

— Ela estava ali, só isso.

Susan replicou de maneira sarcástica.

— Como o Everest? Caramba, Barry, às vezes você me irrita. Suponha que eu fosse sair hoje à noite para encontrar um cara legal. Ele me agrada e é recíproco. Então, eu o trago aqui para casa a fim de uma sessão de sexo. O que você iria pensar de mim? Porque existem homens que iriam para cama comigo, Bal. Você mesmo provou isso ao dormir com Maggie Brittan. Se ela encontra quem a queira, eu também posso encontrar.

Ele tomou um trago generoso de uísque e nem sequer se deu ao trabalho de responder.

— Percebe como as pessoas podem julgar seu comportamento, Bal, mesmo você sendo homem? Tem idéia de como me senti no dia em que perdi Jason? Consegue imaginar como seria se perdêssemos a pequena Rosie daquele jeito... apenas porque você não manteve as calças presas à cintura? Coloque-se no meu lugar, Bal, pense no que você me fez, sabendo que estava enfiando em mim algo que, horas antes, tinha enfiado em outra pessoa...

As palavras de Susan fizeram com que ele se lembrasse de, há bem pouco tempo, ter metido o pênis na boca de Maggie. Sentiu uma vontade inadiável de lavar-se novamente. Com dificuldade, Susan conseguiu dissuadi-lo da idéia de despejar água sanitária no pau para garantir uma boa higiene.

Susan fitava o marido e experimentava um ódio avassalador. Sabia que suas palavras não tinham o menor significado para ele, nem jamais viriam a ter. Barry só estava interessado nele mesmo.

No que ele queria, no que ele necessitava.

Nunca um pensamento para outra pessoa.

— Roselle vai me matar, Susan.

Ela não se incomodou em responder.

— Como eu já disse, você tem que fazer um exame. Não há nada mais a fazer, ou há?

Ele não contestou.

— Tem certeza que foi Maggie quem contaminou Peter? Ele pode ter se contaminado em outro lugar.

— Se ele a esbofeteou, então é porque identificou a fonte da infecção. De qualquer modo, vou encontrá-lo. Tenho que fazer isso, não é?

Susan respondeu positivamente, muda, só com um movimento de cabeça.

— Suponho que não seja hora de pedir, mas quero um jogo de sofá novo. Esse já deu o que tinha que dar.

Barry meneou a cabeça assentindo, distraído.

— Já? Está certo, como quiser, eu pago. Mude a decoração, se quiser. Mas, Sue, prometa que vai me ajudar. Você vai me acompanhar até o médico?

Ela fez que sim com a cabeça, num gesto triste.

Por mais que ele a irritasse, que às vezes a deixasse tomada de ódio e fúria, jamais conseguiria resistir à atração que exercia sobre ela quando se comportava daquele modo. O verdadeiro Barry, como Susan costumava dizer.

— Não se preocupe, Barry, vamos dar um jeito nisso, meu chapa. Vá trabalhar ou Roselle vai querer saber por onde você andou.

Roselle estava preocupada. Barry vinha agindo de maneira muito estranha. Tinha um testículo inchado, um furúnculo, segundo ele próprio. Por isso, não podia fazer sexo. Passada uma semana, ela lançou um olhar furtivo pelo espelho do banheiro e Barry lhe pareceu estar em perfeito estado de funcionamento. No entanto, quando o acariciara, ele quase a tinha empurrado para longe.

— Está acontecendo alguma coisa, Barry? Algo que eu deva saber?

Ele baixou os olhos enquanto abotoava a camisa, evitando fitá-la no rosto. E levantou a voz, como se estivesse zangado, como se não pudesse acreditar na pergunta que ela lhe fizera.

— Se quer mesmo saber, Roselle, tenho me sentido meio desconfortável. Acontece. Vou estar bem em um ou dois dias. Não comece a implicar comigo, por favor. Deixe que eu mesmo dou um jeito nisso.

Ela o encarou.

— O que está havendo, Barry? — A voz dela não comportava discussão e, finalmente, ele a olhou no rosto.

— Como assim? — Ele ainda tentava ganhar tempo.

— Estou dizendo, Barry, que preciso saber qual é o problema. Se você me contar, podemos resolver juntos. Mas se continuar tentando sustentar essa farsa de que tudo está às mil maravilhas, vou ter que insistir até chegar ao fundo da questão. Então vamos conversar e ver o que podemos fazer. Que tal?

Fitou o rosto dela, lindo e tenso. Roselle era tudo para ele. E nunca iria compreender a necessidade que Barry sentia de estar com outras mulheres. Susan compreendia porque era agradecida demais por tê-lo e, portanto, submetia-se a qualquer coisa. Mas Roselle era inteiramente diferente de Susan.

Barry também sabia que ela poderia persegui-lo até descobrir a verdade. De estúpida, ela não tinha nada. E, quando cismava, era capaz de perturbar meio mundo. Pelas poucas palavras que tinham acabado de trocar, já constatara que Roselle estava muito cismada.

Ele tentou uma nova estratégia:

— Deixe-me ir ver as crianças, ver a pequena Rosie. Prometi a Susan que os acompanharia ao médico. Na volta podemos conversar com calma, combinados?

Ela o encarou por vinte segundos ininterruptos antes de responder.

— Quero você de volta aqui às doze. E resposta a todas as minhas perguntas. Caso contrário, Barry, você está fora. Fora dessa casa e fora da minha vida. Certo?

Ele leu tristeza e determinação nos olhos dela e percebeu a sensação opressora de estar encurralado. Em poucas horas, teria o resultado dos exames em mãos. Ao se reencontrar com ela, já saberia em que situação se encontrava. Não teria tempo para planejar como agir, teria que ser na base do improviso.

Ele sorriu, um grande sorriso de felicidade que poderia jurar não ter saído de suas próprias entranhas.

— Deixe-me ir para visitar meus filhos e depois continuamos, está bem?

Roselle concordou com um gesto de cabeça quase imperceptível e Barry sentiu cada músculo do corpo distender. Tinha algumas horas. Se não estivesse infectado, conseguiria se safar. Não o incomodava a possibilidade de ter infectado outras pessoas; estava somente apavorado com a hipótese de vir a contagiar Roselle. E ainda mais aterrorizado com a eventualidade de já tê-la contaminado.

A idéia o fazia suar em bicas toda vez que cruzava sua mente. Talvez a doença já estivesse circulando pelas suas veias, rastejando pelo seu corpo e esperando para desferir o bote contra Roselle. Tal pensamento, mais do que qualquer outro, o deixava em pânico.

Ele também não sabia se poderia tocá-la. Suponhamos que ela estivesse infectada e, assim, o infectasse novamente? Isso poderia fazer com que o estado de saúde de Barry piorasse ainda mais. Quem saberia dizer? Ninguém parecia dispor de muita informação sobre a doença.

Na clínica de doenças venéreas do Whitechapel, os funcionários pareciam tão ignorantes quanto ele próprio. Mas Barry tinha conversado com Groves, que lhe garantira, com todas as letras, ter sido contaminado por Maggie.

Como Barry, ele usava as mulheres como e quando seus caprichos determinavam.

Após um beijo breve nos lábios de Roselle, Barry saiu de casa, imaginando se estava atravessando aquela porta pela última vez. Se aquela ainda seria sua casa mais tarde, naquele mesmo dia. Foi no carro de Roselle, apenas para o caso de nunca mais ter a chance de dirigi-lo. Porque, se tivesse mesmo contraído o mal com H maiúsculo, como Peter Groves se referia à doença, estava fodido e mal pago.

Susan preparou chá para os dois e colocou a xícara de Barry sobre a mesa, em frente a ele. Tinha mandado todas as crianças para a casa de Doreen a fim de poder acompanhá-lo à clinica com tranqüilidade. Na volta do hospital, ela não as recolhera da casa da vizinha porque Barry estava em absoluto estado de choque e enojado de si mesmo.

O resultado dera positivo.

O curioso era que Susan ainda sentia pena dele. Conhecia-o perfeitamente bem e entendia que ele jamais pensava nas conseqüências dos próprios atos. Pelo menos até que fosse tarde demais.

Ora, agora era tarde demais.

Roselle não chegaria nem perto dele, e quem a culparia por isso?

— Vou matar Maggie Brittan. Deus é testemunha, vou acabar com aquela vadia ordinária.

Estava enfurecido, mas Susan notou que não havia convicção na voz dele. Barry sabia que, uma vez contraída, a doença jamais o abandonaria. Mesmo que matasse Maggie continuaria doente. Fora ela quem o contaminara; no íntimo, porém, Barry sabia que era o grande responsável por tudo aquilo. Fora ele quem infligira o mal a si próprio.

E esse era justamente o aspecto mais difícil de aceitar.

— Você vai ter que contar a ela, Bal. Ela tem o direito de saber.

Ele empurrou o chá para longe com um impulso violento, fazendo o líquido se esparramar pela mesa e pelo chão.

— Como vou fazer isso, Susan? Você sabe como ela é. Ela não vai engolir isso, ela é capaz de pirar.

Susan recolheu a xícara do chão e automaticamente começou a limpar as manchas de chá com um pano.

— Pirar? Ela vai perder as estribeiras. Mas ainda assim ela tem o direito de saber, Bal. Isso é algo muito sério para se varrer para debaixo do tapete. Sério demais para esquecer e esperar que simplesmente suma. Você ouviu o que aquele homem na clínica disse. O primeiro ataque tanto pode ser brando quanto muito agressivo. Pode matá-la. Você tem que contar a ela.

Ela estava enxaguando o pano sob a torneira da pia quando o punho de Barry a acertou no lado da cabeça.

— Não venha me dizer o que tenho de fazer, Susan. Vou cuidar disso do meu jeito.

Os ouvidos de Susan zumbiam por causa do golpe. Ela apoiou as mãos na pia para se equilibrar.

— Do que está me culpando, Bal? O que foi que eu fiz?

A voz de Susan estava embargada pelas lágrimas.

— Sou sua esposa, cara. Fiquei ao seu lado o tempo todo e você faz isso comigo? Você me bate quando só estou tentando ajudar?

Barry a encarou. No entanto, Susan sabia, pela experiência do passado, que ele não estava prestando atenção ao que dizia. Estava, sim, como de hábito, pensando em como poderia se livrar do problema.

— Ao contrário do que aconteceu quando fui infectada, Bal, algumas injeções e doses de antibióticos não serão suficientes. Roselle precisa fazer exames, e logo. O mais rápido possível.

Ele assentiu com um meneio de cabeça.

— Posso dizer que peguei a doença de você, Sue.

Ela arregalou os olhos e escancarou a boca, mas não disse uma só palavra.

Ele a agarrou pelos dois braços e gritou:

— É a única coisa que posso dizer, não é, sua puta idiota? Ela não pode reclamar de eu ter dado umazinha com você, pode? Você é minha mulher.

Susan balançou a cabeça, desesperada.

— Canalha! Vai deixá-la pensar que eu tinha a doença? Acha que assim ela vai aceitar essa história com mais facilidade? E de quem eu devo ter contraído a doença, Bal? Do fantasma disseminador de herpes de East London? A quem você vai culpar?

Ele estava mordendo o lábio inferior. Wendy fazia isso quando alguma coisa a preocupava. A qualquer momento ele iria começar a roer o cantinho do polegar.

Susan o conhecia muito bem.

— Sinto muito, Bal, mas não há como Roselle engolir essa história. Ela me conhece melhor do que você. Ela sabe que eu não sairia me oferecendo por aí. Gostaria que pudéssemos dizer o mesmo a seu respeito, meu chapa.

Ele agora tinha os olhos cravados nela.

— É a única coisa que posso dizer. Não posso voltar para cá, Sue. Não posso. — A voz de Barry era um ganido. — Estou acostumado a ter do bom e do melhor. Não poderia voltar a viver aqui. E se eu perder meu emprego, para onde você iria? Não haveria mais dinheiro para você gastar com sofás e com as crianças.

Susan sabia que ele estava tentando convencê-la a assumir a culpa, a facilitar as coisas para ele junto a Roselle. Transformá-la na sujeita suja que havia causado uma epidemia de doença venérea.

Ela balançou a cabeça, desalentada.

— Lamento, Bal, mas não posso pagar o pato por você. De maneira nenhuma.

Então viu o punho dele recuar, recuar num gesto absolutamente instintivo, mas ele não o ergueu. Ao contrário, Barry saiu às carreiras e bateu a porta atrás de si.

O rosto de Roselle estava tão branco que ela parecia doente, em estado terminal.

— Foi Susan quem o infectou, Bal?

Ele baixou os olhos para o tapete e respondeu num tom sussurrante:

— A piranha me passou esse maldito herpes. Ao que parece, dormiu com algum camarada do pub.

E abriu os braços como se estivesse num beco sem saída, sem saber que detalhes acrescentar. Barry recorria ao improviso, criava a história de supetão. Esperava que Roselle acreditasse em tudo aquilo e o perdoasse. Afinal, era amiga de Susan.

Roselle, porém, ainda tentava digerir o que ele havia lhe contado. Herpes? Ele tinha contraído herpes? De Susan. Sua esposa.

Durante cinco minutos completos, ela deixou que a informação lhe chegasse ao cérebro, em gotas. Foram os cinco minutos mais longos da vida de Barry Dalston.

Findo o prazo, Roselle pôs-se a rir. Um lamento agudo, estridente, à beira das lágrimas. No fundo, era um riso tingido de mágoa e tristeza.

— Patife desgraçado! Como pode culpar a coitada da Susan por uma coisa dessas? Está acusando-a de algo que você fez. De onde realmente veio essa doença, Bal? De Marianne? Foi daquela putinha que você pegou isso ou você tem andado por aí com alguma outra?

O fato de Roselle ter acertado na mosca levou Barry a nocaute. Ela o conhecia melhor do que ele pensava e não acreditaria na versão de que Susan era a responsável pela disseminação do vírus. Susan tinha respeito suficiente por si mesma para não dormir com outros homens. No fundo, Barry sabia disso tanto quanto Roselle.

Ela pôs-se de pé, ultrajada, tomada de indignação e com o orgulho ferido.

— Quero que pegue suas coisas e saia, por favor. Não vou mais conversar sobre esse assunto. Quero você fora daqui. E, Barry, não me faça envolver Ivan em tudo isso. Porque se você me provocar, não tenha dúvida de que falarei com ele, juro pela vida do meu filho.

Ele a observou vestir o casaco, o rosto ainda coberto pela máscara de assombro e incredulidade.

— Volto em uma hora e espero não encontrar o menor vestígio de sua presença.

Ele se aproximou dela, tentou atraí-la num abraço.

— Por favor, Roselle, eu faço qualquer coisa...

Ela o interrompeu, um meio sorriso no semblante repleto de rancor e repugnância.

— Não acha que já fez o bastante? Se eu tiver contraído herpes, vou odiá-lo até o dia de minha morte, seu merda!

E o empurrou, afastando-o, para logo em seguida ganhar a rua. Não sem antes pegar as chaves do carro que estavam na mesa do saguão de entrada.

*

— Faça essas malditas crianças ficarem de boca fechada, Susan. Estou tentando dormir!

A voz de Barry era alta. Agressiva. Ele estava muito irritado. O barulho das crianças o estava perturbando. Tudo o que queria era deitar na cama e acalentar a depressão, sossegado. A berraria e a disputa entre os filhos, tantos risos e gritos estavam prestes a lhe fazer perder a cabeça.

Susan entrou no quarto e berrou.

— Não posso fazer quatro crianças se calarem, Bal, é uma impossibilidade física. Levante-se e se mexa. Volte para o mundo e seja homem pelo menos uma vez na vida.

Dito isso, ela invadiu o banheiro e deu umas palmadas nas nádegas gorduchas de Rosie e do pequeno Barry, fazendo-os gemerem.

— Comportem-se, vocês dois, ou vou tirá-los daí e colocá-los na cama.

Os gemidos cessaram de imediato. Eles adoravam tomar banho. Era a hora favorita do dia. A diversão os deixava exaustos e prontos para dormir.

Eram cinco e meia da tarde de uma segunda-feira em Bethnal Green. Barry mergulhara na depressão por considerar que sua vida simplesmente acabara. Embora Ivan tivesse lhe oferecido um outro emprego no Soho, num clube de categoria inferior, Barry havia perdido o ânimo. Dedicava-se somente a decidir o que faria de si mesmo dali para a frente.

Estava pensando em voltar à cobrança de dívidas, só que dessa vez com competência. Comprando dívidas e depois recuperando o dinheiro. Analisava os problemas com uma certa dose de exagero.

Estava convencido de que, se conseguisse limpar a barra com Roselle, tudo se resolveria. Ainda que certamente ela não quisesse mais nada com ele.

Por intermédio de Susan, ele soubera que o exame de Roselle dera negativo. E ficara desapontado. Se ela também tivesse contraído herpes, estariam em igualdade de condições; teriam algo a torná-los ainda mais unidos.

Barry era realmente estúpido o bastante para acreditar nisso.

No aparelho de som do quarto, Wendy havia colocado um disco para tocar — Paul Young cantando "Wherever I Lay My Hat". A letra era tão pungente que Barry sentiu vontade de chorar. Aquele homem da canção era ele mesmo, antes do herpes, antes de ter a vida arruinada.

Wendy, embalada pela música, aumentou o volume. Barry, então, pulou da cama e saiu correndo, cruzando o patamar das escadas até o cômodo que servia às três meninas e ao seu único filho homem.

— Desligue essa porcaria já, Wendy, faça essa voz se calar!

Wendy fez conforme o pai ordenara, mas seu rosto dizia uma coisa inteiramente diferente.

— Não me olhe com essa cara de desprezo, garota. Sou seu pai!

Ele estava tomado de fúria, afronta e mau humor.

— Bando de bastardinhos. Não sei por que ainda me incomodo com vocês.

O comentário incluía a pequena Rose. Assim que voltara para casa, da noite para o dia, Barry chegara à conclusão que a caçula era exasperadora! Ele olhou ao redor do quarto, para os pôsteres de pop stars nas paredes e para o aparelho de som sobre a penteadeira.

— Arrume essa pocilga horrível. Você é igual à sua mãe. Imbecil e inútil!

Susan gritou do banheiro.

— Que encantador! E você sabe tudo sobre imbecis inúteis, não é mesmo, Bal?

A mulher já estava no patamar da escada e Barry, descontrolado, a socou até que ela caísse no chão. Os filhos assistiam a tudo. Rosie berrava de medo, o pequeno Barry gritava também e Alana atravessara os degraus, às carreiras, de volta à sala. Wendy saiu do quarto e, sentindo-se responsável pelos apuros da mãe, agarrou o cabelo do pai e tentou arrastá-lo para longe.

Foi um pandemônio.

Barry deu um tapa na boca da filha mais velha, cujos lábios racharam.

Somente com a chegada de Doreen é que ele finalmente se acalmou um pouco e saiu de casa.

A vizinha levou Susan para o quarto e a deitou na cama, o rosto uma pasta. Tirou as crianças menores da banheira e, com a ajuda de Wendy, as vestiu e as mandou para sua própria casa, acompanhadas de Alana. Em seguida, disse a Wendy que procurasse Kate e lhe dissesse para providenciar um médico.

Doreen lavou o rosto da amiga e prestou-lhe solidariedade.

— Você tem que se livrar dele, Sue. Você precisa encontrar um jeito de se livrar dele, garota.

Susan não respondeu.

Já sabia disso, afinal.

Mas como?

Como se livrar de alguém como Barry? Alguém que não iria embora, que não deixaria quem quer que fosse ter um minuto de sossego? Alguém que não enxergava nada de errado no que fazia?

Ele havia destruído muitas vidas, inclusive a dela. A dos filhos, a de Roselle, a da mãe. Até mesmo a vida de estranhos, graças ao seu comportamento violento. Ela ouvira comentários a respeito do que ele fizera a Maggie Brittan. Na época, o episódio causara sensação nas redondezas.

Barry Dalston só cumpria as próprias leis e, até que achasse onde se acomodar, como os braços de uma nova mulher, Susan estava encurralada. Num beco sem saída. Só desejava que, de vez em quando, Barry desse uma pausa aos filhos. Era mais difícil para eles, pois ela já estava acostumada aos rompantes.

O médico não veio, mas a sogra e Doreen sabiam que Barry tinha quebrado um osso e as costelas de Susan e fizeram o que podiam por ela, como sempre. A vida estava de volta ao seu velho curso e Susan precisaria ter paciência para esperar pelos acontecimentos.

Era aflitivo, mas era só o que ela podia fazer. Barry estava no comando, como sempre estivera.

A polícia finalmente chegou, muito depois dele ter partido. Ao verem Susan, os tiras suspiraram. Depois, beberam uma xícara de chá servido por Doreen e fizeram algumas piadas sobre como já estavam se acostumando a não ser mais chamados à casa dos Dalston. Até aquela noite, em que Barry voltara à ativa e tumultuara o plantão noturno de ambos.

Mas eles não fizeram nada. Não havia nada que pudessem fazer.

Barry chegou em casa às doze e trinta, bêbado e drogado. Tinha passado a noite com o sogro e os dois tinham enchido a cara, como nos velhos tempos. Susan ainda estava na cama e Wendy adormecera no sofá, assistindo televisão. Ao entrar no quarto, ele viu a primogênita deitada ali, o rosto lindo e vulnerável, o cabelo abundante emoldurando a cabeça.

Os seios recém-despontados apareciam rijos sob a camisolinha e o penhoar, ambos pequenos demais para ela. Ajoelhando-se junto à filha, Barry examinou-a. Ela seria um estouro. Com quase 14 anos de idade, já era de encher os olhos. Muitas pessoas já haviam dito isso a ele.

Entorpecido pelo álcool, decidiu que ela era bonita demais para os garotos das redondezas, boa demais para a gentalha com a qual acabaria se relacionando. Ele não dava ouvidos a toda aquela baboseira acerca de universidade, faculdade ou uma boa educação. Era tudo uma grande babaquice.

Sua filha precisava era de um homem, um homem de verdade que lhe mostrasse o que fazer com o corpo. Como conseguir o que ela queria usando o corpo. Na cartilha de Barry, era isso que as mulheres de verdade faziam. Estavam sentadas sobre uma mina de ouro.

A expressão o fez rir, e o riso acordou Wendy. O pai viu o medo no rosto da menina e o modo instintivo como cobriu os seios do olhar dele, cruzando os braços sobre o peito, como se fosse um cadáver. Como se estivesse num caixão.

Com delicadeza, ele desfez o nó dos braços dela e suspirou. Curvando-se, colocou a bochecha contra os seios de Wendy. Com uma das mãos, acariciou suavemente as nádegas da filha; a outra, ele sustentou por sobre a cabeça dela, num gesto que mantinha imobilizadas ambas as mãos da menina.

Wendy tentou erguer-se e sair da posição de bruços, mas ele, com o peso do próprio corpanzil, forçou-a para baixo. Ela podia sentir o bafo de cerveja, uísque, cigarro e batatas fritas que vinha do pai.

Logo os lábios dele estavam sobre os dela. Wendy sentiu o gosto da boca de Barry e o empurrou com nojo, virando a cabeça para o outro lado. Tentando se desembaraçar dele, mas sem que para isso precisasse perturbar a mãe.

Sabia que a mãe enlouqueceria se soubesse o que estava acontecendo. Mas Susan estava presa à cama, o rosto inchado e ferido, os três filhos mais novos ainda na casa de Doreen. A mãe dormia em paz, convencida de que todos estavam sendo bem cuidados, que Barry não lhes faria mal.

Por que Wendy tinha decidido vir para casa? Por que não tinha ficado na casa da tia Doreen? A menina sentia como se a culpa fosse toda sua, sentia ter sido a responsável por tudo. Os discos que ouvia tinham sido o estopim da briga. O fato de estar deitada no sofá seminua havia provocado o resto.

— Por favor, pai, pare! Pai, por favor. Pare!

A respiração azeda de álcool tornava-se mais pesada na medida em que ele tentava forçá-la a abrir as pernas. A garota podia ouvir os grunhidos animalescos vindos das entranhas do pai. Ao mesmo tempo, experimentava o gosto de sal das lágrimas silenciosas que ela própria vertia. Finalmente, usou de toda sua energia e o repeliu tão vigorosamente quanto possível. De tão bêbado, Barry caiu de lado e ela correu para fora da sala, como uma rajada de vento.

Ao subir as escadas, Wendy escorregou e fez barulho. Levantou-se, continuou a subida e, ao chegar ao topo, no degrau de cima, ouviu a mãe chamando-a, a voz débil. Então, foi até o quarto e apaziguou os temores da mãe, dizendo-lhe que o pai chegara embriagado e já estava dormindo.

A essa altura, Barry já escalara os degraus que levavam ao andar de cima e estava quase chegando ao quarto de Susan. Num instante, Wendy correu para o próprio quarto e puxou a cômoda colocando-a contra a porta. Depois, pulou para a cama e, pela primeira vez em anos, desejou que o irmão e as irmãs estivessem por perto.

Barry caiu na cama ao lado da esposa e ferrou no sono imediatamente, os roncos altos interrompidos apenas por alguns resmungos.

Wendy continuou deitada, aterrorizada pelo homem a quem sempre havia odiado.

Ainda tinha a sensação das mãos do pai sobre seu corpo, ainda inalava a respiração fétida e percebia a língua dele tentando escorregar por entre seus lábios. Teve ânsias de vômito, sentindo o estômago se revolver à idéia do que ele pretendia fazer com ela.

Sua própria filha.

Capítulo 20

Wendy levou uma xícara de chá para a mãe e algumas torradas. O pai tinha saído cedo. Esperara que ele deixasse a casa para só então se vestir e devolver a mobília ao lugar de praxe.

Mal conseguira dormir durante toda a noite. Se cochilava, qualquer ruído ou movimento a despertava. Era como se todo o seu corpo estivesse em alerta vermelho. À espera de que algo acontecesse.

Ao olhar para o rosto da mãe, Wendy suspirou. Se lhe confidenciasse tudo, haveria problema. Bastava ver o rosto e o corpo machucados da mãe para constatar que ela já tinha sofrimentos demais.

— Você está bem, filha? — A voz de Susan era de preocupação.

Wendy respondeu com tristeza, os grandes olhos azuis transbordantes de dor.

— Estou sim, mamãe. Nós todos é que deveríamos estar perguntando sobre você, meu Deus! Veja o que ele fez de novo. Não podemos simplesmente mandá-lo embora?

Susan olhou para a filha linda e sentiu a insignificância da própria vida. Ela podia cozinhar para os filhos, manter a casa limpa para eles, protegê-los do mundo exterior. Mas no tocante a Barry, não havia o que pudesse fazer.

Ela segurou a mão delgada da primogênita, um infantil anel de ouro na forma de coração indicando a mulher que desabrochava ali, diante de seus olhos.

— Ouça, meu bem, aquele homem ama todos vocês a seu próprio modo. Gostaria que as coisas fossem diferentes, você sabe disso, mas não posso obrigá-lo a fazer o que não quer. Se desejos fossem beijos, afogaria todos vocês em meu amor, querida, você sabe disso. Tudo o que posso fazer é torcer pelo melhor. É tudo o que cada um de nós pode fazer. Mais tarde, ele vai se sentir mal pelo modo como se comportou e tudo vai ficar bem por um tempo, você vai ver.

Susan sabia que eram palavras inúteis, sem sentido, palavras e só. Mas queria desesperadamente que a filha se sentisse melhor.

Cada tentativa de inalar um pouco de ar era uma provação. As costelas gritavam de dor. No entanto, tinha de fingir que nada estava tão ruim. Que aquilo não passava de um mau momento. Que ser espancada daquela forma não era realmente nada, apenas um outro dia feliz na vida de Susan Dalston.

— Bote-o para fora, mamãe. Livre-se dele, por favor.

A voz de Wendy era baixa, cheia de sentimento e entrecortada pela vontade de chorar.

Susan segurou a mão da filha com mais firmeza.

— Não posso, querida. Você sabe como são as coisas, querida. A polícia não está interessada, ninguém está interessada em gente como nós. É por isso que quero que você estude, que saia daqui. Que tenha uma vida digna num lugar onde as pessoas sejam civilizadas, conversem umas com as outras e o uso dos punhos não seja a única opção.

Wendy sentiu tal arroubo de amor pela mãe que se lançou nos braços dela. Agarrou-se a ela como se jamais pretendesse soltá-la daquele abraço. Susan sentiu o amor que a menina lhe devotava, bem como a dor lancinante nas costelas causada pelo gesto de carinho.

Afastando-a com delicadeza, beijou-a na testa, terna.

— Ele vai dar no pé qualquer dia desses, prometo a você. Em pouco tempo, não vamos mais conseguir tolerá-lo. Como sempre acontece, aliás. Porém, até que ele se digne a partir, estamos de pés e mãos atados, doçura.

Wendy sabia que as palavras da mãe eram fiéis à realidade, mas com a exuberância juvenil de todas as garotas, acreditava que, de algum modo, haveria uma maneira de se desvencilharem dele de uma vez por todas. Sempre havia uma solução para cada problema, era apenas uma questão de encontrá-la.

— Fique na cama e descanse, mamãe. Vou dar uma olhada nas crianças, não vou à escola hoje. Preciso revisar a matéria.

Susan meneou a cabeça, concordando e sentindo-se melhor agora que havia tido uma conversa, ainda que breve, com a jovem. Quando Wendy se levantou, a mãe observou o corpo de menina-moça, os seios pontudos como os seus próprios haviam sido naquela idade. E o rosto, tão belo que não podia crer que pertencia a uma filha sua.

Wendy tinha cérebro, um bom cérebro, e o usaria para se aperfeiçoar.

Susan estava determinada a incentivá-la a isso.

Roselle ouviu as batidas leves e as pancadas mais fortes contra a porta e suspirou. Sabia quem era. A passos cautelosos, foi até o saguão de entrada e gritou:

— Vá embora, Barry, antes que eu chame Ivan e você seja obrigado a sumir para sempre.

— Deixe-me entrar, Roselle, precisamos conversar.

Encostando-se à parede pintada de branco do hall, ela sentiu vontade de chorar. Barry era mesmo um bosta, um homem que espancava a esposa, um bandido violento, mas jamais agira mal com ela. Nunca. Com ela, sempre fora o mesmo homem agradável. E poderia ter continuado a sê-lo, caso as circunstâncias o permitissem.

Ainda assim, uma vez longe da órbita dela, voltara a ser o Sr. Machão. Ridículo.

Roselle tirou o telefone do gancho e discou, apressada, sabendo que precisava tomar uma providência definitiva.

Cinco minutos depois, chegaram dois homens do salão de apostas de Ivan em Dean Street. Da janela, ela viu Barry ser ameaçado com bastões de beisebol e espancado brutalmente, numa rua movimentada de Londres e em pleno início de tarde.

Ninguém interferiu, ninguém chamou a polícia, ninguém se importava. A não ser ela, e talvez Susan. Porque seria Susan quem pagaria o pato.

Seria Susan quem suportaria a reação violenta, a fúria e o destempero de Barry. Roselle sabia disso e a idéia a perturbava, mas precisava expulsar Barry Dalston de sua vida.

Ele era sua loucura, o ponto fraco que a impedia de lutar pelo que queria a despeito de tudo e de todos. Como podia a aparência de um homem tornar alguém tão alheio a qualquer coisa que não fosse ele próprio? Sabia que, se olhasse nos olhos de Barry, mais uma vez estaria seriamente tentada a perdoá-lo. Sabia também que nunca, jamais deveria perdoá-lo.

Ao contrário de Susan, contava com retaguarda, contava com pessoas capazes de "resolver a situação" da única maneira capaz de tolher tipos como Barry Dalston. Com violência. Com porrada, com tacos de beisebol e, se necessário, talvez até mesmo com uma arma de fogo.

No entanto, ao ver Barry estendido no chão da rua por dez minutos, telefonou para o serviço de ambulância. Afinal, ainda não perdera seus sentimentos mais nobres.

June entrou na casa e, sem dizer uma só palavra, colocou água para ferver na chaleira e examinou o armário de cozinha de Susan.

— Sua despensa parece bem abastecida, filhinha.

Susan meneou a cabeça, anuindo. Estava sentada junto à mesa da cozinha. O rosto ainda apresentava feridas. Porém, passados cinco dias da última surra, ela já conseguia se mexer. Rose caminhava meio desequilibrada pelo cômodo, abrindo os guarda-louças e brincando com as tampas das panelas.

June sorriu ao baixar os olhos para a neta.

— É uma princesinha, não é mesmo? Repare nos olhos dela! Quem é a queridinha da vovó, hein?

Rose sorriu, um sorriso que deixava as gengivas à mostra e que derretia o coração de todos.

— Eu. Eu. — A vozinha era como os pios de uma codorna, emitidos entre os passos curtos. A resposta transformara-se em gritinhos roucos que levaram a mãe e avó a rirem alto.

— E então, Susan, como está tudo?

June serviu o chá, a saia preta justa e os saltos altos fazendo-a parecer muito mais jovem do que realmente era.

— Tudo bem. O de sempre. Ele está sumido há quase uma semana, de novo. Portanto, temos tido um pouco de paz e silêncio. Por quê?

Conhecia June bem o suficiente para perceber que só havia uma razão para que bancasse a mãe desvelada. Estava em apuros e queria ajuda.

— Se está atrás de dinheiro, fique sabendo que estou lisa, mamãe. O que eu tenho não dá nem pra um sorvete.

June então virou-se para a filha.

— Por que você age sempre como uma vaca miserável? Vim lhe oferecer uns trocados. Seu pai teve um golpe de sorte no fim de semana. Ele estourou a banca de Green Lanes, em Ilford.

Então riu diante da expressão chocada de Susan.

— Ele despejou tudo no grande vencedor. Aliás, acho que vou sair por aí, gastando, pois o Natal já vai chegar.

E colocou cinqüenta libras sobre a mesa da cozinha.

— Pode me devolver só no ano-novo. Até lá, já estarei necessitada.

Riu novamente e Susan meneou a cabeça, cansada.

— Verei o que Barry tem a dizer antes de gastar esse dinheiro. Para ser honesta, ele está novamente sem trabalho. Mas espero que encontre algo em breve. E já requeri auxílio governamental. Tive que fazer isso, mamãe. Você sabe como ele é. Nunca sei onde vai estar no dia seguinte.

June assentiu com um movimento de cabeça, compreensiva.

— Igual a seu pai. Sei o que você quer dizer. Ainda assim, pelo menos você agora o tem de volta. Deve ter sido emocionante.

Susan rolou os olhos para o teto.

— Oh, claro. Maravilhoso. Estava sentindo falta das surras, das brigas, dos surtos violentos de explosão. As crianças ficavam inconsoláveis quando ele partia, não conseguiam se acostumar à paz e à calma. Pretendia inclusive mandá-las às malditas ilhas Falklands para que pudessem viver em guerra permanente.

June esboçou um sorriso.

— Você é uma égua sarcástica, Susan.

— Bem, para ser franca, mãe, desejo que ele e meu pai caiam duros, mortos.

June tomou um gole de chá e deu uma tragada no seu Rothman.

— Nem me diga. Eu mesma gostaria que seu pai já tivesse batido as botas. Velho cretino! — Dito isso, June riu. — Lembro-me de uma vez, você ainda era bebê, em que ele me espancou sem dó no mercado Romford. Disse que eu estava olhando para um camarada. O que, evidentemente, era verdade, sendo eu como sou. — Deu outra tragada profunda no cigarro antes de prosseguir. — Ele era bonito. Bonito demais, devo admitir.

A voz de Susan era de incredulidade.

— Quem, meu pai?

June gargalhou.

— Não, o outro cara. Ele era turco ou algo assim, um sacana pintoso, moreno e de olhos grandes. — June parecia estar longe, em outro tempo, em outro lugar. — Tivemos um caso. Seu pai nunca soube, mas voltei ao mercado e nos entendemos. Era um fodedor de primeira. Todo músculos e pele de chocolate. Sempre gostei do tipo. Estranho isso, não? Eles me tiram do sério, fazem meu sangue ferver. Sabe a que me refiro, garota? — June estava séria e Susan sentiu a piedade desconfortável que sempre a invadia quando a mãe discorria sobre sua interminável caça aos homens. — Eles tratam uma mulher como se deve e parecem gratos por ter uma a seu lado.

— Talvez no início, mamãe, quando tudo é novidade. Mas depois, a história muda. Eles passam a tratá-la como todos os homens tratam as mulheres, suponho. Não como Barry e meu pai, mas como homens comuns tratam suas esposas.

June assentiu com um sacudir de cabeça.

— Acho que sim. Mas, naquela época, adorava essas escapulidas. Adorava a paquera, sabe? A sensação de ser alguém, de ir a algum lugar, de sentir como se tivesse uma vida para levar. Que eu era importante para alguém.

— Você era importante para mim e para Debbie, mamãe.

June balançou a cabeça e acenou com o cigarro, numa negativa.

— Não. Você não é amada a menos que um homem a deseje, garota, lembre-se disso. É difícil aceitar isso à medida que o tempo passa e vamos envelhecendo. Os homens param de olhar para você, simplesmente a ignoram. Passam a vê-la como velha demais para se incomodarem com você. É duro, principalmente se, no passado, você era uma mulher atraente. Uma mulher de virar a cabeça.

Susan sorriu, conciliadora.

— Ora, mamãe, você está com a aparência melhor que a minha. E olha que ainda sou jovem. Ora, foi sempre assim. Nunca virei cabeças. Nunca.

June deu de ombros.

— Você sempre foi uma menina feia, amor. Foi o que lhe coube na loteria da vida. Se Debs tivesse miolos como os seus, poderia ter chegado a algum lugar. Ela tinha estampa... não um corpaço, mas o bastante para conseguir o que quisesse. E agora, olhe só para ela, enfiada em Rainham, sem filhos, sem nada. Não passa de uma vaquinha medíocre. Tem tido notícias dela?

Susan balançou a cabeça.

— Jamesie é um escroto, foi o que me disseram. Tem uma namorada que já lhe deu um filho, como você bem sabe. E isso deve magoar Debs. Com toda franqueza, mãe, a esterilidade deve ser terrível.

— Especialmente quando se está presa a um ordinário como ele! Jamais gostei de irlandeses. Veja o mal que causam, massacrando católicos. Explodindo bombas e sei lá mais o quê. Não sei onde esse mundo vai parar.

Susan sentiu vontade de rir da ignorância da mãe, mas se conteve. June era June e não podia se transformar em outra pessoa.

— Vai ao pub hoje à noite?

Susan meneou a cabeça.

— Duvido, mamãe. Não tenho dinheiro e as crianças precisam de mim aqui.

— Deixe-as com o filho de Doreen ou peça à tonta da Wendy que tome conta dos pequenos. Fará bem a ela lhe dar uma mãozinha de vez em quando.

June nutria uma certa implicância por Wendy, o que irritava Susan.

— Ela está desabrochando, mamãe. Precisa ver como está botando corpo!

June fez um gesto de indiferença.

— Para quê, se não faz uso dele?

Susan olhou dentro dos olhos da mãe.

— Como você usou o seu? É a isso que se refere, mãe? Ou seria mais apropriado dizer que Wendy deveria se deixar usar? Há duas maneiras de olhar para você e para sua vida, você sabe.

June tornou a dar de ombros.

— Fica a seu critério. Mais cedo ou mais tarde, ela vai desprezar todos vocês, escreva o que estou lhe dizendo.

Susan riu então, um som alto e provocador.

— Tomara que sim. Desejo para ela e para todos os meus filhos algo muito melhor do que já tive.

De súbito, June pareceu arrasada.

— Fiz o melhor que pude por você e por Debs.

Susan riu novamente.

— É disso que estou falando, mãe, é exatamente disso que estou falando.

Foi Doreen quem sugeriu a Susan irem ao pub naquela noite. Haveria uma grande festa com uma banda tocando ao vivo. Susan emplastrou o rosto de maquiagem e vestiu sua melhor roupa: vestido e jaqueta da Marks and Spencer's. Ela e Doreen deixaram Wendy tomando conta dos menores.

As costelas de Susan ainda a incomodavam, mas ela queria sair, ver gente, se divertir. E Doreen a convencera de que, para isso, o melhor a fazer era ir ao pub com toda a família e os amigos.

Susan estava contente por ter aceitado a sugestão. Mesmo Debbie havia aparecido. Acima do peso e triste, tinha a reboque Jamesie, cuja expressão era de poucos amigos, e exibia vestígios de um olho roxo, claramente perceptíveis no rosto rechonchudo. As duas irmãs sentaram-se lado a lado e Susan observava como Debbie sistematicamente detonava tudo e todos. Especialmente as mulheres que, em alguma oportunidade, ao longo de anos, haviam sido assediadas por Jamesie.

O pub estava animado. Havia gente de todas as idades, a música era boa, alta e dançante. A bebida jorrava à vontade.

Tratava-se de uma típica noite de East End.

As mulheres sentavam-se, em grupos; os homens permaneciam de pé, no bar. As crianças mais novas ficavam do lado de fora, junto ao muro, bebiam Coca-Cola, comiam batatas fritas, brincavam de pique com o intuito de roubar beijos e brigavam.

Não havia mudado muito desde que Susan era uma garotinha.

Era onde se sentia segura.

Depois de alguns Bacardi e refrigerantes, relaxara. Sentiu a tensão abandonar seu corpo e a preocupação, aos poucos, evaporar da mente. Doreen contava os casos hilários de costume e fazia todos rirem. Até Debs se descontraiu e começou a se divertir. Quando a banda atacou mais uma velha canção dos Beatles, Susan desejou estar bem o bastante para poder dançar, mas se contentou em bater palmas e cantar junto. Então June e Joey puseram-se a dançar twist e monopolizaram a atenção dos freqüentadores, que os aplaudiam e incentivavam.

Rindo como se não houvesse no mundo motivo para se preocupar, Susan se juntou aos gritos e ovações. O dia 10 de outubro de 1983 seria uma noite da qual ela jamais se esqueceria, e não só por conta das horas passadas no pub. Pela primeira vez desde que Barry voltara para casa, sentia-se com o coração leve, quase uma adolescente.

Então avistou Peter White e acenou para ele, do outro lado do bar. Ele acenou de volta e Susan o viu abrir caminho através da multidão, na tentativa de aproximar-se.

— Ele gosta de você, Sue.

Ela deu tapinhas na irmã.

— Não seja tola. Conhecemo-nos há anos, éramos duas crianças. Ele só está sendo educado.

Debs riu, um som baixo e obsceno.

— Ele quer ser um pouco mais que educado, garota, anote o que estou dizendo. Ele sempre pergunta sobre você.

Sue levantou os olhos para o teto.

— Só está sendo simpático, nada mais, Debs. Agora, pelo amor de Deus, me dê sossego.

Peter sorriu para ambas e fez um gesto de cabeça para as outras mulheres da mesa. Susan adorou a atenção. Todos observaram-na conversar com aquele marujo muito apresentável e solteiro, que parecia um sujeito bacana, estava bem vestido e demonstrava ter olhos somente para ela.

— Há quanto tempo não a vejo, Susan, como a vida está tratando você? — Os olhos verdes de Peter eram faiscantes e ela riu, coquete.

— Como sempre, meu chapa. E você? Já encontrou uma garota legal?

Peter, que já bebera algumas doses, sentiu-se afoito o bastante para dizer à esposa de Barry Dalston:

— As melhores já estão comprometidas. E você faz parte desse grupo, menina.

Ela corou. Seu rosto ganhou um tom brilhante de rosa. June gritou do outro lado do pub.

— Olhem, minha Susan está vermelha como um tomate! O que ele quis saber, querida? O tamanho do seu sutiã?

Todos riram a valer, inclusive Peter.

Susan sacudiu a cabeça e gritou por cima do alarido.

— Não dê atenção, Peter, ela é um animal.

Mas o barulho era tanto que eles não podiam ouvir um ao outro. Fazendo mímica para informar que iria pegar uma bebida, ele se afastou. Corada e feliz, Susan olhou para a irmã e abriu um sorriso.

— Santo Deus, acho que você tem razão. Ele realmente gosta de mim!

Debbie deu um gole no Pernod com cassis e disse, petulante:

— Ora, ele deve gostar da sua personalidade, é tudo que posso dizer.

Susan sentiu a euforia desaparecer e respondeu à irmã no mesmo tom:

— Bem, não há risco de ele gostar de alguém como você por esse motivo, ou existe, sua vadiazinha malcriada?

Debbie levantou-se, trôpega.

— Você está coberta de razão, Susan, mas eu não apreciaria que um homem gostasse de mim desse jeito, pois significaria que sou feia demais para conquistá-lo por outros atrativos, não é?

E saiu cambaleando em direção ao bar. Susan a viu ir até Peter e colocar um dos braços em volta dele. Beijá-lo e acariciá-lo. Observar a cena a deixou deprimida.

Doreen sentou no assento desocupado por Debbie e disse ao ouvido de Susan:

— Olhe para ela, não passa de uma putinha gordota. Como se alguém fosse se interessar por aquilo sem a ajuda de drogas alucinógenas!

As duas então irromperam em risos tão altos que todos se viraram para fitá-las. Debbie também olhou para elas. Imaginando que as gargalhadas eram à sua custa, fez um movimento lateral para se aproximar mais de Peter e estendeu a língua para a irmã.

Susan respondeu usando uma das mãos como se estivesse tocando punheta. O gesto fez com que ela e Doreen caíssem na gargalhada, mais uma vez.

— Aposto que ele faz um bocado disso no navio... se masturbar, digo.

— Pare, Dor, ele é um cara muito legal.

Doreen assentiu com um gesto de cabeça.

— Sei disso, amiga. E por que ele não pode ser seu, hein? Pense na vida que levaria ao lado dele. Ele sempre longe, no mar, você o veria somente de vez em quando. Dinheiro certo, vida própria enquanto ele estivesse fora. Cacete, acho que vou atrás dele!

Susan riu.

— Ele não me quer. Apenas sente simpatia por mim. Gosta de mim, e só. Como amiga.

A voz dela era melancólica e ambas pararam de falar por um momento, absortas em seus próprios pensamentos. Cada uma delas imaginando como seria estar com alguém cujos sentimentos fossem sinceros.

Então o viram empurrar Debbie, fazendo-a se afastar dele, ainda junto ao bar. Viram também que Debbie riu, quase caindo, as perninhas grossas como tacos de críquete sobre saltos altos exagerados.

— Sabe de uma coisa? Ela parece muito com minha mãe, não acha, Doreen?

Ela concordou com um meneio de cabeça, circunspecta.

— É sua mãe, querida. Apenas menor, mais jovem, uma versão mais belicosa. Não gostaria de estar na pele dela nem por todo o ouro do mundo. Mulheres assim não são mulheres, são parasitas.

Susan fez um movimento de cabeça, concordando, mas novamente sentiu-se abatida.

— Quero ir para casa. Ela realmente me deixou irritada.

Doreen pegou o copo vazio e repreendeu Susan.

— Não deixe que ela a aborreça, ela só está com inveja. Você é uma boa pessoa, Susan, e isso ninguém pode lhe tirar. Lembre-se do que estou dizendo, amiga. Sempre tenha isso em mente. Agora cale-se, fique sentadinha aqui e espere enquanto vou buscar mais duas doses duplas para a gente.

Susan, como de hábito, fez o que lhe mandaram.

Barry estava zangado e drogado. Vinha de Manor Park, da casa de uma mulherzinha com quem mantinha um caso. Christine Carvel tinha 30 anos e era mãe de cinco filhos. Ainda conservava traços da beleza de outrora, embora o corpo fosse volumoso. E o temperamento mais fácil que uma mulher já possuíra.

Para Chrissy, tudo se resumia a um grande divertimento.

Durantes os seis dias seguintes ao ataque contra Susan, Barry havia se instalado na casa da amante e fora tratado como um visitante da família real, alimentado e banhado. Houve um momento, porém, em que ele voltou a ser o velho Barry de sempre.

Chrissy havia lhe entregado todo o seu estoque de cocaína e anfetaminas. Para esfriá-lo, ainda enrolara para ele alguns baseados. Quando, finalmente, recuperou a sobriedade, ele a deixou com promessas de retorno breve e de recompensas por tanta gentileza.

Chrissy estava habituada a ser usada por homens como Barry. Sabia que, em algum momento, receberia uns poucos trocados e uma pequena partida de droga a título de paga. As pessoas a procuravam quando precisavam de uma cama para a noite ou a semana, fosse porque estavam fugindo da polícia ou se escondendo de esposas e namoradas infelizes. Ela desfrutava da companhia e se satisfazia com o que lhe ofereciam. Portanto, nunca sofria nem causava sofrimento.

Chrissy tinha filhos de todas as cores, um verdadeiro arco-íris, e os adorava. Mas não conseguia resistir a um homem, em especial a um tão bonito quanto Barry Dalston. Ela o havia acolhido na sua cama e desfrutara de dias felizes. Chegara a hora dele partir e ela o veria ir-se com um sorriso nos lábios e uma nota de cinco libras nas mãos.

Assim era ela.

Ao bater a porta, Barry deixou de herança um largo sorriso e um sério caso de herpes. Mas por algum tempo ela permaneceria na ignorância.

Ao entrar em casa, ele já estava contrariado. O sulfato e o Driminal tinham lhe provocado sintomas de paranóia. Barry estava convencido de que Roselle e Susan haviam conspirado contra ele. Na casa de Chrissy, vivera um mundo de faz-de-conta e cortinas fechadas, boa música e camaradagem. Do lado de fora, no mundo real, não eram tantas e nem tão intensas as demonstrações das boas vibrações femininas. Barry Dalston estava deprê, como costumam dizer os usuários para se referirem ao mal-estar experimentado quando cessa o efeito da droga.

Wendy, deitada no sofá depois de colocar os irmãos para dormir, ouviu a chave na fechadura e congelou. Quando o pai entrou no saguão, ela já estava de pé junto à porta da cozinha.

Barry olhou para ela, viu o medo no rosto da menina e ficou apaziguado. Pelo menos a filha compreendia com quem estava lidando.

— Onde está sua mãe?

Wendy fez um gesto de indiferença.

— Saiu, mas volta logo.

Até poder verificar qual o estado de espírito do pai, ela preferiu dizer que não sabia informar se Susan tinha ido ao pub.

Barry a arremedou na voz e nos gestos, mas ela permaneceu calada.

— Como assim, saiu? Nunca disse que ela poderia sair, ou disse?

Wendy pôde ver que ele estava fora de si e tentou acalmá-lo.

— Quer uma xícara de chá, pai? Algo para comer?

Barry ignorou a filha. Sentado no sofá, tirou do bolso um pacotinho de papel laminado. Colocou sobre a mesa e disse a Wendy que trouxesse o espelho da cozinha. Ela fez conforme ele dissera e Barry começou a cortar o sulfato sobre o espelho. Usava uma gilete para picar o produto e transformá-lo, com maestria, num pó fino. Quando estava satisfeito, fez quatro linhas finas, valendo-se da ponta das unhas para colocá-las em ordem, cada som amplificado na quietude do cômodo.

Então, enrolando uma nota de cinco libras, ele aspirou duas carreiras, uma após a outra, mantendo a cabeça reclinada para trás e pigarreando ao sentir o primeiro ardor causado pela inalação.

Em seguida, olhou para Wendy.

— Quer experimentar um pouco? Fazer sua primeira viagem ao lado do seu velho pai, que tal? — Ele parecia quase amigável.

Ela sacudiu a cabeça com veemência.

— Não mexo com drogas. — A voz dela soou como uma condenação e o enfureceu.

— Não mexo com drogas. — Ele tornou a arremedá-la. — Sua putinha da bunda empinada!

Wendy calculou o que deveria fazer. Não ousaria deixar as crianças com o pai. No estado de espírito em que ele se encontrava, era provável que, se uma delas acordasse, ele contemplasse a todas com uma boa surra. Então a mãe a mataria. Estava, como de hábito, entre a cruz e a espada.

— O que estava assistindo na televisão?

— Nada. Estava concentrada, estudando.

Barry assentiu com um meneio de cabeça, lentamente, como se fosse obtuso demais para entender sobre o que ela estava falando.

— Ah, entendi. Estava estudando. A garota inteligente estava estudando. — Ele falava como se houvesse uma outra pessoa na sala. Pegou o livro que a filha estava lendo. — As vinhas do quê?

— Ira. *As vinhas da ira*. É um romance de John Steinbeck.

— Quem diabos ele é quando volta para casa?*

Barry arremessou o livro no chão.

---

*Trocadilho com o sobrenome do escritor, que soa algo como "de volta para casa". (*N. da T.*)

— Venha se sentar com seu velho pai, dê a ele um pouco de carinho.

Wendy continuou parada na porta.

Ele a fitou por alguns instantes.

— Já mandei vir aqui. — Ele apontou para o chão, entre as pernas. — Então venha aqui. Agora!

A voz dele era quase um rugido e, pensando no irmão e nas duas irmãs, Wendy caminhou na direção do pai. Ele a puxou para entre os joelhos e a examinou.

— Aí. Não foi tão difícil, ou foi?

Ele segurava as mãos dela na sua. Ela só pensava em se soltar, fugir para fora da casa, mas sabia que não poderia.

— Você está crescendo, garota, olhe só para esses peitinhos. Sua mãe era assim... prontinha para o que desse e viesse. Aposto que todos os garotos querem sair com você, não querem?

Ela fez que sim com a cabeça.

— Não quero sair com eles, quero ir para a universidade primeiro. Viajar pelo mundo um dia, é isso o que vou fazer.

Para Wendy, era importante que ele soubesse quem ela realmente era. Que ele compreendesse suas necessidades e vontades.

Barry riu.

— Sem chance! Você vai terminar como todo o resto delas. Um bucho cheio de braços e pernas, casada com um inútil qualquer. Sua mãe tinha todos essas ilusões, anos atrás. E em pouco tempo eu as coloquei por terra, da mesma forma que vou fazer com os suas.

Wendy mordeu o lábio.

Barry olhou para o rosto da filha. Era realmente uma linda menina. Susan teria sido assim, numa versão agraciada pela sorte e melhorada. O cabelo de Wendy era bonito, espesso e escuro, como um halo castanho em volta da cabeça. A filha parecia ter mais idade. Dezoito anos, talvez. Exibia o corpo de uma mulher, com seios já formados e pernas compridas. Era como uma Joan Collins moça. Toda maçã do rosto e olhos lânguidos.

Barry se sentiu tomado de desejo, enfeitiçado pela juventude da filha.

Tinha certeza que, mais dia, menos dia, ela seria possuída por um rapaz qualquer com mãos sujas e toscas e hálito de nicotina. Um merdinha que a assediaria, paqueraria e que a faria se entregar. Barry conhecia em detalhes como aquilo tudo se dava. Só Deus sabia quantas vezes ele próprio agira assim.

Ele a puxou para o colo.

— Dê um beijo no seu velho pai.

Ela tentou se levantar novamente. Ele riu ao ver que ela lutava.

De início, pretendia apenas brincar com a menina.

Mas a sensação de senti-la tão perto conferiu outro tom à brincadeira de Barry, que agarrou os seios da filha e fez com que ela se empenhasse ainda mais na luta para se livrar do abraço. A menina podia sentir as mãos dele por todo o corpo, ouvia-o rindo dela e de seus esforços para escapar. Então, o atingiu com uma cotovelada no estômago, um encontrão violento cuja força foi suficiente para derrubá-lo no chão.

Ao tombar pesadamente sobre os cotovelos, Barry chutou a mesa de centro, que foi pelos ares. Xícaras de café vazias e pequenos ornamentos baratos se estilhaçaram. O orgulho e alegria de Susan, uma grande tigela de vidro onde guardava frutas e doces na época de Natal, ficou destruída.

Wendy, de um salto, pôs-se de pé e começou a correr, mas tinha que passar por cima do pai e, ao fazer isso, ele a agarrou pelo tornozelo, fazendo com que a filha se estatelasse no chão. Caindo com força sobre os cacos de vidro, ela deu um grito ao sentir um fragmento lhe perfurar o joelho.

Logo o pai já estava montado a cavalo sobre ela, sentado sem cerimônia sobre o estômago da menina, enquanto lhe estapeava três vezes no rosto.

— Calminha, sua vagabunda de uma figa.

Ela dava solavancos, arqueando os quadris na tentativa de lançá-lo para longe, para que saísse de cima dela.

— Deixe-me em paz, pai, deixe-me levantar. — Ela falava entre ranger de dentes. Ao baixar o olhar, Barry percebeu que a filha não se sentia intimidada. Estava assustada com a perspectiva do que ele poderia lhe infligir, mas não estava com medo dele, não parecia assustada com a pessoa dele.

Na fúria induzida pela anfetamina, Barry concluiu que Wendy estava errada. Ela deveria pelo menos respeitá-lo.

— Você é igual a sua mãe, Wendy, acha que é melhor do que eu. Vocês todas acham que são melhores do que eu. Você, Roselle, a desgraçada da sua mãe. Todas pensam que são especiais só porque são mulheres. Só porque têm uma racha entre as pernas.

Ele forçou o rosto mais próximo ao dela.

— Ora, não são melhores, não. Uma vez me disseram "como é que se pode confiar em algo que sangra uma vez por mês e não morre?" E é isso mesmo. Vocês não passam de piranhas malvadas. Entende o que estou dizendo? Entende ou não entende?

Ele urrava e Wendy começou a chorar.

— Por favor, pai, por favor... Deixe-me levantar. Estou com dor. Você está me machucando.

Ele baixou o olhar direto para o rosto dela, o lindo rosto dela, tenso e lívido. Ela era sua filha, sua própria carne e sangue. Mas era mesmo? Não seria fruto de Joey com a própria filha? No estado paranóico em que mergulhara, tal pensamento aflorara para que ele pudesse justificar para si mesmo o que queria fazer com a filha. Barry castigava as mulheres com o sexo. Assim, podia plantar sua semente, liberar sua luxúria, fazer a mulher se sentir degradada. Fazer bem ou mal a elas, dependendo de como ele estava se sentindo.

Então rememorou a época em que Wendy nasceu, recordou o quanto de problema ela havia lhe causado, com tanto choro e dengo. Desde o nascimento da filha mais velha, Susan não tinha tempo para ele nem ninguém, a não ser para as crias.

Ele iria ensinar a todas elas uma lição. A Wendy, a Kate, a Susan, até mesmo a Roselle. Em sua mente entorpecida, ele acreditava que, ao se aproveitar da filha, também estaria se vingando da amante.

Ele colocou as mãos sobre os seios da menina e os amassou, um gesto brutal que a fez se contorcer diante de seus olhos.

— Você só vale pela xoxota que tem, igual a sua mãe...

Wendy soluçava, histérica, e gritava em agonia.

— Pai, por favor! Deixe-me levantar. Estou sangrando e com dor...

Barry riu.

— Não sou seu pai. Joey é seu pai, meu anjo, assim como é o pai de todos vocês. Durante anos sua mãe trepou com o próprio pai. Joey não é seu avô, é seu pai. Não eu. Rosie é minha filha, só ela. O resto de vocês me enoja.

Wendy se calou ao ouvir as palavras de Barry. Não havia dúvidas de que ele acreditava no que estava dizendo. Wendy sabia da relação tortuosa entre a mãe e o avô. Percebera como June demonstrava ciúme nas vezes em que pai e filha eram deixados a sós. O avô era famoso também pela mão-boba com que brindava as netas.

— Vocês são todos filhos do incesto, garota. Tudo fruto da mesma árvore.

Alana e o pequeno Barry estavam de pé na porta, os corpinhos emoldurados pelo batente, observando o pai, que correspondeu ao olhar. Barry abraçava um urso de pelúcia, uma massa desmazelada coberta de flocos de cereal e migalhas de pão. Vez por outra, enquanto o filho dormia, Susan tinha que surrupiar o brinquedo para lavar.

Barry, em algum ponto do seu cérebro embotado, sabia que, dessa vez, tinha ido longe demais. Porém, as drogas lhe davam uma sensação de onipotência que suplantavam qualquer lampejo de bom senso.

A expressão de derrota da filha o fez ter certeza de estar agindo corretamente.

— Voltem para a cama, vocês dois, ou vão acabar encontrando o que procuram.

Ele fingiu se levantar e eles correram pelas escadas. No andar de cima, Rosie chorava no berço, imaginando o que era aquele barulho todo e por que não estava com os demais, como de costume.

Wendy viu o rosto dele se aproximar e, por puro instinto, o mordeu. Seus dentes cravaram-se na maçã do rosto de Barry, nas bochechas finamente esculpidas que ele, inclusive, legara à primogênita. Ela fincou os dentes com tanta força quanto pôde. Ao fazê-lo, experimentou o gosto do sangue do pai e o sabor do próprio medo.

Foi nesse momento que Barry realmente a acertou. Dor e raiva se fundiram para descontrolá-lo por completo. Os gritos aterrorizados de Wendy podiam ser ouvidos por toda a casa. Rosie estava sentada na cama com Barry e Alana. Todos escutavam o tumulto no andar de baixo.

Quando os gritos de dor e choque primitivos da irmã alcançaram um crescendo, o pequeno Barry deitou na cama e colocou o ursinho esfarrapado sobre o rosto. Todos choravam, exceto Rosie, que avistara um biscoito meio comido no chão e apontava para a iguaria, tentando fazer Alana compreender exatamente o que queria. Pela primeira vez em sua curta vida, a caçula foi ignorada, pois Alana continuava sentada, muda, chorando em silêncio. Imaginava, em detalhes, o que estaria acontecendo no térreo, na sala.

— Você a viu? Meu Deus, pensei que iria morrer de rir.

Susan e Doreen caminhavam de volta para casa, vindas do pub.

— Não posso acreditar que ela fez isso, você pode? Quero dizer, imagine só, se expor daquela maneira. E por causa de um merda como ele.

Doreen e Susan arfaram novamente de tanto rir.

— Ainda assim, ele é marido dela. Dá para entender o ponto de vista de Debbie. E o soco que ela deu naquelazinha! Jesus, senti como se também tivesse me atingido. E olha que eu estava do outro lado do bar.

Susan fez que sim com a cabeça.

— Coitada da Debbie. Esse é o tipo de proeza típica de Barry, convidar a outra para um programa, à noite, junto com a esposa. Sinto pena dela, de verdade. Sei que minha irmã não vale nada, Dor, mas foi uma sacanagem fazer isso com ela.

Elas estavam na senda que atravessava a parte de trás das casas

— Vou ver o que minha turma andou fazendo. Depois passo na sua casa e a chamo para tomarmos uma xícara de chá.

— Está bem, Doreen. Dez minutos para resolvermos tudo e pronto.

Susan entrou em casa pela porta dos fundos e ficou surpresa em ver os quatro filhos sentados na mesa da cozinha. Um olhar para o rosto de Wendy a colocou a par de tudo o que precisava saber.

— Onde está ele? — A voz de Susan soou alta e retesada.

Tomando gentilmente o rosto da filha entre as mãos, examinou as marcas e os machucados.

— O que aconteceu? Ele estava bêbado?

Wendy fez que sim com a cabeça e então falou com tristeza, a voz rouca como se não a tivesse usado durante anos.

— E drogado, mãe. Ele parecia um maníaco. Ele me fez... Ele me fez...

Não conseguiu terminar a frase e Susan, olhando para o sangue no penhoar da filha, soube exatamente o que ele havia obrigado a filha a fazer.

— Ele disse que não tinha problema porque ele não era meu pai. Ele disse que o vovô era meu pai. — Wendy irrompeu em soluços, os ombros arqueando a cada palavra.

As outras crianças estavam caladas, como se soubessem que algo solene tinha acontecido. Mesmo a pequena Rosie sentara-se quietinha no chão, comendo uma torrada enquanto mantinha a face impassível, os olhos grudados na fisionomia da irmã.

Susan sentiu o ar abandonar seu corpo ao perceber exatamente o que havia se abatido sobre sua preciosa filha.

Ela própria já passara por aquilo, conhecera o desgosto que a filha estava experimentando, vivenciara a dor de saber que o homem supostamente incumbido de protegê-la a estava usando como homem nenhum deveria usar uma mulher, nem mesmo uma prostituta paga. Conhecera a raiva e a sensação de insignificância que ora tomava o coração da filha. Como Susan no passado, Wendy também estaria tentando compreender o que havia lhe acontecido. Susan sabia que o trauma a perseguiria por toda a vida, arruinaria cada dia em que ela relembrasse o ocorrido.

Estava ciente de como aquilo tudo faria a filha sentir-se suja por dentro. Nunca voltaria a ser a garota de outrora, pois aquela acabara de partir. Jamais regressaria. Nem teria confiança em ninguém. Afinal, em quem poderia confiar novamente se fora destruída por aquele que era sangue do seu sangue?

Doreen então apareceu, um grande sorriso no rosto até se dar conta da cena que tinha diante de si. O cabelo loiro oxigenado e a maquiagem dos olhos, azul e pesada, pareciam falsos na cozinha iluminada; a blusa justa e o sapato de saltos altos a faziam parecer uma pessoa de mentira. Um visual de boneca Barbie que lhe caía como uma luva, um embuste só. Os lábios vermelhos brilhosos se abriram de pasmo e horror quando ela se deparou com a garota.

— Oh, Sue, o que ele fez dessa vez?

Susan sentiu que começava a tremer. Estava tão chocada que sentia como se estivesse caminhando sobre a água. Ela virou-se para a amiga.

— Leve todos com você, por favor. Leve-os para sua casa e os acomode. Tenho que dar um jeito nele. Preciso dar um fim àquele infeliz, de uma vez por todas.

A voz dela era baixa, como se tivesse medo de que ela a ouvisse.

Doreen balançou a cabeça.

— Telefone para os tiras, faça com que eles ponham o sujeito em cana...

Susan a interrompeu.

— Da maneira como eles normalmente fazem, Doreen? Mantendo-o preso por uma noite e o mandando de volta para casa na manhã seguinte? Não, leve os três menores, quero conversar com Wendy, a sós. — E encarou a amiga. Doreen fez que sim com um meneio de cabeça, desatenta.

— Como você quiser, Sue. — Pegou Rosie no colo e as outras duas crianças a seguiram sem dizer uma só palavra, como se soubessem que algo estava para acontecer e que não deveriam presenciar.

Assim que eles se foram, Susan abraçou a filha mais velha e a consolou o melhor que pôde. Acariciou-lhe o cabelo, murmurou palavras de carinho ao ouvido da menina. Lembrou-se da reação da própria mãe, June, ao que havia lhe sucedido. O desdém absoluto de June. As palavras não pronunciadas que claramente lhe fizeram saber que era tudo culpa sua, culpa de Susan. Que ela havia feito com que aquilo acontecesse.

— Ele é um porco, Wendy. Um porco imundo, fedido e amaldiçoado e você não tinha como evitar o que ele lhe fez, querida. Não importa o que aconteça, lembre-se disso, certo?

Wendy concordou com um movimento de cabeça. O semblante transtornado da menina fez com que Susan fosse invadida por uma raiva tão aguda a ponto de quase ter sabor.

— É verdade o que ele disse, mamãe? Meu avô é meu pai?

Susan a puxou para mais perto de si, mas não respondeu.

— Cadê ele?

— Lá em cima. Ele está lá em cima. Na cama.

Susan saiu correndo e subiu as escadas. Barry estava deitado atravessado na cama, o corpo meio para fora. Ao lado, viu a garrafa de xerez que ele devia ter encontrado no armário da sala. Estava vazia.

Tornando a descer as escadas, olhou para filha. Elas sustentaram a troca de olhares por alguns instantes até que Wendy começou a chorar. Susan a tomou nos braços e a consolou mais uma vez.

— Não tem importância, lembre-se disso. Nada disso tem importância. Sei como está se sentindo, meu bem, e posso garantir que não tem importância. Nada disso vai mudar quem você é. Minha Wendy, meu anjinho. Só vai mudar se você permitir que mude.

Dez minutos mais tarde, depois que ambas já tinham parado de chorar, Susan foi até a casa de Doreen. Pediu à amiga que cuidasse de seus filhos e, em seguida, levasse Wendy até a casa de vovó Kate e explicasse a situação. Que Barry tinha espancado seriamente a primogênita e que Susan não queria que ela passasse a noite em casa.

Doreen concordou com um gesto de cabeça, imaginando que desfecho tudo aquilo teria. Não era estúpida, sabia que Barry tinha feito muito pior do que espancar a garota.

Então, de volta à casa, Susan vestiu um casaco e caminhou até a cabine telefônica da esquina. Ligou para Roselle, no clube, e perguntou se poderia ficar com Wendy por alguns dias, pois tinha havido problemas com Barry. Roselle, ao ouvir o tom de voz de Susan, aceitou.

Era como se todas as mulheres na vida de Barry tivessem decidido conspirar contra ele. E era isso mesmo.

Susan mais uma vez voltou para casa, onde pôs a chaleira no fogo na intenção de fazer uma xícara de café. Enquanto esperava que a água fervesse, foi até o saguão de entrada. Após examinar com cuidado o interior do armário sob os degraus, encontrou um martelo grande. Colocou-o sobre a mesa, bebeu o café e fumou um cigarro.

Olhou em volta de casa, o lugar que tanto amava quando Barry não estava.

Amava as portas arranhadas pelas bicicletas, brinquedos e patinetes dos quatros filhos. Amava o papel de parede da cozinha com as gravuras de cestas de frutas e vegetais. Amava a velha mesa de fórmica com os arranhões gravados pelos anos em que fora utilizada como apoio para cortar o pão dos sanduíches das crianças. Amava o linóleo azul gasto do chão e as canecas lascadas do mercado.

Era seu lar, não dele. O porto seguro que tentara criar no caos completo da vida partilhada com um homem que não via nada a não ser o que ele próprio queria, o que ele próprio necessitava.

Pegou o martelo, atravessou a casa a passos lentos, tomando ciência e posse de todas as vistas e cheiros do ambiente, antes de finalmente caminhar até o quarto onde estava o marido. Seu cônjuge por força da lei e que estava deitado atravessado na cama, o rosto mordido e arranhado pela filha mais velha. A garota que ele havia possuído como um animal. Ah, ela sabia como fora a experiência para Wendy, tinha experimentado isso na carne em muitas ocasiões.

Ao baixar os olhos para o marido, Susan foi tomada por um ódio tão intenso que sentiu ser capaz de matar o mundo, se disso dependesse a segurança de seus filhos.

— O que foi que você fez dessa vez, Bal? Você a violentou com o seu corpo contaminado, como se ela não fosse nada... nada mesmo? Espero que tenha valido a pena, onde quer que você esteja. Espero que tenha mesmo valido a pena. Só lamento que você não possa sentir isso, seu canalha bêbado! Gostaria que você pudesse olhar na minha cara e sentir o medo que sua filha sentiu.

Susan ergueu o martelo por cima da cabeça e o baixou com tanta força quanto pôde sobre o crânio do homem.

Ela repetiu o gesto mais de uma centena de vezes, até que não sobrasse nada. Nada reconhecível, ao menos.

Barry Dalston fora-se para sempre.

Susan estava salpicada de sangue, ossos e miolos. Saiu do quarto a passos serenos e se serviu de mais uma xícara de café, acompanhada de outro cigarro. Depois tornou a vestir o velho casaco, foi até a cabine telefônica e ligou para a polícia.

Doreen a viu da janela do quarto e sentiu uma lágrima correr dos olhos ao se dar conta do que a amiga havia feito. Mas ao contrário do resto do mundo, sabia o motivo que a levara a agir assim.

Ninguém jamais ouviria a verdadeira razão, não da boca de Susan, que estava simplesmente protegendo os filhos, como faria qualquer mãe decente.

Quando a polícia chegou, todas as crianças já estavam na cama, dormindo. A não ser Wendy, que, ao lado de Roselle, aguardava pacientemente que a avó viesse buscá-la. Kate lhe daria guarida até que os ferimentos desaparecessem e a menina estivesse em condições de encarar o mundo sem precisar revelar nada do que havia acontecido.

LIVRO III
1985

"Não há tempo como o presente."

— Srta. Manley
(*The Lost Lover*, 1696), 1663-1724

"Casar-se às pressas, arrepender-se aos poucos;
Não gostar do outro, mas de seus tesouros."

— Elizabeth Thomas, 1675-1731

"O que está feito está feito."

— William Shakespeare
(*Macbeth*, 1606), 1564-1616

Capítulo 21

Susan acordou com o barulho da prisão. Foi um despertar estranho, uma batida na porta, um grito e depois o tumulto. Quando abriu os olhos, viu sua nova companheira de cela fitando-a.

Matty Enderby, cabelo imaculado, rosto limpo e sobrancelhas delineadas com capricho, sorria, gentil.

— Sente-se melhor hoje de manhã?

Tinha uma voz rouca, o tipo de voz que uma rainha pornô deve ter. Baixa, sexy e com uma insinuação de promessas.

— Não enche. — A voz de Susan saiu grave por causa do sono e do cigarro. Tossiu asperamente, fazendo Matty recuar com repugnância.

— Quer uma xícara de chá?

Susan fez que sim com a cabeça.

— Minha boca está com gosto de cabo de guarda-chuva.

Matty retrocedeu mais alguns passos e Susan riu.

— Obviamente você é uma bandida muito distinta, portanto vou moderar minha linguagem para me adequar a sua pessoa. Em outras palavras, caia fora e vá buscar meu chá.

Matty deixou a cela e Susan se sentou no beliche.

Sentia-se e tinha a aparência horrível.

Deixando-se escorregar da cama, pegou uma toalha e uma barra de Camay. Então, olhando para o pequeno espelho preso à parede acima da pia, estendeu a língua. Parecia e se sentia feia. Por dentro e por fora.

O cabelo, que nunca tinha sido seu maior atrativo, caía sem vida em volta dos ombros. A cor parecia ter desbotado por falta de sol. A pele estava inchada por causa do sono, o queixo dava a impressão de ser um refúgio para cravos e o nariz estava escamoso.

Apenas os olhos pareciam ter vida e eram os olhos de uma estranha. Alertas, brilhantes, cheios de sabedoria e inquietação.

Matty voltou com chá para as duas e colocou o de Susan sobre a mesa junto à porta.

— Está fedido aqui.

Susan concordou com um meneio de cabeça.

— Desculpe. Suei como um porco durante a noite.

— Você estava sonhando, resmungando e roncando.

Susan deu um riso forçado.

— E, se me conheço, provavelmente peidando também. Feijão nunca foi meu prato predileto.

Sabia que estava fazendo as outras mulheres sentirem-se desconfortáveis, e não se importava. Depois da temporada em Durham, tudo que precisava era ser encarcerada com uma puta cheia de frescuras como Matilda Enderby. O que eles estavam pensando, afinal?

Em vez de pôsteres de homens nus com picas do tamanho de tacos de beisebol, a cela era decorada com cartazes em que havia fruteiras e mulheres em roupas antiquadas entretidas em piqueniques sobre encostas de grama verdejante.

Tudo aquilo era muito esquisito aos olhos de Susan.

Estava acostumada à grosseria e à bagunça da vida no presídio. Era o que dava algum sentido ao cotidiano no cárcere. Um antídoto contra o sistema. Ser rude e desmazelada significava fazer parte da irmandade. Caçoar dos homens e de seus atributos, fingindo que estavam todas sentindo falta de uma bela trepada quando, na verdade, essa era a última coisa em que pensavam.

Com aquela nova colega de cela, Susan estava metida em algum tipo de universo alternativo em que as pessoas comiam sanduíches de pepino e viviam de acordo com regras.

Parecia errado.

Susan tomou um gole de chá e analisou mais uma vez as figuras coladas na parede.

— São pinturas de Monet.

Ela deu de ombros, desinteressada.

— Mesmo? Pensei que eram pôsteres.

Bebeu o chá mais rápido, saboreando a doçura do líquido. Em seguida, despindo a roupa de dormir, se enrolou uma toalha e saiu da cela. No caminho até os chuveiros, encontrou mulheres de todas as formas e crenças. Algumas sorriram. Outras olharam-na com cautela. A reputação de Susan chegara ao local antes mesmo que ela cruzasse o portão.

Sabia que estavam esperando para ver quem ela era antes de lhe oferecerem qualquer coisa, principalmente amizade. Mas Susan compreendia tal atitude, conseguia se sentir segura no ambiente da prisão. Com Matty, no entanto, sentia como se estivesse envolvida em algum tipo de jogo.

Nos chuveiros, entrou sob a água morna e tremeu enquanto esperava que o corpo se acostumasse. Então, ensaboando-se toda, lavou o cabelo e começou a se enxaguar.

Uma garota negra e jovem com marcas tribais no rosto lhe ofereceu um tubo de Head and Shoulders.

— Esse sabão vai destruir seu cabelo, camarada. Use isso.

Susan agradeceu com um movimento de cabeça e fez o que lhe fora sugerido.

Saboreando a espuma cremosa, ela se deleitou, tendo prazer no simples ato de lavar o cabelo grudento e gorduroso.

Na ducha ao lado, duas mulheres se beijavam e Susan as ignorou, alheia. Sabia que a privacidade era algo que ficara no passado. Afastou-se sem voltar-se sequer uma vez para olhar a dupla de esguelha. O máximo de reserva que lhes era concedida consistia em não serem olhadas, em não se darem conta de sua presença. Deixá-las para lá. Eis uma regra não escrita da prisão.

Ao voltar para a cela, se secou na toalha áspera. Uma carcereira de postura rígida e cabelo vermelho vivo a abordou.

— Nome? — O comando foi breve e firme.

— Dalston, Susan, número 4414.

A mulher fez um gesto de cabeça.

— Visita à uma e quinze.

Susan assentiu com um meneio de cabeça e continuou seu caminho.

Esperava que fossem os filhos, mas não tinha muita esperança. O serviço social estava novamente enrolando-a. Tentando envolvê-la em uma série de situações. Expulsou a idéia da cabeça, sabendo que, nas atuais circunstâncias, era inútil pensar em determinados assuntos. Era uma habilidade que a presa desenvolvia para evitar enlouquecer.

Vinte minutos mais tarde, estava lendo a correspondência, a carta diária costumeira vinda dos filhos. Barry rabiscava "eu ti amo" e o bilhetinho de Alana comentava sobre a nova escola e os novos amiguinhos. Susan levou as duas folhas de papel ao peito como se seu corpo pudesse absorver as palavras ali escritas.

Então abriu a carta de Wendy, o coração na boca. Aos 15 anos, a filha mais velha já era uma mulher. Não tivera escolha. As cartas de Wendy eram adultas, o conteúdo era adulto.

E era isso o que mais preocupava Susan.

Diferentemente de Alana, que discorria sobre maquiagem e bandas de música pop, moda e televisão, a carta de Wendy discutia como as outras crianças estavam passando. Como Rosie, tida como a criança perfeita, era tratada no lar adotivo, junto à família Simpson. Como todos ali eram bons para ela, muito embora jamais pudessem ser seus pais verdadeiros, especialmente porque a mãe de verdade estava viva.

Essas cartas assustavam Susan por inúmeras razões.

Wendy se culpava por tudo e não deveria, não tinha motivo para isso. Susan precisava lembrá-la disso constantemente.

Fora duro em Durham, uma temporada muito longa e árdua. Susan não via os filhos com freqüência e, quando os via, era em meio a muita tensão. Eles estavam excitados demais sempre que a encontravam e, conseqüentemente, exageravam, todos disputando a atenção da mãe. E havia a pequena Rosie, que na verdade não a reconhecia mais e chorava toda vez que a pegava no colo.

Voltou a varrer os maus pensamentos. As coisas podiam voltar a tomar novo rumo, agora que estava mais perto deles. Rosie poderia visitá-la com mais assiduidade e ela finalmente construiria uma relação com a caçula.

Escovou o cabelo com cuidado redobrado para o caso de os filhos serem a visita agendada. Queria parecer bem aos olhos de todos eles.

Matty voltou à cela e sorriu para Susan, contente por tê-la encontrado lavada e penteada.

— Ouvi dizer que você tem visitas.

— As notícias correm rápidas por aqui.

— Quer que eu faça o seu cabelo? Que a torne um pouco mais apresentável?

Ela estava ávida para agradar e Susan repentinamente sentiu uma onda de cansaço. Não conseguiria aturar aquela mulher por muito tempo, sabia que não conseguiria. Acabaria acusada de mais um assassinato.

No entanto, dez minutos depois, ostentava um coque caprichado e já tinha até mesmo acatado a sugestão de que usasse um pouco de pintura. Ao se olhar no espelho, Susan ficou surpresa com a diferença. Matty ria, satisfeita consigo mesma.

— Você está quase bonita. O que precisa agora é de uma boa rotina de cuidados com a pele e algumas belas roupas. Assim, ficará estonteante.

Susan bufou, mal-humorada.

— Ouça, querida, não ficaria estonteante nem se ganhasse na loteria e recorresse a um cirurgião plástico. Isso não existe para alguém com um corpo como o meu. Admito, porém, que tive um pouco mais de sorte com o rosto.

Admirou mais uma vez, no espelho, a mudança, e torceu para que a visita fossem os filhos. Tinha direito a apenas um encontro mensal privado e queria usá-lo de maneira sensata.

— Você teria emagrecido, se tentasse. Pare de comer comida pesada e concentre-se nos vegetais.

— O que há com você, Enderby? Resolveu bancar minha conselheira particular ou o quê?

Matty sorriu de maneira irritante.

— É um modo de se encarar a situação. Você tem uma fama e tanto. Mesmo Rhianna é cautelosa com você. Logo ela, que não teme ninguém.

Susan não respondeu.

Matty não insistiu. Ao invés disso, pegou um vidro de esmalte e, sorrindo, informou a Susan que iria sair para uma sessão recreativa de pintura de unhas.

Susan sacudiu a cabeça sem acreditar na existência vazia daquela mulher, mesmo na prisão.

Matty parou na porta da cela e disse, com seriedade:

— Na verdade, eu era secretária de advogados. Mantenho um escritório aberto aqui, diariamente, para atender as outras garotas. Apareça, pode ser que eu possa ajudá-la. Posso parecer fútil, mas tenho o cérebro de um computador.

Jogou um beijo para Susan e saiu da cela. Susan estendeu a língua na direção da porta e suspirou. Aquela Enderby tinha problemas mentais, estava convencida disso.

Sabia que a temporada passada em Durham lhe havia granjeado notoriedade.

Uma lésbica havia se engraçado com Susan, que explicara estimá-la apenas na condição de amiga. A situação, porém, saiu de controle. A mulher, uma machuda alta e loura, não se conformara com tais argumentos.

Desacostumada a ser rejeitada, ela havia se ofendido, o que deixou Susan perplexa. Em pouco tempo, Julia Stone tornou a vida de Susan insuportável. A todo lugar que ia, chuveiros, banheiro, exercício, Julia lá estava, olhar zangado, tentando intimidá-la. Susan ouvira dizer que ela ia tocaiá-la durante o banho. Não queria ser violentada e sabia que uma personalidade como a de Julia não daria ouvidos à razão. No entendimento de Julia Stone, Susan havia se posicionado em território inimigo.

Foi então que Susan colocou uma bola de bilhar dentro de uma meia, percorreu o trajeto até os chuveiros e não demorou a mandar Julia Stone para dois meses de internação hospitalar. De tal atitude, decorreram duas conseqüências. Julia Stone perdera o status e Susan o adquirira. Essa era a razão pela qual Rhianna tinha cuidado com Susan, era a razão pela qual a maioria das pessoas acautelavam-se diante dela.

Mesmo as guardas penitenciárias viviam com o pé atrás.

Mas Susan não aspirava ser como Rhianna, da mesma forma que jamais pretendera ocupar o lugar de Julia.

Era uma questão de sobrevivência, nem mais nem menos.

A sala para visitas privadas era pintada de verde fosco. Supostamente a cor fazia com que as pessoas se acalmassem. Susan pensou que parecia vômito. Bílis esverdeada. Sentou junto à mesa e roeu as unhas, os tocos de unha que ainda lhe restavam. Quando a porta se abriu, endireitou a postura, o coração na boca enquanto aguardava que uma ou todas as suas crianças entrassem.

Em vez delas, entrou um homem jovem de cerca de 30 anos, vestido de maneira casual. Casual demais para um advogado, mas Susan não se preocupava muito com isso. Tinha cabelos castanhos que pareciam terem sido cortados com garfo e faca, olhos verdes profundos, cintilantes e alegres, e boca carnuda.

— Olá, Susan, prazer em finalmente conhecê-la.

Ela notou que ele tinha belos dentes, uniformes e alinhados. Podia-se perceber que era cliente regular no consultório dentário. Cheio de blocos, coroas e obturações. Pena que não se preocupava tanto com o cabelo.

— Colin? — Ele pôde ouvir o desapontamento na voz dela e sorriu para encobrir o próprio nervosismo.

— Colin Jackson, nos falamos ao telefone.

Susan fez que sim com um gesto de cabeça, examinando os jeans esfiapados e o blusão sovado do interlocutor.

— Então é você o grande advogado que vai conduzir minha apelação?

O tom de voz dela dizia tudo e ele teve a gentileza de corar.

— Sei que pareço muito informal hoje, mas meu dia foi uma loucura. Estive com seus filhos hoje de manhã.

Ele viu o rosto dela se iluminar e suspirou sem que ninguém percebesse.

— Vão trazê-los na sexta-feira. Sexta-feira à tarde.

Viu o semblante dela se abater.

— Só daqui a alguns dias.

A voz dela não tinha ânimo, era quase um sopro.

Ele tentou encorajá-la. Abrindo a maleta, tirou uma pasta de papelão. Tinha quase quinze centímetros de espessura.

— Estou com todos os seus documentos aqui, tudo que é relativo ao seu caso.

— Que emocionante! Ora, você pode alegar o que quiser, não tenho nada mais a acrescentar. Peguei o martelo e o matei. Simples assim.

Colin sorriu, desalentado.

— Não, não é tão simples assim, ou é, Susan? Algo fez disparar um ato tão violento. Sabemos que ele a espancava freqüentemente, sabemos que era um criminoso brutal. Sei que ele a surrou com gravidade alguns dias antes de você o matar. Por que não o matou na ocasião?

Ela sorriu, malcriada.

— Não tive vontade de matá-lo. Estava ferida, machucada, minhas costelas estavam quebradas e tinha a sensação de que alguém havia pulado sobre meu rosto. Mas o julgamento provou que nada disso tem importância. Cometi um assassinato premeditado. Estou surpresa por terem permitido que eu apelasse da sentença.

— Ora, as coisas andaram desde então, não andaram? Até hoje, você prestou um único depoimento, o da noite em que tudo aconteceu. Naquele depoimento, você alegou que já suportara o bastante e que chegara a hora de ele morrer. Essas foram suas exatas palavras. Agora, é claro, podemos alegar legítima defesa. Teríamos que provar que ele iria feri-la novamente, que você estava aterrorizada. Se pudermos convencer a corte disso, é possível que obtenhamos redução da pena para homicídio culposo. E libertá-la, considerando o tempo que já passou presa.

Ele sorriu, satisfeito com o próprio desempenho. Esperando que ela estivesse igualmente satisfeita.

— Tenho de fingir que na época eu estava pirada, é isso?

Ao que parecia, Colin havia sido apropriadamente corrigido.

— Não pense que estou pedindo que minta...

Susan deu de ombros.

— Ouça, Colin, atingir aquele patife com o martelo foi a coisa mais sã que já fiz em toda minha vida. Sei que pode soar estranho para você, mas é isso mesmo. Deveria ter tomado essa providência muitos anos antes.

Colin notou o quanto havia de verdade naquela afirmação. Estava na voz, nos olhos de Susan. Vendo-a ali, o cabelo penteado para cima, de cara limpa, asseada, parecia uma pessoa diferente da mulher nas fotos exibidas pelos jornais dois anos antes.

Na época, tinha parecido gorda e assustada. O rosto impassível, privado de qualquer sentimento ou sensação remotamente parecidos com remorso ou mesmo inquietação, certamente nada similar a medo. Havia permanecido sentada e com a expressão pétrea durante todo o julgamento; o advogado de defesa, percebendo com o que estava lidando, não a chamou para depor em juízo. Todos os psiquiatras consultados tinham produzido relatórios com diagnósticos análogos. Inconclusivos quanto ao estado mental da ré. Recusa-se a discutir a noite em questão. Recusa-se a reconhecer que agiu de maneira errada. As mesmas palavras, sempre. Só reiterara que chegara a hora de o marido morrer.

No fim, o juiz a havia condenado à prisão perpétua por homicídio, dizendo que não tinha alternativa, pois a Sra. Dalston se negava a contar a quem quer que fosse o que havia transcorrido naquela noite e ainda se opunha a admitir sua participação no crime de outro modo que não no papel de assassina.

O depoimento à polícia assinado por Susan trazia a ressalva de que cometeria o crime novamente, se "tivesse oportunidade". Os tiras haviam se congratulado pela solução do caso, os tablóides tiveram um prato cheio e Susan desaparecera por trás do portão da cadeia, para longe da curiosidade alheia e, conseqüentemente, da lembrança de todos.

Mas seus quatro filhos a adoravam e era evidente que ela os amava.

Em suma, Susan fizera o possível para ser presa. Era como se quisesse ser separada dos filhos. Quisesse ser tachada de assassina. Recusara-se a usar as intimidações ou ameaças do marido como pretexto para o crime. Criou a imagem de uma mulher determinada a matar, levando o juiz a proferir uma sentença de acordo.

Mas o patrão de Colin estava disposto a libertá-la e fizera campanha por uma apelação. Agora tinham apenas alguns meses para apresentar um novo caso. Todos haviam imaginado que ela poderia se convencer a apresentar a verdade sobre a noite do crime. Porém, parecia que haviam se enganado.

— Ouça, Susan, se você cooperar, talvez consigamos libertá-la. Mandá-la de volta para casa, para seus filhos, de volta para sua vida.

Ela o encarou, atônita.

— Sabemos o que ele lhe fez, pesquisamos seus boletins médicos, tudo. Não é vergonha ter sido gravemente ferida e retaliar. Todos somos capazes disso.

Ela não respondeu. Continuou calada por mais um minuto, ao cabo do qual falou como se estivesse diante de uma criança.

— Mas eu não retaliei, não foi? Você esqueceu disso. Eu o matei cinco dias depois de ele ter me batido pela última vez. E ele estava inconsciente e bêbado. Um patinho. Vou lhe dizer uma coisa, Colin, e pode anotar isso em seu caderninho: baixar aquele martelo sobre o crânio dele me proporcionou a melhor sensação do mundo. Simplesmente repeti o gesto várias e várias vezes. Foi melhor do que bebida, drogas ou sexo. Estou trancada aqui, mas ao menos libertei meus filhos dele e do que ele era. Não estou inventando desculpas para o que fiz, pois estou contente por ter agido assim e lá se vão dois anos. Faria tudo de novo se tivesse oportunidade. Ao contrário de Barry, vou pagar pelas dívidas do passado. Embora, no final, ele também tenha pagado. — Ela abriu um sorriso. — Oh, sim, pagou muito bem pago. Fui eu quem providenciou para que pagasse.

Colin cravou os olhos nela. Estava chocado pelo que acabara de ouvir, embora, no íntimo, considerasse que Susan tinha razão. Para ela, era olho por olho. Colin compreendia o modo como sua cliente pensava. E, depois de ler os boletins médicos, também atinara como alguém podia chegar ao limite, a um ponto a partir do qual não conseguiria suportar mais nada.

Se ao menos Susan pudesse ver que, juntos, poderiam tirá-la de trás das grades, valendo-se do tempo que já havia passado reclusa. Mas era quase como se ela gostasse de estar presa, como se apreciasse a punição.

Quando o juiz lera a sentença, Susan Dalston rira. Fora a única vez em que havia demonstrado qualquer emoção ao longo de todos os procedimentos. Tinha rejeitado o conselho do advogado de que apresentasse seu histórico médico como prova de defesa. Na verdade, ela havia se negado a mover até mesmo uma única palha que pudesse lhe favorecer.

Em suma, havia se trancafiado e jogado a chave fora.

— O que está acontecendo com meus filhos? — perguntou a Colin.

Ele sorriu.

— Eles estão bem e virão visitá-la essa semana, como você já sabe. Mas estão todos bem. Rosie... é esse o nome da caçula? Ela está bem acomodada com os pais adotivos, que a adoram. Conhece alguém que possa ficar com seus outros filhos? A mais velha, creio, vive parte do tempo com uma amiga sua, Roselle Digby. Será que ela também não poderia receber as outras crianças?

Susan balançou a cabeça.

— Não, não pode. Gostaria que deixassem minha vizinha Doreen cuidar de meus filhos menores. Ela tem plenas condições para tanto.

Colin meneou a cabeça.

— Receio que as assistentes sociais não permitam que ela se encarregue deles, em hipótese alguma.

Susan riu.

— Ela pode ser uma loura oxigenada e jocosa, com cinco filhos de pais diferentes, mas vou lhe contar uma coisa, rapaz. Doreen é uma mãe maravilhosa e uma pessoa fantástica também. Tudo é relativo, não é? O que vai acontecer com as crianças, aliás? Ninguém parece estar disposto a me manter informada a respeito.

Colin não pôde responder porque não dispunha dos dados. Em poucos dias, teria um encontro com os funcionários do serviço social sob cuja responsabilidade estavam os filhos de Susan.

— Terei detalhes depois de conversar com a assistente social, a Srta. Beacham.

Susan mais uma vez meneou a cabeça e acendeu outro cigarro.

— E agora, qual o próximo passo?

Colin encolheu os ombros.

— Não parece haver muito que eu possa fazer, não é?

— Então vou cumprir minha pena sossegada. Saio em quatro anos, talvez um pouco menos. Aliás, não sei por que você ainda se incomoda comigo. Não tenho nada a acrescentar ao que já disse.

— Nem eu, para ser franco. Porém, gostaria de lhe pedir uma coisa. Pense em seus quatro filhos e em como deve ser difícil para eles crescer sem você por perto. Eles a amam muito. Como mãe, você só recebeu elogios. Muito embora não tenha idéia de onde você aprendeu a exercer a maternidade.

Susan riu com vontade.

— Você esteve com a minha mãe, não foi? Piranha velha. Ela vendeu a história para os jornais e ganhou muita grana. — Susan deu de ombros. — Boa sorte para ela, de verdade, não esperava que agisse de outra forma. E, respondendo a sua pergunta, me concentrei em fazer exatamente o oposto de tudo o que minha mãe fez comigo.

— Talvez por isso eu não consiga imaginar nenhum de seus filhos na pele de um assassino.

O rosto de Susan empalideceu e ela sacudiu a cabeça.

— Não, Colin, eu também não.

Levantando-se, ela deu a entrevista por encerrada.

— Olhe só para ela. Ela realmente acha que é especial.

Susan não respondeu, mas ver a companheira de cela realizar uma de suas reuniões era uma oportunidade esclarecedora. Observou como cada uma das mulheres que tinham vindo em busca dos conselhos profissionais de uma homicida condenada entregavam a Rhianna dinheiro e mercadorias que logo passariam às mãos de Matty Enderby.

Susan viu a esperança nos rostos das mulheres ao se consultarem com Matty, viu suas preocupações parcialmente abrandadas depois de terem conversado com ela.

E se aproximou da mesa para poder ouvir melhor.

Os conselhos de Matty a uma jovem prostituta negra pareciam mesmo pertinentes e a colega de cela ganhou pontos na avaliação de Susan, que era inteiramente favorável à livre iniciativa, exceto na eventualidade de servir de fachada para fraudes e embustes. No sistema prisional, não faltavam bons e maus artifícios para a obtenção de artigos escassos. Era espantoso o que algumas pessoas fariam por um cigarro com filtro ou uma barra de chocolate.

De repente, Lionel Richie estava berrando no rádio, pois uma das garotas, entusiasmada com sua canção favorita, colocara o aparelho no volume máximo. Ela dançava e cantava "Hello, Is It Me You're Looking For?" quando a guarda baixou a intensidade do som e uma das lésbicas mais assumidas gritou:

— Não, ainda não acabou, mocréia vagabunda!

Todas riram e a garota continuou cantarolando para si mesma.

Susan, ainda com um meio sorriso, ouvia Matty distribuindo pareceres.

— Está aqui por rixa e comportamento ameaçador, certo?

A garota concordou com um movimento de cabeça.

— E lesão corporal grave. Então diga a seu advogado para fazer um acordo. Diga que vai admitir a acusação de lesão corporal se as demais forem retiradas. Alegue culpa, mas com circunstâncias atenuantes. Você estava drogada e não tinha total controle sobre seus atos. Daí você será submetida a um programa de reabilitação aqui mesmo, na unidade, e sairá logo. Tem chances de obter redução de pena e matar o tempo no programa de resssocialização.

A garota sorriu, agora cheia de esperança.

— Obrigada, Matty. Farei isso.

Susan a viu afastar-se aos pulinhos, feliz da vida. Sabia que para muitas mulheres, a pior parte da prisão era a dificuldade em reunir informação sobre o que iria lhes acontecer. Desejavam estar cientes do que ainda enfrentariam; conhecendo os fatos, poderiam lidar melhor com a situação.

Susan estava gostando da ala de custódia, onde permaneceria enquanto sua suposta apelação tramitava. De início, só concordara com o recurso porque seria um modo de se aproximar dos filhos. O que ela realmente almejara era ser transferida para o mais perto possível de Londres. Era triste vê-los somente de vez em quando, e apenas se as assistentes sociais conseguiam tempo para levá-los à prisão. A jornada era penosa para as crianças, pois Durham não era a cadeia mais acessível do país. Nem a mais confortável.

Em Durham, ansiava por ser mandada para Cookham Wood ou alguma outra unidade segura cujo acesso não fosse tão árduo para os visitantes. Um lugar em que os meninos pudessem correr um pouco, rir um pouco.

Passou a tarde estudando as mulheres que procuravam Matty e os conselhos que ela lhes dava. Susan os ouviu e concluiu que a maioria eram valiosos. Em certo momento, uma jovem de cabelos louros compridos e olhos saltados se aproximou, mas Rhianna se interpôs no caminho.

A garota mostrou dois cigarros. Matty balançou a cabeça e virou o rosto.

— Vaza, vadia, aqui não tem nada para você.

A voz de Rhianna era dura. Uma das mulheres que estavam em volta da mesa ergueu-se de maneira ameaçadora e as guardas penitenciárias puseram-se a postos, temendo um sururu, termo usado na cadeia para definir briga.

— Escreva para o seu namorado e peça conselhos, ordinária. Ele a ajudou a matar o garoto, não ajudou?

A jovem baixou a cabeça sobre o peito.

— Ela ainda escreve para ele. O sujeito esfaqueou, queimou e torturou seu filhinho, mas você ainda lhe manda cartas de amor, não é mesmo, querida?

As presas exasperaram-se ao lembrarem dos próprios filhos, sob os cuidados de parentes ou do Estado. Crianças amadas e queridas, embora suas mães estivessem encarceradas. Na verdade, muitas daquelas mulheres estavam ali justamente por causa dos filhos. Prostitutas, ladras de lojas, vigaristas que haviam recorrido ao único expediente de que dispunham para alimentar e vestir a cria. Para suprir as necessidades dos pequenos exatamente como todos esperavam que suprissem. Tinham homens que não faziam nada além do que engravidá-las e depois partirem, rumo à próxima mulher e o próximo bebê, e assim por diante, numa sucessão.

Quando alguém como Caroline Hart aparecia, odiavam-na com ganas de vingança, pois ela havia deixado alguém destruir o que, para todas, era a coisa mais preciosa de suas vidas. Podiam pisar umas na cabeça das outras, podiam brigar e discutir, mas jamais fariam mal aos próprios filhos. Era mais uma lei não escrita.

As guardas escoltaram a garota para fora da sala de recreação, numa tentativa de acalmar os ânimos antes que a situação saísse de controle. Na verdade, Caroline deveria estar no isolamento. No entanto, por motivos ignorados, fora mantida entre as demais detentas, obrigando as funcionárias a redobrar a vigilância para o caso de alguém resolver fazer justiça com as próprias mãos. Algo que não raro ocorria na cadeia.

A tensão da sala se dissipou com a saída de Caroline. Matty, então, começou a empacotar seus pertences. Horas depois, Rhianna lhe entregaria o resultado da "coleta". Matty, que não fumava, a não ser maconha muito de vez em quando, venderia os cigarros para as outras mulheres. Rhianna também gerenciava uma banca de apostas e administrava uma rede de proteção pessoal.

Susan prestava atenção a tudo. Sabia que Rhianna a estava analisando de modo tão implacável quanto era analisada. Provavelmente estava preocupada com a hipótese de a recém-chegada querer lhe tomar o lugar, o que sequer passava pela cabeça de Susan. Em algum momento, teriam que conversar a respeito e colocar os pingos nos is.

Até que isso acontecesse, tinha que parecer durona, capaz de se cuidar e inteiramente à vontade, como se não estivesse nem um pouco incomodada com o fato de, a qualquer momento, uma negra musculosa, lunática e violenta querer puxar briga.

Ao enrolar mais um cigarro, Susan imaginou o que os filhos andariam aprontando e ansiou por ver o rostinho de cada um deles, reluzente de alegria e feliz por estar perto da mãe. Afastou para longe a idéia depressiva de que, para vê-los, dependia do capricho de terceiros, e forçou-se a mais uma vez aceitar a realidade.

Um dia, prometeu a si mesma, tudo aquilo terminaria. Terminaria para sempre. Ela já teria cumprido a pena, pagado o preço por ter sido estúpida o bastante para deixar que Barry Dalston entrasse em sua vida.

Wendy serviu café para Roselle e para si mesma, pegando na cafeteira. Roselle a observava, comovida pela óbvia felicidade da menina com a visita que faria à mãe. Nos últimos dois anos, havia mudado muito.

Na noite em que Roselle a recolhera após o crime, a garota estava num estado deplorável, tremendo e gaguejando de medo. Como um animal capturado na armadilha. Roselle havia se apresentado como amiga de Susan, a qual havia lhe pedido que cuidasse da primogênita até que tudo estivesse nos eixos.

Para Roselle, o mais triste e chocante de toda a história foi ter deduzido, sem que ninguém precisasse lhe contar nada, o motivo exato que levara Susan a matar o marido. Era evidente o que havia acontecido à filha mais velha dos Dalston. Roselle espantava-se com a idéia de que um dia tinha enxergado qualidades em Barry. Como podia ter se iludido dizendo para si mesma que, a seu lado, ele era bom, outro homem. Wendy era carne e sangue de Barry e ainda assim ele a possuíra como se a menina fosse um nada, mais reles que uma prostituta. Ao longo de toda a semana seguinte ao estupro, Roselle reparou no modo como a jovem caminhava, nos ferimentos que trazia por todo o corpo e na dificuldade para estancar uma hemorragia renitente, indícios da maneira torpe como ele a tratara.

Exatamente na noite em que acolheu Wendy, Roselle deixou que seu coração se enchesse de ódio por Barry. Só desejava ter estado ao lado de Susan quando ela o matou, ter empunhado um outro martelo e também ter direito a uma cota de golpes contra a cabeça do ex-amante.

Também compreendia a relutância de Susan em revelar o que havia acontecido em casa na noite do crime e durante toda sua vida de casada. Estava protegendo a filha e a si mesma. Por que as pessoas deveriam saber que um homem há pouco diagnosticado como portador de doença venérea havia violentado a filha adolescente? A garota teria que passar o resto da vida num mundo em que todos conheceriam sua biografia. E ela não merecia isso, era apenas uma vítima inocente.

Parte de Roselle também se sentia responsável pelo que acontecera. Se ao menos não o tivesse mandado embora daquele jeito... ele deve ter sofrido. Mas como chegara a ponto de fazer a própria filha sofrer tão terrivelmente?

Tomou o café servido por Wendy e as duas sorriram uma para a outra. A menina nunca comentara de maneira direta o que havia acontecido e Roselle jamais forçaria uma confissão. Sua casa tornara-se um porto seguro para a garota, um refúgio de todos que sabiam o que sua mãe havia feito. Que olhavam para ela como a filha de uma mulher que havia massacrado o marido a sangue-frio, sem pensar nos quatro pobrezinhos que ficariam órfãos de pai e mãe. A mulher estampada nos jornais como um tipo cruel que vivia feliz por conta dos ganhos imorais do marido, de cujo estilo de vida partilhava.

No final das contas, Barry fora pintado como um adorável trapaceiro de East End que se tornara dependente da bebida e das drogas e, portanto, não era inteiramente responsável pelos próprios atos.

Como de praxe, havia desculpas de sobra pelo simples fato de tratar-se de um homem. Homens podem ser violentos. Mulheres, não. O comportamento violento numa mulher era algo considerado errado sob o ponto de vista moral. Susan era a vilã da história, pois no julgamento limitara-se a afirmar que o mataria de novo, se tivesse oportunidade.

A imprensa se fartara. Privada por tanto tempo de uma figura como Myra Hindley,* os jornais transformaram Susan em um monstro.

E isso, além de absurdamente injusto, era incompreensível para Roselle. Por que Susan não tornava público como fora realmente a sua vida? Por que não esclarecia que nada tinha a ver com o estereótipo de mulher de bandido capaz de, após uma noite no pub, onde sua irmã brigara com uma freqüentadora e ela própria enchera a cara, voltar para casa decidida a matar o marido?

Justo seria que Susan estivesse em liberdade, cuidando dos filhos, a única coisa que sempre desejou fazer na vida.

---

*Nos anos 1960, foi um ícone da maldade feminina por ter ajudado o amante, Ian Brady, a assassinar e abusar de crianças, na Inglaterra. (*N. da T.*)

Wendy então cortou para ambas uma pequena fatia de bolo de cereja, colocou uma delas cuidadosamente num prato e a passou para Roselle junto com um guardanapo de linho. Roselle aceitou a gentileza, tentando esconder o sorriso. Percebera que a pobre Wendy a considerava muito distinta. Se ela soubesse!

— Vai visitar mamãe agora que ela está mais perto de casa? — a garota perguntou.

Roselle balançou a cabeça.

— Não posso. Para ser franca, não suporto a idéia de vê-la num lugar como aquele.

Wendy aquiesceu com um meneio de cabeça, compreensiva, e seu rosto era tão dolorosamente bonito e ao mesmo tempo tão parecido com o da mãe que Roselle sentiu uma vontade arrebatadora de chorar.

A jovem havia adotado, com entusiasmo, a moda dos anos 1980, e Roselle a incentivava. Embora ajudasse financeiramente os outros filhos de Susan, os via pouco. Apenas vez por outra, quando levava um cheque nominal a Sue e aproveitava para verificar como, de fato, estavam sendo tratados.

Ainda que pudesse haver divagações, ninguém questionava abertamente a amizade estreita entre a dona de um clube noturno e uma assassina. Roselle sabia que seu carro, suas roupas e a voz modulada com esmero lhe davam todas as credenciais de que precisava. Também se mantinha em contato estreito com Doreen. Assim, faziam o que estava ao alcance de ambas.

Certa vez, Susan lhe pedira que ficasse com todos os seus filhos, mas Roselle recusara. Era do temperamento de Susan compreender a negativa da amiga. O pedido jamais se repetiu. Roselle sabia que Susan se contentaria com a certeza de Wendy ter a quem recorrer quando necessário.

Wendy era a maior preocupação de Susan, e Roselle estava a par dos motivos de tanto desassossego materno. No entanto, a garota parecia ter superado o trauma, um trauma que a maioria das pessoas atribuía à violência da mãe. Tinha sido uma conspiração silenciosa. Todos que sabiam o que realmente ocorrera haviam guardado silêncio e deixado a natureza e os tribunais tomarem seu curso.

— Estou realmente ansiosa para vê-la, Roselle. Sinto muita saudade dela. Às vezes, à noite, penso nas pequeninas coisas que ela costumava fazer para mim e para meus irmãos. As vezes em que ficou sem comer para que não passássemos fome. As vezes que cuidou de nós quando estávamos doentes. Que nos fez rir quando estávamos chateados. Lembro-me de uma vez, eram férias de verão, e ela estava magra, como sempre, então preparamos um piquenique no jardim dos fundos. Foi hilário. Todos os vizinhos pensaram que ela estava louca. Como se estivéssemos fingindo ser a família real ou algo assim. Comemos sanduíches com patê e bolos Mr. Kipling. Foi demais.

Wendy sorriu, os olhos marejados ao lembrar daquele dia. O calor, as moscas, as crianças jogando críquete na travessa.

— Então meu pai chegou em casa e estragou tudo, como sempre. — Ela sacudiu a cabeça, lembrando a cena. Naquele dia, ele lhe deu uma surra daquelas. Quando a confusão começou, do jeito de sempre, corremos todos para a casa de Doreen, mas podíamos ouvi-lo gritando e o barulho do corpo dela se chocando contra os móveis, a cada golpe.

Emudeceu novamente, absorta nos próprios pensamentos.

— Tomara que ela me ouça na sexta-feira. Se não ouvir, não sei o que faremos.

Roselle deu de ombros.

— Sua mãe tem as razões dela para tudo o que fez, e são boas razões. Nunca se esqueça disso.

Wendy sorriu, mas seu rosto estava tão triste por trás do sorriso que Roselle sentiu vontade de tomá-la nos braços.

— Nunca irei me esquecer. Nunca poderia esquecer o que mamãe fez por mim. Nunca. E um dia vou recompensá-la.

Roselle tomou um gole de café e meneou a cabeça.

— Certamente que sim, querida. Certamente.

No térreo, Susan enchia a caneca com água quente quando foi abordada por Rhianna. Esperava pelo momento desde que chegara à penitenciária e se admirara de o encontro ter demorado tanto a acontecer.

Três dias, na verdade, até que Rhianna lhe perguntasse "o que estava pegando".

E no instante preciso do embate, sentia-se enjoada de tanto nervosismo. Apesar de toda sua notoriedade, Susan não era durona, apenas fingia ser para evitar que lhe fizessem de lacaia.

Desde os primeiros dias na prisão, percebera que o destino trágico de Barry assustava as pessoas. Elas não queriam que o mesmo lhes acontecesse e, por isso, prestavam respeito a Susan. Conferiam-lhe o prestígio com que supunham ela desejasse ser tratada. No entanto, ela só ambicionava ficar num canto, cumprindo a pena em paz.

Esperançosa, chegou a comentar a respeito com uma detenta com quem tivera oportunidade de fazer confidências.

Rhianna tinha o cabelo cheio de trancinhas, centenas delas, tranças miúdas tecidas bem apertadas que a faziam parecer mais jovem e delicada do que realmente era. Ela também enchia uma caneca com água fervente e Susan a observou com cautela.

— E aí, o que tá pegando, Dalston? O que você quer?

Susan olhou-a direto nos olhos, torcendo para que as batidas aceleradas do coração e as mãos trêmulas não revelassem o quão atemorizada estava.

Ela encolheu os ombros, indiferente.

— Só quero esperar minha apelação em paz. Não quero nada que seja seu ou pelo que você já tenha batalhado. Não pretendo operar no mercado negro ou causar quaisquer dificuldades que sejam. Assim como também não vou deixar que me sacaneiem. Vou andar ombro a ombro com você e não vou me rebaixar nem me deixar usar por quem quer que seja. Resumindo, só quero cumprir minha sentença. Certo?

A outra, que estava preparada para uma briga, também relaxou. Os braços de Susan pareciam muito robustos, grandes e mais do que capazes de levar alguém a nocaute. Rhianna sentiu medo ao lembrar o motivo que conduzira Susan à cadeia.

— E então?

Susan suspirou pesadamente, sentindo e saboreando o temor de Rhianna, mesmo que odiasse experimentar aquela sensação.

— Por mim, tudo continua como sempre foi. Você e eu podemos ser parceiras ou podemos ser inimigas. O que não quero é ser sócia em nenhum dos seus negócios. Em outras palavras, me deixe sossegada e farei o mesmo com você. Simples assim.

Rhianna ainda não podia acreditar em tanta sorte.

— Você não quer um naco de nada?

Susan meneou a cabeça.

— Só um naco de paz, se é que é possível nessa pocilga.

Rhianna riu, amável.

— Você terá paz, não se preocupe com isso. E se eu puder ajudar, é só dizer. Se quiser alguma coisa que esteja a meu alcance, providencio para você, combinado?

Ela estendeu uma mão bem cuidada com unhas longas pintadas de púrpura e Susan a apertou.

— Muito justo, Rhianna. Estou mesmo precisando de cigarros.

Ela sorriu.

— Já conseguiu. De graça na primeira vez, uma espécie de presente de boas-vindas. Depois disso, o preço que cobro de todas.

Susan riu e ambas descontraíram.

— Passe na minha cela para um café, caso queira.

Susan ficou contente por lhe estenderem a mão da amizade.

— É uma cela comum com coisas comuns?

Rhianna riu.

— Matty já está incomodando você, hein? Preste atenção no meu conselho. Ela é muito mais astuta do que parece. Não se engane pela encenação de mulherzinha fofa, ela é um cérebro usando saltos altos. Sacou o que estou dizendo?

Susan sorriu.

— Já tinha chegado a essa conclusão por mim mesma, mas ainda assim ela me enlouquece.

— Quer relaxar um pouco? Posso deixá-la mais à vontade. Fazê-la esquecer-se das preocupações.

Susan balançou a cabeça.

— Ouça, Rhianna, o lesbianismo nunca me atraiu. Na verdade, não gosto muito nem de homem.

A mulher negra ria, exibindo dentes extraordinariamente brancos.

— Do lado de fora eu também não transo mulher, mas aqui dentro é bom. Um pouco de companhia, algumas risadas. Colar um pouco de velcro. Os dias ficam menos amargos.

— Bem, obrigada pela oferta, mas vou declinar, se não se importa.

Rhianna e Susan entreolharam-se abertamente pela primeira vez.

— Você tem uma péssima fama, sabe disso. Nunca ouvi nada simpático a seu respeito — comentou Rhianna.

Susan captou a surpresa na voz da outra mulher.

— Ora, para ser honesta, poderia dizer o mesmo de você. Acho que vou aceitar aquele café que me ofereceu.

As duas caminharam até a cela de Rhianna que, como a de Susan, era no quarto pavimento. Enquanto subiam os degraus de metal de patamar em patamar, a proximidade entre elas era notada e cuidadosamente monitorada por todas as outras. Houve decepção entre as detentas que haviam apostado na possibilidade de porrada. Ainda assim, todas ficaram contentes em ver que o primeiro e tão esperado confronto terminara bem.

No interior da cela, Susan serenou por completo. Enquanto Rhianna fazia o café, ela olhava as fotos de Robert Redford e da banda pop Spandau Ballet e suspirava. Era uma decoração mais condizente com o lugar, mais real. O cubículo era cheio de mercadorias de contrabando. A bagunça fazia com que Susan se lembrasse de como costumavam ser as celas que já ocupara. Deu-se conta de ter encontrado uma alma afim.

Um radinho tocava Rocker's Revenge e reggaes de melodia fácil. Do alto, os integrantes da banda anglo-jamaicana Steel Pulse olhavam para os beliches, e maquiagem e umidificadores baratos apareciam espalhados por toda parte. Era como o quarto de uma adolescente, cheirando a suor, tabaco e sabonete Lux.

O ambiente agradou a Susan. Após três dias de música clássica e pinturas de Monet, era como se tivesse voltado para casa.

Sentia-se ainda mais leve por ter visto seu maior medo se dissipar. Finalmente podia baixar a guarda e se abandonar ao cumprimento da pena que lhe fora imposta. Depois disso, voltaria para casa, com todas as dívidas zeradas.

Especialmente as que havia contraído consigo mesma.

Capítulo 22

June atendeu a porta da frente com um grande sorriso no rosto e uma bebida bem servida numa das mãos.

— Posso ajudá-lo, amor? — A voz era pastosa por causa do álcool e cheia de simpatia.

Colin sorriu, amável.

— Estou aqui em nome de sua filha Susan.

June ajeitou os seios amplos com a ajuda dos braços e sorriu novamente.

— Você é da imprensa?

Havia esperança no tom de voz da mulher e Colin se entristeceu por uma mãe ser capaz de explorar a própria filha com tanta desfaçatez.

— Na verdade, sou advogado dela. Preciso conversar com você. Eu poderia entrar?

Enquanto ele falava, ouviu um grito, uma voz masculina áspera vinda do interior da casa.

— Vai fechar essa maldita porta, June, ou não vai?

Colin aproveitou a chance para cruzar a soleira.

A casa era um verdadeiro choque cultural. O exterior era no mais puro conjunto habitacional: fachada suja, lixo por toda parte, cheiro de urina. Por dentro, a história era muito diferente. Paredes inteiramente brancas, mobília de couro branco da mesma cor e mesas de vidro. Tapete felpudo marrom-escuro e cortinas de veludo cor de chocolate completavam a decoração. Parecia que não tinham economizado em nada, mas o local estava necessitado de uma boa faxina ou, pelo menos, dos préstimos de um espanador de pó.

Joey estava plantado na sala, em frente a uma televisão de tela grande acoplada a videocassete. De imediato, Colin percebeu de onde saíra o dinheiro para mobiliar o lugar.

June viu a expressão no rosto do advogado e se sentiu envaidecida.

— Lindo, não é? Adoro ver a cara das pessoas assim que elas entram. Compramos toda a sala do mostruário. Simplesmente fomos à loja e arrematamos tudo, até os quadros da parede.

A voz dela era cheia de orgulho.

— Vi uma sala assim mesmo na *Bergerac* uma vez. E aí, o que aquela vaquinha aprontou dessa vez?

Ele percebeu o tom de exasperação na voz da mulher e imaginou como uma mãe podia ser tão insensível, tão fria com relação à própria filha. Aos poucos, reunia detalhes e compreendia como havia sido a criação de Susan, o que era tão assustador quanto fascinante.

— Não se lembra de mim, não é?

June sacudiu a cabeça.

— Estive aqui há algum tempo, para falar sobre as crianças.

June pareceu desanimada.

— Agora me lembro: o tonto desleixado e de tênis.

Colin sorriu ao ouvir tal descrição.

— Voltou por causa desse mesmo assunto? Para me perturbar novamente? Não quero nenhuma daquelas crianças. Ela devia ter pensado nos filhos quando estava exterminando o marido a marteladas.

— Suponho, Sra. McNamara, que era exatamente o que Susan tinha em mente, não concorda?

Joey despregou os olhos da televisão por tempo suficiente para berrar:

— Bote esse cara esquisito para fora daqui antes que eu lhe dê um soco de direita. Estou de saco cheio daquela vaca e de todos os problemas que causa à nossa família. A vergonha e a humilhação de ser parte de algo assim fere fundo, meu chapa. Fundo pra cacete.

Colin olhou para o homem corpulento enfiado num agasalho de ginástica de grife e cabelo com permanente malfeito.

— Sua filha era agredida com freqüência, Sr. McNamara, era usada de maneira brutal, e retaliou. Nem mais nem menos que isso. Calculo que ela tenha recebido muitos golpes de direita, não concorda?

No íntimo, Colin estava assustado. Sabia que Joey McNamara era um bandido tão violento quanto o genro. Também sabia que Joey tinha feito dinheiro vendendo histórias sobre as leviandades da filha. Ele a pintara como uma mulher sórdida decidida a vencer a qualquer custo. No que dizia respeito à grana, aquele casal não conhecia obstáculo moral, escrúpulos ou responsabilidade. Joey e June só enxergavam cifrões.

Joey ficou de pé. Colin viu quão grande era o dono da casa e sentiu um aperto no coração.

— Devo avisá-lo, Sr. McNamara, que estou no exercício legal da profissão e que serei obrigado a chamar a polícia caso levante a mão contra mim.

Joey olhou para a esposa e ela empurrou o rapaz para fora da sala.

— Não o provoque, ele tem um parafuso de menos, filho. Pagamos caro por tudo o que aconteceu a Susan, posso lhe garantir.

Colin captava a mentira na voz da mulher, lia a falsidade que trazia no olhar. Sabia que os McNamara temiam a lei da exata forma como pessoas iguais a eles costumavam temê-la. Não temiam a polícia, mas os advogados e promotores. Homens de terno os deixavam em pânico. Era uma questão de classe. Homens engravatados possuíam casas e pagavam impostos. Gente como os McNamara não conseguiam entender seres tão diferente, nem jamais tentariam.

Na porta da frente, Colin tentou novamente conversar com June.

— Ouça-me. Susan está correndo risco de perder os filhos. Não tanto os mais velhos, mas a bebê Rosie... os pais adotivos da menina vão tentar adotá-la. E podem conseguir.

June sorriu.

— Espero que consigam, rapaz, que dêem a ela a chance de uma vida decente. Mais chance do que aquela piranha homicida poderia oferecer.

Colin fitou-a nos olhos.

— É assim mesmo que pensa, não é? Não consegue enxergar que o amor materno, o *verdadeiro* amor materno, é provavelmente a coisa mais importante que uma criança pode ter na vida? Significa mais do que dinheiro, mais do que qualquer coisa. Vim até aqui para tentar apelar ao seu lado digno, ao seu lado maternal. Mas foi uma perda de tempo, não foi? A senhora ganhou tanto dinheiro nas costas de Susan e sequer comprou para os netos um pacotinho de balas. A senhora me dá nojo. Independente do que Susan fez ou deixou de fazer, Sra. McNamara, as crianças a adoram. O que eu suspeito não se aplica ao sentimento de suas filhas para com aquela que as pariu, não é?

June abriu a porta da frente e literalmente chutou-o para fora. Uma mulher que passava parou para observar a cena. June começou a gritar com a desconhecida.

— O que está olhando, porra? Quer uma foto para guardar de lembrança?

E bateu a porta na cara de Colin que, apesar de muito constrangido, sentiu-se contente por ter notado que suas últimas palavras haviam atingido o alvo. Ao caminhar até o carro, ouviu uma voz chamando-o.

— Ei, senhor! — Virou-se e viu Debbie vindo em sua direção.

— Acabei de ver minha mãe o expulsando de casa a pontapés. Está aqui por causa de Susan?

Ele meneou a cabeça.

— Sou a irmã dela, Deborah. Como ela está?

Ele suspirou.

— Não muito bem, para dizer a verdade. As fotos nos jornais não lhe fazem justiça, sabia?

Debbie sorriu.

— Nunca fico bem em fotos. Não saí bem nem mesmo nas fotos do meu casamento. Sou dessas pessoas que sempre parecem mais gordas do que são.

Ele sorriu e surpreendeu-se em simpatizar tanto com ela.

— Como estão as crianças?

— Não muito bem. Sentem uma falta terrível da mãe. — Debbie suspirou. — Justiça seja feita, é natural. Susan é uma mãe maravilhosa. E os quatro sempre foram bons filhos, sem exceção.

— Eles ainda *são* bons filhos. Por que não vai visitá-los, ver com seus próprios olhos como estão passando?

Ela sacudiu a cabeça.

— Meu marido Jamesie não concordaria. Ele quer que eu fique longe de tudo isso. Perguntei por perguntar. Você sabe como é, pura curiosidade.

Colin sabia que ela estava mentindo e conjeturou como uma família podia se desestruturar daquele jeito.

— Esse tal de Jamesie precisa saber de tudo o que você faz? Tenho certeza que as crianças ficariam felizes em vê-la. Ver alguém a quem conhecem. Principalmente os mais novinhos.

Era possível notar a confusão nos olhos de Debbie. Colin estava certo de que a tia adoraria rever os sobrinhos.

— Você sabe onde eles estão, não sabe? Não há nada que a impeça de dar um pulinho lá, caso esteja pelas redondezas, ou há?

Ele deixou a possibilidade em aberto, torcendo para que ela entendesse a insinuação.

— E o que você tem feito por Susan?

— Tenho tentado convencê-la a apelar contra a sentença. Ela solicitou apelação, mas agora parece que não quer mais colaborar.

Debbie tornou a sorrir.

— Ela só queria sair de Durham, rapaz, se bem conheço minha irmã. Usou a apelação para ficar mais perto dos filhos, passar mais alguns momentos com eles. Deve ser uma tortura para ela. Aquelas crianças são a vida de Sue.

Ele percebia uma pitada de inveja embutida na voz de Debbie.

— Você tem filhos?

Debbie deu de ombros, querendo demonstrar indiferença.

— Não, não tenho, mas meu marido, sim.

Colin apreendeu a dor na resposta da jovem e não soube o que responder.

— Veja bem, de algum modo, aquelas crianças estão órfãs. Tenho certeza de que, a essa altura dos acontecimentos, uma tia seria muito bem-vinda. Um rosto familiar, alguém com quem conviveram no passado. Pense nisso.

Ela não respondeu de maneira direta.

— Diga a Susan que mandei lembranças. Diga que vou tentar escrever ou algo assim, está bem?

Ele assentiu com um gesto de cabeça e a observou afastar-se sobre saltos altos que obviamente a estavam matando, a minissaia fora de moda exibindo pernas curtas e gorduchas e o cabelo louro descolorido penteado para trás. Colin pôs-se a divagar sobre aquela família dilacerada na qual todos pareciam estranhos ou mergulhados em desavenças. Rivalidades familiares eram comuns, especialmente em East End, conforme lhe haviam informado. No entanto, só hoje tivera oportunidade de presenciar uma cena de desarmonia explícita. Sentia-se deprimido. A despeito do que acontecesse entre os adultos, as crianças não deveriam ser consideradas prioridade?

Ao chegar onde havia deixado o carro, deixou escapar um impropério. Em algum momento dos últimos vinte minutos, tinham arrombado a janela do automóvel e levado o rádio.

— Merda!

O furto selara um dia que já estava ruim.

Susan encontrava-se em estado de graça. Era sexta-feira e ela veria os filhos, todos os quatro. Acordara às cinco, depois de uma noite em que mal dormira. Seria a segunda visita desde que chegara a Holloway e estava ansiosíssima para reencontrá-los

Matty riu ao vê-la arrumando o lençol no beliche. Era um gesto que Susan adotara recentemente, como se assim evitasse aborrecimentos e as constantes reclamações de Matty a respeito de espaços confinados e bagunça.

— Viu? A cama é para ser arrumada assim que levantamos. Pronto, assim nos livramos do problema.

Susan riu, seu bom humor contagiando Matty, a quem ainda considerava uma chata. Na maioria das vezes, a mania de arrumação da companheira de cela fazia Susan ter vontade de gritar. Porém, tinha que admitir que a vida era mais fácil quando o ambiente estava em ordem.

— Hoje vou receber a visita de minha advogada... para falar a verdade, você iria gostar de Geraldine. É muito competente e uma boa pessoa. Em se tratando de advogados, é uma combinação rara, posso lhe assegurar. Sei, por experiência própria, que a maior parte deles nos olha com desprezo. — Matty falou com vagar, de modo a pronunciar as palavras com a máxima clareza.

Susan concordou com um movimento de cabeça.

— Ora, você é especialista em advogados. Especialmente em assassiná-los. — Riu da própria piada para, em seguida, se desculpar. — Só estava brincando. Matty, você sabe que não tive intenção de ofendê-la.

Os olhos de Matty estavam cheios de lágrimas quando ela retrucou, tomada de tristeza:

— Ao contrário de você, Susan, me arrependo do que fiz. Mas não tive escolha.

Susan suspirou e colocou um braço carnudo em torno dos ombros delgados da companheira de cela.

— Sei disso, querida. Estamos no mesmo barco. Se existe alguém capaz de entender o que você fez, esse alguém sou eu.

Sentia-se mal por viver provocando Matty, embora quase sempre parecesse que a mulher pedia para ser tratada assim. Demonstrava um certo desembaraço para transitar na cadeia, é verdade, mas tudo o mais nela era fragorosamente classe média. Embora por ali houvesse muitas presas bem-falantes, em geral não passavam de trapaceiras ou ladras. Raras eram as condenadas por delitos mais sérios, punidos com prisão perpétua.

Era fato, porém, que Matty logo ganharia liberdade graças a uma apelação, pois alegara legítima defesa e colocara-se na posição de vítima e não mais de homicida. Matara, mas para se preservar.

O mesmo argumento que Colin desejava aplicar ao caso de sua cliente.

Susan, porém, não queria ninguém escarafunchando sua história. Tinha os filhos para proteger. Especialmente Wendy. Já fora ruim o suficiente que o pai a tivesse estuprado. Discutir o estupro em público estava fora de cogitação. A garota teria que viver com aquele estigma pelo resto da vida. Sua mãe preferia continuar atrás das grades a ter o assunto alardeado aos quatro ventos.

Na vida, algumas passagens deveriam ser mantidas em segredo.

— Poderia me ajudar hoje, Matty, me fazer um pouquinho apresentável para meus filhos?

— Claro, Susan. Sei que zomba de mim, mas não se sente melhor quando sabe que está com boa aparência?

Susan passou as mãos pelo cabelo desalinhado e riu.

— Só se me deixar tão deslumbrante quanto você costuma ser. Da última vez que o vi, meu filhinho disse que eu estava muito bonita. Disse que eu parecia uma rainha. Segundo a assistente social, ele provavelmente se referiu à rainha de verdade, num clima meio Stoke on Trent, se é que me entende.

Matty riu.

— Você é incorrigível.

— É você quem está dizendo. Para mim, soou como um elogio.

— Vá tomar um banho para que eu possa produzi-la. Não sei bem por que vou fazer isso. Assim que a visita acabar você vai destruir toda a minha obra.

Susan bateu as pestanas.

— É só por isso que aquela guarda sapata continua falando comigo, não há outra razão.

E saiu da cela, bem disposta e distribuindo "bom-dia" e "olá" a todas no caminho até as duchas. Nada e ninguém poderiam fazê-la descer das nuvens, sobre as quais flutuava. Os filhos estavam chegando e Susan Dalston era a mulher mais feliz da Inglaterra.

O pequeno Barry correu direto para os braços de Susan. Trouxera um desenho que havia feito da mãe, vestida de macacão, o uniforme das presas, e com um rosto grande e risonho. As três filhas a rodeavam e o sol era uma grande bola amarela no céu. Como em outros desenhos do menino, o pai voava rumo aos céus e, pelo menos dessa vez, a cena não feriu Susan. Seu único filho homem tinha 9 anos e obviamente estava tentando digerir os fatos da maneira que lhe era possível.

Já fazia um ano que estava na casa de custódia. Outros 12 meses haviam sido passados em Durham. Tempo demais para uma mãe. Tempo mais longo ainda para seus filhos. Mas crianças são criaturas resistentes e Barry havia se adaptado melhor do que as irmãs.

Rosie estava sentada no colo da assistente social e observava a mãe com certa desconfiança. O ambiente controlado tornava difícil para qualquer um deles agir com naturalidade. Wendy pegou a caçula nos braços, instalou-se ao lado de Susan e tagarelou um pouco com a irmãzinha para colocá-la à vontade.

Susan olhou para o perfil de Wendy, tão parecido com o do pai e, ao mesmo tempo, tão parecido com o dela própria. Pôs-se a imaginar como o casal pudera gerar quatro crianças tão belas. Embora Barry tivesse sido bonito por fora, por dentro era podre até os ossos. Rezava para que nenhum de seus filhos tivesse herdado as perversões e vícios paternos.

— Vovó Kate mandou um beijo. A viagem é muito dura para ela, mamãe.

Susan respondeu com um meneio de cabeça e riu quando Alana passou a correr atrás do pequeno Barry. A brincadeira ajudava a quebrar o gelo.

— Ela está melhor?

Wendy balançou a cabeça. O gesto fez a densa cabeleira castanho-avermelhada se agitar e cair sobre o rosto.

— O coração dela não está bom, mamãe. Mal consegue se movimentar, que Deus a proteja.

Após a morte de Barry, Kate sofrera um ataque cardíaco. Susan se sentia responsável pela doença da sogra que, apesar de tudo, não lhe guardava ressentimentos e ainda pensara em ficar com os netos em caráter provisório.

Ela fora a única pessoa a, abertamente, tomar o partido de Susan.

Susan, por sua vez, se preocupava com Kate, assim como se preocupava com Ivy.

A despeito de todas os seus defeitos, Ivy procurara defender a neta, mas June e Joey tinham tornado impossível qualquer contato. Era como se Ivy, ao tomar a defesa de Susan, os fizesse parecer maus aos olhos do mundo. Fizesse parecer que estavam agindo mal.

Apesar da repugnância que as pessoas experimentavam por June e Joey, a maioria preferia não enfrentá-los. Conseqüentemente, Ivy nunca tinha oportunidade de se manifestar sobre Susan, o que lhe era muito penoso, e dependia de Doreen, que se prestava a levar e trazer informações e recados.

Ao afirmar que Wendy não estivera em casa na noite do crime, Doreen havia mentido para a polícia. Ela repetira a história que todos haviam reiterado para que os tiras não viessem a saber o que, de fato, acontecera à garota. Susan seria eternamente grata a Doreen e a Kate pelas mentiras que contaram para proteger Wendy.

Até as crianças mais novas haviam jurado, e passado a acreditar, que Wendy não estivera em casa.

Doreen escrevia todas as semanas e procurava manter Susan em alto astral, apesar de nunca visitá-la. Preferia agir fora dos muros da prisão, dando atenção a Kate, certificando-se de que estava bem, de que recebia os cuidados necessários. A velha Dalston estivera doente demais mesmo para ir ao tribunal, mas nora e sogra se correspondiam, o que muito confortava Susan. Não raro, flagrava-se tentando adivinhar o quanto a sogra havia descoberto por conta própria sobre a noite em questão, mas isso era algo sobre o qual jamais haviam conversado. Susan tinha a sensação de que nunca chegariam a abordar o assunto.

Afagou a perninha gorda de Rosie e a criança a fitou e sorriu, fazendo o coração de Susan elevar-se.

— Roselle também mandou recomendações e disse que lhe escreveu uma carta. Aquele tal de Colin parece legal, mamãe. Gostaria que ouvisse o que ele tem a dizer. Faça tudo para sair logo daqui.

Susan abanou uma das mãos, num gesto de recusa.

— Já enfrentamos tudo isso, meu amor, e não há mais nada que eu possa fazer. Acabou, entendido? Deixe como está. Estou bem e é melhor esquecermos o que aconteceu naquela noite. Está prestando atenção nas minhas palavras?

Wendy sacudiu a cabeça, cheia de tristeza.

— Sinto-me culpada por você estar aqui, mamãe. As crianças precisam de você...

Susan a cortou.

— As crianças estão bem. Não vão me manter aqui para sempre. Agora acabe com tanta preocupação. Sou eu quem deveria estar preocupada, não é? E, mesmo assim, não estou cheia de energia?

Wendy não respondeu. Em vez disso, colocou Rosie no chão, levantou-se e olhou em volta da sala. Susan a observava. Susan se inquietava mais por causa de Wendy do que pelos outros filhos. Wendy parecia muito magra, apesar dos seios bem desenvolvidos. De vez em quanto, também parecia atormentada.

O rosto da jovem punha-se lívido e Susan sabia que devia estar pensando no que acontecera, rememorando cada um dos pormenores. Não importava quantas vezes tivesse dito à filha que nada tinha importância, que o mal se acabara. Sabia que Wendy jamais acreditaria.

Não até que tudo realmente estivesse encerrado e Susan voltasse para casa, para o convívio da família.

Então Rosie ergueu os braços para Susan. As faces rosadas tinham um sorriso como o do Gato Risonho de *Alice no País das Maravilhas*. Pegando-a e segurando-a firme contra o peito, Susan se convenceu mais uma vez de que tudo iria ficar bem. Ao ouvir Alana e o pequeno Barry relatarem como era a casa em que viviam em Essex, sentiu afrouxar um pouco o aperto que trazia no coração.

Eram bons meninos, suportariam o tranco.

Tinha que acreditar nisso.

Mas o semblante de Wendy ainda a perseguia mesmo depois de ter beijado todos e se despedido de cada um deles. Nem o fato de Rosie ter chorado ao partir, o que provava que havia se divertido, conseguiu apaziguar, na alma de Susan, a sensação de estar sacrificando três de seus filhos em prol de um só.

Mas que alternativa lhe restava?

— Aqui não há nada pior do que as noites, concorda, Sue?

Susan estava deitada no beliche, em meio à penumbra, e suspirou sua concordância.

— Não vai durar para sempre, é o que costumo repetir para mim mesma. É o que deve repetir para você também, Matty. Se não for assim, vamos todas enlouquecer. Veja o caso de Agnes. Tem 12 anos de cana pela frente, o que é uma pena e tanto para os padrões de qualquer um. Vai acabar em Durham, como eu, o que vai ser um choque e tanto para ela, pode apostar.

A companheira de cela permaneceu calada, o que era incomum.

— Vamos lá, Matty. Desabafe, garota. Que bicho mordeu você?

— É que odeio esse lugar, noite após noite. Que desperdício de vida! Quando você olha em volta, para Caroline, para as assassinas e molestadoras de crianças, e pensa em você mesma, fica zangada, não fica? Nós duas erramos, mas estávamos num beco sem saída.

"Meu marido *adorava* me machucar. Ria quando me batia ou me humilhava. Ele me levou ao limite do que um ser humano é capaz de suportar. Apesar de ter conseguido me fazer ouvir a respeito de alguns aspectos do crime, ainda acho que minha sentença foi longa demais.

Susan sentou-se e estendeu a mão para a latinha de tabaco.

— Você pegou quatro anos, garota, o que não é tão mau para homicídio, culposo ou não.

Matty desceu da cama de cima do beliche e sentou-se no chão, ao lado de Susan.

— É muito tempo por tê-lo matado. Ele não valia quatro anos. E teve o que merecia.

A voz de Matty era implacável.

— Santo Deus, eu o odiava!

Susan enrolou um cigarro e o acendeu imediatamente.

— É tudo muito curioso, veja só. Nunca odiei Barry. Pelo menos não o tempo todo. Eu o odiava às vezes, se é que pode me entender.

Matty abriu uma caixa pequena que estava escondida sob o beliche inferior.

— Que tal uma bebida, Sue? — Ergueu uma garrafa fechada de vodca. — Também tenho um pouco de limonada. Sempre me espanta que todos se mostrem tão chocados por conseguirmos bebida aqui dentro. Afinal, só existe um modo de a bebida entrar, e é por intermédio das guardas. Temos sorte por elas serem tão prestativas. Algumas delas, quero dizer.

Susan estava alvoroçada.

— Vou aceitar um pouco, colega. Obrigada.

As duas tomaram uma dose caprichada de vodca na caneca, com um toque de limonada. Susan bebeu um trago da sua e estalou os lábios, apreciando o sabor.

— Exatamente o que o médico receitou, eu diria.

Matty riu.

— Você é doida, sabia disso?

— Muita gente, principalmente meu finado e saudoso marido, já disse isso várias vezes. — E levantou a caneca, rindo. — Aos maridos mortos... à única circunstância em que nos dão um pouco de paz.

Até mesmo Matty riu da piada.

— Sabe do que eu gostaria agora? Gostaria que você e eu estivéssemos na minha casa, com meus filhos e meus discos. Então tomaríamos umas doses, riríamos um pouco e, depois, você voltaria para o seu apartamento. De manhã, todos as minhas crianças estariam esperando que eu lhes preparasse o café. Então eu os levaria à escola, bateria um papo divertido com a vizinhança, retornaria ao meu ninho e ponto final. É tudo o que quero da vida. Não quero ganhar na loteria nem casar com um astro de cinema. Só isso me basta.

Matty notou a emoção na voz de Susan, deu-se conta da solidão daquela mulher, e se compadeceu.

— Um dia isso se tornará realidade.

— Mas então meus filhos estarão mais velhos e não vão precisar tanto de mim, ou vão? Já serão mais ou menos auto-suficientes. Mesmo Rosie, pois estará numa instituição onde, desde cedo, vai aprender a se virar sozinha. Basta ouvir a história de algumas das mulheres daqui. A maioria delas viveu por um período em asilos para crianças.

Matty voltou a encher as canecas e elas beberam em silêncio por alguns instantes, ambas absortas em seus próprios pensamentos.

— O que exatamente está acontecendo com sua apelação, Sue? Ao contrário das outras presas, você nunca fala sobre o assunto.

Ela enrolou mais um cigarro e deu uma tragada.

— Na verdade, não há o que falar. Não vou conseguir, mas pelo menos por algum tempo vou estar mais perto dos meus filhos.

— Se você era agredida pelo marido, pode usar isso como argumento a seu favor. Estamos em 1985, Sue. Não na Idade das Trevas. As mulheres agora têm como se proteger da violência.

— Mesmo? — A voz de Susan era sarcástica. — Muita ajuda você e eu conseguimos. Muita proteção, hein? Os tiras me ajudaram tantas vezes quanto fui convidada para a festa de Natal deles. Eles nunca fizeram nada. Ah, sim, eles o levavam por uma noite, como se estivessem me fazendo um favor. E o liberavam no dia seguinte, bom e sóbrio, mas aí Barry não precisava beber para se comportar como um patife. Ele não precisava de nada a não ser de sua mente doentia. E afinal, se tudo está tão diferente, por que estamos aqui, você e eu? Um homem foi absolvido semana passada da acusação de ter matado a esposa jararaca, certo? O juiz considerou que as queixas da mulher devem ter enlouquecido o sujeito. Onde está a diferença? Recebeu uma repreensão e foi posto em liberdade. Quanto a nós, fomos tratadas a pontapés e ainda temos que pagar pelas vidas que ceifamos. Não interessa o quanto nossa existência fosse vil. Barry não valia nada, mas para o juiz isso não tinha a menor importância.

Matty continuou muda por alguns momentos.

— No entanto, você não quer se ajudar. Seja franca. Seu depoimento não deixou nada a dever à confissão de um serial killer. "Eu faria de novo." Não é o que a corte quer ouvir. As leis desse país são feitas por homens, para homens. Você tem jogar conforme as regras do sistema, bancar a mulherzinha frágil. Mostrar-se carente de proteção. Você agiu como se fosse uma espécie de Ma Baker,* disposta a uma boa luta.

Susan podia notar a irritação na voz de Matty e disse seriamente:

— Ou seja, agir como você agiu?

Matty, agora já meio embriagada, riu.

— Bingo. Acertou na mosca. Eis por que apelei imediatamente da minha sentença. Minha advogada, Geraldine, tem todos os grupos feministas apoiando-a... todos. Em breve, vou sair daqui e serei uma heroína da causa feminista. — Ela enfiou um dedo no rosto de Susan. — Estou escrevendo um livro a respeito e vou ganhar muito dinheiro. Sou uma mulher de classe média. Bonita. Instruída. Os tribunais detestam condenar pessoas instruídas. Porque, na verdade, tudo é uma questão de classe social. No mundinho em que eu transitava, porém, cometi um pecado capital. Não matei um homem, matei um advogado. Alguém que era parte do sistema, não importa que tipo de vida levava. Mas vou lutar contra eles todos e vou sair vencedora.

Susan estava impressionada com a sagacidade de Matty, embora insegura quanto à atitude da companheira de cela.

— Você está bêbada.

Matty tornou a rir, um riso alto e rouco que reverberou por toda a ala e fez uma carcereira bater na porta.

— Falem baixo, vocês duas.

Susan agora também estava às gargalhadas. Ela e Matty riam como se fossem duas meninas de escola. Matty serviu a ambas de mais uma dose caprichada de vodca.

— Eu o matei, tudo bem. E o mais engraçado, veja você, é que ele foi pego totalmente de surpresa. — E tornou a rir. — Você devia ter visto a cara dele! Era de espanto absoluto. Ele não contava com nada daquilo, de jeito nenhum.

---

*Lendária criminosa norte-americana, Kate "Ma" Barker (1871-1935), que teria chefiado uma gangue mafiosa da qual faziam parte todos os seus filhos. (*N. da T.*)

— Pensando bem, não era para contar mesmo. Fala sério, ninguém espera ser esfaqueado no coração, espera? Quero dizer, não é coisa que se faça numa sociedade civilizada.

Ambas retomaram as risadas. Dessa vez, a pancada na porta da cela foi mais alta, desferida pela carcereira do turno da noite, que avisou, com um guincho:

— Já disse para falarem baixo.

— Aposto que as lésbicas costumam ser interrompidas por gritos como esses, não acha, garota?

Matty teve que colocar a ponta do cobertor de Susan na boca para evitar que as gargalhadas irrompessem novamente.

— Sirva-nos mais bebida. Vamos encher a cara. — Susan já estava falando com dificuldade, mas queria desfrutar da experiência de tomar um porre atrás das grades.

— Não beba tanto a ponto de ficar piegas, como acontece com Rhianna.

Susan sacudiu a cabeça.

— Não se preocupe, não vou me desmanchar em sentimentalismos.

Matty aproximou o rosto de Susan para explicar o que estava sentindo.

— Experimentei, sabe? Essa coisa de lésbica. Quando estava à espera do julgamento. Mas não é para mim. Gosto de homens. Na verdade, o que quero dizer é, se é para fazer sexo, prefiro que seja com homens.

Susan deu um meio sorriso.

— Não dou a mínima para sexo, estou me lixando para sexo. Barry nunca me fez sentir nada durante todos aqueles anos. Nem mesmo no início, quando eu ainda o amava, ele jamais despertou meu desejo. Já aquele cara de *Mad Max*, o australiano... Como é o nome dele?

— Mel Gibson.

— É isso, Mel Gibson. Com ele, eu deitaria e rolaria. E me refiro a uma sessão completa, com direito a barba, cabelo e bigode. Daria tudo o que ele quisesse. — Baixou os olhos para se analisar e sorriu, irônica. — Imagine, aqui não há o que alguém possa querer, não é?

— Nunca, em momento nenhum, gostou de sexo? Nem sozinha?

Susan ficou chocada com a idéia e expressou seu pasmo com todas as letras.

— Alto lá, garota! Estou disposta a conversar abertamente, mas acho que você está indo longe demais.

Bastou a reação de Susan para que Matty se sentisse realizada. Adorava chocar as outras pessoas e sabia que falar de masturbação alarmaria Susan Dalston.

— Quer dizer que nunca se tocou? Nunca bateu siririca? — Ela então franziu o cenho. — E qual é mesmo a outra expressão que as garotas daqui usam?

Susan ficou de pé, apoiando-se no beliche.

— Não sei, mas de uma coisa eu tenho certeza, e é que você está bêbada. Bêbada e nojenta.

Matty riu mais uma vez.

— Você me mata! Como todas as daqui, adora palavrões e fala grosso, mas quando se trata de algo tão normal quanto masturbação, se envergonha e se recolhe. Uma das coisas mais naturais do mundo. O melhor calmante natural que existe. No entanto, todas vocês, que falam livremente sobre menstruação e trepadas, acham sexo solitário constrangedor.

Susan podia ouvir a ironia na voz da mulher e preferiu se calar. Sabia como as pessoas se comportavam depois de beber. Devia agir conforme sempre agira, tendo crescido em meio a situações parecidas.

— Tudo bem, Matty, acalme-se. Não precisa perder a cabeça. Não falo sobre isso, nem sobre menstruação, nunca falei. Fui educada assim, acho.

Tentou fazer um gracejo para aliviar o ambiente. Matty não se deixou convencer.

— Gente como você não é educada ou criada, é arrastada. Arrastada para ser exatamente como seus pais e como foram os pais deles. É assim que é. Chama-se herança social.

Susan tomou mais um gole de vodca e suspirou.

— Não importa o nome, é uma titica.

Matty balançou a cabeça, concordando.

— É uma titica, não vê, Sue? Eis por que é tão terrivelmente engraçado.

Susan riu com a companheira de cela, embora não tivesse achado a menor graça. Na verdade, não tinha idéia de qual seria a piada. Mas não perguntou detalhes. Acreditava que todos tinham direito a soltar os bichos, de vez em quando e, obviamente, Matty tinha uma fauna maior do que o restante dos mortais.

Susan sempre achava graça quando as garotas presas por furtos em lojas, estelionato, ou uso fraudulento de cheques e cartões lamentavam suas sentenças. Condenadas a seis meses e se comportavam como se estivessem no corredor da morte. Esqueciam-se dela e de outras tantas que tinham penas de verdade para cumprir. Em cadeias de verdade.

A maioria seria beneficiada por regime aberto, conseguiria um empreguinho qualquer e passaria os meses de condenação fumando e bebendo. Ao passo que ela, mais uma vez, seria transferida para uma unidade de segurança e teria que tornar a se aclimatar.

— Vamos lá, garota, dê uma risada, vai lhe fazer bem.

Matty estava rindo a valer.

— Você e seus sermões... Você não tem mesmo idéia, Susan, ou tem? *Não tem a menor noção.*

Irrompeu novamente em gargalhadas, mas agora já não demonstrava bom humor. Eram risadas tensas, forçadas, que soavam vazias e tristes.

Susan tornou a encher as canecas e, por alguns instantes, ambas beberam em silêncio.

Sabia que Matty estava longe, perdida nos próprios pensamentos, provavelmente em territórios pertencentes ao passado que, de tanto serem revolvidos e esquadrinhados, estariam desertos, se pertencessem ao mundo real. Para Susan, o território era sempre o mesmo. Supunha que para Matty também.

Quantos "se" e senões. Se tudo tivesse sido diferente, se tivesse acontecido em outro tempo, numa série interminável de hipóteses.

Era uma viagem que Susan já empreendera muitas vezes. E aprendera que não servia para nada, absolutamente nada.

Barry continuaria morto, os filhos ainda estariam privados da mãe e nada seria mudado, não importa o quanto ela desejasse que tivesse sido diferente.

— Quando eu o matei, Susan, sabia que mais cedo ou mais tarde acabaria assim. Sempre soube, há eras, o que iria fazer.

Matty fitou o rosto de Susan. À meia luz, ela parecia grotesca.

— Mas *ele* não sabia. Victor não sabia. E como poderia? Não seria eu a *contar*, certo? Estragaria a surpresa.

Ela estava rindo, de novo. Agora baixinho, como uma criança flagrada com uma caixa de fósforos na mão.

— Fiz e pronto. Disse a mim mesma que faria e fiz. Chama-se pensamento positivo. Lembro-me de ter lido sobre isso na *Cosmopolitan*. Posamento pensitivo.

Susan riu com Matty, que tentava desesperadamente falar corretamente as duas palavras.

— Estou trêbada, como diria você.

Susan pegou a caneca das mãos dela e a ajudou a subir na cama de cima do beliche. Então a cobriu com um cobertor.

— Tire um cochilo, colega. Vou arrumar tudo. Tente dormir um pouco.

Arrumou a cela, sem deixar vestígio para as guardas do turno da manhã. Ao abrir a caixa sob o beliche, viu uma meia garrafa de uísque e uma trouxinha de maconha. Colocou a vodca de volta no lugar e empurrou a caixa até que ficasse escondida.

Então, reunindo o conteúdo das duas canecas numa só, tomou tudo. Gostava da sensação provocada pelo álcool. O calor que ardia nas entranhas.

— Essa é das boas, garota, sem dúvida que é.

Matty virou a cabeça e baixou os olhos para Susan.

— Gosto de você, Sue, é uma pessoa bacana.

Susan segurou a mão dela e a apertou com firmeza.

— Você também não é má, garota. Agora, durma com os anjinhos. De manhã, vai estar se sentindo um cocô de cachorro.

Matty riu novamente, um som meio juvenil.

— Seus filhos são lindos, Susan. Muito bonitos. Até as carcereiras admiram essas fotos. Já as vi olhando para elas.

Tentou menear a cabeça para reforçar as palavras e Susan sorriu para si mesma.

— Abortei dois bebês de Victor. Fiz isso, Susan. Não é terrível?

Susan ficou em pé, ao lado do beliche, e segurou novamente uma das mãos de Matty, levando-a ao peito como se fosse um de seus filhinhos que estivesse triste e inquieto por conta de uma banalidade.

— Barry me deu tantos pontapés que fez com que eu sofresse vários abortos. Sei como se sente, querida. De verdade.

Matty estava tentando enxergar melhor na escuridão.

— Não foi por causa de Victor, Susan, ele os queria. Foi por minha causa. Não queria filhos. Não dele, pelo menos. Não sou do tipo maternal, acho. Ele chorava depois de cada aborto. Só contava a ele depois do fato consumado, da cirurgia feita. Aí já era tarde demais, ele não podia fazer nada, podia? Mas Victor nunca foi muito bom em tomar providências. Esse era o problema, ele me deixava irritada. Um homem instruído, inteligente e ainda assim um pamonha no trato com as mulheres.

Susan não sabia o que dizer. Então continuou segurando a mão de Matty, na tentativa de confortá-la.

— Não se martirize, colega. Todos nós carregamos arrependimentos.

Agora a voz de Matty era grave.

— Ah, mas não me arrependo. Nem um pouco, Sue. Arrepender-me do quê? Livrei o mundo de um ser desprezível chamado Victor Enderby.

— Você quer dizer um ser desprezível e violento chamado Victor Enderby?

Matty balançou a cabeça.

— Ele não era violento, Sue. Dá um tempo! Ele era o homem mais tranqüilo e bondoso do mundo. Esse era Victor. E essa foi sua ruína. Pensei que pudesse fazê-lo mudar, mas não consegui, veja só. Ele acabou me enlouquecendo. Quase me matou de tédio e me levou a odiá-lo. Precisava me livrar dele. Entende o que digo, não entende?

Susan não respondeu. Apenas puxou a coberta para cima e a ajeitou em volta do pescoço de Matty, aconchegando-a.

— Durma. Vai amanhecer com a cabeça inchada.

Matty apagou, foi para algum lugar longínquo e, dessa vez, Susan não a invejou. Na verdade, chegara à conclusão de que não gostaria de ser Matty Enderby nem por todo o dinheiro do mundo. Também começou a pensar no que poderia dizer à companheira de cela no dia seguinte.

Só lhe restava torcer para que Matty jamais se referisse àquela conversa, que a tivesse esquecido por completo. De sua parte, Susan iria varrer da cabeça tudo o que ouvira. As pessoas devem ter cuidado em manter na memória apenas as informações que lhes dizem respeito. Há muito tempo que Susan convencera-se disso. A atitude de Matty só reiterou quão perigosos podem ser papos banais se um dos interlocutores tem segredos a esconder.

E Matty certamente tinha o que esconder.

Wendy acordou com o canto dos pássaros, como sempre. Estava no Abrigo para Crianças Charlton, em Great Watering, Essex. Olhou à volta. O quarto era franciscano. Paredes brancas e móveis de fórmica branca.

Sentando-se, abriu a janela junto à cama e acendeu um Benson and Hedges. Deu um trago profundo, sorveu o tabaco até os pulmões. A mãe ficaria uma fera se soubesse que a primogênita fumava. Mas a mãe não estava ali, estava?

Wendy coçou a perna preguiçosamente e suspirou.

Se o Sr. Potter tivesse feito plantão noturno, enfiaria a cabeça pela porta a qualquer momento, entraria no cômodo e tentaria boliná-la. Não hoje, pois estava pronta para recebê-lo. Tinha uma faca pequenina escondida sob o travesseiro.

Não pretendia feri-lo. Apenas o ameaçaria.

Ao ouvir a maçaneta girar, jogou o cigarro pela janela e cravou os olhos na porta, o coração batendo como um tambor. Desejando que a porta se mantivesse fechada.

Mas o Sr. Alfred Potter já estava a caminho.

Era velho, pelo menos no entendimento de Wendy. Estava na casa dos 40, tinha cabelo louro ralo e dentes estragados, o que parecia não incomodá-lo em nada, pois sorria o tempo todo.

Especialmente para as garotas. Para as garotas mais crescidas.

— Levantamos cedo e bem dispostos hoje, não levantamos?

Wendy não respondeu. Ele avançava com passos lentos em direção à cama.

— Estivemos fumando, não estivemos? — Ele continuava sorrindo.

Quando uma das mãos do homem se aproximou para tocar o cabelo de Wendy, como de hábito, ela ainda assim permaneceu calada. Porém, quando a mesma mão vagou rumo aos seus seios, a menina tirou a pequena lâmina de sob o travesseiro, pulou da cama e a segurou em frente ao corpo.

— Isso mesmo, Sr. Potter, chegue mais!

Ela sibilou as palavras e ficou satisfeita em vê-lo empalidecer.

— Nunca mais volte a me tocar ou eu cortarei sua garganta! Sou mais parecida com a minha mãe do que as pessoas imaginam. Sou tão má quanto ela, está ouvindo o que estou dizendo? Não vou aturar desaforo de ninguém, certo?

Potter estava em pânico, realmente aterrorizado. A expressão de seu rosto não deixava dúvida. Sem uma palavra, saiu do quarto e Wendy sentiu-se descontrair.

Esforçou-se para relaxar!

Vencera! Não conseguia acreditar que ele recuara tão rápido. Porém, ele saíra e a deixara sozinha sem emitir um único som.

Deu de ombros, cheia de alegria. Tentara proteger-se por conta própria e vencera, como já esperava que acontecesse. Não voltaria a acordar no meio da madrugada para, ainda deitada na cama, se consumir em divagações sobre a hora em que ele viria, com suas mãos bobas e seu mau hálito.

Ela havia assumido o controle e o enfrentara. Ganhara a batalha e, portanto, a guerra.

Acendeu outro cigarro para comemorar.

Então a porta foi aberta com estrondo. Na soleira, estavam a Sra. Reading, o Sr. Potter e dois outros funcionários do abrigo.

— Ela tem uma faca. E a usou para me ameaçar.

Potter, assistente social respeitado e orientador de adolescentes, sabia exatamente o que estava fazendo. A faca estava onde ele dissera que estaria e ninguém deu atenção à explicação da garota aterrorizada, como ele sabia que não dariam mesmo. Limitou-se a sorrir melancólico para Wendy quando a polícia foi chamada. Sorriu ainda mais diante do choque e do horror demonstrado pela garota.

Wendy percebeu que não havia ganhado nada. E as próximas palavras da Sra. Reading a acompanhariam pela vida toda.

— Está no sangue, Potter. Já vi vários casos assim. Está no sangue.

Capítulo 23

Roselle não conseguia acreditar no que estava ouvindo sobre Wendy. Era contra tudo o que conhecia a respeito da filha mais velha dos Dalston. De imediato concluiu que a história estava mal contada. A garota não apontaria uma faca para um assistente social a troco de nada.

Conteve um sorriso. Se tivessem visto as armas que já havia tomado das jovens que trabalhavam no clube... Certa vez chegara a confiscar um revólver pequeno das mãos de uma moça originária de Birmingham, cujo nome era Angelina. Tinha a aparência de um anjo e falava como um estivador. E intenção de fazer uso do instrumento.

Não passava de uma putinha cabeça-dura que sabia da vida mais que qualquer cientista poderia supor. Sob determinados aspectos, Wendy também era assim. Roselle conjeturava como a pobre Sue reagiria à notícia. Por trás das grades, não havia o que pudesse fazer para ajudar

Ao pensar na amiga, Roselle sentiu um enjôo no estômago, que já lhe era familiar. Susan estava presa sem motivo. Barry é quem deveria ter sido afastado dos filhos, pois não teria ligado a mínima em ficar longe deles.

Ivan entrou no apartamento e Roselle sorriu ao vê-lo atravessando o saguão.

— Levantou cedo, Roselle. Passei somente a fim de trazer algumas coisas para Joe. Ele vem para casa hoje, não é?

Ela sorriu.

— Sim, vem. E você pode entrar e sair daqui sempre que quiser.

Em outros tempos, ele encontraria a porta trancada, sinal claro de que Roselle tinha companhia. Porém, muitos meses haviam transcorrido desde a última vez em que isso havia acontecido, o que o preocupava.

— Você é uma mulher jovem, merece um pouco de diversão. Não deixe que os filhos de Barry ocupem toda sua vida. Ele não valia nada. Por Deus, quisera jamais ter posto meus olhos naquele homem. Sabia que ele traria problema, mas não tantos quantos finalmente ele trouxe, posso lhe garantir.

— Vou pegar café para você. Uma xícara também me fará bem.

Ao observá-la caminhando para a cozinha, o traseiro empinado e rebolando a cada passo, Ivan desejou ainda ser capaz de ter ereções. Porém, sabia que sexo era algo que ficara no passado e que precisava aceitar o fato. Nos últimos tempos, não conseguia levantar mais que um sorriso, e isso o feria. Agora que fizera dinheiro e esperava pela morte, extraía prazer de comer, beber e de um pouco de vida social.

Durante certo tempo, Roselle lhe devolvera a juventude. Também lhe dera um filho, um garotão bacana, por dentro e por fora. Bonito e inteligente. Preocupava-se com Roselle. Ela havia assumido Wendy como se fosse parte da família o que, evidentemente, não correspondia à realidade e nem jamais iria corresponder.

Ivan sorriu ao vê-la de volta, trazendo o café. Ela, por sua vez, constatou que aquele homem idoso trazia os olhos úmidos, e se entristeceu. Ultimamente Ivan estava mais envelhecido. Roselle imaginou que diabos faria quando ele não estivesse mais por perto.

Quando ela se inclinou à frente, Ivan viu um pedacinho de pele sedosa e um mamilo marrom escuro. E encolheu os ombros, num gesto de indiferença.

— Hoje em dia, Roselle, tudo o que posso fazer é olhar. Que situação terrível para um homem!

Ela afagou o rosto dele, com ternura.

— Apenas se o homem nunca desfrutou de nada na vida. Você tem suas lembranças, tem a mim e a Joseph. O que mais você poderia querer?

— Visto assim, querida, parece quase interessante. Agora, qual é a última da garota?

Parte do charme de Ivan era o modo como sempre conseguia ir direto na mosca. Sabia que ela estava aflita e que só poderia ser por uma única razão.

— Ao que parece, Wendy ameaçou um dos assistentes sociais com uma faca. Encontraram a arma onde ele disse que estaria e chamaram a polícia. Ela, porém, deve ter tido um motivo. *Deve* ter tido. Conheço a garota e ela não é assim, Ivan. Se tinha uma faca, era para se proteger de alguém ou de alguma coisa.

Ele assentiu com um gesto de cabeça.

— Talvez alguém a estivesse importunando. Não seria a primeira vez a acontecer num ambiente como aquele. Pode visitá-la?

Roselle respondeu que sim apenas com um movimento.

— A polícia foi chamada, mas o homem, Alfred Potter, se negou a apresentar queixa contra Wendy, o que considerei uma atitude positiva da parte dele. Assistentes sociais costumam ter o coração mole, não é mesmo? A gente lê sobre essas crianças o tempo todo nos jornais, mas só quando conhece uma pessoalmente é que muda de opinião.

Ivan deu um sorriso forçado.

— Esses lugares nos fornecem nossas melhores garotas, não se esqueça. É lá que elas recebem boa educação. Não exatamente a educação que as pessoas pensam que elas estão recebendo!

Roselle não riu, mas reconheceu a verdade da afirmação de Ivan. Muitas das garotas com as quais havia trabalhado ao longo de anos haviam passado por abrigos, um termo que considerava cada vez mais estranho, tendo em vista o que ocorria com a maioria delas enquanto supostamente estavam "abrigadas".

— Será que há algum modo de sabermos mais sobre esse tal de Potter?

Ivan balançou a cabeça velha e enrugada. Tornou a exibir um sorriso nada espontâneo.

— Deixe que eu pesquiso a respeito. Quanto a você, relaxe e prepare-se para o dia de hoje. Ainda tenho contatos aqui e ali, especialmente na polícia. Vou ver o que posso desencavar.

— É tão estranho que ela o tenha ameaçado, sabe? Por que Wendy iria ameaçar alguém?

Ivan não respondeu, pois já sabia de que Roselle estava desconfiada. Ambos haviam enveredado pela mesma linha de raciocínio.

Wendy estava cansada, cansada e desconcertada.

Na sala de isolamento, como era chamado aquele ambiente, esperavam que refletisse sobre o que havia feito, que lembrasse do quanto Potter tinha sido *bom* para ela e se perguntasse por que agira tão mal.

Tinha cogitado de contar a todos o verdadeiro motivo, mas sabia, pela experiência de outras garotas, que acusações de má conduta sexual era uma absoluta e completa perda de tempo.

O fato de serem moças e rapazes sob cuidados do serviço social implicava a presunção de que já eram sexualmente ativos e bastante bem informados sobre o assunto. A maioria deles o era, realidade triste, embora inegável. E a maioria deles havia aprendido o que sabia com gente como Potter.

Ele era um predador. Tentava fazer dos internos seus confidentes e amigos e depois passava a agir de maneira pervertida. Um braço em volta dos ombros que apenas roçava um seio. A brincadeira na qual fingia lutar com os internos e que lhe permitia tocar e agarrar corpos jovens, simulando que tudo não passava de divertimento inocente.

Wendy sabia de tudo isso, conhecia tudo aquilo de cor e salteado. As garotas comentavam entre si, chegavam a fazer piadas. No entanto, não havia um pingo de graça. Quando a situação passava dos limites, não havia ninguém para ouvi-las, nem ninguém a quem pedir proteção.

Wendy tinha se protegido e estava feliz por ter agido assim. Não fora a primeira vez e tinha a sensação de que não seria a última.

A porta se abriu e seu coração saltou para a garganta. Viu a Srta. Beacham com uma bandeja de chá e sanduíches. A jovem funcionária sorriu para ela, que devolveu a gentileza, trêmula. Nunca na vida estivera tão contente em ver alguém.

— Pensei em lhe trazer um almocinho e ver como você está passando.

Beacham era feia, magra e tinha uma voz encantadora. Wendy poderia ouvi-la por horas.

— Obrigada, senhorita.

Pegou a bandeja que a outra lhe estendia e a colocou no peitoril da janela, pois não havia móveis de nenhum tipo no cômodo, exceto um pequeno beliche.

— Deseja alguma coisa?

Wendy fez que sim com um meneio de cabeça.

— Um cigarro não seria mal.

Beacham fez uma de suas caretas. Tinha expressões faciais que diziam mais que todas as palavras contidas num dicionário.

— Verei o que posso fazer, mas não prometo nada.

Antitabagista ferrenha, ainda assim ela sabia o valor de algo familiar naquele cômodo soturno. Todo mundo fazia alguma coisa para aliviar a tensão. Para a maioria dos garotos e garotas sob os seus cuidados, era fumar um cigarro; mesmo para os mais novos, de 7 e 8 anos. Isso a atormentava, mas conseguia compreender.

Esse era o seu segredo para com os internos: procurava compreendê-los. E ajudá-los. E as crianças e adolescentes reagiam bem a tal atitude. Ao contrário de seus pares, Beacham não tentava impor opiniões. Simplesmente as enunciava e deixava que eles decidissem o que fazer.

— Como está o Sr. Potter?

Miss Beacham assumiu uma de suas expressões faciais e deu de ombros.

— Bem, segundo consta. Embora em choque, obviamente.

As palavras foram pronunciadas de modo eloqüente, mas não pareceram muito convincentes. Beacham não gostava de Potter, e vice-versa. Sabia que era porque não tinha atrativos físicos. Ele, como a maioria dos homens, só via valor nas mulheres bonitas.

— O que vai acontecer comigo?

Percebeu a solidão e o medo nas palavras de Wendy e reprimiu o ímpeto de abraçá-la e consolá-la.

— Você vai passar alguns dias aqui dentro, depois fará de conta que aprendeu a lição e retomará à rotina. O Sr. Potter está sumido, não se sabe ao certo a razão. Já é uma boa notícia, não é?

Wendy sorriu, um sorriso largo. Beacham estava dando a entender que sabia o que havia se passado, que compreendia. Isso significava mais para a garota do que qualquer outra coisa. Finalmente tinha uma aliada, uma aliada de verdade.

— Agora coma para manter as forças. Vai precisar, querida.

Wendy concordou com um meneio de cabeça, mais tranqüila por saber o que iria lhe acontecer.

— Estou de plantão no turno da noite, então posso conseguir lhe passar uns dois Benson and Hedges. Vou tentar, certo?

Wendy novamente respondeu com um movimento de cabeça. Quando a mulher saiu, cruzou os braços nos ombros, abraçando-se, feliz.

Pelo menos tinha uma preocupação a menos. Potter não iria mais dar plantões noturnos. Poderia finalmente relaxar.

Susan estava cansada, mas empolgada. Acabara de participar de sua primeira aula de ginástica e ficara surpresa em descobrir que era divertida. No bolso, trazia uma carta cujo conteúdo a deixara tão contente a ponto de querer manter contato físico com o pedaço de papel, apenas para lembrar-se de que a missiva realmente existia.

De volta à cela, sentou no beliche e sacou as duas folhas de papel para ler mais uma vez.

Estava espantada com o fato de Peter White ter sentido vontade de mandar-lhe algumas linhas. A carta havia sido postada há dois meses. Tinha o nome dela no envelope, e só. Nenhuma referência a seu número de presidiária. Apenas dirigida a Holloway, prisão de Sua Majestade. Fora mandada primeiro para Durham e só agora chegara às mãos da destinatária, alegrando-a e muito.

Na verdade, era somente um bilhete simpático, perguntando como ia de saúde, como as crianças estavam passando e contando que estava a bordo, rumo à Austrália. Ele gostava de navios frigoríficos. Principalmente dos novos. Ele descrevia a embarcação em detalhes e terminava com o endereço no mar.

Queria que ela lhe escrevesse de volta, dizia. Ambos contavam com o correio para mantê-los a par do mundo exterior, então deveriam trocar correspondência e atualizarem-se com tanta freqüência quanto possível.

Susan levou a carta ao peito e suspirou. Seria maravilhoso escrever para ele, saber das novidades, ler sobre os países que ele visitava. As pessoas que conhecia. Talvez pudesse ver o mundo através dos olhos dele.

Ele havia se despedido com um beijo, acrescentado sob a assinatura, o que também a agradara. Escreveria para ele depois do almoço. Contaria um pouquinho sobre si mesma e faria algumas perguntas para que, ao responder, ele tivesse sobre o que discorrer.

A guarda Billings entrou e sorriu para Susan.

— Seu advogado está aqui, Dalston. Arrume-se, pois vai vê-lo já.

Susan se sobressaltou.

— O que ele quer?

A mulher deu de ombros.

— É você quem deve saber, minha chapa. Levante logo esse rabo; ele já está na sala de visitas.

Susan arrumou-se o melhor que pôde e seguiu a mulher. Estava com medo, assustada. Sabia que não se tratava de uma visita comum e temia que tivesse acontecido algo a um de seus filhos. Sua mente rodopiava ao pensar em tudo de mal que podia ter ocorrido. Rosie estava doente, à beira da morte. Barry jazia em algum lugar com os ossos fraturados. A lista era interminável. Apesar de saber que estava se torturando, sua mente não parava de trabalhar à exaustão.

Cada porta parecia demorar horas para se destrancar e todos pareciam estar atrapalhando seu avanço. Quando finalmente adentrou a sala de visitantes, Susan suava pelo corpo inteiro. Colin estava de pé perto da janela, a silhueta delgada delineada pelo sol que vinha de fora.

— Qual é o problema? Aconteceu alguma coisa a algum dos meus filhos?

De imediato, ele captou a ansiedade na voz da mulher.

— É Wendy. Antes que você pergunte, ela está bem. Não há nada fisicamente errado com ela, de jeito nenhum.

Susan sentiu todo o corpo bambear. Sentando-se na cadeira junto à mesa, inalou o ar, sôfrega.

— O que houve, então? — O rosto dela estava tão lívido que lhe dava a aparência de um cadáver. Mesmo os lábios estavam desprovidos de cor.

— Ela atacou um assistente social com uma pequena faca. — Colin ergueu uma das mãos para pedir que Susan ficasse em silêncio. — Antes que você comece, me ouça, Susan. Ela está bem, não vai ser presa. O assistente social não vai apresentar queixa. Ela está sendo punida no próprio abrigo. Não é nada demais. Eles estão acostumados a lidar com esse tipo de situação. Ela está mais preocupada com a possibilidade de você descobrir o que aconteceu, o que é muito natural.

Susan tinha os olhos cravados em Colin, como se nele tivessem acabado de brotar uma longa barba vermelha e olhos maliciosos.

— Ela o quê? Minha Wendy fez o quê?

Parecia tão incrédula, parecia tão chocada, que Colin sentiu vontade de rir.

— Preste atenção, Susan, não é tão ruim quanto possa parecer. Acredite em mim.

Ela balançou a cabeça, consternada.

— O que ele fez a ela? Por que ela o ameaçou?

Colin fez um gesto de indiferença.

— Não sei.

— Como assim, não sabe? Minha filha simplesmente arranjou uma lâmina e decidiu ameaçar um dos assistentes sociais, é nisso que você está pedindo que eu acredite? Que minha Wendy pirou É isso que está dizendo?

Susan pôs-se de pé. Parecia intimidadora. A guarda de plantão caminhou até ela e a obrigou a baixar novamente na cadeira. Susan a repeliu com um movimento dos ombros, como se não passasse de uma mosca ou um mosquito impertinente.

— Calma, Dalston.

— Calma! Vocês estão brincando comigo! Como posso ter calma? Minha filha está em apuros e sequer posso falar com ela. Ela está em choque? Está bem? Como ela está, afinal?

Colin fechou os olhos, contrariado. Aquela mulher estava lhe causando mais problemas do que qualquer outra pessoa já lhe causara antes. Ela jamais cooperaria para se ver livre da prisão. Parecia que não desejava ser libertada. Queria permanecer trancada. E, ainda por cima, esperava que ele tomasse conta de tudo como se fosse um parente de sangue, o que, felizmente, ele não era.

— Ouça, Susan, acalme-se um pouco.

A carcereira ficou rondando os dois. Susan podia sentir o cheiro do desodorante da mulher, um cheiro denso e invasivo que lhe dava náuseas no estômago.

— Não agüento mais. Juro, não agüento mais.

Colin aproximou-se e colocou uma das mãos gentilmente sobre o ombro dela.

— Compreendo, Susan, realmente, de verdade. Então por que você não coopera? Você poderá estar em casa, ao lado de seus filhos, mais cedo do que imagina.

Ela se afastou dele, os olhos abatidos.

— Você não entende, Colin.

Ele tornou a dar de ombros.

— Claro que não entendo, Susan. Você está certa. Eu não a entendo, nem um pouco.

Ela continuou muda por alguns instantes. Podia ouvir o som débil de conversas e risos vindo do outro lado da janela. Uma brisa suave levantava as cortinas ao entrar serpenteando através das grades. Susan fitou a cena e soube que estava encurralada. Completamente encurralada.

— Como vai ficar tudo daqui para frente? Ela está mesmo bem?

Ele fez que sim com a cabeça. Mas estava zangado com a relutância de sua cliente em se ajudar e em ajudar aos filhos. Não era natural, absolutamente. Era óbvio o quanto ela amava aquelas crianças. Então por que não colaborava para que pudesse sair da cadeia?

Numa sala vizinha, Matty bebia café e conversava sobre sua apelação como se fossem algo já resolvido.

Segundo a sua lógica, não poderia ser diferente.

A advogada, Geraldine O'Hara, estava sentada de frente para a cliente.

Geraldine era estonteante. Aos 39 anos, tinha a altura e a estrutura óssea de uma top model. O cabelo era de um vermelho intenso e vibrante, um castanho avermelhado com mechas finas douradas. Tinha olhos verdes astuciosos e lábios carnudos. Vestia-se como uma executiva, blazers pretos, saias justas e ombreiras largas, a boca e as unhas sempre agressivamente pintadas de carmim. Sexy, séria e bem-sucedida.

Era também uma notória feminista e uma celebridade na mídia. Apelidada pelos colegas de profissão de "Inimiga dos Homens", estava constantemente envolvida em casos de direitos da mulher e defendendo o que, na opinião de seus amigos, cheirava a causas perdidas.

Não tinha marido, nem namorado, muito menos amante.

Não que ninguém a quisesse. Geraldine era assediada pelos homens com propostas as mais variadas e que incluíam jantares e sexo.

Ela não tomava conhecimento. Só estava interessada em trabalho, trabalho e mais trabalho. Os homens, alegava, distraía a mente dos aspectos realmente importantes da vida. Ninguém jamais fora capaz de afirmar se pensava mesmo assim ou se era mais uma de suas piadas. E ela não se dava ao desfrute de dirimir dúvidas.

Tal era a personalidade de Geraldine O'Hara que, apesar de todas as suas posições e dogmas feministas, considerava muito difícil gostar da mulher que tinha diante de si. Ainda assim, não iria permitir que a antipatia prejudicasse a ré.

Desde o dia em que se conheceram, Matilda Enderby tinha lhe causado má impressão. Até o apertar de mãos da futura cliente parecera dar calafrios em Geraldine, que evitava ao máximo tocá-la.

Matty começara a falar e Geraldine se esforçou para se concentrar no que ela dizia.

— Victor tinha várias perversões. Gostava de tudo em sexo bizarro. Chicotes, vídeos... Ele gostava de dor.

— De infligir ou de sentir dor? — A voz de Geraldine era rápida.

Matty fitou um ponto acima da cabeça e suspirou. Seu rosto bonito ficava ainda mais bonito quando transmitia tranqüilidade. Finalmente, após o que pareceu uma eternidade, ela respondeu.

— Para ser sincera, ambos. Embora preferisse infligir.

Geraldine encarou a cliente e deu um meio sorriso.

— Nada foi encontrado na casa ou no escritório de Victor. Nada que, de algum modo, pudesse ser relacionado a seus hábitos sexuais. Pretendo visitar a prostituta que ele freqüentava. — Consultou o caderninho de anotações. — Uma certa Mariah Brewster. Ver o que tem a dizer dessa vez. Pelo que entendi, ela não foi muito cooperativa no julgamento.

O rosto de Matty era o retrato de uma esposa ultrajada.

— Fui tomada de ódio quando descobri a respeito dessa mulher. Pode imaginar como me senti ao saber que ele pagava para ter sexo com uma estranha?

Geraldine encolheu os ombros.

— Se era tudo tão terrível assim, se a situação era mesmo tão ruim, você deve ter ficado aliviada, não?

Matty concordou com um meneio de cabeça.

— Evidente que sim.

Geraldine tomou um gole de café e acendeu um cigarro. Deu uma tragada profunda e sorriu.

— Você parece bem. Está agüentando firme?

Matty sorriu, um de seus sorrisos radiantes que faziam-na parecer muito jovem e muito vulnerável.

— É o que me resta, não é? Repito para mim mesma que logo tudo estará acabado e que então poderei retomar minha vida.

— Sabe de algum lugar em que ele poderia ter guardado seus brinquedinhos sexuais, chicotes e que tais? Apenas o apartamento, o escritório e a garagem foram vasculhados inteiramente. A menos que encontremos um desses objetos, não teremos condições de mencioná-los. Não há marcas evidentes no seu corpo, ou há, para que peçamos exames?

Matty sacudiu a cabeça com determinação, o cabelo farto se enroscando em torno do rosto.

— Acho que não. Tenho boa cicatrização.

— Nenhuma cicatriz, então?

— Sabe que não. Porém, o fato dele ter contratado prostitutas é relevante, com certeza.

Geraldine levantou-se e se espreguiçou. O terno de lã negra estava impecável. Nem mesmo um fio de cabelo fora do lugar para arruinar a aparência perfeita.

— Não necessariamente. Segundo essa tal de Brewster, ele era, aspas, um homem bacana.

Antes que Matty tivesse tempo de retrucar, ouviram um estrondo vigoroso vindo de uma sala vizinha. Uma voz feminina despejava impropérios a plenos pulmões e Matty saltou da cadeira.

— Parece a voz de minha colega de cela, Susan Dalston.

Geraldine estava horrorizada.

— Está na mesma cela que Susan Dalston, a mulher do martelo?

Matty assentiu com um movimento de cabeça enquanto se dirigia à porta.

A guarda de serviço enfiou a cabeça pelo batente e sorriu, pesarosa.

— Terei que trancá-las por um tempinho, só enquanto estiverem conduzindo uma prisioneira. Lamento.

— Desgraçados, malditos bastardos! Rosie... Eu quero minha Rosie.

A voz de Susan estava embargada pelas lágrimas. De onde estavam, Matty e Geraldine podiam ouvi-la sendo contida, a linguagem que ela usava lhes fazendo saber exatamente o que pensava de todos os envolvidos no caso.

— Vou matá-lo, Colin, seu punheteiro dos infernos!

Instintivamente, Geraldine levou as mãos ao rosto.

— Por Deus, o que está acontecendo?

Matty deu de ombros e mirou a porta como se a qualquer momento fosse ser capaz de enxergar através da madeira.

— Não sei, Geraldine, realmente não sei.

Colin estava em estado de choque absoluto. Ao ver três guardas penitenciárias troncudas arrastarem Susan para o chão, apalpou o pescoço e se surpreendeu ao constatar que não havia sangue. Ainda assim, sentia os vergões deixados pelos arranhões com que ela o atacara.

— Rosie! — Era um grito, um grito constante e insistente.

Arrastaram-na para fora da sala e puxavam-na pelo corredor. Alguém tinha soado o alarme e os brados angustiados de Susan foram abafados pelas campainhas estridentes que informavam a todas as guardas a ocorrência de um incidente importante. Uma delas estava ao rádio, chamando um médico para sedar uma prisioneira.

Colin se sentia esmagado pela culpa e pelo remorso. Precisara lhe contar a novidade de modo curto e grosso. Só não havia imaginado o quanto a notícia a afetaria. Esperava que ficasse transtornada, mas não que tentasse estrangulá-lo com as mãos nuas. Aprendera muito sobre ela em poucos instantes.

Susan estava quase sumida sob uma massa de guardas, que tentavam controlá-la. As mulheres a seguravam pelo suéter, dando a Colin oportunidade de ver o sutiã velho e os seios pesados da cliente.

Nem por um instante ela deixou de berrar e de clamar o nome da filha.

Finalmente, após um tempo que pareceu durar eras, Susan foi sedada pelo médico. Ela ainda procurou se rebelar contra os efeitos do Librium, mas aos poucos se acalmou. Continuava a repetir o nome de Rosie, que soava quase incompreensível em meio aos esforços para tentar manter os olhos abertos.

Misericordiosamente, alguém havia desligado o alarme. O silêncio era tão desconfortável quanto o barulho que o precedera.

A carcereira Dobin olhou para Colin e disse com sarcasmo:

— Fez a boa ação do dia, não é?

Ela, então, virou-se para as demais.

— Ele simplesmente contou a Dalston, na maior calma, que a filha caçula estava prestes a ser adotada pelos pais provisórios.

E balançou a cabeça, o cabelo cortado à escovinha, incrédula.

— Podem imaginar como ela deve ter se sentido, colegas?

Todas as outras mulheres olharam para Colin e ele imaginou ter sido transformado numa espécie de verme abjeto. No entanto, a verdade era bem diferente. Tentara usar de toda a amabilidade ao contar tudo a Susan. Abriu a boca para se defender e foi interrompido imediatamente.

— Enfie as palavras no rabo! E é melhor levarmos Dalston para a ala psiquiátrica. É possível que ela recupere logo os sentidos e volte a nos dar trabalho.

Quando Susan saiu carregada, destrancaram as outras portas e todos os advogados em visitas a seus clientes tiveram permissão para sair. Colin sabia que deviam ter ouvido tudo e fingiu estar ocupado com a maleta, na tentativa de retardar a hora de partir.

Foi nesse momento que Geraldine o viu. Intrigada, demorou-se junto à porta, estendendo a conversa com Matty, que ainda não havia sido levada de volta à cela. Conversava com a cliente, mas vigiava Colin, de esguelha. Quando ele saiu da sala adjacente, Geraldine o aguardava. Ele a reconheceu de pronto. Geraldine O'Hara não era alguém que precisasse de apresentação.

— Você está bem? — ela perguntou.

Ele fez que sim com a cabeça, o ar triste.

— Seu pescoço parece ferido. Ela rasgou a gola do seu blusão.

— No momento, esse é o menor dos meus problemas.

Colin encarou um par de olhos verdes capaz de deixá-lo paralisado. Às pressas, tentou se ajeitar, sabendo o quão desmazelado parecia, mesmo quando procurava fazer boa figura. Era um hábito dos tempos de criança e que aborrecera um bocado tanto sua mãe quanto todas as namoradas sérias que já tivera.

— Vou lhe trazer uma xícara de chá. Vai fazê-lo sentir-se melhor.

Observar o comportamento de Geraldine era uma lição e tanto. Ela sorria e falava com todos, fazendo questão de perguntar pelos filhos, maridos e famílias. Ele estava impressionado. Advogados costumavam passar maus bocados nas prisões, especialmente quando tinham por missão libertar criminosos. Geraldine parecia tão à vontade no meio daquele tumulto quanto estaria em uma casa de vinhos refinada. Ela trouxe o chá à mesa e sorriu.

— Então é o advogado de Susan Dalston?

— Colin Jackson. Provavelmente ex-advogado de Susan Dalston. Acho que acabei de levar um passa-fora à moda de East End.

— Não pode culpá-la. Ela obviamente ficou em estado de choque e o agrediu. Acontece com todos nós. Certa vez, em Wandsworth, um cliente me jogou no chão.

Colin a examinou.

— Não me surpreenderia se você tivesse ido até lá vestida assim.

Geraldine deu um sorriso forçado.

— Condenado por assalto à mão armada. Foi há alguns anos. Precisei lhe contar que a esposa morrera vítima de um tumor cerebral enquanto ele aguardava a apelação. O mais estranho foi que, cinco dias após conseguir ser absolvido, ele se enforcou.

— As tragédias às vezes se sucedem, não é?

Geraldine bebeu um pouco de chá e acendeu um Rothman.

— É assim que ganhamos dinheiro. Aliás, quem é realmente Susan Dalston?

— Quando não está tentando estrangular o advogado?

Ela riu, exibindo dentes irretocáveis.

Colin pensou por alguns segundos antes de responder e Geraldine notou honestidade nas palavras do colega quando ele afinal abriu a boca.

— É uma boa pessoa. Não deveria estar aqui. Deveria estar ao lado dos filhos. Susan os adora e é adorada por eles. Veja, ela foi espancada impiedosamente pelo marido, durante anos. Sofreu abortos causados pelos chutes que ele lhe aplicava no ventre. Foi infectada por doença venérea que ele lhe transmitiu. No julgamento, porém, nada disso veio à baila simplesmente porque ela não quis. Ela limitou-se a repetir que "faria novamente se tivesse oportunidade". Os advogados de defesa não iriam arriscar chamá-la para depor, pois a acusação a destroçaria. Resultado: foi condenada. Acho que só impetrou apelação para voltar a Londres, para ficar mais perto dos filhos. Estava em Durham, antes. Hoje tive que contar a ela que o serviço social iria autorizar a adoção da caçula pelos pais temporários. Não há nada que ela possa fazer. Não há mais ninguém para assumir as crianças, nenhum parente interessado. Portanto, ficou resolvido que a menina seria entregue de vez aos Simpsons.

Geraldine riu com falsidade.

— Foi quando ela tentou me esganar.

— Está me contando tudo como realmente é?

A voz da advogada era suave e ele novamente sorriu para ela.

— Sim, Geraldine. Como tudo é, de fato. E ainda por cima, na noite passada, a filha mais velha usou uma faca para ameaçar um assistente social do abrigo. Como você pode bem imaginar, a notícia caiu como uma bomba sobre Susan.

Geraldine balançou a cabeça e suspirou.

— Que história! A vida de algumas pessoas é insuportavelmente triste, não?

— Nada a ver com a existência da desfrutável Matty, é claro.

Os olhos de Geraldine se escancararam.

— Você a conhece?

Colin forçou-se a sorrir.

— Apenas de vista. Trabalhei com Victor quando estava quase me formando. Para ganhar um troco. Na época, Matty era secretária dele, evidentemente. Ainda não eram casados.

Geraldine consultou o relógio de pulso e mordeu o lábio.

— Pena, mas tenho mesmo de ir. Há alguma possibilidade de nos encontrarmos mais tarde?

Colin levantou uma sobrancelha e olhou de soslaio, com ares de troça.

— Aposto que muitos homens têm fantasias nas quais você lhes faz convites assim, com a maior naturalidade.

— E por que não posso convidá-lo? Perdi meus encantos?

Ele tornou a sorrir. Gostava dela e pensou que a recíproca era verdadeira. Correu as mãos pelo cabelo desalinhado e manteve o sorriso.

— Estou mesmo à toa, sem nada para fazer. Diga hora e lugar. Irei a seu encontro.

— Que tal no Zilli's, na Dean Street? Estou mesmo indo ao Soho, onde tenho um compromisso. Por volta de sete e meia?

Ele assentiu com a cabeça.

— Até lá, então.

Ele permaneceu rindo para ela.

— Pode apostar que lá estarei, na hora marcada. — Ele a observou caminhar e se afastar da multidão. Sentiu como se sua vida acabasse de dar uma guinada. Um guarda parou junto à mesa.

— Que sujeito sortudo! Como um frangote feito você conseguiu um mulherão desses?

Colin olhou para o homem e disse, na lata:

— Implorei, evidentemente.

Rhianna entrou na cela de Matty e gritou:

— É verdade a respeito da coitada da Sue?

— Sim, parece que sim. Não são cretinos o suficiente para agirem assim com ela?

Rhianna bufou.

— É só o que eles sabem fazer, sua estúpida. Eu mesma não vejo minha filha desde que ela tinha 3 anos de idade.

A voz de Rhianna era triste, saudosa.

— Eles a entregaram para adoção? — Matty parecia sinceramente interessada pela história da interlocutora.

Rhianna meneou a cabeça.

— Não, não exatamente. Eles a deram para minha mãe, que pediu a custódia da menina. Assinei os papéis sem saber. Dias depois, minha mãe se mudou e desde então não vi mais nenhuma das duas.

— Que situação terrível!

Rhianna arremedou Matty, de modo grosseiro.

— Sim, foi terrível, terrível mesmo, Enderby. Mas é a vida, não é? Minha mãe pensou que estava fazendo a coisa certa, suponho.

Acendeu um baseado e deu uma tragada profunda.

— O que está fazendo?

Matty abriu os braços e Rhianna pôde ver o que tinha no colo.

— Estava apenas dando uma olhada nas coisas de Sue, mais nada. Dê uma olhada nisso aqui, é do pequeno Barry.

Ela estendeu a carta para Rhianna, que a arrebatou com pressa, gritando:

— Que merda você acha que está fazendo, garota? São coisas particulares e pessoais de Susan Dalston. Não tem o direito de bisbilhotar.

Matty ficou de pé e deu de ombros.

— Que mal há? Ela não sabe, sabe?

Rhianna estava espumando.

— Faz parte das regras não escritas, Matty. — Rhianna enfiou um dedo de unha longa e púrpura no rosto da outra mulher. — Não se mexe em nada, a menos que haja autorização da dona, devia saber disso.

E pôs-se a recolher os objetos.

Matty estava ofendida.

— Ora, não encha, Rhianna. Que mal vai fazer?

A mulher negra a encarou. Matty se espantou ao ver que a outra chorava, as lágrimas já caindo sobre as maçãs do rosto. Rhianna segurou os desenhos e as cartas junto ao peito como se fossem mais valiosos que ouro.

— Não toque mais em droga nenhuma, está me ouvindo, garota? Toque em algo e lhe arranco os olhos. Isso é tudo o que sobrou da vida de Susan do lado de fora. Da vida dela, Matty, dela, não da sua ou de quem quer que seja. Só dela. É o mundo particular para onde ela pode viajar quando quiser. São as memórias dela, é onde pode abraçar os filhos, conversar com eles mentalmente. Onde pode sonhar acordada com eles e os amar sem que ninguém interfira. E se você não consegue entender isso, então é porque não passa de uma piranha ainda mais egoísta do que eu pensava.

Matty estava calada. Tinha os olhos melancólicos enquanto ouvia as palavras de Rhianna.

— Você não sabe nada sobre a vida, absolutamente nada sobre as pessoas e suas necessidades — disse Rhianna, furiosa. — Você desfila por aí cheia de importância, como se todas nós estivéssemos abaixo de você, como se você fosse a melhor. Mas você não é, você não é melhor que nenhuma de nós. Porque nós todas conhecemos os princípios da vida comunitária e sabemos partilhar o que os outras querem partilhar, não o que achamos que podemos ter ou tomar à força. De onde você tirou todos esses objetos?

Matty sentiu como se tivesse levado um tapa no rosto.

— Tudo bem, Rhianna, não precisa perder a cabeça.

Rhianna estava tão brava que Matty temeu pela própria segurança.

— Você não sabe de nada mesmo, não é, Matty? Não consegue entender o que fez de errado, consegue?

Enfiando os pertences de Susan nas mãos de Matty, Rhianna disse, solene:

— Guarde tudo e fique longe de mim essa noite. Não estou de brincadeira, Matty. Estou sem um pingo de paciência para aturar você.

Susan voltou a si numa cama de hospital, os braços amarrados por correias. Por um momento, não saberia dizer onde estava. Sentia os lábios secos e doloridos. A língua parecia dez vezes maior que a boca e os olhos marejavam. Percebeu que estava chorando, que chorara durante o sono. Então tudo retornou à lembrança e deu-se conta do porquê a haviam imobilizado.

Estavam entregando sua Rosie para estranhos, como se fosse um pedaço de bolo ou uma roupa velha. Tinham resolvido que a menina ficaria melhor com os Simpson, o que provavelmente era verdade. Mas não era justo. Rosie era sua filha, era sua caçula. Rosie era o chamego da família. Nem Barry resistira ao fascínio da menina.

Susan a havia embalado, amamentado e amado desde o nascimento, com sua pele de pêssego e gritinhos estridentes.

De soslaio, Susan viu os pertences que haviam retirado dos bolsos do uniforme. A carta de Peter estava sobre o gabinete de fórmica branca e, mais uma vez, ela sentiu o ferrão das lágrimas. Fora um dia adorável. Ela devia saber que não tinha direito a dias adoráveis nem a nada de bom.

Tropeçara a vida inteira, de catástrofe em catástrofe. Ainda assim, sempre acreditara firmemente que um dia iria tirar a sorte grande. Obter o que desejava. Só uma vez. Uma única vez.

Um rosto apareceu junto à cama. Era uma mulher miúda, sexagenária, com dentes maltratados e cabelo ralo mantido preso, de maneira negligente, por uma tiara.

— Quer alguma coisa que a faça feliz, querida? Algo que leve a tristeza embora?

Susan sacudiu a cabeça, numa negativa. A droga que poderia animá-la ainda não fora inventada. A partir daquele dia, não voltaria a crer na possibilidade de um momento de felicidade sequer. Na verdade, não sabia se deveria ansiar pela tal felicidade. Sempre que desfrutava de um pouco de contentamento, a sensação lhe era roubada tão rapidamente que estava começando a ter medo de repetir a experiência.

Felicidade era algo que existia para os outros, para as pessoas que apareciam nas revistas ou na televisão. Não para gente como ela e os filhos.

Tornou a chorar, um som lastimoso e solitário, até que finalmente lhe deram uma injeção e pôde abraçar o esquecimento.

Capítulo 24

Mariah Brewster vivia próximo a Wardour Street. Geraldine se admirou quando a viu, pois esperava encontrar o estereótipo da prostituta. No entanto, deparou-se com uma mulher de meia-idade, cabelo bonito, boa figura e vestido e casaco de malha de lã muito modestos, da C&A. Mariah a conduziu para dentro de casa como se estivesse recebendo uma visita da realeza e, mais uma vez, as expectativas de Geraldine sofreram um abalo.

O apartamento parecia o quarto de uma jovem, todo coberto de tecido de algodão estampado e superfícies ocupadas por bibelôs e bugigangas. Sobre a mesa de café, Mariah havia servido o chá da tarde, que incluía sanduíches e bolo, um grande bule de chá e pãezinhos típicos ingleses.

— Por favor, sente-se, Srta. O'Hara. Estou muito contente que tenha sido pontual. Detesto esperar, mas tenho tempo. Meu próximo cliente só chega em uma hora, ou pouco mais. Portanto, não quero apressá-la, de maneira nenhuma. Seria muito descortês, não acha?

Geraldine continuava pasma, mas simpatizou de imediato com a mulher. Cinco minutos mais tarde, estava comendo uma fatia de Battenburg e tinha uma xícara de chá precariamente equilibrada sobre os joelhos.

— Seu cabelo é lindo, querida. Suponho que lhe dizem isso o tempo todo, não é? Minha filha mais velha também tem cabelos lindos. Ela está na universidade, estuda leis e afins.

Geraldine sorriu.

Mariah sorveu um gole de chá e, com esmero, limpou a boca pintada de coral com um guardanapo de linho.

— E então, no que posso ajudá-la? Na verdade, não tenho nada a acrescentar ao meu último depoimento.

Geraldine assentiu com um gesto de cabeça.

— Compreendo, mas tenho de considerar todas as hipóteses. Gostaria que me falasse, com suas próprias, palavras sobre Victor Enderby. Como ele era? O que queria de você?

Mariah se recostou na cadeira e fechou os olhos.

— Era um bom homem, Victor, muito polido e amável. Quisera eu ter outros clientes como ele. — Levantou-se e sorriu. — Aceita um pãozinho?

Geraldine sacudiu a cabeça.

— Alguma vez ele solicitou algo extraordinário? Sexualmente falando.

Mariah Brewster riu, um som tilintante e agradável de se ouvir.

— Victor? Não! — Ela ergueu as mãos. — Sexo convencional e nada de beijos, assim era o velho Victor. Na verdade, sexo não era o mais importante para ele.

E franziu o cenho, tentando se explicar.

— Era mais como um encontro. Ele me trazia vinho... bom vinho, não uma bebida qualquer barata. Aprendi um bocado sobre vinhos com ele, ele era um aficionado. Um enólogo, eis o que ele era.

E riu novamente.

— Ele abria a garrafa e conversávamos. Faz dez anos que ele me procurou pela primeira vez. Na época, a mãe dele ainda estava viva. Era uma bruxa velha. Estava doente e se aproveitava disso para controlá-lo, queixava-se sem parar. Acho que eu era uma espécie de refúgio para ele, alguém em quem podia confiar, alguém para lhe fazer companhia. Passar uma tarde ou uma noite agradável sem se preocupar em se comportar como Victor Enderby, o advogado. Ou, ainda mais importante, Victor Enderby, o filho. — Tornou a sorrir. — Tivemos bons momentos, Victor e eu. Para ele, sexo era uma espécie de bônus. Rápido. E descomplicado.

— Ele não gostava de jogos de submissão? De sadomasoquismo? Não importa quão leve... mesmo somente segurar seus braços acima da cabeça, esse tipo de coisa?

Mariah fez que não com a cabeça e insistiu no riso.

— Victor sequer deixava a luz acesa! Ele não falava sobre sexo de jeito nenhum. Todas as vezes fui eu quem tomou a iniciativa. Quando suas duas horas estavam quase encerradas, eu tomava a mão dele e o levava para a cama. Fácil assim. Ele me pagava em dinheiro vivo, que punha num envelope e deixava junto à cama. Tudo considerado, era um bom acordo para ambos. Como já disse, quisera eu ter mais clientes como ele.

Geraldine não conseguia imaginar como alguém se relacionava com estranhos, com homens das ruas, que poderiam estar contaminados ou significar algum tipo de perigo.

Mariah pareceu ler a mente de Geraldine e, com seu jeito afável, explicou, melancólica:

— Querida, entendo que meu estilo lhe pareça estranho, mas você tem de levar em conta que somos diferentes. Criei três filhos, os coloquei em boas escolas, atendi a todas as demandas deles graças a esse trabalho. Quando meu marido morreu, não tinha um tostão para sobreviver. Ele perdera no jogo tudo o que possuíamos. A casa estava hipotecada, eu estava literalmente na rua. De certo modo, esse trabalho me devolveu a independência. Não o teria escolhido, se pudesse, mas supriu uma necessidade.

"Meus filhos pensam que sou funcionária pública, que trabalho com coisas importantes para o governo. E por que iriam pensar de outro modo? Sou mãe deles, mentora deles e saio todos os dias para o serviço, como todo mundo. Estou em casa todas as noites, quando eles chegam. Eu os amo. Simples, não? Se pudesse ter outros como Victor, seria uma mulher feliz, acredite. Estou demonstrando preferências, o que não é bom para o meu negócio. Mas fiz a vida para um dia assumir o papel de avó, viver num pequeno bangalô em Eastbourne, usufruir alguma credibilidade. Todos temos que viver com os meios de que dispomos, meu anjo, fazer o que é possível fazer.

Geraldine estava embaraçada pela total honestidade da mulher.

— Não a estou julgando.

Mariah sorriu.

— Claro que está. É da natureza humana julgar. Embora eu mesma nunca julgue ninguém. Como diz a Bíblia: "Não julgue para não ser julgado." Ou algo assim. Já fui agredida, já fui roubada. No entanto, sobrevivi graças aos Victors desse mundo. Os homens genuinamente bons, aqueles que querem consolo, não sexo. Quando ele conheceu a mulher com quem se casaria, ficou muito feliz. Alegrei-me por ele.

— Ele contou a você?

Mariah anuiu com um movimento de cabeça.

— Oh, Victor estava nas nuvens. A noiva era mais jovem, muito atraente e ele realmente acreditava que ela o queria. Que se importava com ele. Victor esteve aqui e me contou que não poderia mais me visitar porque não seria justo com a futura esposa. Matilda. Ele me deixou uma boa quantia a título de indenização. Foi esse o termo que usou. Era um homem muito correto. Mas voltou seis meses após o casamento. Era de se esperar que voltasse, tudo parecia bom demais para ser verdade.

Geraldine não conseguia acreditar em seus ouvidos.

— Você não mencionou isso antes, em seu primeiro depoimento.

Mariah encolheu os ombros, num gesto de alheamento.

— Não queria me envolver. Como pode imaginar, é a última coisa de que necessito. Mas depois de ler o que foi dito sobre ele, acho que alguém deve colocar os pingos nos is. Ela torturou aquele homem desde o primeiro dia. Ela o ridicularizou. Expôs suas proezas e sua vida. Transformou o homem numa sombra do que havia sido. E ele foi um advogado criminalista brilhante, você sabe disso. No tribunal, era tido como um profissional fantástico. No entanto, com as mulheres, era um garoto desorientado. Ainda posso vê-lo, seu pobre rosto... Estava arrasado pelo modo como ela o vinha tratando. Não conseguia atinar o que havia feito de errado.

"Ela fez vários abortos. Ele próprio me contou a respeito. Se está tentando libertá-la, diga a ela que, a meu ver, não passa de uma cadela mentirosa. Uma criança era o coroamento de tudo o que aquele homem queria na vida. Quando ela tirou os bebês, Victor ficou aniquilado. Ela maquinou tudo para destruí-lo, e conseguiu. E ficaria espantada se me provassem que ele a espancou. Recuso-me a acreditar que ele fosse capaz de chegar a tanto.

— Acredita mesmo em tudo o que está me dizendo, não é?

Mariah passou uma mão de unhas bem cuidadas pelo cabelo lustroso.

— Sem dúvida que sim. Eu o conhecia há muitos anos, eu o conhecia bem. Posso viver da prostituição, mas não sou o tipo mais baixo de mulher da vida. Sou seletiva e construí uma boa e seleta clientela. A maioria é formada por homens como Victor. Profissionais liberais que querem um pouco de mimo, um pouco de atenção. Nada mais. Costumava dizer a ele: "Arranje uma esposa, uma vida, uma família." Era tudo do que ele precisava. E devo lhe confidenciar: gostaria que tivesse desejado se casar comigo. Eu teria agarrado a oportunidade com unhas e dentes. Ele era um homem bom, educado e inteligente. Porém, quando se tratava daquela vadia, era como todos os homens. Arrasado ao primeiro toque de suas tetas.

— Você estava apaixonada por ele?

As palavras foram ditas lentamente, em voz baixa, e Mariah recomeçou a rir.

— Depois de quinze anos de prostituição é impossível amar alguém, querida. Impossível. Mas pode-se sentir afeto e respeito. Teria sido grata caso a escolha recaísse sobre mim. Teria as contas pagas e faria tudo para agradá-lo. Agradar somente a ele, não a uma fila de homens, quase todos estranhos. Teria feito tudo o que pedisse e passado cada dia de minha vida zelando por ele. Pode entender o que estou dizendo?

O mais estranho para Geraldine é que podia entender. Provavelmente melhor do que grande parte das pessoas.

— Obrigada por seu tempo, Mariah. Agradeço muito.

A mulher encolheu os ombros, sombria.

— Lamento não poder dizer a você o que gostaria de ouvir, meu bem. Quisera poder, mas não posso. — E sorriu, um sorriso tristonho. — As pessoas nos olham com desprezo, mas quer saber de uma coisa? Pelo menos não fingimos nada. Cobramos para fornecer o que nos solicitam. É uma prestação de serviço, se preferir. Mulheres como ela tiram do homem toda a vida que eles têm e não oferecem nada em troca. Ela é a verdadeira prostituta, pois se casou pelo que poderia receber. Só que, ao contrário de mim e de minhas colegas, não tinha como se livrar do cliente no fim do dia.

Eu posso ir para casa, para minha casa de verdade, e esquecer tudo. Ela não podia. Tinha que olhar para a cara dele de manhã, de tarde e de noite. Esse era o problema de Matilda. Acho que o matou para se livrar dele. Ela percebeu que cometera um erro e vingou-se nele. Ela tinha a casa, o dinheiro e o prestígio, mas não bastavam. Ele a amava tanto que a sufocava. Estou certa disso. No fundo do seu coração, Geraldine, você concorda comigo.

Geraldine ouvia com atenção e concluiu, por instinto, que Mariah falava a verdade. Com certeza, a versão que construíra dos fatos e a partir de seu próprio ponto de vista, mas, ainda assim, a verdade.

Pior que tudo, estava propensa a acreditar em Mariah Brewster.

Ao se despedirem, a mulher apertou a mão de Geraldine e sorriu.

— Victor era um bom homem, Srta. O'Hara, não saberia ser de outra maneira. Se necessário, irei ao tribunal e contarei tudo. Porém, por ser prostituta, não me considerariam uma testemunha confiável, ainda que conheça a verdade. — Ela bateu no peito. — Aqui dentro, eu conheço a verdade.

Um homem alto e em idade de já estar aposentado, cabelos grisalhos e dentadura mal ajustada subia as escadas quando Geraldine partiu. Ele carregava uma sacola de compras da loja de vinhos Oddbins e tinha uma atitude matreira. A advogada captou uma fragrância de loção pós-barba de lavanda misturada a tabaco.

Virou-se e o observou entrar no pequeno apartamento como se fosse um convidado de honra e ouviu o riso tilintante de Mariah antes que a porta se fechasse.

O estômago de Geraldine estava revirado, ainda que o coração compreendesse Mariah. Essa ambigüidade é o que mais a espantava. Gostara de Mariah Brewster, gostara mesmo dela. Certamente, nem de longe sentia a mesma simpatia por Matilda Enderby.

— Não pode ser bonzinho pelo menos uma vez, Barry Dalston?

As palavras saltaram rápidas da boca da Sra. Eappen. Estava irritada e o demonstrava. Era o tipo de pessoa que se aborrecia sempre que se deixava levar pela irritação, pois gostava de pensar sobre si mesma como tolerante e afetuosa.

O fato de, não raro, ser invadida pela vontade de estrangular muitas das crianças sob seus cuidados, a fazia se sentir levemente aviltada.

Sabia que, no fundo do coração, era uma boa pessoa. Só que Barry Dalston, nariz escorrendo, calças frouxas pendendo do corpo magro e os botões da camisa enfiados nas casas erradas, quase a matava de tristeza.

— Não gosto dos Simpson. Só gosto da minha mãe. Quero a minha mãe.

Ele estava à beira das lágrimas novamente, o que a irritava ainda mais.

— Os Simpson são pessoas muito bondosas que vão tomar conta de sua irmãzinha. E foram muito generosos ao permitir que você e Alana passem a tarde com eles e Rosie no parque de diversões.

Ela se esforçava para abrir um sorriso, mas o resultado era uma careta.

— Não pode sentir-se agradecido por isso, Barry, hein?

O menino elevou os olhos azuis claros para a mulher e limitou-se a um gesto de indiferença, chacoalhando os ombros. Todo o seu corpo de 9 anos de idade pareceu eriçar-se. Barry fixou-se nela com um olhar firme e disse, com seriedade:

— Eu quero a minha mãe. Por que não posso ver minha mãe, em vez de ver os Simpson?

A Sra. Eappen levantou os olhos para o teto como se um milagre pudesse ocorrer e converter Barry Dalston em um bom garoto.

— Acho que os Simpson deveriam devolver minha irmã e se foder. Eles não são donos dela. Minha mãe, sim.

A Sra. Eappen suspirou e rangeu os dentes. Ajoelhando-se, segurou os braços do menino.

— Sua mãe acabou na cadeia por causa desse tipo de palavreado. Lembre-se disso, Barry. É um conselho útil para a vida toda. Impropérios são o começo da maldade humana. Ao se valerem de xingamentos, as pessoas tornam-se más por dentro e agem de maneira errada. Como aconteceu com sua mãe. Você vai sair com os Simpsons e vai se mostrar grato pelo convite. Há muitas crianças que adorariam passar o dia fora, passeando. E saberiam agradecer por isso, posso lhe assegurar.

Ele se desvencilhou da Sra. Eappen.

— Então mande-os no meu lugar, ora. Vou visitar minha mãe.

— Não pode visitar sua mãe a menos que haja autorização prévia. Explico isso a você cinqüenta vezes por dia, menino. Sua mãe desistiu do direito de vê-lo quando agiu mal e obrigou a polícia a levá-la. Está entendendo agora?

A voz dela havia subido de tom, embora tentasse, ao máximo, controlar não só o volume das palavras quanto o humor.

Barry ainda mantinha o olhar fixo na Sra. Eappen. Dessa vez, permaneceu calado.

— Está entendendo, Barry?

Ele fungou. Uma fungada alta, barulhenta e ranhosa que fez as entranhas da Sra. Eappen se revolverem e o rosto se franzir de repulsa.

— Não fode. Eu quero a minha mãe.

A resposta foi dita com calma e convicção. Todo o corpo de Barry parecia estar em alerta vermelho enquanto ele a fitava com determinação.

Alana entrou na sala, então, e riu.

— Barry, pare de xingar! Mamãe ficaria zangada de soubesse.

Ela se aproximou do irmão, que se recompôs em questão de segundos. A Sra. Eappen a observava em desespero, sensação que trazia estampada no semblante atormentado..

— Ele aprendeu a xingar aqui. Em casa, ele nunca teve permissão para usar xingamentos, a menos que fosse pequeno demais para saber o que estava dizendo. E, mesmo assim, os mais velhos levavam uma bela surra se o incentivavam.

— Chega. — O corpo inteiro da mulher estava retesado e inflexível. Ao se pôr de pé, a mulher baixou os olhos para as duas crianças, estudando-as como se tivessem acabado de sair do esgoto e se preparassem para sentar à mesa de jantar dos Eappen.

— Alana, você é adorável. Tome conta de Barry e faça-o tratar os Simpson com simpatia. Eles são muito caridosos.

A menina, com um meio sorriso no rosto, a interrompeu.

— Eu sei, Sra. Eappen. Devemos ser muito agradecidos e somos, está bem? Muito, muito agradecidos mesmo.

A Sra. Eappen sabia quando estava derrotada e fez uma retirada às pressas. Conforme comentou com o marido, à noite, não era possível levar a sério uma criança cujo nome fora inspirado no da mulher de um astro de rock!*

Barry e Alana passaram o dia fora, brincaram com a irmã caçula, inteiramente ignorantes de que logo Rosie seria afastada da família biológica. Deixaria de ser uma Dalston para se tornar uma Simpson.

Nunca mais teria o aconchego de uma casa repleta de crianças, móveis arranhados e onde havia uma mãe permanentemente à beira do desastre. Uma casa na qual, a despeito do pai, da falta de dinheiro e da total ausência de luxos, todos tinham sido muito, muito felizes.

Geraldine entrou no Zilli's e deu um sorriso que abarcava todos os presentes, de Colin, sentado no canto, a cada um dos garçons, garçonetes e clientes.

Colin estava impressionado. Ela sabia o rebuliço que provocava e dava a todos um pouquinho de atenção para poder, afinal, relaxar e se divertir. O rapaz passara a tarde imaginando como deve se sentir uma pessoa sabidamente tão sedutora. Tão desejada.

Enquanto tomava banho e vestia suas únicas blusa e calças boas, conjecturava o que as pessoas pensariam ao vê-lo ao lado dela, numa mesa de bar. Apesar de saber que ninguém, mesmo na mais desvairada das suposições, cogitaria formarem um casal, esperava que, ainda assim, presumissem haver algo entre eles.

Geraldine sorriu ao se sentar em frente a Colin, que sorriu de volta. Dane-se o mundo. Os dois estavam ali, era só o que importava. Mesmo se as pessoas pensassem que era irmão mais novo ou um cliente dela.

— Desculpe o atraso.

— Tudo bem. Estou me divertindo sentado aqui. Cheguei cedo.

Geraldine forçou um sorriso.

*Possível referência a Alana Hamilton, com quem o cantor Rod Stewart se casou em 1979. (*N. da T.*)

— Imaginei que sim. Você parece ser do tipo que está sempre adiantado.

Ele não estava certo se Geraldine fizera uma zombaria.

Ela pediu uma garrafa de um bom vinho. Beberam juntos, papeando sobre nada.

— Precisava disso. Vamos escolher a comida agora ou beber mais um pouco primeiro e relaxar?

Colin apenas sorriu e ela assumiu o controle, novamente. Pediu para ambos e, em segundos, despachou o garçom. Logo puderam retomar a conversa, sem nenhum intruso para atrapalhar. Ele pensou que tinha morrido e chegado aos céus. Ela era mais fascinante do que, de início, percebera.

— Então, o que se comenta sobre Matilda Enderby?

Geraldine se comportava de modo espirituoso, mas ele sabia que o assunto era sério e pensou por alguns momentos antes de responder.

— Matty era somente secretária dele quando eu trabalhava lá, embora houvesse rumores sobre os dois, já naquela época. Um dia, uma das funcionárias passou tarde no escritório a fim de terminar uma declaração escrita e juramentada e os pegou em meio a um amasso. — Ele deu um meio sorriso. — Na verdade, era mais que um amasso. Ela flagrou Victor amarrado à cadeira com as meias de Matilda, que estava sentada no colo dele. Deixo o resto ao sabor da sua imaginação. O mais engraçado foi que Victor subiu na avaliação de todos depois disso. Até então, era visto como um advogado brilhante, mas um tanto insosso.

— Ela o tirou do sério, com certeza.

Geraldine permaneceu muda por um instante, perdida nos próprios pensamentos.

Colin acenou para ela e sorriu.

— Lembra de mim? Estávamos jantando juntos e conversando?

Ela balançou a cabeça e riu.

— Desculpe, estava a quilômetros de distância. — Ela provou o vinho. — O que você acha de Matilda? Você a conheceu, suponho, conversou com ela?

Colin correu as mãos pelo cabelo e suspirou.

— Jamais gostei muito dela. Era bonita, realmente muito bonita, e sexy, mesmo usando roupas comportadas. Acho que saiu com a maioria dos homens da firma antes de se concentrar no coitado do Victor. Mais cedo ou mais tarde, chegaria a vez dele. Durante anos, ele cuidara da mãe, era tímido e reservado. No entanto, se o visse no tribunal, jamais acreditaria que se tratava do mesmo homem afável do escritório. Era muito estranho.

Geraldine fez que sim com um gesto de cabeça.

— Eu o vi uma vez ou duas, era incrivelmente competente. Em minutos, reduzia uma testemunha a pó. Apesar de nunca levantar a voz, nem uma só vez. Brilhante.

— Sabe então a que me refiro. Porém, no que dizia respeito a ela, Victor era um aparvalhado. Pense comigo. Uma moça bonita, jovem, muito jovem, o assedia de maneira acintosa. Para ser franco, era risível. Um homem mais experiente teria saído com ela e depois dispensado, como fizeram os outros. Mas Victor não seguia essa cartilha, se preferir colocar nesses termos. Era respeitado, mas não se entrosava com qualquer um nem fazia parte de turmas. Era um grande advogado, mais ia do trabalho direto para casa. Não flertava, não jogava piadinhas para qualquer uma, mantinha-se completamente fechado em si mesmo.

"Suponho que Matty conhecia as dificuldades dele e por isso o escolheu como alvo. Evidentemente que, após o casamento, ela quis que o casal se integrasse à sociedade. Teatro, jantares, eventos. Ninguém seria capaz de afirmar que aquele casamento era um grande sucesso. Ninguém gostava dela. Especialmente as esposas. Acho que conseguiam enxergar através dela, e Matty sabia disso. Mesmo Victor não era tão tonto assim e deve ter pressentido o que se passava. Mas, apesar de tudo, calculo que a amava.

Geraldine fitou o rapaz diante de si. Ele estava muito bem informado sobre o assunto, sem dúvida. Parecia que, em se tratando de Matty, só havia duas alternativas: amá-la ou odiá-la.

Victor a amara.

Fora essa sua ruína?

A comida chegou e eles permaneceram alguns minutos se recompondo.

— Detesto dizer isso — confidenciou Geraldine—, mas sinto que há mais coisa a respeito de Matty do que a vista aicança. Não há um só fiapo que confirme toda essa lengalenga de coitadinha e de quanto sofrimento já suportou. Todas as evidências se resumem a uma consulta médica na semana anterior ao assassinato. Ao que parece, Matty contou ao médico uma história pungente sobre a crueldade do marido e de como isso a deixava com os nervos destroçados. E foi recebida com ceticismo.

"Ela nunca apareceu no trabalho com hematomas ou ferimentos. Nunca ninguém a viu machucada. Soa implausível, mas ela garante que Victor gostava de amarrá-la, o que você acabou de confirmar com o episódio da funcionária do escritório. Portanto, estou de volta ao ponto de partida. Veja você, também não gosto muito dela e isso me incomoda. Como profissional, não devo gostar nem desgostar das pessoas. Só que, até conhecer Matty, jamais antipatizei de verdade com qualquer um de meus clientes. Eu os defendia e ponto final. Ela, todavia, me perturba. Realmente, me perturba.

Colin meneou a cabeça em concordância.

— Sei o que quer dizer. Sinto o mesmo em relação a Susan. Só que gosto muito dela. Apesar de ela ter tentado me esganar, compreendo a razão de ter se enfurecido. Imagino como sente em relação aos filhos e também como eles devem se sentir em relação à mãe. Foi ela quem manteve aquela família unida, a despeito de todas as circunstâncias. Barry Dalston era um bosta. Batia nela e a degradava. Tive acesso aos registros médicos de Susan. Preste atenção. O primeiro filho morreu porque, na noite de núpcias, ele a contaminou com doença venérea. Não se pode afirmar se o medo de Susan de o bebê vir ao mundo já infectado dificultou o parto e o levou à morte. Importante é que o fato dá o tom de como seria a vida de Susan Dalston. Ela fazia e ele desfazia. Até que o golpeou mais de uma centena de vezes com um martelo. O rosto de Barry desapareceu, não restou nem vestígio de suas feições, nada que pudesse contar quem ele fora antes de morrer, absolutamente nada. Ela o atacou e o matou quando ele estava inconsciente. Então, telefonou para a polícia e preparou um café. Ainda estava coberta de sangue, miolos e fragmentos de ossos quando a polícia chegou. E por que o matou desse jeito? Por que fez questão de apagar os traços, a identidade do marido? É como se quisesse destruí-lo por completo, sem que sobrasse rastro.

Colin olhou para Geraldine, que tinha os olhos baixos, fixos na bela salada de fígado de galinha, e suspirou.

— Desculpe, não tinha atinado.

Geraldine examinava, meio desconfiada, o prato que tinha a sua frente e fez Colin sentir-se péssimo.

— É isso o que mais me intriga, sabe? Alguém pode tolerar tanto que, quando decide dar um basta, exagera e revida por cada desfeita, cada soco, cada ferida? Fica tão transtornado que perde a cabeça e precisa matar? Parece um crime premeditado. Ela entrou no quarto, o viu deitado e decidiu bani-lo do seu mundo, de seus filhos, de sua casa? O que a levou a isso? Ele a tinha espancado cerca de cinco dias antes, então não se pode usar a última agressão como pretexto. Por que não o matou na noite em que foi agredida? Por que esperar? Ela tinha passado a noite fora e estava bêbada. Porém, segundo a amiga, Doreen, se divertira a valer. Susan confirma que se divertiu. Diz que voltou para casa e simplesmente resolveu dar cabo do marido.

"Não acredito nela. Não mesmo. Ela agüentou mais do que qualquer pessoa agüentaria. Seu maior interesse era proteger os filhos. Ela nunca os teria abandonado, a menos que fosse obrigada a tanto. Ela os idolatra, eles são a vida de Susan. Então por que, de uma hora para outra, decidiu fazer algo que os afastaria dela? Que os colocaria aos cuidados de assistentes sociais? Ela sabia que não podia contar com a própria família. Gentalha vil, capaz de tudo por uns trocados. Ela não queria ver os filhos nas garras dos avós, mesmo que esses se oferecessem para abrigá-los. Os fatos não se encaixam.

— Talvez tenha sido a bebida que a tornou violenta.

Colin passou os dedos no cabelo já despenteado até que os fios se arrepiassem e o fizessem parecer um garotinho.

— Não creio. Não creio que tenha sido a bebida. Não acho que tenha sido algo sobre o que possamos racionalizar. — E respirou fundo. — Sei lá. Realmente, não sei. Mas um dia, queira Deus, vou descobrir.

Geraldine o estudava. Viu o quanto estava torturado por causa de Susan Dalston, podia ver como gostava daquela mulher, como a respeitava, inclusive. Podia sentir também o quanto ele a desaprovava, talvez por considerar que, de alguma forma, havia decepcionado os filhos ao se colocar numa situação que não lhe permitia continuar a protegê-los.

Geraldine concluiu que Colin era muito doce e idealista. Ainda que um tanto ingênuo.

— Talvez Susan Dalston apenas tenha agarrado a chance de expulsar Barry da vida dela e dos filhos de uma vez por todas — sugeriu. — Talvez o álcool a tenha levado a isso. A tenha estimulado a aproveitar a ocasião antes que ele acordasse e o ciclo de horrores recomeçasse. Talvez, ao deparar-se com o marido naquele estado, bêbado, inconsciente, ela simplesmente vislumbrou a *oportunidade*. Nenhum outro pensamento, nada, só a chance de se livrar do problema.

Colin notou a entonação nas palavras de Geraldine. Ela realmente sabia do que estava falando. Compreendia o afã que podia invadir qualquer mortal, a ânsia por fazer algo ou alguém desaparecer num estalar de dedos.

— Talvez só quisesse que ele a deixasse em paz.

Colin viu a expressão de franqueza no rosto dela e sentiu como se tivesse percebido um lampejo da verdadeira Geraldine O'Hara. A Geraldine sob as roupas de grife e o cabelo bem penteado. E não conseguia acreditar no que percebera, uma garota assustada disfarçada sob a pele de mulher muito desejável.

Com mais dois goles, Geraldine terminou o vinho, desculpou-se e foi ao toalete. Retornou dez minutos depois, quando Colin já estava apavorado à idéia de que ela havia ido embora, deixando-o plantado no restaurante.

Era novamente a advogada feminista e fria de belas pernas, cérebro invejável e aquele ar de não-se-atreva-a-me-tocar.

Colin sentiu-se ao mesmo tempo aliviado e entristecido.

Matty despertou com a luz do sol e um estranho sentimento de solidão. Era esquisito sentir falta de alguém. Especialmente de alguém como Susan Dalston. Mas Susan a intrigava. Considerava difícil entender alguém tão altruísta. Que pensava constantemente nas outras pessoas, pessoinhas que nada faziam a não ser pedir esperando que fossem atendidas. Pedir o tempo dela, a atenção, os poucos trocados de que dispunha.

Ela falava com freqüência sobre os filhos, como se fossem gente com opiniões, pensamentos e solicitações próprias. Quando, na verdade, tudo o que tinham eram demandas.

As crianças tinham demandas e os pais, tolos que eram, provinham essas demandas. Sem pensar duas vezes, apenas pela necessidade que tinham de dar.

Isso jamais funcionaria com Matty. Não queria ninguém privando-a de nada, muito menos se fossem um bando de ingratos. Pessoas incapazes de, por anos a fio, se sustentarem sozinhas ou até mesmo se fazerem entender. Matty encolheu os ombros diante de tal idéia.

Perambulou pela cela, entediada. Foi até a sala de recreação e tentou jogar um pouco de paciência. No entanto, a todo momento aparecia uma presa para tentar puxar papo. Então se serviu de café e rumou para a cela de Rhianna.

Rhianna lá estava, acompanhada de uma jovem de nome Sarah, alta, grandes olhos castanhos e rosto em formato de coração. Parecia talhada para o elenco de um filme de Fellini, no qual contracenaria com italianos peludos e de bigode.

Isso até abrir a boca, revelar o mais consumado sotaque de East End e varrer qualquer pensamento romântico que tivesse despertado anteriormente. De súbito, transformava-se numa mulherzinha obscena cuja beleza evaporara-se.

— Olá, colega, tudo bem? — Sarah tinha um alto astral que era a inveja da ala. — Você está com cara de quem acabou de perder a virgindade com a guarda do turno da noite.

Seu riso era enérgico e contagiante. Mesmo Matty foi obrigada a sorrir. Rhianna fez um sinal de cabeça para a garota e ela saiu da cela, toda pernas, cabelo e dentes.

— Divertida essa Sarah. Não importa o que ela diga, nunca me sinto deprê quando está ao meu lado.

Matty concordou com um meneio de cabeça.

— É o bom humor. Algumas pessoas são assim. Nunca vão enxergar a merda em que transformaram suas vidas. Admirável.

Rhianna se calara. Quando Matty estava assim era melhor não contrariá-la.

— Você está bem?

Matty sacudiu a cabeça.

— Fui tomada pelo espírito da penitenciária, como diria Susan. Estou fodida, puta e doida para arrumar uma briga.

Rhianna relaxou. Conhecia bem a sensação, sabia como lidar com aquilo.

— Durante muito tempo também me senti assim. Tem que ter paciência, esperar que isso tudo suma. Se não sumir, aperte um baseado. Viaje. Abra a cabeça. Um mergulho desses sempre me fez ver tudo com mais clareza.

— Acha que Susan está bem? Ela parecia tão fora de si. Nunca ouvi nada assim em toda minha vida. Havia muita dor na voz dela. Dor sincera, capaz de cortar o coração.

Rhianna tirou um cigarro de maconha da lata de tabaco e o acendeu, exalando a fumaça ruidosamente. Em seguida, o passou a Matty, que deu uma tragada profunda.

— Sabe o que acho? Acho, Matilda Enderby, que, pela primeira vez na vida, alguém a comoveu. Você realmente se importa com Susan Dalston e não tem idéia do que fazer com isso.

Rhianna começou a rir e Matty se sentou no beliche, sem responder, deixando que seus olhos vagassem pelo cubículo. Tudo ali aludia ao universo masculino: havia homens nos pôsteres da parede, homens em capas de revista, até mesmo os odores eram de macho. Bebida, fumo e ranço de sexo.

Só o sexo não era praticado com homens, embora tivessem preferido que sim.

— Não dou a mínima para Susan Dalston, não mesmo. Sou forçada a dividir meu espaço com ela e tenho o direito de ser notificada caso esteja às portas da loucura. — Matty disse, distraída.

Rhianna concordou com um movimento de cabeça, ainda rindo.

— Já me informei sobre ela, então pare de se preocupar. Ela está bem. Volta à ala hoje à tarde. Susan ama demais os filhos para ficar incapacitada, mesmo que por pouco tempo. Ela não daria a ninguém a chance chamá-la de incapaz. Pare de se afligir, Matty.

As últimas palavras foram ditas lentamente, como se Rhianna pudesse ver o que se passava dentro da cabeça de Matty e soubesse que, apesar de negá-lo, estava preocupada.

Sarah retornou à cela de Rhianna. Seus olhos enormes cintilavam por conta do LSD e todo o corpo se encolheu ao escorregar para o beliche.

— Odeio esse maldito lugar.

Ninguém respondeu. Não havia o que acrescentar.

Susan ouvia o psiquiatra. O homem tinha idade avançada, cabelos tingidos de castanho e olhos verdes claros. A voz dele lhe agradava, porém. Era um murmúrio escocês e trazia a Susan lembranças de tempos mais felizes.

— Como se sente agora, Susan? Como se sente em relação a sua vida?

Ela pensou demorada e arduamente. O que sentia?

— Sinto como me sentia em casa. Quando tinha tudo nas mãos. Exatamente como se tivesse acabado de lavar roupa e recuasse alguns passos, para observar, feliz com o resultado. Era então que eu via uma meia. Uma meia suja que escapara da máquina. Então concluía que era a vida me dizendo que sempre havia algo ou alguém para escapar da gente. Ou para arruinar a nossa rotina, a nossa vida, nossa sensação de bem-estar.

O Dr. McFadden fitou a mulher e sorriu. Simpatizava com ela; a seu jeito, era uma filósofa. Uma sonhadora que nunca tivera tempo para dar-se conta dos próprios devaneios.

Como todo mundo, no entanto, ela sequer dava-se conta de que devaneava.

— Você costuma pensar no que fez?

Ela suspirou, um suspiro longo e cansado.

— Pensar, doutor? Se o senhor estivesse no meu lugar, pensaria no que tinha feito?

Ele mordeu os lábios e refletiu por alguns minutos. Depois deu de ombros.

— Depende muito, não é? Depende se sente ou não ter feito algo errado.

Susan sorriu.

— O senhor é um sacana astuto. Tenho de tomar cuidado com tudo o que lhe disser, não é?

— Vindo de você, Susan Dalston, vou considerar a observação um elogio.

Mais tarde, ao fazer suas anotações, ele escreveu: "Cheia de culpa, cheia de amor pelos filhos, com os quais deveria estar, em casa, se houvesse um pingo de justiça nesse mundo."

Ele sabia que os medalhões o detestavam, o consideravam liberal demais, muito afável com as garotas com as quais lidava. Mas tal comportamento era resultado de anos dando ouvidos a pesares e tristezas.

Wendy acordara com a dor contumaz, uma sensação de ardência entre as pernas que tornava impossível urinar sem ter vontade de gritar. Desejava estar de volta ao seu quarto com a loção calmante de calamina.

Periodicamente, enfrentava a mesma situação difícil, legado deixado pelo pai e pela doença que lhe infligira. Ele a havia contaminado. Às vezes, Wendy divagava se era um castigo divino. O pai já estava infectado quando a possuiu, então Deus deve ter feito com que ele expressamente contraísse a moléstia para que pudesse transmiti-la à filha.

Jamais compreenderia o que lhe acontecera.

Fechou os olhos e sonhou. Imaginou-se em casa na companhia da mãe, das irmãs e do irmão. Como por milagre, o pai havia morrido num acidente de carro ou num incêndio e eram todos felizes, bem alimentados e agasalhados. Estavam sentados na sala e comiam batatas crisps, sabor molho de tomate, e bebiam cream soda até se fartarem. Assistiam *Bonanza* na TV e a pequena Rosie fazia rodízio no colo de toda a família, que lhe oferecia um monte de guloseimas.

Em algumas ocasiões a vida funcionara assim, quando o pai estava fora com outra mulher, num mundo paralelo. Era quando todos podiam serenar e sentir-se afortunados, como se a ausência de Barry tornasse real a existência do restante da família. Todos percebiam que existiam para desfrutar, e não para ser tratados aos berros ou aos trancos.

Vovó Kate os visitaria com pacotes de caramelos Rolos, miniaturas Wagon Wheels e um saco de Jamboree para Barry, fã de discos voadores que faziam a língua rachar tamanha a acidez dos confeitos. E conversaria com cada um dos netos, a voz gentil e as palavras doces.

A avó estava morrendo e as crianças nem sequer podiam visitá-la. Fora penoso para ela imaginar o que acontecera naquela fatídica noite. Sabia, no fundo da alma, o que o filho havia feito. Sabia do que ele era capaz. E o fato de a neta mais velha ter vivenciado isso na carne tornava a dor de Katie ainda mais aguda. "Está no sangue." A frase girava na cabeça da avó, que procurava afastá-la. Ela se obrigava a pensar em qualquer outra coisa, mas ultimamente a mágoa recrudescera.

Wendy gritou.

Dessa vez a pontada fora pior do que das outras vezes. Estava tão dolorida que, ao se movimentar, sentia as bolhas que lhe cobriam parte do corpo. Como se tivesse sofrido uma queimadura no local, provocada por água fervente ou alvejante.

Passou a língua seca pelos lábios. Precisava de um pouco de chá. Chá gelado afastaria a dor. Gelo também era bom.

A Sra. Eappen veio atabalhoada até o quarto, o cabelo emplastrado de spray, o casaco de malha de lã coberto de botões.

— Está pensando em se levantar, criança? — A voz dela era de censura, como de hábito, como se soubesse que a menina iria se comportar mal, exatamente como sempre imaginara que se comportaria. Wendy detestava desapontá-la e fazia um esforço consciente para não agir muito corretamente. Tinha certeza de que isso animava a mulher.

— Não me sinto nada bem hoje.

A Sra. Eappen olhou para a garota, impassível. De fato, parecia adoentada, lívida e extenuada. Também parecia sentir dor.

— O que você tem? Precisa de um médico?

Havia solicitude na voz dela e Wendy estava mal o bastante para apreciar o gesto.

— Não é nada demais. São minhas regras.

A Sra. Eappen olhou para ela cheia de suspeita.

— Você estava menstruada há menos de uma semana. — E encarou a menina deitada na cama. — Vou chamar o médico. Seguro morreu de velho.

Foram os protestos de Wendy que fizeram-na decidir por telefonar para o médico. Quanto mais a garota negava estar com dores, mais convencida estava da necessidade de recorrer a um especialista. Em tantos anos de serviço, já vira de tudo: abortos caseiros com agulhas de tricô e palitinhos chineses, garotas sofrendo abortos espontâneos em suas belas camas imaculadas, sem jamais pensarem no risco a que estavam se expondo ou nos problemas que causavam aos outros.

O médico chegou a tempo de encontrar uma jovem histérica que não admitia a possibilidade de ser submetida a exame clínico. Finalmente, braços bem-intencionados conseguiram contê-la; e rostos angustiados a analisaram quando as cobertas foram removidas de sobre seu corpo. O terrível segredo revelara-se.

Ela ouviu o médico assobiar entredentes e o grito abafado da Sra. Eappen:

— Santo Deus, o que há de errado com essa criança?

Wendy fora desmascarada numa manhã clara em que se sentia arrasada e doente. De repente, viu-se cercada de pessoas que queriam explicações de quando e com quem ela tivera relações sexuais.

Quando. A data era o que mais lhes interessava.

Especialmente Potter, que parecia amuado tanto quanto ofendido. Havia alívio no rosto dele e isso amargurou Wendy.

Ela continuava muda. Ainda não aprendera muito sobre a vida, mas o pouco que sabia lhe tinha sido ensinado nos joelhos da avó. Vovó Kate, que recendia a bolo feito em casa e água-de-colônia.

— As pessoas só sabem o que lhes contam, criança. Lembre-se disso durante a vida inteira. Só conte seus segredos a quem puder guardá-los, a quem zelará por eles e os manterá como devem ser mantidos. A sete chaves. Em sigilo.

Wendy compreendia agora o que era envelhecer. Significava saber coisas que as outras pessoas ainda não sabiam. Significava tentar adverti-las sobre os perigos de uma vida da qual estava se despedindo. Uma vida que, aos poucos, minguava e ficava vazia de tudo que não fossem memórias e segredos.

Deitou-se na cama e sentiu-se subitamente serena. Não lhes diria nada. Deixaria que imaginassem o pior. Ainda assim, nem chegariam a arranhar a superfície da verdade.

Seu pai estava morto e ela estava feliz por isso. Não poderia feri-la novamente do jeito que já a ferira uma vez. Nem mesmo a moléstia com que a infectara poderia machucar tanto quanto ele a havia machucado ao violentá-la.

Olhou para todos à sua volta com os olhos bem abertos. Mas não se dignou a proferir uma única palavra.

Sabia que a Sra. Eappen pensava que saíra fornicando por aí, bem debaixo do nariz dos assistentes sociais. A aflição da mulher fez Wendy experimentar uma certa sensação de rebeldia e prazer.

Capítulo 25

Roselle estava acompanhada por um homem do Soho chamado Danny. Ninguém conhecia seu sobrenome e nem tivera coragem de perguntar.

Ele era grande, preto como carvão e bonito a seu modo, careca e musculoso. As garotas do clube noturno o adoravam e eram correspondidas. Embora somente por uma noite, vez por outra. O homem era mais difícil de pegar do que sífilis de um vigário, como as funcionárias de Roselle costumavam repetir.

Também não era de muito falar, o que lhes convinha. Elas passavam a noite inteira no clube, conversando bobagens. Bobagens na opinião de homens que sonhavam com a feminilidade perfeita, algo tão distante da vida real quanto a terra da lua.

As garotas tocavam a vida e divertiam-se com Danny, forte e silencioso, belo sorriso e, principalmente, um pênis que mais parecia um taco de beisebol ou de críquete, dependendo do esporte favorito da interlocutora. Ele ria das piadas das garotas, compreendia a infelicidade delas e lhes dedicava algumas horas de sexo gratuito.

Roselle, no entanto, o conhecia melhor que ninguém. E há anos. Sempre que precisava de um servicinho, era a ele que recorria. E ali estava Danny, sentado no carro dela, olhar sombrio e meditativo, meio sorriso, enquanto se inteirava da situação.

— Quando avistarmos o homem, você o traz até aqui. Só não deixe que os passantes ou qualquer pessoa desconfie que está acontecendo alguma coisa, certo?

Ele fez que sim com a cabeça. Ele repetia o gesto quase que ininterruptamente. Era a mais perfeita imagem da subserviência.

— Então você e eu vamos deixá-lo em frangalhos.

Foi nessa hora que Danny escancarou o sorriso, ansioso por colocar a mão na massa.

— Se ele é estuprador, é para cair em cima, arrebentando?

Roselle riu, cordial.

— Sim, é um estuprador e você tem que aterrorizá-lo. Porém, primeiro vamos ver como ele reage antes de passarmos à parte mais dolorosa. Às vezes o medo de levar uma surra é um castigo ainda maior do que a surra propriamente. Logo saberemos.

Danny relaxou. Gostava de Roselle. Ao contrário da maioria das mulheres, ela pensava como um homem. Era uma desgarrada, como ele, e atinava a mecânica do medo.

Alfred Potter saía de casa pouco depois de oito e meia da noite. Trabalhava como voluntário num clube juvenil local e estava atrasado. Acabara de receber a visita de uma garota chamada Leyla, 11 anos, mas bem desenvolvida para a idade, embora com dificuldades no que dizia respeito ao processo de aprendizagem. O tipo de Potter, na verdade. Os pais dela pensavam que era um ótimo sujeito, interessado apenas em ajudá-la com as lições e em fazer-lhe companhia nos dias de folga. Afinal, era um assistente social e sabia o que estava fazendo. Podiam confiar nele.

De sua parte, Leyla era uma menina tranqüila e amistosa, cuja compreensão do mundo era muito peculiar. Se via que as pessoas gostavam dela, experimentava uma sensação de bem-estar. Se constatava que sua presença as irritava, caía no choro. Se via que se zangavam, chorava. Sempre que deixava Potter satisfeito, ganhava bolo comprado pronto e Pepsi, coisas que nunca tinha em casa.

Potter e Leyla tinham tidc uma sessão bastante longa naquela tarde, e ele se esquecera da hora. Ao saírem, ele a colocou num táxi e acenou até que o veículo estivesse fora do alcance da vista.

Então, feliz consigo mesmo e sentindo-se indestrutível, ele abotoou o casaco e caminhou lampeiro pela calçada, ajeitando o cabelo esparso.

O homem negro, ele notara, parecia vir deslizando em sua direção. Nenhuma expressão no rosto, nada. Só ao se ver nas garras do sujeito e ao ouvi-lo falar é que se deu conta do perigo óbvio.

A essa altura, já fora jogado no banco de um belo carro.

Uma vizinha, a Sra. Henderson, acenou. Potter retribuiu o gesto, pois o homem negro ordenou que agisse normalmente, sob pena de ter os testículos arrancados e enfiados na caixa de correio.

Ele acreditou no homenzarrão, que trazia o branco dos olhos amarelados e dentes miraculosamente alvos. Até porque, ponderou, não tinha razão para não acreditar.

Uma mulher, muito bonita e bem vestida, apareceu ao lado do carro, na calçada. Ainda acenando para a Sra. Henderson, Alfred foi levado para longe. O carro saiu em velocidade, ainda que não tão veloz a ponto de chamar atenção. Disseram-lhe que ficasse de boca fechada até ordem em contrário.

Ele estava em pânico, exatamente como desejavam seus dois companheiros de viagem. Potter não os decepcionou. Começou a chorar antes mesmo de deixarem a rua em que morava. Ao chegarem à via expressa, estava aos soluços. Se ao menos lhe dissessem alguma coisa, lhe dissessem o que havia feito de errado!

Mas nem uma só palavra foi pronunciada e não seria ele a despertar um surto de ira do homem negro.

Roselle descobriu que estava se divertindo de verdade.

— Outra noite na cadeia, hein? Que perspectiva emocionante.

A voz de Matty parecia atravessar o cérebro de Susan. Era como se estivesse determinada a falar até morrer.

— Matty, por que você não escuta a minha carta? Diga o que acha.

Matty concordou com um movimento de cabeça. Parou de andar para lá e para cá e sentou-se no beliche de Susan.

— Vamos lá, então.

Susan limpou a garganta e começou a ler.

— "Querido Peter"... é o nome dele.

Matty suspirou.

— Ora, nem mesmo você seria capaz de errar o nome do destinatário de uma carta.

Susan tornou a pigarrear e recomeçou.

— "Querido Peter, foi ótimo receber notícias suas. Fiquei muito contente em saber de você. Espero que esteja bem. Eu estou tão bem quanto possível, consideradas as circunstâncias. As crianças estão todas bem. Acho que sentem falta de mim, mas eu também sinto falta delas. O que está acontecendo com você? Como são a Austrália e o navio? Como é viver num navio bem grande? O que você faz nos dias de folga no navio? Tem mulheres no navio... — mulheres marinheiras, quero dizer? Ah-ah. Por favor, escreva novamente logo, pois é muito bom receber notícias de alguém dos tempos em que eu tinha outra vida. De dias mais felizes. Escreva logo. Com carinho, Susan Dalston."

Matty levou as mãos ao rosto e se jogou para trás, sobre o colchão. Susan se empertigou, levantando a cabeça, aborrecida.

— Está muito ruim, não é?

Matty a repreendeu.

— Susan Dalston, essa é a pior carta que já ouvi. Você parece débil mental.

Susan estava à beira de perder a calma e fez questão de demonstrá-lo.

— Nem tanto débil mental quanto você. A débil aqui é você, que não entende nada de nada. Acho que a carta está muito boa. Responde às perguntas que ele fez e cria outras.

Matty esfregou os olhos com as mãos, um hábito que tinha quando se irritava.

— Se está interessada em Peter, não mande essa carta. Vou escrever uma para você enviar a ele.

Susan balançou a cabeça veementemente.

— Ah, não, não vai, não. Não estou a fim dele, nem ele de mim. Somos apenas colegas. Colegas dos tempos de escola. Ele está enfiado num navio e estou enfiada aqui dentro. Só queremos trocar algumas palavras, nada mais. Por que tudo, o tempo todo, precisa estar ligado a sexo e a interesse por homens?

Matty meneou a cabeça e deu sorriso forçado.

— Porque é isso que faz o mundo girar. Homens e mulheres, mulheres e homens. É disso que é feita a vida.

Susan resfolegou e acendeu um cigarro.

— Todos os homens que conheci só me causaram problemas. Pode guardar toda essa baboseira para pessoas iguais a você. Para mim, um colega é o suficiente. Trancada aqui, a última coisa de que preciso é encher a cabeça com tolices. Romance é para tontas, Matty. Tontas como você, Sarah e outras capazes de imaginar que, uma vez na rua, em liberdade, a vida voltará a lhes sorrir. Pois escute aqui. Vou bater a real. A marca da prisão vai permanecer com vocês por toda a vida. Se conseguirem um outro cara, ele nunca deixará de pensar na possibilidade de ser assassinado. Quanto mais cedo vocês perceberem o que fizeram, o que causaram, melhor será.

Matty encarou Susan do mesmo modo que tinha sido encarada. Um olhar duro, sem nenhuma espécie de sentimento, qualquer que fosse.

— Você está errada, Susan. Somos vítimas e as pessoas decentes sempre nos verão como vítimas.

Susan sacudiu a cabeça, escarnecendo. E, sem conseguir se conter, disse algo que nunca deveria ter dito.

— Você não é uma vítima e admitiu isso na semana passada, quando bebemos vodca e conversamos. Nenhuma de nós é vítima. Casamos com aqueles homens e permanecemos ao lado deles mesmo depois de sabermos quem eram. Caímos numa armadilha que nós mesmas preparamos. Barry era a cópia do meu pai, querida. Casei com meu pai, o homem a quem eu mais odiava no mundo. Fui uma vítima, tudo bem. Fui vítima da tentativa de me afastar de casa ou da tentativa de colocar distância entre mim e meu pai. Isso é tudo. Não há um grande plano, uma grande armação. Quero que tudo se dane, mas é preciso reconhecer a verdade. E a verdade, como todas sabemos, machuca.

O olhar de Matty era duro. Parecia amedrontada. Susan notou que tinha extrapolado, mas, às vezes, a companheira de cela a tirava do sério.

A voz de Matty soou monocórdia, os olhos vigilantes, e Susan lamentou ter mencionado a bebedeira.

— Para ser franca, não é bem assim. Eu apenas suponho qual seja a verdade, só isso. Não esquente a cabeça, sou a última a ter moral para fazer esse tipo de julgamento, não é?

Matty pôs-se de pé e, apesar da figura miúda, parecia seriamente ameaçadora. Susan levantou-se também e a disparidade de altura e peso entre as duas ficou óbvia.

— Ouça, Matty, o que você faz é problema seu, certo? Não tenho nada a ver com isso. Já é difícil o bastante lutar para não entrar em desespero, velar por meus filhos e tentar escrever cartas. Se pretendesse usar o que você disse durante o porre, não lhe avisaria antes, não é?

Matty percebeu a lógica no que a outra mulher dizia e relaxou.

— Digo muitas bobagens quando bebo, Sue. Não significa que sejam verdade, não é?

Susan meneou a cabeça. A tensão havia deixado a cela e Matty tornara a sorrir.

— Sei muito bem a que se refere, colega. Nem me lembro muito bem do papo. Agora me dê uma ajuda com a carta, que tal? Vou me curvar ao seu vocabulário, muito mais rico que o meu.

A tempestade havia passado, mas Susan percebera o quanto havia aproximado seu barco dos ventos. Também percebera que Matty Enderby era uma pessoa perigosa. Portanto, muito melhor tê-la como amiga do que na condição de inimiga. Como Victor Enderby descobrira por conta própria.

Alfred Potter estava de pé num bosque frio, longe de casa, e sem roupas. Jamais se sentira tão exposto em toda sua vida.

— Jesus, mas que piruzinho pequeno! Não concorda, Dan?

O homem negro meneou a cabeça, mudo.

— Pequeno demais para uma mulher de verdade, Sr. Potter. É por isso que tem uma queda por garotinhas?

A voz de Roselle soava alta na escuridão e ele percebeu exatamente do que se tratava. Preferiu continuar calado.

Danny o agarrou com um punho robusto e o sacudiu.

— Responda à dama quando ela falar com você, homem. Entendido?

Potter não sabia o que responder, mas balançou a cabeça vigorosamente.

Roselle riu em alto e bom som.

— Está me chamando de mentirosa? Não é uma besta, um merda predador que persegue as crianças mais desprotegidas de nossa sociedade? Crianças internadas em abrigos, crianças arrancadas de seus lares apenas porque os pais se meteram em confusão. Acha que é legítimo agir assim, não é?

Potter queria chorar, sentia-se inteiramente vulnerável, tão assustado e impotente. Nu e com frio, estava à mercê de estranhos, duas pessoas que, sem dúvida, o conheciam. Sabiam dos momentos silenciosos que passava com as crianças, expressão com que se referia a seus joguinhos.

— Jamais ousaria chamá-la de mentirosa, madame.

Ele se odiou pelo tom de súplica em sua voz. Em pensamento, ele rezava. Tirai-me daqui, Deus, e nunca mais, enquanto viver, tornarei a chegar perto de uma criança.

Roselle riu.

— Qual é a sensação de estar tão intimidado, de ter estranhos olhando para você... estranhos que poderiam lhe fazer o que bem quisessem? Porque são mais fortes, mais perversos, mais brutais do que você.

Ele ainda não conseguia responder. Não havia resposta a dar.

— É isso que excita gente como você, não é? O medo, a vulnerabilidade das garotas de quem você abusa? Porque é abuso, você sabe. Abuso do pior tipo. Você trabalha com crianças, se aproveita disso, finge que cuida delas. Como a menininha de Gales, qual era mesmo o nome dela?

Roselle simulou puxar pela memória, como se o nome lhe tivesse escapado.

— Era Karen? Sim, Karen. A menininha com rabo-de-cavalo. Você ainda tem fotos dela em casa. Estivemos na sua casa, Sr. Potter. Eu e meu amigo aqui. Vasculhamos todas as suas coisas. Vimos todos os seus livros, seus vídeos, todas as suas imundícies. Nós o conhecemos melhor do que ninguém.

Ela tinha o ar sério. A voz e a fisionomia eram pétreas.

— Você foi embora de Gales, não foi, Sr. Potter? E de Newcastle. E de Leeds. Sempre vai embora antes que o expulsem, não é? Antes de ser pego. Gente como você mantém o assunto em círculos restritos. E há pencas de pessoas como você, por aí. Ora, estou aqui para lhe dizer que sei muito bem o que costuma fazer e que estamos de olho em você. Seu grande erro foi ir atrás de minha amiguinha, minha grande amiga Wendy Dalston. Ao contrário de você, Wendy conta com nosso apoio. E aí, a que conclusão chegamos? Não posso permitir que parta assim, sem mais nem menos, posso? Preciso ter certeza de que entendeu direitinho o mal que provocou. Ter certeza de que jamais vai querer, nem remotamente, repetir as atitudes do passado. Portanto, vou lhe fazer sentir dor. Lamento, mas dor no limite do que um homem pode suportar.

Ele caiu de joelhos na vegetação rasteira. Podia sentir galhos furando seus joelhos e a terra se colando às canelas.

— Por favor, por favor, não me machuquem! Eu imploro. Por favor, agi muito mal... — Ele chorava. Chorava copiosamente.

Roselle se divertia.

— Oh, a alegria de ouvir um homem implorar. Qualquer homem. Implore à vontade, seu pervertido. Você foi desmascarado.

Ela caminhou lentamente de volta ao carro e o deixou com Danny. O que Danny faria em seguida era por conta dele, o acordo era sempre esse. Ele aplicava o castigo que considerava adequado ao crime.

Roselle desconfiava que a sentença seria rigorosa. E, do fundo do coração, não sentia um pingo de misericórdia por Alfred Potter.

Colin estava nervoso. Ao sentar na sala de visitas com a assistente social das crianças, Srta. Beacham, lembrou, pesaroso, do comportamento de Susan na última visita que ele lhe fizera. E sorriu envergonhado para a outra mulher, que balançava a cabeça como se para tranqüilizá-lo de que tudo estava indo bem.

Gostava de Beacham. Era uma criatura agradável. Uma presença apaziguadora para os meninos sob seus cuidados. E conseguira impressionar

Colin. Pena que fosse tão feia. Porém, com uma personalidade tão atraente, seria esperar demais que Deus a contemplasse com um rosto igualmente cativante.

Num lampejo, percebeu que, se expressasse tal raciocínio para Geraldine O'Hara, seria reduzido a pó em questão de segundos. Para as Geraldines da vida era fácil ser feminista. Apesar de tudo, continuavam a ser julgadas pela aparência e não precisavam enfrentar a angústia de reles mortais como ele próprio. Ou a Srta. Beacham.

O pensamento fez Colin sorrir. Beacham, presumindo ser a destinatária da gentileza, retribuiu o cumprimento.

— Estou contente por termos agendado visitas simultâneas, Colin. Talvez possamos comer alguma coisa depois. Posso colocá-lo a par dos últimos progressos das crianças.

Ele assentiu com um movimento de cabeça.

Também apreciava nela o fato de comer como as pessoas deveriam comer. Em quantidades enormes. E sempre de alimentos classificados como nocivos. Sabia, por intermédio dos filhos de Susan, que ela costumava levá-los às lanchonetes Wimpys, oferecendo-lhes milkshakes gigantes, donuts, hambúrgueres duplos e batatas fritas.

A prole Dalston a adorava, especialmente a mais velha.

De sua parte, Colin considerava Wendy uma anomalia. Todas as outras crianças haviam estado em casa na noite crime, embora alegassem não ter visto nem ouvido nada.

Então, quem estava tomando conta do trio? Não conseguia conceber Susan deixando Barry e Rosie aos os cuidados de Alana, não importa o que dissessem. Nem mesmo o que Susan afirmasse.

Rosie, obviamente, não poderia mesmo ter notado nada, mas até mesmo o pequeno Barry se ativera a repetir: "Papai foi embora e ficamos felizes."

Alana sempre dissera que não sabia de nada, que não vira nem ouvira nada.

Mas, como Colin estava começando a perceber, havia muitos detalhes ainda por revelar, a verdade ia muito além do que a vista alcançava. As pessoas raramente ouviam as crianças ou perguntavam a opinião delas. Era como se os adultos acreditassem que os pequenos não tinham pensamentos sobre nada, salvo os pensamentos que os adultos queriam que tivessem. Mas os Dalston eram sagazes, crianças vívidas que tudo registravam, mesmo os eventos mais triviais. Quanto mais refletia sobre o assunto, mais inquieto Colin ficava, ainda que não soubesse realmente por que duvidava da história de Susan.

Foi então que ela entrou na sala, toda sorrisos e desculpas. Olhou para Colin constrangida e, por instinto, levou uma das mãos até o pescoço.

— Olá, Colin. Olá, Srta. Beacham. — A velha amabilidade de Susan estava de volta. O advogado pôde, então, descontrair. — Como estão meus filhos e quando vou poder vê-los? — O anseio pungente na voz dela era apavorante. — Estão todos passando bem?

Beacham estendeu a mão grande e ossuda e sorriu.

— Olá, Susan, está com ótima aparência. Emagreceu?

Ela fez que sim com a cabeça, feliz por alguém ter notado.

— Emagreci, sim. Estou de regime. Um sacrifício medonho. — E esfregou a barriga. —Até mesmo meus pneus estão em pânico, posso garantir.

As duas mulheres riram juntas e Colin sentiu-se um intruso naquela conversa.

— Talvez eu também deva adotar a dieta que vocês fazem por aqui. Perder um pouco de peso não me faria mal — brincou Beacham.

Ambas riram novamente e a atmosfera mais uma vez desanuviou. A contragosto, Colin notou que se deixara impressionar por tanta cordialidade. Todos se sentaram. Susan acendeu um cigarro tirado do maço sobre a mesa, presente de Beacham.

— Obrigada, Srta. Beacham, por me proporcionar esse prazer. Estou cansada de fumar cigarros que eu mesma enrolo.

Colin estava aborrecido. Por que a idéia não fora sua? Beacham limpou a garganta e emitiu um suspiro.

— Tenho algo para lhe contar, Susan. É sobre Wendy. E, antes que você pergunte, ela está perfeitamente bem.

Colin a observava da janela, um sorriso afetado nos lábios. Aquelas tinham sido as palavras exatas que dissera antes do episódio do estrangulamento. Dessa vez, decidira ficar perto da janela por um tempo, para a eventualidade de Susan tornar a se descontrolar. A guarda mais próxima também entrou em estado de alerta vermelho.

— Ao que parece, Susan, Wendy contraiu algum tipo de doença. — Beacham olhou direto nos olhos da interlocutora. — Receio muito que seja uma doença sexualmente transmissível. Sei como deve estar se sentindo impotente, mas é seu direito ser informada do que acontece à sua filha, mesmo que ela esteja aos cuidados de funcionários do governo. Afinal, ela ainda não completou 16 anos. Pode nos dar alguma luz a respeito disso? Tem alguma idéia de onde ela pode ter se contaminado? Pergunto isso porque, no abrigo, ela não teve nenhuma oportunidade para travessuras. Se é que me entende.

A assistente social tornou a suspirar.

— Meu Deus, Sue, essa é a coisa mais difícil que já fui obrigada a contar a um pai ou a uma mãe.

Beacham estava quase chorando. Susan segurou a mão dela sobre a mesa, solidária.

— Posso imaginar. Compreendo, de verdade.

Colin estava surpreso. Surpreso e estarrecido. Se tivesse sido ele a contar aquilo a Susan, ela teria recebido uma segunda acusação por homicídio. Que diabos havia com as mulheres?

— E que doença é essa?

A voz de Susan soou vagarosa e resignada.

— Ela tem uma coisa chamada herpes. É como o vírus da catapora, acredite se quiser. Pelo que entendi, veio dos Estados Unidos.

Susan deu de ombros.

— Logo um mal norte-americano. As boas doenças britânicas não bastam para a garotada de hoje em dia, hein?

Colin não podia crer na tranqüilidade com que Susan estava recebendo a notícia e, mentalmente, registrou que deveria se fazer acompanhar de Beacham em todas as visitas futuras.

— Existe tratamento para essa doença? É perigosa?

A assistente social balançou a cabeça, triste.

— Parece que ninguém sabe muito bem a respeito. Mas estão fazendo todo tipo de pesquisa. Vamos torcer para que dê logo resultado. Não é letal, portanto não se preocupe tanto. Ela está bem. Provavelmente mais preocupada com a possibilidade de você descobrir tudo do que com a própria saúde.

Susan assentiu com um meneio de cabeça, o rosto lívido.

— Posso vê-la em breve?

Beacham fez que sim, balançando a cabeça.

— Claro que pode. Todos estarão aqui na sexta-feira, como de costume.

— E quanto à novela da adoção? Vou topar a briga. Colin vai lhe contar tudo ainda hoje, depois que eu tiver conversado com ele.

Susan o olhou de alto a baixo e deu um meio sorriso.

— Recuso-me a abrir mão de meus filhos para quem quer que seja, mesmo para os Simpson, tão generosos. Vou arranjar alguém para tomar conta de Rosie. Juro! Portanto, considere-se avisada. Espero, Srta. Beacham, que já não tenha tomado partido em favor da adoção.

— Oh, Susan, gostaria imensamente que você pudesse estar com seus filhos, eles a adoram. Sei disso. Também sei que é uma mãe maravilhosa para aquelas crianças.

Susan suspirou.

— É uma boa mulher, Srta. Beacham. Meus filhos lhe têm afeto, e para mim é isso o que interessa. Quando uma criança não gosta de alguém, sempre presumo que se deve a um toque de intuição que falta a nós, adultos. Crianças desvendam as pessoas com muito mais facilidade.

E sorriu.

Beacham ficou de pé e novamente apertou a mão de Susan.

— Vou estar lá fora à espera, Colin. Vou deixar que conversem a sós.

E saiu da sala, não sem antes convocar uma guarda a escoltá-la até o portão da rua.

Susan e Colin entreolharam-se.

— Se tivesse sido eu a lhe dar a notícia, Susan, teria tentado me matar — ele a censurou.

Ela riu com o tom aflito nas palavras do advogado.

— Ainda não sacou a diferença, Colin? Você é homem. Claro que seria morto. É a lei.

Ela disse isso sem rodeios e com uma contração de lábios. Mesmo sem desejar, Colin riu. Susan também, bem como a guarda que os vigiava. Os olhos de Susan, no entanto, não sorriram, o que fez Colin imaginar que, mais uma vez, a mulher fazia pose de durona.

Ainda assim, a informação que havia recebido sobre a filha devia estar destruindo-lhe as entranhas. Como uma chaminé, passara o tempo todo da visita expelindo fumaça. Fumara do primeiro ao último minuto.

A Sra. Eappen não sabia ao certo como lidar com a mulher que tinha diante de si. Exibia boas roupas, bons sapatos e transpirava dinheiro. Contudo, a voz não condizia com a estampa. Era exatamente isso que desnorteava a assistente social.

Roselle abriu seu melhor sorriso e se esforçou para ser polida.

— Compreendo que Wendy está doente, mas tenho certeza de que vai querer me receber.

Eappen estava perplexa, sensação que detestava experimentar. Na verdade, uma visitante assim era a última coisa de que precisava num dia como aquele.

— A mãe dela e eu somos muito próximas, há anos. Se Susan estivesse aqui, não hesitaria em me autorizar a ver a filha. Independentemente do que houvesse de errado com a menina.

Eappen sabia que aquela mulher hospedava Wendy por uma noite, às vezes até por fins de semana inteiros. Também sabia que havia algo suspeito em relação a ela, embora não conseguisse apontar, com precisão, o que seria.

— A senhora se incomodaria de conversar com meus advogados, Eversham and Hope, na Great Russel Street? Tenho certeza de que eles podem encontrar algum tipo de precedente. Afinal, vim a pedido da mãe dela. Estou ciente de que as crianças estão sob a tutela do Estado, mas não de que tenham se tornado responsabilidade exclusiva dos assistentes sociais.

Roselle estava engabelando Eappen, mas o fazia com tal convicção que a mulher não teve alternativa a não ser deixá-la ver Wendy Dalston.

O rosto de Wendy se iluminou quando Roselle apareceu no quarto. As duas se abraçaram e Roselle olhou para a mulher de ar ameaçador que a acompanhara até ali e disse, jovial:

— Seria maravilhoso tomar um pouco de chá.

Quando a mulher saiu do quarto com a expressão transtornada, Roselle sentou na cama de Wendy. Riram juntas.

— Bruxa caduca e miserável! Depois desse desempenho brilhante, eu devia me candidatar ao Oscar. E você, como está passando? O velho problema, não é?

Wendy fez que sim com um meneio de cabeça. Elas nunca mencionavam a doença, a menos que não houvesse opção. Em geral, falavam por subterfúgios, ambas a par da enormidade do que acontecera à jovem.

— Ainda pior, Roselle. Honestamente, é tão doloroso.

A dor transparecia nas palavras e no rosto de Wendy. Roselle a abraçou de novo.

— Ouvi sobre Potter, ou seja lá qual for o nome dele, e a faca. Você é uma garota e tanto, sabe disso. Pena que sua mãe nunca teve a sua coragem, hein?

Ela riu e Wendy respondeu com sinceridade.

— Acho que teve, sim, mas meu pai extraiu dela toda a coragem de antes. Estava pensando nisso hoje. Não consigo evitar esses pensamentos quando estou me sentindo abatida. É como se ele estivesse aqui. Posso sentir o cheiro dele...

Ela olhou pela janela para esconder as lágrimas e Roselle engoliu o bolo que se formava na garganta.

— Trago boas notícias para você.

Wendy olhou para ela, cheia de esperança.

— Potter deixou de existir. Não está mais entre nós, subiu a cortina e foi ao encontro de seu criador, como diria John Cleese.* É um ex-assistente social.

*Comediante inglês, integrante do grupo Monty Python. A frase se transformou em bordão graças ao sucesso de um quadro humorístico na TV a respeito da morte de um papagaio. (*N. da T.*)

Os olhos de Wendy eram como dois pires.

— Está brincando?

Roselle sacudiu a cabeça.

— Lembra-se de Danny, o homenzarrão negro que lhe apresentei certa vez?

Wendy respondeu que sim com um meneio de cabeça.

— Bem, ele bateu um papinho com Alfred e o convenceu a pedir demissão. Aliás, parece que Potter sofreu um acidente, um acidente sério, e não pode mais trabalhar. Que coincidência, não?

Wendy mordeu o lábio e sacudiu a cabeça.

— Está falando sério?

Roselle fez que sim com um gesto de cabeça.

— Seríssimo. Juro pela minha mãe mortinha!

Wendy, sorriso escancarado, concluiu o dito de criança.

— Mortinha atrás da porta!

A porta se abriu com estardalhaço e os outros filhos de Susan tomaram o cômodo. Alana trazia Rosie encaixada nos quadris. Todos riam até que viram Roselle.

— Oh, olá, senhorita.

Wendy riu.

— Ela não é uma senhorita, é Roselle, Alana, você sabe disso.

Barry sorriu para ela. Era tão parecido com o pai que Roselle sentiu o coração vacilar. Então, abriu a bolsa à procura de com que se distrair e tirou alguns doces.

Rosie foi colocada sobre a cama e todos mergulharam a seu lado, sem pensar duas vezes. Roselle tomou no colo a caçula, que estava limpa e cheirava a açúcar, e pôs-se a observar os filhos de Susan, um a um. Observou-os simplesmente serem crianças. Deleitando-se com guloseimas, divertindo-se. Sentiu tanta tristeza que teve vontade de chorar por eles e por suas vidas desperdiçadas. Rosie, decidindo que gostava da visitante, deu-lhe um beijo molhado e ouviram-se mais risos.

Nesse instante, Jane Simpson entrou no quarto e se apresentou. Era uma mulher bonita que, ao tirar Rosie dos braços de Roselle, trazia no rosto a ânsia por ter uma criança só para si. Roselle via isso com clareza, e teve que se afastar.

— Rosie agora vai para casa, crianças. — A voz de Jane era alta e firme.

Barry, todo inocência, olhou para ela e disse:

— Então minha mãe voltou?

A voz do menino estava tomada de esperança, de saudade, e Roselle sentiu um ímpeto de pegar a bolsa e sair correndo. Sair correndo para longe daquelas crianças que não eram sua responsabilidade.

Jane Simpson suspirou.

— Não, Barry, sua mãe não voltou para casa e nem voltará tão cedo.

O menino, sempre otimista, deu de ombros.

— Ela pode fugir e vir nos encontrar, como nos filmes de caubói. — A voz dele informava estar convencido de que Susan podia agir daquele modo. Independente do que a Sra. Simpson pensasse. — Ela pode conseguir um revólver, ou um rifle...

Alana interrompeu os devaneios do irmão.

— Tudo bem, Barry, a gente já entendeu.

Ele não estava disposto a se calar tão rapidamente. E gritou a plenos pulmões:

— Era isso mesmo que ela devia fazer! — continuou, com toda a convicção que conseguia reunir.

A Sra. Simpson saiu levando Rosie, que chorava. O silêncio invadiu o ambiente.

— Sinto saudades de Rosie, muito embora ela só saiba comer e fazer cocô.

Alana dessa vez deu um beijinho na perna de Barry.

— Pare com isso. Como se já não tivéssemos com o que nos preocupar, lá vem você com palavras feias para nos causar mais embaraços.

Alana olhou para Roselle e encolheu os ombros.

— Gostaria que alguém quisesse adotá-lo. Eu mesma assinaria a papelada.

Wendy e Roselle riram alto.

— Eu também. — A voz de Wendy era alta e cheia de falso humor.

Barry assumiu um ar astuto. De olhos semicerrados, disse, sério:

— Será que Steve Austin* precisa de ajudante mirim? Adoraria acompanhá-lo. Eu me tornaria biônico e não comeria nada diferente de Angel Delight e Twixes.

E olhou atentamente para Roselle.

— Quando se é biônico, não há necessidade de comer comida de verdade, deixa-se de ser humano.

Ela concordou com um meneio de cabeça, como se dominasse o assunto sobre o qual ele discorria.

— Entendo.

Alana forçou um sorriso.

— Você não é mesmo humano, você é um menino!

Mas Barry estava acima de qualquer provocação.

— Aí, quando minha mãe voltasse para casa, eu também voltaria. E lhe traria presentes e coisas que a fizessem se sentir feliz.

Roselle despenteou o cabelo de Barry.

— Tenho certeza que sim. Você é um garotinho muito legal, Barry.

Ele gostou da atenção, mas simulou contrariedade para fazer com que todas as damas ali presentes rissem novamente. Desejoso de insistir no tema e contando com uma platéia atenta, ele gritou:

— Então sabem o que eu iria fazer? Roubaria Rosie, para que, ao voltar para casa, mamãe a encontrasse. Como uma surpresa extra.

Exibido, ele perambulou pelo quarto. Barry Dalston sabia envolver o público. Fazia parte do seu charme.

— Esse Barry é completamente biruta — disse Alana, a voz cheia de orgulho. Ela olhou para Roselle.

— Ele lê como um garoto de 11 anos, e mal acabou de completar nove. É dos livros que ele tira tanta imaginação.

Ao ouvir o tom maternal da menina, Roselle a abraçou. Foi um gesto espontâneo, mas isso a transformou em amiga para a vida toda. Alana retri-

*Ou "O homem de seis milhões de dólares". (*N. da T.*)

buiu o abraço e o pouquinho de atenção fez com que começasse a chorar. As lágrimas contagiaram Wendy, que também caiu aos prantos.

Alana estava tão perturbada que sequer conseguia falar direito.

— Sinto tanta saudade de mamãe. E, ainda por cima, levam Rosie embora sem que ninguém saiba com quem ela prefere ficar. Impõem a ela o que acham que ela deve gostar. Mas ela gosta de chocolate ao leite, não de chocolate branco. Gosta que a gente finja jogá-la de ponta-cabeça e de dormir comigo e com Barry. Não é justo, não é justo mesmo! Não fizemos nada de errado. Rosie está com 3 anos e nos ama. Como podem afastá-la de nós?

Com força, Roselle estreitou as duas garotas contra si, as lágrimas lhe escapando dos olhos. As três mantiveram o abraço e choraram juntas. Foi assim que Eappen as encontrou. Ela finalmente decidira servir chá à visita. Feliz pelo fato de ter podido confirmar a impressão que Roselle havia lhe causado, Eapeen largou a bandeja e, com um sorriso de quem está com a missão cumprida, saiu do quarto.

Deixaria que aquela mulher terrível resolvesse tudo. Afinal, fora ela quem provocara todo o mal-estar.

Mas o choro havia feito muito bem às duas garotas e a Roselle. Havia extravasado as emoções das três e lhes proporcionado grande alívio.

Alana se afastou para ir ao encontro de Barry, com quem pretendia dividir o mimo que ganhara de Roselle: uma nota de cinco libras. A sós com Roselle, Wendy a fitou e sacudiu a cabeça.

— É tudo tão triste, não é? Nenhum deles fez nada de mal. Ainda assim, são eles que sofrem. Gostaria que aquela noite nunca tivesse existido.

Roselle mais uma vez tomou a garota em seus braços.

— Coisas ruins acontecem a todos nós na vida. Eu, por exemplo, jamais sonhei que ganharia a vida do jeito que ganho. Mas é preciso seguir adiante, não é, meu bem? Como todos nós fazemos.

— E com relação a Rosie? Mamãe vai enlouquecer se a adotarem. Ela nunca mais terá uma noite de sono tranqüilo, enquanto viver. Rosie era o xodó da casa, o xodó de todo mundo, até mesmo do meu pai. Ele a adorava.

"Não tínhamos ciúme de como ele a tratava. Ao contrário, ficávamos felizes por ela. Inclusive Alana, que era a favorita dele antes do nascimento de Rosie. Ela cedeu o posto com prazer, porque Rosie é uma criança especial. Ela deveria estar com mamãe e, se não fosse por minha causa, ela estaria. É tudo culpa minha, Roselle. Toda essa confusão — fui eu quem causou. Não foi minha mãe. Fui eu.

Roselle pegou a menina pelos ombros e a sacudiu com delicadeza.

— Preste atenção... o que aconteceu com você não foi culpa sua. Seu pai estava errado, muito errado em fazer o que fez. Sua mãe agiu como qualquer outra mulher, no lugar dela, agiria. Qualquer mulher no mundo que tivesse um filho ferido daquele jeito. Então pare com essa bobagem. Sua mãe está orgulhosa em ter feito o que fez, ela a estava protegendo dele, protegendo-a de futuros ataques. Providenciando para que ele nunca repetisse o que havia feito.

"Acredite em mim. Eu conhecia seu pai e sei que tudo teria acontecido novamente, várias e várias vezes. Se ele saísse impune da primeira investida, faria daquilo um esporte. Sua mãe estava ciente disso também e enfrentou o problema, assim como vai enfrentar o que vier a acontecer daqui em diante.

Wendy encarou o rosto severo que tinha diante de si e suspirou.

— Você não entende, Roselle, ninguém entende. Se não fosse por minha causa, minha mãe não estaria presa. As crianças não estariam no abrigo. Nada teria mudado tão drasticamente. Ela nunca o teria matado, nunca. Ela tinha tanto medo dele, veja você. Consegue perceber aonde quero chegar?

"Ah, talvez ela devesse ter se divorciado dele. Ou tentado abandoná-lo. Tudo, menos matá-lo. Mamãe é incapaz de matar alguém.

Roselle balançou a cabeça, consternada.

— Todos somos capazes de matar, querida. É isso o que a Bíblia chama de a marca de Caim. Somos todos capazes de matar. Todos podemos ir longe demais.

Wendy suspirou, melancólica.

— É o que estou tentando dizer, Roselle. Não foi minha mãe quem matou meu pai... fui eu.

As palavras, uma vez ditas, eletrizaram o quarto e as duas mulheres.

— Você o quê?

Wendy passou a língua pelos lábios e disse, lenta e claramente:

— Fui eu quem o matou. Não importa o que digam, fui eu. Eu.

Roselle a segurou com firmeza.

— Pare de assumir a culpa por tudo. Você não podia evitar o que aconteceu, então me ouça, ouça com bastante atenção. Sua mãe está naquela prisão, longe de vocês todos, mas o que a mantém viva é saber que fez o que fez para manter os filhos em segurança. Todos os filhos. Quem seria capaz de garantir que, mais tarde, ele não iria atrás de Alana?

"Agora é melhor tirar todos esses absurdos da cabeça. Sua mãe tem direito a apelar da sentença e vou fazer tudo o que puder para que o resultado seja positivo, não importa o que ela diga, certo? A partir de hoje, vou cuidar disso pessoalmente. Portanto, pare de se preocupar..

Wendy se debruçou sobre Roselle, o corpo inteiramente bambo.

— Eu a amo, Roselle. E mamãe também a ama.

— E eu amo vocês duas, meu anjo.

Abraçaram-se novamente. Até que Roselle pôs-se de pé, recolheu a bolsa do chão e sacou um maço de Benson and Hedges.

— Abra a janela. Assim poderemos apreciar o dia, como se estivéssemos no campo.

Capítulo 26

Colin ficou surpreso ao constatar que a mulher cuja beleza acabara de admirar na rua estava ali, de pé, diante dele, no escritório. Sabia que estava sorrindo como um tolo pelo fato de ter visto o naco de perna exibido por ela, ao sair do carro.

A secretária que dividia com os colegas de escritório, de nome Callie, olhou para ele. Suspirando alto, ela disse num sotaque característico de Birmingham:

— Pode colocar o queixo no lugar, Colin. Ela é de verdade, não é, querida? — E sorriu para Roselle. — Aceita uma xícara de chá?

Roselle concordou com um meneio de cabeça. Simpatizara com a secretária, apesar de estar ciente de que, provavelmente, a qualquer momento, poderia ser assassinada pelo patrão.

Quando a porta se fechou, Colin tentou, sem sucesso, retirar uma pilha de papéis e pastas que ocupavam uma cadeira colocada em frente a sua mesa, inteiramente atulhada. Os papéis caíram no chão com um ruído abafado e Roselle se abaixou e os recolheu, revelando um pedaço de carne branca e macia que fez o rosto do advogado arder.

Novamente de pé, ela olhou para ele e sorriu.

— Você precisa de uma namorada, rapaz.

Mais vermelho que um farol, ele a conduziu à cadeira, como se fosse um cavalheiro à moda antiga.

— Então, Sra... Em que posso lhe ser útil?

Roselle sorriu e seus lábios levemente entreabertos pareceram tão sedutores que ele sentiu-se tonto.

— Sr. Jackson, sou uma grande amiga de Susan Dalston e decidi que quero ajudá-la, goste ela ou não.

Colin ficou estupefato por alguns momentos.

— Como assim?

Roselle sorriu gentilmente, um gesto que demonstrava o quanto estava impaciente.

— Quero dizer, Sr. Jackson, que desejo ajudar Susan Dalston a sair da prisão. Tenho dinheiro para assegurar a ela os melhores advogados. Estou disposta a pagar o que for necessário para que ela volte para casa e para os filhos, dos quais jamais deveria ter se afastado.

Colin fixou os olhos na mulher diante de si, do outro lado da mesa. Não tinha certeza se estava sendo alvo de zombarias.

— Por que agora?

Roselle deu de ombros.

— Que diferença faz quando, por que ou como? Só quero que me ache o melhor advogado que puder. Pago a conta, assim como a convenço a colaborar. Susan ainda não saiu da prisão justamente porque não quis se ajudar. Estou certa de que o senhor já percebeu esse pormenor.

Colin imaginou se aquela mulher saberia mais do que ele sobre o caso. Também imaginou que ela não iria entrar em detalhes. Como Susan, atinha-se ao que considerava realmente relevante, essencial.

Ambas eram mulheres difíceis. Tinha de aceitar o fato, mas não pôde se furtar a pressioná-la.

— O que você sabe?

Roselle riu, com franco entusiasmo.

— O suficiente. Agora vou tomar providências para visitá-la e conversar com ela pessoalmente. Descubra quem podemos contratar para trabalhar conosco em prol da libertação de Susan.

— Geraldine O'Hara é, provavelmente, o melhor nome para o caso mas custará caro.

Roselle assentiu com um meneio de cabeça.

— Então é a ela que contrataremos. Dá para marcar um encontro entre nós e Geraldine?

Colin gostou da parte do "nós". Gostou tanto que sorriu.

— Posso tentar.

Roselle se curvou para a frente na cadeira e disse, secamente:

— Alguma vez, alguém já lhe falou sobre a força do pensamento positivo?

Debbie observou Jamesie se aprontar para sair. Ele parecia muito apresentável como sempre, com seus belos traços, temperamento meio arredio e roupas caras.

— Nada de trabalho por hoje?

Ele a ignorou, como de hábito, e continuou a se vestir.

Ela engoliu em seco uma frase malcriada.

— Você vem jantar em casa?

Ele se virou, afastando-se do espelho do armário, e olhou-a no rosto.

— Não é da sua conta.

Dentro da cabeça de Debbie, uma voz gritava para que não deixasse que ele a tratasse tão mal. Mas ela sabia que, se revidasse, ele ficaria enfurecido. Era a resposta de Jamesie a tudo. Se o questionava sobre onde ele estava indo, ele a espancava. Era assim sempre. Ela passava a vida tentando garantir a convivência harmônica dos dois.

Sabia que ele estava a caminho da casa de Carol. A que lhe dera um filho. Carol, a namorada miúda de cabelos louros e olhos azuis. Carol, que a olhava direto na cara, um meio sorriso nos lábios quando se cruzavam por acaso no mercado. Carol cujos olhos a chamavam de tola, o que há tempos Debbie já sabia ser. Não precisava que uma ordinariazinha de saltos altos lhe dissesse. Tinha que se submeter a esse tipo de humilhação quase diariamente.

Havia perdido cinco bebês. Os médicos diziam que não conseguia retê-los no ventre. Após tantas gestações frustradas, estava gorda, pois buscara consolo na comida e na bebida. Esfregou uma das mãos no rosto. Foi um gesto de cansaço e Jamesie riu.

— Você é uma inútil, Debs, sabia?

Ela o olhou no rosto.

— Devo ser, Jamesie, afinal você não perde oportunidade de me lembrar disso.

Ela viu os olhos dele se estreitarem e a expressão endurecer.

— Está ficando abusada, hein? Acha que pode falar comigo do jeito que quiser?

Ela balançou a cabeça, sem querer retrucar.

— Eu não valho nada, Jamesie. Sou um nada.

Ele enfiou um dedo ossudo no peito dela.

— Está coberta de razão.

Ele a empurrou e saiu do quarto. Ela se odiou por segui-lo e fazer as perguntas inevitáveis. Queria se conter, mas era impossível.

— Vem para casa hoje à noite? Quer que eu prepare a janta, que deixe no microondas?

Podia notar o tom de súplica em sua voz, compreender a carência que transmitia, e se odiou ainda mais por deixar que aquilo lhe acontecesse.

Ele se virou no sopé da escada.

— Faça como achar melhor.

E vestiu às pressas um casaco de couro. Debbie ainda tentou espanar os ombros, para afastar qualquer poeira, mas Jamesie afastou as mãos delas com um tapa, como se temesse ser infectado.

— Por favor, Jamesie, não vá hoje. Podemos sair ou fazer alguma coisa.

Ele riu, escarnecendo. Os olhos azuis e o cabelo negro e denso tornavam-no realmente atraente. Mesmo furioso com ela, ainda tinha o poder de fazer com que o desejasse.

— Aonde vou querer ir com você? Ao maldito bingo, é? Nem morto quero que me vejam a seu lado, Debbie. Você imagina ser muito mais do que, na verdade, é.

Ele a fitava intensamente, surpreso com tanta obstinação, surpreso em ver como ela, mesmo sendo tão maltratada, ainda parecia pedir por mais.

— O que me prende aqui são tijolos e cimento. Sou o dono dessa maloca e quero você fora daqui. Pronto, está dito.

Debbie sentiu náuseas no estômago, uma sensação que já lhe era familiar, uma sacudidela interior como se estivesse encarando uma jornada perigosa.

Sabia que, como de hábito, Jamesie deliciava-se em observar o desconforto dela.

— Seu desgraçado dos infernos!

Ele arreganhou os dentes.

— Sou mesmo, e daí?

E saiu porta afora, como se não tivesse com o que se preocupar.

— Você continua a escrever cartas?

Susan fez que sim com um meneio de cabeça, o corpo curvado sobre a mesa da cela. Em frente a ela havia uma pilha de cigarros, uma caixa de fósforos e uma xícara de chá.

— Continuo. Tenho de fazer alguma coisa por Rosie. Estou tentando até mesmo minha irmã Debbie, embora não alimente muita esperança. Se a mãe de Barry não estivesse tão doente, que Deus a abençoe, tudo estaria resolvido.

Matty afagou o cabelo da colega.

— Quer que eu fale com Geraldine em seu nome, que procure saber quais são as alternativas?

Susan ergueu os olhos para a Matty.

— Você faria isso? Mesmo?

Matty respondeu que sim com um meneio de cabeça, satisfeita.

— Claro que faria. Acho vergonhoso o que estão fazendo com você. Rhianna também já passou por isso, você sabe. Foi ela quem me contou. Não posso imaginar o que é ter filhos. Acho que já é duro o bastante ter a mim mesma para me preocupar.

Susan acendeu outro cigarro e tragou profundamente.

— Detesto esse mata-rato. Todos os meus dedos estão ficando amarelados. Essa sua advogada deve ser a bambambã, não é? Mas ela não trabalha somente em casos como o seu?

Matty suspirou.

— Nossos casos são parecidos, Sue. Você apanhava, não era? Se tivesse colaborado, já estaria em liberdade.

Susan encarou Matty por longos momentos.

— Tudo o que é dito no tribunal tem que se tornar público?

Matty se sentou no beliche.

— Não necessariamente. Por quê?

Susan deu de ombros.

— Só estava pensando, só isso. Quer dizer que existe uma chance de se manter o conteúdo da sessão sob sigilo?

Matty fitou os olhos de Susan.

— Já disse que depende. Às vezes, se um crime é especialmente hediondo, o juiz pode determinar que certos aspectos não devem se tornar conhecidos. Talvez assassinatos de crianças, coisas desse tipo. Supõe-se que é melhor não divulgar em nome do interesse público.

Susan ouvia atentamente.

— Por quê? O que você gostaria de manter sob sigilo? — sondou Matty.

Susan não respondeu.

— Ora, Sue, você pode se abrir comigo.

A voz de Matty era baixa, persuasiva.

— Não é nada, estava só pensando.

Matty levantou-se, claramente aborrecida.

— Se você me contasse o que de fato aconteceu, eu poderia ajudá-la. Honestamente, Sue, eu poderia.

Susan a olhou como se estivesse prestes a dizer algo. Foi então que a porta da cela se escancarou e a guarda Blackstock se colocou diante das duas prisioneiras.

— O que é isso, um encontro de mães? Vamos, Dalston, você tem uma visita importante.

— Quem é?

A carcereira a encarou de modo desagradável.

— A quem você pediu que viesse visitá-la?

A voz dela não admitia discussão e Susan a seguiu com avidez. Sabia de quem se tratava e estava pasma. Depois de tanto tempo, estava simultaneamente excitada e nervosa com a perspectiva do reencontro.

Esperava ter feito a coisa certa.

Geraldine e Roselle estudaram-se mutuamente, o bastante para que a amizade entre ambas surgisse de imediato. As duas mulheres, parecidas sob alguns aspectos, ainda que de mundos e estilos de vida distintos, se encontraram num escritório suntuoso em Holborn e perceberam, por instinto, que seriam grandes companheiras.

— Sente-se. Vou buscar café para nós. A menos que prefira algo mais forte, é claro.

Roselle sorriu.

— Uma boa dose de conhaque não cairia mal. Estou à beira de escancarar os segredos de minha melhor amiga. Preciso de algo para me dar coragem.

Intrigada, Geraldine serviu conhaque para Roselle e para si mesma e, já sentada, olhou para a visita e ergueu o copo.

— Vamos lá então, desembuche antes que você mude de idéia e me faça perder tempo. — Roselle riu gentilmente. Aquela mulher já a estava decifrando. — Só a recebi sem hora marcada a pedido de Colin Jackson. Portanto, não me desaponte.

Geraldine observou Roselle tomar toda a bebida de um só gole.

— Precisava disso. Tudo bem, à verdade. Nosso papo é estritamente confidencial, não é?

Geraldine respondeu que sim com um movimento de cabeça.

— Evidente que sim.

— Barry Dalston, acredite se quiser, era meu amante. Foi assim que Susan e eu nos tornamos amigas, por mais estranho que possa parecer. Sei, por intermédio de Susan, que ele violentou a filha mais velha, Wendy. Foi o que levou Susan a assassiná-lo. A garota contraiu herpes do próprio pai, não é nojento? Susan nunca contou isso a ninguém porque queria que Wendy pudesse viver em paz. Susan não queria que ninguém soubesse o que aconteceu à garota.

Geraldine estava chocada até os ossos.

— Você era amante de um homem e amiga da esposa dele? E ela matou o marido porque ele violentou a filha de ambos... estou entendendo direitinho? Pensei que Wendy sequer estivesse na casa na noite do crime.

Roselle meneou a cabeça.

— É o que todos pensam. Então, o que pode fazer a respeito?

— Conseguir mais uma bebida para nós duas, acho.

Roselle deu um sorriso forçado.

— Faça isso. Vou contar a história desde o princípio, que tal? Você vai entender muito melhor a situação.

Geraldine balançou a cabeça, entristecida.

— Espero que sim, mas parece que o meu entendimento será o menor dos nossos problemas.

June sentou na sala de visitas, dando a impressão de ser uma mãe despreocupada.

Susan sorriu para ela.

— Olá, mãe. Como tem passado?

Ela olhou para a filha e suspirou, acendendo um cigarro para esconder o embaraço.

— Pensei que eu fosse a última pessoa que você gostaria de ver.

Susan ainda sorria e aquele sorriso estava deixando June ainda mais desconfortável.

— Você é minha mãe.

June deu de ombros, como que rejeitando a idéia.

— Nem sempre é bom ser lembrada disso.

— Por que veio, então?

Ela novamente encolheu os ombros.

— Quisera eu não ter nascido tão franca. Acho que só queria ver com meus próprios olhos como você está. Afinal, como você mesma disse, sou sua mãe.

Aos olhos de June, Susan parecia uma estranha. Estava muito mais magra e tinha um brilho que a mãe jamais vira antes.

— Ao que tudo indica, você gosta mesmo da vida aqui dentro. Tem tudo a ver com você, se não se incomoda que eu diga. Você está com muito boa aparência.

Era o mais próximo que June poderia chegar de ser maternal e Susan estava grata por isso.

— Você parece ótima. E gosto do seu casaco.

A peça de couro era o orgulho e alegria de June.

— Às vezes é preciso caprichar no visual, não é?

Ela acendeu mais um cigarro na guimba do anterior.

— Deve ter custado uma boa grana.

June olhou para a filha, com rancor.

— Custou, sim. Comprei com o dinheiro que recebi dos jornais, Sue. Pronto, agora você já sabe.

Susan fechou os olhos, aflita.

— Não quero discutir, mãe, o que está feito, feito está. Queria lhe pedir um favor.

June soprou a fumaça por entre os lábios, num gesto beligerante.

— Sabia que se tratava de algo assim. Ora, se passou pela sua cabeça que eu vá ficar com seus quatro filhos, pode esquecer. Eu não os quero.

Susan fechou os olhos e se concentrou para manter a calma.

— Não é essa minha intenção, mãe. Não cogito colocar meu pai perto daquelas crianças e você sabe muito bem o motivo, não sabe? Quero pedir a você que tente convencer Debbie a ficar com elas por um tempo.

June riu.

— Está brincando? Com aquele cretino irlandês que ela tem como marido? Ele a considera a ovelha negra da família, garota. Acha que você é a escória da humanidade. Por sua causa, a coitada da Debbie tem de suportar muito desaforo.

— Não é bem assim, mamãe. Não exagere. Ela enfrenta dificuldades com Jamesie desde o primeiro dia. Ele já teve até um filho com outra mulher.

June torceu o nariz.

— Aquela tal de Carol não vale nada. Parece que está sendo renegada até pelos pais. Eles deveriam tê-la criado melhor, não é mesmo?

Susan balançou a cabeça, incrédula.

— Quer saber de uma coisa? Você realmente me espanta, mãe. Teve mais homens que uma puta de beira de cais e ainda assim tem coragem de se sentar aqui e desancar aquela garota. Seu marido abusou da própria filha e você nunca tomou uma atitude, ou tomou? Estou aqui por sua causa e por causa dele. É um absurdo que, depois do que fez a mim e a Debs, você ainda fale sobre criação de filhos...

Quando June fez menção de se levantar, Susan a agarrou pelo pulso, com firmeza.

— Vá embora e arranco sua cabeça do pescoço. Está me ouvindo, mãe?

June tornou a se acomodar na cadeira em frente à filha e sentiu o medo percorrer seu corpo.

— Quando penso em como era viver ao seu lado e ao lado de papai, sinto vontade de estrangular vocês dois! Barry era exatamente como vocês, um patife egoísta, incapaz de pensar em outra pessoa que não fosse ele mesmo. E vocês ainda são assim. Você sabe o mal que causou a meus filhos ao vender toda aquela sujeirada para os jornais a meu respeito e a respeito de Barry? Colocando toda culpa sobre mim? Fazendo todos pensarem que eu não era uma boa mãe, mesmo sem poder me acusar de modo direto justamente por saber que tudo não passava de uma grande mentira. Se você tivesse amado a mim e a Debs como eu amo meus filhos, nós duas teríamos sido felizes. Eu quis ser uma mãe diferente de você, e consegui. Meus filhos tiveram tudo que uma criança deve ter. Tiveram roupas, foram bem alimentados e *amados*... amados de verdade. E ainda são.

"Queria que você tentasse deixar o passado para trás e procurasse entender a situação, mas sou obrigada a admitir que estou perdendo meu tempo. Chega, se mande daqui. Pode contar a todos os vizinhos que esteve com sua filha, a assassina. Isso vai lhe garantir algumas bebidas de graça no pub. Bruxa velha de duas caras!

June estava lívida de choque. Olhou no rosto de Susan e pela primeira vez em anos sentiu uma centelha de afeição pela filha. Até mesmo de respeito.

— Você tem um jeito muito curioso de convencer alguém a lhe prestar um favor. Vou buscar uma xícara de chá para nós, está bem? — E empurrou o maço de cigarros para o outro lado da mesa. — Fume um cigarro enquanto espera.

Susan a observou sair rebolando pela sala de visitas, o cabelo impecável, as roupas joviais e apertadas demais.

Desejou que, há muito tempo, já tivesse contado à mãe tudo o que pensava a respeito dela. Nem que fosse somente pelo fato de o desabafo tê-la feito se sentir melhor.

Muito melhor.

Não importa o que ainda acontecesse ao longo do dia, pelo menos tinha visto a mãe. Por alguma razão, Susan ainda precisava de June, embora não tivesse a mínima idéia de que razão seria essa.

Os Simpson deveriam pegar Rosie após a visita da caçula aos irmãos. A Srta. Eappen servia chá e sanduíches a toda a prole Dalston. Estava preocupada com Wendy, pois a garota parecia realmente doente.

— Vamos, Wendy, coma alguma coisa, querida.

Ela sacudia a cabeça.

— Honestamente, não consigo comer nada.

Barry pegou o sanduíche do prato da irmã.

— Pois eu posso, posso comer tudo, tudinho. Tenho um estômago de ferro.

Disse a frase cheio de orgulho e todas riram.

Wendy se recostou na cadeira e fechou os olhos. Tinha a pequena Rosie adormecida no seu colo e podia sentir a fragrância do cabelo recém-lavado da garotinha misturado ao cheiro característico de suor de bebê. Mãozinhas gordas com dedos esparramados agarravam-se com firmeza às tiras do sutiã da irmã, por cima da blusa. Instintivamente, ela abraçou a menininha para mais perto de si, beijando-lhe o topo da cabecinha.

— Eles não vão mesmo deixar que ela seja adotada, vão?

Eappen deu de ombros.

— Não sei dizer. Sua mãe tem todo o direito de lutar mas, a menos que alguém da sua família se apresente logo, acho que vai ser inevitável.

Wendy anuiu com a cabeça, distraída.

— Não é justo. Simplesmente não é justo.

Eappen segurou, decidida, o braço de Wendy.

— Sei disso, querida.

Colin então entrou na sala de recreação, o rosto todo sorrisos.

— Olá para vocês.

As crianças sorriram para ele, Wendy inclusive.

— Colin, se eu tivesse 16 anos, poderia conseguir a custódia de todos?

— Talvez, depende. Você iria precisar de um bocado de ajuda.

Wendy fez um gesto de indiferença.

— Qualquer um precisaria de ajuda para cuidar de Barry. Mas estou falando sério, há alguma chance, por menor que seja?

Colin encolheu os ombros.

— Posso averiguar no tocante a Alana e Barry, mas com Rosie a situação seria muito diferente.

O semblante de Wendy se abateu. Era como se alguém tivesse apagado a luz que tinha dentro de si.

— Mas é justamente a situação de Rosie que quero resolver, ora. Sei que os Simpson são boas pessoas, mas não podem manter minha mãe presa para sempre. Quando voltar para casa, ela vai querer todos nós reunidos, inclusive Rosie. Tem de haver alguém capaz de nos ajudar.

Ela olhou para Colin e para a Sra. Eappen. Nenhum dos dois pôde lhe responder.

— Queria mesmo conversar com você, Wendy. Em algum momento. Quando estiver disposta, é claro.

Colin sorriu encorajadoramente para a garota, mas ela não devolveu o sorriso.

— Sobre o quê? — O olhar vazio voltara ao rosto da menina.

— Existem algumas coisas que preciso perguntar a você. São só detalhes que preciso organizar mentalmente.

Ele olhou com franqueza para ela, que baixou os olhos. Eappen percebeu a expressão assustada da garota e imaginou o que, às vezes, poderia se passar dentro daquela linda cabecinha.

A partir desse momento, Wendy se calou e o dia passou arrastado. Eappen a observou com atenção. A garota estava constantemente no limite, reação natural após tanta tragédia na família.

June subiu o caminho que levava à casa de Debbie e jogou a ponta de cigarro na jardineira junto à porta da frente. Sorriu. Debbie se considerava a maioral mesmo se o marido estivesse longe de casa, fornicando com qualquer ser vivo com menos de 65 anos. Segundo os comentários que June ouvira, Carol não conseguia manter Jamesie só para si, embora tentasse. Ainda assim, a amante parecia se sair melhor do que Debbie. Pelo menos o via com freqüência, ao contrário da esposa.

A porta foi aberta pela própria Debbie, o rosto ferido e vermelho. A boca torcida para baixo, nos cantos, dando-lhe uma expressão infantil que parecia deslocada em seus traços adultos.

— Ah, puta merda! Com uma cara dessas a esperá-lo toda noite, não é à toa que seu homem vive vagando por aí, o tempo todo!

Debbie irrompeu em lágrimas e June, empurrando-a para abrir passagem, atravessou o saguão e foi para a cozinha. Colocou a chaleira no fogo antes de voltar a abrir a boca, os olhos registrando cada detalhe da casa.

— Esse lugar está limpo demais, Debs. Parece vitrine de uma loja de móveis, não uma casa.

Abriu o guarda-louça e tirou duas canecas brancas.

— É verdade que aquela putinha está grávida novamente de Jamesie? — Enquanto falava, colocava colheradas de açúcar e café nas canecas. — Se estiver, você precisa acertar as contas com ele, definitivamente. Seu pai e eu estamos sendo submetidos a uma vergonha terrível. Já é ruim o bastante termos *uma* filha homicida. Como se não bastasse, a outra tirou carteirinha de idiota. Tenho medo de que acabe recorrendo à mesma solução adotada por Susan.

Debbie sentou-se à mesinha de café-da-manhã que outrora tinha sido seu orgulho e alegria, e desligou-se de tudo à volta. Era o único modo de tolerar a presença da mãe.

— Você vive enfiada aqui em Rainhaim, em meio a uma penca de vizinhos esquisitos. Esses sujeitos nunca dirigem a palavra uns aos outros.

— Eles só não falam conosco, mamãe. Não depois que você disse a minha vizinha de porta, a Sra. Black, que transaria com o marido dela, se tivesse oportunidade.

June deu de ombros.

— E transaria mesmo. Ele é um pedaço de mau caminho. Já ela parece uma bunda bem batida. Vocês nunca deveriam ter deixado East End. Pelo menos por lá você poderia ter mantido Jamesie na rédea curta. Ele não passa de um cretino. — E despejou água nas canecas, mexendo vigorosamente. — Estive com Susan hoje.

June ficou contente ao ver a expressão no rosto da filha.

— Você o quê?

June derramou leite no café e deixou transbordar sobre o tampo da mesa. Dessa vez Debbie não se aborreceu.

— Você foi mesmo visitar Susan? Como ela está? Não consigo acreditar que ela ainda fale com qualquer um de nós depois de tudo o que os jornais publicaram.

June a ignorou.

— Susan nos compreende, ela sempre teve uma pitada de bom senso. Aliás, ela quer vê-la.

Acendeu um cigarro e Debbie automaticamente se levantou e abriu a porta dos fundos. Jamesie detestava que as pessoas fumassem na casa.

— Por quê?

June riu, exibindo os dentes grandes e amarelos.

— Quer que você fique com a pequena Rosie até que ela saia da cadeia.

— Ela deve estar de brincadeira!

A mãe balançou a cabeça, absolutamente séria.

— Não está. Vão entregar a menina em adoção para aquele casal, os Simpsons. Susan acha que é uma sacanagem, lógico. Então está recorrendo à família em busca de ajuda e apoio.

Debbie ouviu o tom moral na voz da mãe e percebeu que June estava ainda mais desequilibrada do que imaginara.

— É o mínimo que podemos fazer por ela, não é? Afinal, ela está atrás das grades, sozinha. E, que se faça justiça, Susan sempre foi boa mãe. — A frase foi dita de má vontade. June olhou para a expressão cética da filha. — Apesar de tudo o que eu disse aos jornais, também fiz questão de deixar claro que Susan era uma boa mãe.

Debbie pôs-se de pé, lenta e de maneira estudada. Ao falar, sua voz foi um rosnado profundo. Sua mãe finalmente a havia levado ao limite. Cada observação asquerosa, cada palavra perversa já proferida por June foram evocadas no cérebro de Debbie e os sentimentos por tanto tempo reprimidos no fundo da alma eclodiram em três palavras breves:

— Vá embora, mamãe.

O rosto de June empalideceu.

— O que você disse?

Sem qualquer vestígio de delicadeza, Debbie a empurrou na direção da porta.

— Você ouviu muito bem. Saia daqui. Caia fora.

Aos trambolhões, June se viu forçada a cruzar o corredor estreito. Dando um encontrão para se desvencilhar da filha, virou-se para ela com ares de megera.

— Não se atreva a me expulsar, sua otária imprestável!

Debbie ria e June não sabia ao certo o que fazer.

— De que você está rindo, sua imbecil?

Debbie continuou rindo até que as lágrimas lhe corressem pelo rosto.

— Você não vale nada, mãe, sabia disso? A pobre Susan sofrendo por saber que, durante todo o tempo, os filhos estiveram aos cuidados de estranhos, e você não deu a mínima. O que ela lhe ofereceu agora, hein? O que precisou oferecer à própria mãe para conseguir um favor? Outra história lucrativa para a imprensa? Vamos, mamãe, estou interessada. Conte.

June estava fervendo de fúria e ressentimento.

— Ordinária! Você realmente se acha melhor do que eu, não se acha? Você, sua maldita casa com terreno e a maldita grama aparada. Suas cortinas de veludo e sofá forrado de tecido sintético. Ah, você realmente acha que é a maioral, não é mesmo? Então, preste bem atenção, madame. Você não tem nada. Não tem filho, não tem marido, nem vida. Susan se saiu melhor que você. Pelo menos teve estômago para acabar com a raça do patife que a espancava.

"E você, o que tem feito até agora? Ele já arrumou outra mulher e outra família e você sequer teve peito de botá-lo para correr. Susan entende por que fiz o que fiz. Ela conhece o valor do dinheiro. Ao contrário de você, ela teve que suar para pagar as contas. Você e Jamesie só continuam juntos por causa dessa casa. Pois saiba que uma casa é só uma casa. Se não está feliz aqui dentro, ela não significa nada.

June falava agitando os braços, como se pudesse abarcar a casa toda com o movimento.

— Você acha que limpar e lavar o dia todo vai lhe trazer felicidade? Não, não vai. Sei que sou uma cretina, venho aperfeiçoando isso há anos. E você, que desculpas tem, hein? Você é vingativa, amarga, uma vadia miserável. Susan teve peito de me dizer na cara o que pensa de mim. Ela sabe que, não importa o que eu tenha feito, continuo a ser mãe dela. Eu mesma também cheguei a essa conclusão. Você é irmã dela e poderia muito bem ficar com o bebê. Deus sabe que você nunca vai ter um filho da própria barriga...

As duas mulheres caíram em silêncio como se tivessem se dado conta de terem ido longe demais.

— Por Cristo, Debs, não foi isso o que eu quis dizer.

— Saia, mamãe. E dessa vez, para nunca mais voltar.

June jogou o casaco comprido de couro sobre o corpo, numa atitude protetora, e disse em tom apaziguador:

— Não voltarei, Debs. Mas antes que eu vá, me ouça. Você e Susan são irmãs e eu sou mãe das duas, queiram ou não. Vá visitá-la. Tente ajudá-la. Deus sabe que ela teria feito o mesmo por você. Aliás, você não ignora que seria assim. Se a situação fosse inversa, você sequer precisaria pedir a ela, não é mesmo? Detesto admitir, mas Susan é melhor que nós todas juntas, é sim. Ela fez com que eu me sentisse envergonhada.

June foi embora. Em silêncio, Debbie a observou descer o caminho até o portão. Fechando a porta, cumpriu o trajeto até a cozinha e começou a arrumar a bagunça provocada pela mãe.

Quando tirou o alvejante de sob a pia e o polvilhou no tampo da mesa, o cheiro avassalador fez seus olhos marejarem. Baixando o olhar para as mãos, viu que estavam vermelhas por causa de tanta água quente e detergente. Seu olhar percorreu a cozinha, examinando o guarda-louça perfeitamente organizado e o chão de ladrilhos antigos. Pôs-se a indagar por que diabos permanecia naquele lugar.

Jamesie preferia passar o tempo com umazinha qualquer moradora de um conjunto habitacional cujo apartamento de um só quarto era decorado por manchas de infiltração e mofo. No fundo, porém, pressentia que os planos dele compunham-se de Carol, o filho e a casa que dividia com Debbie.

Ele queria que Debbie saísse.

Desde que o garotinho nascera, ele praticamente deixara de viver com a esposa.

A quem Debbie ainda estava tentando enganar? A quem queria convencer de que ainda tinha um casamento?

Carol preparou um sanduíche para Jamesie e uma xícara de chá. A cozinha era pequena, mas bem guarnecida de armários. Ela, porém, nunca se incomodara em guardar nada. O quarto era atulhado de roupa para passar e a sala repleta de brinquedos e jogos. A cozinha parecia ter sido bombardeada. Ela apenas empurrava tudo numa pilha e abria espaço para poder circular.

Para Carol, faxina era algo que sempre merecia ser protelado. Nunca viu sentido em desperdiçar a vida se matando em fazer limpeza quando poderia estar se divertindo.

O marido de Debbie deu uma mordida no sanduíche de presunto e riu com os esforços do pequeno Jamesie em construir uma torre de tijolos. Pai coruja, a todo minuto chamava Carol, ocupada em preparar um sanduíche para consumo próprio.

— Venha até aqui para vê-lo, Cal. Olhe como ele construiu isso. Que cara inteligente! Olhe o tamanho dos ombros dele. Vai ser um sujeito parrudo.

Os comentários elogiosos eram freqüentes e Carol se comprazia em saber que aquele homem lhe pertencia. A partir do momento em que Jamesie vira o rosto vermelho e amassado do filho recém-nascido, passara a pertencer a ela. Ela acariciou a barriga. Agora que tinha mais um ali dentro, sabia, sem sombra de dúvida, que ele daria um chute na esposa. A gorda da Debbie estava à beira de ser expulsa a pontapés do pequeno palácio que tanto amava. Carol estava pouco ligando. Na verdade, achava que Debbie iria colher o que plantara. Considerava idiota qualquer mulher que não colocasse seu homem em primeiro lugar.

Carol sentou-se no sofá e observou pai e filho brincando juntos. E sorriu, um sorriso comprido e vagaroso, como um gato que tivesse agarrado um rato especialmente grande e suculento.

Embora não percebesse, era exatamente isso o que havia feito.

Wendy sentou-se na sala e contemplou o sol da tarde desaparecer por trás de uma fileira de casas próximas. Sua vista alcançava o interior dos jardins e ela costumava observar como as famílias aproveitavam os momentos de lazer. Via-os cuidando das plantas ou lendo acomodados em espreguiçadeiras. Via as crianças brincando em piscinas de plástico. Ouvia os risos e, às vezes, palavras entrecortadas e murmúrios trazidos por gentileza do vento da tarde.

Invejava aqueles meninos e meninas, suas casas seguras, suas belas roupas e seus pais. Invejava nelas principalmente os pais.

O que não daria para ter, naquele momento, o acalanto maternal, a voz da mãe lhe dizendo que tudo acabaria bem.

Apoiou a cabeça sobre os braços e fechou os olhos.

Ficou imóvel, absolutamente imóvel, por um instante. Então foi até a escrivaninha e abriu uma gaveta. Dentro havia uma garrafa de tabletes paracetamol. Acariciou o vidro com suavidade.

Sentiu uma vontade desesperada de tomá-los, um a um. Engoliu todos. Se morresse, talvez tudo se tornasse menos doloroso.

Ela era a causa de tudo. Se ela não estivesse em casa naquela noite... Se tivesse acompanhado um dos irmãos mais novos... Se tivesse se mantido longe do caminho do pai, nada daquilo teria acontecido. Rosie não teria sido entregue aos Simpson e os outros dois estariam dormindo em suas respectivas camas.

Tinha causado tanto problema, transtornado a vida de tantas pessoas, que certamente seria melhor que morresse. Depois de arruinar a existência de tanta gente, era justo e acertado que desse fim da própria.

Pensou no que Colin lhe dissera horas antes. Ele sabia que algo estava errado e tentara fazê-la falar por que estava na casa da avó enquanto os irmãos tinham ficado sob os cuidados de Alana. Sob os cuidados de uma criança.

Wendy não respondera.

Sua mãe jamais permitiria que alguém soubesse o que havia ocorrido à filha.

Ou o que a filha tinha feito.

Wendy sabia que, mesmo se quisesse, nunca poderia revelar o segredo, pois a revelação partiria o coração da mãe.

Ela abriu a garrafa e pegou os tabletes. Então, sentada na cama, encheu um copo grande com o suco de laranja que estava na jarra sobre a mesa-de-cabeceira. Segurou firme a garrafa ao sentir o suor porejar nas palmas das mãos e escorrer pelos dedos.

Só precisava ingerir os tabletes. Em pouco tempo, tudo estaria melhor.

Capítulo 27

— Ela o quê? E você só diz isso agora?

A voz de Susan era de incredulidade. Ao ser informada sobre a tentativa de suicídio da filha, teve a impressão de que o mundo estava se abrindo sob seus pés.

A chefe das guardas penitenciárias sentiu uma pena tão avassaladora da mulher diante de si que chegou a ficar preocupada com a possibilidade de também cair no choro.

— Ouça, Susan, ela está bem. Não a acordamos no meio da noite porque não vimos motivo para preocupá-la. Achei que, na hora, era a decisão correta a ser tomada.

Susan não retrucou, estava olhando em volta do escritório, como se alguma rota de fuga miraculosa pudesse se materializar diante de seus olhos.

— Meu bebê, minha garotinha, estava na UTI e *você não quis me preocupar*?

A Sra. Carlin sacudiu a cabeça com tristeza.

— Não havia nada que você pudesse ter feito, Susan. Achei que seria perverso lhe proporcionar uma noite de aflição à toa.

Susan olhou para o rosto bondoso da mulher e sussurrou:

— Eu poderia ter rezado. Poderia ao menos ter rezado.

Carlin contornou a mesa. Pegando uma xícara de chá doce e quente, colocou a bebida gentilmente entre as mãos de Susan.

— Beba. Vou falar com o diretor da prisão para ver se ele a autoriza a visitar sua filha.

Sue agarrou a caneca branca e pesada, em desespero.

— Eles não vão me deixar sair, vão?

O rosto cheio de rugas da Sra. Carlin ficou mais suave quando ela respondeu.

— Só podemos tentar, Susan. Só podemos tentar.

Wendy estava cansada, muito cansada.

Deitada na cama do hospital, ouvindo os movimentos ruidosos da enfermaria, tinha a sensação de estar sendo esmagada pelo peso do mais absoluto desespero.

Não conseguia sequer se matar.

A enfermeira, uma garota irlandesa bonita de grandes olhos azuis e cabelo vermelho escandaloso, meteu a cabeça pela porta.

— Uma xícara de chá, amorzinho? Ou um copo d'água, talvez?

Wendy sorriu debilmente, o rosto tão triste que a enfermeira se sentiu deprimida apenas de olhar para ela. Entrou no cômodo e sentou-se na cama. Abriu um sorriso largo e profissional.

— Ora, vamos conversar um pouquinho, estou louca para conversar com alguém mais ou menos da minha idade. Só Deus sabe como os ingleses são reticentes e a irmã da enfermaria é uma vaca de hábito.

Wendy agora sorriu de verdade, ainda que um sorriso triste.

— Vão me mandar de volta para casa logo?

A enfermeira encolheu os ombros.

— Como posso saber? Não me contam nada enquanto estiver em treinamento.

Ela afastou o longo e basto cabelo negro de Wendy de sobre o rosto.

— Olhe só esse cabelo! Oh, céus, daria todo o meu salário por um cabelo assim. É lindo. Aposto que atrai os rapazes, hein?

Ela percebeu que dissera algo errado pelo olhar de absoluto desdém no semblante da jovem paciente. Wendy se afastou da enfermeira e disse, grave:

— Não quero atrair rapazes, obrigada. Só quero que me deixem em paz.

— Saia logo dessa, que tal? É para isso que estamos todos aqui. Vai se sentir diferente logo, logo, acredite-me. Foi isso que levou você a... você sabe?

Estava sinceramente interessada e Wendy viu que tinha diante de si uma jovem igual a ela mesma, tentando se adequar ao mundo adulto e sem saber ao certo como agir. Não respondeu à enfermeira e ficaram ambas em silêncio, no mesmo lugar.

— Todos nós um dia aprendemos com a vida, suponho. É inevitável. Temos muito a aprender.

A voz da jovem era baixa. Ela estava se empenhando em ser simpática.

— Já sei o suficiente e não quero aprender mais nada. Chega.

A voz de Wendy transmitia tanta desolação que a jovem enfermeira sentiu-se consternada.

— Não se deixe entrar novamente em depressão. A vida é um grande presente de Deus, mas é você quem decide o que fazer com ela. E é uma só, não estamos num ensaio geral, como minha mãe costumava dizer. Daqui a seis meses você estará se perguntando por que se preocupou tanto, afinal.

Wendy sorriu da jovialidade na voz da interlocutora. Se ao menos pudesse ser igual a ela, com seu uniforme engomado e sapatos confortáveis.

— Daqui a seis meses todos os meus problemas ainda existirão, e serão piores, não melhores. Creia-me, sei do que estou falando.

Em seis meses, Rosie teria partido para sempre.

A pequena Rosie, orgulho e alegria de todos.

— Não pode dizer que seja definitivo. Tudo muda. Tudo tem que mudar. É da natureza da vida, não é? Fazer as coisas acontecerem, fazer as coisas mudarem.

Wendy olhou para o rosto bonito e sardento da garota e suspirou fundo.

— Acho que vou tomar uma xícara de chá.

A enfermeira pulou da cama e abriu um sorriso.

— A propósito, meu nome é Orla. Orla O'Halloran.

Wendy sorriu.

— E eu sou Wendy Dalston.

Orla riu alto.

— Claro, e eu já não sabia o seu nome, menina? Está escrito em cima da cama.

E saiu aos saltitos, alegre. Wendy permaneceu deitada contra os travesseiros frios, meio desgostosa e meio satisfeita com a partida da exuberante enfermeira.

Gente feliz, concluiu, deixa os outros esgotados.

Sentia-se esgotada por dentro e por fora, como se já tivesse vivido uma centena de anos.

Geraldine estava em seu escritório analisando a pasta do caso Susan Dalston. A leitura era árdua. Enfurecia-se à medida que percorria os depoimentos das testemunhas e os relatórios policiais. Podia ver muito claramente que a polícia aceitara a versão de Susan sem questioná-la uma única vez. Era uma história cheia de contradições, com furos suficientes para torná-la praticamente inadmissível. Geraldine também sabia que os tiras que haviam estado na casa dos Dalston em inúmeras ocasiões, que sabiam como Susan era tratada pela vítima, estavam predispostos a julgar a ré culpada. Para eles, não havia motivo para dúvidas. Barry havia espancando a mulher cinco dias antes e ela decidira matá-lo após uma noite passada fora, num pub local, onde, segundo citação de um dos documentos, "se divertira a valer". Se esse era o estado de espírito de Susan, por que resolvera naquela noite, dentre todas as que já vivera, martelar a cabeça do marido até que ele estivesse morto? Até que não sobrasse nada a não ser ossos e cérebro?

O relatório do médico-legista afirmava que ele tinha sido atingido brutal e repetidamente. Os primeiros golpes haviam-no matado, decretava o laudo da perícia, judicioso. Então por que ela prosseguiu com o ataque que, estimava-se, deve ter durado no mínimo quinze minutos?

Agora que Geraldine sabia sobre Wendy, compreendia muito mais do que a polícia havia compreendido, obviamente. Ainda assim, a atitude de Susan parecia extrema. Mesmo sabendo o que Barry tinha feito à filha, parecia extrema. Era como se Susan Dalston tivesse desejado aniquilar cada traço de Barry Dalston. Querido apagar seu rosto.

Geraldine pegou os laudos psiquiátricos. Todos afirmavam que, ao praticar o crime, Susan estava sã e em perfeita consciência.

A própria Susan alegava estar senhora absoluta de seus atos ao cometer o homicídio. Na verdade, foi além, ao acrescentar: "Faria novamente se tivesse oportunidade."

Por que nunca tentara se defender?

A filha fora violentada pelo próprio pai, que a contaminara com herpes. O fato poderia facilmente ser provado num tribunal. Era compreensível que Susan não desejasse que o estupro se tornasse público. Nenhuma mulher gostaria que seus filhos tivessem que viver com um estigma desses, mas a garota deveria ter sido submetida a tratamento. E Susan deveria ter levado isso em conta, considerado que Wendy necessitava de aconselhamento. De ajuda para lidar com um estupro e com os atos da mãe após o estupro. Ou será que Susan Dalston pensou que a garota superaria tudo sozinha? Não bastasse a violência sexual, Wendy havia sido infectada pelo pai com um mal que a acompanharia pelo resto da vida. Susan Dalston, como mãe da jovem, deveria ter notado que, em algum momento, todo aquele trauma finalmente teria efeito sobre Wendy.

Ela realmente acreditava que era melhor para a filha fingir que nada acontecera? Que ela superaria tudo sem a mãe? Que os outros filhos passariam bem sem a mãe? Uma mulher que era, segundo todos os relatos, uma mãe boa e zelosa, que adorava os filhos e os tinha criado para serem boas pessoas, a despeito de ter vivido com um homem que a tratava como um cachorro.

Nada fazia sentido.

Tinha de haver algo mais nessa história toda, uma razão mais profunda. E até que Geraldine descobrisse que razão fora essa, Susan Dalston apodreceria na cadeia.

No tribunal, parecera que Barry Dalston, não obstante um espancador de esposa e bandido notório, havia bebido demais e acabara assassinado a sangue-frio pela própria esposa enquanto dormia inocentemente.

Assassinado por uma mulher acima do peso, sem atrativos físicos e aparência homicida. Do tipo que mataria o marido por capricho.

E Susan Dalston tinha feito tudo o que estava a seu alcance para perpetuar esse mito. As fotografias nos jornais mostravam uma mulher de fisionomia dura zombando das câmeras. No julgamento, ria alto quando falavam sobre a vida do marido. Sobre como era um trapaceiro simpático. Um homem basicamente decente que fora tragado pelo estilo de vida que levava. Prejudicado pela falta de estudo. Que voltara para casa, para junto da família, e fora violentamente assassinado por um monstro.

Susan não tentara sequer uma vez argumentar, em defesa própria, que Barry era inteiramente diferente do que pensavam. Que ele a maltratava sistematicamente, que a espancava a ponto de fazê-la sofrer abortos, que a torturava com murros e palavras. Um homem que a privava de tudo, de afeição a dinheiro. Um homem que dormia fora de casa e chegara mesmo a ter um caso duradouro com uma ex-prostituta que, por milagre, tornara-se amiga e mentora da esposa traída.

Esses e outros pormenores Roselle contara a Geraldine, muito embora os registros policiais e os depoimentos das testemunhas bastassem para que a advogada pudesse se considerar inteirada do assunto.

Mesmo a família de Susan a havia traído por dinheiro oferecido pela imprensa marrom. Que tipo de gente era aquela que transformara o sofrimento de Susan em conta corrente? Que revelava tudo sobre o modo de vida e a criação de Susan? Os pais de Susan venderiam a alma da filha por alguns trocados.

Agora Geraldine tinha a tarefa nada invejável de tentar falar com Susan Dalston e convencê-la a colaborar para provar sua inocência. Geraldine já sabia que a tarefa seria realmente muito difícil, mas estava determinada a libertar Susan.

Passara a ser uma questão pessoal.

Uma cruzada para Geraldine O'Hara.

Barry, Alana e Rosie estavam todos juntos na sala cheia de luz que o abrigo reservava para momentos em que era preciso haver tranqüilidade. O ambiente era utilizado quando havia más notícias a serem contadas às crianças ou quando elas precisavam ser acalmadas por algum motivo. A Srta.

Beacham, que havia perdido o dia de folga para ficar com os pequenos Dalston, olhou para o trio com piedade e um toque de irritação.

No que lhe dizia respeito, Susan Dalston deveria estar em casa com a prole e ponto final. Estava habituada a ver crianças abusadas pelos pais que, depois de uma temporada no abrigo, voltavam para casa, onde enfrentariam exatamente os mesmos problemas de antes. Os Dalston, no entanto, não tinham mais perigo a enfrentar em casa, não agora que a mãe enviuvara. Só que essa mesma mãe estava presa, impossibilitada de cuidar dos filhos, o que era um erro. Todo o sistema era um erro.

Beacham às vezes se assustava com o poder que tinha nas mãos. O poder do serviço social a assustava. Esperava-se que, todos os dias, os funcionários tomassem decisões sobre a vida das pessoas.

Barry e Alana estavam de mãos dadas. Mesmo a pequena Rosie sentia que algo ia mal e permanecia quieta, brincando com alguns tijolos de construção e, sem muito ânimo, montando uma torre. Beacham sabia que, de início, os Simpson tentaram evitar que a menina participasse daquele encontro, mas ela insistira por imaginar que a presença da caçula confortaria as duas outras crianças. E tinha razão. Graças à mãe, aquelas crianças eram muito ligadas umas às outras.

Não havia rivalidade entre elas, o que ocorria com freqüência com crianças sob os cuidados de assistentes sociais. Muitos pais transformavam um dos filhos em deus e os irmãos tinham que se esforçar a vida toda para obter a mesma atenção. Para serem aceitos. Via isso todos os dias de sua vida profissional. Porém, aquelas quatro crianças se adoravam, aplaudiam as realizações umas das outras e cuidavam-se mutuamente. Se uma se saía bem, as outras ficavam felizes. Não boicotavam as demais nem desdenhavam dos sucessos que os irmãos obtinham. Comportamento oposto ao comum entre as outras crianças de abrigos.

Beacham abriu a bolsa e tirou dois Twixes, a guloseima favorita de Barry. O menino sorriu, agradecido, e os colocou sobre a mesa, em frente a ele.

— Vou guardar o meu para Wendy, para quando ela voltar.

Alana abriu o pacotinho que lhe coubera e deu metade ao irmão.

A assistente social observou a generosidade com lágrimas nos olhos. Viu Barry quebrar um pedacinho e colocar na boca de Rosie sem hesitar. Para ele, era um gesto natural. Rosie era como a mascote da família Dalston. Era como se, enquanto ela estivesse em segurança e entre eles, todos pudessem se sentir bem.

Então, ficou de pé e bateu palmas, fazendo as três crianças pularem.

— Vamos, acho que é hora de todos irmos ao hospital, não é?

Alana e Barry escancararam um sorriso.

— Mesmo? A Sra. Eappen disse que não poderíamos ir.

— Sei o que ela disse, mas acho que ficariam melhor vendo a irmã de vocês com seus próprios olhos. E tenho a impressão de que Wendy vai se sentir melhor só de poder colocar os olhos em vocês.

Alana pegou Rosie e caminharam rapidamente rumo à porta do cômodo. A Sra. Eappen os viu entrando no carro de Beacham e correu pela pista de cascalho.

— Aonde vocês vão?

Beacham fechou a porta e foi até a mulher irada, fazendo-a se afastar do veículo, colocando-a fora do alcance dos ouvidos das crianças.

— Estou levando-os ao hospital. Isso tudo não está lhes fazendo bem nenhum.

Eappen suspirou.

— Proibi terminantemente que os levasse ao hospital, Srta. Beacham. Está ciente disso, não está?

Beacham sorriu. Um sorriso indolente, cansado.

— Gosta de impor proibições, não é, Sra. Eappen? Pois hoje estou me lixando. Estou levando essas crianças para visitarem a irmã e, se não gostou, dane-se.

O rosto da Sra. Eappen era o retrato do choque e da cólera. Sequer conseguia falar. Beacham voltou caminhando para o carro. Abriu a porta do motorista, sorriu por cima dos ombros.

— A propósito, é meu dia de folga. Não preciso alegar nada, então. Lembre-se disso no futuro.

A Sra. Eappen observou quando a melhor assistente social que já conhecera arrancou com o carro a toda velocidade no terreno de cascalho e seguiu para o hospital local. Ela olhou em volta para verificar se o diálogo entre ambas havia sido registrado por alguém. Satisfeita em constatar que não, sossegadamente refez o caminho de volta através das largas portas duplas do lar infantil instalado numa construção antiga e deprimente.

Susan estava algemada a Henning, uma guarda forte e afável da ala A e que sempre fazia as escoltas. Enquanto adentrava as dependências do Southend General Hospital, notou as pessoas fitando-a abertamente e fez um esforço consciente para ignorá-las. Ela própria fitaria qualquer um que estivesse algemado. Era parte da natureza humana, nada pessoal.

Quando tomaram o elevador para subir até a enfermaria em que Wendy estava internada, Susan sentiu o coração bater apressado.

Na saída do elevador, uma bela e jovem enfermeira irlandesa as esperava.

— Ah, você deve ser a mãe de Wendy. Ela não sabe que você viria, pensamos que seria uma grande surpresa. É uma moça linda.

Susan sorriu e a seguiu, sôfrega, porta adentro, através de uma ala extensa, rumo a uma área lateral. As cortinas da cama estavam fechadas para manter afastados olhares curiosos. O rosto alegre da filha ao finalmente ver Susan valeu mais do que todas as barras de ouro do mundo.

— Mãe? — Ela repetiu a palavra incontáveis vezes. A cada vez, num tom mais alto, até que se transformasse num grito de júbilo.

A guarda algemada a Susan também foi arrastada para a cama com a força do abraço da garota.

— Oh, mamãe, o que houve? Como foi que a deixaram sair?

Ela havia agarrado firme a mão de Susan, temerosa de soltá-la.

— Consegui uma licença especial para poder visitá-la. Oh, Wendy, me prometa que nunca mais vai fazer algo assim. Quase perdi o juízo de tanta preocupação quando me contaram. Promete, Wendy? Prometa!

Susan baixou a vista para sua linda filha, tão jovem e com toda a vida pela frente, e sentiu as lágrimas voltarem aos olhos.

— Morreria se alguma coisa tivesse lhe acontecido, amor. Morreria por dentro. Estou sempre pensando em você. Gosto de pensar que você está aqui fora, vivendo sua própria vida. Por favor, jamais imagine que uma situação é tão negativa a ponto de tentar se matar. Nada é tão ruim. Nada.

A guarda conseguiu se levantar meio desajeitada e abriu as algemas.

— Vou lhe dar dez minutos, Dalston. Estou do outro lado da porta, à espera.

Susan sorriu para a mulher, agradecida.

— Não vou sair daqui. Mal tenho conseguido ver meus filhos, portanto não me arriscaria a fugir, juro.

A mulher acreditou nas palavras da detenta.

— Vocês têm dez minutos a sós, certo?

A voz da guarda estava embargada de emoção. Gostava de Susan Dalston, sabia que era uma boa pessoa.

Sozinhas, mãe e filha se abraçaram mais uma vez, o carinho estreito uma prova do amor que tinham uma pela outra.

— Por que fez isso, querida?

Wendy suspirou e repousou a cabeça no ombro da mãe.

— Precisa contar a verdade, mamãe. Não posso continuar a guardar isso dentro de mim. Simplesmente não posso.

Susan percebeu o abatimento na voz da garota. Um desgosto profundo parecia ter se entranhado nos ossos de Wendy e se tornado parte dela.

— Engano seu, amor. Tem que permanecer em silêncio. Se não, tudo terá sido em vão. Você não é culpada de nada, lembre-se disso. Escolhi fazer o que fiz. Escolhi. Se contar a alguém o que aconteceu, será um desperdício. Aliás, ninguém acreditaria em você a essa altura. É tarde demais.

— Mas e quanto a Rosie e aos Simpson? Não podemos deixar que eles a tomem. Já pensei até em fugir com ela. Pensei em tudo que poderia fazer, mas nada funcionaria. Não por muito tempo, pelo menos. Se eles ficarem com ela, a família vai desmoronar, sei que vai.

Susan segurou a garota aflita e a manteve firme entre as mãos.

— Deixe que eu me preocupo com isso. Ainda estou trabalhando nisso. Acredite em mim quando digo que vou resolver esse problema. Prometo que vou resolver tudo.

— Se você contasse a eles, mamãe... Não posso guardar isso comigo por muito mais tempo. Está me consumindo, pois a culpa foi toda minha. Fui eu quem causou tudo e você sabe disso. Você nunca deveria ter se envolvido, mamãe. Eu jamais deveria ter deixado você fazer o que fez. Eu estava tão assustada, fiz o que me pediu sem sequer pensar. Agora sei que agi de maneira errada. Naquela noite, deveria ter ficado e enfrentado a situação.

Susan fitou o rosto da filha, um rosto bonito e jovem que parecia já trazer gravadas as aflições do mundo.

— Preste atenção, Wendy, preste muita atenção. Vou resolver o problema de Rosie, juro. Vou apelar de algum modo. Estou com uma nova advogada, uma que Roselle me conseguiu. Vou fazer tudo o que puder para encontrar uma saída. Continue guardando segredo. Esqueça esse assunto. Sei que é difícil, mas é o melhor a ser feito.

Beijou o rosto da filha com suavidade, beijinhos profundamente sentidos

— Deixe-me fazer isso por você, coração. Por favor deixe-me cuidar de você do único modo que está ao meu alcance.

Wendy agora estava chorando baixinho. Susan a puxou para junto do peito e afagou o cabelo da filha, murmurando, ao ouvido, palavras doces e afetuosas.

— Deixe mamãe fazer isso por você, meu bem. Se você não deixar, toda minha vida terá sido puro fingimento. Uma existência sem sentido. Porque você e seus irmãos são a melhor coisa que já me aconteceu. E você é minha primogênita, meu coraçãozinho, lembra-se?

Wendy anuiu com um meneio de cabeça, emocionada demais para responder.

— Ainda acho que você deve contar a verdade. A verdade vai vir à tona um dia, mãe.

Susan fez um carinho no rosto da filha e forçou um sorriso.

— Quem disse? Só você e eu sabemos o que realmente aconteceu naquela noite e continuarei a negar tudo. Se pensar em contar a verdade, lembre-se disso. E lembre-se que eu a amo tanto que daria minha vida por você. Assim você poderá ter uma chance. Uma pequena chance. Você faria o mesmo por sua própria filha, Wendy, sei que faria. Então, deixe-me fazer isso por você, hein? É para isso que servem as mães.

A porta se abriu e Susan virou-se para ver as outras crianças precipitando-se, às carreiras, acompanhadas por Beacham. Num só gesto, ela abraçou a todos.

Sabia que acabara de chantagear a filha mais velha para mantê-la calada sobre a noite do crime, mas era tudo o que podia fazer. Quando a pequena Rosie deu um beijo caprichado na sua bochecha, Susan sentiu que agira com Wendy da maneira mais acertada possível.

Os filhos são entregues às mães e cabe a elas protegê-los o melhor que puderem. Simples assim.

Matty entrou na sala de visitas com sua graça usual. No entanto, qualquer um que a examinasse de perto teria visto as finas linhas em torno dos olhos e da boca firmemente franzida. Ela lançou um olhar rápido pelo ambiente e se fixou numa mulher corpulenta de cabelos escuros, sentada sozinha junto à mesa ocupada por uma guarda.

E foi até ela, um sorriso amplo estampado no rosto.

— Olá, Angela.

A mulher deu uma risadinha afetada e acendeu mais um cigarro, encarando a prisioneira.

— Você nunca perde a pose, não é mesmo? Sempre o mesmo ar de indiferença. Nada a perturba.

Matty então forçou o riso ainda mais.

— Por que deveria? Já que você está aqui, vou tomar um café preto e comer uma barra de chocolate da cantina. Tenho o pressentimento de que se trata de uma visita fraternal.

Angela se levantou e tirou uma carteira do bolso.

— Acertou em parte. A mesma mulher sagaz de sempre, não é?

Matty a viu caminhar até a cantina. As roupas de Angela eram baratas, os sapatos gastos. Sorria enquanto a irmã, obediente, fora buscar o que pedira. Podia ser mais fácil do que havia temido.

Quando voltaram a se sentar junto à mesa, Matty falou:

— Não me diga, Angela, que o dinheiro acabou.

A outra mulher riu.

— Na mosca.

Matty deu de ombros.

— Pois também não tenho nenhum. Portanto, perdeu a viagem. Todo o meu dinheiro é usado em despesas com a justiça.

Angela sacudiu a cabeça, ar triste.

— Que pena! Marquei hora com sua advogada. Tenho certeza de que ela estará muito interessada no que tenho a contar. E há também os jornais... ouvi dizer que pagam muito bem.

Matty a afrontou.

— O que existe para contar, Angela?

Olhou com insistência dentro dos olhos verdes profundos da irmã mais velha e sentiu uma ferroada de apreensão.

— Para começar, a história de nossa família. Calculo que ninguém jamais suspeitou de você mesmo quando todo o drama ocupou o noticiário. Nem mesmo mamãe somou dois mais dois. Aliás, ela não poderia, ou poderia? Você a deixou com o cérebro imprestável, não foi?

Matty cerrou as pálpebras por um segundo. Embora intimidada, não demonstrava nenhuma emoção.

— Foi um acidente, e você sabe disso, Angela.

— Quase fatal, não foi? Pobre mamãe. Limpava as janelas e despencou, uma queda de dois andares, direto no asfalto. Evidentemente, você e eu sabemos que ela nunca limpou uma janela na vida. Mas e daí? Nós a internamos num asilo e dividimos o espólio. Que boas filhas nós éramos! Mas agora que já gastei meu dinheiro, acho que posso querer uma parte do seu. Veja só, imagino que logo você estará em casa e detesto pensar que algo pode interferir na sua libertação.

Matty tomou um gole do café frio e respirou fundo.

— Foi um acidente, todo mundo sabe disso.

— Não, todo mundo *pensou* que fosse um acidente, o que é completamente diferente.

Pela primeira vez Matty pareceu preocupada e Angela se animou ao ver a irmã embaraçada.

— Agora você gosta de ser chamada de Matty. Nada a ver com Tilda. Mas você também trocou de sobrenome, não é? Na verdade, mudou tudo a seu respeito. Não acha que, se eu lhes chamar a atenção para o fato, as pessoas podem conjeturar por que tantas alterações?

Matty se ergueu da cadeira e pôs um ponto final na tortura.

— Logo, logo marcamos outra visita. Deixe-me refletir e então lhe digo o que pretendo fazer.

Angela sorriu. Sabia que estava dona da situação. Sabia também que não era recomendável exagerar na pressão. Especialmente com a irmã.

— Não quer saber como mamãe está passando?

Matty a encarou com o ar muito sério.

— Por que diabos eu gostaria de saber?

E saiu andando, rápida, mas calmamente. Com um sorriso nos lábios, Angela a observou afastar-se.

Susan foi recebida na cadeia como uma pop star. Todas se amontoaram em torno dela e dispararam perguntas. Mesmo as carcereiras estavam contentes por ela ter sido liberada para visitar a filha.

Rhianna a conduziu através da massa de mulheres, até sua cela. Fechando a porta, pegou uma garrafa de conhaque e a balançou acima da cabeça.

— Uma pequena comemoração, que tal? Como está a menina?

Susan suspirou.

— Está bem. Foi uma tentativa sem muito empenho, na verdade. Graças a Deus, ela não sabe nada sobre suicídio. Acho que minha presença a ajudou mais do que qualquer coisa.

Rhianna a abraçou.

— Você é ótima, Susan Dalston, sabia disso? Toda a ala estava torcendo por você, hoje. Era como se tivesse acontecido a todas nós, entende?

Susan tomou o conhaque que Rhianna lhe serviu. Após um gole decidido, disse, gentilmente:

— Sei. Tenho sorte em ter vocês como colegas. E ainda mais sorte com meus filhos.

Rhianna abriu um sorriso largo.

— Todas sabemos disso, Susan. Mesmo as guardas estavam preocupadas. Foi um baixo astral geral.

— Onde está Matty? — Susan deu-se conta de que não a tinha visto.

Rhianna sacudiu a cabeça, inquieta.

— Acabou de voltar de uma visita, brava como um urso com a bunda ferida. Ninguém sabe o que aconteceu, mas você a conhece. Melhor nem perguntar. Fico feliz por Matty não ser minha companheira de cela, posso lhe garantir.

Susan encolheu os ombros.

— Depois de um tempo, me acostumei a ela.

Rhianna serviu uma dose generosa para si e para a visitante.

— A gente pode se acostumar a qualquer coisa, pelo menos é o que dizem. Caramba, me acostumei a ficar presa. Pudera! Estou aqui há tanto tempo que já me mandam cartão de Natal.

Susan e Rhianna caíram na gargalhada. Riram até se cansarem. Foi então que Rhianna falou, séria:

— Você merece estar em casa com seus filhos, Susan. Precisa tentar conseguir essa apelação. Percebe isso, não percebe?

Susan encarou, sem hesitar, os olhos castanhos profundos da outra mulher, cheios de afeição e preocupação.

— Você é um diamante, parceira. Sabe disso, não sabe? E tem razão. Preciso sair daqui. O problema é como. Tenho muitos assuntos para resolver primeiro. Tenho um bocado de coisas para pensar

Rhianna olhou para Susan, um olhar de estranhamento.

— Pensar sobre o quê? Eles precisam de você e por isso você tem que sair daqui.

Susan terminou a bebida num só trago, largo e barulhento.

— Tomara tudo fosse fácil assim, amiga. Mas não é e não posso contar a você, nem a ninguém, porque tudo é tão complicado.

Rhianna tornou a encher o copo.

— Guarde os seus segredos, Susan, é tudo o que nos resta nesse lugar. A privacidade de nossos pensamentos.

Matty colocou a cabeça na porta da cela, um sorriso tenso no rosto.

— Ouvi dizer que tudo está bem agora, Sue.

Susan fez que sim com um movimento de cabeça, contente em ver a colega de cela.

— Sobrou um pouco desse conhaque? — perguntou Matty.

Rhianna lhe serviu uma dose.

— Você está bem, Matty? Parece que recebeu más notícias. Como foi a visita?

Ela agitou os ombros delgados e riu, de leve.

— Fui atacada pela melancolia da prisão, só isso.

Rhianna ergueu o copo alto no ar.

— Vou beber a isso, garota. À melancolia da prisão... e a descolar um bom homem, no futuro.

Matty enfiou uma das mãos no bolso de fora da calça e entregou a Susan um envelope.

— E por falar em homem bom, isso chegou para você, hoje.

Ao ver a caligrafia tosca de Peter, Susan sentiu o coração dar um salto.

— Ele está entusiasmado, garota. Ele deve ter mandado por via expressa.

Susan guardou a carta no bolso, a alegria de ter percebido a letra de Peter estampada no rosto inteiro.

Nem Matty nem Rhianna mencionaram a carta novamente. Era como se ambas soubessem que Susan desejava guardá-la e a seu conteúdo sob sigilo, só para si. Estava assustada com a possibilidade de ser feliz e elas compreendiam isso.

Conseqüência da vida atrás das grades.

Capítulo 28

A carta de Peter a fez rir. Susan a leu e se refugiou num mundo de navios frigoríficos, luz do sol e camaradagem. Peter lhe contou a história do cozinheiro da embarcação, um homossexual chamado Bobby, e suas tentativas de passar por macho quando todos já sabiam o que ele era. Contou-lhe tudo sobre o alojamento da tripulação, um cômodo minúsculo que a Susan parecia ser algo como uma cela sofisticada. Peter não deixava dúvidas sobre o quão satisfeito ficara em receber notícias dela e se detinha em reminiscências sobre o tempo em que os dois eram crianças, fazendo-a relembrar as aulas na escola. Susan tinha a impressão de ter os invernos cobertos de neve e os verões longos e quentes ali, ao seu alcance, apenas pela mágica das palavras de Peter, de suas descrições de eventos ocorridos há vinte anos ou mais.

Era exatamente do que ela precisava, sensações leves e desprovidas de preocupação. Eram colegas, amigos, pessoas que haviam se conhecido há muito tempo e que tinham muito a conversar. Não havia clima de romance e Susan estava contente. Implacáveis, as outras presas tinham caído na pele dela por conta desse contato com Peter. Susan, no entanto, sabia que ele não a desejaria de outro modo que não como boa amiga. Ele era bonito e bacana. Bom demais para alguém como ela.

E ela adorava a idéia de ter um amigo, alguém com quem se corresponder. Alguém que a havia conhecido antes de todos os problemas. Antes de tudo sair dos eixos. Quando ela era a velha e sem graça Susan McNamara.

Guardou a carta no armário e seus pensamentos se desviaram para Barry. As recordações provocadas por Peter trouxeram de volta os dias de estudante e ela agora rememorava como havia enxergado em Barry a resposta a todas as suas preces. Quando o toque dele a fizera arder e a voz dele soara como música aos seus ouvidos.

Uma visão dele, sem rosto, surgiu diante de Susan, cujo estômago revirou. Sentiu o café-da-manhã se revolver nas entranhas.

Afastando a imagem da mente, obrigou-se a pensar na filha. A pensar em Wendy.

Sentiu o corpo coberto de suor, o suor doentio e de cheiro acre provocado pelo medo. Se Wendy falasse, tudo viraria de cabeça para baixo e a filha teria de enfrentar as conseqüências.

Susan jamais poderia deixar que isso acontecesse.

Geraldine olhou ao redor, analisando o apartamento. Quando a campainha soou, automaticamente ajeitou uma almofada branca no sofá e arrumou o cabelo. Junto à entrada, conferiu a imagem, dos pés à cabeça, num espelho antigo. Foi um exame rápido, mas só depois é que abriu a porta.

Colin Jackson tinha o ar tão casual como se tivesse acabado de sair de sob as cobertas. Mais: sob as cobertas de uma cama na qual dormira uma noite inteira, enfiado nas mesmas roupas usadas durante todo o dia anterior. O cabelo estava arrepiado em todas as direções e os jeans pareciam pertencer a alguém com o dobro do seu tamanho. Tinha sido preciso um cinto para mantê-los acima dos quadris. Vestia uma camiseta do Ramones e calçava botas marrons próprias para andar no deserto.

Ao se deparar com o tapete branco, ponderou se deveria descalçá-las. Uma olhadela no rosto de Geraldine e já tinha a resposta. Ele as tirou ainda do lado de fora da porta e ruborizou-se ao lembrar-se que tinha um buraco no dedão da meia direita.

Ela sorriu, afável.

— Você me faz bem, Colin. Você me faz lembrar como é ser jovem.

Ele deu um sorriso largo, mostrando dentes brancos e alinhados.

— Não tão jovem, ultimamente. Estou com quase 30 anos.

Ele a acompanhou pelo saguão, surpreso com a suntuosidade do ambiente. O lugar parecia saído de uma fotografia de revista.

Geraldine sorriu, satisfeita com a reação da visita. Sobre a mesa de carvalho, havia uma garrafa de vinho e duas taças grandes. Havia também sanduíches e bolinhos. Ele se acomodou no sofá damasco, cujo azul-escuro contrastava com o branco das almofadas, e imediatamente, sentiu-se deslocado.

A anfitriã nem de longe insinuou que ele parecia um colegial crescido premiado com a sorte grande no quesito "mulher". Muito pelo contrário: Geraldine lhe serviu uma taça de vinho gelado e sentou-se próxima a ele.

— Não precisa arregalar tanto os olhos. Deveríamos estar trabalhando, lembra-se?

Ela vestia calças de seda branca e camisa da mesma cor. Ele podia imaginar a sombra escura dos mamilos através do tecido e imaginou como conseguiria formular uma idéia coerente sem mencioná-los.

— Beba e relaxe. A noite vai ser longa.

Ele sorriu, lascivo. Bem que ela poderia repetir a frase!

— Se Susan vai me receber na próxima semana, então devemos ter algo concreto para apresentar a ela. Tenho algumas informações novas passadas por Roselle e que lançam nova luz sobre o caso, mas que também o torna mais difícil. Parece que Barry Dalston violentou a filha mais velha.

Colin fez um movimento de cabeça, a mente trabalhando a pleno vapor agora, a aparência de Geraldine colocada em segundo plano.

— Já sabia disso. Tinha o pressentimento de que havia algo não dito. Susan adora os filhos e jamais deixaria que a afastassem deles por algo à toa.

E bebeu um pouco de vinho.

— Cretino imundo. A herpes é herança dele, imagino?

Geraldine fez que sim com um gesto de cabeça.

— Estava no laudo do médico-legista, com todas as letras. A informação não foi usada porque ninguém viu que era relevante. Ou, pelo menos, foi o que me disseram. Ninguém parecia pensar que valia a pena mostrar que era um mulherengo, um homem promíscuo que violentou a filha mesmo sabendo já estar doente. Roselle foi amante dele por muito tempo. Não me pergunte o que ela viu em Barry. Só posso supor que ele se comportava com ela de maneira diferente. Talvez ela pensasse que poderia mudá-lo, há mulheres estúpidas assim na face da terra. Mas Roselle não é estúpida, ou pelo menos a mim não parece ser. Muito embora, no que diga respeito a homens, ela pode não ser tão inteligente quanto o resto de nós.

Colin deu um sorriso amarelo.

— Quando diz "o resto de nós" refere-se a mulheres como você, certo?

Geraldine estava irritada, e deixou transparecer isso.

— Ainda não conheci um homem digno de que eu consumisse meu tempo ao lado dele. Acredite-me quando digo que muitos homens tentaram fazer com que eu os visse pela ótica deles, mas sempre consegui enxergar além. Trata-se de um dom que desenvolvi ainda muito jovem.

Colin lamentou ter ouvido isso. Ela era uma mulher sexy e vibrante, que não escondia já ter passado dos 40. No tocante a ele, todos esses atributos, somados, só tornavam Geraldine mais interessante. Porém, as palavras dela o fizeram pensar numa tia solteirona, uma verdadeira inimiga dos homens, se é que algum dia já houve alguma.

— Ei, não somos tão maus assim, sabia?

Geraldine fitou-o nos olhos.

— Não? Fico contente em ouvir isso. Voltemos ao caso Susan Dalston.

E recolheu a taça de vinho. O gesto encerrava a conversa anterior. Ele observou quando os lábios perfeitamente pintados acariciaram a borda do cálice e suspirou em silêncio. Por que se fazia tão sedutora se não pretendia atrair os homens, ora bolas?

— Susan chegou em casa após uma noitada. Wendy estivera cuidando dos irmãos. Barry sumira há cinco dias... Roselle conhece inclusive a mulher com quem ele esteve, caso precisemos dela. Roselle realmente fez a lição de casa. Em algum momento, ele entrou pela porta da frente na casa, onde Wendy já se encontrava. Susan voltou do pub, as crianças estavam todas lá e ela mandou a mais velha para a sogra. Uma mulher muito boa, mas também muito doente que, tenho certeza, faria qualquer coisa para ajudar Susan. Ninguém incumbido do caso percebeu que Wendy tinha passado a noite em casa. Até mesmo a vizinha de Susan, Doreen, sustentou a farsa.

— Ao que parece, todos acolheram a versão de Susan sobre o que havia ocorrido. Ela fez o que fez para que jamais pairasse sobre a cabeça da filha o estigma de ter sido estuprada pelo pai.

Colin estava calado. Colocando-se de pé, caminhou até a janela e fixou o olhar na outra margem do Tâmisa.

— Que vista, hein?

Geraldine não respondeu, sabia que ele não esperava uma resposta, estava apenas tentando organizar os pensamentos. Colin permaneceu calado por alguns minutos.

— Se Susan manteve o segredo até agora, se admitiu ser presa apesar de saber de tudo, jamais vai admitir publicamente a verdade. Percebe isso, Geraldine, não percebe?

Ela tomou um gole de vinho e deixou que o espírito absorvesse as palavras de Colin. E continuou muda. Então ele virou-se da janela e a fitou.

— Por que Roselle não me contou nada disso? Por que decidiu contar a você e não a mim?

Geraldine deu de ombros. Um gesto muito feminino e gracioso. Mas Colin não notou. Estava aborrecido, ferido e humilhado.

— Não podia confiar num homem? Somos todos iguais, não é, segundo as Geraldines e as Roselles do mundo. Uns merdas. É isso?

Ele a estava encarando e ela devolvia o gesto, fitando-o calmamente.

— Teria que perguntar isso a ela. Não sei por que ela decidiu contar a mim e não a você. Talvez porque fosse mais fácil se abrir com uma outra mulher a respeito de assuntos privados e confidenciais de uma amiga. Talvez porque eu tenha um escritório melhor, mais elegante e mais caro. Realmente, não sei. Só sei que vamos ajudar Susan Dalston de toda forma que pudermos. Mesmo que isso signifique tirá-la da prisão de outra maneira qualquer.

Colin estava perplexo, sem saber ao certo se havia compreendido o que Geraldine dissera.

— A que está se referindo?

Geraldine suspirou e tornou a encher as taças de vinho.

— Estou dizendo, rapaz, que talvez tenhamos de preservar o segredo de Susan e optar por outro caminho capaz de mandá-la para casa, para junto dos filhos, que é o lugar dela.

Ele cravou os olhos na advogada, tomado de estupefação.

— Você não está falando sério.

Geraldine riu.

— Ouça, Colin. Aquela mulher se calou por mais de dois anos para tentar proteger a filha e, portanto, merece ser ajudada de todo modo que estiver ao nosso alcance. Tenho Matilda Enderby na minha lista de clientes. Todas as organizações feministas a estão apoiando e logo ela estará em liberdade. Ainda que eu saiba, bem aqui, no fundo — e Geraldine bateu no peito com vigor — que ela matou o marido e provavelmente teve prazer em fazer isso.

"Você sabe que, todos os dias, caminhamos sobre uma linha muito tênue. Mesmo se as pessoas são culpadas, é nossa tarefa defendê-los da melhor maneira possível. Não importa o que o cliente tenha feito. Mesmo aos pedófilos é concedida a melhor representação legal. Alguém como Susan Dalston não tem tanto direito a receber ajuda quanto Matty Enderby ou um molestador de criança? Sou tida como uma das melhores no exercício da profissão. Meu nome será suficiente para garantir a Susan uma apelação justa. Você sabe que isso é verdade.

"Sou filha de Terence O'Hara, a águia dos tribunais de sua época. Desejo ajudar Susan Dalston e, se for preciso, de graça. Pelo menos uma vez quero que alguém que sei ser uma boa pessoa, alguém que não merece estar presa, ande livre pelas ruas. Isso vai me fazer sentir que, uma única vez em toda minha miserável existência, uma vez em toda uma vida inútil, eu realmente fiz a diferença.

Colin a encarou como se jamais a tivesse visto antes. A força das palavras de Geraldine bastou para convencê-lo de que ela estava com a razão. Sentou-se ao lado dela e sorriu com amabilidade.

— Nunca soube que você levava uma vida miserável.

Ele olhou em volta, avaliando o apartamento caro. Os olhos de Colin registraram a nudez das paredes e das superfícies. Não havia uma foto, nem uma só bugiganga, nada. Completamente destituído de qualquer objeto capaz de informar que ali morava Geraldine. Era um ambiente quase clínico.

Nos olhos dela, Colin enxergou solidão e dor. Isso o afligiu.

— Então estamos nisso juntos?

A voz de Geraldine era miúda.

Ele sorriu tristemente, um esgar torto que lhe deu traços mais bonitos e mais jovens.

— É o que parece, não é?

Debbie entrou na enfermaria. Abraçada a uma sacola repleta de doces e refrigerantes, sorriu nervosamente para a sobrinha.

— Olá, querida, como se sente?

Wendy estava tão estarrecida em ver a tia Debbie que começou a rir e a chorar ao mesmo tempo.

— Pensei, por um segundo, que fosse mamãe. Venha aqui. É ótimo vê-la, de verdade.

As palavras traduziam, com exatidão, a emoção de Wendy. Debbie se aproximou e se acomodou numa cadeira junto à cama. Não via Wendy há dois anos e a mudança na garota era notável. Parecia quase uma mulher, com o cabelo basto herdado do pai e os seios fartos que eram uma cópia de Susan.

— Como você cresceu!

Wendy concordou com um meneio de cabeça. A tia tinha uma aparência horrível. Tia Debbie, que sempre havia sido o árbitro da moda, parecia velha e cansada. Não usava maquiagem e o cabelo estava ao natural. As roupas eram apertadas demais, mas sem graça nenhuma. O aspecto da tia a entristeceu. E não sabia por quê.

Debbie percebeu que a sobrinha a avaliava, e sorriu.

— Foi um longo caminho até aqui, meu bem. E as crianças, como estão?

— Chegam em um minuto. A Srta. Beacham, a assistente social, os está trazendo. Ela é sempre tão boa, Debbie. Estamos vendo Rosie tanto quanto possível. Logo ela irá se afastar de nós, acho.

A desolação na voz da garota fez nascer um bolo na garganta de Debbie.

— Recebi uma carta linda de sua mãe, querida. Ela me pediu para ficar de olho em vocês.

Wendy se sentou na cama.

— Segundo disseram, tenho que me consultar com um psiquiatra. Contar a ele por que tentei me matar. Como se houvesse o que explicar! Pelo menos vou poder voltar para casa logo. Estou arrependida do meu gesto, Debbie, de verdade. Fiz mamãe sofrer muito. Na cadeia, não havia nada que ela pudesse fazer, não é? Só causei preocupação bastante para lhe deixar de cabelos em pé.

Debbie viu diante de si uma garota, meio criança e meio mulher. Lamentou não ter prestado a mínima ajuda aos sobrinhos desde que Susan partira.

— Como está tio Jamesie?

A pergunta foi feita por mera questão de polidez, era óbvio.

Debbie sorriu.

— Como sempre. Ele não vai mudar enquanto tiver um buraco no meio da bunda.

O modo como disse isso provocou risos em ambas, embora nenhuma das duas soubesse o motivo de estarem rindo com tanta vontade.

— Como estão vovó e vovô?

— Na mesma. Ainda são uma dupla de tratantes.

Riram entusiasmadas mais uma vez e a Srta. Beacham, que acabara de entrar na enfermaria com as crianças, ouviu as gargalhadas e ficou contente. Se Wendy podia rir assim, então já tinha superado o pior.

Barry e Alana se adiantaram, com Rosie entre os dois. A caçula estava linda com vestidinho e sapatos amarelos e um grande chapéu combinando, presente dos bondosos Simpson. Ela correu até a cama. Levantando os braços gorduchos, imediatamente quis sentar-se no colo de Wendy.

Debbie ergueu a linda criança e sorriu para ela. Rosie sorriu de volta, feliz, e apontando para a janela, disse em voz alta:

— Jardim. Au-au.

Podiam ouvir um cachorro latindo a distância. Riram do gracejo infantil. Aos 3 anos, Rosie ainda não dominava a fala, mas tinha aprendido palavras novas ao longo das últimas semanas.

Barry, olhando de esguelha as guloseimas, disse, lampeiro:

— Quer que eu guarde tudo na sua mesinha-de-cabeceira?

Ele já tinha aberto a sacola e vasculhava todo o butim.

Alana sorriu para a tia, inquieta. Debbie devolveu o gesto cordial. Beacham ficou de pé e observou até que Wendy, lembrando-se de suas boas maneiras, apresentou as visitas.

— Essa é a irmã de mamãe, minha tia Debbie. Essa é a Srta. Beacham, nossa assistente social.

As duas mulheres se cumprimentaram com um movimento de cabeça.

Debbie se sentia tão deslocada que ficou muda. Era a culpa, a culpa de saber que enquanto perdia tempo tentando se manter ao lado de um homem que nada tinha de bom e jamais teria, aquelas quatro crianças, sangue do seu sangue, lutavam para chegar a termos não só com a perda do pai, mas também com o afastamento da mãe.

— Não é lindo por aqui, tia Debbie? Vamos até o mar. A Srta. Beacham nos prometeu.

A voz de Barry informou a todos, especialmente à Srta. Beacham, que ele iria até o mar, não importava com quem.

— Por que não se junta a nós, Debbie? Tenho certeza de que as crianças gostarão de sua companhia.

Alana não parecia muito segura, mas a pequena Rosie tinha simpatizado com a tia e escancarava o sorriso para ela, como se compreendesse a conversa.

Debbie não respondeu, mas sorriu, o que correspondia a aceitar o convite.

Mais tarde, ao observar os sobrinhos brincando juntos, ao constatar como apreciavam a presença uns dos outros, ao ver a profunda afeição que cada um nutria pelos irmãos, Debbie invejou Susan pelo que havia alcançado a despeito de todas as probabilidades.

Havia gerado quatro filhos lindos e amorosos que adoravam o chão em que ela pisava, apesar de estar longe, na prisão, há muito tempo. O encontro com os sobrinhos fez com que Debbie refletisse sobre a própria vida.

— Você está bem, Matty?

— Vou enlouquecer se repetir a pergunta mais uma vez — retrucou ela asperamente.

Susan deu de ombros.

— É que parece doente, garota. Deprimida. Só estou preocupada com você, nada mais.

Mary se levantou. Empurrou Susan para uma cadeira, pôs-se a arrumar o cabelo da companheira de cela. Enquanto habilmente ajeitava as mechas num penteado sofisticado, à moda francesa, disse, com ar de tristeza:

— Às vezes, Susan, o passado nos alcança e não podemos nos dar o trabalho de continuar lutando contra ele. Não, melhor explicar de outro jeito. Não estamos mais em condições de continuar lutando.

— Do que está falando, Matty?

— Já disse. Cheguei ao que se chama um divisor de águas em minha vida.

Susan riu.

— Você tem cada uma, Matty. Pensava que um divisor de águas eram as fossas que existiam antes da invenção do banheiro.

Matty segurou o cabelo de Susan de maneira brincalhona e a fez manter-se imóvel.

— Um divisor de águas é quando algo acontece e você tem que tomar uma decisão. Uma decisão que afetará o resto de sua vida. Às vezes imagino o que estou fazendo. Você também? Perambulamos por esse prédio, mas ainda assim somos cativas. Não importa o que queiramos, não importa o que pensemos, somos cativas e estamos plenamente cientes dessa condição. Todos os nossos pensamentos estão concentrados em sair daqui, em voltar ao mundo lá fora. Voltar para a família é o objetivo prioritário. No meu caso, sou uma pessoa muito egoísta. Sempre fui e a prisão não mudou isso. Aliás, acho que estou mais egoísta do que nunca.

"*Você* está aprendendo que deveria ter sido mais egoísta. Se tivesse sido, talvez não estivesse presa. No final das contas, você fez o mesmo que eu fiz, simplesmente se protegeu. E todos aqui acreditam em você, embora não acreditem em mim.

— Pare. Você mergulhou fundo na melancolia da cadeia, parece que sofre disso há eras. Por Deus, sua apelação é certa. Não faltam celebridades declarando que você jamais deveria ter sido presa. E quanto a mim? Só consigo imaginar o Wham!* assinando um pedido para me tirar daqui.— Susan riu. — Coragem! Você está frita se perder a garra de lutar para sair daqui. Todo dia tenho de me aplicar uma injeção de ânimo. Eu me obrigo a encarar cada dia que nasce. As cartas dos meus filhos me fazem superar a tristeza. Você precisa fazer algo mais com a sua vida. Precisa ter alguém em quem pensar. Isso lhe faria um grande bem.

Matty deu meia-volta e parou em frente a Susan. Colocando as mãos nos ombros da companheira de cela, disse, séria:

— Susan, você é a única pessoa com quem realmente já me importei. Disse a você que falaria com minha advogada, mas não falei. E tudo porque cheguei à conclusão de que queria Geraldine trabalhando para mim, só para mim. Eis a pessoa generosa que sou. Sequer quis ajudar você quando surgiu uma oportunidade. Não sou nobre, não sou gentil nem tenho nenhuma das qualidades que você me atribui. Sou uma sociopata, Susan. Sei disso e você já deveria ter sido advertida a respeito. Não baixe a guarda comigo. Tenha sempre muito cuidado comigo e com pessoas como eu. Somos destruidoras. Destruímos tudo o que tocamos porque simplesmente queremos que seja assim. Não conseguimos nos controlar. Sou uma Barry de saias com um rostinho bonito, talhe miúdo e bem vestido. Por favor, pare de fingir que sou algo mais que isso.

Susan cravou os olhos no rosto franco e suspirou, melancólica.

— Não é verdade. Você é infeliz e desamparada, exatamente como eu. Precisa conversar com alguém, colocar toda essa podridão para fora. Não sou psiquiatra, mas já desconfiava que você não era a oitava maravilha do

---

*Grupo formado por George Michael e Andrew Ridgeley (1981-1986). (*N. da T.*)

mundo. Pessoas assim são fruto de suas experiências. Pais moldam os filhos. Maridos e esposas moldam a vida uns dos outros. Quisera eu ter a sua capacidade intelectual, Matty. Você é inteligente, chega a ser brilhante. Bote esse cérebro para trabalhar a seu favor, para lhe ajudar. No final das contas, é o que nos resta. Olhar-nos no espelho e nos ver como realmente somos.

As duas mulheres ficaram mudas por alguns momentos. Então Matty falou, séria:

— É exatamente disso que se trata, Susan. Usei meu cérebro para uma auto-análise e sei muito bem o que sou. Estou tentando lhe explicar que *já* me virei do avesso. É justamente por me conhecer tão bem que estou deprimida. O passado um dia nos alcança, não importa quão espertas nos consideremos. O passado é o futuro, mas só percebemos quando a carantonha do que ficou para trás torna a nos assombrar.

Susan sacudiu a cabeça e disse com veemência:

— Você está enganada, Matty, muito enganada.

Matty abriu um sorriso, o mesmo sorriso largo e forçado a que sempre recorria quando queria agradar alguém.

— Estou? Tem certeza absoluta disso, Susan?

Geraldine se espreguiçou. Estava cansada, mas sentia-se muito melhor depois de ter conversado com Colin durante a tarde inteira. Havia aberto outra garrafa de vinho e já sentia a tensão em torno dos olhos que o vinho branco sempre lhe causava. Não era uma bebedora contumaz.

Colin, porém, podia entornar vinho numa quantidade espantosa. Ao vê-lo tornar a encher as taças, Geraldine resignou-se com a perspectiva de acordar com ressaca na manhã seguinte.

Gostava dele. Era fácil de lidar, descomplicado e amável. Muito amável.

— Acha que Susan vai cooperar conosco? Sei que tudo parece ótimo após esse nosso papo, mas é uma avaliação enganosa. No frigir dos ovos, prevalece o que ela quiser, não o que nós quisermos.

Geraldine pegou o cálice de vinho e deu de ombros.

— Acho que, depois do que aconteceu com Wendy, ela vai se dispor a fazer qualquer coisa para ganhar a liberdade.

Colin ainda não estava convencido.

— Se conseguirmos uma sessão a portas fechadas, podemos revelar a verdade. Nesse caso, a verdade é mais impactante que qualquer artifício que pudéssemos inventar. O único senão é que a verdade é também muito mais difícil de provar, não é?

— Só podemos esperar para ver o que Susan pensa de nosso plano. Por ora, é tudo o que está ao nosso alcance.

Ele sentou-se ao lado dela.

— Você parece cansada.

— Estou meio bêbada! Nunca fui de beber muito.

Ele abriu um sorriso.

— Então não puxou ao seu pai? A reputação dele como bebedor de uísque é lendária. Quase tão lendária quanto os casos que ele assumiu e ganhou.

Geraldine não respondeu.

— Sente falta dele?

Por alguns instantes, ela concentrou o olhar na taça de vinho.

— Para ser honesta, não. Jamais gostei muito dele.

Colin ficou surpreso ao ouvir tais palavras. Havia espanto em sua fisionomia.

— Muitas pessoas o amavam. Ele era um irlandês típico. Cérebro de computador aliado a um charme natural que o tornava o gaélico queridinho por todos. Mas veja você, Colin, em casa, com a esposa e as filhas, era um tirano. Um tirano arrogante e bêbado. Portanto, não sinto a mínima saudade dele.

— Nunca notei...

As palavras de Colin eram débeis e reticentes.

— Ninguém sabia. Não podíamos ter anunciado na televisão para que todo o país ficasse sabendo. Mesmo depois que ele morreu, mantivemos o segredo. É o que as pessoas fazem, não é? Ao morrer, ele estava, na verdade, com uma prostituta de 17 anos. Ele a mantinha num apartamento em Holborn. Os amigos encobriram o fato, você conhece o espírito de corpo dos advogados. Eis por que Matty caiu em desgraça. Matou o marido, que era um de nós. Um homem das leis. Embora eu também tenha o palpite de que ela assassinou Victor Enderby a sangue-frio. Nada na vida é exatamente como parece ser, concorda? Você pensava, como todo mundo, que meu pai era um santo, defensor dos oprimidos, o protetor dos desvalidos. Pois saiba que ele não dava a mínima para nenhum de seus clientes. Ele só se importava em ganhar. Para ele, o mais importante era a vitória.

Colin estava calado. Não tinha nada a dizer e, de repente, Geraldine lamentou ter despejado sobre ele tantas confissões.

— Desculpe, Colin, Não devia ter dito nada disso.

Ele deu a ela um sorriso amistoso. Ela sabia que seus segredos estavam seguros com ele.

— Acho que mais dia menos dia você teria que falar a respeito. Todo mundo precisa desabafar pelo menos uma vez na vida.

Ela concordou com um gesto de cabeça e tomou mais um gole de vinho. Reclinando-se, relaxou nas almofadas macias e suspirou.

— Minha família era tediosamente normal — Colin falou. — Boa mãe, bom pai, boa irmã. Só saí da casa deles há dois anos.

A última frase foi dita de modo envergonhado.

Ela colocou uma das mãos no braço dele e disse, delicada:

— Então você teve muita, muita sorte.

Ele tornou a abrir um sorriso largo.

— Acho que sim. Não tenho nenhum grande segredo, como a maioria das pessoas. Minha vida parece ter saído de um manual. Casa geminada e confortável, belas férias, tudo dentro dos conformes. No entanto, avassaladoramente monótona.

Geraldine tomou o último gole de vinho.

— Não critique a monotonia, Colin. Algumas pessoas dariam tudo que têm em troca de uma vida segura, boa e monótona. Pode acreditar em mim.

Ele olhou dentro dos olhos dela e disse, circunspecto:

— Acredito, Geraldine. Acredito em você.

Jamesie entrou em casa com o semblante mal-humorado de praxe. Sobre a mesa da cozinha, havia um grande assado para o jantar e a sobremesa.

Depois de um dia inteiro de trabalho, estava faminto. Olhou para a comida, avaliando-a.

Debbie encheu o prato dele com rosbife e pudim Yoskshire, cenouras e repolho, batatas assadas e purê de batatas. Preparara, inclusive, nabo, de que o marido tanto gostava. Ele sempre voltava para casa aos domingos. Era o único dia em que ela realmente podia contar vê-lo. Já se transformara num ritual, assim como as horas extras dominicais. Para garantir um bom bife, Jamesie costumava dizer. Debbie sabia que o dinheiro ia para Carol e para o menino. Agora iria também para o novo bebê que Carol alardeava com tanto orgulho.

Debbie sorriu para o marido enquanto chafurdava na comida que havia servido para si.

— Você parece satisfeita — ele resmungou.

Ela sorriu novamente.

— Na verdade, estou sim. Fui visitar os filhos de Susan ontem.

— Mesmo? Espero que tenha aproveitado bastante, porque foi a última vez.

Ele mordeu um pedaço de carne. Debbie pôde ver como os dentes de Jamesie eram desalinhados e se perguntou por que nunca os havia notado antes. Ele comia de boca aberta, como de hábito.

— Entendido?

Debbie parecia alheia.

Jamesie pousou a faca e o garfo sobre o prato e olhou diretamente para a mulher.

— Está entendido, sem dúvida.

Ela continuou a comer como se ele não tivesse dito nada.

— Está me ouvindo, Debbie? Consegue atinar o que estou dizendo, não consegue?

— Eles são boas crianças, Jamesie. E Sue era uma boa mãe. Nunca dei o devido valor a Susan. Sempre achei que era injusto ela ter filhos sem precisar tazer o menor esforço enquanto nós dois não conseguíamos unzinho sequer. Às vezes, chegava a odiá-la.

Jamesie fitava a esposa como se ela estivesse prestes a ser transportada da sala por alienígenas.

— Susan é uma homicida ordinária! É isso o que ela é. Você está de miolo mole, só pode ser. Fique longe dos filhos delas. Você não pode ser mãe e ponto final.

— Mas você pode ser pai, não é? Ouvi dizer que Carol está grávida novamente. Com certeza é seu, não é? Ela deve ter corrido mais páreos que Red Rum.* Basta dizer que até minha mãe olha para ela com desprezo.

Olhou no rosto da mulher e pareceu incerto sobre o que fazer diante da mudança de atitude dela. Desaparecera a velha Debbie, a esposinha agradecida por vê-lo em casa. A que fazia tudo para agradá-lo. Em seu lugar, havia uma mulher com olhar duro como pedra e um sorriso pouco amigável.

— Você está pedindo para ganhar um sopapo, Debbie. Estou lhe avisando.

Ela riu e continuou a comer.

— Se você se atrever a me bater de novo, vai se arrepender, Jamesie. Pode apostar que sim, rapaz.

Ele empurrou para trás a cadeira em que estava sentado, o barulho da madeira sendo arrastada pela cozinha pequena. Debbie pusera-se de pé diante dele e tinha a faca de carne nas mãos.

— Venha, seu cafajeste balofo! Venha que eu o enfrento. Vou lhe dar um pouco do que foi dado a Barry Dalston! Conheço meus direitos, cara. Essa casa é minha e você vai ficar chupando o dedo. Você não pode reclamar parte dela. Já procurei me informar, rapaz, e agora estou ciente do que me cabe. Diga à rampeira da Carol que nunca ela ou os filhos dela cruzarão a soleira dessa porta. Estou de saco cheio de você e das suas putarias. Estou de saco cheio de você e das *suas* vontades. E quanto a mim, hein? E quanto ao que eu quero que mude?

Ela ainda sustentava a faca por sobre a cabeça, como se pronta a enfiá-la nele a qualquer instante.

---

*Único cavalo a ganhar três vezes o Grande Prêmio inglês. Correu nas décadas de 1960 e 1970, quando também conquistou dois segundos lugares. (*N. da T.*)

— Baixe essa faca, Debbie. Quem avisa amigo é.

Ela sacudiu a cabeça.

— Vá embora, e volte para aquele traste com o qual você costuma passar o tempo. Para mim, já deu. Foi a gota d'água. Não continuaria a seu lado mesmo que pingassem diamantes do seu pau e você peidasse perfume. Caia fora daqui.

Todo o mal que ele havia lhe causado estava estampado no rosto de Debbie, estava contido nas palavras dela.

Ele baixou os olhos para o jantar. Estava morto de fome e sabia que, na casa de Carol, só conseguiria um sanduíche. De repente, os confortos domésticos lhe pareceram muito atraentes.

Lentamente, Debbie contornou a mesa.

— Saia, Jamesie. Vá correndo para ela. Não o quero mais aqui. Na minha cozinha não quero mais você nem nada do que representa. Essa casa me pertence. Fui eu quem a limpei, que a decorei e que a conservei para que você a usasse. E agora ela é minha.

Debbie deu mais um passo na direção de Jamesie, que recuou e, finalmente, saiu para a rua.

Debbie trancou a porta de imediato e deu um suspiro profundo.

Conseguira. Missão cumprida.

Ele se fora.

Capítulo 29

Rhianna observou quando Matty sentou-se sozinha, o rosto tenso e pálido, os olhos apáticos. Ela parecia horrível. Mesmo o cabelo estava sem vida.

Então atravessou a grande sala de recreação para falar com Matty. Ao se aproximar, ouviu-a dizer em voz alta:

— Hoje não, Rhianna. Não estou de bom humor.

Rhianna ainda assim sentou-se ao lado dela.

A sala de recreação era barulhenta. Uma televisão berrava e um rádio tentava competir em decibéis. Na tela, um programa sobre ecologia e sobrevivência animal. Ursos polares perseguiam-se uns aos outros sobre uma calota de gelo, na tentativa de acasalar. As mulheres gritavam comentários obscenos e jocosos. O rádio tocava música pop. Era uma algazarra.

No extremo da sala, outras mulheres jogavam cartas, bebiam café e fumavam. O ar era abafado, meio pesado, o que conferia ao ambiente um clima sórdido.

Matty insistiu em ignorar Rhianna que, por sua vez, permaneceu no mesmo lugar, à espera de que a outra falasse.

Sarah as rondava, pupilas dilatadas, a boca movendo-se para acompanhar uma música que ninguém conseguia identificar.

— Dá para arrumar uma bebidinha, Rhianna? Um trago que seja. Até a minha próxima encomenda.

Rhianna balançou a cabeça, negando.

— Sem chance. Você já está doidona, Sarah. Se não tomar cuidado, dorme e não acorda mais.

Sarah suspirou.

— Parece uma idéia legal.

Matty passou a mão no rosto. Era uma demonstração de raiva.

— Para você, tudo é legal, cadela estúpida.

A voz de Matty era carregada de ameaças.

— Do que está reclamando? Está sob custódia por um delito insignificante. Vai sair do tribunal livre, com a pena cumprida. Então, por que não nos deixa em paz e não guarda suas divagações imbecis de drogada só para si?

Matty se pôs de pé e empurrou a garota com brutalidade.

— Saia de perto de mim antes que eu perca a cabeça. Você não passa de uma colegial crescida demais e mimada. Pare de choramingar e suma daqui. A menos que não saiba o que pode ser melhor para esse rostinho idiota.

O soco foi tão pesado quanto inesperado. Ninguém imaginaria que Sarah pudesse ser tão ágil.

As mulheres permaneceram caladas.

Sarah continuou no mesmo lugar, meio desequilibrada, os punhos cerrados.

Na TV, a voz de David Attenborough exaltava os méritos da calota polar e, no rádio, Sister Sledge cantavam "We Are Family".

— Vamos, mulher! Reaja!

Sarah estava disposta a brigar. Matty a fitou com o olhar desfocado e a empurrou mais uma vez.

— Não dá para reagir contra uma pessoa tão fora de si. Não consegue ver isso, sua puta idiota?

Sarah então a esbofeteou, um tapa sonoro.

A bochecha de Matty ardia.

Matty então pegou a caneca de café, branca e de cerâmica espessa, e atingiu Sarah na maçã do rosto com tanta força quanto pôde reunir. A caneca se estilhaçou ao golpear Sarah que, sob as vistas de todas, inclusive das guardas, caiu primeiro de joelhos para, em seguida, desabar no chão duro. O que se seguiu foi o rebuliço total.

Havia guardas penitenciárias por toda parte. Rhianna se ajoelhara junto a Sarah, tentando avaliar o dano, e Matty foi levada aos trambolhões da sala.

O pandemônio instalara-se. Ao sair, Matty limitou-se a sorrir, recatada. A guarda encarregada do plantão seria capaz de apostar o salário de um mês na impossibilidade de Enderby se envolver em agressões físicas. O tumulto só provava o quanto estava errada.

Rhianna continuou ao lado da garota inconsciente até que o médico chegasse. Só então é que voltou para a cela. Sentada na cama com a cabeça apoiada nas mãos, ela pensava a respeito de um sistema que colocava as Mattys da vida presas com Sarah e outras jovens.

Susan apareceu de repente.

— É verdade que Matty agrediu a coitadinha da Sarah?

Rhianna respondeu que sim com um meneio de cabeça.

— Ela não está bem... alguma coisa aconteceu a ela na última semana. Durante a visita — explicou Susan.

Rhianna sacudiu a cabeça.

— Não invente desculpas para Matty, Susan. Mais cedo ou mais tarde ela iria machucar alguém. É assim que as coisas funcionam aqui dentro. — E olhou para o rosto da amiga. — Se não acontece na chegada, acontecerá na saída. Lembre-se disso.

Susan voltou para a cela que dividia com Matty.

Olhou para o espaço fechado, para os produtos de cabeleireiro e de maquiagem pertencentes a Matty. Viu as escovas de cabelo e os condicionadores e sentiu-se tomada por uma tristeza terrível. Seria aquela a próxima fase de sua própria vida? Episódios violentos e pessoas desequilibradas? Diferentes companheiras de celas, rostos variados?

Sentiu as paredes se fecharem sobre ela e se esforçou para controlar o pânico que ameaçava tomar conta de todo seu corpo.

Matty acabara de azedar a chance de ganhar liberdade.

Uma vez na cadeia, não havia mais saída.

Susan se perguntava se, no fundo do coração, não era exatamente isso o que Matty pretendera.

Roselle gostava do clube durante a semana. Era mais sossegado, mais tranqüilo. Mesmo as strippers não se esfalfavam nas noites de dias úteis. Apenas cumpriam o roteiro de praxe, sabedoras de que os homens as observavam mas não esperavam demais delas. Era tudo muito descompromissado.

Atravessou para o salão de dança principal e viu que Denise estava se apresentando. Simpatizava com Denise, uma jovem grande com seios que chegavam à cintura e coxas que poderiam quebrar nozes. Os homens também gostavam dela: ali, tornava-se atingível para alguns deles e, basicamente, era isso o que procuravam. Pagavam por mulheres que não conseguiriam ter a menos que fossem prostitutas. Sabiam que uma mulher como Denise diria não se a convidassem para sair.

O pensamento fez Roselle sorrir e Mad Mary, uma das garotas mais velhas, a acompanhou. Mad Mary só trabalhava durante a semana, pois sabia que, na sua idade e com aquela aparência, não teria a mínima chance de fazer dinheiro nas noites de clientela mais exigente.

Mary, na verdade, bebia o champanhe do clube. Bebia qualquer coisa.

Roselle então olhou para ela, como se fosse a primeira vez. As rugas ao redor dos olhos e da boca, o brilho opaco do olhar. O sorriso profissional.

— Dá para um adiantamento, Roselle?

Roselle balançou a cabeça, numa negativa.

— Nem pensar, Mary. Se eu lhe adiantar algum, você some e vai para sei-lá-onde, até que fique devendo e resolva voltar. Já saquei como você se comporta.

Mary pareceu não se deixar convencer pela lógica do argumento. Na verdade, riu com ainda mais vontade.

— É verdade, mas estou louca para beber alguma coisa.

Roselle se afastou sem responder e, no bar, disse ao encarregado que servisse a Mad Mary uma boa dose de vodca e Coca-Cola.

Ela não era tão dura quanto queria fazer crer.

No foyer, olhou em volta, uma análise estritamente profissional. Tudo estava em ordem. Linette, uma garota alta com ares de espanhola, massas de cabelo cacheado e grandes olhos de corça, estava na recepção. Tinha quadris de couraçado, seios pequenos e rijos. Não podia esperar mais do que ficar atrás do balcão. Era usada somente quando o clube lotava e todas as outras garotas estavam ocupadas. Linette sofria também de um problema que lhe estorvava a fala.

O uso de Mandrax a fazia pronunciar as palavras de modo ininteligível.

Roselle a ignorou e saiu para o ar frio da noite.

O porteiro, Harry Allbright, sorriu para ela.

— Que linda noite.

Ela concordou com um movimento de cabeça, mas não respondeu.

Harry era uma dádiva divina. Não bebia nem fumava e não tocaria numa das garotas nem com luvas. Ele as odiava. Tinha uma bela esposa, belos filhos e uma bela casa em Beacontree.

— Parece aborrecida. Está tudo bem?

A voz dele era áspera, ainda que preocupada.

Ela sorriu.

— Só estou me sentindo meio para baixo, nada mais.

Ele balançou a cabeça leonina, como que desesperançado.

— É isso o que os clubes fazem. Todo esse maldito fingimento. Detesto isso. Mas pelo menos paga as contas.

Ela continuou em silêncio, ouvindo-o.

— Não passam de gentalha, todas elas. Saber do tipo de vida que levam deixa qualquer um deprimido. Não têm um mínimo de respeito. Nem por si mesmas, nem por ninguém.

Ela caminhou de volta para o calor do clube. Sem perceber, Harry a havia deixado em mais baixo astral do que nunca.

Joseph estava praticando esqui na escola. O pensamento a fez alegrar-se. Ele teria tudo, tudo o que ela fosse capaz de lhe proporcionar. Amor e dinheiro. As coisas que ela jamais tivera.

Então pensou em Wendy e nos demais filhos de Susan. Mas particularmente em Wendy.

No escritório, olhou para a fotografia que guardava numa gaveta. No papel, ela e Barry. Ele parecia lindo, como um modelo. Os olhos sorridentes. Ele estava feliz, realmente feliz.

Abriu a bolsa e tirou uma outra fotografia, onde estava ao lado de Wendy. Fora tirada no apartamento. A menina estava muito parecida com o pai, era quase idêntica.

Roselle remoía o fato de ter sido amante do homem que possuíra à força a menina de quem estava começando a gostar como se fosse sua própria filha. Como pôde não enxergar o verdadeiro Barry?

No fundo, bem no fundo da alma, Roselle sempre soube quem era ele. Desde a noite em que Susan aparecera no clube, casaco velho de manta, cheirando a bebê e gravidez, sem dinheiro. Foi então que descobriu, com exatidão, com quem havia se metido. Durante toda a vida, conhecera tipos como Barry Dalston, até que Ivan surgira. Com Barry, havia retornado à sarjeta e isso a assustava mais do que tudo. Mas jamais deveria tornar a acontecer. Em nome de Wendy e, talvez, de outras tantas iguais a ela.

Tudo o que vivenciara com Barry e com a família Dalston havia mudado Roselle. Fizera-a olhar para si mesma e para a vida que levava. E ela decidiu que precisava de mudanças ainda maiores.

A começar pelo clube.

Ela o venderia um dia, quando o pobre Ivan exalasse o último suspiro e ela o tivesse acomodado num belo cemitério judaico em algum lugar. Então iria se desfazer de tudo e reconstruiria a vida num ambiente mais respeitável, talvez um bom bar de vinhos ou um restaurante.

Um lugar em que pudesse relaxar a encarar a clientela sem a sensação de repulsa e desesperança. Onde as garçonetes fossem limpas por dentro e por fora. Onde o dinheiro fosse ganhado honestamente e destinado a prazeres também honestos.

Fora Susan Dalston quem a fizera perceber quão atraente podia ser a perspectiva de dar uma guinada. Susan e sua luta constante para manter a cabeça erguida, os filhos andando na linha, dentro dos limites da decência e da retidão.

Deitando a cabeça sobre a mesa, Roselle chorou como nunca havia chorado antes. Deus, esperava que sua amiga compreendesse por que havia quebrado sua confiança e contado a verdade a Geraldine. Só rezava para que, no desespero por ajudar, não tivesse traído a única amizade verdadeira que já conhecera em toda a vida.

June e Joey estavam sentados em frente à televisão, grande e nova, e assistiam *The Professionals*. Ultimamente, June estava bebendo mais do que de costume. Quando Joey a viu despejar mais uma dose caprichada de uísque num copo de vidro, comentou:

— Está botando pra quebrar, não é?

Ela olhou para ele, os olhos lampejantes de álcool.

— Preciso disso. Hoje recebi outra carta de Susan.

Joey rolou os olhos para o teto.

— Aqui vamos nós mais uma vez. O que foi agora?

June deu de ombros.

— Ainda não foi nada. Susan nunca fez nada de mal, fez? Ela não é como nós. Não se comporta como nós.

Ele fechou os olhos, contrariado.

— Você não vai recomeçar, vai? Ela matou Barry. Não importa quem ele era, não merecia aquilo.

June sacudiu a cabeça.

— Merecia, sim, Joey, e ela deveria ter dado um jeito nele há muitos anos. Ele a tratava como um monte de bosta. Por que ainda fingimos acreditar numa coisa que sabemos ser mentira? Ganhamos dinheiro com ela, ganhamos dinheiro com os filhos dela e nunca lhes demos um centavo. Nem uma só guloseima.

Joey aumentou o volume da televisão e disse, numa voz aborrecida:

— Saia daqui, June. Vá para a casa de Debbie. Essa também é outra. Onde foi que arranjamos essas duas? Dupla de meninas choronas.

June terminou a bebida numa talagada.

— Susan tinha razão em não querer as filhas aqui conosco. Tinha razão sobre isso também. Mesmo você não pode negar que ela estava certa. Vi o modo como olhava para Wendy. Susan também via. Você perseguiu Susan durante metade da vida desgraçada que ela levava. Lembra-se daquela vez em que os flagrei na cozinha? Sabia que você estava atrás dela e fiquei com ciúme.

Ele cravou os olhos na tela.

June balançou a cabeça, já embriagada.

— Durante todos aqueles anos, eu a odiei, e por sua causa. E você, quem era? Um cafajeste, Joey. Um cafajeste, nada mais. Debbie tem visitado as crianças e está encantada com elas. Estava certa ao mandar que eu me afastasse. Na nossa idade, tudo o que resta são os filhos e netos. Ouvi a vizinha falando: "Vou levar meus netinhos ao zoológico ou ao museu." As pessoas dedicam aos netos mais tempo do que dedicaram aos filhos. Faz sentido, não faz? Eles são o futuro, a próxima geração. E o que você e eu temos, hein? Uma maldita televisão grande e uma boa casa comprada à custa de Susan.

Joey continuava com os olhos fixos na tela; era como se fosse surdo, como se as palavras da mulher não o alcançassem.

— Nessa semana, Debbie visitou o abrigo todos os dias. Cada maldito dia. É como se as crianças tivessem lhe dado vida nova. Eu deveria fazer o mesmo. Ela diz que Rosie é um amor e que Barry Junior uma jóia rara. Alana e Wendy são duas beldades. Wendy tentou se matar, Joey. Uma garotinha como ela tentou dar cabo da própria vida.

— Pensei que Debbie a tivesse mandado pastar. Como sabe de tudo isso?

June então riu.

— Evidente que ela me mandou pastar, mas não era isso o que ela queria dizer. Foi apenas um desentendimento. Coisa normal nas famílias.

Voltei à casa dela como se nada tivesse acontecido e ela me recebeu bem. Ela mostrou a porta da rua a Jamesie.

Joey se mexeu na cadeira e berrou:

— Não estou interessado, June. Se quer bancar a maternal, problema seu. Não estou a fim de saber de nada.

Ela voltou a encher o copo e tomou um trago longo do líquido ardente.

— Claro que não quer saber. Esse é o problema. Você jamais quis saber.

Ele olhou para ela e sorriu com escárnio.

— Ora, mulher, você acordou um pouco tarde demais, não acha? Só agora resolveu ser a mamãezinha bacana?

June concentrou a vista no interior do copo.

— De fato, é tarde demais, Joey. Esse é o xis da questão.

Ele então olhou para a mulher, compenetrado, e suspirou. Ela parecia velha. Sob a maquiagem e o penteado, estava velha. Ambos estavam velhos.

— Ainda tem a mim, June.

Ela o encarou, viu as rugas de ódio em torno dos olhos vorazes dele, a malícia de sua boca, e respirou fundo.

— É isso mesmo, Joey. Assim você está me deixando realmente animada.

Ele voltou a se concentrar em *The Professionals*, à espera de que, o quanto antes, sua Junie voltasse a ser a mulher inconveniente de sempre.

A nova June estava lhe dando nos nervos.

Susan abriu um sorriso de boas-vindas para Colin. Lançou um olhar para a mulher que o acompanhava e a cumprimentou com um polido movimento de cabeça. Geraldine não estava preparada para a aparência de Susan. Parecia uma mulher diferente daquela exibida nas fotografias constantes dos arquivos do caso. A camada de banha sumira. Embora ainda não pudesse ser considerada magra, parecia em boa forma e saudável. Na verdade, tinha até cintura. O cabelo estava preso para cima, num coque banana, e usava uma maquiagem discreta que lhe subtraía muitos anos.

A advogada estendeu sua mão bem cuidada e de unhas feitas, sorrindo.

— Geraldine O'Hara. Prazer em conhecê-la.

Susan sorriu, espontânea.

— Então, afinal Matty falou com você?

Susan estava extraordinariamente contente. Sua amiga estava na área de isolamento há mais de uma semana. Ninguém sabia o que estava acontecendo a ela ou como estava.

— Matty está bem? — Susan perguntou, ansiosa.

Geraldine deu de ombros.

— Ela não está recebendo ninguém. Temo que nem mesmo eu.

Susan franziu o cenho. Encarou Colin e a guarda, que encolheu os ombros, como se dissesse: "Está olhando para mim por quê?"

— Entendo. Então como chegou até mim?

Susan tinha um mau pressentimento, o pressentimento de estar sendo arrastada para perto de gente muito importante. Aquela não era uma advogada qualquer, não era como Colin. Era um medalhão, alguém a quem as pessoas prestavam atenção.

— Roselle me procurou...

Susan sentiu como se a sala estivesse tomada de névoa. Ergueu as mãos.

— Não tenho dinheiro para seus honorários, senhora. Portanto, vamos parar por aqui.

Estava lívida.

A voz de Geraldine era baixa.

— Só queremos ajudá-la, só isso.

— Não preciso de sua ajuda, querida. Obrigada assim mesmo. Estou satisfeita com Colin.

Ele sacudiu a cabeça, agoniado.

— Poderia ao menos nos escutar?

Susan meneou a cabeça com veemência.

— Não há nada a dizer. Agora vão, por favor, e me deixem só.

— Sabemos o que Barry fez a Wendy. Sabemos de tudo, Susan.

— Não sabem de nada, madame. Não importa o que façam ou digam, eu negarei. Não consegue ver o que Wendy está fazendo? O que Roselle está fazendo? Estão metendo os pés pelas mãos para me tirarem daqui. Até mesmo recorrendo a inverdades.

— Inverdades, Susan?

— Não interessa o que elas disseram — Susan estava em pânico.

— São grandes as chances de eu conseguir uma sessão a portas fechadas. Ninguém precisaria saber de nada — argumentou Geraldine rapidamente.

— Caiam fora, os dois.

Susan olhou de maneira insistente para a guarda.

— Leve-me de volta para minha ala. Já terminei.

— Talvez você devesse ouvi-los, Dalston.

— É? E talvez você devesse fechar essa matraca dos infernos e fazer o seu serviço.

— Vão dar Rosie em adoção e distribuir os seus filhos por casas diferentes. É isso mesmo o que quer, Susan? Não acha que eles já sofreram o bastante? Wendy tentou se suicidar exatamente por conta de todo o ocorrido. Ela precisa de ajuda profissional, mulher. Pensei que desejasse o melhor para eles. Como pode agir dessa maneira?

A voz de Geraldine soara alta no ambiente pequeno. Parecia bater nas paredes e voltar. Susan hesitou por um milésimo de segundo e Geraldine aproveitou a oportunidade.

— Posso mandá-la para casa num estalar de dedos. Mandá-la de volta para seus filhos. Sou uma profissional muito respeitada e estou disposta a ajudá-la em troca de nada. Nada. Nem um só centavo. Não recuse minha oferta, pois não lhe darei uma segunda oportunidade.

A voz da advogada era firme, absolutamente segura. Susan percebeu que recusar significaria desistir da única chance de liberdade de que dispunha.

Geraldine olhou para a carcereira e disse, ameaçadora:

— Posso ficar sozinha com *minha cliente*, por favor?

A guarda se afastou e deixou a sala sem sequer olhar para trás.

— Se não quer que tudo venha a público, encontraremos uma saída. Prometo.

Susan olhou para a mulher de roupas impecáveis diante dela.

— Por que tem tanta vontade de me ajudar? Por que tanto interesse por mim?

— Susan, você precisa se dar conta de que muita gente se interessa por você, não só os seus filhos. Sabemos o que Barry fez a sua primogênita. Filha dele. Sabemos que você teve que eliminá-lo pelo que havia feito. Estamos do seu lado, espero que consiga entender isso.

Ela olhou para Colin, em busca de confirmação, e ele sorriu.

— Serei direto. Não deixe escapar a única chance que você jamais terá.

— O que podemos fazer, então?

Geraldine relaxou, sem saber ao certo por que sentia-se tão bem consigo mesma, tão correta, pelo simples fato de aquela mulher ter aceitado sua ajuda.

— Os boletins do hospital afirmam que ele lhe passou uma doença venérea e você perdeu um filho. Ele a chutou e fez com que sofresse mais de um aborto. Ele a agredia constantemente. Com esses argumentos, posso conseguir sua libertação e ninguém precisa saber a verdade. Mesmo a mãe de Barry deseja depor para relatar quem ele era, realmente. Prometo a você, posso tirá-la daqui, em definitivo, com a pena já cumprida, apenas me valendo de detalhes de sua vida.

Susan sorriu.

— Kate o odiava, que Deus a abençoe.

Sentou-se junto à mesa e fitou Geraldine.

— Vão analisar com atenção as provas materiais? Quero dizer, acha que a acusação fará isso?

Geraldine foi pega de surpresa pela pergunta.

— A promotoria vai insistir no fato de você tê-lo golpeado repetidamente com um martelo, sim. Tudo o que eles têm para usar contra você é o modo como o ataque foi desferido. No entanto, posso conseguir um psiquiatra para atestar que foi um ato de retaliação, após anos de abusos. E foi exatamente isso, não foi?

Susan fez que sim com a cabeça, distraída.

— Mas o material da perícia... eles guardam tudo? Amostras, coisas assim?

— O que a perícia tem a ver com isso tudo? Todos os relatórios afirmam que Barry foi golpeado várias vezes com um martelo. Já sabemos disso. O que precisamos é de salvaguardas para tornar o fato irrelevante. Você deve se apresentar como uma mulher levada ao tribunal ainda em estado de choque. Alguém que considera justo ser castigada por ter ceifado uma vida, muito embora se tratasse de uma vida que não valia um tostão furado.

Susan olhou para Geraldine e abriu um sorriso largo.

— Gosto de você. É uma pessoa legal.

Geraldine retribuiu o sorriso.

— Eu também. Tinha a sensação de que iria simpatizar com você.

Colin as observava e mais uma vez se maravilhava com a empatia instintiva entre aquelas duas mulheres.

— Então está me dizendo que vamos contar a verdade, mas não toda a verdade. Certo?

— Resumidamente, sim.

— Mas e a perícia? Vão olhar as provas para tentar achar alguma coisa?

— Como por exemplo? — A voz de Colin era de exasperação.

Susan deu de ombros.

— Sei lá. Os especialistas são vocês.

Geraldine a fitou direto no rosto.

— Existe algo mais que eles possam encontrar?

Susan não respondeu de maneira objetiva.

— Vai pegar mesmo o meu caso a troco de nada?

Geraldine encolheu os ombros.

— Roselle diz que vai pagar. Mas veremos. Se eu perder, não vou cobrar nem meio centavo. Que tal?

Susan a examinou com atenção, dos sapatos feitos à mão ao corte de cabelo caro, e suspirou em silêncio.

— Está bem. Conseguiu me convencer.

Nunca na vida Geraldine O'Hara precisara convencer alguém a aceitá-la como advogada. Ao contrário, as pessoas costumavam lhe implorar para fazer parte de sua carteira de clientes. Era assim que as coisas funcionavam no mundo de Geraldine. Quem tinha reputação, cobrava alto. No entanto, ali estava uma assassina condenada lhe fazendo o favor de aceitar seus préstimos, talento e conhecimento profissionais, além de seu tempo.

Geraldine riu por dentro e por fora.

— Perfeito.

Susan colocou a cabeça entre as mãos e pensou em Wendy, Rosie, Barry e Alana. Seus quatro filhos, tão diferentes entre si e ainda assim tão parecidos. Precisava voltar para junto deles e aquela mulher bonita com o sorriso simpático parecia ser capaz de destrancar a porta do xadrez.

Wendy necessitava de ajuda. As palavras boiavam no cérebro de Susan. Wendy e as outras três crianças necessitavam mesmo era da mãe. Chegara a hora de Susan Dalston se permitir voltar para casa.

Matty se adaptara ao isolamento. Não tinha acesso a material para escrever, a livros ou rádios. Isso não a incomodava. Passava os dias sentada no beliche, imóvel.

A guarda da noite abriu a porta da cela. Era uma mulher delgada de traços angulosos, fã das novelas de Danielle Steel. Matilda Enderby a estava deixando preocupada.

— Quer que lhe traga uma xícara de café ou de qualquer outra coisa?

Matty a olhou como se não soubesse quem era.

— Como disse?

— Você ouviu. Quer café ou não quer?

— Não, obrigada. Estou bem.

A outra mulher saiu da cela e a trancou. Pelo menos havia tentado. Podia voltar para o mundo da ficção, cheio de mulheres sensuais e intriga.

Matty estudou as pichações nas paredes e sorriu. Algumas eram bastante divertidas, mesmo que ignorantes e sórdidas.

Tentou se concentrar nos rabiscos, mas tudo o que via era Victor, o pobre Victor, diante dela, implorando que lhe contasse por que estava tão infeliz. Por que estava tão constrangida. Por que agia tão mal com ele. Pedindo que lhe explicasse o que a estava fazendo sentir-se tão miserável. O olhar aturdido nos olhos dele ao passar as mãos pelo próprio cabelo, agitado.

Tinha sentido a faca sob a toalha de chá. Constatar que a arma estava ali, esperando por ela, lhe proporcionou uma sensação muito agradável. Acariciara o instrumento, sabendo que tinha o poder sobre a vida e sobre a morte. Uma sensação inebriante. Sim, tinha feito a lição de casa com capricho. Um golpe no coração. Uma investida, o gesto de uma mulher desesperada. Já tinha visitado o médico, lhe mostrado os arranhões. Contado a ele sobre as crueldades do marido. Seus maus bofes.

Victor parecera pasmo ao ver que seria esfaqueado. Depois, ajoelhou-se no chão, em frente a ela, o rosto tomado de dor, pálido. Ela havia pensado que ele nunca morreria. Mesmo quando jazia sobre o chão de cerâmica branca, o sangue empoçado ao redor, ela havia pensado que ele sobreviveria. Vigiou a vítima por dez minutos. Queria ter certeza de que estava morta.

Ela não iria correr riscos.

Preparou uma bebida, uma boa dose de gim-tônica, pegou o telefone e despejou gritos e lamentos.

A encenação de uma vida inteira.

Havia contado sua história a dúzias de jornalistas, se transformado em símbolo para mulheres agredidas. E agora Angela aparecera. Aquela vaca gorda a estava perseguindo. Fazendo-a perder o controle, levando-a a atacar Sarah.

Teria de pensar numa solução para Angela, dar a ela algo que não estivesse esperando. Algo especial, como dera à mãe.

O pensamento a fez sorrir.

— Talvez um incêndio... o fogo é purificador. E Angela precisa se purificar. Sempre teve a mente suja, a boca suja.

Matty ergueu-se do beliche e bateu na porta da cela. A guarda veio correndo. Afinal, recebera instruções para observar qualquer sinal de que a prisioneira pudesse tentar suicídio.

— Vou aceitar aquele café, por favor. De repente, passei a me sentir muito melhor.

A guarda sorriu para ela de maneira amistosa.

— Acha que consegue comer alguma coisa?

Não comia há dias e, de súbito, a inapetência desaparecera.

— Acho que sim. Talvez algumas mordidas.

— Um sanduíche, talvez?

Matty riu, cheia de alegria.

— Estava pensando num frango assado, mas um sanduíche já seria maravilhoso.

Capítulo 30

Roselle foi ao abrigo para encontrar Wendy. Ao cruzar as portas duplas, sentiu a tristeza costumeira de ver as crianças vagando por ali. De todas as cores, de todos os credos, todos indesejáveis. Era de cortar o coração. Aquelas cabecinhas jovens sabiam bem o quanto eram desvalorizadas. Podia-se ver isso nos rostos, nos passos, nas atitudes. Adolescentes taciturnos fumando cigarros; crianças mais novas sentadas ao redor da casa e pelo pátio apenas observando o tempo passar. Sabendo que jamais teriam condições de se juntar ao mundo lá fora. Não realmente, não inteiramente.

Já tinham sido maculados, já estavam acostumados a serem ignorados, a menos que fizessem algo para chamar a atenção. Algo absurdo e violento, ou autodestrutivo.

Esse poderia ter sido o destino dos filhos de Sue. Salvou-os a certeza do quanto a mãe os adorava, não importa o que mais viesse a lhes acontecer.

Roselle foi até o escritório e bateu gentilmente na porta.

A voz da Sra. Eappen informou, desdenhosa:

— Espere do lado de fora.

Roselle sabia que, através do vidro, a assistente social podia ver quem havia chegado. Também sabia que Eappen alimentava desconfianças. Sobre seu carro, suas roupas, seu relógio caro. Conhecia as idéias deturpadas de Eappen sobre certo e errado. Roselle espantava-se com o fato de aquela mulher sempre conseguir colocá-la na defensiva, sempre fazer com que escorregasse no linguajar. Flagrara-se usando termos como "matusquela" e “camarada”, os quais não utilizava em nenhuma outra ocasião. Não tinham nada a ver com a forma como costumava se expressar, ora.

A Sra. Eappen a fez esperar por quase cinco minutos até que a chamou com o comando de uma única palavra.

— Entre.

Ao entrar na sala, Roselle se viu transportada de volta aos tempos de colégio. Sentiu que estava em apuros, embora soubesse ser absurdo. Era uma mulher adulta, não uma criança. Mas as Eappens desse mundo fazem questão de tratar todos como se tivessem 12 anos de idade.

A mulher a examinou daquela maneira fria e crítica que era sua característica.

— Ah, senhorita Digby.

O “senhorita” foi enfatizado como se qualquer mulher da idade de Roselle que ainda não tivesse passado de senhorita a senhora fosse um fracasso absoluto.

— Em que posso ajudar?

Na cabeça de Roselle, surgiu a expressão “caindo morta e fulminada”. Sabia, porém, que era hora de agir como a outra esperava.

— Estou aqui para pegar Wendy Dalston, como de hábito. Pensei em levá-la para chá no Claridge’s e depois em Regent Street, para compras. Sei que ela está mesmo ansiosa por isso.

Explicara-se mal. Sabia disso e não se aborrecia, principalmente quando Eappen fechava os olhos, em sofrimento óbvio.

— Bastante ansiosa. Percebe que depois de uma experiência tão penosa ela ainda está cansada e um pouco deprimida?

— Depois de hoje, não estará mais. Posso assegurar. Também tenho passe em meu nome e no dela. Então ela vai visitar a mãe e tudo o mais.

Roselle havia deixado o melhor para o final e teve a satisfação de ver a outra mulher empalidecer. Quando Eappen abriu a boca para falar novamente, Roselle se retirou do pequenino escritório atravancado, com gravuras de Ursinho Pooh nas paredes e mapas sobre os progressos das crianças em hidrográfica vermelha e preta.

A Sra. Eappen tratava as crianças do abrigo como objetos, não como pessoas que mal haviam começado a viver. Esse seria um erro que cometeria até o fim de seus dias.

Wendy estava sentada, com ar de desamparo, na recepção. Roselle a estudou por um segundo. De jeans e camiseta preta, parecia uma mulher adulta, mesmo sem um pingo de maquiagem, o cabelo glorioso preso para trás num bonito rabo-de-cavalo. Ao ver a visita, o rosto se iluminou num sorriso.

Já a céu aberto, enquanto caminhavam até o carro de Roselle, viram Debbie descer do táxi. Nos últimos meses, nunca exibira tão boa aparência. O olhar cansado desaparecera do rosto e as linhas finas em torno dos olhos assemelhavam-se mais a vincos provocados pelo riso. O semblante tinha um ar jovial.

— Que bom, querida! Vai dar uma saída?

Wendy concordou com um gesto de cabeça e apresentou as duas mulheres. Roselle notou ter sido examinada de alto a baixo por um par de olhos azuis perscrutadores.

— Já ouvi falar muito de você, Roselle. Sou irmã de Susan, como se você não soubesse.

Com tais palavras, Debbie revelava ter imaginado mais do que ouvido a respeito de Roselle. Essa, por sua vez, não se irritou com a observação da titia Dalston.

— Demorei um pouco a aparecer e visitar as crianças, mas pelo menos estou aqui agora...

Era o mais próximo que Debbie chegaria de um pedido de desculpas por ter deixado os sobrinhos ao deus-dará por tanto tempo.

Roselle sorriu.

— Para onde vai levá-los?

— Para perto de casa. Pensei em passarmos um dia ao ar livre. O verão está quase acabando. Acho que vou preparar um bom rango e deixar que se divirtam à vontade. É legal lá onde eu moro. Muito legal.

Roselle meneou a cabeça.

— Tenho uma licença para visita à penitenciária. Wendy e eu vamos ver Susan e tentar fazê-la aceitar que um novo advogado trabalhe no caso. Se bem que, a essa altura, ela já pode ter sido devidamente convencida.

Debbie fez um movimento de cabeça.

— Susan me falou sobre a tal advogada. Recebi uma carta dela ontem. Susan parece determinada, se é que isso serve de consolo. Diz que ao menos é uma luz no fim do túnel.

Wendy permaneceu calada durante todo o diálogo, mas nenhuma das mulheres notou. Estavam ocupadas demais se avaliando mutuamente.

— Bem, tenha um bom dia.

Debbie abriu um sorriso.

— Terei, com certeza. Perdi tempo demais longe das crianças e pretendo compensá-las.

Roselle sorriu com tristeza.

— Eles são umas graças.

Partiram felizes. Roselle observou a mulherzinha atarracada de pernas gorduchas sair quase às carreiras para ir ao encontro dos três sobrinhos mais novos.

Wendy, que já estava sentada no carro, finalmente abriu a boca.

— Mamãe não vai deixar que a verdade venha à tona. Não para qualquer um.

Roselle olhou para ela, os olhos subitamente cansados.

— Sua mãe fará o que lhe disserem, pelo menos dessa vez. Agora vamos, pois temos um belo dia pela frente.

Arrancou com o carro, afastando-se do abrigo, mas parecia que o brilho do dia havia sumido. Wendy parecia novamente cismada, deprimida.

Roselle fez uma grande concessão e colocou na Rádio One. Sabia que a garota gostava dos últimos lançamentos da música pop. Esperava que a música a animasse.

Matty saiu do isolamento e deparou com uma multidão de rostos. Olhou ao redor, para as garotas e mulheres que havia ajudado, aconselhado e conjecturou o quanto eram obstinadas. Surpreendia-se pelo fato de ainda se preocuparem com ela, a despeito do que havia feito.

Sarah a observava com cautela, os olhos sem expressão mas também sem a névoa provocada pelas drogas.

Matty sorriu e acenou para a garota. Sarah relaxou de imediato.

Na cadeia, por causa de ninharias, ressentimentos podiam ser o combustível de episódios brutais. Sem muito o que pensar, especialmente se estavam no isolamento, as detentas alimentavam hostilidades. Atrás das grades, mulheres como Matty tornavam as vidas de todas ainda mais difíceis. As presas sabiam que gente igual a ela não precisava de motivo para enveredar pela violência. Explodia por qualquer razão.

Matty sorriu ao ver que Susan mantivera a cela exatamente como ela havia deixado.

— Levei a manhã inteira limpando esse lugar.

A voz de Susan era alta. Por algum motivo, o nervosismo evidente de Susan deixava Matty ainda mais abatida. A recém-chegada olhou ao redor, exatamente como Susan esperava que fizesse, e sorriu, charmosa.

— Nem parece que estive fora.

Susan bufou de alívio.

— Não diria isso se tivesse vindo antes! Parecia que tinha havido um bombardeio! Você me conhece, não sou fingida.

Rhianna entrou e o cubículo ficou ainda mais apertado.

— Estava na ginástica quando soube que você havia voltado.

Ávidos, os olhos no rosto magro fitaram Matty, que neles percebeu amizade verdadeira.

— Como está Sarah? — perguntou.

Rhianna deu de ombros.

— Assumiu a culpa, como já era de se esperar. Disse que foi a responsável pela briga, pois provocou você. O de praxe.

Matty meneou a cabeça lentamente.

— Era o que eu imaginava. Você não está sabendo de nada? Ainda não fui notificada se pretendem me acusar do incidente.

Rhianna sorriu.

— Esqueça. A garota não é burra. Fez a parte dela. O assunto morreu.

Matty ficou calada por um momento.

— Talvez. Veremos.

Rhianna e Susan entreolharam-se. Não era a reação que esperavam.

— Você está bem, Matty? Precisa de alguma coisa?

— Acreditem se quiser, mas só preciso de um pouco de sossego e silêncio. Quero escrever uma carta.

As outras duas riram.

— Para quem?

Matty olhou para elas, séria.

— Minha irmã.

— Nunca soube que você tinha uma irmã. — A voz de Rhianna era alta e descrente.

— Tem muita coisa a meu respeito que as senhoras não sabem. E, se eu não tomar cuidado, acho que um dia acabarão descobrindo.

Então Matty riu e as duas mulheres riram com ela. Mas Susan e Rhianna sabiam que, não importa do que estivessem rindo, certamente se tratava de algo nada engraçado. Sem um pingo de graça. Rhianna empurrou Susan com delicadeza para fora da cela, deixando Matty sozinha para escrever a carta. Sentaram-se na cela de Rhianna e fitaram-se.

— Ela voltou a ficar esquisita, não é? — comentou Susan.

Rhianna assentiu com um movimento de cabeça.

— E, se não se incomoda que eu diga, ela é mais louca que a pessoa mais louca que já enlouqueceu. Dá para sentir que cada poro do corpo dela transpira animosidade. Você não fica nervosa, Susan? Eu ficaria.

— Não há muito o que eu possa fazer, não é? Pelo visto, a tal irmã a deixou transtornada. Vamos torcer para que a carta apazigue a mente dela. Já tenho muito com o que me preocupar, não posso me dar o trabalho de cuidar de Matty.

Rhianna sacudiu a cabeça.

— Quanto mais cedo for a sua apelação, melhor.

Susan apertou os braços ao redor do próprio corpo, num abraço, feliz.

— Acho que posso me dar bem com essa tal de Geraldine. Imagino como Matty vai reagir ao fato de a advogada dela cuidar também do meu caso.

Rhianna não respondeu. Mas tinha a impressão de que, no estado de espírito em que Matty se encontrava, não ficaria muito contente com a novidade.

— Tome cuidado, Susan. Fique de olho. Quando Matty está assim, é capaz de qualquer coisa.

Susan encolheu os ombros de modo afável.

— Ela vai ficar bem tão logo retome o velho ritmo. E Sarah nos poupou um bocado de confusão ao dizer que foi ela quem provocou a briga. Matty vai se recuperar. Como todas nós nos recuperamos.

Rhianna não respondeu.

A cabeça de Susan estava repleta de pensamentos em Wendy e Roselle. Estava prestes a encontrar a amiga a quem não punha os olhos há mais de dois anos. Mal podia esperar pela visita. Seria maravilhosa.

— A propósito, minha filha e minha melhor amiga, Roselle, virão me visitar, hoje. Não a vejo há muito tempo e estou ansiosa com o encontro. Quero olhá-la bem dentro dos olhos, ver como os últimos anos a trataram.

Rhianna foi envolvida pelo entusiasmo de Susan.

— Roselle de quê? Você vive falando dela, o nome me é familiar.

— Roselle Digby. Mora no Soho.

Rhianna pareceu impressionada.

— A Roselle Digby que dirige aquele clube in Dean Street?

O tom de voz de Rhianna dizia tudo e Susan riu.

— A própria. Nós duas nos conhecemos há muitos anos. É uma grande amiga. E se ofereceu para pagar a tal Geraldine, que insiste em dizer que me defende de graça, se necessário.

— Aposto que sim. O caso vai atrair a imprensa e garantir muito prestígio, lembre-se disso. — Era evidente que Rhianna estava impressionada. — Você já deveria ter nos contado há muito tempo. Com uma advogada assim, teria sido tratada aqui dentro com honra digna de uma visitante da realeza.

Susan suspirou, feliz.

— Talvez sim, talvez não. Parece que tudo está acontecendo ao mesmo tempo, não é?

Rhianna sorriu.

— Você vai ganhar liberdade, Susan. Estou muito otimista.

— Também estou. Finalmente me sinto em condições de olhar para o futuro.

Rhianna sabia exatamente a que Susan se referia e experimentou uma certa inveja, ainda que fugaz.

— Sei perfeitamente como se sente. Acredite-me, *sei* muito bem.

Geraldine estava surpresa com a mudança em Matty. Parecia mais magra, se isso fosse possível. O rosto estava corado, como se ela tivesse corrido, o que, definitivamente, era impossível naquele lugar.

— Olá, Matty. Imagino que já tenham lhe explicado tudo...

Ela fez que sim com a cabeça.

— A garota puxou briga. Acontece em lugares como esse, Geraldine. Tive de me defender.

Geraldine não tinha certeza a respeito.

— Saiu a data da apelação. Daqui a quatro semanas. Será em 3 de novembro. Que tal?

Matty sorriu, o rosto inocentemente bonito à luz do sol do início da tarde.

— Ótimo. Mal posso esperar para sair.

A voz de Matty era como a de uma garotinha. Geraldine engoliu a sensação de repulsa que a tomava toda vez que conversava com aquela cliente.

— Vai se sair bem, a julgar pelo que a imprensa tem especulado. Acho que o clima é favorável ao seu caso. O público tem demonstrado solidariedade com mulheres vítimas de agressões conjugais. É uma questão política. Estão criando leis e colocando-as em prática. Avalio que você tem grandes chances de voltar para casa.

Matty sorriu de novo.

— Ótimo. Esse lugar está começando a me deprimir. Quero deixar para trás Victor e tudo o que me aconteceu. Quero começar vida nova.

— Vai ser difícil deixar tudo para trás quando seu livro for publicado, não acha?

Geraldine não pôde resistir à troça e Matty novamente deu de ombros, ainda mais indiferente que de hábito.

— Se as pessoas querem conhecer a minha história, por que não deveria contá-la? Pode servir de inspiração para que outras mulheres se livrem de circunstâncias domésticas similares antes que seja tarde demais.

Permiti que a situação fosse longe demais e deu no que deu. É preciso que alguém lance um grito de alerta, não concorda?

Geraldine sabia que Matty era capaz de justificar qualquer coisa e preferiu deixar o assunto morrer. Por algum tempo, porém, a conversa interrompida ficou suspensa no ar, ocupando o espaço entre elas e tornando o ambiente carregado.

— Estou representando Susan Dalston também — disse Geraldine, para quebrar o silêncio. — Já sabia?

O rosto de Matty empalideceu e ela afastou o cabelo da testa, num gesto que Geraldine sabia que significava exasperação.

— Não. Ninguém se deu o trabalho de me contar. Nem mesmo minha própria advogada.

— Ora, Matty, acalme-se. Tenho muitas clientes, sabe disso. Sempre defendo mulheres em apuros. E Susan Dalston é exatamente uma mulher em apuros, com filhos que precisam tê-la por perto tanto quanto ela precisa deles. Se há uma mulher no mundo que não deveria estar presa, essa é Susan Dalston. Ela sofreu o pior tipo de abuso continuado e posso provar, de modo a tirá-la da prisão e mandá-la para casa. Estou empenhada nisso. Simpatizei com ela desde o primeiro instante.

Matty não retrucou. Distraíra-se com o barulho que vinha de fora. Era horário de visita e podia ouvir a conversa de maridos e namorados, filhos e mães. Desde que fora presa, recebera apenas uma única visita, excluindo as de advogados. E teria passado muito bem sem ela.

— Antes que eu me esqueça... Uma mulher me telefonou solicitando um encontro comigo a fim de falar sobre você. Angela de tal. Mas não apareceu. Sabe do que poderia se tratar?

— Uma jornalista, talvez. Não me lembro de conhecer nenhuma Angela. Por quê? Pareceu ser algo importante?

O ar inocente voltara ao rosto de Matty. Geraldine deu de ombros.

— Não, apenas estranho, só isso. Pensei que poderia ser alguém que pudesse ajudá-la.

— A única pessoa que pode me ajudar é você, Geraldine. Só conto com você.

— E com os grupos de mulheres e de feministas. Não vamos esquecê-las.

Matty olhou para um ponto acima da cabeça.

— Na verdade, do que elas sabem? Você é a estrela, não é? Sem você, me deixariam apodrecer na cadeia. Não, tudo está nas suas mãos, Geraldine. Não conseguiria lhe dizer como me sinto grata.

A advogada teve a nítida impressão de estar sendo alvo do deboche de Matty. Mais: deu-se conta de que Matty agia assim por saber que não haveria como repreendê-la ou coibi-la. Todos os réus têm direito a um julgamento justo, independente da opinião pessoal de seus advogados. Geraldine tinha em vista que a libertação de Matty iria servir de jurisprudência para o caso de muitas mulheres forçadas a cometer homicídios. Mulheres como Susan Dalston e tantas outras. Se era tão simpática a clientes com esse perfil, por que não nutria a menor simpatia por Matilda Enderby? Por que sentia que defendê-la era um grande erro? Todos os seus pares teriam considerado Matty uma cliente maravilhosa, a cliente dos sonhos, inteligente, espirituosa, articulada e sedutora.

No fundo d'alma, tinha certeza de que Matilda Enderby era uma pilantra homicida que agira a sangue-frio. Geraldine voltou a mergulhar no baixo astral.

Era assim que costumava se sentir durante os encontros com Matty.

Susan viu a filha e a amiga sentadas, à espera, na sala de visitas de paredes nuas e escancarou os lábios como se fosse o Gato Risonho. Roselle a manteve abraçada até que uma guarda obrigou-as a se separarem. Acomodaram-se, então, junto a uma mesa bamba e Wendy se afastou para pegar café e uma Coca-Cola, de modo a que a mãe e a amiga tivessem alguns minutos a sós.

— Você está com uma cara fantástica, Roselle. Muito boa mesmo. E não parece ter envelhecido um só dia.

A voz de Susan era cheia de admiração.

— Você também não está mal, garota. E emagreceu um bocado.

Susan suspirou.

— Esse lugar é mais eficiente que um Spa. Se tivesse sido presa há mais tempo, nunca teria me tornado uma maldita gorda.

Apesar do comentário, Susan estava feliz com o elogio e deu prosseguimento ao assunto.

— Estou pesando só 63 quilos e meio. Caramba, me sinto a própria Twiggy.*

Os traços harmônicos de Susan estavam ainda mais evidentes e, embora ela nunca pudesse vir a ser considerada bonita, certamente estava mais atraente. Roselle ficou satisfeita pela amiga.

— Como Wendy tem passado? — perguntou Susan, ansiosa.

— Muito melhor. Saber que você pode voltar para casa é uma ajuda e tanto na recuperação dela. Ouvi dizer que o processo de adoção está sendo acelerado. — Roselle ergueu a mão para calar Susan antes que ela a interrompesse. — Geraldine vai cuidar disso também, pois o fato de você ser uma mãe brilhante é um dos argumentos para tirá-la da prisão. Portanto, pare de se preocupar. Tenho grana bastante para sustentar o seu caso até o ano dois mil, se preciso.

Susan se sentiu relaxar.

— Você é uma boa parceira, Roselle. Não sei o que teria sido de mim sem você. No final das contas, Barry me deu meus filhos e, por caminhos estranhos, me deu você, não foi?

Roselle segurou a mão de Susan com firmeza.

— E vice-versa. E, de quebra, me deu Wendy também. Gosto muito de vocês duas. Significam mais para mim do que minha própria família. Com exceção de meu Joe, é claro.

— Claro. Como ele está?

Roselle discorreu sobre o filho e seus méritos. Susan ouviu, transbordando de alegria. Ver Roselle em carne e osso compensava tudo, tamanha era a força da amizade entre ambas.

Incrédulas, algumas mulheres na sala de visitas fitavam Susan Dalston e Roselle Digby. Susan não tinha notado o quanto Roselle era famosa. Só agora entendia por que a amiga não quisera visitá-la antes. Era motivo de curiosidade entre as detentas. O rosto conhecido de alguém que nunca se

*Modelo inglesa que, nos anos 1960, se tornou célebre pela magreza. (*N. da T.*)

envolvera em confusão. A mulher de Ivan, como costumavam se referir a ela, apesar de o romance estar encerrado há anos.

Susan gostou muito da agitação que ela e Roselle causaram.

— Se soubesse que não vinha por causa disso, teria feito com que me visitasse antes. Poderia ter dado um jeito de driblar o constrangimento.

Uma prisioneira parou junto à mesa e cumprimentou Susan e Roselle com um movimento de cabeça. Wendy trouxe o café e disse, deliciada:

— Estão falando sobre você na cantina. Falando bem, é claro.

Roselle tomou o café e abriu um sorriso.

— E elas ousariam dizer alguma coisa diferente? — Então, mudando de assunto abruptamente, perguntou a Susan, sem rodeios: — Qual sua opinião acerca de Geraldine O'Hara?

— Acho que é ótima, Roselle. Ela também está cuidando de Matty, minha colega de cela.

— Mais uma coisa em comum entre vocês. Geraldine parece pensar que sua liberdade são favas contadas.

— É esperar para ver. Mas até mesmo eu tenho um bom pressentimento. Não me atrevo a ficar muito entusiasmada, porém. Entusiasmo pode ser fatal nesse lugar. É melhor pensar que o pior sempre pode acontecer. Assim, o que vier é lucro.

Wendy ouvia a conversa, atenta.

— Conte a eles a verdade, mamãe. Vamos revelar tudo de uma vez por todas.

Susan olhou para a filha e disse, com frieza.

— Eles já vão conhecer parte suficiente da verdade, querida, o suficiente para uma vida toda. Não precisamos envolver você em nada disso.

Wendy olhou para o rosto da mãe.

— Ainda não consegue enxergar, não é, mamãe? Talvez eu precise que a verdade venha à tona para que as pessoas me entendam um pouco melhor. E para que eu também possa me entender. Para que a minha vida ganhe algum sentido.

Susan olhou para o lindo rosto perturbado da filha e falou, circunspecta:

— Não há nada para dar sentido, amor. Você foi tragada por uma situação fora do seu controle. Sei disso, vivi anos naquela casa. Seu pai usava e abusava de tudo, das coisas e das pessoas. Só agora vejo tudo com clareza. À noite, me deito naquele beliche e imagino quanto poder deixei que ele tivesse sobre nós. Fui uma completa idiota. Deveria ter dado no pé há anos. Deixar que ele ardesse no fogo da própria maldade. Mas me esquivei. E a troco de quê? Disso. Portanto, tenha em mente que, se você abrir a boca e contar tudo, estará jogando na minha cara cada um dos meus erros do passado.

Wendy a fitou por longos momentos.

— O problema não é mais exclusividade sua, mamãe. Até eu consigo perceber isso. Estamos falando de culpa, de quem fez o quê. Pois devo assumir a culpa que me cabe. Está na hora de começar a assumir responsabilidade pelos meus atos.

Roselle observava a mãe e a filha quase adulta e estava espantada em como reagiam uma à outra. Era como se estivessem à beira de uma briga.

— Acalmem-se, vocês duas.

O comando fez com que mãe e filha parassem de se medir com os olhos.

Susan se curvou à frente, ainda sentada na cadeira, e sibilou:

— Não conte nada a ninguém, está me ouvindo? Faça isso e eu a desmentirei. Direi que você está disposta a qualquer coisa para me levar para casa e eles vão acreditar, minha chapa. Pode apostar que vão.

Algo estava acontecendo e Roselle não tinha certeza do que se tratava.

— Já tenho preocupação de sobra com Rosie e os Simpson dos infernos. Sem contar os problemas escolares de Barry e a tristeza de Alana. E agora vem você com mais essa? Chega, Wendy. Não preciso de mais um aborrecimento. Já tenho uma pilha deles.

A voz de Susan era trêmula de emoção.

— Deixe essa história para lá. Mexer nisso significaria um novo julgamento, uma cascata de transtornos. Por favor, deixe para lá. Tudo vai ficar bem quando eu estiver em casa. Prometo, querida,

Wendy se levantou e caminhou até a área de recepção, onde localizavam-se os banheiros.

Susan percebeu a expressão que Roselle trazia no rosto, e disse:

— Isso é entre mim e ela.

Roselle fez que sim com um meneio de cabeça, amável.

— Sem dúvida. Mas, como disse Geraldine, uma sessão a portas fechadas pode ser o pulo do gato. O que Barry fez à filha é mais do que suficiente para garantir a sua inocência, Susan. Concorde você ou não, Wendy precisa saber que a ajudou. Só assim vai se sentir melhor. Será que não entende? Essa menina está cheia de culpa e remorso por conta do ocorrido. Ela precisa acertar os ponteiros com ela mesma. Precisa organizar idéias e sentimentos.

Susan não respondeu. Estava a quilômetros de distância. De volta à sua casa pequenina mais uma vez olhando o corpo inerte do marido.

— Ela não é mais uma criança, Sue. Uma mulher. Barry viu isso. Agora cabe a você fazê-la saber que a respeita como uma adulta, como alguém capaz de tomar decisões. A tragédia aconteceu com ela, Sue. Aconteceu a ela, não a você. Ela tem que ser capaz de digerir isso ou, então, Barry sairá novamente vencedor, não acha? Ele ainda está controlando todas vocês.

Mais uma vez, Susan não respondeu.

Sentia que não havia o que responder.

Wendy retornou. Sorriu gentilmente para a mãe.

— Sinto falta de você, mamãe. Preciso fazer alguma coisa para ter paz, mas será impossível se continuar a me proteger. Preciso que a verdade apareça. Preciso que as pessoas saibam o que aconteceu.

— Ninguém precisa saber toda a verdade sobre aquilo, querida.

Wendy encarou Susan.

— Naquela noite, ele me disse que eu não era filha dele. Disse que vovô era meu pai. Uma vez perguntei a você de quem eu era filha e não obtive resposta. Preciso saber, mamãe. Preciso saber quem eu sou e de onde vim. Não importa quão ruim seja a verdade. Nada pode ser pior do que a maneira como estou me sentindo agora. Ou de como me sinto todos os dias, ao acordar. Todas as manhãs, quando permaneço deitada na cama tentando reunir forças para mais um dia desgraçado, cheio de culpa e rancor.

Susan sacudiu a cabeça. Sua voz saiu arrastada das profundezas do seu ser para poder responder à filha.

— Barry era seu pai, não duvide. Gostaria de ter outra resposta para lhe dar, acredite em mim.

Wendy assentiu com um meneio de cabeça.

— Já imaginava, mas precisava ter certeza. É fácil entender o por quê, não é?

Susan fez que sim com a cabeça, tomada de melancolia.

— Óbvio, querida. Eis por que eu quero que tudo se acabe. Para que você nunca mais precise pensar sobre esse assunto. Para que não enfrente nenhuma conseqüência, a não ser a lembrança do que aconteceu. Com o passar do tempo, até mesmo essa lembrança vai desbotar, garanto. Vou fazer com que tudo fique bem, juro, meu docinho.

Wendy respirou fundo.

— Não importa o quanto você tente, mamãe, nada pode mudar a verdade. Você pode enfeitá-la, disfarçá-la, mas a verdade continuará a ser a mesma, a despeito de tudo o que diga.

E virou-se na direção de Roselle.

— Fui eu quem matou meu pai. Não ela. Fui eu. Eu o matei com a garrafa de conhaque. Quando ela chegou em casa, ele já estava morto. Não estava, mamãe?

Susan concentrou a vista na xícara de café frio que tinha em mãos e não respondeu.

Não havia nada mais a dizer.

Capítulo 31

De volta a seu apartamento, Roselle sentou e tomou um gole generoso de conhaque. Estava paralisada, em estado de extremo choque. Por que ela nunca desconfiara? Por que jamais havia suspeitado que Wendy matara Barry?

E por que iria desconfiar? Por que alguém pensaria nisso? Wendy era uma criança, uma vítima.

Agora tinha diante de si um dilema de proporções olímpicas.

Se Wendy revelasse a verdade — como parecia desejar —, poderia ver-se numa posição muito delicada. Seria mais que discriminada, como temia Susan. Seria isolada por determinação de Sua Majestade. Era jovem demais para ser julgada e também jovem demais para ser presa, e acabaria internada numa instituição para infratores.

E por tempo indeterminado.

Roselle caminhou pelo quarto e baixou o olhar para a garota, que dormia. Era como se a confissão tivesse tirado o peso do mundo dos ombros de Wendy. Estava visivelmente mais relaxada.

Mesmo a Sra. Eappen havia percebido algo e, sem criar muito caso, permitira que passasse a noite no apartamento de Roselle. Pela primeira vez num período de tempo que parecera durar anos, Eappen não tinha Dalston em suas instalações. Os outros três iriam dormir na casa da tia. Roselle sorrira com uma pitada de ironia ao notar o alívio na voz da assistente social.

A essa altura, ela estaria falando sobre os Dalston. Parecia que, ultimamente, eram o único tópico das conversas de Eappen.

Os filhos da assassina.

E se ela descobrisse que a primogênita era a verdadeira culpada pelo crime? Iria adorar a notícia.

Roselle tomou mais um gole da bebida.

Pobre Susan, inocente desde sempre. Sentada na prisão, ouvindo todo aquele blablablá e ciente de que sequer deveria estar ali.

Wendy compreendia realmente o que a mãe havia feito por ela? O que Susan evitara que lhe acontecesse? Roselle teria feito o mesmo pelo filho, sabia disso. Mas não conseguia crer que Susan algum dia tivesse insinuado o assunto durante desabafos com a melhor amiga.

Ora, Susan era esperta. Sabia que, uma vez revelado, um segredo perdia seu mistério. A primeira revelação tornava-o vulnerável, fazia com que fosse mais fácil passá-lo outras vezes a outras pessoas.

E era isso que elas temiam acontecesse a Wendy. Agora que a verdade finalmente irrompera, a garota sentiria o ímpeto de gritar aos quatro ventos.

Roselle voltou à sala e ligou para Ivan.

— Preciso de um número o mais rápido possível.

Ela sorriu ao telefone e disse, polidamente:

— Claro que sei que horas são, Ivan. Dane-se, é uma emergência!

Depois de colocar o fone no gancho, se acomodou no sofá e acendeu um cigarro. Seria uma noite longa e infernal.

Susan deitou no beliche. Estava em alvoroço. Wendy havia escancarado tudo. Confiava em Roselle, mas preferia que a verdade não tivesse vazado. Uma vez dita, a verdade podia se transformar em algo aterrorizante. Às vezes, podia ser muito mais nociva que a mentira.

Soubera disso a vida toda. Sua mãe e seu pai tinham-na ensinado bem. Repousou um dos braços sobre os olhos e suspirou.

Matty saiu do seu beliche e se ajoelhou ao lado de Susan.

— Pensei que não estava falando comigo, Matty. Você mal abriu a boca desde que voltei da sala de visitas.

Matty não respondeu de imediato e, à meia-luz, Susan podia ver seus olhos, vivos e luminosos.

— Então, não contente em roubar meus amigos, você também quer minha advogada? É isso o que recebo por ser boa com você, por ser sua amiga.

A voz de Matty era tão baixa e doce que Susan imaginou se tinha ouvido direito.

— Quando penso o que já aturei por aqui, dividindo a cela com alguém que eu não empregaria nem mesmo para fazer a faxina da minha casa... E ainda tenho que ajudar você, ser legal com você. Eu a abriguei sob minhas asas. Tentei ajudá-la, mas você é como todas as outras. Uma aproveitadora, uma aproveitadora ignorante.

— Você o quê? Do que está falando?

A reclamações de Matty eram a última coisa de que Susan Dalston precisava naquela noite.

Matty riu.

— Conheço muito bem o seu jogo. Conheço gente como você, Susan. Querem tudo. Eu lhe dei minha amizade e, como todas as pessoas costumam fazer, você abusou de mim. Usou minha amizade para se dar bem. Mas dessa vez você não vai se safar. Dessa vez vou cortar o mal pela raiz. Vou matar você antes que tire tudo o que é meu.

Susan não respondeu. Sentia um objeto frio contra a garganta e imaginou ser algum tipo de arma.

Matty parecia estar falando consigo mesma.

— Durante todo esse tempo... Tive que fazer tudo sozinha. Caso contrário, tudo ficaria por fazer, não é? Você é igualzinha a Angela, a minha mãe, a Victor. Sem mim, nenhum de vocês é nada.

Susan só ouvia. Percebia passos a distância, pois uma carcereira fazia a ronda noturna. Logo iria abrir a vigia da porta e enfiar o olho pelo buraco, a fim de se certificar de que tudo estava nos conformes.

Só que não estava. Susan teria condições de mostrar à guarda?

— Victor cometeu o mesmo erro... Comentar a meu respeito com as pessoas. Contar a elas como mudei. Eu não tinha mudado, nem um pouco... apenas deixado de fingir. De fingir que tudo era ótimo, que eu o amava. Que me importava com ele. — Pode imaginar como era difícil, Sue? Fingir se importar com um homem alto, feio e chato? Um homem cujo papo era tão monótono que eu mal conseguia me manter acordada. Eu bocejava na cara dele, às vezes. Bocejava, bem na cara dele, e ele fingia não perceber. — Agora tenho que dar um jeito em você. Na mulher que transformei em amiga. Ou no mais próximo a isso que já tive. Estava disposta a falar com Geraldine sobre você, mas você agiu nas minhas costas, não foi? Agiu nas minhas costas e a tirou de mim. Por causa de você, ela não gosta mais de mim. Percebi isso hoje, dava para sentir. Eu a deixei embaraçada, pois ela se espelha em mim. Como todos vocês fazem.

A vigia se abriu e uma voz indagou, num sussurro:

— Tudo bem aí dentro?

Matty sorriu, cativante.

— Só estamos conversando. Perdemos o sono.

A vigia foi fechada e os passos pesados se afastaram.

Susan não conseguia respirar. Tinha medo de que qualquer ruído fizesse Matty explodir novamente.

A outra mulher estava imóvel, imóvel e muda. Após longos momentos, tornou a falar, no mesmo tom pausado e meio cantado.

— Agora Angela voltou e, trancada nessa cela, não posso fazer nada. Ela quer tudo que é meu, como sempre. Tudo o que eu tenho. Ela sempre quis tudo. As pessoas me vêem como um trampolim para subir na vida. Mesmo quando eu era criança, sabiam que eu era merecedora de atenção. Vou ajustar contas com Angela, já planejei como dar um jeito nela. Só fica faltando você, não é?

Susan estava apavorada. Sabia que Matty era capaz de tudo.

— O que vai fazer?

Matty sorriu, um sorriso largo e amistoso que mesmo na penumbra iluminou seu rosto de belos traços.

— Vou matar você, evidente. Não é o que sempre faço?

Geraldine foi despertada do sono pela campainha insistente do telefone. Retirou o fone do gancho e exalou um débil alô. Ao ouvir a voz de Roselle, muito alerta e agitada, sentou-se na beira da cama.

— Como é que conseguiu o telefone da minha casa?

Roselle riu, suave.

— Você ficaria surpresa se soubesse o que posso conseguir. Basta que queira. Vou lhe dar meu endereço. Venha ao meu apartamento imediatamente. E, antes que você diga, não, não posso esperar até que amanheça. Quando souber do que se trata, vai ficar feliz por eu ter telefonado no meio da noite. Acredite em mim.

Dez minutos depois, Geraldine cruzava Londres, a caminho de encontrar-se com Roselle. Estava intrigada, cansada e, mais que tudo, irritada.

Wendy saiu do quarto. À luz do corredor, tinha ares de mulher adulta. E tão parecida com o pai que Roselle foi tomada de assombro, ainda que não tenha dito nada.

— Era a advogada? A advogada da minha mãe?

Roselle assentiu com um gesto de cabeça.

— Bom. Posso fazer uma xícara de café, por favor?

Roselle novamente meneou a cabeça.

A garota agora era uma mulher, em todos os sentidos da palavra. Conseguiriam controlá-la? Conseguiriam impedi-la de fazer o que quisesse?

Roselle duvidava.

Jamesie entrou na casa pela abertura inferior da porta, destinada à passagem de animais domésticos. Se forçasse o braço pelo buraco e, depois, para cima, poderia destrancar a porta dos fundos. Nunca dissera a Debbie que a operação era possível. Sempre imaginara que o ardil um dia lhe seria útil. Como de hábito, tinha razão.

Ao fechar a porta, sem fazer barulho, sorriu para si mesmo. Ao se virar, viu um garoto de pé, junto à entrada da cozinha

Jamesie balançou a cabeça, consternado. Ela não ousaria...

Atravessou a cozinha e, zangado demais para se importar em não quebrar o silêncio, esbarrou na luminária.

— Olá. Você mora aqui?

Barry havia esquecido de Jamesie, esquecido quem ele era.

— Onde está sua tia Debbie?

Uma voz profunda trouxe a resposta. O tom da voz fez com que se sobressaltasse.

— Está aqui comigo, meu chapa. Ouvimos você rondando os fundos. Preparamos uma festinha de boas-vindas para saudá-lo.

A voz de June era estridente, como de praxe.

Jamesie fechou os olhos, aflito.

No trajeto até a sala, pensara ter invadido a casa errada. O lugar estava uma bagunça. Ou bagunçado, considerando que ali vivia Debbie, a inimiga número um da desordem. Na verdade, o ambiente dava a impressão de ser habitado por três crianças. O pequeno Barry escondera-se no colo da tia.

— Então, o que o traz de volta? Carol lhe deu o fora, é? — inquiriu June.

Ele não respondeu e Debbie riu alto.

— Acertou na cabeça, mãe. Ora, Jamesie, temo que esteja sem sorte, rapaz. Estamos lotados e assim será por um bom tempo.

— Essa casa é minha, Debbie. Eu digo quem entra e quem sai.

A voz de June era baixa.

— Meu marido, pai dela, pode ter uma opinião diferente a respeito disso. É melhor que eu o advirta, sem meias palavras. Joey está bastante aborrecido com a forma como você tem tratado a filha dele. Minha Debbie sempre foi a favorita do pai. Por muito tempo, ela não deixou que ele soubesse de nada, mas as coisas mudaram.

Jamesie sentiu os dedos gélidos de medo sobre a garganta. Olhou para a esposa e ela o encarou de volta, toda inocência.

— Não contei tudo a papai, fique tranqüilo. Caso contrário, a essa altura você já teria tido notícias dele, não acha?

Jamesie girou sobre os calcanhares e saiu da casa. Todos sabiam que ele jamais retornaria.

June olhou para a filha e riu.

— Já não era sem tempo de seu pai vir a calhar, não é? Ainda que apenas para assustar covardes, idosos e criancinhas.

Todos riram.

Até mesmo Rosie.

Alana, sempre atenta às oportunidades, disse em alto e bom som:

— Que tal chocolate quente para nos reanimar?

— Essa saiu a você. Não deixa passar uma — disse June, carinhosamente.

Debbie abriu um sorriso largo.

— Espero que ela tenha mais juízo que eu, mãe. De coração.

June olhou para a neta e sentiu uma centelha de afeição.

— Ela terá. Ela é filha de Susan, que pode ser criticada por tudo, menos por ser estúpida.

Debbie olhou para June, o ar sério.

— Oh, mãe, mas ela foi estúpida. Eis o xis da questão. Ambas fomos. Essas crianças, porém, não serão. Vou insistir com elas para que tomem cuidado na vida, que evitem repetir os erros da família.

June permaneceu calada por algum tempo. Depois disse, amável:

— Sim, meu bem. É uma boa idéia.

Susan estava dolorida. Era mantida na mesma posição há mais de uma hora. O medo não permitia que se mexesse. Matty ainda segurava a lâmina junto a sua garganta e continuava a falar.

Susan sentiu que enlouqueceria se não se esticasse logo.

— Geraldine chegou a mim por intermédio de Roselle, Matty. Juro.

Matty sacudiu a cabeça.

— Não minta para mim. Você bisbilhotou minhas coisas, eu verifiquei. Leu minhas cartas. Sua cretina de duas caras.

Susan balançou a cabeça, de leve.

— Eu não faria isso, Matty, sabe que eu não faria.

Sentiu um fio de suor escorrer da testa e cair no travesseiro duro.

Matty riu mais uma vez.

— Claro que faria, Susan. Você seria incapaz de resistir à tentação. Quem conseguiria resistir? Vasculhei os seus pertences várias e várias vezes. Mesmo depois que Rhianna me flagrou. E Rhianna prefere você, não prefere? Todas as mulheres preferem você a mim. Por que será?

Ela parecia desesperada.

Susan apressou-se em tentar apaziguá-la.

— Não, não preferem. Todas me desprezam, sabe disso muito bem.

Sentiu a lâmina escorregar pela pele e engoliu em seco.

— Você está me cortando, Matty. Posso sentir que está sangrando.

Podia mesmo. O sangue gotejava do pescoço e se misturava ao suor. Será que sua vida terminaria numa cela da prisão de Holloway? Seria mais uma vítima de Matty Enderby e de suas fantasias psicóticas?

Geraldine ouviu o que Roselle tinha a dizer e ficou em silêncio. Toda vez que olhava para Wendy sentia a dor e o horror do gesto perpetrado pela jovem. Como deve ter sido penoso manter um segredo daquele por tanto tempo! Revelá-lo deve ter sido igualmente doloroso.

Violentada pelo pai, depois responsável pela morte dele. Ver a mãe pagar por isso. E durante todo o tempo, chorando por dentro, incapaz de se sentir uma pessoa comum, incapaz de viver como uma garota da sua idade.

Geraldine sabia como Wendy se sentia.

Afinal, seu pai não fizera o mesmo? Excessivamente amistoso com as filhas. Tão amistoso que a mãe não as deixava sozinhas com ele. Mas ainda assim não o abandonou, a ele nem a boa vida que ele assegurava.

Permaneceu casada e, por conta própria, as filhas tiveram que aprender a lidar com ele. À medida que cresciam, tornavam-se mais prudentes e deixaram de ver as investidas do pai como um joguinho sem importância. Aliás, os tais joguinhos eram a única ocasião em que demonstrara afeto pelas filhas. Só durante aqueles jogos medonhos, em nenhuma outra situação.

Jogos que ele acabara por abandonar.

Uma das filhas casara-se com um sujeito muito parecido com o pai. Outra passou a alimentar tamanho ódio pelos homens que, por vezes, chegava às raias do patológico. Geraldine sabia que jamais se desvencilharia da mágoa.

— O que quer fazer, Wendy?

Ela respirou fundo, o rosto jovem e adorável atormentado.

— O que acha que devo fazer?

Geraldine tomou um trago longo de conhaque com café e sacudiu a cabeça.

— Realmente, não sei. Do ponto de vista legal, sua mãe poderia sair amanhã mesmo da prisão. No entanto, pegariam você e trancariam no lugar dela. E você e eu sabemos que sua mãe não enfrentou todo esse problema para chegar a esse desfecho. Acho que devemos optar pela meia verdade, contar somente o que ele fez a você. Acredito que Susan vai concordar, não vai? Wendy, está pronta para enfrentar o mundo? Essa é a questão.

Wendy fez que sim com a cabeça, tristemente.

— Durante todo o tempo em que ela esteve presa, senti que esse momento chegaria. Esperei por isso a cada dia, a cada hora, a cada minuto. Vi como dizimaram nossa família. Suportei tudo que a Sra. Eappen e gente igual a ela jogaram sobre mim. Tentei tomar conta de meus irmãos mas, no íntimo, queria deitar e morrer. Não agüento mais. Cada atitude bondosa destinada a mim só faz com que eu me sinta ainda pior. Cada palavra doce faz com que me sinta uma fraude, com que deseje dizer ao mundo que, por favor, não me trate bem. Parem com tanta gentileza, pois sou uma pessoa terrível. Tão terrível que assassinou o próprio pai com uma garrafa vazia e ainda permitiu que a mãe fosse incriminada. A mãe de quatro filhos. Quatro crianças órfãs de mãe viva, carentes da única pessoa com quem podiam contar.

As palavras foram ditas de maneira simples e sem emoção. Era a verdade nua e crua.

— Se você revelar tudo, Susan irá considerar uma crítica ao modo como preferiu encarar o problema. Sabe que não estou exagerando, Wendy. Faça o que Geraldine diz. Conte a eles o que levou ao crime e deixe o resto para lá — suplicou Roselle.

— Mamãe foi condenada principalmente por causa da violência do ataque. Ela desfigurou meu pai porque eu o tinha mordido e arranhado. Por nada mais. Por causa da perícia. Não havia outro motivo. Se ela tivesse telefonado para a polícia de imediato, tudo teria sido diferente. Sabem disso tão bem quanto eu.

Geraldine não escondeu que estava ficando contrariada.

— Ouça, Wendy, sua mãe fez o que fez para evitar que você fosse incriminada. Estou propensa a concordar com a atitude de Susan. Acho que ela agiu por instinto, protegendo você como sempre protegeu. Não pode criticá-la, não a essa altura do campeonato.

Wendy baixou o olhar para o chão. Ela mexia o dedão do pé, inquieta. Geraldine e Roselle lembraram-se de que Wendy ainda era uma menina, apesar do tanto que havia crescido.

Ficaram caladas, absortas em seus pensamentos.

Finalmente Roselle falou.

— Vamos, meu bem. Precisamos apenas do suficiente para tirar sua mãe da prisão, nada mais. Pelo bem de Susan.

Susan sentiu o metal penetrando mais fundo na pele. Sacudiu um dos punhos e, com toda a força que pôde reunir, jogou Matty para longe. O que, nos confins da cela, não era tão longe assim.

Matty bateu contra a cômoda, cujas portas se abriram, lançando no chão tudo o que havia ali dentro. O móvel servia de armário, penteadeira e estante. Ao tombar, despejou sobre Matty uma pilha de livros, roupas e utensílios de cozinha.

Susan se arrastou para fora do beliche. Ao mesmo tempo em que viu Matty se levantando, ouviu passos no patamar da escada. As guardas subiam os degraus e logo viriam averiguar a fonte de tanto barulho.

As guardas relutavam em se envolver nas disputas entre as presas, mas sabiam que não deviam ignorar brigas nas celas em que uma das adversárias pudesse se valer de armas. Se ocorresse um acidente, se alguém saísse seriamente machucado, haveria inquérito. Portanto, ao ouvirem ruído vindo do cubículo de Enderby, as mulheres encarregadas da segurança deslocaram-se com mais rapidez do que de costume.

Matty já estava de pé, mas cambaleava muito. Faca em punho, arremeteu contra Susan até conseguir que a lâmina lhe atingisse o rosto. Usando de toda a força de que dispunha, tentava cortar a companheira de cela.

— Vou matar você, Dalston. Vou arrancar sua cara fora e ver você morrer. Como vi Victor morrer.

Susan estava em pânico. Na penumbra, Matty parecia demente. E totalmente capaz de cumprir as ameaças.

Susan atracou-se à garganta de Matty, arrastou-a e puxou-a contra os beliches, afastando-a com chutes sempre que a lâmina se aproximava, perigosa, de seus olhos e pescoço. Até que jogou o pescoço para trás e deu uma cabeçada na outra, que gritou a plenos pulmões.

Mesmo tendo o nariz atingido em cheio pelo golpe, Matty ainda conseguiu usar as unhas para arranhar Susan, cuja orelha também rasgou com a faca que mantivera firme na mão direita. O ferimento deu ainda mais força a Susan, fez com que sua adrenalina subisse ainda mais. Percebera que Matty enlouquecera. Enlouquecera por completo.

A mulher tinha os olhos vermelhos e o sangue que escorria do rosto lhe dava a aparência de um demônio.

— Vou matar você, Dalston, olhe só.

Matty ergueu mais uma vez a faca para junto da face e do pescoço de Susan. E ria

— Pode se considerar uma mulher morta, Dalston.

Susan desferiu outra cabeçada em Matilda Enderby. E, dessa vez, teve a satisfação de vê-la cair no chão.

Quando a porta de cela se abriu, Susan experimentou um grande alívio. Matty, porém, se levantara novamente. Apesar de a lâmina ter perfurado a palma de sua mão, não sentia nada, nem sinal de dor. Com os dentes à mostra, como uma fera, partiu para cima de Susan. Era uma massa composta de sangue e energia.

As guardas observaram, com assombro, Susan recuar um punho vigoroso e acertá-lo no rosto sorridente de Enderby.

Finalmente, após um lapso que pareceu uma eternidade, Matilda Enderby estava fora de combate, embora ainda tivesse conseguido se manter de pé por bons dez segundos antes de desabar. Ninguém se aproximou dela. Havia medo no semblante de cada mulher presente à cena.

Susan virou-se para as guardas e disse, com secura:

— Fiquem à vontade.

June ajudou as crianças a se acomodarem na cama. O pequeno Barry levantou os braços, em busca de um beijo, e June hesitou para logo em seguida sorrir e abraçá-lo, sentindo o corpo robusto do garoto contra o seu. Uma sensação maravilhosa.

— Amo você, vovó.

Os olhos de June se encheram de lágrimas. Ela finalmente compreendia o quanto crianças podiam ser emocionantes. Talvez devesse ter tido filhos homens. Sempre preferira os machos.

— Amo você, rapazinho. — As palavras saíram instintivamente.

— Mas eu amo minha mãe mais.

June sorriu.

— É claro que sim, rapaz. Agora vá dormir.

Ao sair do quarto, deparou com Debbie.

— São adoráveis, não são, mamãe?

June concordou com um meneio de cabeça, mas não respondeu. Estava comovida demais para falar.

— Se Susan for solta, tudo isso vai acabar. Percebe isso, não percebe?

Debbie suspirou, o ar cansado.

— Claro, mamãe. Mesmo que eu não fique com eles por muito tempo, pelo menos passaram a me conhecer. E sabem que têm uma segunda casa, sempre de portas abertas.

June fitou a filha.

— Quer saber de uma coisa, Debbie?

Ela sacudiu a cabeça.

— O quê?

— Você é mesmo uma pessoa legal.

A frase saiu em tom de perplexidade. Debbie sorriu, mas June notou de pronto que a filha não retribuiu o elogio.

Susan sentou-se no beliche, trêmula. A porta escancarada deixava o ambiente gélido. A guarda da noite, Lesley Gardiner, lhe trouxe uma xícara de chá quente e colocou um cobertor sobre seus ombros.

— Você está com calafrios. O pessoal dos primeiros socorros já vem. E vai cuidar de Matty também.

Susan fez que sim com um movimento de cabeça

— Você a atingiu com muita força?

A presa olhou para o rosto da carcereira e respondeu, ácida:

— Lógico que sim! Ela tinha uma faca no meu pescoço, ou não tinha?

A guarda suspirou e recomeçou.

— Quantas vezes você a golpeou?

— Engraçado, mas não contei. Estava ocupada demais tentando evitar que ela me machucasse feio. Por quê?

A mulher levantou as sobrancelhas.

— Lembre-me de nunca contrariá-la, Susan Dalston.

— Ela está tão mal assim?

Gardiner sorriu de modo triste.

— Digamos que estava inconsciente e que ninguém conseguiu encontrar sua pulsação. Não é o melhor dos prognósticos, concorda?

Susan engoliu o medo.

— Ouça, ela pulou no meu pescoço, xingando e vociferando um monte de sandices. Ela estava alucinada, você sabe disso.

Gardiner tomou um pouco da xícara de chá que servira para si e dividiu um cigarro com Susan.

— Tudo bem, tem o meu apoio. Mas depois que a examinarem, vão mandá-la para o isolamento. Pelo menos até que investiguem tudo adequadamente.

Susan estava em pânico. Era tudo do que não precisava.

Roselle foi até o quarto e abraçou Wendy por cima do lençol.

— Sente-se bem agora?

A jovem assentiu com um movimento de cabeça. Tinha o rosto mais tranqüilo, retomara a aparência de alguém da sua idade.

— Sinto-me muito melhor por ter tirado aquele peso do peito. Durante muito tempo, passei noites acordadas, a imagem dele a me assombrar. E me via acertando-o com a garrafa. O barulho, Roselle, era medonho. Como algo sendo esmigalhado. Toda vez que penso nisso, fico enjoada. Então penso em vovó Kate e na expressão dela ao entender o que havia me acontecido. Ela demonstrava desgosto em cada movimento das mãos e dos olhos. Eu me sentia horrorosa. Ela me serviu uísque e me deu banho, me esfregou da cabeça aos pés. Depois, muito depois, quando eu já estava quase dormindo, você chegou e me levou para sua casa. Fiquei feliz em ir com você. Estava me sentindo péssima diante de vovó, pois a minha presença a fazia lembrar o que havia saído de suas entranhas.

"E revejo a cena de minha mãe fazendo o que fez. De início, quando percebi, fiquei muito grata, de verdade. Minha vontade era desaparecer dali. Mas não é possível manter tudo em segredo para sempre, Roselle, não importa o quanto a gente deseje esconder a verdade. Não dá para guardar tudo a sete chaves.

Roselle a beijou na testa.

— Acho que você sabe tem mais conhecimento de causa do que eu, querida. Sou obrigada a concordar com você.

— Mamãe não é capaz de ferir ninguém. Nem mesmo de ferir meu pai. Mas é a número um quando se trata de se ferir.

Susan sentou-se na cela escura do isolamento. Sabia que não conseguiria dormir. Estava agitada demais.

Não tivera intenção de machucar Matty Enderby, mas a machucara. Fechou os olhos e suspirou.

Era como nos tempos de Barry, quando não sabia o que fazer ou o que pensar. Seria irônico se justo agora, ante a possibilidade concreta de ganhar liberdade, acabasse acusada de assassinato ou de lesão corporal.

A vida era uma merda.

No entanto, sabia que contava com a confiança de Geraldine. Além do mais, todas as guardas já haviam percebido que Matty tinha todos os parafusos frouxos e que já agredira Sarah.

A mente de Susan divagou.

Ora, Sarah se oferecera como bode expiatório. Levantara a mão pedindo para levar a culpa. E ela, Susan, o que faria?

Voltou a caminhar pelo cubículo. Tinha a sensação de que as paredes estavam se fechando sobre ela. Se Matty morresse, não haveria a mínima chance de colocar os pés para fora da cadeia.

Deixou-se cair no chão e chorou. Lágrimas amargas e demoradas. De volta à estaca zero. Ao ponto em que tudo começara. Numa cela, sozinha, elocubrando que atitude tomar.

Tinha a impressão de que, em algum lugar, Barry ria à sua custa.

Matty abriu os olhos para um clarão de luz branca e sentiu uma dor lancinante na cabeça.

Um médico muito jovem debruçava-se sobre ela. Cheirava à loção pós-barba e cigarro.

— Até que enfim você acordou.

Ele tinha uma voz surpreendentemente grave para a idade. Parecia ter cerca de 20 anos.

Ela o encarou.

— O que houve?

O rapaz não respondeu. Pegou a ficha da paciente e tornou a lê-la com cuidado.

Matty cerrou os olhos e se deixou levar pelo sono.

O jovem encarregado da ala psiquiátrica sacudiu a cabeça, desesperado. Além de derrubar dois enfermeiros e um assistente, a mulher tinha destruído seu consultório e o premiado com mordidas e arranhões. O surto da presa tinha que ocorrer justamente na noite em que era o único de plantão... Aplicara duas injeções de Librium para acalmá-la e, então, poderem amarrá-la.

Preferiria que ela tivesse permanecido inconsciente. Ou que a mulher que a havia nocauteado trabalhasse no departamento médico da prisão.

Só Deus sabe o quanto seria útil.

A última coisa que desejava era ver Matty Enderby de pé e em atividade. Ela já causara estragos suficientes.

Capítulo 32

Toda a ala estava sossegada. Do teto, pendiam enfeites natalinos, que davam ao prédio sombrio um ar festivo. Um rádio tocava discreto, ao fundo. A televisão estava ligada. As mulheres perambulavam, bebiam café, fumavam e conversavam em voz baixa, como se temessem fazer barulho.

Rhianna, agora condenada e à espera de transferência, subiu ao quarto piso e parou do lado de fora da cela de Susan.

Inalou o aroma do desodorante que ela usava; viu que a escova de cabelo havia sido abandonada sobre a roupa de cama e sorriu para os desenhos confeccionados pelos pequenos Dalston e que a mãe colara na parede.

Como de hábito, o lugar mais parecia uma lixeira.

Sem sombra de dúvida, iria sentir falta de Susan. Mas não tinha importância. Gostava de saber que ela estava do lado de fora. Todas gostavam. Cada mulher ali, prisioneira ou guarda. De Matty, só restara os pôsteres. Parecia que não quisera levá-los para Broadmoor. Afinal, o lugar já oferecia muitas alternativas para mantê-la feliz.

De vez em quando, Rhianna ainda recebia notícias de Matty. Cartas delirantes cheias de ameaças veladas e promessas de amizade eterna. Matty ultrapassara todos os limites e perdera a noção entre fantasia e realidade. Vivia à base de calmantes e quimeras.

Ao que tudo indicava, sofria de paranóia. Rhianna sempre ria ao ouvir essa palavra. Todas as mulheres dali eram paranóicas, resultado da vida atrás das barras de ferro.

Fechou a porta da cela e desceu os degraus lentamente. Notou que tinha os dedos cruzados e sorriu, exibindo dentes perfeitos. Uma guarda, que passava no patamar da escada logo abaixo, ergueu os olhos e deu de ombros.

Ainda não havia novidades.

Podia esperar, porém. Afinal, cada mulher ali tinha o tempo nas mãos. Dispunham de todo o tempo do mundo. A maioria delas passava a vida inteira à espera.

June e Joey tinham ido ao pub. Ainda era cedo e June já bebera mais do que deveria, embora não tivesse perdido o bom humor.

Joey tinha o ar de um velho. Após tantos anos, pela primeira vez ela o via com clareza, realmente detinha-se em estudá-lo. Notara que os traços do marido denunciavam devassidão. No rosto e no corpo, nas bochechas vermelhas cobertas de veias, que mais pareciam uma teia de aranha, e na cintura larga, ele trazia gravada a vida que levara. Fruto de muito porre e sacanagem.

A mulher sorriu. Ultimamente, ele mal podia erguer um caneco de meio litro de cerveja, que dirá qualquer outra coisa. Há pouco tempo, o coração tinha lhe dado um susto, o que só contribuiu para abatê-lo ainda mais. Ficara uma semana sem ingerir álcool e alimentara-se de salada.

Agora, no entanto, estava de volta à bebedeira “moderada”. June viu como ele traçava quinhentos mililitros em dois goles e tornou a sorrir.

Também pela primeira vez em anos, June lembrou-se de Jimmy. Seus olhos enterneceram-se. Deveria ter sido mais zelosa, deveria tê-lo mantido a seu lado. Ele fora a única chance que tivera na vida. Sentiu um nó na garganta.

As pessoas ainda pensavam que Joey o havia matado. A história passara a fazer parte do folclore local. Mesmo jovens com futuro promissor nas redondezas rendiam homenagem a Joey por isso, pagando-lhe bebidas e conversando com ele de igual para igual.

Se eles soubessem!

Joey colocou a mão pesada sobre a de June e abriu um sorriso largo. Os olhos dele, porém, estavam na atendente do bar, uma loura miúda de grandes peitos e meio vesga. O defeito na vista ele sequer notara, é óbvio. Joey nunca olhava uma mulher no rosto até que estivessem na cama.

A June agradava saber que ainda havia vida naquele cachorro velho. Ela o odiava tanto quanto ainda se importava com ele. Um hábito que adquirira há muitos anos e do qual nunca se livrara. Era como o fumo. O viciado sabe que o cigarro pode matá-lo, mas não vive sem a primeira e deliciosa baforada do dia.

— Tomara que cheguem logo, Joey. Estou nervosa e muito apreensiva.

Ele fez um gesto de indiferença.

— Pare de dar chilique. Logo, logo saberemos.

De repente, June se irritou.

— Ela é nossa filha, nosso sangue.

Joey engoliu a dose de uísque, fundamental para complementar o gosto da cerveja, e ficou de pé. Queria dar mais uma olhada na garota de Bristol. Ela saía às duas horas.

— Você não me deixa esquecer, Junie. Vive repetindo isso.

Ele caminhou com cautela na direção do bar. Era um homem grande vestido num terno pequeno demais para sua estrutura pesada, com bolsas sob os olhos e uma boca triste virada para baixo.

June concentrou o olhar no copo. Como haviam desperdiçado a vida, os dois!

Na última hora, Rosie arrastara três vezes a árvore de Natal prateada da rede Woolworth's pela sala de Debbie. As outras crianças achavam a brincadeira hilária, mas a dona da cada estava à beira de perder a paciência.

Rosie levantou-se com as mãos nos lábios e gritou o mais alto que pôde:

— Rosie má!

As palavras fizeram Barry e Alana rirem ainda mais. Até mesmo Debbie não conseguiu evitar um sorriso.

Parte do coração de Debbie desejava ardentemente que Susan voltasse para casa. Um desejo tão forte que tinha paladar. Outra metade, a porção egoísta de sempre, estava apavorada com as conseqüências do retorno da irmã. Em poucos meses, aquelas crianças tinham-na conquistado. Tinham entrado pelos poros da tia e ganhado seu afeto. Seria capaz de matar por elas. Os filhos de Susan haviam lhe mostrado como a vida poderia ser, do que Jamesie desfrutava. Toda vez que olhava para os rostos dos sobrinhos, compreendia o sentido da existência humana.

Susan os dividiria com ela. Era generosa o bastante para tal. Seria assim se fosse libertada.

O pequeno Barry recolheu a árvore e colocou de volta no canto da sala. Alana catava as bolas e enfeites espalhados pelo chão. Os olhos do menino corriam pelos presentes, todos embrulhados de maneira vistosa, à espera de que mãos pequeninas rasgassem o papel e revelassem tesouros escondidos.

— Esse é o melhor Natal que já tivemos, tia Debbie.

Barry não sabia da apelação. Ninguém quis atiçar suas esperanças, muito menos a mãe.

Alana olhou para a tia e sorriu com os lábios comprimidos, o receio estampado no rostinho em forma de coração. Muita gente pensava que Debbie e Alana eram mãe e filha. A semelhança era evidente.

Ela abraçou a menina, bem apertado.

— Tudo vai ficar bem, querida.

Alana olhou para a tia, séria.

— Já ouvi isso antes, tia Debbie. Todos nós já ouvimos.

A expressão da menina era vazia agora, como se tivesse esgotado todas as emoções e aguardasse que outras as substituíssem.

— Quer que eu faça chá?

Debbie concordou com um movimento de cabeça.

O rádio da cozinha estava ligado. Alana sabia que era hora do noticiário e queria ouvir as novidades o quanto antes. Pela quinta vez no dia, Debbie verificou se o telefone funcionava. Será que a campainha iria tocar, tirando-os daquela agonia?

Pegou Rosie no colo e a abraçou, beijando o cabelo encaracolado e espesso e sentindo o corpinho gorducho.

Rosie sorriu e devolveu o beijo.

Todo aquele amor incondicional tinha em Debbie um efeito embriagador. Não sabia se conseguiria sobreviver sem ele.

Wendy sentou-se nos degraus de Old Bailey. Observava as pessoas que iam e voltavam, todas com vidas para tocar e lugares aos quais se dirigir.

Displicente, ali na calçada em frente ao tribunal, Roselle fumava, ávida. Talvez fosse o trigésimo cigarro do dia. Wendy a viu jogar a guimba no chão, apagá-la com o pé e imediatamente acender outro.

Também gostaria de fumar, mas prometera à mãe que largaria o vício. Hoje, porém, a fissura por nicotina era quase insuportável.

Tinha as nádegas dormentes por ter ficado tanto tempo sentada no concreto. Levantou-se, sentindo o sangue voltar a circular pelas pernas e pés, que formigavam, fazendo-a lembrar-se que estava viva.

Voltou-se na direção da área destinada às câmeras de TV e aos jornalistas. Sorriu. Geraldine providenciara para que ninguém descobrisse que Wendy era filha de Susan. Por algum tempo mais, ela continuaria a ser uma jovem atraente vestida num conjunto preto de marca, cortesia de Roselle. Tudo era cortesia de Roselle. Sapatos, bolsa, o corte de cabelo, inclusive. Que amiga maravilhosa ela era para toda a família.

Em breve, Wendy passaria à categoria de garota estuprada pelo próprio pai. Razão pela qual a mãe esmigalhara a cabeça dele até que ficasse irreconhecível. Logo Wendy estaria em todos os jornais. Geraldine já a advertira a respeito. Estavam prontas para isso.

Ou, pelo menos, ela pensava estar pronta.

De qualquer modo, não havia como recuar.

Wendy torcia para que tudo aquilo levasse sua mãe de volta para casa, novamente para o comando da própria vida e da vida dos filhos. De volta ao lugar a que pertencia e do qual jamais deveria ter saído. Tinha se sacrificado e sacrificado os filhos em prol da primogênita. Wendy lembrar-se-ia disso pelo resto da vida. Não importa o que a Sra. Eappen ou qualquer outra pessoa dissesse.

Sua mãe valia cem Eappens. Valia mil. A mãe seria uma heroína eterna aos olhos de Wendy, independente do desfecho de hoje. Claro que o desfecho ideal seria aquele com que todos contavam. Caso contrário, não sabia se conseguiria viver em paz consigo mesma. Chegar até ali já havia sido difícil demais.

Não sabia ao certo o que exatamente aconteceria se mantivessem Susan presa. Apesar da pressão da opinião pública e dos grupos feministas, cujas representantes ocupavam o lado de fora do tribunal, com seus cartazes e capas de chuva, eram grandes as chances de Susan Dalston ter o apelo rejeitado.

Os homens, mais que as mulheres, costumavam considerar a morte de Barry mais sinistra que outros crimes do gênero. Tudo por causa do esfacelamento do crânio da vítima. Golpear a cabeça de alguém com um martelo, e mais de cem vezes, parecia obra de uma maníaca.

Geraldine, contudo, argumentara que Susan Dalston estava fora de si na ocasião do crime. Chocada pelo estupro da filha, quis varrer o culpado da face da Terra.

A imprensa teria material para deitar e rolar. Não existia mais Barry Dalston, o trapaceiro simpático. Em seu lugar, surgira um homem de carne e osso: contaminado pelo herpes, violento e pervertido o bastante para arrasar a vida da filha.

Geraldine conseguira vender seu peixe.

Reunira tudo o que pôde sobre ele e o resultado foi uma história repugnante. Os tablóides estavam em festa. Todos os jornais passaram a defender a libertação de Susan.

Wendy fazia votos para que conseguissem o que queriam. Precisava da mãe como jamais precisara.

Susan não simpatizava com a guarda que a escoltava, uma mulher mais velha, dentuça e de cabelo grisalho bem penteado. Era uma das carcereiras que se achavam no direito de definir penas específicas para as prisioneiras. Por várias vezes Susan enfrentara tipos assim. Liam as leis à sua própria moda e seguiam tal interpretação com fervor.

Susan fumava um cigarro e tomava uma xícara de chá morno. Por duas vezes tentara puxar conversa com a mulher, mas fora ignorada. Podia sentir a animosidade que a outra exalava, em ondas.

A porta da cela foi destrancada e Susan pôs-se de pé, ansiosa. Era outra guarda. A feiosa iria desfrutar de pausa para jantar.

Susan relaxou.

Poderia durar o dia todo e ainda entrar pelo dia seguinte. Viu a escolta sentar-se na cadeira dura e sorrir na sua direção.

Devolveu o gesto.

Susan logo percebeu que, durante anos, aquela mulher — de olhos excitados e mãos agitadas — comentaria sobre a hora que havia passado ao lado de uma prisioneira tão importante.

Tornou a sorrir, um sorriso largo e amistoso.

— Como estão as coisas lá fora?

A guarda escancarou a boca, num riso.

— Todos calculam que você vai sair. Espero que seja assim, querida, acredite.

A resposta afável agradou Susan sobremaneira.

— Tomara, pois já me custou demais.

Na verdade, não custara a ela, nem a Roselle, um só centavo. Geraldine trabalhara inteiramente de graça. Não solicitou nem mesmo honorários do Estado. Geraldine considerava que prestara serviço a todas as mulheres. Mulheres como Susan, sem ninguém por elas, ninguém interessado no que lhes acontecia dentro de casa.

Agora, quando pensava em Barry, Susan tinha a impressão de que tudo aquilo acontecera a outra pessoa, não a ela. A uma Susan Dalston diferente. Alguém que conhecera no passado.

Não tinha a sensação de que acontecera a ela, em pessoa.

Às vezes, tinha dificuldade em se lembrar de como ele era. Se via o rosto dele, era o dos tempos da juventude. Antes dos filhos nascerem e do dissabor que ele experimentara pela vida.

Ela desperdiçara anos e anos por causa de um homem que só a queria pelo fato de seu pai ter relações no mundo do crime. Ser um bandido. Por que, na época, não percebeu isso? Por que tratava a si própria com tanto desdém a ponto de ter suportado aquilo tudo.

Espantou-se em constatar como a vida fora traiçoeira, ao dar o bote sobre ela, pegá-la por trás e, antes que pudesse reagir, colocar-lhe quatro filhos no colo, uma mancha preta sobre o olho e uma condenação à cadeia lhe pairando acima da cabeça.

Susan tirou a carta do bolso e a leu, mais uma vez: Peter desejava que tudo acabasse da melhor maneira possível. Até June havia acrescentado uma frase com votos de coragem.

O mundo era repleto de boas pessoas. Apenas levara mais tempo que a maioria para encontrar gente que valesse a pena. Ainda que soasse estranho, era verdade que uma de suas duas melhores amigas fora o grande amor de seu falecido marido. A outra era uma prostituta e ladra condenada. Rhianna e Susan estavam mais próximas que nunca. Susan não sabia o que teria lhe acontecido depois do episódio de Matty caso não tivesse contado com a ajuda de Rhianna.

E ei-la ali, de volta ao que sabia fazer melhor.

Esperar.

Susan Dalston passara a vida à espera de algo e, até aquele momento, sequer se dera conta disso.

Sempre esperara que algo acontecesse.

Algo que mudasse sua vida para melhor.

Ora, parecia que chegara a hora. Bastava que aguardasse apenas um pouquinho mais.

Doreen arrependera-se de ter puxado papo com Ivy enquanto aguardavam o veredicto. A velha a estava enlouquecendo.

— Mesmo quando ainda era um bebê, Susan era minha favorita.

Doreen encarou Ivy com se estivesse hipnotizada por cada palavra sua. No íntimo, conjecturava se a mulher idosa diante de si finalmente mergulhara na senilidade. Todos sabiam como ela tratara Susan durante a infância. O fato era imutável, ainda que, após o assassinato de Barry, tivesse defendido com ardor a inocência da neta.

O noticiário teve início e ambas as mulheres ouviram, num silêncio tenso, ansiosas por informações a respeito da apelação de Susan.

Doreen olhou ao redor da sala, para a árvore de Natal e para os presentes e ponderou se a amiga poderia partilhá-los com a família e agregados. Acendeu um Benson and Hegdes e tragou fundo.

A voz de Ivy a trouxe de volta à realidade.

— Mesmo que ela o tenha matado, ele não era uma pessoa de verdade. Não podia ser considerado um cidadão. Imagine só você... Eu o odiei no exato momento em que o vi pela primeira vez. E avisei a ela que iria maldizer o dia em que caíra de amores por ele. Foi isso o que eu disse. Mas ela não me deu ouvidos. Estava apaixonada.

Doreen olhou para a mulher e falou, com delicadeza.

— Apaixonada, Ivy?

— O quê?

— Fique calada!

Ivy franziu os lábios e suspirou. Então, serviu-se de mais uísque e recomeçou o falatório.

Kate Dalston sentara-se na cama do asilo. Haviam instalado uma televisão no quarto. No ar, um melodrama vespertino sem sentido. Usou o controle remoto para reduzir o volume e recostou-se novamente contra os travesseiros. As enfermeiras eram boas. Simpáticas, atenciosas e gentis.

Kate gostava daquele lugar.

Sabia que, nos últimos tempos, fora alçada à posição de celebridade local. Quando Debbie trouxera os netos para visitá-la, houvera quase um corre-corre para que todos pudessem conhecer os pequeninos. Xícaras de chá e biscoitos destinados aos visitantes ilustres eram somente pretexto para os curiosos terem acesso ao quarto de Kate, onde afinal, conseguiam dar uma espiada nos filhos da assassina.

Kate não se deixara aborrecer com a bisbilhotice.

A saúde a abandonara em definitivo naquela terrível noite em que Wendy chegara à sua casa, ensangüentada e ferida, e ela percebera que o próprio filho, a quem criara e alimentara, e outrora amara e adorara, fora o responsável. O choque por pouco não a matara. Ainda considerava difícil acreditar, às vezes.

Mas tinha redigido um depoimento para ser lido no tribunal, explicando, com riqueza de pormenores, como Barry havia tratado a esposa e os filhos. Tomara todas as providências a seu alcance para que soubessem quem ele era. Isso a havia apaziguado. Fizera-na sentir que havia pagado sua cota em toda aquela tragédia.

Afinal, fora ela quem o parira.

Ele tinha sido seu filho.

Ninguém melhor do que ela sabia que pedaço de cocô Barry realmente fora. Rezava para que seu testemunho escrito conduzisse a nora de volta ao lar e à família, dos quais jamais deveria ter sido afastada.

Kate sentiu novamente a dor cruzar o peito e tentou controlar a respiração. Não tinha muito tempo de vida e só esperava que fosse o suficiente para rever Susan. Para tocar o rosto e as mãos dela, dizer o quanto a amava e admirava for ter feito o que fez.

Por ter feito justiça com as próprias mãos.

O último desejo de Kate era afagar aquela garota que havia matado seu próprio filho.

Pegou o rosário de contas e pôs-se a desfiar mais dez ave-marias. Nossa Senhora compreenderia, pois tinha sido mãe também. Portanto, sabia das dificuldades da maternidade, estava a par das demandas constantes impostas pelos filhos.

Por uma fração de segundo, Kate regressara à Escócia com o marido e o filho ainda bebê. Como Barry fora bonito, como as pessoas comentavam sobre seus olhos e seu cabelo! Ela o via no primeiro dia na escola, perninhas gordas enfiadas em meias azuis combinando com o resto da roupa.

Para onde fora aquele garotinho?

De onde viera o homem?

O homem brutal. O tirano. O espancador de mulheres. O estuprador.

As lágrimas assomaram, o sabor salgado do choro trazendo à lembrança de Kate o fato de que ainda estava viva. Estava viva e aquele garotinho, morto.

Kate apertou o rosário com força, as contas cortando a pele. Fechou os olhos e os lábios moveram-se ininterruptamente, em oração.

Kate Dalston não deixaria nada ao sabor do acaso.

Já era quase hora do chá, mas as mulheres relutavam em deixar a sala de recreação. Ao fazerem fila para se servirem, tentaram provocar o mínimo ruído possível.

Rhianna sentou-se sozinha à espera que Sarah lhe trouxesse a comida, como de praxe.

A guarda Blackstock sentou em frente a ela.

— Nunca na vida estive tão preocupada com uma prisioneira.

Rhianna riu.

— Há sempre uma primeira vez para tudo, dizem.

— Gosto da velha Susan. Todo mundo gosta.

— E há como não gostar dela? É uma boa pessoa. Chegaria à mesma conclusão sobre muitas de nós, caso se desse ao trabalho de prestar atenção.

— Ouvi dizer que Matty foi declarada louca, até que enfim. Vai ficar trancafiada por tempo indeterminado.

Rhianna deu de ombros.

— E qual é a novidade? Conte-me algo que eu já não saiba.

Os olhos da guarda percorreram o ambiente.

— Espere. Começou o noticiário.

Ela pôs-se de pé e bateu na mesa com a bandeja. A sala ficou em silêncio. A voz do locutor era alta, confinada entre as paredes da sala de recreação.

— A corte de apelações hoje libertou Susan Dalston...

O ambiente se alvoroçou. As mulheres gritavam e se abraçavam. Guardas e prisioneiras se abraçavam e gritavam. O resto do noticiário foi afogado pelo barulho.

No início, a comemoração restringiu-se àquela ala, para logo depois tomar o resto da prisão. As detentas agitavam pratos contra as mesas. Sapateavam para fazer barulho. Era ensurdecedor.

Rhianna e Blackstock trocaram sorrisos largos. Rhianna tinha os punhos cerrados e pulava, em meio a inúmeros berros de "Yes!".

No gabinete, a diretora da unidade se permitiu um sorriso antes de recorrer ao sistema de alto-falantes para dizer, afável:

— Não as reprimam por enquanto. Deixem que desabafem.

Alana e Barry gritavam. Rosie se juntou a eles porque não sabia o que mais poderia fazer. Debbie, meio rindo meio chorando, abraçou os três sobrinhos ao mesmo tempo.

Depois, abrindo a despensa, tirou um grande bolo de framboesa coberto de glacê.

Acabara, sua irmã estava voltando para casa.

Alana a abraçou com força.

— Obrigada por tudo, tia Debbie. Você é um amor. Amo você.

Mais uma vez Debbie a tomou nos braços e disse, com tristeza:

— E eu amo vocês todos, querida. Lembrem-se disso. Aqui sempre será o segundo lar de vocês. Sabem disso, não sabem?

Alana fez que sim com um meneio de cabeça, os olhos cheios de lágrimas de felicidade.

Ao ver a oportunidade, Barry enfiou o dedo na cobertura do bolo e a levou à boca o mais rápido que pôde. A travessura quebrou a tensão. Então todas as crianças meteram as mãos na guloseima e pegaram um naco, numa disputa acirrada. Ao ver a bela cozinha planejada ser destruída diante de seus olhos, Debbie riu como alguém que jamais rira antes.

June viu a garrafa de champanhe e olhou para Joey. Ele abriu um sorriso largo para a mulher.

— Descolei mais cedo. Sabia que você iria gostar de comemorar.

Junie se serviu de uma taça e a ergueu, num brinde.

— À minha filha, finalmente em casa.

Joey fez que sim com um meneio de cabeça e tomou a bebida num só trago. Arrotando alto, disse:

— Pode beber tudo. Essa bosta me dá gases.

Joey disse isso segurando a mão da mulher, que lhe respondeu com um sorriso. Depois de tantas brigas, tantos problemas, tantas mágoas que causaram um ao outro, haviam conseguido, já no crepúsculo da vida, se transformar num casal.

Susan deixou Old Bailey num carro cujo destino era desconhecido de todos, exceto Geraldine e Roselle. Na verdade, estavam indo para uma casa em Essex, que Roselle havia descoberto através de Ivan. O aluguel saíra caro e a localização era especial, no meio do nada. Ali, Susan poderia se recompor mental e fisicamente.

— Não acredito! Não acredito! Estou livre de verdade.

Wendy segurava com firmeza uma das mãos de Susan. Roselle segurava a outra. Geraldine sentara-se no banco da frente. Estava encarregada de velar por elas durante algum tempo, até que o interesse dos jornais minguasse e a histeria acerca do caso desaparecesse.

— Colin está esperando com champanhe e bifes de primeira, Sue. Vamos ter uma festa de arromba hoje à noite. As crianças chegarão amanhã bem cedo e então sua vida estará completa.

Susan olhou no rosto de Geraldine.

— Como vou poder lhe agradecer?

Ela abriu um sorriso.

— Divertindo-se para caralho daqui para a frente!

O palavrão dito por Geraldine fez todos rirem, a tensão nervosa se evaporando com as gargalhadas.

Roselle continuava calada, o coração apertado.

Tinha o pensamento em Barry, no Barry que amara. O homem que havia adorado tanto a caçula Rosie que não conseguia ficar longe da menina.

Ela o viu no apartamento que dividiram. Ele trocava a fralda do bebê, o rosto tão bonito que chegava a causar dor, mesmo quando lhe sorria.

Fechou os olhos e sentiu as lágrimas. Susan apertou a mão da amiga. Roselle olhou para ela e soube que ambas partilhavam a mesma visão. Susan adivinhara o que se passara na mente de Roselle.

— Sei como se sente, meu bem. Mas ele se foi e nós continuamos aqui.

A voz de Wendy veio das profundezas do seu ser.

— Amém.

Kate Dalston faleceu quatro dias depois, o dia em que tomou a mão da nora e disse o quanto a amava e admirava.

Morreu em paz, sem nada a lhe pesar na consciência.

Graças a Susan Dalston.

Epílogo

— Quem poderia imaginar, hein? A virada do século. Um novo milênio.

A voz de June era abafada.

Debbie riu.

— Papai teria adorado tomar o porre do século!

June riu com a filha.

— Espere até que eu me levante daqui, vou dar-lhe uma coça por me deixar beber sozinha numa noite tão importante.

Debbie colocou um dos braços em volta dos ombros da mãe.

— Você não está sozinha, você tem a nós todos.

— Mais três meses e ele teria visto o fim do século. Típico dele. Nunca viu ou fez nada até o fim.

A voz de June era zangada. Apesar de tudo o que haviam vivido durante anos, ainda sentia falta dele. Parecia frágil e acabada, ultimamente. A mulher briguenta e bebedora inveterada estava mais dócil. June finalmente admitira que não tinha mais forças para manter velhos hábitos. Ao deparar-se com a velhice e a solidão, aproximou-se das filhas e dos netos, desfrutando de cada momento que passava em família. Festejando o perdão que lhe fora concedido, a despeito do sofrimento que outrora impusera a todos.

Ivy estava sentada na cadeira, os olhos vazios. Tentava entender o que acontecia ao redor. June colocou uma das mãos na perna da sogra.

— Tudo bem, mocinha?

Ivy deu um safanão na mão de June, e resmungou alto:

— Quem é você? O que está fazendo na minha casa?

Debbie se debruçou sobre a cadeira e disse, gentil:

— Estamos na casa de Susan, vovó. Lembra-se?

Ivy se viu diante de um par de olhos amáveis e sorriu.

— Quer dizer que já a soltaram? Já estava mais do que na hora.

— Velha gagá. — A voz de June era de contrariedade.

Wendy entrou na sala carregando uma grande bandeja cheia de comida.

— Acomode isso, Debs. Vou trazer o resto.

Debbie tomou a travessa pesada das mãos da sobrinha e reclamou.

— No seu estado, não deveria estar pegando peso.

Wendy sorriu.

— Não seja tola. Vou ter um bebê. Não estou doente.

A tia resfolegou. Transformara-se numa matrona gordinha e baixinha. Os filhos de Susan gostavam de dizer que era sua segunda mãe.

Debbie ainda vivia na casa de Rainham e ainda tinha mania de limpeza. Porém, era uma mulher muito mais feliz. A proximidade entre ela e Susan crescera ao longo dos anos. Visitavam-se com freqüência e falavam-se ao telefone pelo menos cinco vezes por dia. Viviam quase como se fossem siamesas.

Da cozinha, Susan berrou.

— Deixe-a em paz, Debs.

Todos riram.

Foi então que o marido de Wendy entrou na sala. David Hart era um homem alto, boa aparência, tranqüilo e que idolatrava a esposa geniosa.

— Geraldine chegou. Acabei de vê-la estacionar. Precisam ver o carro novo, um Mercedes conversível.

Pelo tom de voz, podia-se perceber que ele considerava estranho uma mulher mais velha circular num automóvel assim. Todos riram à insinuação.

Geraldine parecia melhor aos 54 que a maioria das mulheres aos 25. Ainda avessa aos homens e feliz assim, era uma defensora ainda mais aguerrida da causa feminista.

Susan entrou apressada no cômodo, os seios pesados, um sorriso amplo no rosto, os cabelos mais claros. Era uma mulher diferente da que havia se casado com Barry Dalston. Parecia melhor agora do que jamais parecera. E sabia disso.

Finalmente Susan era o que desejava ser, uma mulher confiante com a família ao seu redor e sem problemas. Ainda dedicava-se fervorosamente aos filhos, com os quais convivia intensamente. Era adorada por eles tanto quanto os adorava.

— Já viram Geraldine?

Geraldine entrou na sala logo atrás de Susan e sorriu para todos. Nos braços, trazia duas garrafas de champanhe de litro e meio, cada. Ao fundo, Robbie Williams cantava. Era uma festa e tanto.

Alana então se aproximou. Barry vinha logo atrás.

— Como vai, Ger? Você está maravilhosa. — Era uma observação incontestável.

— Você também está linda.

Barry a beijou nos lábios.

Aos 24 anos, ele era a imagem viva do pai falecido e, felizmente, o oposto em personalidade e inteligência. Trabalhava com informática e ganhava 25 mil libras por ano, para orgulho de Susan, que espalhava a notícia para quem quer que lhe desse ouvidos.

No entanto, às vezes ainda lhe doía olhar para o filho.

Geraldine pôs-se a ajudar na cozinha. Quando a porta da frente tornou a se abrir e Doreen cruzou a soleira, a casa novamente foi tomada por uma grande confusão.

— Jesus Cristo, Sue, é impossível conseguir um táxi. Tive que pagar o triplo da tarifa.

A voz alta de Doreen podia ser ouvida no quintal dos fundos.

Ainda era magra, ainda loura oxigenada e ainda tinha um cigarro pendurado no canto da boca. Não fosse por algumas rugas a mais, parecia não ter mudado em absolutamente nada.

— Meu filho Michael virá me buscar às dez. Vai me levar para a casa dele. Como se eu quisesse, nessa noite ou em qualquer outra, dar de cara com aquela desgraçada com quem ele se casou.

Wendy deu um beijo de boas-vindas em Doreen.

— Ela é uma vaca de uma figa. Aposto que é, tia Dor.

— Está todo mundo aqui. Não sei como foi possível. Fiquei surpresa com o convite, e mais surpresa ainda em encontrar todos.

E se curvou sobre a cadeira de Ivy,

— Como está, Ivy? — Falou ainda mais alto do que de hábito.

Ivy fez um gesto de contentamento.

— Meu filho Joey já vem, querida?

Doreen sacudiu a cabeça.

— Espero que não, meu anjo, pois queremos nos divertir.

Até mesmo June riu com o gracejo.

Na cozinha, Susan colocou os braços em torno de Wendy.

— Tem certeza de que está bem, docinho? Parece pálida.

Wendy deu de ombros.

— Estou ótima, mamãe. David cuida muito bem de mim.

— É um bom homem. Espero que suas irmãs tenham a mesma sorte quando chegar a vez delas.

A voz de Susan era de muita esperança. Wendy a abraçou novamente.

— Não gosto nem de pensar na possibilidade de a minha história se repetir.

Wendy não respondeu. Preferiu mudar de assunto.

— David foi promovido. Estava guardando a notícia para mais tarde, mas quis que você fosse a primeira a saber.

Susan acariciou a mão da filha.

— Era só uma questão de tempo. Ele trabalhou duro para essa promoção.

— Ele é um homem de valor, mamãe. Pare de se preocupar conosco.

— É Rosie que me preocupa mais. É atraente demais, o que pode não ser bom para ela.

A frase não escondia um certo orgulho.

Geraldine voltou à cozinha e olhou para Wendy.

— Espero que esse bebê não resolva nascer logo hoje. Os hospitais não estão funcionando a pleno vapor.

Wendy fez carinho na barriga.

— Não se pode dizer o mesmo dos pubs.

As comemorações já duravam dias. O receio de apagões e de pane nos computadores havia sido esquecido em meio à excitação geral. Todos pareciam querer tomar parte naquele momento único da história.

Da sala, June gritava:

— Liguem a televisão... o tal de Angus Deayton vai fazer aquilo que faz todo fim de ano.

— Chama-se *The End of the Year Show*, vovó.

— Ele é uma graça. Daria em cima dele, se fosse mais nova.

— Ele ficaria muito envaidecido se soubesse.

Rosie soltou a frase espirituosa a meio caminho da sala.

Todos viraram-se para olhá-la. Era deslumbrante.

Cabelo louro comprido e olhos azuis profundos, parecia a imagem virtual da mulher perfeita. Estudava enfermagem e fazia o coração de muita gente disparar. Alana, que já era enfermeira profissional, zelava pela irmã. As duas eram muito ligadas.

O maior trunfo de Rosie era o fato de não ter a menor idéia de o quanto era bela. Susan tinha muita apreensão quanto à caçula, mas a verdade é que a jovem era bastante ajuizada e sabia tomar conta da própria vida.

Alana sorriu ao ouvir June berrar:

— Aliás, dessa vez vai se chamar *The End of the Millennium Show.*

Rosie e Alana resmungaram.

A última palavra tinha que ser de June, sempre.

— Como quiser, vovó.

— A BBC está transmitindo imagens do resto do mundo. Vamos ver a festa no planeta todo.

June parecia contente em ser parte de algo tão grande. Susan substituíra o copo vazio da mãe por um cheio.

— Vai dormir antes de tudo começar e vai continuar dormindo quando tudo tiver acabado — previu, num tom carinhoso e brincalhão. — Ela e a velha Ivy.

Ivy assentiu.

— Viu minha dentadura por aí, Sue?

— Está na sua boca, querida! — respondeu Susan em alto e bom som.

— Barry, me ajude a descarregar o carro, por favor.

Ele saiu da casa, atrás de Geraldine, e viu o carro de Roselle estacionar na rua. Ela vinha com Danny, agora sua companhia constante. De algum modo, os dois combinavam. Havia respeito mútuo entre eles e um amor profundo que transcendia idade e cor. Estavam juntos e pronto.

Roselle olhou para a casa separada das demais por um jardim, o acesso largo e as janelas reluzentes. Não lembrava em nada a origem de Susan, que fizera por onde merecer um lugar assim. O dinheiro viera de entrevistas vendidas aos jornais e de sua biografia, publicada em livro.

Os visitantes percorreram o caminho até a residência, felizes por estarem ali.

O calor na cozinha era grande e Susan abriu a porta dos fundos.

Foi então que sentiu um par de mãos puxarem-na para o jardim e depois agarrá-la por trás. Lábios frios tocaram-lhe a nuca.

— Está feliz, não está, Susan? Agora tem todos a sua volta novamente, não é?

Ela virou-se e escorregou para os braços de Peter.

— É a segunda noite mais feliz de minha vida.

— Você merece, menina.

Ele a fitou com carinho. Peter mal podia acreditar que aquela era sua esposa. Para ele, era um sonho tornado realidade. Sempre que olhava para ela, via a garota com quem dividira os bancos escolares, a garota que nem percebia que ele existia.

Na primeira noite em que a amou, foi com uma paixão tão voraz que não condizia com seus modos diurnos. E Susan retribuiu à altura. Nunca soubera que poderia experimentar tamanho êxtase. Nunca imaginara que o toque de um homem poderia lhe proporcionar tanta felicidade e tanto prazer. Com Barry, fora apenas possuída. Ele tomava dela o que queria e ela permita que assim fosse. Afastou o falecido dos pensamentos. Não deixaria que estragasse a noite.

Ele já estragara a vida dela o suficiente.

Peter era um bom pai para os filhos de Susan, o que já teria sido o bastante para que ela o amasse. Ela o beijou novamente e de maneira apaixonada.

— Você não perde uma chance, não é, Susan?

A voz que agora se fazia ouvir era ainda mais profunda, mas também cheia de afeto pela anfitriã,

— Oh, Rhianna, você veio!

A mulher escancarou um sorriso.

— Você não achou que eu ficaria de fora numa noite de gala como essa, achou? — Rhianna entrava e saía da vida de Susan. Ela era assim. Susan tinha a sensação de que a amiga apareceria naquela virada de ano. Na verdade, pressentia que todos se reuniriam naquela ocasião tão auspiciosa.

— Colin e as filhas acabaram de sair do carro. A mulher dele não veio.

Susan franziu o cenho.

— Então se separaram de novo! Paciência. Geraldine vai animá-lo!

Ouviu as três filhas de Colin gritarem, entusiasmadas, e June respondendo às meninas, também aos gritos. Adoravam visitar Susan, muito embora a mãe delas considerasse que a dona da casa e a família não passavam de escória. Susan sorriu ao lembrar-se disso.

Era uma vaca estúpida, protótipo da mulher de classe média metida a respeitável, fã de Tony Blair, vestida de Marks and Spencer's dos pés à cabeça e adepta da medicina alternativa.

Nos bairros populares de Londres, Feng Shui passara a ser um modo velado de dizer "fuck me". Uma das filhas de Colin aprendera a brincadeira e Susan sabia que a mãe da menina iria culpá-la também por isso. Na verdade, se não tivesse conhecido Susan, Colin continuaria a ser um zé-ninguém, um advogado sem nenhuma projeção. O caso Dalston lhe garantira fama, pelo que ele lhe era grato. Após a apelação, tinham mantido contato, se visitado, tornado-se amigos.

Ela tornou a sorrir.

— Você vai aparecer na televisão hoje à noite, Sue. Vão relembrar todas as grandes histórias do século.

Ela levantou a sobrancelha, aborrecida.

— Não vou assistir essa porcaria. Estou no meio de uma festa.

Ele a beijou, gentil. Ela recendia a Chloe, como sempre.

— Bando de inúteis barulhentos, vocês todos.

Colin riu.

— Só quando estão aqui, Sue. É você que os deixa assim.

— Jogam sobre mim a culpa por tudo!

Mais tarde, quando todos os convivas brindavam ao novo milênio, Susan olhou em volta, para sua família e seus amigos. Ela os viu como tinham sido, mais jovens, porém, de algum modo, menos promissores, com perspectivas limitadas.

Viu Ivy, risos e sorrisos, sem entender o que estava se passando ao seu redor, e espantou-se, mais uma vez, ao constatar o que a idade muito avançada podia fazer a uma pessoa. Agora todos gostavam de Ivy. Era adorada no asilo de idosos em que vivia. Adorada por gente que não a conhecera nos tempos de brigona.

Susan olhou os amigos, todos felizes, cada um a seu próprio modo, e contentes por estarem ali, contentes por estarem com ela.

Era Susan White agora. Uma nova pessoa, uma nova mulher sob vários aspectos. Ao sentir Peter segurar sua mão, agradeceu o fato de, desde o primeiro beijo entre eles, ter sido envolvida no amor e no respeito pelos quais ansiara a vida toda. Sentimentos que haviam se tornado mais fortes com o passar dos anos. Nada do que acontecera no passado poderia macular o que recebera de bom. Quatro filhos felizes, um neto a caminho e bons amigos. O que mais podia ela desejar do século que nascia? Já tinha tudo o que precisava, tudo o que sonhara quando menina.

Manteve a mão de Peter segura na sua e sorriu para ele, plena, ciente de que, quando finalmente fossem para a cama, ele não a deixaria dormir logo. Não conseguia imaginar maneira melhor de viver.

A idéia a fez abrir um sorriso ainda mais largo. Virou-se para Roselle, com quem trocou olhares. A amiga levantou a taça em silêncio, num brinde privado, que incluía somente as duas. Susan fez o mesmo. Ambas tinham sido vítimas de Barry, ainda que de modos diferentes. Com o correr dos anos, o vínculo entre elas tornara-se mais forte. Joseph estava em Nova York com a esposa. Desde o sepultamento de Ivan, quando finalmente descobrira sua verdadeira origem, o rapaz se afastara da mãe. Talvez a perda maior fosse de Joe, mas não era assim que Roselle encarava a situação. Susan solidarizava-se com a amiga, era como se estivesse passando pela mesma dor.

Roselle sorriu satisfeita quando o braço de Danny a enlaçou. Susan tornou a relaxar e voltou a se divertir.

Sentada no braço da cadeira de June, Geraldine estava de pileque e flertava com Colin. Examinando a mãe, Susan esbugalhou os olhos de alegria. Há muito que ela e Debbie haviam-na perdoado.

— Bem que eu avisei a todo mundo que ela iria dormir do começo ao fim. Dito e feito!

Este livro foi composto na tipologia Dutch766 BT,
em corpo 11,5/16, e impresso em papel
off-white 70g/m² no Sistema Cameron da
Divisão Gráfica da Distribuidora Record.